덩잉차오 평전 **3**

鄧穎超評傳

The Critical Biography of Deng Ying-Chao

지은이 진펑(金鳳) 본명은 쟝리쥔(蔣勵君). 1928년 쟝쑤(江蘇) 성 이싱(宜興) 현에서 태어나 중화인민공화국 성립 이전 상하이(上海) 쟈오퉁(交通) 대학과 베이핑(北平) 칭화(淸華) 대학에서 수학하고 1947년 중국공산당에 입당한 후 해방구에서 활동하였으며,『人民日報』의 유명 기자로서 '인민의 기자'로 평가받았다. 주요 작품으로는『友誼的花朶』,『時代的眼睛』,『在中國大地上』,『歷史的瞬間』,『風起靑萍末』,『鄧穎超傳』,『偉人之初』등이 있다. 이 가운데『鄧穎超傳』은 國家圖書奬을 획득하였다.

옮긴이 손승회(孫承會) 1961년 서울에서 태어나 서울대학교 동양사학과를 졸업하고 동대학원에서 석ㆍ박사학위를 받았다. 현재 영남대학교 문과대 사학과 교수로 재직 중이다. 주요 논저로는『近代中國의 土匪世界』,『1920年代的中國』(공저),『한중관계사상의 교통로와 거점』(공저),「萬寶山事件과 中國共産黨」,「중화인민공화국의 건립과 학습, 비평의 조직화」등이 있고, 역서로는『민족으로부터 역사를 구출하기-근대중국의 새로운 해석』(공역),『인물과 근대중국-위기, 이탈, 회귀』등이 있다.

덩잉차오 평전 鄧穎超評傳 3

1판 1쇄 인쇄 2012년 2월 10일 **1판 1쇄 발행** 2012년 2월 20일

지은이 진펑 **옮긴이** 손승회 **펴낸이** 박성모 **펴낸곳** 소명출판
등록 제13-522호 **주소** 137-878 서울시 서초구 서초동 1621-18 (란빌딩 1층)
대표전화 (02) 585-7840 **팩시밀리** (02) 585-7848
이메일 somyong@korea.com **홈페이지** www.somyong.co.kr

ISBN 978-89-5626-662-6 94820 **값** 39,000원 ⓒ 2012, 한국연구재단
ISBN 978-89-5626-659-6 (전 3권)

이 번역도서는 2008년도 정부재원(교육인적자원부 학술연구조성사업비)으로 한국연구재단의 지원에 의하여 연구되었음.

진펑 지음 손승회 옮김

덩잉차오 평전 3

鄧穎超評傳

소명출판

◆ 일러두기

1. 인명이나 지명은 외래어 표기법에 준하여 표기했다.
2. 독자의 이해를 돕기 위해 역주로써 옮긴이의 설명을 달았다.
3. 각주의 서지사항 가운데 논문은 번역하되, 서명은 그대로 두었다.
4. 가급적 쉬운 말로 번역하여 한문을 노출하지 않았다.
5. 명확히 중국공산당의 입장에서 사용된 표현들은 객관적·중립적인 것으로 바꿨다.

제10장 전 세계에 우의를 전하니 아득히 먼 하늘 끝이 이웃과 같다

제11장 석양은 너무도 아름답고 찬란하게 인간세상을 비추네

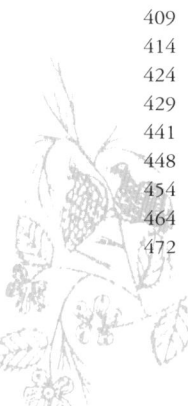

덩잉차오 평전 전체 차례

제10장 전 세계에 우의를 전하니 아득히 먼 하늘 끝이 이웃과 같다

(1977-1991)

자연에서 늙었으면서도 우뚝 솟은 나무가 오랜 세월의 비바람과 서리, 눈 속에서도 의연하고 씩씩하게 버티고 서서 봄이 오면 새 가지를 내어 녹음을 대지에 드리우는 모습을 볼 수 있다.

인류 역사의 큰 물줄기 가운데 일부 걸출한 인물들은 오랜 시월의 시련을 겪지만 만년에 아름답고 눈이 부셔서 사람의 이목 속에 탁월한 공적을 세우며 사람들에게 영원히 기억될 만한 아름다운 이야기를 남긴다.

덩잉차오는 여성 중 걸출한 인물로 모진 세찬 바람을 이기고 70이 넘어 다시 혁명적 청춘의 빛과 열정을 뿜어내며 국가와 인민을 위해 찬란한 업적을 쌓았다.

1976년 가을인 10월, 중국인민은 국가와 국민에게 재앙을 가져 왔던 '사인방'을 일거에 분쇄하였다. 당과 국가의 운명이 전환되는 결정적 순간에 덩잉차오는 전국인민대표회의 상무위원회 부위원장이라는 중요 직책을 맡게 되었다.

1977년부터 1980년까지 70여 세 고령의 덩잉차오는 중국인민을 대표하여 남쪽의 미얀마, 스리랑카, 태국, 캄보디아를 방문하고, 동쪽의 일본, 북한을, 서쪽으로는 이란을 방문했으며, 서유럽으로 가 프랑스와 유럽의회를 방문하여 광범한 우호 활동을 전개하였다. 덩잉차오의 걸출한 외교적 재능과 겸허하고 고상한 인품 및 품성은 방문 국가의 정부수뇌, 의회대표, 각계 인사와 국민들에게서 일치된 찬사를 받았고, 중국 인민과 각국 인민의 상호 이해와 우의 증진 및 중국의 대외 우호 협력관계를 위해 새로운 장을 열었다.

122. 같은 강물을 나눠 마시며, 우의는 영원히 지속된다[1]

1977년 2월 5일 미얀마 연방 총리 겸 국무위원회 주석 우네윈(U Ne Win) 장군의 초청을 받아 73세의 고령인 덩잉차오는 비행기로 베이징을 떠나 당일 오후 수많은 꽃들이 활짝 핀 양곤에 도착하여 미얀마 정부와 인민의 융숭하고 열렬한 환영을 받았다.

덩잉차오가 비행기에서 내리자 화려하게 장식된 양곤 비행장에서는 국빈을 환영하는 21발의 예포가 울려 퍼졌다. 1,200명의 청소년으로 구성된 악대가 경쾌한 미얀마 민족 음악을 연주하였다. 덩잉차오를 환영하기 위해 직접 비행장을 찾은 우네윈 대통령 부처는 앞으로 나와 덩잉차오의 두 손을 꽉 잡았다. 그들은 이미 오래 된 지인이었다. 우네윈 대통령은 8차례나 중국을 방문한 바 있었다. 전에 몇 차례 덩잉차오는 저우

---

[1] 1977년 2월 5일에서 12일까지의 신화사(新華社)와 『인민일보』에 게재된 덩잉차오의 미얀마 방문 보도 참조. 또한 필자는 덩잉차오의 미얀마 방문을 다룬 뉴스 기록영화를 봤다.

언라이를 수행하여 우네윈을 만났었다. 1975년 11월, 우네윈 대통령이 8번째로 중국을 방문했었다. 당시 저우 총리는 병이 너무 깊어 외빈을 접견할 수 없었다. 그는 우네윈 대통령이 내방했다는 소식을 전해 듣고 특별히 덩잉차오에게 자신을 대신해 절친한 이웃 나라 국가원수를 영접해 달라고 부탁했다. 이에 당시 우네윈 대통령은 매우 감격하였다. 이것은 일 년도 더 된 일이었다. 이제, 오랜 친구들이 양곤에서 다시 해후하니 절로 너무나 기뻤다.

악대가 중국과 미얀마 국가를 힘차게 연주했다. 덩잉차오는 우네윈 대통령의 안내를 받고 3군 의장대를 사열하였다. 그녀는 환영 나온 미얀마 정부 고위관리와 미얀마 주재 각국 외교사절 및 그 부인들과 일일이 악수를 나눴다. 오색찬란한 풍선들이 하늘 위로 솟아올랐고, 비행장은 온통 기쁜 함성으로 가득 찼다. 환영 군중들은 미얀마와 중국의 국기를 흔들며 큰소리로 연호했다. "미얀마 중국 우의 만세", "덩잉차오 부위원장의 건강을 축원합니다." 덩잉차오 역시 환영 인파들에게 계속 손을 흔들며 인사하였다.

덩잉차오는 비행장에서 열정을 담은 우호의 서면 발표를 통해 중국과 미얀마 양국이 친밀한 이웃 국가이며 양국 인민에게는 유구하고 깊은 '바오보(胞波 : 즉 친척)'[2]의 우의가 있음을 강조하였다. 그녀는 이 방문을 계기로 양국 인민의 전통적 우의와 양국의 우호관계가 더욱 강화될 수 있기를 희망하였다.

덩잉차오의 이 말은 역사적으로나 현실적으로 근거가 있다. 이미 고인이 된 천이 원수는 "미얀마 친구에게 바친다"는 제목의 시에서 "나 강 위쪽에 살고, 그대 강 아래쪽에 사네. 서로 정은 헤일 수 없이 깊어 같은 강물을 나눠 마셨네"라고 했다. 중국 윈난성 지역에서 세차게 솟아 오른 난창(瀾滄)강은 흘러 미얀마 경내에 이르러 넓고 완만한 미옌(緬)강을 이

---

2   역주: 동포 또는 친척을 뜻하지만 본래는 미얀마어의 중국어 음역어이다.

루니, 양국 인민이 "같은 강물을 나눠 마시는" '바오보'인 것이었다. 일찍이 2천 년 전 양국 인민은 서로 친하게 지내며 왕래하였다. 그리고 백년 가까이 제국주의의 침략을 똑같이 받았다. 신중국 성립 이후, 민족 독립을 획득한 미얀마는 중국과 외교관계를 가장 빨리 맺은 국가 가운데 하나였다. 양국 지도자들은 여러 차례 서로 방문하였고, 저우 총리도 생전에 9차례 미얀마를 방문했으며, 1956년 당시 미얀마 총리 우누(U Nu)와 5개항의 평화공존 원칙을 공동으로 선언하였다. 중국과 미얀마 간 2천여 년 동안 지속된 유구한 역사에서 서로 전쟁을 벌인 불유쾌한 사건이 발생한 적 없었는데, 이는 세계 각국의 교류사에서도 매우 드문 일이었다.

덩잉차오는 우네윈 대통령, 우마웅성(U Maung Sheng) 총리 및 강령당(綱領黨) 총서기 산유 장군과 회견하고 그들과 의견을 나눴다. 그녀는 미얀마 정부가 독립, 비동맹 외교정책을 일관되게 추진하고 제3세계 국가와의 우호협력을 증진시켜 제국주의와 패권주의에 반대하는 것에 대해 높이 평가하였다.

덩잉차오는 앙곤시 중심에 위치한 미얀마 민족영웅 아웅산의 묘에 헌화하였다. 아웅산 장군은 1947년 미얀마임시정부가 영연방 이탈을 결정하고 완전한 독립을 요구했을 때 6명의 전우와 함께 영국식민주의자가 사주한 무장 폭도에 의해 집회 도중 암살당했다. 덩잉차오는 민족독립을 위해 자신의 젊은 생명을 바친 미얀마 민족영웅들에 대해 존경과 경의를 표시했다.

미얀마에서는 보석과 옥이 널리 생산되었다. 6,7세기 미얀마는 옥을 수출하고 대신 중국의 비단을 수입하였다. 13세기 초, 미얀마는 일찍이 중국에서 많은 옥 채굴 노동자를 데려갔다. 1964년 이후, 미얀마는 매년 진주·보석교역박람회를 거행하였다. 덩잉차오는 우네윈 대통령의 안내를 받고 교역박람회에 전시된 찬란하게 빛나는 진주와 화려한 보석 및 옥들을 둘러보았다.

덩잉차오와 그 수행원들은 우네윈 대통령의 안내를 받으며 세계적으로 이름 난 대금탑(大金塔)을 참관하였다. 6세기에 만들어지기 시작한 대금탑은 높이 326피트이고, 전체가 황금과 보석으로 장식되어 금빛 찬란했으며, 주위엔 수십 개로 이루어진 각양각색의 작은 탑이 둘러싸고 있었다. 덩잉차오는 대금탑 아래에서 저우언라이가 1954년에 기념으로 쓴 "중국·미얀마 양국 인민동포 우의 만세!"라는 글을 보았다. 그녀는 "이 글을 보니 20여 년 전의 일들이 생각납니다"라며 매우 감격하여 말했다. 그녀는 거기에 더해 "세계평화와 중국·미얀마의 우호를 위합니다"라는 기념글을 남겼다.

대금탑 서북쪽에서는 무게 42톤, 높이 8피트의 큰 종이 하나 있었다. 미얀마 친구는 덩잉차오에게 민간 전설에 따르면 오래된 종을 연속 3번을 치면 소원이 이루어진다고 알려주었다. 그녀는 중국 민간에도 비슷한 전설이 있다며 웃으면서 말했다. 곧장 그녀는 나란히 참관하던 우마웅성 총리와 함께 특별히 제작된 목봉을 들어 연이어 세 번 종을 쳤다. 그리고 그녀는 "중국과 미얀마 인민의 우위가 영원무궁하기를 염원합니다!"라고 말했다. 이 말을 들은 우망웅성 총리는 매우 감동하여 중국어로 "미얀마와 중국의 우의 만세!"라고 큰 소리로 화답하였다.

9세기 중엽에 건립된 미얀마 중부의 고성 파간은 고대 미얀마의 첫 번째 통일 봉건왕조인 파간왕조의 수도였는데 탑이 빽빽이 늘어서 있어 '만탑(萬塔)의 성'이라 불렸다. 저우언라이 총리는 1961년 미얀마를 방문했을 때 파간을 찾은 적이 있었다. 26년이 지난 지금 덩잉차오는 우네윈 대통령 부부의 안내를 받아 다시 이 고성을 찾게 되었다. 도금한 뤼시공탑 맞은편에는 휴식을 취할 수 있는 정자가 하나 있었는데 이것은 저우 총리가 파간을 방문했을 때 기부하여 건립한 것이었다. 정자에는 '저우언라이 총리 기념'이라는 금빛으로 빛나는 큰 글자가 새겨져 있었다. 덩잉차오가 이 정자로 달려 들어가니 저우 총리가 파간을 방문했을 때 미얀마친구들과 찍은 사진들을 관리원이 정중하게 그녀에게 주었다. 덩잉차오는 사진을 자세히 들여다보며 미얀마 친구에게 "이렇게 귀한 사진을 주니 너무 감사합니다"라고 말했다. 이때 곁에 있던 미얀마 친구와 멀리서 방문한 중국 손님 모두 중국과 미얀마의 우의를 위해 초석을 굳건히 다진 저우언라이 총리에 대한 그리움에 깊이 빠져들었다. 우네윈 대통령은 감격하며 덩잉차오에게 말했다.

"덩 다제, 저우언라이 총리는 미얀마와 중국의 우의를 위해 기초를 쌓은 위대한 인물이었습니다. 그의 사업을 계승한 당신은 미얀마 인민이 존경하는 친밀한 친구입니다." 덩잉차오는 겸허하게 말했다.

"저는 단지 해야 할 일을 할 뿐입니다. 중국과 미얀마 양국 인민이 영원히 우호적인 관계를 지속하기를 희망합니다."

답례 만찬에서 덩잉차오는 열정 넘치는 연설을 하였다. 그녀는 이렇게 말했다 : 중국과 미얀마 양국은 모두 발전도상에 있는 국가로서, 양국 인민은 모두 자신의 국가를 건설하고 제국주의와 패권주의에 반대하는 공동의 임무를 맡고 있다. 우리들 두 나라의 우호관계를 더욱 강화하는 것이 양국 정부의 공통된 희망이다. 우리 쌍방의 공동 노력 아래 양국의 우호는 더욱더 발전할 것이며 그 앞길은 넓게 펼쳐져 있고, 우리 양국 인민의 전통적 우의는 양쯔강과 이라와디강처럼 영원히 힘차게 흘러나갈 것이다!

우네윈 대통령 또한 열정적이고 우호적인 연설을 통해 이번 덩잉차오의 방문이 양국의 전통적 우의를 새로운 단계로 끌어 올렸다고 높이 평가하였다. 그는 존경하는 덩잉차오 부위원장의 미얀마에 대한 우호 방문이 다제가 동생들을 방문하여 만나는 것 같아 너무 기쁘다고 말했다.

우네윈 대통령이 한 이 말은 진심이었다. 미얀마 정부가 보여준 덩잉차오에 대한 이번 접대는 최고 국빈에 대한 예우로써 이루어졌다.

2월 11일 오전, 덩잉차오는 미얀마 우호 방문을 원만하게 마무리 짓고, 중국인민에 대한 미얀마 인민의 깊은 '동포'의 정을 가득 안고, 전용기로 양곤을 떠나 베이징으로 돌아가게 되었다. 수만 앙곤시민은 미얀마의 각 민족 복장을 입고 국빈관에서 비행장에 이르는 십여 킬로의 큰 길 양쪽에 나와 서서 미얀마와 중국 양국 국기를 흔들며 덩잉차오 부위원장을 환송하였다. 어떤 시민은 천천히 나아가는 차창으로 손을 내밀어 중국의 손님과 뜨거운 악수와 작별인사를 나누면서 중국어로 "만세!", "만세!" 하고 크게 외쳤다. 덩잉차오 역시 환송하는 군중을 향해 자주 두 손을 흔들어 인사를 하고 막 배운 미얀마 말로 "우호(友好)!", "우호!"라고 말하여 미얀마 인민을 매우 기쁘게 해 주었다.

비행장에서 악대는 중국과 미얀마 국가를 웅장하게 연주하였고, 다시 한 번 21발의 예포가 울려 퍼졌다. 덩잉차오는 우네윈 대통령의 안내를 받아 삼군 의장대를 사열하고 환송을 나온 우내온 총통과 부인 및 미얀마 정부의 기타 지도자들과 일일이 악수를 나누며 작별 인사를 했다.

두 달이 지난 뒤 우네윈 대통령 부처가 9번째로 중국을 방문하였다. 덩잉차오는 베이징에서 그들을 접대하였고, 또 특별히 그들을 후난 창사(長沙)로 안내하여 마오쩌동의 고향 샤오산(韶山)을 방문하고 그의 옛집을 참관하였다. 덩잉차오는 또한 그들을 안내하여 중국의 저명한 관광구 귀린(桂林)을 여행하며 아름다운 리(漓)강의 풍광을 감상하였다. 우네윈 대통령이 존경해 마지않는 덩 다제는 중국을 방문한 그들을 뜨겁게 접대하였다.

덩잉차오는 외교 활동 과정에서 진실 된 우정을 다하려 정성을 기울였고 그 결과 지도자들 사이에서 자연스레 우정이 쌓여갔고, 상호간의 이해과 신뢰를 더욱 강화하였다.

123. '제3세계 여성의 자랑과 모범'[3]

미얀마 귀빈을 환송하고 난 직후인 1977년 4월 17일, 덩잉차오는 스리랑카 공산당 총리 시리마보 반다라나이커(Sirimavo Bandaranaike)부인의 초청을 받아 전용기로 인도양의 스리랑카로 가 우호 방문 활동을 진행하며 스리랑카 정부와 인민의 열렬하고 융숭한 환영을 받았다.

스리랑카 대통령 코팔라와(Copallawa)와 총리 반다라나이커 부인은 통상적인 의례 절차를 무시하고 직접 비행장까지 나와 덩잉차오 부위원장을 환영하였다. 덩잉차오와 반다라나이커 부인은 수년 동안 알고 지내온 오래된 친구였다. 덩잉차오는 특별히 중난하이 시화팅 정원에서 따 가져온 해당화를 반다라나이커 부인에게 주었다. 이는 진정한 우정을 보여주는 대목이었다.

덩잉차오는 중국과 스리랑카가 오래전부터 문화적으로도 역사적으로도 우호관계를 유지해왔음을 알고 있었다. 스리랑카는 과거 '사자국(獅子國)'이라고 했다. 중국 진대(晉代) 고승 법현(法顯)은 사자국에 2년 간 머물렀던 적이 있었고 지금도 콜롬보에는 그의 유적이 남아 있었다. 신중국 성립 초기인 1952년 중국은 막 독립을 얻은 스리랑카와 쌀, 고무와 관련한 무역협정을 체결하였다. 저우언라이 총리는 중국에 대한 제국주의의 봉쇄와 운송 금지 조치가 실시되고 있던 상황에서 스리랑카가 중국의 경제 발전에 긴요한 고무를 제공해준 것에 대해 당시 높이 평가하였다. 중국이 스리랑카에 제공한 쌀 또한 스리랑카의 수요를 만족시켰다. 중국과 스리랑카가 체결한 쌀·고무협정은 이미 25년 동안이나 지속되었고 국제무역 협력의 모범이 되었다. 덩잉차오는 저우언라이 총리가 이미 고

---

[3] 1977년 4월 17일부터 23일까지의 신화사(新華社)와 『인민일보』에 실린 덩잉차오의 스리랑카 방문 보도 참조. 또한 필자는 신잉창(新影廠)에서 제작한 기록영화를 보았다.

인이 된 스리랑카 총리 반다라나이커와 현 총리 반다라나이커 부인과 매우 친밀하게 교류하였고 양국 지도자들이 이미 몇 차례 상호 방문하였다는 사실에 대해서도 분명하게 알고 있었다.

덩잉차오가 코팔라와 대통령을 접견할 때, 대통령은 저우언라이 총리가 두 차례에 걸쳐 스리랑카를 방문했던 상황에 대해 기억을 더듬어 친절하게 소개하였다. 그는 덩잉차오에게 접견실 대청에 걸려 있는 마오쩌둥과 저우언라이가 직접 서명한 편지를 보여주었다.

웅장하고 아름다운 반다라나이커 기념 국제회의빌딩에서 반다라나이커 부인은 덩잉차오를 초대하는 성대한 연회를 개최하였다. 이 웅장한 빌딩은 1964년 저우 총리가 스리랑카를 방문했을 때 총리 반다라나이커 부인과의 협의를 통해 중국과 스리랑카 양국이 합작하여 건립한 것이었다. 이제 반다라나이커 부인은 깊은 관심과 애정을 갖고 덩잉차오에게 말했다. "이 빌딩에서 당신을 위해 만찬을 거행하게 되어 너무도 감격스럽습니다. 이미 고인이 되신 저우언라이 총리께서는 우리나라의 위대하며 친밀한 친구였습니다. 그는 중국의 협조로 기념관이 건립되어 이미 고인이 된 저의 남편을 기리기를 충심으로 바라셨습니다. 이제 이곳은 우리 양국 인민 사이의 우정을 나타내는 위대한 증거가 되었습니다. 불행한 것은 저우언라이 총리가 이 건물을 볼 수 없다는 것입니다. 그러나 우리는 당신에게 이 빌딩을 보여드릴 수 있어 그나마 우리의 유감을 줄일 수 있게 되었습니다." 반다라나이커 부인은 인도양을 평화구역으로 만들자는 제안에 대해 중국이 분명한 지지를 표명해 준 것에 대해 스리랑카가 매우 높이 평가한다고 말했다. 그녀는 새로운 국제 경제 질서의 건립은 발전도상국가에게 매우 중요한 일로 삼아야 한다고 했다.

덩잉차오는 연회에서 똑같이 열정 넘치는 연설을 하였다. 그녀는 이렇게 말했다. "비록 오랜 역사를 지녔고 생기 넘치는 이 나라에 내가 처음 방문하지만 전혀 낯설다는 느낌이 들지 않습니다. 왜냐하면 양국의 선배들이 이미 어려움을 무릅쓰고 넓은 인도양을 가로질러 우정의 교량을 건설했기 때문입니다. 양국의 독립, 해방 이후 이미 고인이 된 귀국의 총리 솔로몬 반다라나이커(Solomon Bandaranaike)께서 중국과 스리랑카의 우호 발전을 위해 기초를 닦았고, 시리마보 반다라나이커 부인께서 이미 두 차례에 걸쳐 중국을 방문하셨습니다. 이미 고인이 된 저우언라이 총리와 허룽, 천이(陳毅) 부총리 및 쑹칭링, 쉬샹첸(徐向前) 부위원장 등 중국의 지도자들 또한 스리랑카를 방문했습니다."

덩잉차오는 중국의 국내 상황에 대해 소개하고 또한 눈앞의 국제 정세에 대해서도 언급하였다. 그녀는 스리랑카 정부가 일관되게 독립적인 외교정책을 실행하고, 반둥회의에서 통과된 비동맹원칙을 지지하며, 세계평화 유지와 국제경제 신질서 수립을 위해 기울인 노력에 대해 높이 평가하면서 아울러 시리마보 반다라나이커 총리가 인도양을 평화구역으로 하자는 주장에 대해 중국정부와 인민은 계속 지지할 것임을 정중하게 보증하였다.

연회가 개최되기 전, 덩잉차오는 반다라나이커 기념관을 참관하였다. 그녀는 또한 특별히 휘라거리야로 가서 총리 고 솔로몬 반다라나이커의 묘역에 헌화하였다.

덩잉차오는 여러 산으로 둘러싸인 칸디(Kandy)를 찾아 저명한 불아탑(佛牙塔)[4]을 참관하였다. 그녀는 또한 페라데니아(Peradeniya)열대식물원을 찾았다. 식물원 가운데 한 난초는 덩잉차오의 이름을 따 이름이 붙여져 있었다. 덩잉차오는 본래 꽃을 무척 좋아 하였다. 이제 그녀는 멀리 인도양의 섬나라 스리랑카 식물원의 한 난초가 자신의 이름을 따 명명되는 것을 보고 웃지 않을 수 없었다.

식물원의 관리자는 덩잉차오에게 1957년 2월 저우언라이 총리가 이 식물원을 참관할 때 직접 백일홍 한 그루를 심었는데 이제 막 그 꽃이 만발하였다고 알려 주었다.

---

4   역주 : 칸드 신성도시(Sacred City of Kandy)에 위치한 불교유적으로 부처의 치아 사리가 봉안되었다고 하여 이러한 이름이 붙여졌다.

덩잉차오는 화려하게 핀 꽃을 찬찬히 살펴보았고 저우언라이가 심은 백일홍에 엄숙하게 물을 주었다. 그녀는 또한 주최 측이 건네준 삽으로 받아 '화수황후(花樹皇后)'라는 나무의 묘목을 심었다. 그녀는 나중에 이 나무가 자라 꽃을 환히 피워 저우언라이가 심은 백일홍과 나란히 이국 땅에서 그 둘의 유물로 영원히 살아남기를 희망하였다.

스리랑카의 각계 인사 1,500명은 또한 '반다라나이커기념국제회의빌딩'에 모여 덩잉차오를 열렬하게 환영하였다.

반다라이커 부인은 연설에서 제국주의 반대투쟁사업 중 보여준 저우언라이의 걸출한 업적에 대해 높이 평가하였고, 장기간에 걸친 중국혁명 역사에서 드러난 덩잉차오의 역할에 대해서도 높이 평가하였다. 그녀는 덩잉차오의 상황에 대하여 매우 소상하게 알고 있었다. 그녀는 감정에 충만하여 덩잉차오에게 말했다. "이미 고인이 된 남편과 함께 당신은 1920년대 초 중국의 최초 반제국주의 조직 가운데 하나인 각오사(覺悟社)를 건립했습니다. 당신이 중국공산당 중앙위원회 여성부에서 수행한 역할에 대해서는 모두가 잘 알고 있습니다. 당신은 중국 서사시 장정의 참가자입니다. 당신은 중국의 해방과 개조에서 발휘한 역할은 의연하며 과감한 정신을 구현했습니다. 우리 스리랑카인, 특히 스리랑카 여성은 당신의 업적을 매우 자랑스럽게 여기고 있습니다. 우리는 당신을 우러러 탄복하며 중국인민해방투쟁에서 보여준 당신의 업적에 대해 탄복하고 있습니다. 우리는 오랫동안 일관되게 지속하고 있는 당신의 영웅적인 정신에 대해 경의를 표합니다. 당신이 일생동안 이뤄낸 성과는 여성들, 특히 제3세계 여성들이 자랑의 모범으로 삼을 만합니다. 많은 사람들이 글과 연설을 통해 당신의 고상한 품성과 재능에 대해 언급했습니다. 우리는 당신이 남편의 외교적 전통을 이어 받은 것에 대해 기쁘게 생각합니다. 그가 외교가로서 보여준 명민함과 탁월한 재능 및 박학다식함과 지혜는 이미 세상에 널리 알려져 유명합니다. 오늘 자리하신 사람들 모두 당신이 저우 총리와 똑같이 박학다식하고 사리에 밝으며 매우 겸허하다는 사실을 잘 알고 있습니다."

　반다라나이커 부인은 중국이 비동맹운동의 숭고한 희망을 무조건적으로 지지하고, 스리랑카 정부가 모든 국가에 대한 우호정책과 대국들의 동맹과는 다른 정책을 채택하는 것에 대해 지지해해 준 것에 다시 한 번 감사하였다.

　스리랑카·중국우호협회 주석 선나나이크와 스리랑카 공산당(마르크스 레닌) 책임자 카라위타(Karawita) 역시 회의에서 우호적인 연설을 열정적으로 하였다.

　덩잉차오는 연설을 통해 반다라나이커 부인이 고 저우언라이 총리와 그녀에게 열정 넘치는 연설을 해준 것에 대해 감사하고 스리랑카가 반다라나이커 부인의 지도 아래 민족독립을 공고히 하고 민족경제와 민족문화를 발전시킴에 있어 현저한 업적을 이룬 것에 대해 높이 평가하였다. 또 그녀는 스리랑카 정부가 일관되게 독립, 비동맹정책을 수행하여 제3세계의 단결과 반제국주의 반패권주의 투쟁 전개를 위해 공헌한 것에 대해서도 높이 평가하였다. 그녀는 눈앞의 국제 정세가 매우 불안하다고 하면서 제3세계가 더욱 단결할 것을 요구하였다. 그리고 그녀는 중국의 국내 정세와 중국이 실행하는 평화선린 외교정책을 소개하였고 중국과 스리랑카 양국 인민 사이의 유구한 전통적 우의에 대해 소개하였다.

　그녀는 다음과 같이 말했다. "인류가 단지 목선에 의지해 항해하던 시기에, 일찍이 우리의 선조들은 온갖 어려움을 무릅쓰고 멀리 외국으로 건너가 상호 지식과 우의를 구하며 아름다운 역사적 자취를 많이 남겼습니다. 중화인민공화국이 수립된 지 얼마 되지 않아 스리랑카는 제국주의의 봉쇄 금수조치를 뚫고 중국과 쌀·고무교역협정을 체결하여 중국에 대해 소중한 지지를 아끼지 않았습니다. 그때부터 특히 귀국의 고 솔로몬 반다라나아커 총리와 시리마보 반다라나이커 총리 각하의 탁월한 노력으로 우리 양국의 우호협력관계는 전면적으로 발전하기에 이르렀습니다." 그녀는 양국정부와 인민이 함께 심혈을 기울여 노력하는 과정에서 중국과 스리랑카의 우의라는 꽃은 반드시 점점 더 무성하게 피어나고 점점 더 아름다워질 것이라고 깊이 믿었다.

덩잉차오의 열정적인 연설은 회의장의 열렬한 박수를 이끌어 내었다.

시리마보 반다라나이커 부인은 스리랑카에서 명성이 높은 여성정치가였으며 스리랑카 정부 총리를 몇 차례 역임하였다. 그녀는 저우 총리와 덩잉차오에 대해 아주 깊고 돈독한 감정을 갖고 있었다. 덩잉차오가 스리랑카를 방문하는 기간 내내 그녀는 열정적으로 덩잉차오를 접대하였고 모든 일정에 동행하였다.

덩잉차오가 막 스리랑카를 떠나게 되었을 때 반다라나이커 부인을 초대한 답사 연회에서 그녀는 감정에 충만해 다음과 같이 말했다. "나는 중국인민의 진정한 우의를 가지고 왔고 또한 스리랑카 인민의 깊은 정과 우의를 중국인민에게 가져갈 것입니다."

반다라카이커 부인 역시 감격하여 말했다. "비록 당신은 스리랑카에 처음 오셨지만, 우리는 당신을 우리나라와 인민의 성실한 오랜 친구로 여길 것입니다······ 나는 이번 방문을 계기로 양국 정부와 인민 사이의 우호와 협력이 강화될 것임을 믿어 의심치 않습니다."

4월 22일, 덩잉차오는 스리랑카에 대한 자신의 우호선린 방문을 마치고 전용기로 콜롬보를 떠나 베이징으로 향할 예정이었다. 비행장에서 그녀는 반다라나이커 부인을 진심을 다해 포옹하며 베이징에서 다시 볼 것을 약속하였다.

124. 전통적인 우의관계에 찬란한 빛을 새로이 보태다[5]

1977년 11월 26일, 이란 정부의 초청을 받아 73세의 덩잉차오는 만리 길을 마다 않고 실크로드 상에 위치한 문명 고국(古國) 이란을 방문하였다. 이란 국왕의 누이동생 파티마 파라비(Fatima Pahlavi) 공주, 수상 아무잘(Amuzeer) 부부는 기꺼이 비행기 트랩에 올라 덩잉차오와 뜨겁게 악수를 나누었다.

1971년 아쉬라프 파라비(Ashraf Pahlavi) 공주와 파티마 파라비 공주는 잇달아 중국을 방문하여 이란과 중국 수교의 선도적 역할을 수행하였다. 저우언라이와 덩잉차오는 그들과 회견하고 또 그들을 위해 연회를 열었다. 이제 다시 테헤란에서 그녀들은 다시 만나게 되니 모두 각별하게 친근감을 느꼈다.

파티마 공주는 덩잉차오를 차로 국빈관까지 안내하였다. 차안에서 파티마 공주는 덩잉차오에게 말했다. "나는 저우언라이 총리를 매우 그리워하고 있습니다. 6년 전 내가 중국을 방문했을 때 저우 총리의 친절한 접대를 받은 바 있습니다." 이에 대해 덩잉차오는 "저우 총리는 생전에 줄곧 이란을 방문하고 싶어 했지만 그 꿈을 이루지 못했습니다. 이번에 기회가 되어 내가 이란을 방문하게 되니 매우 기쁘게 생각합니다."

다음 날, 파티마 공주는 그녀의 관저에서 덩잉차오를 위한 환영 만찬을 거행하였다. 만찬에서 파티마 공주는 다시 한 번 6년 전 중국을 방문했을 때를 회상하며 마오 주석, 저우 총리와 함께 찍은 사진을 꺼내 덩잉차오에게 보여 주었다.

이란 국왕 팔레비와 왕비 파라흐(Farah)는 왕궁에서 덩잉차오를 접견하고 연회를 열었다. 손님과 주인은 우호적인 이야기를 나누며 진전된 양

---

[5] 1977년 11월 26일부터 12월 3일, 신화사(新華社)와 『인민일보』에 게재된 덩잉차오의 이란 방문 보고 참조. 또한 필자는 신잉창(新影廠)에서 제작한 기록영화를 보았다.

국의 우호관계에 대한 희망을 표시하였다. 오찬 후 파라흐 왕비는 덩잉차오를 자신의 집무실로 초청해 중국을 방문했을 때 받았던 좋은 인상에 대해 이야기하며 덩잉차오와 함께 그녀가 중국에서 가져온 수공예품을 감상하였다.

막 국외 방문을 마치고 돌아온 아쉬라프 파라비 공주 역시 자신의 관저에서 오찬회를 열어 덩잉차오를 환영하였다.

이란 수상 아무잘 부부는 성대한 연회를 개최하여 덩잉차오를 환영하였다. 덩잉차오가 수상관저에 도착하자 수상 부부는 직접 문밖까지 영접을 나와 덩잉차오를 부축하여 연회실로 안내하였다. 파티마 공주와 참의원, 중의원 양원 의장, 궁정대신, 외교대신들도 모두 참석하였다. 비록 중국과 이란 양국의 사회제도가 엄연히 다르지만 높고 넓은 도량을 지닌 덩잉차오는 이란 친구들의 존경을 한 몸에 받았다.

이란 수상은 이란정부를 대표하여 축배를 제의하며 덩잉차오 부위원장에 대한 숭고한 경의를 표했다. 그는 다음과 말했다. "내가 소개할 필요도 없이 우리는 모두 우리들의 귀빈이 일생동안 겪었던 간난신고의 투쟁 역정을 잘 알고 있습니다. 그녀는 자신의 일생을 국가와 인민에게 바친 존경스런 귀빈입니다." 그는 덩잉차오의 이번 방문을 높이 평가하면서 "덩 부위원장의 방문은 양국의 우호관계 증진에 매우 효과적인 작용을 하였다"고 평가하였다.

덩잉차오는 연회에서 중국인민이 '사인방'을 분쇄한 이후 상황은 매우 좋아졌다고 소개하면서 중국의 대외정책은 앞으로도 일관될 것이며 평화공존 5원칙[6]에 입각하여 모든 국가, 특히 아시아 국가와 우호협력 관계를 발전시켜 나갈 것이라고 힘주어 강조하였다.

전 수상이며 현 궁정대신인 호뷔다(Hoveida)는 연회를 열어 덩잉차오를

---

[6]   역주: 중국은 건국 이래 기본적으로 평화 공존과 자주 외교를 표방해 왔다. 이 대외
      정책의 기본테제는 1953년 저우언라이 총리가 제창한 평화공존 5원칙이다. 그것은
      영토 주권의 상호 존중, 상호 불가침, 상호 내정 불간섭, 호혜 평등, 평화공존이다.

환대하였다. 그 역시 문 앞에서 중국어로 "안녕하십니까?"라고 인사하며 친밀하게 맞이한 뒤 그녀를 부축해 계단을 올라 천천히 연회실로 안내하였다. 덩잉차오는 긴 소파 곁에 놓인 차 테이블 위에 사진들이 진열되어 있었는데 그 중 오른쪽 첫 번째 것이 저우언라이의 사진임을 알아챘다.

호뷔다는 덩잉차오에게 이렇게 알려주었다. "지금도 나는 왕후를 모시고 중국을 방문하여 저우 총리와 회담하던 당시를 매우 인상 깊게 기억합니다. 우리는 몇 시간이나 이야기를 나누었고, 총리는 매우 솔직했습니다. 저우 총리의 사진은 그때부터 이곳에 계속 놓여 있었습니다. 나는 그를 무척 그리워하고 있습니다." 덩잉차오는 "이곳에서 그의 사진을 보게 되어 너무 감동스럽고 또한 당신의 우의에 매우 감사드립니다"라고 말했다.

예로부터 중국과 이란은 서로 왕래를 하였다. 중국과 이란은 모두 문명고국이었다. 기원전 2세기 한무제(漢武帝)는 장건(張騫)[7]을 서역으로 파견하였고 장건의 부사(副使) 감영(甘英)[8]은 이란(중국사적에는 안식(安息)[9]이라 칭했다)에 도착하였다. 바로 뒤이어 안식 국왕은 중국에 사신을 파견하였다. 이후 산시(陝西), 간쑤(甘肅), 신장(新疆)에서 출발하여 이란 전역을 통과하는 실크로드가 열렸고 양국 사이에는 유구한 역사 동안 경제, 문화 교류가 진행되었다.

---

7   역주: ?-B.C. 114. 한나라에서 서역으로의 교통로를 공식 개통하는 영향을 주었다. 그의 여행으로 서역의 지리, 민족, 산물 등에 관한 지식이 중국으로 유입되어 동서 간의 교역과 문화가 발전하였다.

8   역주: 생몰 연대 불명. 한나라 서역도호(西域都護) 반초(班超)의 명에 따라 대진국(大秦國), 즉 로마에 파견된 사신이다. 앞을 가로막는 망망대해 앞에서 건너기를 포기했다는 이야기가 『후한서(後漢書)』 「서역전(西域傳)」에 있다.

9   역주: 고대 이란의 왕조(B.C. 247-226). 파르티아 혹은 왕조의 창시자 아르사케스의 이름을 따 아르사크왕조라고도 하며, 중국에서는 안식(安息)이라 불렸다. 왕국은 본래 카스피해의 남동지방을 본거지로 하였으나 점차 북동 이란으로 영토를 신장시켰다. 파르티아의 발전에 따라 동서 대국인 중국과 로마가 밀접한 관계를 가질 수 있었고 중국과 파르티아 사이의 대상로는 훗날 실크로드로서 동서를 잇는 대로가 되었다.

덩잉차오는 이란의 고고박물관을 관람하였다. 박물관 책임자는 특별히 덩잉차오를 한 조각상으로 안내하여 소개하기를 그것이 파르티아 왕조의 국왕 조각상인데 중국에 처음으로 사절단을 파견한 국왕이라 하였다. 그는 또한 사산 왕조[10]의 사프르(Shapur) 2세 조각상에 대해 소개하면서 당시 이란과 중국이 긴밀하게 왕래하였다고 말하였다. 덩잉차오는 이란 친구에게 중국에서 신중국 수립 이후 출토된 문물 가운데 이란 사산 왕조시기의 은화가 1,000개 이상 발견되었다고 알려주었다.

이 박물관에는 중국자기 진열실이 있었다. 유리 진열장 안에는 중국의 청화자기가 가득했고 그밖에도 소량의 채색 도기가 있었다. 박물관 측 설명에 따르면 이들 청화자기는 17세기 이란 압바스(Abbas) 대제가 특별히 중국에 요청해 주문·제작한 것이었다. 덩잉차오는 매우 자세하게 정교하고 아름다운 이들 중국 자기를 감상하고 박물관 측에 다음과 같이 말했다. "이 진열실을 보니 매우 강한 인상을 받습니다. 이것은 양국의 오래된 우의의 상징입니다. 우리는 이러한 우의를 자손만대에 물려주어야 합니다." 그리고 그녀는 다시 "당신들이 중국문화를 이렇게까지 존중하고 애호해 주는 데에 매우 감사드립니다"라고 말했다.

덩잉차오는 이란 왕궁의전장관 부부의 안내를 받아 이란의 고성(古城) 이스파한(Isfahan)을 방문하였다. 이스파한은 과거 이란왕국의 수도였고 실크로드의 필수적인 경로에 위치하여 중국사절을 여러 번 맞이했었다. 덩잉차오는 이스파한에서 유명한 40주궁(柱宮)과 1612년에 건립된 황실 이슬람사원을 관람하였다. 황실 이슬람사원 내의 칠음전(七音殿)은 중국 천단(天壇)[11]의 회음벽(回音壁)[12]과 유사하여 덩잉차오에게는 매우 큰 흥미

---

10 역주: 사산조 페르시아는 중세 페르시아 왕조의 하나로 226년 아르다시르 1세(재위 226-241)가 파르티아 왕국을 점령한 뒤 건설하였다. 사산왕조는 651년 아랍의 침입을 받아 멸망하였다.

11 역주: 명대 가정(嘉靖) 년간에 베이징 영정문(永定門) 안에 세운 제단으로 황제가 매년 동짓날에 친히 천제(天祭)를 지내던 곳이다.

12 역주: 황충위(皇穹宇)의 담장으로 높이 3.72미터, 두께 0.9미터, 직경 61.5미터, 둘레

꺼리였다. 그녀는 이란 친구에서 말했다. "이 오래된 건축물은 이란의 고대 건축가와 기술자 그리고 노동인민의 지혜를 다시 한 번 입증해줍니다."

중국과 이란은 모두 유구한 역사를 가진 문명국가였고 또한 모두 제국주의 열강의 침략을 받아 굴욕을 당했으며, 그런 암울했던 경험에 대한 트라우마는 매우 깊었다. 덩잉차오는 바레(Valle) 박물관을 참관하였다. 박물관에는 흑색 대리석으로 조성된 전람실이 하나 있었는데, 거기에는 이란 지도 모양의 전시실이 있었는데 그 안에는 칼, 족쇄, 수갑 등이 진열되어 있었다. 전시실 양쪽에는 19세기에 체결된 이란·러시아불평등조약과 이란·영국불평등조약이 각각 새겨져 있었다. 짜르 러시아는 끊임없이 남쪽으로 확장하였고 영국제국은 페르시아 연안에서 북쪽으로 침략하여 이란은 점차 반식민지로 전락하였다. 흑색 대리석과 칼, 족쇄, 수갑 등은 당시 어두웠던 상황을 상징하였다. 덩잉차오는 설명을 들은 후 다음과 같이 말했다. "이 전람실은 교육적 의의가 매우 커서 인민들에게 외부 침략과 억압에 반대하도록 촉구할 수 있습니다. 중국도 똑같은 일을 겪었습니다. 오늘날 중국과 이란 두 나라 인민은 여전히 민족독립을 유지하고 국가건설을 해야 한다는 공동의 임무를 띠고 있으며 이 때문에 두 나라는 긴밀하게 연결될 수 있습니다. 1971년 정식으로 수교한 이래 양국은 서로 동정하고 서로 지지하며 진정한 우의관계를 맺어왔습니다."

12월 2일, 덩잉차오는 이란을 떠나 귀국길에 올랐다. 국빈관에서 덩잉차오는 경호원, 기사, 종업원, 취사원 등과 일일이 악수를 나누며 작별인사를 하고 그들의 노고에 대해 감사를 표했다. 이로 인해 그들은 큰 감동을 받았다. 그들은 국빈관에서 많은 국가 귀빈을 접대하였다. 하지만 덩잉차오와 같이 그렇게 친절하고 겸손하게 그들을 대한 경우는 사실

193.2미터이다. 두 사람이 동·서페이뎬(東西配殿) 뒤편에 나누어 선 다음, 벽에 기대어 벽 가까이에 대고 북쪽을 향해 말하면 소리가 담벼락을 타고 전해져 200미터 떨어진 곳에서도 들을 수 있다.

그다지 많지 않았다. 그들은 이것이 아마도 사회주의 중국의 국격일 것이라 생각하였다.

파티마 공주는 몸소 국빈관으로 와 덩잉차오를 비행장까지 배웅하였다. 그녀는 덩잉차오와 친근하게 껴안고 악수를 나누며 작별인사를 하였다. 아무잘 수상 역시 비행장에 도착하여 그녀를 환송하였다.

덩잉차오의 이란 방문을 계기로 실크로드로 연결된 오래된 역사를 간직한 두 문명국가의 전통적 우의관계에 새로이 찬란한 빛을 보태게 되었다.

125. 앙코르(Angkor)에 그녀의 족적을 남기다[13]

이란 방문을 막 마친 1978년 1월 18일, 덩잉차오는 다시 이국에서의 고생을 마다 않고 캄보디아로 우호 증진을 위한 방문 길에 올랐다.

엄동의 베이징 비행장에 덩잉차오는 짙은 갈색 외투를 입고 나타났다. 그녀가 탄 전용기는 광활한 국토를 넘어 온대성 기후지역에서 아열대와 열대지역에 도착했다. 비행기 창밖의 기온은 점점 더 올라갔고, 덩잉차오는 위아래 모두 은회색 여름복장으로 갈아입으니 유달리 활력이 넘쳐 보였다. 비행기는 캄보디아 경내에 진입하였다. 그녀는 창에 기대어 이 열대 국가의 아름답고 풍요로운 대지를 바라보았다. 마치 길고 푸른 옥띠처럼 메콩강이 나타났고, 우거진 숲 가운데 황금색으로 치장된 첨단의 크메르(Khmer) 민족건축물이 자리한 프놈펜 역시 수려한 자태를 뽐내고 있었다. 전용기는 포천통(Pochentong) 비행장에 천천히 내렸다. 덩잉차오

---

[13] 1978년 1월 18일부터 22일까지 신화사와 『인민일보』에 보도된 덩잉차오의 캄보디아 방문 보도 참조. 동시에 필자는 신영창에서 촬영한 기록영화를 보았다.

는 흰백의 단발머리를 손질하고 천천히 비행기 트랩을 내려왔다. 태양이 작열하는 비행장에는 수많은 인파가 그녀를 향해 환호하였으며, 수많은 검붉은 얼굴들이 그녀를 향해 미소 지었고 무수한 꽃들이 그녀를 향해 나부꼈다.

중국과 캄보디아는 오래전부터 우호적인 이웃나라였다. 기원후 1세기 후한(後漢) 장제(章帝) 원화(元和) 원년 캄포디아(고대에는 진랍(眞臘)[14]이라 칭했다) 국왕은 중국에 방문사절단을 파견하였다. 이후 양국 사이에 사신 왕래가 끊이지 않았고 경제, 문화적 연결이 빈번하게 이루어졌으며 양국 인민은 오랫동안 우호적으로 함께 생활하였다. 신중국 수립 이후인 1958년, 독립을 획득한 캄보디아는 중국과 수교하였다. 1960년 양국은 다시 상호우호 불가침조약을 체결하였다. 저우언라이 총리는 1956년과 1960년 두 차례에 걸쳐 캄보디아를 방문하여 양국 인민의 전통적 우호 관계를 발전시켰다.

덩잉차오를 환영하는 연회에서, 캄보디아 인민대표상임위원회 농셰(Nuon Chea) 위원장은 말했다. "우리는 저우언라이 총리에 대해 매우 깊은 존경심과 경애심 가지고 있습니다. 그는 우리 캄보디아 인민의 민족해방 사업을 지원하기 위해 밤낮으로 노력을 기울였습니다. 심지어 그는 와병에도 불구하고 여전히 캄보디아 인민의 투쟁 상황에 대해 깊은 관심을 기울였고 캄보디아 인민의 사업을 전심전력으로 지도하였습니다." 그는 덩잉차오 부위원장의 이번 방문으로 인해 캄보디아와 중국 양국 뿐 아니라 양국 인민 사이의 형제적 우의와 단결이 더욱 공고하게 되고 강화될 것이라고 굳게 믿었다.

덩잉차오는 연설을 통해 저우언라이에 대한 농셰 위원장의 높은 평가에 대해 진심으로 감사하면서 "캄보디아 혁명사업과 중국 · 캄보디아 우

---

14   역주 : 6세기 이후 부남(扶南)이 멸망하고 현재 캄보디아령을 중심으로 지배한 옛 크메르왕국에 대한 중국 명칭. 9세기 초 자야바르만 2세(재위 802-850) 이후 통일되어 중앙집권적 체제를 형성. 이후 400년간 황금기를 구가하며 지배권을 확대시켰다.

의에 대해 저우언라이 동지가 했던 사업은 그가 마땅히 해야 할 것이었다"고 말했다. 그녀는 중국과 캄보디아 양국 인민은 일관되게 서로를 존중하고 서로에 대해 관심을 기울이며, 서로 지원하고 서로 격려하면서 반제국주의와 반패권주의 투쟁에서 돈독한 혁명적 우의 관계를 맺었다고 말하였다. 그녀는 다음과 같이 축원하였다. "우리 사이의 우의는 양쯔강과 메콩강처럼 영원히 세차게 흘러넘치고 끝없이 뻗어갈 것이며 만리장성과 앙코르 유적처럼 반석같이 튼튼하게 영원히 존재할 것입니다."

1월 19일 저녁 무렵, 민주캄보디아 여성협회 주석 치우포나리(Khieu Ponnary)와 사회사무부장 잉티리트(Ieng Thirith), 문화교육부장 윈야(Yun Ya) 등 캄보디아 여성동지들은 국민관으로 덩잉차오를 찾아와 함께 만찬을 즐겼다. 중국과 캄보디아의 자매는 신선한 꽃들로 둘러싸인 곳에서 즐겁게 한자리에 모였는데 마치 일가친척 같았다. 백발이 성성한 치우포나리는 캄보디아 인민과 여성의 해방을 위해 이미 수십 년 동안 영웅적인 전투를 전개하고 있었다. 그녀는 정답게 덩잉차오에게 다음과 같이 말했다. "당신의 방문으로 인해 우리 양국 여성과 인민 사이의 혁명적 우의와 단결은 더욱 공고해질 것입니다. 비록 당신은 이미 나이가 많지만 여전히 혁명사업을 지속하고 있으며 혁명영웅주의의 모범으로 캄보디아 인민, 특히 캄보디아 여성이 학습해야 할 모범입니다." 덩잉차오는 겸허하게 "내가 한 일은 매우 부족합니다. 나는 치우포나리 동지가 대표하는 영웅적인 캄보디아 여성으로부터 더 많이 배워야 합니다"라고 말했다.

3일이라는 짧은 프놈펜 방문 기간 동안 덩잉차오는 프놈펜 혁명초등학교를 방문하여 어린 학생으로부터 열렬한 환영을 받았다. 그녀는 또한 푸른 나무들로 덮여 있는 아동병원을 찾아 서둘러 병실 몇 군데를 둘러보며 병상의 아이들을 웃기기도 하고 놀리기도 하며 아이들의 건강과 치료 상황에 대해 관심 있게 물었다.

덩잉차오는 또한 프놈펜 제1방직공장을 방문하였다. 그곳은 캄보디아 혁명군 중 100여 명의 여전사와 노동자가 함께 공장을 재가동한 곳으로 공장장은 여성동지였다. 덩잉차오는 다음과 같이 칭찬하였다. "나는 초 등학교, 아동병원 그리고 공장을 참관하였는데 모두 여성동지가 주요한 지 도 업무를 담당하고 있었습니다. 보아하니, 당신들은 여성간부 양성을 매우 중시하는 것 같고 여성사업 역시 매우 잘 진행되고 있는 것 같습니다."

농세 위원장의 안내를 받아 덩잉차오는 비행기로 성 립 시암(Siem)성 에 도착해 세계적으로 유명한 앙코르 유적을 흥미진진하게 관람하였다. 앙코르는 일찍이 캄보디아의 고대 왕국 수도였으며, 거기에는 아름답고 정교한 수많은 절과 불탑이 조성되어 있었다. 불탑 위의 석조 불상과 불 교 고사(古事)는 살아 있는 것처럼 생동감이 넘쳤다. 캄보디아의 국기는 앙코르와트(Angkor Wat)를 상징으로 삼고 있었다. 앙코르 유적은 캄보디아 국가의 상징이자 자랑이라 할 만하였다. 덩잉차오는 앙코르와트 앞에서 기쁜 마음으로 수행해 준 농세, 치우포나리, 잉티리트 등 캄보디아 동지 들과 함께 기념사진을 찍었다.

4일간의 방문이 마무리되었다. 덩잉차오는 아쉬운 석별의 정을 품은 채 시암비행장에서 캄보디아 친구들과 작별인사를 나눴다. 그녀는 전용 기를 이용해 불탑이 빽빽이 늘어선 앙코르를 지나고 푸른 옥띠 같은 메 콩강을 날아 베이징으로 직항하였다.

126. 벚꽃이 얼굴 내밀 때 일본을 방문하다[15]

1979년 4월 8일, 봄볕은 아름답게 내리고 동영부상(東瀛扶桑)[16]의 벚꽃

---

[15] 1979년 4월 9일에서 20일까지 신화사와 『인민일보』에 보도된 덩잉차오 일본 방문 관련 많은 기사와 전국인민대표대회상임위원회 관련 보도 참조. 필자는 또한 신영 창에서 제작한 기록영화를 보았다.

은 현란하게 피는 때였다. 75세 고령의 덩잉차오는 일본 참의원·중의원 양원의 초청을 받아 중국인민대표대회대표단을 이끌고 일본을 우호 방문하였다. 국무원 부총리 덩샤오핑은 직접 공항에 마중을 나와 환송하였다. 매번 외국을 방문할 때마다 덩잉차오는 항상 진지하게 준비를 하였다.

일본 방문을 위해서도 그녀는 세심한 준비를 하였다. 그녀는 많은 자료를 검토하기도 하고 일본 영화『망향(望鄕)』과 『생사련(生死戀)』도 챙겨 보았다.

일본의 각계의 인사들은 기쁜 마음으로 덩잉차오의 방문을 환영하였다. 일본인민은 저우언라이 총리가 생전에 중·일 양국의 우호증진을 위해 많은 심혈을 기울인 사실을 잊을 수 없었다. 1972년 중국과 일본의 국교정상화가 이루어졌다. 당시, 다나카 카쿠에이(田中角榮) 수상은 베이징 인민대회당에서 축배를 제안하며 "마침 아카사카(赤坂)에 새로운 영빈관이 건립되었는데 우리는 저우 총리가 영빈관의 첫 번째 손님이 되기를 희망합니다"라고 말했다. 저우 총리 역시 생전에 벚꽃이 만발한 계절에 청년 시절 유학했던 일본을 다시 한 번 방문하기를 희망했다. 그러나 저우 총리는 그 희망을 이루지 못하고 갑자기 세상을 뜨고 말았다. 이에 대해 일본인민은 매우 유감스럽게 생각하였다. 이제 일본국민은 저우 총리와 수십 년 동안 동고동락한 덩잉차오가 그를 대신하여 영빈관에 와 섬나라 일본의 풍광을 감상하게 되기를 열렬하게 희망하였고 또 환영하였다.

현란한 벚꽃이 봄을 맞아 활짝 핀 이날, 하네다(羽田)공항에서 덩잉차오는 천천히 비행기 트랩을 내려와 환영 나온 일본 중의원 의장 나다오 히로키치(灘尾弘吉)[17], 외무성 정무차관 시가 세츠(志賀節)[18], 외상(外相) 소

---

16 역주: 중국 고대신화에서 동해에서 있다고 하는 신목(神木)으로 여기에서 해가 뜬다고 여겼다. 고대 일본의 다른 이름을 가리킨다.
17 역주: 1899-1994. 쇼와(昭和)시대의 관료, 정치가. 중의원의장(60·61대), 문부대신(74·75·77·82·83·90대), 후생대신(41대) 역임.
18 역주: 1933-현재. 일본 정치가. 자민당중의원의원, 환경청장관 역임.

노다 쓰나오(園田直)[19] 부인 소노다 덴코코(園田天光光)[20], 일본의 각 정당 지도자, 각계 저명인사들과 일일이 악수를 나눴다.

비행장 귀빈실에서 환영식을 마친 후 덩잉차오와 전체 단원은 모두 화려하고 웅장한 아카사카(赤坂) 영빈관에 묵었다.

당일 오전 덩잉차오는 일본수상 오히라 마사요시(大平正芳)[21]을 예방하였다. 덩잉차오는 중·일 양국은 국교정상화 이후 중·일평화우호조약도 체결하였으며, 이는 양국의 우호평화와 양국의 건설, 그리고 아시아와 세계평화에 더욱 큰 공헌을 하게 될 것이라고 말했다. 덩잉차오는 오히라 수상이 영향력이 있는 유능한 정치가로서 중·일수교와 중·일평화우호조약 체결 과정에 중요한 역할을 수행했다고 높이 평가하였다.

오히라 수상은 다시 한 번 저우 총리에 대한 그리움을 표시하였다. 그는 저우언라이 총리가 위대한 애국자일 뿐만 아니라 아시아와 세계의 미래에 대해 매우 깊은 관심을 기울였다고 했다. 또한 일본 수상으로서 그는 저우 총리에게서 더 많이 배워야 하고 아시아와 세계의 평화를 위해 그리고 일본과 중국 양국의 우호증진을 위해 할 수 있는 모든 노력을 다할 것이라고 했다.

또한 이날 오전, 덩잉차오는 일본 중의원과 참의원을 예방하였다. 거기에서 그녀는 중국을 다녀간 많은 친구를 만났고 또 많은 새로운 친구를 만났다.

오후, 덩잉차오는 영빈관에서 일본 자민당(自民黨), 사회당(社會黨), 공명당(公明黨)의 지도자들을 각각 따로 만났다.

일본 천황 히로히토(裕仁)는 황궁에서 덩잉차오를 접견하였다. 천황은 덩잉차오의 일본 방문을 환영하면서 일본과 중국의 국교정상화에 대해

---

19   역주: 1913-1984. 일본 정치가, 육군대위 출신. 중의원 의원. 관방장관·외무대신·후생대신 등을 역임.
20   역주: 1919-현재. 일본의 정치가. 일본 첫 여성변호사 중 하나.
21   역주: 1910-1980. 대장성 관료 및 정치가. 제68·69대 총리대신. 정이위(正二位) 대훈장을 받음.

기쁘게 생각한다며 고 저우언라이 총리가 양국 국교정상화를 위해 보여준 커다란 공헌에 대해 심심한 경의를 표했다. 덩잉차오는, 저우 총리가 마오 주석의 지도 아래 그가 마땅히 해야 할 일을 했을 뿐이며 양국의 국교정상화가 양국 지도자 및 인민의 공통된 희망이기 때문에 실현될 수 있었다고 말했다. 천황은 과거 양국의 역사에 있었던 불행에 대해 유감의 뜻을 표시했다. 덩잉차오는 과거의 일은 재론할 필요가 없으며 중요한 것은 미래를 향해 중국과 일본의 우호관계를 더욱 강화하는 것이라고 엄숙하게 말했다. 천황은 기뻐하며 "나는 덩 부위원장의 이번 일본 방문이 양국의 우호 증진에 위대한 공헌을 할 것이라고 믿습니다. 당신은 저우 총리가 젊은 시절 찾았고 또 좋아 했던 관서(關西) 지방을 여유롭게 한 번 둘러보기 바랍니다"라고 말했다. 덩잉차오는 "내 남편은 항상 내게 일본의 아름다운 풍토와 인정에 대한 기억을 이야기하였습니다. 나는 이번에 남편이 특별히 좋아했던 벚꽃을 충분히 감상할 수 있었으면 좋겠습니다"라고 웃으며 말했다. 천황도 웃으며 "지금은 필시 벚꽃이 만개하는 때이니 덩 부원장은 마음껏 감상하기 바랍니다"라고 했다.

이날 저녁 덩잉차오는 일본 참의원·중의원 양원의장이 주재하는 성대한 초대회에 참석하였다. 이 초대회에는 일본 국회의원 180명이 참석하였다. 중의원 나다오(灘尾) 의장은 우호적인 분위기 속에서 환영사를 발표하였다. 덩잉차오는 열렬한 박수 속에서 답사를 하였다. 그녀는 중국전국인민대표대회와 일본국회의 교류사에 대해 회고하고 일본 국회의원 친구들이 전후 30여 년 동안 중·일 관계의 각 단계에서 발휘했던 꾸준한 노력과 귀중한 공헌에 대해 회고했다. 그녀는 중국전국인민대표대회와 전국인민을 대표하여 일본국회와 의원 친구들에게 진심에서 우러나온 사의를 표하였다.

75세의 고령인 덩잉차오는 도쿄에 도착한 당일부터 8차례에 걸쳐 중요한 외교활동에 잇달아 참석하면서 전혀 피곤한 기색을 보이지 않았으니 정말 정력이 넘쳐흘렀다. 그녀의 겸허하고 솔직한 정치적 풍모와 명민하고 숙달된 외교적 감각, 그리고 소박하고 열정적인 언행에 대해 일본친구들은 모두 하나같이 높이 평가하였다.

4월 10일, 덩잉차오는 여느 날처럼 바쁜 하루 일과를 보냈다.

오전에 그녀는 영빈관에서 일본 민사당(民社黨), 신자유구락부(新自由俱樂部), 사회민주연합회 지도자들을 각각 따로 만났다.

덩잉차오는 또한 중국인민의 오랜 친구인 일본의 저명한 정치가 고 마츠무라 켄조(松村謙三)[22]의 딸 코보리 하루코(小堀治子)와 일본의 저명한 탁구선수 마츠자키 키미요(松崎君代, 현재 이름은 구리모토 키미요(栗本君代))를 반갑게 만났다. 마츠자키 키미요는 "오늘 저는 가까운 친척을 만나는 심정으로 덩 부원장을 환영합니다"라고 말했다. 마츠자키 키미요는 1960년대 제26회 세계탁구선수권 대회에 참석하여 베이징에서 저우언라이와 덩잉차오를 처음 만났던 때를 잊을 수 없었다. 이후 그녀는 결혼을 하였고 몇 년 동안 아이를 낳지 못했다. 저우언라이와 덩잉차오는 이 사실을 전해 듣고, 특별히 그녀를 중국으로 초청해 치료를 받게 해 주었다. 정말 그녀에게 자상하고 배려심이 깊은 행동이라 할 수 있다.

덩잉차오는 온화하게 이야기하였다. "중·일 양국이 대대로 우호관계를 유지해 나가야 한다는 것은 입으로만 떠드는 것이 아니라 구체적인 인물과 구체적인 행동에서 표현되어야 합니다. 마오쩌둥, 저우언라이 그리고 귀국의 마츠무라와 같이 중·일 우호관계를 개척한 노선배들은 이미 저 세상으로 떠났으니 이제 그들을 계승할 사람이 필요합니다. 당신들은 제2세대이니 나는 당신들에게 매우 큰 희망을 걸어 봅니다."

코보리 하루코는 바로 대답했다. "저의 부친이 제1대이고 제가 제2대이며 제 조카가 지금 베이징에서 유학하고 있으니 그녀가 제3대가 됩니다. 우리 집에는 초등학교 다니는 아이들이 있으니 그들이 제4대가 됩니다. 우리는 후대가 일·중 우호관계를 유지할 수 있도록 항상 교육합니다."

---

22   역주: 1883-1971. 일본 정당정치가. 중의원의원선거에 통산 13회 당선. 후생대신 · 농림대신 · 문부대신을 역임함.

덩잉차오는 이 이야기를 듣고 고개를 끄덕였다. 그녀는 코보리 하루코와 마츠자키 키미요에게 대표단 가운데 가장 젊은 단원인 천하오쑤(陳昊蘇)를 소개하면서 그가 이미 고인이 된 천이(陳毅) 원수의 큰 아들이라고 하였다. 코보리는 "천이 원수는 제 부친의 좋은 친구 분이셨고 부친과 바둑을 둔 적이 있습니다"라고 하였다. 그녀는 기쁜 마음으로 천하오쑤의 손을 꽉 잡았다. 덩잉차오는 중・일우호의 제2대가 한자리에 모여 즐거워하는 모습을 보고 유쾌하게 웃었다.

4월 10일 오후 일본상공회의소, 일본경제단체연합회, 일본경영자단체연맹, 일본경제동우회(日本經濟同友會), 일・중경제협회연합회가 연회를 개최하였다. 수백 명의 기업가들이 가득 모여 덩잉차오가 인솔한 중국인민대표회의 대표단을 열렬히 환영하였다. 일본상공회의소 소장 나가노 시게오(永野重雄)[23]는 환영사를 통해 일본 경제계가 양국의 경제 교류와 협력을 더욱 강화해 나가기를 희망하며 중국의 4개 현대화 실현과 일・중 양국의 우호 강화를 위해 공헌하겠다고 하였다.

덩잉차오는 연설을 통해 중국이 4개 현대화의 어려운 임무와 대외개방 정책을 실현해야 한다고 힘주어 강조하였다. 그녀는 다음과 같이 말했다: 우리는 우선적으로 자신의 노력에 의지해야 하지만 동시에 외국의 모든 선진 요소들을 적극적으로 배워 귀감으로 삼아야 한다. 우리는 당신들로부터 배우고자 한다. 우리 양국은 경제, 기술 영역에서의 교류, 합작에 대한 전도가 매우 유망하다. 그녀는 중・일 양국의 경제 무역과 기술 합작 및 교류에 있어 반드시 새롭고 풍성한 성과를 계속 내게 될 것이라고 믿었다.

당일 저녁, 덩잉차오는 도쿄 각계 우호단체연합회가 주최하는 성대한 연회에 참석하였다. 연회에는 일본의 각계 우호인사 7백여 명이 참석하

---

[23]　역주: 1900-1984. 실업가. 신일본제철회장 등을 역임함. 전후 일본을 대표하는 경제인 중 하나. 동경제국대학 법학부 정치학과 졸업.

였다.

덩잉차오는 연회에서 감정에 충만하여 중국에는 "물을 마실 때 우물 판 사람을 생각한다"라는 속담이 있다고 하면서 일본의 각계 우호단체와 많은 일본친구들에게 중·일 우호사업을 위해 크게 공헌해 준 것에 대해 우리는 잊어서는 안 된다고 하였다. 그녀는 중·일 양국이 우호관계를 유지해야 하고 협력해야 하며 양국 인민은 화목하고 단결해야 하는데 이는 양국 인민의 공통된 희망이며 또한 아시아와 세계인민의 근본적 이익과도 부합한다고 강조하였다. 우리는 한 세대에서 우호관계를 유지하고 다음 세대에서도 그래야 할 뿐만 아니라 이후 대대로 우호관계를 유지해 나가야 한다고 하였다. 열정적인 연설로 덩잉차오는 식장에 있던 7백여 명의 일본 친구들로부터 계속되는 열렬한 박수를 받았다. 그들은 덩잉차오와 전국인민대표대회 대표단 단원을 둘러싸고 활발하게 이야기를 나누었다. 중국과 수년 동안 교류한 바 있었던 어떤 일본친구는 덩 부위원장의 연설의 풍격이나 모습 그리고 인격이 마치 과거 저우언라이의 풍모를 다시 보는 듯하다며 감격스럽게 말했다.

덩잉차오는 매우 치밀하고 세심하게 일본 방문을 안배하였다.

4월 11일 오전, 그녀는 일본의 전수상 후쿠다 다케오(福田赳夫)[24]를 예방하였다. 십여 명의 후쿠다파 국회의원은 후쿠다 사무실 바깥에서 그녀를 환영하였다. 후쿠다 다케오는 응접실 밖에서 덩잉차오를 영접하고 그녀와 다정하게 악수를 나누며 안부를 물었다. 그녀는 오늘 위대한 정치가 저우 총리의 부인 덩잉차오 각하를 만날 수 있게 되어 매우 기쁘다고 말하였다. 그는 저우 총리가 일·중 관계 개선을 위해 매우 커다란 노력을 기울였음에 대해 높이 평가하였다.

덩잉차오는 후쿠다 선생이 영향력 있는 정치가이며 중·일평화우호

---

[24] 역주: 1905-1995. 일본의 정치가. 그는 아시아 국가들의 끊임없는 원성을 무시하고 야스쿠니 신사를 공식 참배한 최초의 일본 총리임. 아들은 일본 내각총리대신을 지낸 후쿠다 야스오(福田康夫)임.

조약을 체결한 일본수상이라고 말했다. 그녀는 후쿠다 선생에게 재차 중국을 방문해 달라고 진심으로 요청하였다. 후쿠다는 반드시 중국을 다시 방문하겠다고 약속하였다. 헤어질 때 그는 특별히 덩잉차오에게 베이징에서 다시 만나자고 했다.

덩잉차오가 일본 전수상 다나카 카쿠에이(田中角榮)[25]를 만나는 모습은 사람들을 더욱 감동시켰다. 다나카와 부인 및 30여 명의 다나카 파 국회의원들은 다나카 사저 문 앞의 야에자쿠라 아래에서 성대하고 열렬하게 덩잉차오를 환영하였다.

덩잉차오는 다나카에게 그가 중·일우호의 큰 길을 닦은 정치가라고 뜨거운 열정으로 말했다. 그녀는 다나카 선생의 용기와 지혜 그리고 정치적인 선견지명에 대해 경탄과 경의를 표했다.

덩잉차오는 다나카 카쿠에이의 응접실에서 넘쳐나는 중·일 우의의 향기를 확인하였다. 응접실 한 벽면에는 중·일수교 때 저우 총리와 다나카 수상이 대화를 나누는 모습을 찍은 확대사진이 걸려 있었고, 다른 벽에는 랴오청즈(廖承志) 부위원장이 덩잉차오에게 부탁하여 다나카 선생에게 전송한 허샹닝 노인의 유작 묵매도(墨梅圖)도 걸려 있었으며, 중간의 나무로 된 장식장에는 다나카 선생의 외손이 수공으로 제작한 일·중 양국의 국기가 펼쳐 있었다. 덩잉차오는 다나카 선생의 응접실이 중·일 우호의 집을 방불한다고 높이 평가하였다.

1972년 중·일수교 시, 다나카 카쿠에이는 중국에 백 그루의 벚꽃나무 묘목을 주어 베이징 텐탄(天壇) 공원에 심게 하였다. 덩잉차오는 5장의 벚꽃나무 사진을 다나카 선생에게 주었다. 다나카 선생은 중국인민과 저우 총리에 대한 우의를 위해 다시 천 그루의 벚꽃나무 묘목을 보내어

---

[25] 역주: 1918-1993. 중의원 의원(16선)과 내각 총리 대신(제64·65대)을 지낸 일본의 정치인. 니가타 현에서 태어나 총리 재임 중이던 1972년에 일본과 중화인민공화국의 국교를 회복하는 데 앞장서기도 하는 등(중·일국교정상화) 많은 업적을 남겼다. 총리 사임 후 록히드 사건으로 복역했으며, 장녀인 다나카 마키코도 중의원 의원을 지냄.

저우 총리의 고향에 심겠다고 결정하였다. 이에 대해 덩잉차오는 감사의 뜻을 표했다.

다나카 카쿠에이는 덩잉차오와 대표단 단원을 안내하여 자신의 정원 내 잔디밭으로 가 고향의 명주(名酒)를 마시고 또한 두 '손자 나무' 아래에서 기념사진을 함께 찍었다. 다나카는 덩잉차오에게 이 두 나무는 외손자와 외손녀를 위해 자기가 심은 것으로 '손자 나무'라고 이름 붙였다고 소개하였다. 그가 이제 덩잉차오와 '손자 나무' 아래에서 함께 사진을 찍음으로써 일·중우호를 위해 항상 온 힘을 다하고자 하는 그의 희망이 자손대대로 영원히 이어지기를 바란다는 표시이길 원했다. 덩잉차오는 이 말을 듣고 매우 감동하였다. 다나카파 의원이자 방위청장관인 야마시타 간리(山下元利)[26]가 대표단원에 오늘 덩 부위원장이 다나카 선생과 회견하니 소위 '다나카 군단'의 다나카파 의원 모두가 특별히 기쁘고 특별히 흥분되며 특별히 감격하였다고 말하였다.

일본 외상 소노다 쓰나오(園田直) 부인 소노다 덴고고(園田天光光)는 1978년 중국을 방문하여 덩잉차오를 보고 깊은 인상을 받았다. 이번에 덩잉차오가 일본을 방문했을 때 소노다 쓰나오 외상은 마침 미국을 방문 중이어서, 소노다 덴고고가 남편을 대신해 연회를 열고 덩잉차오를 환영하였다. 두 사람은 서로 축배를 제의했고 모두 열정적으로 우호적인 연설을 하였다.

소노다 부인이 1978년 중국을 방문했을 때 덩잉차오는 그녀에게 한 광주리의 붉은 대추를 선사했다. 소노다 부인은 이 선물을 받은 후 친히 덩잉차오에게 감사의 편지를 보냈다. 이번에 덩잉차오가 다시 중국에서 행운의 상징인 크고 붉은 대추를 소노다 외상 부인에게 주었다. 소노다 부인은 깊이 고개 숙여 절하며 감사의 마음을 표시하였다.

덩잉차오와 대표단 단원은 또한 영빈관에서 이미 고인이 된 일본의

---

26   역주: 1921-1994. 일본 정치가, 중의원의원 및 방위청장관 역임.

오랜 친구의 친척을 만나 그들에게 다정한 위문 인사를 표했다.

이미 고인이 된 일본의 각계 유명인사인 아사누마 이네지로(淺沼稻次郎), 가타야마 테츠(片山哲)[27], 마츠무라 켄죠(松村謙三)[28], 우치야마 간조(內山完造), 가와사키 히데지(川崎秀二)[29], 다카사키 다츠노스케(高碕達之助)[30], 이시바시 탄잔(石橋湛山)[31], 오오타니 에이준(大谷瑩潤)[32], 무라타 쇼죠(村田省藏)[33], 난고 사부로(南鄕三郎), 구하라 후사노스케(久原房之助)[34], 호우미 아키라(鳳見章) 등이 중·일우호사업의 선구자들이었다. 당시 그들은 어려움

[27]   역주: 1887-1978. 일본 정치가, 변호사. 제46대 내각총리대신. 크리스찬으로서 일본에서 기독교적 인권사상과 사회민주주의의 융합(기독교사회주의)을 실천한 대표적인 인물.

[28]   역주: 1883-1971. 일본 정치가. 중의원의원선거에 통산 13회 당선됨. 후생대신·농림대신·문부대신을 역임함.

[29]   역주: 1911-1978. 일본 정치가. 부친은 입헌민정당 대변인인 가오사키 카츠(川崎克). 전 후생노동대신인 가와사키 지로(川崎二郎)는 차남임.

[30]   역주: 1885-19644. 일본 정치가·실업가. 전원개발초대총재, 통산대신, 초대경제기획청장관 등을 역임함.

[31]   역주: 1884-1973. 日本의 저널리스트, 정치가. 제55대 내각총리대신. 자유민주당총재. 와세다(早稻田)대학명예박사.

[32]   역주: 1890-1973. 정토진종(淨土眞宗)의 승려. 중의원의원, 참의원의원 역임.

[33]   역주: 1878-1957. 일본 실업가, 정치가. 사단법인 여수회(如水會) 이사장, 오사카상선 부사장, 사장 역임. 귀족원의원, 중·일전쟁 발발과 함께 해운의 전시체제확립을 주장하여 해운자치연맹을 결성함. 스스로 이사장에 취임함. 통신대신 겸 철도대신, 대일본제국육군제십사군최고고문, 초대주필리핀특명전권대사, 운수성고문 등을 역임. 패전 후 공직 추방 당함과 동시에 A급전범 혐의로 구치소에 수감됨. 외무성고문, 일본국제무역촉진협회초대회장, 오사카로타리클럽초대부회장 역임. 국무촉(國貿促)회장으로 1955년 방중, 저우언라이(周恩來) 수상와 회담하여 신뢰 관계를 구축하였으며, 같은 해 결성된 일·중무역협정에 일본측위원장으로서 조인함.

[34]   역주: 1869-1965. 일본 메이지(明治)와 다이쇼(大正) 시대의 실업가·정치가. 게이오의숙(慶應義塾)을 졸업한 뒤 광업회사인 후지타구미(藤田組)에 근무함. 아카자와동산(赤澤銅山)을 매입하여 히다치 광산(日立鑛山 : 나중에 구하라 광업으로 됨)이라 개칭하고 경영을 시작. 그 뒤 구하라 상사(1918), 히다치 제작소(1920) 등을 설립하여 실업계의 거장이 됨. 1927년에 모든 사업을 의형인 아유카와 요시스케(鮎川義介)에게 맡기고 정계에 투신하여 다나카(田中) 내각의 체신상과 입헌정우회(立憲政友會) 간사장 등을 역임함. 1936년의 2·26사건 당시 우익 쪽에 자금을 제공하여 반란방조죄로 문초를 당함. 제2차 세계대전 후에 공직에서 추방당했으나 해제된 뒤에는 소·일, 중·일 국교 회복에 노력함.

을 두려워하지 않고 격랑 속에 중국을 방문하였다. 어떤 사람들은 마오 주석을 만났고 더 많은 사람들은 여러 차례 저우 총리를 만났다. 그들의 친척들은 그들의 유지를 이어받아 적극적으로 일·중우호 활동에 참가하였다. 오늘 덩잉차오와 찾아온 이들은 그들의 부인, 아들, 딸 그리고 손자들이었다.

덩잉차오는 깊은 애정을 갖고 그들에게 말했다. "오늘 당신들을 보니 특별히 친근함을 느끼고 또 감격스럽습니다. 당신들의 가족은 중·일 우호를 위해 애썼고 땀을 흘렸으며 어떤 이는 심지어 생명까지 바쳤는데 사회당 위원장 아사누마 이네지로(淺沼稻次郞)[35] 선생이 그 예입니다. 당신들도 가족의 사업을 계승하여 중·일 우호 발전을 위해 큰 노력을 기울이고 있습니다. 당신들의 모습과 행동에서 중·일 양국 국민 사이에 영원히 계속될 우호의 정신이 구현되고 있습니다."

일본의 전 수상 카타야마 테츠(片山哲)의 부인 카타야마 기쿠에(片山菊枝)는 함께 자리한 옛 친구의 가족들을 대표하여 덩잉차오가 인솔한 중국인민대표대회 대표단의 일본 방문을 진심으로 환영하였다. 그녀는 "중국 국민은 시종 옛 친구를 잊지 않아 우리에게 큰 감동을 줍니다. 우리들의 자손들은 일·중 양국의 우호를 위해 노력할 것이고 일·중 양국 국민의 영원한 우호적 유대를 강화시켜 나갈 것입니다."

덩잉차오는 우치야마 간조(內山完造) 부인 우치야마 마사노(內山眞野)에게 말했다. "우치야마 간조 선생은 중국 인민의 옛 친구입니다. 중국혁명이 가장 힘들었던 시기에 우치야마 간조 선생은 상하이에서 중국공산당의 지하공작원을 보호하고 루쉰 선생을 보호하였습니다. 중국인민은 그를 영원히 잊지 못할 것입니다."

구하라 후사노스케(久原房之助)의 손자 구하라 히로시(久原裕)는 덩잉차오의 두 손을 꼭 잡고 감정이 격해 말했다. "제 할아버지는 80세 생신 때

35　역주: 일본사회당 당수. 극우파 대학생인 야마구치 오토야(山口二矢)에게 암살당함.

마침 중국에 계셨습니다. 저우 총리는 특별히 그분에게 중국의 저명한 화가 치바이스(齊白石)의 그림을 보내면서 또 직접 중·일 우호의 시구를 그림 위에 썼습니다. 이 그림은 우리 집안에 전해오는 가보로서 자자손손 영원히 보존할 것입니다."

덩잉차오는 이 말을 듣고 기뻐하며 "좋습니다. 이것이 중·일 우의의 영원한 상징입니다."

이미 작고한 자민당 국회의원 가와사키 히데지의 부인 가와사키 나오코(川崎緖子)와 아들 가와사키 지로(川崎二郎)는 특별히 미에(三重)현에서 도쿄로 서둘러 와 회견에 참가하였다. 헤어질 때 가와사키 나오코는 작별을 몹시 아쉬워하며 덩잉차오에게 말했다. "우리는 오늘 당신을 만나 직접 격려의 말을 듣게 되니, 가와사키 히데지 역시 저승에서 기뻐할 것입니다. 가와사키 히데지가 맡았던 일·중 우호를 위한 미완의 사업은 현재 그 아들이 계승하고 있습니다." 덩잉차오는 그들 모자에 대해 절절한 감사의 표시를 하였다.

덩잉차오는 영빈관에서 또한 일본사회당 전 위원장 사사키 코죠(佐佐木更三) 부부를 접견하고 또한 일본 소카(創價)학회 회장 이케다 다이사쿠(池田大作)[36]을 만났다. 이케다 다이사쿠는 사진첩을 꺼내 그 안의 벚나무 사진을 가리키며 덩잉차오에게 알려주었다. "1974년 12월 중병을 앓던 저우 총리가 병원에서 나를 만났습니다. 저우 총리에 대한 존경과 감격을 전하기 위해 1975년 가을, 나는 중국유학생과 함께 소카대학 교정 내에 한 그루의 벚나무를 심고 그 이름을 '저우 벚나무'라고 하였습니다. 덩 부위원장의 일본 방문을 기념하여 우리는 다시 올해 4월 7일 두 그루의 벚나무를 심어 '저우 벚나무 부부'라고 명명하여 저우 총리와 당신에 대한 존경과 그리움을 표시하였습니다."

---

36 역주: 1928-현재, 종교가, 교육자, 작가, 시인. 일련불법(日蓮佛法)을 믿으며, 종교법인 소카(創價)학회의 명예회장, SGI(소카학회인터내셔날) 회장, 공명당(公明黨) 창설자.

덩잉차오는 충심으로 이케다 회장의 성심성의와 중국유학생에 대한 소카대학의 보살핌에 대해 감사하였고, 다시 한 번 이케다 회장이 중국을 방문해 줄 것을 요청하였다. 그는 기쁘게 이 제안을 받아들였다.

1978년 가을, 덩잉차오는 일본 중의원 의장 호리 시게루(保利茂)[37]의 친필로 쓴 초청장을 받고 일본에서 만나려고 생각하였다. 그러나 불행하게도 호리 시게루 선생은 병으로 세상을 뜨고 말았다. 덩잉차오는 특별히 호리 시게루의 사저로 그 부인 호리 나가코(保利長子)을 예방하였다.

덩잉차오는 호리 시게루 선생의 초상 앞에 흰 국화 한 송이를 바치고 그 앞에서 묵념하였다. 그녀는 호리 나가코와 그녀의 자녀들에게 심심한 위로를 표하였다.

호리 부인은 눈물을 머금은 채 덩잉차오에게 말했다. "호리는 생전에 당신이 일본을 방문해 주기를 기대하였고 그때 당신을 안내하여 교토에서 꽃을 감상토록 할 작정이었습니다. 그러나 애석하게 그 희망은 실현되지 못했습니다. 당신은 바쁜 일본 방문의 와중에도 특별히 우리를 방문해주셨으니 그가 저 세상에서도 매우 기뻐하며 위안으로 삼을 것이라고 나는 믿습니다."

덩잉차오는 진지하게 호리 부인과 그의 자녀들에게 중국을 방문해 달라고 요청하였다. 호리 부인은 말했다. "나와 나의 자녀들은 반드시 중국을 찾을 것입니다. 그때, 나는 호리의 초상을 함께 중국에 가져갈 것입니다. 그 역시 생전에 중국에 가지 못한 것을 유감스럽게 생각했기 때문입니다."

덩잉차오는 일본기자클럽이 그녀를 위해 주최한 기자회견에 참석하여 각국 기자의 질문에 대답하고 중국의 내정과 외교정책에 대해 분명히 밝혔다. 특히 1979년 1월 1일 전국인민대표회의 상임위원회의 「대만동포에 고하는 글」에 담긴 정신을 근거로 대만에 대한 방침과 정책에 대

---

37   역주 : 1901-1979. 일본의 정치가, 관방장관, 제59대 중의원의장, 노동대신, 농림대신 등을 역임.

해 이야기하였다. 각국 기자들은 재빨리 덩잉차오의 발언 요지를 세계 각국에 전파하였다.

덩잉차오는 또한 일본 외무성을 찾아 막 미국에서 돌아온 소노다 쓰나오(園田直) 외상을 예방하였다. 소노다 쓰나오 외상은 중·일화평우호조약을 체결할 당시 외상이었다. 그는 중·일 양국이 평화우호조약을 체결한 이래 양국 관계는 한 가족처럼 친밀해졌으며 한 가족이 된 이상 어떤 문제도 대화할 수 있고 협상을 통해 해결할 수 있다고 했으며 아시아의 평화를 위해 공동으로 노력하기 바란다고 했다.

덩잉차오는 소노다 외상의 의견에 전적으로 동의하였다. 그녀는 우호 관계의 공동 기초를 강화한다면 양국 지도자 간의 의견 교환을 통해 모든 문제를 해결할 수 있다고 하였다. 그녀는 소노다 외상이 기회가 되면 중국을 다시 한 번 방문해 주기를 희망하였다.

덩잉차오와 대표단은 500여 명의 재일본 화교대표들과 기쁘게 만났고 그들에게 열정적인 연설을 하였다.

도쿄에서 머물던 짧은 며칠 동안, 덩잉차오는 매일 6,7차례의 스케줄을 소화하면서 정말 긴장 속에서 보냈다. 일본 친구들은 특별히 그녀와 대표단이 후지(富士)산 아래 풍광이 아름다운 하코네(箱根)에서 휴식을 취하도록 배려하였다.

저명한 일본의 우호인사인 사이온지 기미카즈(西園士公一) 부부는 아들 사이온지 가즈아키(西園士一)와 3살짜리 어린 손녀를 데리고 요코하마에서 하꼬네(箱根)로 덩잉차오를 보러 왔다. 사오온지 기미카즈는 일찍이 신중국에서 13년 동안 산 적이 있었고 영광스런 '민간대사'가 되었다. 덩잉차오는 사이온지 기미카즈 일가가 한 세대 한 세대 중·일 우호를 위해 공헌했다고 높이 평가하였다.

사이온지 기미카즈(西園士一晃)는 청소년 시절을 중국에서 보냈다. 그는 3살 된 딸 칸코(干子)를 안고 덩잉차오의 곁으로 와 능숙한 중국어로 그녀에게 "아이를 한 번 보세요"라고 말했다. 덩잉차오가 다정하게 칸코의 볼에 입을 맞추자 그녀는 즐겁게 웃었다.

  덩잉차오는 사이온지 기미카즈에게 매우 중요한 의미가 있는 두 가지 선물을 하였다. 하나는 중국의 저명작가 라오서의 부인이며 저명한 화가인 후쟈칭(胡絜青)이 그린 한 폭의 벚꽃 그림이었다. 그것은 저우언라이가 1919년 일본 유학 때 썼던 「비 갠 아라시야마(嵐山)」라는 시 가운데 "연한 붉은 빛의 가냘픔이 사람의 마음을 취하게 하네"라는 구절에 맞춰 그린 것이었다. 덩잉차오는 그림 위에 기념으로 "라오서 부인이 언라이의 시구에 맞춰 벚꽃을 그린 사이온지 기미카즈 선생 및 유키에(雪江) 부인의 부탁에 응하다"라고 썼다. 다른 하나는 저우언라이의 청년시절 모습의 초상화와 그가 19세 때 쓴 시 「동쪽으로 가다」가 새겨진 걸이용 자기 접시였다.

  사이온지 기미카즈는 정중하게 이 두 기념품을 받고, 너무 감동하여 덩잉차오에게 그것들을 가보로 삼아 대대로 보존해 나갈 것이라고 말했다.

  4월 14일 덩잉차오와 인민대표대회 대표단은 아타미(熱海)에서 신칸센(新刊線) 고속열차를 타고 저우언라이가 청년시절 유람했던 일본문화의 고도 교토(京都)에 도착했다.

  덩잉차오는 교토의 명승 비와코(琵琶湖)를 유람했다.

  안내를 맡은 일·중우호의원연맹 부회장 나가수에 에이치(永末英一)는 비와코의 아름다움과 우정의 소중함으로 노래한 일본 민가(民歌)를 흥겹게 불렀다. 그녀는 이 노래가 60년 전 교토 제3고등학교의 한 학생이 지은 것인데 발표된 후 큰 환영을 받았다고 소개하였다. 그때 저우언라이도 마침 교토에 있었기 때문에 그 역시 이 노래를 들었을 것이라고 했다.

  덩잉차오는 60년 전 유행했던 아름다운 일본 민가를 귀 기울여 들으며 감격에 휩싸여 말했다. "중·일 양국의 우의는 비와코의 파도처럼 너울너울 전해져 나갈 것이다."

  덩잉차오는 교토에서 300여 년 전에 건립된 도쿠가와(德川) 장군의 교토 주거지인 '니조죠(二條城)'[38]를 관람하였다. 이 건축물은 전형적으로 당의 건축을 모방한 궁전으로 '가라몬(唐門)'이라 칭해졌다. 덩잉차오는 이것을 보고 중·일문화교류의 역사가 매우 긴 연원을 지니고 있음을 더욱 분명하게 느꼈다.

덩잉차오는 수양 벚꽃나무가 막 피기 시작하고 시냇물이 졸졸 흐르는 세이류엔(淸流園) 정원에서 우아한 기모노를 입은 일본의 사미센 여성 주자가 「사쿠라(櫻花)」, 「로쿠단노시라베(六段調)」 등 일본의 명곡 연주를 듣기도 하고 민족의 특색이 듬뿍 깃든 다도와 꽃꽂이(花道) 예술을 감상했다.

벚꽃이 만개하는 기간은 매우 짧았다. 산들바람이 불었고 정원의 수양벚꽃나무는 봄바람에 꽃잎을 나풀나풀 날려 떨어뜨리니 온통 꽃보라가 흩날렸다. 덩잉차오는 감탄하며 말했다.

"고개를 들어 벚꽃을 보고 머리를 숙여 낙화를 본다. 벚꽃 만발하여 매우 아름답더니 꽃 지니 그 아름다움 배가 되네!"

니조죠의 관리책임자인 다카쿠라 마코토(高檢誠)는 이 말을 듣고 크게 감동하여 말했다. "일반인은 단지 벚꽃이 필 때의 아름다움만을 알 뿐인데 꽃 떨어질 때의 아름다움을 아니 진정 일본을 이해하는 분이시다!"

교토 지사는 덩잉차오를 환영하는 연회에서 이렇게 말했다. "일·중 양국민은 이해와 신뢰에 바탕하여 두터운 우의를 키우니, 저우 총리가 청년시절 아라시야마(嵐山)에서 읊었던 '한 줄기 광명을 바라보다'가 그 의미를 더욱 밝게 널리 드러낼 것입니다."

덩잉차오 역시 시적 정취를 담아 말했다. "나는 중국인민과 교토인민

---

38 역주: 니조죠는 1601년에 도쿠가 이에야스가 교토의 의례 시설로 사용하기 위하여 축성을 시작하여 1603년에 이곳에서 세이타이 쇼군 배하 의식이 치러진다. 이때의 성은 현재의 니노마루(둘째 성곽)에 해당하는 장소에 있었다. 그 후 개축하여 이에미츠 시절 고미즈노오 천황 행차를 맞이하기 위해 혼마루(주성) 궁전과 소누리고메의 백악 5층 천수각을 세워 오늘날과 같은 규모로 만들었다. 그러나 천수각은 1750년 벼락으로 소실되었다. 현존하는 니노마루 궁전이 도쿠가 막부의 영화를 고스란히 전해 준다. 혼마루 궁전은 화재로 소실되었고, 1894년에는 교토교엔 안에 있던 구 가츠라노미야저(邸)를 옮겨 왔다. 1994년에 고도(古都) 교토의 문화재 중 하나로 세계문화유산에 등록되었다.

의 우의를 충심으로 축원하며 오오츠미가와(大堰川)와 같이 쉬지 않고 길게 흐를 것이고 아라시야마의 벚꽃과 같이 매년 더욱 아름다울 것이다."

4월 16일, 덩잉차오와 대표단은 교토 서북에 위치한 아라시야마에 도착하여 저우언라이 총리 시비 제막식에 참석하였다. 시비는 아라시야마 기슭의 가메야마(龜山)공원에 자리했는데 맑고 깨끗한 오오츠미강이 근처에 흐르고 주변에는 푸른 소나무가 에워쌌는데 벚꽃이 구름처럼 피어 있었다.

그날 가랑비마저 촉촉이 내려 60년 전 청년 저우언라이가 아라시야마를 유람할 때 날씨와 같았다. 이른 아침 수많은 일본인 친구들이 도쿄, 규슈(九州), 고베(神戶), 오사카(大阪), 나라(奈良), 시가(志賀), 홋카이도(北海道)에서 특별히 아라시야마의 저우 총리 시비 제막식에 참가하기 위해 서둘러 왔다. 일본 젊은이들은 "중·일인민우호만세", "저우 총리는 영원히 우리들의 마음속에 살아 있습니다"라는 표어를 들고 소리 높여 "저우 총리와 우리는 친밀하고 또 친하다"라는 노래를 부르며 길 양쪽에 늘어서 덩잉차오를 환영하였다.

덩잉차오는 눈앞에 우뚝 선 높이 2.4미터, 무게 5톤의 적갈색 시비를 보았다. 시비 앞 경사면에는 자라난화(紫羅蘭花)가 짙게 피어 있었다. 시비 주변에는 푸른 소나무가 높이 솟아 있었고 뒤편에는 벚꽃이 만개하였다.

오전 11시 반 성대한 제막식이 시작되었다. 덩잉차오가 95세 고령의 요시무라 마고사부로(吉村孫三郎)과 함께 오색 종이테이프를 끊자 백색의 비단 휘장이 천천히 열리고 적갈색의 시비가 불쑥 전면을 드러내었다. 시민 정면에는 중국정국인민대표대회 상임위원회 부위원장이며 중·일 우호협회 회장 랴오청즈가 쓴 저우언라이의 청년시절 시「비 내리는 아라시야마를 유람하다ー일본 교토」가 새겨져 있었다.

"두 번째 완상하는 비 내리는 아라시야마,

양 언덕의 푸른 소나무, 벚나무 몇 그루 끼고 있네.

여기저기 산은 높이 솟았는데

이리 푸른 샘물이 샘솟아 바위를 감싸 돌며 사람을 담았네.

이슬비는 부슬부슬 내리고 안개 자욱하게 내렸는데

한 줄기 밝은 빛 구름을 뚫고 나오니 볼수록 아름다움 더하네.

사람들의 온갖 진리, 찾을수록 더욱 모호한데

모호함 속에 문득 한 줄기 밝은 빛을 바라보며

진실한 아름다움 더욱더 느끼네.”

당시 청년 저우언라이는 나라와 인민을 구하는 진리를 탐구하려 노력하고 있었고 일본에서 마르크스주의와 처음 접촉하면서 마치 모호함 가운데 광명을 찾아내고는 더욱 아름답다고 느꼈었다. 이 시는 비 내리는 아라시야마의 아름다운 풍경을 묘사하면서 동시에 그가 당시 진리를 추구했던 심정을 반영하기도 하였다. 이 시는 처음 각오사에서 출판한『각오(覺悟)』제1기에 실렸고, 덩잉차오는 60년 전에 이를 보았다. 그때 그녀는 저우언라이의 시에 담긴 정서와 묘사된 정경 때문에 감동을 받았고, 비 내리는 아라시야마를 한 번 보고 싶어 했는데 이제 그 꿈을 이렇게 이루게 될 줄은 생각하지 못했다. 그러니 그녀가 어떻게 감격하지 않을 수 있겠는가?

정비(正碑) 좌측에 또 하나의 부비(副碑)가 설치되었는데 거기에는 “1978년 체결된 중·일우호평화조약의 의의를 표현하고 교토민의 영원한 우호의 희망을 표출하기 위해 유서 깊은 곳에서 위대한 인물 저우언라이 총리의 시비(詩碑)를 건립한다”라고 새겨져 있었다.

요시무라 마고사부로(吉村孫三郎) 선생은 시비 건립 경과에 대해 보고하였다. 교토부(京都府) 지사 하야시다 유키오(林田悠紀夫), 교토시 시장 후나바시 모토키(船橋求己), 교토 상공회의소 소장 모리시타 히로시(森下弘)는 모두 저우언라이 총리를 거듭거듭 칭송하고 또 그를 그리워하며 중·일 우호의 열정을 더욱 강화하기로 결심했다고 말했다.

덩잉차오는 열렬한 박수를 받으며 그녀가 정성껏 준비한 다음과 같은 내용의 연설을 하였다. "내가 이번에 아라시야마에 온 것은 비록 처음이지만 결코 낯설지 않고 매우 친밀하게 느껴집니다. 이것은 아라시야마와 소노야마(園山)가 세계적으로 이름이 높은 아름다운 명승지여서, 또한 지금이 마침 벚꽃이 활짝 피는 계절이기 때문만이 아니라, 이 정취와 풍경으로 인해 60년 전으로 생각의 자락이 닿기 때문입니다. 그해 4월 5일, 나의 반려자 저우언라이는 청년의 때에 교토에 와 아라시야마와 소노야마를 유람하였는데 그는 매우 좋은 인상을 받았습니다. 특히 이곳의 아름다운 벚꽃은 자연의 순리에 조화하여 수만 그루의 나무에서 한꺼번에 같이 피고 또 호기롭게 미련 없이 지고 맙니다. 이 모든 것이 인간세상의 진리를 추구하던 그에게 매우 커다란 계시를 주었습니다. 그는 당시에 느꼈던 감정을 몇몇 시에 담으면서 아라시야마의 아름다운 정경을 묘사하고 사상적인 측면에서 스스로 광명을 발견한 희열을 노래하였습니다. 그의 이 시들은 그가 죽은 뒤 다시 중국의 각종 신문이나 잡지에 다시 발표되어 일본의 벚꽃과 아라시야마, 소노야마의 아름다운 풍광에 대한 중국인민의 사랑과 관심을 이끌어냈고 중·일 양국민의 상호 이해에 도움을 주었습니다."

덩잉차오는 저우언라이 총리에 대한 일본친구들의 높은 평가에 대해 감사하였다. 그녀는 다음과 같이 말했다 : 생전에 그가 품었던 매우 커다란 희망은 중·일평화우호조약을 체결하여 중·일 양국민의 우호관계가 자자손손 이어져 가게 하는 것이었다. 이제 중·일우호조약은 체결되었고 중·일 양국의 영원한 우호를 위한 든든한 기초가 닦였으며, 우리의 공동 노력과 우리 양국의 위대한 인민의 우의를 푸른 하늘 아래 송백처럼 오랜 세월 항상 푸르게 만들 것이다.

그가 연설할 때 한 줄기 햇빛이 구름을 뚫고 나와 비 갠 아라시야마를 밝게 비추니 그 모습이 가히 장관이었다. 덩잉차오는 흥이 나서 "막 태양이 모습을 드러내 우리를 비추고 있습니다. 그 모습이 마치 중·일 양국민의 우호 관계가 무한히 밝게 빛날 것임을 표상하고 있습니다."

덩잉차오의 연설은 일본 친구들의 매우 열렬한 박수갈채를 받았다.

그녀는 시비를 건립한 교토 10개 단체와 시비에 글자를 새긴 늙은 두 석공에서 기념품을 증정하고 같이 있던 78세의 늙은 석장 다카사키 요시자부로(高城芳三郎)에게 특별히 청하여 함께 시비 앞에서 기념 촬영을 하였다.

의식이 끝난 뒤 덩잉차오는 란테이(嵐亭) 정원에서 열린 저우 총리 시비 준공 연회에 참가하였다. 특별히 도쿄에서 아라시야마로 달려온 일본 신제작좌(新制作座) 소속 예술가는 연회에서 「경애하는 저우 총리」, 「베이징의 진산(金山) 위에서」, 「홍호수(洪湖水), 낭타랑(浪打浪)」, 「베이징 송(頌)」과 교토의 「기온바야시(祇園小調)」, 도쿄의 「에도 니혼바시(日本橋)」 등 중국과 일본의 노래를 불렀다. 덩잉차오 역시 박수를 치며 일본친구들과 함께 박자를 맞추어 노래했다.

일본공명당 위원장 다케이리 요시카츠(竹入義勝)[39]와 부위원장, 서기장 등 공명당의 지도급 간부 12명은 아라시야마의 고상하고 우아한 깃쵸(吉兆)호텔에서 덩잉차오와 대표단을 대접하는 연회를 개최하였다. 다케이리 요시카츠는 덩잉차오가 날 것, 찬 것, 신 것, 매운 것을 먹지 않는다는 사실을 알고서 직접 음식 하나하나를 먼저 맛을 본 뒤 메뉴를 정했다. 그는 덩잉차오가 일본 다다미에 앉는 것이 익숙하지 않을 것을 걱정하여 방석을 겹겹으로 높이 쌓아 올렸다. 연회 석상에서 다게이리 요시카츠는 식사를 하지 않고 덩잉차오의 곁에서 계속 음식을 골라 권했고, 생선의 가시를 발라내 덩잉차오에게 먹게 함으로써 그녀에 대한 존경의 마음을 표시했다. 그는 흥분하며 저우 총리와 덩잉차오에 대한 진실된

---

39   역주 : 1926-현재. 일본의 정치가. 훈일등욱일대수장(勳一等旭日大綬章) 수훈. 도쿄도
      (都) 의회의원. 중의원의원. 공명당위원장 역임.

감정을 나타내었다. "저우 총리가 살아계실 때 나는 몇 차례 그의 보살핌을 받은 적이 있어 일본에서 저우 총리를 접대하기를 고대했습니다. 그런 바람이 마침내 덩 부위원장이 일본을 방문함으로써 실현되었습니다. 대표단이 당신을 '덩 다제'라고 부르니 나 역시 그렇게 부르도록 해주시지요."

덩잉차오는 웃으며 말했다. "별 말씀을 다하십니다. 언라이 동지는 나에게 그의 외교 활동에 대해서는 거의 말하지 않았지만, 다케이리 요시카츠 선생과 공명당에 대해서는 늘 나에게 말하였습니다."

다케이리 요시카츠는 이 말을 듣고 매우 기뻐했다. 공명당정책심의회 의장 마사키 요시아키(正木良明)[40]는 즉석에서 시를 한 수 읊었다.

> "덩 여사가 아라시야마(嵐山)에 있으니
> 저우 총리가 그녀 뒤에서 웃고 있네.
> 중국인은 그녀를 '덩 다제'라 부르는데
> 그녀의 자상한 얼굴을 바라보니
> 우리도 그 이유를 알겠구나!"

헤어질 때 덩잉차오는 다시 한 번 공명당의 새 친구들에게 중국을 방문해 달라고 요청하였다. 그들은 모두 흔쾌히 요청을 수락하였다.

4월 17일, 덩잉차오와 대표단은 고도 나라(奈良)를 유람하였다. 그녀가 저명한 도쇼다이지(唐招提寺)에 도착하니 84세의 모리모토(森本) 장노(長老)가 직접 대문 앞에서 영접하였다. 인근의 주민과 초등학생, 중학생, 유치원 아이들이 중·일 양국 국기를 흔들며 절 입구에 모여 중국어로 크고 열렬하게 "안녕하세요?", "환영합니다!"라고 소리쳤다.

덩잉차오는 아이들과 친근하게 악수를 나누었고 5살의 여아에게 입을

---

40   역주: 1925-현재, 일본의 정치가. 공명당 출신의 중의원의원.

맞추었다. 그녀는 기뻐하며 안내하던 나라 시장에게 "중·일 우호의 다음 세대인 저들을 보니 너무 즐겁습니다"라고 말했다.

모리모토 장노는 덩잉차오에게 도쇼다이지가 1,200여 년 전에 온갖 어려움에 감내하면서 동쪽 일본으로 건너온 중국 당대(唐代)의 고승 감진(鑒眞)[41] 화상이 책임을 맡아 건립하였다고 알려주었다. 감진은 중국의 불교학, 건축학, 의학 그리고 미술 등을 일본에 전래하였다. 일본인의 깊은 존경을 받았던 이 고승은 죽은 뒤 이 절에서 화장되었고 현재 감진 화상의 간칠소상(干漆塑像)은 이미 일본의 국보가 되어 어영당(御影堂)에 안치되어 있었다.

덩잉차오는 감진 좌상(坐像)에 헌화하였다. 그녀는 모리모토 장노에게 "덩샤오핑 부총리가 작년 이곳에 왔을 때 당신이 감진 고승과 함께 중국에 오는 것을 환영한다고 했고 우리는 이미 모든 준비를 마치고 당신들이 오기를 기다리고 있다"고 말했다. 모리모토 장로는 "매우 감사합니다. 감진 화상은 1,200여 년이 지난 지금 처음으로 고향으로 돌아가 '가족을 방문하게 됐습니다.' 우리는 금년 가을 맑고 아름다운 계절에 고향에 갈 수 있기를 희망합니다."

덩잉차오는 또한 도다이지(東大寺)를 참관하였다. 68세의 주지 시미즈 기미테루(清水公照)는 덩잉차오에게 도다이지가 8세기 중국 당대 건축물을 모방해 건립한 것으로 이곳의 대불상(大佛像)은 1,200년 전에 건립되었고, 높이 16미터에 5백 톤의 청동으로 주조되었으며 중국 뤄양(洛陽) 롱먼(龍門) 석굴 펑셴(奉先)사 대불상보다 50년 늦게 만들어져 일·중문화 교류의 유구한 역사를 충분히 확인할 수 있게 한다고 알려 주었다.

나라 시장이 거행하는 연회에서 덩잉차오는 "오늘 우리는 모두 나라 시의 임시 시민이 되었습니다"라고 유머스럽게 말하였다. 가기타(鍵田)

---

[41]　역주: 688-763. 당나라의 고승이며 일본 율종의 시조로서 불법뿐만 아니라 중국의 건축, 미술, 의약 등도 일본에 전했다. 천황으로부터 전등대법사에 임명되어 왕족과 고관들에게 계를 주었으며 계단원(戒壇院)과 당초제사(唐招提寺)를 세웠다.

시장은 "덩 부위원장과 이번에 나라를 방문한 중국인민대표단의 친구들 모두 우리나라의 영원한 명예시민으로 삼고자 합니다"라고 즉석에서 화답했다. 덩잉차오는 기뻐하며 동의의 뜻을 표했다. 그날 오후 가기타 시장은 나라 시민에게 이 좋은 소식을 선포하였다.

덩잉차오와 대표단은 오사카시에 도착하여 중·일우호협회 초대 회장 마츠모토 지이치로(松本治一郎)의 아들 마츠모토 에이치(松本英一)와 50년대 중국에 와 중·일경제무역을 개척했던 다카사키 다츠노스케(高崎達之助)의 딸 후루타 쇼코(古田昌子) 등 옛 친구의 가족들을 즐겁게 만났다.

덩잉차오는 오사카에서 마츠시타(松下) 전기회사의 이바라키(茨木)공장을 참관하였다. 마츠시타 회사의 창시자인 90세 고령의 마츠시타 코노스케(松下幸之助)는 사장 야마시타 도시히코(山下俊彦)와 400여 명 직원과 함께 문 앞에서 열렬하게 덩잉차오를 환영하였다. 야마시타 사장은 덩잉차오를 안내하여 텔레비전 생산라인을 참관시켰다. 덩잉차오는 요청을 받고 마츠시타 전기회사를 위해 "중·일우호, 경제교류, 전도무한(前途無限)"이라는 기념의 글을 남겼다.

오사카시가 준비한 오찬 석상에서 덩잉차오는 다음과 같이 말했다. "총 10일에 걸쳐 귀국을 방문하는 동안, 우리는 귀국 산하의 아름다움과 토지의 풍부함 그리고 경제와 문화의 발달에 대해 직접 볼 수 있었습니다. 그러나 우리가 가장 잊기 힘든 것은 중국인민에 대한 일본인민의 두터운 정입니다. 우리는 반드시 이 정을 중국인민에게 전달할 것입니다."

덩잉차오는 이어 말했다. "이번 우리의 일본 우호 방문은 성공적이고 원만했습니다." "우리는 단지 우리 쌍방이 중·일평화우호조약의 기초 위에서 공동의 노력을 계속할 경우 우리 양국의 선린우호협력 관계는 반드시 더욱 크게 발전하게 될 것이라고 믿습니다."

4월 19일, 이슬비가 부슬부슬 내리는 날, 덩잉차오와 그가 인솔하는 인민대표대회 대표단은 일본을 떠나 귀국길에 올랐다. 이십일 동안 그들은 수십 차례의 회견과 연회에 참석하여 1천여 명의 일본 각계 친구들과 만나 우호사절의 역할을 충분히 발휘하였다. 일본의 각 정당은 선거를 치를 때나 일상적인 정치 활동 과정에서 매우 격렬하게 경쟁하였다. 그러나 이번 덩잉차오와 중국인민대회 대표단을 접대할 때에는 전에 없는 일치된 협력을 보여주었다. 자민당의 국회의원 23명은 덩잉차오와 대표단을 안내하여 각지를 참관하였다. 이타미(伊丹) 비행장에서 덩잉차오를 배웅할 때, 한 공명당 의원이 즉석에서 시를 지었다. "이타미의 높은 하늘 자애로운 얼굴과 헤어지게 되니 석별의 정 아쉬워 눈물이 비처럼 흐르네!" 외무성 중국과장 타니노(谷野)는 중국기자에게 말했다. "덩 부원장은 일본의 국정(國情), 정정(政情), 민정(民情)에 대해 잘 알고 있었으며 정치적으로 명민하고 태도도 온화한 대정치가입니다. 그녀가 일본 측 일반 접대원들에게 보여준 관심과 세심한 보살핌에 큰 감동을 받았습니다."

덩잉차오가 천천히 전용기에 오르면서 비행기 트랩에서 자주 환송 나온 일본 친구들과 화교대표들에게 손을 흔들어 인사를 하였다.

그녀는 전용기에 들어서자 화병에 담긴 꽃이 자신이 살던 중난하이 시화팅 정원에서 꺾어온, 꽃봉오리가 막 고개를 삐죽 내민 해당화임을 발견하였다. 이 생화는 그녀의 경호원이 비행기 승무원에게 부탁하여 보내온 것이었다. 그녀는 즉시 비서 자오웨이(趙煒)를 시켜 해당화를 갖고 트랩을 내려가 자기를 대신해 환송 나온 소노다 쓰나오(園田直) 외상 부인에게 전해 주라고 했다. 일본에서 생화는 흔했다. 그러나 이 해당화는 베이징 중난하이 시화팅에서 가져온 것이었다. 소노다 외상 부인은 이 특별한 해당화를 받고서 덩잉차오의 두터운 우정을 느꼈고, 급히 허리를 굽혀 심심한 감사의 인사를 표시하였다. 현장에 있던 모든 일본친구들의 얼굴에 감동의 빛이 역력했다.

이것은 덩잉차오가 작곡한 일본 방문에 관한 우호교향곡의 아름답고 미묘한 마지막 화음이었다. 덩잉차오는 진지하고 세밀한 감정을 외교활동에 이입시켜 외교예술에 생동감과 풍부한 매력의 색채를 채색하는 데에 능했다. 그녀는 그녀와 교류하는 모든 사람들에게 잊기 힘든 인상을 남겼다. 그녀는 확실히 탁월한 외교활동가였다.

덩샤오핑 부총리는 직접 공황에 나와 덩잉차오를 영접하고, 그녀와 열정적으로 악수를 나누었으며, 그녀의 일본 방문이 원만한 성공을 이룬 것에 대해 축하하였다.

그녀 역시 환영 나온 동지들과 일일이 뜨거운 악수를 나눴다.

127. 세찬 눈보라가 일던 그날을 영원히 기억하다[42]

사람들은 75세 고령의 덩잉차오의 정력이 그렇게 왕성할 것이라고는 믿을 수가 없었다. 일본을 방문한 지 1개월 남짓 지난 1979년 5월 26일, 북한 주석 김일성(金日成)의 초청을 받아 중공중앙정치국 위원을 맡고 있던 덩잉차오는 다시 전용기로 북한을 정식으로 우호 방문하였다.

덩잉차오는 북한에 대해 일찍부터 깊은 정을 갖고 있었다. 신중국 성립 초기, 중국과 북한인민은 미국의 공격에 대해 함께 용기를 내어 맞서 싸웠다. 북한인민의 지도자 김일성은 여러 차례 중국을 방문하여 저우언라이, 덩잉차오와 두터운 우정을 쌓았다. 그녀는 일찍부터 압록강 쪽의 영웅국가를 보고 싶어 했다. 이제 그녀 나이 70이 넘어서 오랜 세월 품어 왔던 희망이 마침내 실현되었다.

전용기는 평양 공항에 서서히 착륙하였다. 그녀가 천천히 비행기 트랩에서 내려오자 비행장은 온통 기쁨으로 가득했다.

그녀는 직접 공항으로 환영 나온 김일성 주석 부처와 열렬하게 악수를 나누고 친근하게 안부를 물었다.

---

[42] 1979년 5월 26일에서 6월 2일까지 신화사와 『인민일보』에 실린 덩잉차오의 북한 방문 보도 참조. 동시에 필자는 신영창에서 제작한 기록영화를 보았다.

김일성 주석은 웃으며 "당신을 열렬히 환영합니다. 북한에서 자기 집에 머문 듯 편하게 지내길 바랍니다"라고 말했다. 덩잉차오는 "몇 년 동안 보지 못해 매우 보고 싶었습니다. 당신이 직접 맞아줘 매우 영광스럽습니다"라고 열정적으로 대답하였다. 김일성은 "나 역시 항상 저우언라이 동지와 당신을 그리워했습니다"라고 말했다. 오랫동안 만나보지 못한 전우가 다시 만나게 되니 얼마나 기뻤겠는가!

금수산(錦繡山) 의사당으로 덩잉차오는 김일성 주석을 방문하여 그에게 중국 양저우(揚州)에서 생산된 유명한 공예품, 점라(點螺) 장식[43]의 '금수만년춘(錦繡萬年春)' 병풍, 그리고 쑤저우(蘇州)의 쌍면자수 등의 예물을 선사했다. 쌍방은 매우 우호적인 대화를 나누었다.

성대한 환영 연회에서 김일성 주석은 매우 열정적으로 다음과 같은 우호의 연설을 하였다. "덩잉차오 동지는 중국 인민의 존경을 받는 여성 노혁명가로서 저우언라이 동지와 함께 매우 일찍부터 우리와 두터운 우의를 쌓아 온 절친한 친구입니다. 이번에 북한에 오면서 북한 인민에 대한 위대한 중국 인민의 열정적 우정을 담아왔습니다." 그는 4개 현대화 실현 투쟁 과정에서 중국인민이 더욱 커다란 발전을 이룩할 수 있기를 진심으로 축원하였다.

덩잉차오는 백화가 만개하고 온갖 나무가 다투어 꽃피는 아름다운 계절에 금수강산의 아름답고 풍요로운 영웅국가 북한을 방문하게 되어 진심에서 우러나는 희열과 흥분을 느꼈다. 그녀는 다음과 같이 말했다. "나는 이번 북한 방문이 처음이지만, 북한에 대해서는 일찍부터 깊은 애정과 관심을 갖고 있었습니다. 반세기 이전 중국 국민혁명시기 및 이후 몇 개의 혁명시기에 많은 조선의 영웅적 아들딸들과 혁명동지들이 우리와 함께 전투를 하고 피를 흘리며 생명까지 바치면서 높은 국제주의 정신을 갖고 중국혁명을 위해 공헌하였음을 기억하고 있습니다. 이러한 사

---

43   역주: 화려한 조개류를 재료로 세밀하게 상감문양을 넣어 만든 장식 기법.

실을 우리는 쉽게 잊을 수 없습니다. 양국 해방 이후 우리 양당, 양국 그리고 양국민은 다시 서로 돕고, 서로 지원하였습니다. 제국주의 반대전쟁의 시기에 함께 고통을 나누며 전투하였고 전투에서 승리했으며 건설 방면에서 큰 업적을 거뒀고 승리의 희열을 함께 나누었습니다." 그녀는 북한인민이 김일성 주석의 지도 아래 더욱 큰 성과를 이룩하기를 축원하였다.

덩잉차오는 만경대(萬景臺)에 있는 김일성 고가와 혁명학원을 방문했고 평양고등의학전문대학을 찾았으며 웅대한 평양 소년궁을 참관하여 털실로 수놓은 「장성(長城)」을 소년궁에 예물로 주며 양국의 우의가 장성보다 더 길게 지속되기를 축원하였다.

김일성 주석 부인의 안내를 받아 덩잉차오는 북한 동해안 공업도시 함흥(咸興)을 방문하였고, 흥남(興南) 비료연합기업에서 저우언라이 동상과 기념비 제막식에 참가하였다.

1958년 2월 16일, 세찬 눈보라가 몰아치던 날 저우언라이는 거위털 모자를 쓰고 이 공장에 도착하여 광장에서 3만여 명 북한 노동자를 대상으로 한 열정적인 연설을 하였다. 이제 북한의 예술가가 정성을 다해 만든 동상이 생생하게 당시의 상황을 재현하는 듯 했다.

북한 동지는 덩잉차오에게 저우 총리의 동상이 높이 2.3미터, 무게 600kg이라고 알려 주었다. 흰색 화강석 기좌(基座)의 높이는 2.1미터이고 무게는 40톤으로 화강석 하나를 통째로 조각해 만들었다. 동상 좌측에는 높이 4미터, 무게 40톤의 화강석 기념비가 자리하고 있었는데 다음과 같은 아름다운 시구가 새겨져 있어 저우 총리에 대한 북한 인민의 깊은 그리움과 북·중 우의에 대한 깊은 애정을 표현하고 있었다.

"머리 위 푸른 하늘은 높고, 동해엔 파도가 굽이치는
이 날의 모습 영원히 잊을 수 없네.
얼굴을 덮치는 매서운 바람 마다 않으며, 공중에 흩날리는 대설도 무릅쓰며 당신은 우리들 노동자계급 곁으로 오셨네.

당신이 남긴 역사의 족적이여,

북·중 우의를 이 땅에 깊이 뿌리내리게 하니

세월이 흐름도 대지의 풍상도 아랑곳없네.

그녀는 압록을 흐르는 물과 같이 맑고 깨끗하며

그녀는 백두산의 푸른 소나무같이 우뚝 솟았네."

북한노동당 함경남도 책임서기 이길송(李吉松)은 연설을 통해 저우언라이 총리의 위대한 업적과 북한 인민에 대한 사심 없는 원조와 우의에 대해 칭송하였다. 그는 오늘 제막하는 저우언라이 동지의 동상과 기념비가 북·중 우의의 영원불멸의 상징이 될 것이고 후대에 영원히 전해질 것이라고 했다.

광장에는 3만여 명의 노동자가 운집했는데 그 중에는 적지 않은 사람들이 21년 전 저우언라이의 연설을 들은 바 있었다. 그런데 오늘 다시 덩잉차오의 말을 듣게 되니 그들의 마음이 더욱 요동치고 많은 사람들의 눈에 눈물이 가득 찼다. 그들은 눈보라가 크게 몰아치는 이날을 영원히 기억할 것이다. 덩잉차오는 3만 여 북한노동자를 대하고는 감정이 매우 격해졌다. 그녀는 언라이 동지가 중국 인민의 공복이고 중국공산당의 보통당원이라고 겸손하게 말했다. 중국 인민과 북·중우호사업을 위한 그의 활동은 모두 중국공산당의 지도 아래 이루어진 것이고 모두 중국 인민이 만들어낸 결과였다고 했다. 그리고 중국 인민의 우의는 위험과 승리의 시험을 거치며 더욱 견고해져 깨지지 않고 영원히 변하지 않을 것이라고 했다.

덩잉차오는 한반도의 통일문제에 대해 중국인민은 자주와 조국의 평화통일을 위한 북한의 정의로운 투쟁을 일관되게 지지하며 정세 변화에 근거해 보면 한반도 삼천리 금수강산은 반드시 통일될 것이라고 엄숙하게 말했다. 그녀의 연설은 3만 여 노동자의 우뢰와 같은 박수갈채를 받았다.

고별 연회에서 그녀는 며칠 동안 마치 가족처럼 매우 친근하고 우호적인 분위기에서 생활하였고 매우 즐거운 시간을 보냈다고 기쁜 마음으로 말했다. 그녀는 북한인민이 얻은 거대한 성취에 대해 높이 평가하고 조국 통일을 실현하고자 하는 북한 인민의 절박한 바람과 강인한 의지를 깊이 느꼈다. 그녀는 다음과 같이 말했다. "당신들의 친절한 환대와 열렬한 환영, 특히 저우언라이 동지의 동상과 기념비 건립은 모두 중국 인민에 대한 북한 인민의 진지하고 두터운 우호의 마음을 분명히 보여 준 것입니다. 이를 통해 우리는 위대한 북·중우호사업이 양국 인민의 가슴 속에 더욱 깊이 뿌리내려 강인한 생명력을 갖게 되었음을 더욱 절실하게 느꼈습니다."

김일성 주석 역시 매우 열정적으로 우호의 연설을 하였다. 그는 말했다. "우리 인민은 덩잉차오 동지를 위대한 중국 인민의 우호사절로 기쁘게 영접할 뿐만 아니라, 북·중 우의의 건립, 강화와 거대한 공적을 세운 우리들의 친밀한 전우 저우언라이 동지를 회고하면서 우러러 사모하는 마음으로 친형제와 같이 열렬하게 덩잉차오 동지를 맞이했습니다. 나는 양국 공산주의자와 인민 사이가 피로써 맺어져 시대의 여러 풍파 속에서 공고하게 된 북·중우의가 장차 역사의 큰 물줄기와 함께 영원히 변치 않게 될 것이라고 확신합니다."

적확하게 표현한다면 덩잉차오에 대한 김일성의 태도는 친형제가 멀리서 찾아온 큰 누나를 맞이한 것과 같이 친근했다. 그들이 대화를 나눌 때, 그는 어떤 경우 능숙한 중국말로 덩잉차오에게 '덩 다제'라고 불렀다.

6월 1일, 덩잉차오는 함흥에서 전용기를 이용해 베이징으로 돌아왔다. 김일성과 부인 김성희(金聖姬)는 직접 비행장으로 나와 열렬하게 그녀를 환송하였다.

덩잉차오의 짧은 북한 방문이 이로써 마무리되었다. 정치가이자 혁명가로서 그녀가 보여준 숭고한 모습은 저우언라이와 함께 북한 인민의 마음속에 강한 인상을 남길 것이다.

128. '다제'의 풍모와 재능이 태국의 친구를 매료시키다

덩잉차오는 걸출한 정치가로서 그녀만의 독특한 풍격을 지님과 동시에 여성의 섬세함과 다정함이 갖고 있었으며, 정치적으로 엄숙하고 근엄하여 조금의 빈틈이 없었으며 매우 원칙적이었다. 하지만 그녀는 여기에 융통성을 더해 열정적이고 진실 되게 사람들과 교류하며 자상하게 관심을 기울였으며 매우 겸허하였다. 이러한 모습 때문에 사람들은 그녀가 상냥하고 온화하면서도 강인한 '다제'라고 느끼게 되었다. 이는 그녀가 오랫동안의 혁명의 경험과 다년간의 통일전선사업 과정에서 얻은 다양한 경험에서 단련된 것이고 또한 그녀의 숭고한 사상과 수정같이 순수한 마음의 결정이기도 했다. 그녀에게서 일반 사람들에게서 보이는 소위 '관료사회의 인사치레'는 찾기 힘들었다. 어떤 경우 가족에게서 느낄 수 있는 순박하고 지극 정성의 친밀한 감정으로 인해 많은 외빈들이 그녀를 믿고 따르게 되는 것도 이상할 게 없었다.

1980년 2월 5일부터 11일까지 태국(泰國) 국회의장 하렘 홍사쿨(Harlem Hongsakul)의 초청을 받아 덩잉차오는 중국인민대표대회 대표단을 이끌고 중국 남방의 이웃나라 태국을 방문하였다. 중국과 태국은 1975년 수교를 했으나, 이번이 중국인민대표대회 대표단의 첫 번째 태국 방문이었다.

태국 국회의장 하렘 홍사쿨은 성대한 연회를 개최하여 덩잉차오와 중국인민대표대회 대표단을 융숭하게 환영하였다.

덩잉차오는 연회에서 중요한 연설을 하였다. 그녀는 태국이 중국의 친밀한 이웃나라이며 2천여 년 전에 양국이 무역, 문화 및 생간기술 교류를 시작하였고 양국 인민 사이에 친밀한 우의를 다져 왔다고 했다. 그녀는 수교 이후 양국 지도자들이 상호 방문했던 사실에 대해 회고하였다. 그는 태국인민이 독립, 주권, 영토를 온전히 유지하고 국가건설에 커다란 성과를 보인 것에 대해 높이 평가하고 태국정부가 자기 국가를 건설, 발전시킴과 동시에 거대한 인력과 물자를 아끼지 않고 강제로 고향을 등진 수십만의 캄포디아 난민[44]을 받아들여 정착시킨 숭고한 인도주의 정신과 정의로운 행동에 대해 높이 평가하였다.

덩잉차오는 끄리앙삭(Kriangsak) 총리를 방문하여 그와 동남아시아와 아시아의 평화와 중태우호협력 관계 발전을 유지할 수 있는 방안에 대해 의견을 교환하고 의견 일치를 보았다.

장엄한 태국총리부 관저에서 끄리앙삭 총리는 오찬 연회를 개최하여 덩잉차오와 중국인민대회 대표단을 열렬하게 환영하였다.

덩잉차오는 연설을 통해 태국정부가 독립 자주의 외교정책을 수행하고 국제연합의 헌장을 준수하며 일체의 외국군대가 캄보디아와 아프카니스탄에서 철수해야 한다는 원칙적 입장을 견지한 것에 대해 높이 평가하였다.

태국 총리 끄리앙삭은 덩잉차오를 깊이 존경하며 그녀를 절친하게 '덩 다제'라고 불렀다. 그는 '덩 다제'를 열렬히 환영한다는 의미에서 하린 의장과 최고법원 원장 티라와트(Teerawat)와 함께 연회에서 태국의 유명한 민요 '백련화(白蓮花)'를 합창하였다.

끄리앙삭 총리는 뒤이어 덩 다제에게 노래 한 곡을 간절히 요청하였다. 덩잉차오는 차마 거절할 수 없어 무대에 올라 중국의 유명한 가극 『백모녀(白毛女)』의 삽입곡 '북풍(北風)이 분다'를 불렀다. 중국과 태국 양

---

[44]   역주 : 1975-1979년 폴포트 정권은 중국의 마오쩌둥주의를 표방하며 극단적인 농본주의와 공산제를 채택하며 구정권 관계자, 도시 부유층, 지식인, 유학생, 크메르루주 내의 친베트남파 인사 등을 대량으로 학살하는 킬링필드를 저질렀다. 또한 베트남과의 전쟁으로 인해 혼란이 가속화되자 수많은 캄보디아난민이 발생하였다.

국 지도자의 이 같은 격의 없는 우정으로 인해 함께 자리한 많은 태국 친구들은 크게 감동을 받았다.

태·중우호협회 주석 차티차이 춘하반(Chatichai Choonhavan)은 1천여 명이 참가한 성대한 연회를 열어 덩잉차오와 중국인민대표대회 대표단을 뜨겁게 환영하였다. 그는 "중국은 태국과 고난을 같이 한 진정한 친구"라고 격찬하고 태·중우호합작이 동남아평화의 중요한 조건이라고 높이 평가하였다. 그는 1975년 태국 외무장관 시절 중국을 방문했을 때 병원에서 와병 중이던 저우언라이를 만나 존경스런 마음으로 그를 '저우 형'이라 부르고 덩잉차오를 친밀하게 '덩 다제'라고 불렀던 사실을 진지하게 회상하였다. 그는 저우 총리가 태·중외교의 개척자라고 높이 평가하였다. 그는 저우 총리의 이름과 우정은 태국 역사에 길이길이 남게 될 것이라고 말하였다.

덩잉차오는 열정적으로 다음과 같이 말했다 : 이번이 비록 나의 첫 번째 방문이지만 자기 집에 돌아온 것처럼 마음 편한 대접을 받아 전혀 어색하지 않다. 나와 대표단 동료가 여러분 나라의 땅을 밟고 친구들을 만나보니 단박에 옛 친구를 만난 듯하다. 이런 감정은 태·중우호협회의 노래 가운데 "왜 우리가 첫눈에 반했을까? 우리에게 친밀한 우의가 있기 때문이지"라는 구절과 같다.

덩잉차오는 함께 한 태국친구들과 친밀하게 대화를 나누었다. 태국의 전 총리 서니 프라모(Seni Pramoj)는 덩잉차오에게 "나는 당신보다 두 살 아래이니 당신이 다제가 되고 나는 둘째 동생이 됩니다"라고 말했다. 현장의 태국친구들은 이 말을 듣고 열렬하게 '덩 다제!', '덩 다제!' 하고 환호했다. 덩잉차오는 고개를 끄덕이며 미소를 지어 자신에 대해 태국친구들이 진실한 우의를 보여준 것에 대해 감사하였다.

태국 하렘 의장의 안내를 받아 덩잉차오와 중국인민대표대회 대표단은 '동방황후호(東方皇后號)'라는 유람선을 타고 메콩강을 유람하며 메콩강 양안의 청록색 야자나무숲과 불교사원이 빽빽이 들어선 아름다운 풍광을 감상하였다.

비행사 출신인 하렘 의장은 비록 65세의 나이였지만 정력이 넘쳐흘렀다. 그는 느닷없이 사진기를 꺼내들고 재빨리 덩잉차오를 찍어 즉석에서 그녀에게 주었다. 덩잉차오는 웃으며 영어로 "매우 감사합니다"라고 말했다.

태국의 시인 펀 롱 리타카니(Rithakhani)는 선상에서 즉석시를 읊었다. "깊은 애정으로 당신을 환영합니다. 경애하는 다졔 덩잉차오! 당신은 이곳에서 몸소 느낄 수 있을 것입니다. 우리가 이미 태중에 영원하고도 친밀한 관계를 맺었고, 그것이 자매, 형제 관계처럼 매우 아름답다는 것을 ……." 배 위에 있던 한 여가수는 즉석에서 이 시를 노래로 표현하였다. 중·태우의를 다지는 달콤한 노랫소리가 아름다운 메콩강에 울려 퍼지니 진정 한 식구처럼 친근하게 조화를 이루었다.

덩잉차오는 잔을 들고 모든 자리를 돌며 태국친구들에게 일일이 건배를 제의했고 또한 자상하게 선상의 근무자, 요리사, 종업원들을 챙겨주며 그들에게 진심에서 우러나오는 감사의 인사를 했다. 이와 같은 덩잉차오의 붙임성 때문에 태국친구들은 모두 그녀를 높이 평가하였다.

태국정부의 융숭한 배려를 받아 덩잉차오와 중국인민대표대회 대표단은 태국 국왕의 전용기를 타고 태국 북부의 명승지 치앙마이(Chiang Mai)를 방문했다.

태국국왕 부미볼 아두랴데(Bhumibol Adulyadej)는 행궁(行宮)에서 연회를 개최하여 덩잉차오를 환대하였다. 국왕은 축배사에서 태중우호의 유지와 발전은 우리들 세대의 희망이며 사명일 뿐만 아니라 우리 자손만대의 희망이며 사명이라고 말했다.

덩잉차오는 국왕에게 지금 요동치는 불안한 국제정세 하에서 중·태양국의 우호와 협력이 아시아와 동남아시아의 평화 유지를 위해 매우 중요하다고 말했다.

치앙마이에서 거행된 민족색 짙은 연회에서 덩잉차오는 태국인민의 풍속을 존중하여 땅바닥에 자리를 깔고 앉아 태국친구와 함께 손으로 식사를 하고 태국의식에 따라 두 손을 합장하여 답례 인사를 하였으며 일가족처럼 정겹게 대하여 분위기가 매우 자연스럽고 친근하였다. 연회 말미에 그녀는 주최 측의 요청에 따라 모든 대표단과 함께 무대에 올라 태국친구 및 배우들과 함께 태국의 민간무용 『남왕무(南旺舞)』를 추어 중·태인민의 친밀단결의 즐거운 분위기를 최고조로 끌어올렸다.

덩잉차오는 치앙마이의 4백여 화교(華僑)와 화예(華裔)[45]가 연합하여 거행한 환영연회에 참석하여, 그들에게 현재 중국의 안정과 단결, 경제 건설을 중심으로 한 진전된 상황에 대해 소개하며 그들에게 태국의 정책과 법령을 준수하고 태국의 풍속과 습관을 존중하며 현지 인민과 함께 태국 건설을 위해 헌신적으로 공헌을 해줄 것을 당부하였다. 그녀는 그들이 중국의 친척을 방문하거나 중국 여행을 환영한다고 하였다.

덩잉차오는 방문 중 태국의 장점을 배우려고 애썼다. 오래된 한 성루를 유람할 때 안내원은 태국의 선왕과 인민들은 죽을 때 모두 화장을 한다고 소개하였다. 덩잉차오는 매우 관심을 갖고 언제부터 그러했냐고 물었다. 안내원은 1천여 년 전부터 그러하다고 대답하였다. 덩잉차오는 "그렇다면 당신들 태국이 우리보다 선진적입니다. 우리가 일반적으로 화장을 채택한 것은 이제 겨우 20년밖에 되지 않았습니다. 우리는 당신들에게서 배워야 합니다"라고 즉답하였다.

2월 11일, 덩잉차오와 중국인민대회대표단은 인접국가인 태국에 대한 우호방문을 잘 마무리 짓고 베이징으로 돌아왔다. 그녀의 이번 방문은 성공적이어서 중·태 양국의 우호협력을 강화시켰다. 그녀가 지닌 '다

---

[45] 역주: 중국을 떠나 해외 각처로 이주하여 현지에 정착, 경제활동을 하면서도 본국과 문화적, 사회적, 법률적, 정치적 측면에서 유기적 관계를 지닌 중국인을 화교라고 하는 반면, 화예는 중국인의 자손으로 이주 현지 국적을 획득하고 혼혈동화하여 지연, 혈연의식이 희박해져 본국과의 연관성이 약하다.

제'의 풍모와 재능에 대해 태국 친구들은 한결같이 높이 평하였다.

129. 프랑스와 저우언라이의 옛집을 방문하다

1980년 6월 9일, 76세 고령의 덩잉차오는 중국인민대표대회 대표단을 인솔하여 프랑스와 유럽의회에 대한 정식 우호방문을 하였다.

은백색의 전용기가 1만 미터 이상의 구름층을 뚫고 비행하였다. 덩잉차오는 비행기 창을 통해 창밖에서 파도치는 구름바다를 보면서 그녀의 생각도 구름의 파도와 같이 요동쳤다.

60년 전 그녀가 이제 막 16살이 되던 때에 톈진의 즈리제일여자사범을 졸업했었다. 오사운동시기 그녀와 친밀했던 전우 저우언라이, 궈룽전(郭隆振) 등은 모두 프랑스로 유학을 떠났다. 그녀 역시 그들과 함께 프랑스로 무척 가고 싶었다. 그녀는 일찍이 1789년 대혁명이 발생하고 1870년 파리코뮨[46]이 등장한 프랑스를 동경하였고 그곳에서 자신의 학식의 깊이를 더하고 구국의 진리를 더욱 깊이 추구할 수 있기를 갈망하였다. 하지만 가난한 집안형편 때문에 어쩔 수 없었던 16살의 그녀는 매우 유감스러웠지만 저우언라이와 궈룽전을 떠나보내고, 자신은 남아 생계를 위해 베이징과 톈진의 초등학교 교사가 되어야 했다.[47] 이후 저우언라이는 프랑스와 유럽에서 그녀에게 아름다운 몇 통의 엽서를 보냈다. 웅장한 개선문, 구름 속으로 우뚝 솟은 에펠탑, 루브루궁의 명화, 파리 노트

---

[46] 역주: 보불전쟁이 발생한 이후인 1871년 3월 28일부터 5월 28일 사이 파리 시민과 노동자들의 봉기에 의해 수립된 혁명적 자치정부. 짧은 시간이지만 코뮨은 징병제와 상비군 폐지 및 인민에 의한 국민군 설치, 종교재산의 국유화, 부채의 지불유예 및 이자 폐기, 노동자의 최저생활보장 등 혁명적 조치를 발표하였다.

[47] 역주: 이에 대해서는 제2장 11절 참조.

르담성당의 종탑, 신성한 페르 라 쉐즈(Père la chaise) 공동묘지의 파리코 뮌 병사의 벽[48], 세느강에 드리워진 그림자 등 하나하나 그녀의 기억에 남아 있었다. 그녀는 저우언라이가 그녀에게 사랑을 약속하며 보낸 엽서에 그려진, 자유를 갈망하는 순결한 3명의 프랑스 소녀를 더욱 잊을 수가 없었다.

저우언라이도 생전에 기회가 된다면 청년시절 3,4년 동안 유학하며 투쟁했던 프랑스와 유럽을 다시 한 번 가보면 매우 흥미로울 것이라고 그녀에게 말한 적이 있었다. 애석하게도 병은 그에게서 이러한 기회를 앗아가 버렸다.

이제 60년 동안 뒤로 미뤄두었던 재회의 약속을 지키기라도 하려는 듯이 덩잉차오는 중국인민의 우호사절 신분으로 오랫동안 동경해오던 프랑스와 유럽을 방문하게 되었다.

프랑스 하원(Assemblé nationale)은 덩잉차오와 중국인민대표대회 대표단을 성대하게 맞이하여, 국가원수와 정부수뇌를 전문적으로 접대하는 서 오를리(Orly) 비행장 귀빈실에서 환영식을 거행하였다. 프랑스 하원 부의장 앙드레 드레이드는 프랑스 하원의장 자크 샤방-델마스(Jacques Chaban-Delmas)를 대신하여 덩잉차오에 말했다. "우리는 당신이 인민대표대회 상임위원회 부위원장일 뿐만 아니라 저우언라이 총리의 존경스런 부인이라는 사실을 잘 알고 있습니다. 저우언라이 총리의 품격과 재능에 대해서는 프랑스 국민이 모두 잘 알고 있습니다."

덩잉차오가 정중하게 말했다. "젊은 시절 나는 아름다운 프랑스와 세계적으로 유명한 파리를 동경했습니다. 60년이 지난 지금 마침내 나의 숙원이 실현되어 매우 기쁘고 영광스럽게 생각하고 있습니다." 그녀는

---

[48]　역주: 1971년 5월 21일부터 28일까지 '피의 1주일'의 시가전 끝에 프로이센과 결탁한 프랑스정부군에 의해 파리코뮨은 붕괴되고 3만병의 시민이 희생당했다. 파리 최대 묘지인 페르 라세즈 묘지 한쪽 끝 담장이 코뮨과 국민병들이 총살당한 장소로 기념되고 있다.

현재 국제정세가 나날이 동요하고 긴장되어 가고 있는 때에 중국과 프랑스 및 기타 서구유럽 국가와의 우호합작은 세계평화 유지에 있어 매우 중요하다고 했다.

프랑스 하원의장 자크 샤방-델마스는 1973년 부인과 함께 중국을 방문하여 저우언라이 총리를 만난 적이 있었다. 그는 덩잉차오에게 말했다. "우리들 중 소수의 사람, 즉 저우언라이를 만날 기회가 있었던 사람들에게 당신은 그의 부인으로서 두드러진 특징을 보여주었습니다. 우리는 당신이 그의 활동에 매우 큰 도움을 주고 있음을 알고 있습니다. 저우언라이 총리가 비범한 재능을 갖고 있다는 사실은 다시 강조할 필요가 없습니다. 왜냐하면 그에 대해서는 사람들이 이미 잘 알고 있기 때문입니다."

덩잉차오는 대화 가운데 중국과 프랑스의 우의를 위한 대교는 마오쩌둥 주석과 드골 장군이 16년 전에 직접 건립한 것이라고 강조하였다. 그녀는 감정에 젖어 다음과 같이 말했다. "개인적으로는 귀국을 방문할 수 있게 되어 더욱 친밀하게 느끼게 됩니다. 프랑스는 저우언라이 동지와 현재 우리나라 지도자인 덩샤오핑, 녜룽전 등의 동지가 젊은 시절 공부하고 일하며 그들이 진리를 쫓던 과정에서 많은 계발을 받은 나라입니다. 그들은 프랑스와 프랑스 국민에 대해 두터운 정을 지니고 있습니다."

덩잉차오는 국제정세에 대해 언급하면서 중국인민과 프랑스인민이 과거 반파시스트전쟁에서 함께 투쟁했음을 강조하면서 지금의 세계평화를 유지하기 위해 양국 인민이 이전처럼 긴밀히 협조해야 한다고 하였다.

6월 10일 오후, 덩잉차오는 프랑스 하원 부의장 드레이드의 안내를 받고 파리 거더프로이드(Goderfroid) 거리 17번지를 찾아 저우언라이가 1920년대에 혁명활동을 하며 거주하던 작은 여관을 방문하였다. 그곳은 크지 않은 3층집이었다.

덩잉차오는 처음 그곳을 찾았지만 낯설게 느껴지지 않았다. 그녀는 대표단 동지들에게 웃으며 "20년대 나는 청년 저우언라이가 이 거리 17

호에서 보낸 많은 편지와 엽서를 받은 적이 있습니다"라고 말했다. 정말 세월은 빨리 흘러 그녀는 지금 60년 전부터 잘 알고 있었던 곳에 도착한 것이었다.

그녀는 침착하게 여관 문 앞으로 가 담장에 걸려 있는 저우언라이 기념패를 자세하게 보았다. 그것은 아름다운 흑록색 문양의 대리석으로 만들어졌고 그 위에는 저우언라이의 두상이 조각되어 있었으며 아래에는 덩잉차오가 쓴 '저우언라이'라는 환히 빛나는 이름이 새겨져 있었다. 이 기념패는 1979년 프랑스정부가 제안하여 파리시 정부가 만든 것이었다.

덩잉차오는 좁은 나선형 계단을 따라 여관의 3층에 올라 제16호 방에 들어갔다. 이곳이 청년 저우언라이가 묵으며 일했던 곳이었다. 방안은 단지 4.5제곱미터 크기에 일인용 침상, 작은 탁자, 의자만이 놓여 있었고 그 외에는 아무것도 없었다.

덩잉차오는 방을 한 번 둘러보고 창가로 가 파리의 정경을 조망하고 침상에 잠시 앉아 깊은 사색에 잠겼다.

그녀는 주변의 동지들에게 알려주었다. "과거 유럽당지부는 이곳에서 회의를 개최하였는데 어떤 이는 바닥에 앉아야 했습니다. 당시 언라이는 일이나 생활면에서 매우 힘들었습니다. 그는 밤낮으로 늘 긴장된 상태에서 일을 해야 했으며, 항상 맹물과 빵만으로 하루하루를 견뎌야 했습니다." 동지들은 경건한 마음으로 옷깃을 여미며 이 작은 방에 대해 무한한 존경의 마음을 새겼다.

천천히 방을 나선 덩잉차오는 문 밖 좁은 통로에서 오래된 구식 수도 꼭지를 발견했다. 푸른 녹이 쓸어 이미 사용할 수 없는 상태였다. 과거 저우언라이는 이 수도꼭지에서 물을 받아 마셨을 것이었다. 그녀는 수도 꼭지를 주시하며 감정이 벅차 "당시 그들의 생활은 정말 힘들었습니다!" 라고 말했다. 사실 강인한 의지의 혁명가들이 이렇듯 힘든 투쟁을 통해서 인민과 함께 신중국을 창건하였던 것이었다.

덩잉차오가 아래로 내려와 여관을 나서자 큰길가와 인근 건물 창문에서 많은 프랑스 친구들이 그녀에게 손짓하며 인사하였다. 덩잉차오는 미소를 지으며 자주 손을 흔들었고 프랑스말로 '우의', '우의'라고 소리쳤다. 프랑스 친구들은 이를 듣고 기뻐하며 박수로 화답하였다.

덩잉차오는 여관 지배인 제라드 뷔볼(Gérad Vieux-Ball)에게 아름다운 중국의 자수 '송학도(松鶴圖)'를 증정하며 그녀에게 "송학은 장수를 상징하는 동물입니다. 이는 중국과 프랑스 양국민의 우의가 대대로 계속 이어질 것을 의미합니다."

프랑스 대통령 지스카르 데스탱(Giscard d'Estaing)은 엘리제궁에서 덩잉차오와 회견하였다. 그는 덩잉차오와 다정히 대화를 나누었고 프랑스와 중국 쌍방 관계와 국제정세에 대해 의견을 교환하였다.

프랑스 하원은 규정에 따라 매주 수요일 정부 관리들에게 의원들이 대정부 질의를 하였다. 덩잉차오와 대표단은 부의장의 안내를 받아 국민의회를 참관하였다. 의장 자크 샤방-델마스는 먼저 치사를 통해 덩잉차오를 수반으로 하는 중국인민대표단을 환영하였다. 회의에 참석한 전체 의원과 바르(Barr) 총리를 수반으로 하는 정부 관리는 모두 기립하여 귀빈석의 중국손님들을 향해 박수로써 경의를 표했다. 덩잉차오와 대표단의 단원들 역시 일어나 박수로써 감사의 뜻을 표시했다.

이후 덩잉차오는 프랑스 하원의 프·중우호소위원회 의원들과 회담을 했고 그들이 개최한 환영회에 참석하였다. 덩잉차오는 연설을 통해 프랑스국민의회 프·중우호소위원회가 프랑스와 중국의 우의 발전을 위해 공헌한 것에 대해 감사하고 중·프국민이 평화를 사랑하는 세계인들과 함께 공동으로 세계평화를 지켜나가기를 희망하였다.

파리시장 자크 시라크(Jacques Chirac)는 연회를 열어 덩잉차오와 중국인민대표대회 대표단을 환영하였다. 시라크 시장은 중국과 좋은 관계를 유지하는 것이 프랑스 외교정책의 중요한 사안이며 힘 있게 번창하는 중국은 유럽에게 매우 중요한 나라라고 하였다. 현재 존재하는 불안하고 긴장된 정세에서 그는 유럽과 중국 및 프랑스와 중국 사이의 경제, 기술 그리고 문화관계를 강화하는 데에 완전하게 동의하였다.

덩잉차오는 자신들 역시 강력한 유럽 연합이 만들어져 세계에서 유럽이 더욱 큰 역할을 감당해 주기를 희망하였다.

덩잉차오는 60년 전 저우언라이와 일군의 뜻있는 중국청년들이 멀리 외국으로 건너와 파리에서 열심히 공부하고 진리를 탐구하던 것에 대해 회고하며 파리시가 저우언라이를 위한 기념패를 만들어 준 깊고 두터운 우정에 대해 감사하고 시라크 시장이 중·프 양국과 양국민의 우의 발전을 위해 애쓴 공헌에 대해 높이 평가하였다.

프랑스 상원의장 알랭 포에르(Alain Poher)는 오찬 연회를 개최하여 덩잉차오와 중국인민대표대회 대표단을 환영하였고, 연회에서 그녀는 프·중 양국의 우호관계가 더욱 강화되기를 기원하였다.

덩잉차오는 며칠 동안의 프랑스 방문을 통해 사람들은 양국민 사이의 우의가 마음에서 우러난 진실 된 것으로 튼튼한 뿌리를 내리고 있다는 사실을 더욱 확신할 수 있게 되었다고 말하였다. 따라서 민족독립을 지키며 자신의 국가 건설이나 세계평화 유지 여부를 막론하고 양국민은 하나같이 서로 지지하고 긴밀하게 협조하기를 희망한다고 하였다.

오찬 연회 이후 덩잉차오와 대표단은 회의가 열리고 있는 상원의회를 참관하였다. 상원 부의장 에티앙 다이(Etienne Dai)는 회의를 중지하고 중국손님을 환영하였다. 전체 참의원은 일어나 열렬하게 덩잉차오와 중국인민대표대회 대표단을 환영하였다. 이후 덩잉차오와 대표단은 참의원 프·중우호소위원회 의원들과 회견하였다.

덩잉차오와 대표단은 또한 프랑스하원외교위원회 위원장 모리스 쿠브 드 뮈빌르와 회담하였다.

6월 12일 저녁, 덩잉차오는 파리에 있는 중국대사관에서 답례 연회를 개최하였다. 덩잉차오는 개괄적으로 이번 방문의 성과에 대해 소개하였다. 그녀는 중국인민대회 대표단이 프랑스국민의회 지도자와 의원들과 회담하면서 피차 서로 더 깊이 이해할 수 있게 되었고, 이것은 양국 의

회의 우호합작을 강화시키는 데에 도움을 주었을 뿐만 아니라 반드시 중·프 양국의 각 방면에서 관계 발전을 촉진시킬 것이라고 하였다.

프랑스국민의회 의장 자크 샤방-델마스는 연설을 통해 "당신들의 방문은 성공적이었고 일반적인 의회 사이의 우호 방문을 크게 뛰어 넘었으며" "중국인민과 프랑스인민의 협력과 우의 발전은 세계평화에 도움을 주게 될 것입니다"라고 높이 평가하였다.

6월 13일, 덩잉차오와 중국인민대표대회 대표단은 프랑스국민의회 부의장 장 부로카르(Jean Brocard)의 안내로 프랑스의 영광의 고도(古都) 리옹을 방문하였다. 리옹은 교회의 도시였고, 고딕식 종탑은 멀리서 보면 마치 상아가 함께 진열된 듯하였다.

덩잉차오와 대표단은 시청에서 리옹 시장 프랑시스크 콜롱(Francisque Collomb)과 회견하였다. 콜롱 시장은 덩잉차오를 안내하여 시청에서 중국 유학생들을 만날 수 있게 주선하였다. 덩잉차오는 그들에게 국내 상황에 대해 소개하고 열심히 공부하라고 격려하며 공부를 마친 후 귀국하여 조국 건설을 위해 온 힘을 보태달라고 했다.

저녁에 덩잉차오는 프랑스 총리 레이몽 바르(Raymond Barre)가 주재하는 연회에 참석하였다. 바르 총리는 중국인민대표대회 대표단의 이번 프랑스 방문은 프·중 우의에 만족스런 발전이 있음을 다시 한 번 증명하였다고 말했다. 그는 두 나라의 관계를 계속해서 더욱 친밀하고 더욱 활기차게 만들어 나갈 수 있기를 희망하면서 이것이 그들 양국 인민의 감정에 부합하고 또한 공동 이익에도 부합한다고 하였다. 이로써 더욱 효과적으로 세계평화를 보위할 수 있게 된다는 것이었다.

덩잉차오는 즉석에서 대답하였다. "총리 각하, 당신이 최근 말했듯이 1980년대 최대의 도전은 평화에 대한 도전입니다. 그것은 확실한 것 같습니다. 세계평화는 심각한 위험에 직면해 있습니다. 다시 각국 인민이 세계대전이라는 재앙을 맞이하고 싶지 않고 또 그러기 위해서 어쩔 수 없이 침략과 확장의 도전 세력 앞에서 선택해야 합니다." 덩잉차오는

"중·프 양국이 국방사업에서 더욱 조화를 이뤄 밀접히 협력하고 공동으로 침략 확장에 반대하여 세계평화 유지를 위해 공헌해야 한다"고 강조하였다.

덩잉차오의 외교방문은 정치적 성격이 강했을 뿐만 아니라 인간미 역시 풍부했다. 그녀와 대표단은 자동차로 리옹에서 파리로 돌아올 때 베즐레(Vézelay)시를 통과하면서 12세기에 만들어진 성 마들렌느 마리 대성당을 참관하였다. 프랑스의 저명한 작가 로맹 롤랑(Romain Rolland)이 이곳에 잠들어 있었다. 많은 여행객이 덩잉차오가 이곳을 참관한다는 소식을 듣고 대예배당에 모여서 기다리다가 그녀에게 박수로 환영하였다. 덩잉차오 역시 웃으며 손을 자주 흔들며 여행객에게 인사하였다. 한 젊은 여성이 대표단 단원에게 자신은 덩잉차오가 저우언라이의 부인이라는 사실을 알며 저우언라이가 "매우 지혜롭고 매우 능력 있으며 그의 부인 또한 그와 마찬가지로 지혜롭고 능력 있습니다"고 찬양하였다.

점심 때 덩잉차오와 대표단은 셍 뻬르(Saint Pére) 마을에 도착하였다. 이 작은 마을엔 단지 350명밖에 살지 않았고 사람들의 분위기가 예스럽고 소박하였다.

덩잉차오가 이 마을의 한 식당에 들어섰을 때 마을 대표는 아이들을 데리고 와 식당 정원 앞 테라스에서 중국손님에게 민속무용을 보여주었다. 이들 아동은 모두 12명이었고, 8살에서 12살쯤의 나이였다. 그들은 모두 20세기 초기 양식의 복장을 하고 나무신발을 신었다. 여자 아이는 흰색 레이스가 달린 긴 치마를 입었고 머리에는 비단레이스가 달린 꽃모자를 썼다. 남자아이들은 흰색 셔츠를 입고 검은 조끼를 입었으며 머리엔 작은 예모를 썼다. 그들은 손풍금 반주에 맞춰 활발하고 경쾌한 민간의 춤을 추었는데 때로는 대열을 지어 춤을 추다가 때로는 짝을 맞춰 경쾌하게 춤을 추었다. 나무신발이 땅에 닿을 때마다 맑은 소리가 울려퍼졌다.

덩잉차오는 만면에 미소를 띠며 계속 박수를 쳤고 발끝으로 음악에 따라 춤을 추기도 하고 갑자기 조용히 박자를 맞추기도 하였다. 춤이 끝난 뒤 그녀는 흥겹게 아이들에게 말하였다. "우리는 당신들의 우호의 마음을 중국으로 가져가 중국의 아이들에게 알려 주어 중·프 인민의 우의가 한 세대 한 세대 전해질 수 있도록 할 것입니다."

파리로 돌아온 후 덩잉차오와 대표단은 특별히 페르 라 쉐즈 공동묘지의 파리 코뮌 사원 장벽과 『인터네셔날가』의 작가 으젠 포티에(Eugène Pottier) 묘 앞에 헌화하였다.

파리 코뮌에서 마지막으로 희생당한 사원의 선혈이 배어 있는 장벽 앞에 서서 덩잉차오는 깊은 애도의 마음을 갖고 말하였다. "파리 코뮌의 사업은 마르크스 레닌주의의 길을 견지하는 각국 혁명가들이 지속해 갈 것입니다. 파리 코뮌의 승리 시간은 비록 짧았지만 그것은 영원히 역사에 영향을 미치게 될 것입니다."

주최 측의 따스하고 빈틈없는 배려 속에 덩잉차오와 대표단은 파리 교외의 베르사이유 궁을 참관하였다. 1919년 베르사이유조약을 체결한 복도에서 덩잉차오는 관람 안내자들에게 말했다. "당시 중국인민은 매국적인 북양정부가 이 조약에 서명하는 것을 결연하게 반대하였고, 이 조약이 원래 독일이 장악하고 있던 중국 산동의 권익을 일본에게 넘기는 것에 대해 반대하였습니다. 1919년 5월 4일, 베이징 학생들은 당시 매국적인 21개조 조약을 처리한 교통총장 차오루린(曹汝霖)의 집을 불태웠습니다. 이 사건은 전국적으로 확산된 유명한 오사애국운동을 촉발시켰습니다. 나와 언라이 동지 역시 당시 톈진에서 이 운동에 참가했습니다." 관람 안내를 맡은 프랑스 친구는 심심한 경의를 표하며 덩잉차오의 말을 들었다. 그들은 조용히 대표단 단원에게 물었다 : 덩 부위원장은 진정 대단한 애국여성영웅이다. 그녀가 애국투쟁에 참가했을 당시 겨우 15살밖에 되지 않았는데 프랑스의 저명한 애국여성영웅 잔다르크와 같다. 잔다르크 역시 15,6세에 침략에 대항하는 전투에 참가하였다.

황금빛과 푸른빛이 어우러져 휘황찬란한 또 다른 대청에서 덩잉차오는 이어 말했다. "1919년의 애국운동 이후 중국공산당이 탄생했습니다. 중국공산당의 지도 아래 28년에 걸친 어렵고 힘든 투쟁을 거쳐 신중국이 건립되었습니다."

관람을 안내하던 베르사이유 박물관 관장 르무와나(Lemuwana)는 깊은 감동을 받고 덩 부위원장의 이번 방문은 이중의 역사적 의의를 지닌다고 말했다.

관장의 이 말은 매우 함축적이며 그 의미 또한 매우 깊었다. 덩잉차오는 중국인민과 함께 열강이 중국인민에게 강요한 굴욕적인 조약에 반항하는 영웅적인 투쟁에 용감하게 참가하여 북양정부로 하여금 감히 베르사이유조약에 서명하지 못하게 하였다. 그녀는 또한 중국공산당이 지도하는 장기에 걸친 험난한 투쟁에 직접 참가하여 신중국을 건립하였다. 지금 그녀는 신중국인민의 우호사절 자격으로 프랑스를 방문하였고 베르사이유궁을 찾았다. 이것이 어찌 이중의 역사적 의의를 지닌 것이라 하지 않을 수 있겠는가?

이날은 마침 일요일이었다. 햇빛이 맑고 아름다웠다. 베르사이유궁에는 세계 각국에서 찾아온 많은 여행객들이 있었다. 여행객들은 큰 홀에서 덩잉차오와 만났고 신중국의 위대한 여성정치가이자 여성혁명가에 대해 열렬한 박수로써 존경을 표시하였다. 덩잉차오는 미소를 지으며 그들에게 손을 들어 인사하였다.

덩잉차오와 인민대표대회 대표단은 세계적으로 유명한 루브루궁을 참관하였다. 그녀는 19세기 프랑스 화풍의 명화들과 르네상스시기 이탈리아 대가의 걸작을 매우 큰 관심을 갖고 보았다. 그녀는 다빈치의 명화 모나리자를 보자 대표단 동지에게 1920년대 언라이 동지가 이 그림을 포함한 부르부궁의 명화그림엽서를 자기에게 보내 준 적이 있다고 이야기하였다.

6월 16일 프랑스 외무장관 장 프랑수아 퐁세(Jean François-Poncet)가 오찬 연회를 개최하여 덩잉차오와 중국인민대표대회 대표단을 초대하였다. 프랑스 외무장관은 연설을 통해 중국과 세계평화에 대한 고 저우언라이 총리의 공헌과 중국의 정치 활동 가운데 덩 부위원장이 이룩한 탁월한 역할에 대해 높이 평가하였다. 동시에 덩 부원장이 이번에 중국인민대표대회 대표단을 인솔하여 프랑스를 방문한 것이 프·중우호합작 강화와 세계평화 유지를 위해 큰 영향을 미쳤다고 높이 평가하였다.

덩잉차오는 건배사를 통해 프랑스 외무장관이 저우언라이 총리와 그녀에 대한 칭찬에 감사한다고 하면서 이 모두가 그녀가 마땅히 해야 할 일이었다고 예의 겸손하게 말했다. 그녀는 이번 방문이 원만한 성공을 거둔 것에 대해 기뻐하며 프랑스정부와 프랑스인민이 보여준 열정적인 우호의 접대에 대해 진심으로 감사하다는 뜻을 표시했다. 그녀는 말했다 : 중·프 양국은 민족독립을 지키고 침략 확장을 반대한다는 측면에서 공동의 입장을 갖고 있기 때문에 우리들의 우호 단결은 믿음직한 초석을 다졌다. 당연히 우리는 지금의 수준에 결코 만족하지 않고 더욱 높은 수준까지 끌어 올려야 하며 더 앞으로 나아가야 한다. 앞으로 우리는 과거와 마찬가지로 중·프우호합작 관계가 새롭고 더 큰 발전을 이룩할 수 있도록 해야 한다.

또한 덩잉차오는 프랑스주재 중국대사관에서 프랑스 거주 화교대표와 중국유학생, 연수생들과 만났다. 그녀는 그들에게 중국 국내의 상황에 대해 상세하게 소개하고 타이완 통일 방침과 정책에 대해 분명하게 밝혔다. 그녀는 교포가 조국의 통일대업을 위해 적극적으로 공헌해 주기를 희망하였고 그들에게 중·프인민의 우호를 발전시키고 또 촉진시키기 위해 계속 노력해 달라고 격려하였다.

그녀는 유학생들에게 1920년대 저우언라이와 덩샤오핑 동지가 프랑스에서 어렵고 힘들게 일하며 생활했던 상황에 대해 이야기하였다. 그녀는 유학생들에게 거는 조국과 인민의 간절한 기대를 헛되게 하지 말고 과학 기술을 열심히 잘 배워 귀국한 후 4개 현대화에 공헌할 수 있기를 희망하였다. 그녀는 또한 자신이 비록 칠십이 넘었지만 모두 이들과 함께 조국건설과 통일의 대업을 실현하기 위해 공동으로 노력하며 경쟁할 것이라고 재미있게 이야기하였다. 그녀의 말은 열정이 넘치고 충분히 감동적이어서 교포와 유학생의 열렬한 박수갈채를 받았다.

덩잉차오의 프랑스 방문은 이로써 원만하게 끝났다. 그녀는 중·프 양국과 양국민의 진일보한 우호합작을 촉진해야 하는 사명을 성공적으로 완수했을 뿐만 아니라 저우언라이가 청년시절 투쟁하고 공부하던 프랑스를 다시 방문할 것이라는 그의 희망을 대신 이루어 주었다. 많은 프랑스 친구들은 비록 프랑스에서 저우언라이 총리를 만나지 못해 유감스럽게 생각했지만 그들은 저우언라이를 대하듯 덩잉차오를 대했고 또 매우 만족해 하였다.

다수의 유명인사의 부인들이 남편 사후에 대중에게 여전히 매우 큰 호소력을 갖는 경우가 있다. 사람들은 그녀들에게서 고인의 그림자를 찾을 수 있기를 기대하지만 그 결과는 종종 큰 실망을 안기곤 하는데 그것은 부인이 결국 남편과 다르기 때문이었다. 그러나 오직 덩잉차오만은 그녀가 방문하는 모든 국가에서 확실히 이중의 신분을 지닌 인물로 대접을 받았다. 즉 그녀는 중국인민대표대회 상임위원회 부위원장이며 동시에 고 저우언라이의 부인이었다. 이들 국가의 정부 관리와 각계 인사들도 저우언라이와 똑같은 기준과 심정으로 그녀를 대했다. 그리고 그들은 실망하지 않았다. 덩잉차오의 모습에서 그들은 저우언라이가 지녔던 고도의 정치적 근엄함, 뛰어난 외교적 능숙함, 사상 품성의 고상함과 겸허함, 사람에 대한 진지한 열정과 주도면밀함 등을 분명하게 보았다. 그들은 걸출한 저우언라이의 걸출한 부인이라고 그녀를 공인하였다. 이와 같은 한 쌍의 부부를 그들은 이전에 거의 만나본 적이 없었다. 그들은 진정 중국의 자랑이었다!

130. 중국과 서구 유럽의 우호합작을 강화하다

6월 16일 오후, 덩잉차오는 중국인민대표대회 대표단과 함께 파리를 떠나 스트라스부르(Strasbourg)에 있는 유럽의회를 방문했다.

유럽의회 건물 꼭대기에는 중화인민공화국과 유럽의회의 기가 펄럭이고 있었다. 유럽의회 의장 시몬느 베이(Simone Veil)는 연회를 열어 덩잉차오와 중화인민대표대회 대표단을 환영하였다.

덩잉차오는 연설을 통해 유럽의회가 유럽연합의 중요한 상징이라고 하였다. 서구 각국이 단결을 강화하고 하나로 협조하여 강대한 힘을 형성하는 것은 서구 각국의 이익을 위해서도 필요하지만 세계평화와 안녕을 유지하기 위해서도 매우 중요한 의의를 지닌다고 하였다. 시몬느 베이는 이 말을 듣고 덩잉차오가 십억 중국인민을 대표하여 유럽연합을 지지한 것에 대해 매우 높이 평가하면서 유쾌하게 박수를 쳤다.

덩잉차오는 중국이 서구유럽과 마찬가지로 평화로운 국제환경에서 아름다운 미래를 건설할 수 있기를 갈망한다고 하면서 하지만 모두 침략 확장의 위협에 직면하고 있다고 했다. 따라서 중국과 서구유럽이 우호협력을 강화하고 서로 지지하며 긴밀하게 결합하는 것이 쌍방의 공동 희망일 뿐만 아니라 시대적 요청이라고 했다.

덩잉차오와 인민대표대회 대표단은 유럽의회의 한 예정된 회의에 참석하였다. 의장 베이는 중국인민대표대회 대표단을 환영하기 위해 회의를 중단하였다. 덩잉차오와 대표단원 역시 박수로 그들에게 화답하였다.

덩잉차오는 유럽경제공동체위원회 의장 로이 젠킨스(Roy Jenkins)와 회견하였다. 그들은 국제정세와 중국과 유럽공동체의 경제우호협력 강화에 대해 의견을 나눴다. 덩잉차오는 유럽의회의 중국관계대표단과 회담을 진행하였다. 덩잉차오는 유럽연합이 조직적으로 계속 발전하여 유럽의 단결이 점진적으로 강화됨으로써 서구유럽이 유럽과 세계평화를 보위함에 있어 점점 더 큰 역할을 할 수 있기를 희망하였다.

덩잉차오와 대표단은 또한 스트라스부르 시장 부부가 주선한 중국인 민대표대회 대표단 환영회에 참석하였다.

덩잉차오는 답례 연회를 거행하였다. 그녀는 연회 연설을 통해 다음과 같이 말했다 : 접촉과 회담을 통해 우리는 역사의 경험과 교훈에 대해 서유럽인민이 얼마나 심각하게 이해하고 있는지 그리고 현재의 국제정세 하에서 단결 강화, 독립 유지, 평화 보위에 대한 요구가 또한 얼마나 강렬한지 알 수 있었다. 이처럼 당신들의 강렬한 정치적 의지에 대해 우리 중국인은 완전하게 이해하며 지지와 동정을 보낸다 …… 이번 방문을 통해 상호간의 이해를 강화하고 중국인민대표대회와 유럽의회의 상호관계를 더욱 밀접하게 했다. 이 역시 중국인민과 서유럽인민의 우의를 더욱 강하게 촉진시키고 발전시킬 것이다.

유럽의회 의장 시몬느 베이는 두 대표단이 회담을 통해 국제 정세의 변화, 발전으로 인해 중국과 유럽은 매우 심각한 불안을 느끼고 있음을 표명했다고 하면서 이러한 긴장된 상황에서 단지 중국과 유럽공동체가 세계에서 걸맞은 위치를 점해야만 국제 관계의 균형이 비로소 보증될 수 있을 것이라고 했다. 그녀는 유럽공동체와 중국의 협력이 반드시 세계평화에 기여할 것이라고 말하고 또 그렇게 되리라 믿었다.

덩잉차오는 유럽의회의장 시몬느 베이와 합동기자회견을 하였다. 기자들은 덩잉차오와 같은 걸출한 정치가를 가만 두지 않았다. 그들은 연이어 질문하였다. 세계평화에 대한 중국의 입장이 무엇이냐는 기자의 질문을 받고 덩잉차오는 바로 대답하였다. "중국에 속한 각 민족은 평화를 열렬히 사랑합니다. 중국은 4개 현대화를 실현하기 위해서 장기적이고 평화적이며 안정적인 국제환경을 매우 필요로 하고 있습니다. 그러나 국제정세는 우리들의 의지에 따라 변화하는 객관적인 존재가 아닙니다. 단지 단결하여 강대한 평화 보위의 힘을 형성해야만 세계인민은 비로소 패권주의자의 침략과 확장을 저지할 수 있고 평화를 손안에 움켜쥘 수 있습니다."

덩잉차오는 기자회견에서 기자들이 제기한 문제들에 대해 막힘없이 답변하였다. 그녀의 사고는 명민했고 언사는 예리했으며 대화는 정리에 합치되어 각국 기자들은 크게 감탄하였다.

덩잉차오와 대표단은 한 폭의 그림 같은 스트라스부르 성루와 17,18세기에 건축된 알자스(Alsace)박물관을 관람하였으며, 또한 전시된 17세기 현지 농민의 방을 보았다.

덩잉차오는 또한 오래된 '쁘띠뜨 프랑스(Petite France)구역'에 도착하였다. 여기에는 17,18세기에 건축된 많은 나무 방이 있었는데 옛날에 피혁 노동자와 어민이 거주했던 곳으로 여전히 잘 보존되어 있었다. 덩잉차오는 스트라스부르 시당국이 옛 주거지 건물 보호를 위해 각별이 애쓰고 있음을 매우 마음에 들어 했다. 그녀는 대표단 단원에게 중국의 일부 도시도 매우 특색 있는 명대, 청대 주거 건물이 많이 있는데 우리도 역시 보존을 잘 해야 할 것이라고 말했다.

'피혁노동자의 집'이라는 이름의 식당 여주인은 덩잉차오에게 자기가 직접 재배한 꽃을 주며 덩잉차오에게 자기 집을 한 번 봐달라고 간절히 요청하였다. 이 식당은 400년의 역사를 지닌 오래된 건축물 안에 자리하고 있었다.

이 식당의 여주인은 덩잉차오에게 텔레비전 방송국에서 중국의 명절을 소개하는 것을 보고 줄곧 중국에 큰 매력을 느끼고 있었다고 하면서 오늘 마침 기회가 되어 중국손님을 만날 수 있어 매우 기쁘다고 하였다. 게다가 자신이 직접 보고 있는 중국손님이 고 저우언라이 총리의 부인이라서 더욱 흥분된다고 하며 이어서 "저도 저우언라이가 위대한 인물이고 청년시절 프랑스에서 유학했다는 사실을 알고 있습니다"라고 말했다. 그녀는 장에서 식당 건축물을 그려 넣은 정교하고 아름다운 자기접시를 꺼내어 덩잉차오에게 주었다. 덩잉차오는 답례로 그녀에게 기념품을 주었다. 그녀는 기뻐하면서 덩잉차오에게 입을 맞추며 감사의 뜻을 표시하였다.

덩잉차오는 대표단과 함께 유람선에 올라 일(Eel)하 양안의 아름다운 풍광을 감상하였다. 그들이 배에서 내릴 때, 관광 안내를 하던 유럽의회 대중국관계 대표단 부단장 베이쿠나이는 덩잉차오에게 알자스 특산의 홍백색 꽃이 그려진 두건을 선물로 주며 그들의 머리에 묶어 주었다. 덩잉차오는 기뻐하며 웃으면서 "이것을 쓰니 우리 모두 젊어진 것 같습니다"라고 하였다.

6월 19일, 덩잉차오와 그가 이끄는 중국인민대표대회 대표단은 프랑스와 유럽의회에 대한 우호방문을 마치고 중국으로 돌아왔다.

10일간의 기간은 길지는 않았지만, 덩잉차오는 평화우호사절의 사명을 성공적으로 완수하고 중국과 프랑스 및 서구유럽에 대한 우호협력관계를 강화하고 세계평화를 공동으로 유지하는 데에 공헌하였다.

1977년에서 1980년까지 중국인민대표대회 상임위원회 부위원장을 맡은 덩잉차오는 70여세의 고령에 고생도 마다하지 않고 미얀마, 스리랑카, 이란, 캄보디아, 일본, 북한, 태국, 프랑스, 유럽의회를 연이어 방문하였다. 이들 방문은 중국인민 최고권력기관의 국제적 명성과 영향력을 크게 향상, 강화시켰고, 중국인민대표대회상임위원회와 각국 정부 및 의회의 협력과 우호관계를 발전시켰으며, 국내 건설을 위해 유익한 국제 환경을 조성하였다. 그녀의 탁월한 외교적 재능과 정치가의 도량, 고상한 품성은 방문 국가의 모든 정부와 민간의 각 분야 인사들로부터 존경을 받았다. 해외로 나가 우의를 전하니 모든 세계가 이웃과 같았다. 그녀는 중국인민의 걸출한 평화우호사절이었다.

131. 닉슨, 다다흐(Daddah), 김일성, 대처부인, 나카소네 야스히로(中曾根) 등과 회견하다[49]

걸출한 정치가로서 그리고 국무 수행을 위해 덩잉차오는 여러 차례 외국을 방문하였을 뿐만 아니라 중국내에서도 중국을 방문한 많은 정부 수뇌와 회견을 하여 탁월하며 효과적인 우호외교 활동을 전개하였다.

1976년 2월 22일, 저우 총리가 죽은 뒤 얼마 되지 않아 중국을 방문한 미국 전 대통령 닉슨과 그 부인이 특별히 중난하이 시화팅으로 덩잉차오를 예방하여 저우 총리의 죽음에 대해 진정 어린 애도의 뜻을 표시하고 진심으로 그녀를 위문하였다.

덩잉차오는 이에 대해 감사의 뜻을 표시하였다. 그녀는 닉슨 부처가 다시 중국을 찾았다는 소식을 중병을 앓고 있던 저우언라이에게 알렸을 때 그가 매우 기뻐했으며, 유감스럽게도 그가 자신들을 떠나 이제 닉슨과 그 부인을 환영할 수 없다고 조용히 말했다.

닉슨 역시 저우 총리를 다시 만나 볼 수 없게 된 것에 대해 유감을 표시하였다. 그는 다음과 같이 말했다. "지금까지 만나 본 수많은 세계 지도자 가운데 저우 총리는 각국의 상황에 대해 꿰뚫고 있었을 뿐만 아니라 세계정세도 잘 이해하고 있었습니다. 그는 자국의 이익에 부합할 뿐만 아니라 세계이익에도 부합하는 현실적이고 정확한 결정을 하였습니다. 지금 사람들은 모두 '위대하다'라는 수식어를 이미 고인이 된 지도자들에게 사용을 합니다. 그러나 저우 총리야말로 세계에서 드물게 그렇게 일컬을 만한 위대한 지도자였습니다. 그가 남긴 유산은 중국에 이익이 될 뿐만 아니라 세계의 평화와 안정된 생활에도 유리할 것입니다."

---

49 덩잉차오와 닉슨, 다다허, 김일성, 대처부인, 나카소네, 시하누크와의 대화 기록 원고 참고.

닉슨은 또 말했다. "나는 지금 어떻게 하면 저우 총리를 정확하게 기릴 수 있을까 생각하고 있습니다. 나는 그가 거대한 조각상이나 기념건물을 세우는 것에 대해 못마땅해 할 것이라 믿습니다. 그의 요구는 무형의 건물이고, 이것이 유형의 건물보다 더욱 강대합니다. 이것은 바로 평화가 위협당하는 것을 무시하지 않는 것이고, 평화적 국제관계를 순진한 자세로 대처하지 않는 것으로서, 이러한 관계는 힘과 안전 그리고 크고 작은 국가 독립을 존중하는 바탕 위에서 건립되는데 이것이 바로 저우 총리의 철학입니다. 저우 총리를 잘 알고, 존경하며, 그를 열렬히 사랑하는 모든 사람들은 그를 도와 그가 일생을 바쳐 투쟁해왔던 안정적인 평화를 건립할 것입니다."

덩잉차오는 닉슨의 의견에 동의하며 말했다. "저우언라이를 기념하기 위해 기념비를 세우거나 어떤 특별한 의식을 거행할 필요는 없습니다. 우리는 지금 만나고 있고, 저우언라이에 대한 가장 좋은 기념은 중미 양국 관계가 상하이 공동성명 기초 위에서 발전하도록 촉구하며, 중미 양국민의 우호가 지속적으로 발전될 수 있도록 하는 것입니다."

덩잉차오는 닉슨과 부인에게 베이징에 온 이후 잘 쉬었냐고 친절하게 물었다. 닉슨 부인은 매우 잘 쉬었고 댜오위타이(釣魚臺) 국빈관이 매우 편안하다고 대답하였다. 그녀는 주위의 많은 꽃들을 매우 좋아 하였고 특히 순결한 흰색의 옥잠화를 좋아 하였다. 그녀는 웃으며 말했다. "나는 옥잠화를 갖고 돌아가 정원에 심으려 합니다. 듣건대 옥잠화는 번식력이 매우 강하다고 합니다. 장차 내 정원 곳곳에 옥잠화가 자라 그것을 보며 중국을 떠올릴 수 있을 것입니다."

말을 받아 덩잉차오는 "당신이 옥잠화를 갖고 돌아가면 그것이 바로 중미 우호의 꽃이 될 것입니다"라고 말했다.

닉슨은 이어 "우리는 막 저우 총리에 대해 이야기하고 있었는데 이제 저우 총리의 부인에 대해 나는 다시 몇 마디 하고자 합니다"라고 하였다.

"현재 미국에서 여성해방운동이 전개 중인데 이를 통해 여성도 남성과 동등한 권리를 획득할 수 있게 되었습니다. 어제 밤 나는 1955년 마오 주석이 여성도 노동에 참가하여 남성과 동일한 보수를 받아야 한다고 했던 발언을 보았습니다. 각국의 위대한 지도자, 특히 외교관의 업적은 상당 부분 부인의 역할에 의해 결정됩니다. 나의 부인과 나는 세계의 많은 국가 원수, 정부 수뇌, 외교관과 그들의 부인을 보았습니다. 4년 전 우리가 중국을 떠날 때 우리는 세계에서 남편과 함께 공통의 일을 위해 분투하는 부인 가운데 저우 총리의 부인이 가장 뛰어나다는 생각에 일치했습니다. 저우 총리는 당신의 곁에 있으며 또한 그의 사업을 계승할 수 있을 것임을 알고 있습니다. 그러므로 생명의 마지막 순간에 그는 하나의 위안을 얻었을 것입니다……."

덩잉차오는 완곡하게 말했다. "중국의 제도는 미국이나 다른 나라와는 다릅니다. 왜냐하면 중국에는 오랜 경험을 축적한 성숙한 중국공산당이 있기 때문입니다. 한 명의 공산당원으로서 우리의 역할은 모두 당 조직이 분배하고 결정합니다. 중국의 부부관계와 업무관계 역시 다른 나라와는 차이가 있습니다. 각 개인은 각자의 위치에서 자신의 업무를 수행하고 맡은 바 책임을 다합니다. 닉슨 선생께서는 내가 저우언라이 동지에게 많은 도움을 주었다고 하였는데, 내가 한 일은 매우 적습니다. 저우언라이 동지의 업적은 마땅히 마오 주석의 지도와 다른 동지의 도움 덕분에 이루어진 것입니다."

당연히 덩잉차오는 여성해방운동에 대해 심도 있는 연구와 견해를 지니고 있었다. 그는 매우 적절하게 다음과 같이 말했다. "방금 닉슨 선생께서도 말씀하였듯이 미국 여성은 해방운동을 일으켜 남녀평등을 쟁취하였습니다. 그러나 여성해방은 남녀평등으로 완전하게 결정되지 않습니다. 실제 중국의 경우도 아직 완전하게 실현되지 않았습니다." 그러나 그녀는 다시 말했다. "미국여성이 자각하여 해방을 쟁취했다고 하니 우리는 매우 기쁘며 또 우리에게 매우 큰 희망을 갖게 합니다."

닉슨은 4년 전 자신과 부인이 영광스럽게 덩잉차오를 만났고 또 오늘 다시 매우 계몽적인 말을 듣게 되었다고 바로 대답하고는 이후 세계 여성이 그녀와 같이 세계를 이해하고 정치 문제를 이해할 수 있는 날이 도래하기를 희망하였다.

이것은 닉슨이 단순히 그녀를 치켜세우려 한 빈말이 아니었다. 그는 후에 그의 『지도자』라는 책에서 덩잉차오에 대해 다음과 같이 기술하였다. "저우의 부인 덩잉차오와 쟝칭은 분명히 다르다. 나는 1972년과 저우가 죽은 지 얼마 되지 않은 1976년 그녀를 만났다. 그녀의 몸에는 내가 저우에게서 봤던 그러한 매력과 노련함이 배어 있었다. 저우와의 관계 이외에 그녀는 어제도 오늘도 당내에서 자신의 지위를 갖고 있는 충성스런 공산당원이었다. 그녀는 바로 공산주의 의식 형태로 인하여 자신의 여성적 특징을 잃지 않았다."

한 미국인, 특히 미국의 전 대통령이 덩잉차오에 대해 완전하고 정확한 평가를 내리기는 불가능하였다. 그러나 이것은 어떤 면에서 볼 때 덩잉차오가 국외 지도자에게 보여준 인상이었다.

다른 국가원수를 대할 때에도 덩잉차오는 항상 우호적으로 대했다. 1977년 4월 7일 덩잉차오는 아프리카 모리타니아(Mauritania)에서 온 다다흐(Daddah) 대통령 부처와 회견하였다. 덩잉차오는 열정적이며 우호적으로 말했다. "다다흐 대통령은 이번에 세 번째 중국을 방문하였고 그 부인은 두 번째입니다. 우리는 오래된 친구이며 또 좋은 친구입니다. 작년에 마오쩌둥 주석이 서거하고 주더 위원장도, 그리고 저우언라이 총리도 세상을 뜨자 다다흐 대통령 각하는 항상 깊은 애도를 표시하고 나에게도 위로의 인사를 했습니다. 이번 기회를 빌려 감사드립니다."

다다흐 대통령은 말했다. "우리는 저우언라이 총리에 대해 특별한 감정을 갖고 있습니다. 바로 이 때문에 중국인민의 새로운 지도자가 우리에게 중국 방문을 요청했을 때, 나의 유일한 요구는 이번 방문에서 덩잉차오 부위원장을 만나 저우 총리 서거에 대해 나의 깊은 애도와 우호의 감정을 표시할 수 있게 해 달라는 것이었습니다."

덩잉차오는 다시 한 번 감사의 뜻을 표시하였다. 그녀는 "총통의 이번 방문을 통해 우리 양국민의 우호가 더욱 증진될 것이며 우리는 같은 전선에서 싸우는 전우입니다"라고 말했다.

덩잉차오는 총통과 부인이 중국에서 거주하고 생활하는 데에 불편함이 없고 또 중국 음식을 먹는 데에 익숙해졌냐고 자상하고 세밀하게 물었다.

다다흐는 웃으며 "우리는 중국 생활에 매우 익숙해졌는데 다만 부족한 것이 하나 있다면 아직 젓가락을 사용하지 못한다는 것이다"라고 대답하였다.

덩잉차오는 웃으며 "부인께서는 사용할 줄 아시나요?"라고 물었다.

다다흐는 유쾌하게 "그녀는 나보다 민첩하고 더 대담하여 사용할 줄 압니다"라고 말했다. 이렇게 말하면서 매우 자랑스러워했다.

덩잉차오는 "대체로 이런 방면에서 여성은 남성보다 조금 뛰어납니다. 언어를 배우는 경우도 마찬가지지요"라고 웃으며 말했다. 그녀는 다다흐 대통령과 부인의 방문이 성공을 거둬 중국인민의 우정을 갖고 돌아가기를 축원하였다.

혹서의 계절이 가고 추운 겨울이 찾아 왔다. 1979년 2월 13일 매우 추운 어느 날 밤이었다. 시하누크 국왕과 부인 모니커 공주가 뉴욕에서 베이징에 도착하였다. 덩잉차오는 두꺼운 겨울 외투를 입고 중국 당정 지도자 덩샤오핑, 리셴녠 그리고 덩샤오핑의 부인 줘린(卓琳), 리셴녠의 부인 린쟈메이(林佳楣) 등과 함께 서우두(首都) 비행장으로 가 시하누크 국왕과 부인을 영접하였다.

시하누크 국왕은 비행기에서 내린 후 덩샤오핑, 리셴녠, 덩잉차오에게 직접 비행장까지 나와 자신을 맞이해 준 것에 대해 진심어린 감격을 표시하였다.

덩잉차오는 시하누크 부부를 댜오위타이 국빈관으로 안내하였다.

시하누크 국왕은 덩잉차오에게 말했다. "덩잉차오 부인은 몸도 좋지 않은데 이렇게 추운 겨울 밤 비행장으로 나와 나 같이 일선에서 물러난 사람을 맞아주니 너무도 영광스럽고 감격스럽습니다." 이렇게 말한 그의 눈에는 눈물이 가득 고였다.[50]

덩잉차오는 바로 "국왕은 애국자이십니다. 조국의 독립과 민족의 해방을 위해 국왕의 책임은 아직 매우 크며 일선에서 물러났다고 할 수 없습니다"라고 말했다.

시하누크 국왕은 1955년 반둥회의에서부터 저우언라이가 자신에게 보여준 숭고한 우정에 대해 회고하였다. 그녀는 덩잉차오에게 말했다. "저우 총리의 서거 소식을 접하고 이내 우리 가족은 모두 큰 비통에 잠겼습니다. 특별히 모니커는 너무 흐느껴 울어 제대로 말도 하지 못할 지경이었습니다. 당시 우리는 부인에게 장문의 조전을 보낸 바 있지요."

덩잉차오는 말했다. "나는 그것을 받아 우리 신문에도 실었습니다. 우리는 그저 몇 년 사귄 친구사이가 아니라 20여 년 동안 지속된 친구 관계입니다. 우리 중국인은 말한 것에 책임을 지고 친구에 대한 신의를 중시한다는 점을 국왕께서는 믿어주시기 바랍니다."

시하누크 국왕은 "나는 완전히 믿습니다. 나는 중국을 열렬히 사랑하며 중국을 나의 두 번째 조국이라 여기고 있습니다"라고 화답했다.

덩잉차오는 친절하게 "중국은 영원히 국왕의 친구이며 국왕은 오래동안 중국에 머물 수 있습니다"라고 말했다.

시하누크는 매우 감격하여 말했다. "나는 중국 인민과 덩잉차오 부인의 배려에 온전히 복종하여 따르겠습니다. 나는 당신에게 저우언라이 총리에게 그러했던 것처럼 비할 데 없는 열렬한 사랑과 존경의 마음을 지

---

50 역주: 당시 캄보디아 정세는 매우 복잡하였다. 폴 포트 정권의 '킬링필드'가 자행되고 친중국노선이 노골화되자 1979년 1월 소련과 밀접히 연결된 베트남군이 프놈펜을 공격하여 폴 포트 정권을 붕괴시키고 친베트남의 헨 삼린 정권을 수립했다. 이에 1980년 2월 중국군이 캄보디아 침공의 보복으로 베트남을 공격했고, 캄보디아 내에서는 크메르루즈, 시아누크 국왕파, 론 놀파 등 세 계파가 연합하여 베트남군과 헨 삼닌군과의 내전을 지속하였다.

니고 있습니다." 그는 "이번에 뉴욕을 떠날 때 어떤 기자가 나에게 중국에 어떤 전략을 가지고 있냐고 물었습니다. 나는 중국이 나의 옛 친구인데 옛 친구를 찾아 가는데 무슨 전략이 필요하냐고 대답하였습니다"라고 말했다. 덩잉차오는 이 말을 듣고 그의 마음을 충분히 이해했다는 듯이 웃었다.

1980년 4월 21일 봄빛이 눈부셨다. 덩잉차오는 시하누크 국왕과 부인을 시화팅으로 초청해 함께 꽃을 감상하였다. 시하누크 국왕과 부인은 차에서 내리자마자 덩잉차오에게 "1956년 나는 일찍이 이 정원에서 저우언라이 총리와 당신을 만난 적이 있습니다"라고 말했다. 덩잉차오는 "이것은 우리 사이의 우정이 시간의 시련을 이겨냈음을 의미합니다"라고 웃으며 말했다. 이어 주인과 손님은 함께 정원을 천천히 산책하며 만개한 해당화, 정향나무 그리고 복사꽃을 감상하였다. 덩잉차오는 시하누크 국왕과 부인에게 "저우언라이 동지는 생전에 해당화를 가장 좋아 했습니다"라고 말했다. 시하누크 국왕 부부는 이 말을 듣고 덩잉차오와 함께 해당화나무 앞에서 기념사진을 찍었다.

1982년 9월, 북한주석 김일성이 중국을 방문하였다. 덩잉차오와 중국의 당정 지도자 동지는 함께 기차역에서 김일성을 환영하였다. 9월 16일 오후 덩잉차오는 다시 국빈관으로 김일성주석을 찾아갔다. 그녀는 "김주석이 중국공산당 제12대가 막 개막된 때에 방문하여 우리에게 큰 격려와 지지가 됩니다"라고 말했다. 김일성 주석은 덩잉차오에게 기차역까지 나와 자신을 맞이해 준 것에 대해 매우 감동을 받았다고 하였다. 두 노 전우는 거리낌 없이 대화를 나누기 시작하였다.

덩잉차오는 김일성에게 방금 출판된 『랴오중카이(廖仲愷), 허샹닝(何香凝) 시화집』과 『쏭칭링(宋慶齡)기념책』과 「저우언라이, 덩잉차오 '전우정심(戰友情深)'」이 실린 『중국부녀』 잡지를 증정했다. 김일성은 감사의 뜻을 표시했다.

김일성 주석을 보내고 얼마 되지 않은 1982년 9월 24일 오전, 덩잉차오는 인민대회당 신쟝팅(新疆廳)에서 영국 수상 마가레트 대처부인과 회견하였다.

대처부인은 1977년 첫 번째 중국 방문 시 덩잉차오와 회견하였다. 이번의 만남은 두 번째로 베이징에서 만나게 되어 서로 매우 기뻐하였다. 대처부인이 신쟝팅에 도착했을 때 덩잉차오는 문 앞에서 그녀와 열렬하게 악수를 나누었다. 대처부인은 덩잉차오에게 꽃을 선물했다. 덩잉차오는 웃으며 그것을 받았고 감사의 뜻을 표시하였다.

덩잉차오는 대처부인에게 중국을 방문한 영국의 첫 번째 수상이 특히 여성수상이라는 사실에 대해 열렬한 환영의 뜻을 나타내며 수상의 이번 방문이 중·영 양국민 사이의 우호 증진에 반드시 큰 공헌을 하게 될 것이라고 말했다.

대처부인은 자신이 바로 그러한 목적 때문에 중국을 방문하게 됐다고 말했다. 그녀는 과거 뜻밖에도 중국을 방문한 영국수상이 없었던 점에 매우 놀라고 의아하게 생각하였다. 그녀는 자신이 이러한 현상을 변화시키게 되어 기쁘게 생각하였다.

대처부인은 말했다. "우리는 다양한 변화의 시대에 살고 있으며, 이것은 중국의 발전과 변화를 포함합니다. 당신과 나는 세계대전의 시대를 살았습니다. 우리는 전쟁의 끔찍함에 대해 알고 있으며 이 때문에 전쟁을 막기 위해 더욱 노력을 배가해야 합니다. 이것이 아마도 모든 세대의 사람들이 받아들여야 할 교훈이 될 것입니다."

덩잉차오는 교훈을 받아들이고 전쟁을 막아야 한다는 생각에 동의하며 교훈을 받아들여야 하는 목적이 이후 유사한 착오를 되풀이하지 않는 데에 있다고 지적하였다.

대처부인은 자신이 연회에서 특별히 영국과 중국의 전통적 우의를 강조하였다고 하였다. 덩잉차오는 이 말을 듣고 예의바르게 말했다. "우리는 전통적 우의를 중시할 뿐만 아니라 이후 우리들의 우의 강화와 발전을 더욱 중시하여 상호 교류와 상호 학습을 확대해야 합니다." 대처부인은 이를 위해 공헌할 수 있기 바란다고 하였다.

대처부인은 고 저우언라이 총리의 업적에 대해 경외하고 탄복하였다. 그녀는 "덩 부위원장은 저우언라이 총리의 정책이 중국에서 실현되고 있어 분명히 기쁨과 위안을 느낄 것입니다"라고 말했다.

덩잉차오는 대처부인에게 말했다. "현재 중국이 실시하고 있는 것은 저우언라이 개인의 정책이 아니고 마오 주석과 기타 지도자를 포함한 중국공산당의 정책입니다. 이들 정책은 '4인방'이 괴멸되고 난 후 다시 새롭게 회복되었습니다. 이들 정책과 원래의 정책은 서로 연결되어 있고 중국의 상황 변화에 맞추어 또 새롭게 발전한 것에 불과합니다." 그녀는 대처부인에게 중국공산당의 11기3중전회[51] 이후 나타난 중국의 정치·경제의 근본적 호전 상황에 대해 간략하게 소개하였다.

대처부인은 이야기를 듣고 나서 덩잉차오에게 그녀가 1977년 방문했을 때보다 베이징이 확실히 너무 많이 변했다고 웃으며 말했다.

덩잉차오와 대처부인 가운데 한 명은 오랜 혁명으로 단련된 중국의 노 혁명가이고 다른 한 명은 세계적으로 유명한 '철의 여인'이었다. 그녀들의 회견과 대화는 열정적이고 우호적이었으며 또한 기지가 서로 교차하고 솔직담백하여 매우 재미있었다.

회견 이후 평소 다른 사람을 거의 칭찬하지 않던 대처부인은 수행기자에게 명불허전, 덩잉차오가 과연 영리하고 능력 있는 정치가라고 평가하였다.

1984년 대처부인이 다시 중국을 방문하였다. 마침 외부에서 시찰 업무를 수행하던 덩잉차오는 외교부장 황화(黃華)에게 부탁하여 대처부인에게 꽃을 선물하고 그녀의 중국 방문이 즐겁고 행복하도록 세심하게

---

51   역주: 중국공산당은 1978년 제11기 3중전회에서 "사상을 해방하고 사실을 통해 진리를 추구하며 앞을 보자"라는 덩샤오핑의 개혁·개방노선을 채택하는 등 새로운 변화를 시작하였다. 이전 문화대혁명시기의 좌경노선에서 탈피하여 사회주의 현대화 건설을 위한, 덩샤오핑을 중심으로 한 새로운 지도체제를 확립한 역사적 전기가 마련되었다.

부탁하였다. 대처부인은 이에 감사의 뜻을 표시하였다.

1984년 3월 23일 오후, 덩잉차오는 인민대회당 허베이(河北)청에서 일본수상 나카소네 야스히로(中曾根康弘)[52] 부처와 회견하였다.

덩잉차오는 나카소네 수상과 부인의 방문에 대해 열렬한 환영의 뜻을 나타내고 다음과 같이 말했다. "1979년 일본을 방문했을 때 연회에서 수상 각하와 만났었지만 대화할 기회가 없었는데, 오늘 좋은 기회가 생겨 내 마음속에 담고 있던 소식을 각하에게 털어 놓고자 합니다. 이것은 십수 년 전에 말해야 했던 일입니다."

덩잉차오는 기억을 가다듬고 십 수 년 전의 일을 이야기하였고 함께 자리한 일본친구는 온 신경을 집중하여 들었다.

덩잉차오는 천천히 말했다. "1972년 중일국교 정상화가 이루어지던 때에 저우언라이는 아직 생존해 있었습니다. 그때 다나카 수상이 중국을 방문하였고, 우리 양국 국교 정상화를 위해 매우 커다란 공헌을 하였습니다. 1973년 1월 각하께서 중국을 방문하였을 때 언라이 동지가 각하와 접촉할 기회가 있어 함께 의견을 교환하였습니다. 그가 만난 외빈은 매우 많아 일일이 기억하기 힘들 정도입니다. 게다가 외빈과 나눈 대화에 대해 나에게는 거의 이야기하지 않았습니다. 그러나 당시 그는 나에게 각하에 대한 자신의 평가를 말한 적이 있습니다. 그가 말하기를 나카소네 선생은 젊지만 재능이 뛰어나 큰 업적을 이룰 것이며 이후 일본의 수

---

52 역주: 1918-현재. 정치가. 총리로 재임 시 일본 총리로서는 처음으로 한국을 방문해 한일 우호증진에 힘씀. 일본 총리로는 최초로 야스쿠니신사를 공식 참배해 강한 반발을 삼. 일본 극우파의 우두머리임. 1947년 28세의 젊은 나이로 초선 국회의원이 된 이래 14선을 거듭하였음. 1959년 기시 노부스케(岸信介) 내각 때 과학기술처장관으로 첫 입각한 이후 방위청장관과 운수장관·통상장관을 역임. 일본 최대의 정당이자 장기 집권당이던 자유민주당(자민당) 총무, 간사장(幹事長) 등을 역임. 1982년 11월 총리 스즈키 젠코(鈴木善幸)의 후임을 놓고 펼친 3파전에서 고모토 도시오(河本敏夫), 아베 신타로(安倍晋太郎)를 물리치고 자민당 총재가 됨으로써 제71대 총리가 된 뒤, 5년간 총리로 재임하다 1987년 총리직에서 물러남. 그 뒤에도 당내에서 막강한 권력을 행사하다가 1988년 6월 발생한 리크루트스캔들로 인해 탈당하였으나, 다시 복귀해 2002년 현재까지 중의원 의원으로 활동함.

상이 될 인물이라고 하였습니다. 현재 그의 예언이 실현되어 나는 특별히 기쁩니다. 오늘 기회가 되어 각하께 언라이 동지의 당신에 대한 평가와 당신에 대한 존경 그리고 희망을 밝히고 또 내가 직접 전달할 수 있게 되어 너무 기쁩니다. 또한 오늘 함께 자리한 사람들 모두 즐거울 것입니다."

자리에는 외상 아베 신타로(安倍晋太郞)[53], 중의원 모리 요시히데(森美秀)[54], 오자토 와자토시(小里貞利)[55], 츄마 고키(中馬弘毅)[56], 참의원 모가미 스스무(最上進)[57], 일본 주중대사 鹿取泰上과 그 부인이 함께 했다. 그들은 덩잉차오의 말을 듣고 모두 기뻐하며 열렬히 박수를 쳤다.

나카소네 야스히로 수상은 정말 크게 기뻐하였고 만면에 웃음을 띠며 말했다. "덩잉차오부인께서 나에게 이렇게 영광스런 소식을 전해주심에 대해 감사드립니다. 나에게는 일중 양국의 역사에서 잊을 수 없는 두 사람이 있습니다. 그들은 우리의 노 선배가 되는데 한 명은 일본의 마츠무라 겐죠(松村謙三) 선생이고 다른 한 명은 저우언라이 총리입니다. 마츠무라 선생은 일본 정계 인물 중 중국을 여러 차례 방문한 첫 번째 인물로서 일중 관계 개선을 위해 처음으로 노력한 사람입니다. 나는 그의 유지

---

53 역주: 1924-1991. 정치가. 1958년 중의원 의원에 당선되어 10차례 계속 재선됨. 그뒤 '정계의 황태자'로 불렸고, 1982-1986년 외무장관으로 있을 때 이란이라크전쟁을 조정하고 소련과의 관계를 회복시키는 등 빼어난 수완을 발휘함. 자민당 총재 선거에 출마했다가 1982년 나카소네 야스히로(中曾根康弘), 1987년 다케시타 노보루(竹下登)에게 패함. 1987년 자민당 간사장에 임명되나 다음해 리크루트코스모스사의 내부자 주식거래 사건(리크루트스캔들)에 휘말려 정치적 타격을 받아 간사장을 사임함.

54 역주: 1919-1988. 정치가, 기업가. 자유민주당 중의원의원. 장남은 자유민주당중의원의원인 모리 에스케(森英介).

55 역주: 1930-현재. 정치가. 전 자민당 중의원의원. 자민당총무회장, 자민당국회대책위원장, 노동대신, 진재대책담당대신, 북해도개발청장관, 오키나와(沖繩)개발청장관, 총무청장관 역임.

56 역주: 1936-현재. 정치가. 자민당 전 중의원의원(당선9회).

57 역주: 1941-현재. 정치가, 참의원의원, 법무성정무차관, 참의원외무위원회위원장 등 역임.

를 계승하기로 결심했고 일중 양국의 우호사업을 위해 노력했습니다."

"방금 덩잉차오 여사가 말한 대로 1973년 1월, 내가 통상장관으로 귀국을 방문했을 때 저우언라이 총리를 만났습니다. 본래 우리는 1차례 2시간 동안 회담할 예정이었으나 서로 의기투합하여 결국 3차례에 걸쳐 총 7시간 동안 회담하였습니다. 마지막 회담은 새벽 1시 즈음까지 이어졌습니다. 경제 문제 이외에 우리는 국제 문제에 대해서도 대화를 하며 어떻게 전쟁을 방지하고 아시아 평화와 안정을 유지할 것인가에 대해 이야기하였습니다. 쌍방이 공통된 인식이 매우 많았고 서로 배짱이 맞았기 때문에 예정된 2시간이 7시간으로 늘어났던 것입니다. 나는 이후 모든 중국의 총리가 저우언라이 총리라는 위대한 정치가의 정신을 계승하리라는 것을, 나는 일본 정치가로서 또한 같은 정신에 따라 노력할 것이라고 확신합니다. 따라서 마츠무라 겐죠 선생과 저우언라이 총리는 나의 큰 은인이며 지도교사입니다. 오늘 덩잉차오 여사가 매우 건강한 모습을 보니 매우 기쁩니다. 당신의 건강에 대해 축하하며 당신을 보니 마치 저우 총리를 보는 듯합니다." 말이 여기에까지 이르자 이 정치가는 감정이 매우 격해졌다.

덩잉차오 역시 매우 감격하여 말했다. "당신과 언라이 동지는 매우 긴 시간 동안 외교담판을 벌였고 당신은 그에게 매우 깊은 인상을 남겼으며 당신에 대한 그의 평가가 옳았기에 나는 매우 기쁩니다."

덩잉차오는 자리에 배석한 황화 외교부장을 가리키며 나카소네 수상에게 웃으며 말했다. "우리 외교부는 지금까지 빠른 정보를 자랑했는데 이 정보에 대해서는 그들이 모를 테니 오늘 당신에 전해주지요."

나카소네 수상은 다시 한 번 "감사합니다. 오늘 이 이야기를 듣고 너무 기쁘고 너무 감사합니다"라고 말했다. 세상이 모두 공인한 위대한 저우언라이가 생전에 나카소네가 수상의 재목임을 알았다는 이야기를 듣고 정말 어찌 그가 그렇게 기쁘고 감격하지 않을 수 있었겠는가?

덩잉차오는 저우언라이의 정무에 간여한 적이 없었다. 당과 국가에 관한 고도의 기밀에 대해 저우언라이는 그녀에게 알리지 않았고 그녀 역시 물어보지 않았다. 그러나 그 둘은 결국엔 친밀한 평생의 반려이자 전우였고 또한 노 혁명가였으며 정치가였다. 국가기밀과 관계되지 않는 범위 내에서 그들의 대화는 항상 정치와 분리될 수 없었다. 저우언라이가 특별한 의미 없이 했던 어떤 말들을 덩잉차오는 주의 깊게 듣고 마음에 담아 두었다. 오늘 그녀가 나카소네 수상에게 알려준 저우언라이 생전의 그에 대한 평가와 예언적 기대는 정말로 일본수상에 대한 가장 소중한 선물이 되었다. 덩잉차오가 아니라면 누가 이렇게 '정중한 선물'을 줄 수 있겠는가?

132. "친구와 사귈 때 연속성, 장기성, 안정성을 갖춰야 한다"

마오쩌둥과 저우언라이가 새롭게 확립한 신중국의 외교활동에는 정부외교와 민간외교가 일관되게 하나로 묶여 진행되었다. 양자는 서로 교차되거나 보족의 관계를 맺으며 신중국 외교의 특색과 위력을 넉넉히 발휘하였다. 처음 신중국이 건립되었을 때 미국은 중국에 대한 군사적 위협, 정치적 고립, 경제적 봉쇄 정책을 통해 국제사회에서 고립시키려 했기 때문에 당시 중화인민공화국과 수교한 나라는 많지 않았다. 그러나 신중국은 다른 국가정부와 외교관계를 발전시키려고 노력하였고 동시에 민간외교 활동을 매우 중시하여 세계 각국의 많은 친구들과 폭넓게 교류하였다. 그 결과 선도적인 민간외교 활동을 통해 정부외교의 길이 점차 열리게 되었다. 1970년대, 신중국은 국제연합에서 합법적 지위를 획득하였고 외교관계를 수립한 국가가 백여 개 국으로 늘어났다. 이 과정에서 민간외교는 여전히 정부외교와 병행하며 눈부신 발전을 보이면서 중요한 역할을 수행하였다.

'사인방' 몰락 이후, 덩잉차오는 직접 중국인민대표회의 대표단을 이끌고 아시아, 유럽을 방문하였고 국내에서 중국을 방문한 각국 정부 수뇌와 회견하였으며 정부외교 방면에서 적극적인 역할을 수행하였다. 그녀는 각국의 친구들과 광범위하게 접촉했고 민간외교 분야에서도 중요한 역할을 감당했다. 그녀는 오랫동안 중국인민대외우호협회의 명예회장을 맡았다. 그녀는 대외우호협회 동지들에게 친구와 사귈 때 연속성, 안정성, 장기성을 갖추어야 한다고 강조했다. 나아가 업무에 있어서는 더욱 완벽을 기하고 사람과 교류할 때 그 사람의 마음속까지 파고들어 가야 한다고 늘 말했다.

그녀가 일본 친구와 교류할 때 보여준 일화는 잊기 힘든 장면이었다. 1976년 12월 29일, 한 겨울이었다. 인민대회당 신장(新疆) 청(廳)은 봄날과 같이 따뜻했다. 덩잉차오는 이곳에서 중국인민의 오랜 친구이며 일본의 저명인사인 사이온지 긴카즈(西園寺公一)[58]와 그의 아들 사이온지 가즈테루(西園寺一晃)를 접견했다.

사이온지 긴카즈는 일본 귀족 출신으로 진보적 사상가였다. 1952년, 신중국이 수립되고 얼마 되지 않아 그는 모스크바를 경유하여 중국을 방문하였다. 또한 그는 1958년에 여러 장애를 무릅쓰고 결연히 가족을 데리고 베이징으로 와 생활하며 일을 하였다. 당시 그는 자신의 출신 배경이 문제가 되어 중국인민의 양해를 얻을 수 있을 지 걱정하였다. 그는 솔직하게 이 문제에 대해 저우 총리에게 털어놓은 적이 있었다. 저우 총리는 부드럽게 그에게 말했다. "출신 계급이 개인에게 매우 큰 영향을 미친다는 점에서는 그것이 매우 중요합니다. 그러나 더욱 중요한 점은

---

[58] 역주: 1906-1993, 일본 정치가로 참의원 의원, 외무성 특약고문, 대서양조사위원회 이사 등의 직무를 역임하였다. 중일 민간교류를 개척한 공으로 '중국의 민간대사'라는 호칭을 얻었다. 1958년 일본공산당에 가입하였고 중국에 오래 머물다 1970년 일본으로 돌아갔다.

그 개인이 어느 입장에 서 있는가라는 점입니다. 인민대중의 편에 있는 지 아니면 인민대중을 억압하는 편에 있느냐, 하는 것입니다. 그러므로 당신은 자신의 출신 배경이 좋지 않다고 걱정할 필요가 없습니다."

곁에서 이야기를 조용히 듣던 덩잉차오는 미소를 지으며 고개를 끄덕였다.

사이온지 긴카즈는 안심하였다. 그러나 그는 마음속 한 켠에서는 여전히 가책을 느끼고 있었다. 그는 중국의 오사운동이 매국적 북양군벌정부가 굴욕적인 베르사유조약 속에 매국조항이 포함되어 있음에도 불구하고 거기에 서명하여 독일이 산동에서 약탈한 권익을 일본에게 넘겨준 것에 반대한 데에서 기인한 것임을 잘 알고 있었다. 그리고 베르사유조약에 참석한 일본 수석대표가 자신의 할아버지인 사이온지 긴모치(西園寺公望)[59]라는 사실도 알고 있었다. 따라서 사이온지 긴카즈는 오사운동에서 용감하게 투쟁했던 저우언라이와 덩잉차오에게 양심의 가책을 느끼지 않을 수 없었다. 하지만 그들은 호탕하게 웃으며 그에게 말했다. "당신은 제국주의에 반대한다는 입장을 취했으니 당신 할아버지의 행동에 대해 어떤 책임도 질 필요가 없습니다." 그들의 넓은 도량으로 인해 사이온지 긴카즈는 더욱 감동을 받았다.

1959년 사이온지 긴카즈와 부인 유키에(雪江)는 처음으로 중난하이 시화팅을 찾았다. 덩잉차오는 열정적으로 그들을 환대하였다. 생선요리를 좋아하지 않는 유키에는 식탁 위에 놓인 파오차이(泡菜)[60]에 깊은 관심을 보였다. 세심한 덩잉차오는 이를 기억해 두었다가 나중에 유키에에게 자주 파오차이를 보내주어 모든 사이온지 긴카즈 가족을 크게 감동시켰다.

문화대혁명이 일어나자 사이온지 긴카즈는 곤경에 빠져 1970년 어쩔

---

59   역주 : 1849-1940. 교토 출생, 『동양자유(東洋自由)』 신문 사장. 제2,3차 이토 히로부미(伊藤博文) 내각의 문부과학장관, 정우회(政友會) 창립위원, 추밀원(樞密院)의장, 정우회 총재, 총리 등을 역임하였고 파리강화조약 회의 수석전권위원을 지냈다.
60   역주 : 한국의 김치와 유사한 요리.

수 없이 귀국해야 했다. 귀국하기 전 저우 총리는 그와 만나 7,8시간에
걸쳐 긴 이야기를 나누며 적어도 1년에 한 차례는 중국을 찾아 달라고
요청하였다.

사이온지 긴카즈는 일본으로 돌아간 후 계속해서 일·중우호 증진을
위해 적극적으로 활동하였다. 1976년 1월 저우 총리가 서거했다는 소식
을 듣고 사이온지 긴카즈 일가족은 모두 통곡하며 슬퍼하였다.[61]

지금, 그는 뜨거운 눈물을 흘리며 덩잉차오의 손을 꼭 쥐고 목이 메인
체 말했다. "덩 다졔 안녕하세요! 저는 먼저 경애하는 저우 총리의 서거
에 대해 매우 심심한 애도의 뜻을 표합니다. 저우 총리의 서거는 우리
일본국민들을 매우 비통한 심정에 빠져 들게 만들었습니다." 그는 덩잉
차오에 대해 진심에서 우러난 위문을 하였다.

덩잉차오는 감사의 뜻을 표시하며 말했다. "비통한 시간은 이미 지나
갔습니다. '사인방'이 몰락한 후 이제 우리가 다시 만나게 됐으니 당연히
기쁩니다." 그녀는 사이온지 긴카즈에게 베이징의 날씨나 생활에 적응이
됐냐고 관심 있게 물었다.

사이온즈 긴카즈는 웃으며 말했다. "매우 좋습니다. 아주 잘 적응했고
요. 저는 이미 베이징에서 십 수 년 동안 살았던 터라서요."

덩잉차오 역시 기뻐하며 웃었다. "당신은 우리 베이징의 명예시민이
될 수 있을 것입니다."

사이온즈 긴카즈는 정중하게 말했다. "만약 제가 일·중우호사업을
하지 않는다면 아마도 명예시민이 될 수 없겠지요."

덩잉차오는 말했다. "당신은 일관되게 중·일우호사업을 위해 활동해
왔습니다. 중국을 떠나서도 그 일을 그만두지 않았지요."

---

[61] 사이온지 긴카즈, 「하나의 모범」, 『덩잉차오, 한 위대한 여성(鄧穎超, 一代偉大女性)』,
165-167. 또한 필자는 중일우호협회 회장 쑨핑화(孫平華)와 부회장 왕샤오셴(王效賢)
을 방문하였는데 그들은 사이온지 긴카즈와 저우언라이, 덩잉차오의 교류에 대해
소개하였다.

사이온즈 긴카즈는 예의를 갖춰 말했다. "이 사업을 위해 저우 총리와 덩 다졔로부터 매우 큰 도움을 받았습니다."

덩잉차오는 바로 말했다. "도움은 서로 준 것입니다. 언라이 동지는 세상을 떠났지만, 당신과 같은 옛 친구는 중·일 우호를 위해 계속 활동하고 있습니다. 당신이 일본으로 돌아갈 때 언라이 동지는 당신의 중국 재방문을 환영했고 매년 한 차례의 방문을 요청한 바 있습니다. 비록 지금 언라이 동지는 없지만 중·일 우호는 여전히 지속되고 있습니다. 중국인민은 사이온즈 긴카즈 선생이 계속해서 매년 한 차례 중국을 찾아주기를 희망합니다. 현재 당신뿐만 아니라 가족 모두가 중·일 우호를 위해 힘쓰고 있으니 이 일은 이미 당신 다음 세대까지 전달된 것입니다." 이렇게 말하며 그녀는 기쁜 마음으로 사이온즈 긴카즈의 아들 사이온즈 가즈테루(당시 『아사이[朝日]신문』 기자)를 향해 고개를 끄덕였다.

덩잉차오가 화제를 바꾸었다. "당신이 중국을 방문한 지금은 건국 27년 이래 일찍이 없었던 특별한 한 해입니다. 마오 주석이 서거했고, 중국인민은 거칠고 사나운 파도의 시련을 맞이하여 '사인방'을 일거에 분쇄하였습니다. 우리는 가장 큰 비통함을 겪었지만 동시에 최대의 즐거움과 최대의 승리를 경험했습니다."

사이온즈 긴카즈는 말했다. "마오 주석과 저우 총리가 서거한 마당에 중국은 어떻게 될 것 같습니까? 제가 일본에서 강연할 때 늘 그 질문을 받았습니다. 저는, 비록 중국이 우여곡절을 겪겠지만 경험이 풍부한 중국인민은 그들을 반대하는 사람을 결코 좌시하지 않을 것이라고 대답했습니다. 하지만 그러한 국면이 이렇게 빨리 올 것이라고는 생각하지 못했습니다. 귀국한 뒤 실제의 상황을 일본인들에게 알려주고 일·중우호조약 체결을 위해 미력이나 힘을 보태겠습니다. 무엇보다 다행인 것은 저는 이미 너무나 좋은 파트너를 갖고 있다는 점입니다. 가즈테루는 중국에서 자라고 학교를 다녔습니다. 그는 중국에 대해 저보다 훨씬 깊이 있게 이해하고 있습니다. 그는 일본에서의 몇 차례 강연을 통해 중국의 상황을 소개하였는데 어떤 때는 저보다 더 훌륭하게 강연을 하였습니다."

덩잉차오는 기뻐 웃으며 말했다. "중·일 우호는 단지 다음 세대에서만이 아니라 이후 자자손손에게 이어질 것입니다."

사이온지 긴카즈는 고개를 끄덕였다. "가즈테루에게는 이미 애가 있습니다. 그 아이가 이제 막 말을 배우는데 '쟝칭(江青)은 나쁘다'라고 말할 수 있습니다. 아마 가즈테루가 그에게 가르쳤겠지요." 덩잉차오는 이야기를 듣고 소리 내어 웃었다.

덩잉차오는 그들에게 식사를 대접하였다. 식당에 들어가며 그들은 계속 친밀하게 대화를 나누었다. 덩잉차오는 그들에게 말했다. "'사인방'은 반혁명방(反革命幇)입니다. 일반사람들은 그들을 '해인방(害人幇)', '화국앙민방(禍國殃民幇)'[62]이라 부릅니다. '사인방'이 체포되기 전에 일반 국민들은 그들을 보고 마음속에 한을 품었습니다. '사인방'은 '모자공장'과 '철강공장'을 열어, 수시로 사람들에게 '정치적인 딱지'를 붙이고,[63] 철창에 가뒀습니다. 일반국민은 정말 분노했지만 감히 말하지 못했습니다. '사인방'이 체포된 후 일반국민들의 마음속에 담아두었던 분노가 화산처럼 폭발하였습니다. 베이징에서는 집집마다 술을 마시며 축하하였고, 술을 입에도 되지 않던 사람들조차 마셨습니다. 듣자 하니 싼 술은 물론이고 고급 술도 모두 다 팔렸다고 합니다."

덩잉차오는 계속해서 말했다. "쟝칭은 집에서 제멋대로 행동하며 기분이 나쁘면 근무자를 욕하고 때렸습니다. 심지어 그녀와 이야기할 때 그녀의 눈보다 높게 머리를 들지 못 하게 하는 이상한 규정도 만들었습니다. 근무자나 경호원은 허리를 굽히거나 심지어 무릎을 꿇고 그녀와 이야기해야 했지요. 그녀는 근무자를 집안 노예로 삼았는데 이는 정말 믿기 힘든 일입니다. 그러나 이것은 사실이며 믿기 힘들겠지만 믿어야

---

[62] 역주: 각각 '사람을 해치는 무리', '나라와 인민에게 재앙을 몰고 오는 무리'라는 뜻이다.
[63] 역주: 이를 "戴帽子"라고 한다.

합니다. '사인방'이 체포된 이후 이들 근무자들은 해방된 노예처럼 박수를 치며 미친 듯이 즐거워했답니다."

사이온지 긴카즈는 "쟝칭은 정말 여황제였지요"라고 말했다.

덩잉차오는 이야기는 계속 되었다. "그녀는 정말 여황제가 되고자 하였습니다. 언라이 동지가 세상을 떠난 뒤, 특히 마오 주석이 서거한 후 나는 만전의 각오를 다졌습니다. '사인방'이 혹시 내 집으로 쳐들어와 나를 괴롭히며 체포하거나 박해하고 집안을 뒤져 물건을 압수해 갈 것에 대비해야 했습니다. 나는 그에 응전하기로 굳게 다짐하고 비서에게 만약 그들이 나를 잡아 가두면 즉시 내가 소속된 당 조직 책임자에게 그 사실을 알리라고 일러두었습니다."

사이온지 긴카즈는 이야기를 듣고 감탄하며 말했다. "매우 큰 위험에 직면했었군요!"

덩잉차오는 결연하게 말했다. "나는 두려워하지 않습니다. 혁명사업을 하면서 위험을 두려워해서는 안 됩니다. 혁명사업에서 위험을 피할 수는 없습니다. '우리는 대중을 신뢰해야 하고, 당을 신뢰해야 한다'라는 마오 주석의 말을 나는 믿습니다. 이 두 구절의 말이 가장 근본적인 원리입니다. 과연 '사인방'이 체포된 이후 그들이 당과 국가의 최고지도권을 탈취하려는 음모가 분쇄되었습니다." 여기까지 말을 마친 덩잉차오는 사이온지 긴카즈 선생과 함께 통쾌하게 웃었다. 헤어질 때 덩잉차오는 사이온지 긴카즈에게 "다음에는 부인 유키에 여사와 함께 오라"고 간절하게 요청하였다.[64]

이후 사이온지 긴카즈는 정말 부인 유키에와 아들 사이온지 가즈테루, 사이온지 아키히로(西園寺彬弘), 딸 사이온지 도모코(西園寺知子), 사이온지 가즈키(西園寺香月)를 데리고 여러 차례 중국을 방문하였다.

1986년 11월 17일 덩잉차오는 시화팅에서 가족 잔치를 열어 사이온지

---

64   덩잉차오와 사이온지 긴카즈와의 대화 기록 원고 참조.

긴카즈를 대접하고 그의 80세 생일을 축하하였다. 덩잉차오는 그에게 오랜 친구이고 또한 좋은 친구라고 말했다. 그녀는 그가 중·일우호의 '민간대사'라고 치켜세웠다. 그도 덩잉차오가 자신의 좋은 친구이자 스승이라고 말했다. 덩잉차오는 그에게 '수(壽)'라는 글자와 '수도(壽桃)'[65]가 들어간 2단짜리 대형 케이크를 주며 그의 건강과 장수 그리고 전가족의 행복을 축원하였다.[66]

덩잉차오는 사이온지 긴카즈에게서 친구와 사귈 때 필요한 연속성, 장기성 그리고 안정성을 완전하게 체현하였던 것이었다.

1977년 1월 21일 오전, 덩잉차오는 일본 공명당(公明黨) 위원장 다케이리 요시카츠(竹入義勝)[67]를 만났다. 이번이 그의 5번 째 중국 방문이었으나 덩잉차오와는 첫 번째 만남이었다.

그는 비통한 마음을 금치 못하여 짧은 회견 동안에도 계속 눈물이 두 뺨을 타고 흘러 내렸다. 그는 두 손으로 덩잉차오의 손을 꽉 쥐며 말했다. "오늘 덩 부위원장을 만나게 되니 그 어떤 때보다도 기쁩니다. 우리는 저우 총리에게서 각별한 배려를 받은 적이 있습니다. 다시 한 번 저우 총리의 서거에 대해 애도를 표하는 바입니다." 이렇게 말하며 그는 다시 울먹였다.[68]

덩잉차오는 말했다. "다케이리 위원장께서는 중·일 국교 정상화를 위해 일찍부터 공헌 하셨고 앞서 저우 총리와 만나 중·일 국교 수교를 위한 사전 작업을 해주셨습니다."

다케이리 요시카츠는 눈물을 흘리며 말했다. "저우 총리가 서거했을

---

65   역주: 장수를 축원하는 복숭아 모양의 밀떡이나 신선한 복숭아. 서왕모(西王母)가 생일에 '반도회(蟠桃會)' 즉 복숭아 잔치를 열어 신선들을 접대한 데에서 유래하였다.
66   1991년 6월 12일, 중국인민대외우호협회는 사이온지 긴카즈에게 '인민우호사절'이라는 칭호를 부여했다.
67   역주: 1926-현재, 일본의 정치가로 도쿄도의회 의원(1기), 중의원(衆議院) 의원(8기), 공명당위원장(제3대) 등을 역임.
68   쑨핑화(孫平化), 왕샤오셴(王效賢), 「덩잉차오와 다케이리 요시카츠와의 우의」, 『덩잉차오, 한 위대한 여성』, 169-175 참고.

때에는 직접 찾아뵙고 분향을 해야 했지만 그리하지 못했습니다. 어제 밤에 저우 총리의 추모사진을 봤는데 그와 고별인사를 하는 느낌이었습니다." 그는 감정에 북받치며 저우 총리와의 첫 번째 회견에서 그가 자신에게 했던 말을 회고하였다. "길고 긴 혁명의 세월을 보내면서 많은 동지들이 생명을 바쳤습니다. 살아남은 이들은 그들의 못다 이룬 꿈을 자신들의 어깨에 짊어지고 그 꿈의 실현을 위해 노력을 배가해야 합니다." 그는 말했다. "영원토록 사람의 폐부를 찌르는 저우 총리의 이 가르침을 저는 영원히 잊을 수가 없습니다. 이제 저우 총리는 우리의 곁을 떠났습니다. 그러나 저우 총리는 우리의 마음속에 살아 있습니다. 우리는 저우 총리의 유지를 계승하여 죽는 날까지 일·중우호사업을 위해 싸워 나가야 합니다. 이후의 일·중 관계가 순조롭게만 진행되지는 않을 것입니다. 그러나 이미 양 국민 사이에 수립되어 자손대대에 이어질 우호관계가 흔들려서는 안 됩니다. 우리는 저우 총리가 우리를 위해 이 길을 개척했다는 사실을 잊을 수 없습니다. 우리의 힘에는 비록 한계가 있지만 반드시 저우 총리에게 보답하기 위해 노력할 것이고 빠른 시일 내에 일·중평화우호조약이 체결될 수 있도록 노력할 것입니다."

저우 총리에 대한 다케이리 요시카츠 선생의 매우 깊고 두터운 우애의 말을 듣고 함께 자리한 중국동지들도 모두 눈물을 흘렸다.

그러나 강인한 의지의 소유자인 덩잉차오는 다케이리 선생을 위로하였다. "언라이 동지에 대한 다케이리 선생의 감정이 매우 깊고 두터우며 선생의 내심에서 우러나는 우의와 애도에 대해 매우 깊이 감격했습니다. 중국에는 죽은 자를 기리며 하는 말이 있는데 '비통함을 힘으로 바꿔야 한다. 슬퍼서 상심하거나 눈물을 흘린다고 죽은 사람이 살아 돌아오는 것은 아니기 때문이다.'가 그것입니다. 우리는 슬픔을 힘으로 승화시켜 우리가 이어 받은 중·일우호사업을 위해 계속 진력해야 합니다. 중·일우호사업에 대한 언라이 동지의 공헌은 주로 당 중앙의 노선에 근거해 이루어진 것으로 그는 집행자에 불과합니다. 또한 다케이리 선생을 포함한 일본친구들의 노력이 있어 가능한 것이었습니다. 이 사실을 우리는 잊을 수 없습니다. 중·일 양국 사이에는 바다가 가로 놓여 있습니다. 이 바다는 또한 우리 양 국민의 우의의 유대입니다. 바다에는 파도의 기복이 있게 마련이지만, 우의를 위한 유대의 기초는 오히려 공고합니다. 지난 날 한 시기의 불행은 양 국민에 의해 바로 잡혀졌습니다. 이후에 다시 우여곡절이 있겠지만 전도는 밝습니다. 무릇 정의의 사업을 우리가 지속해 나간다면 어떤 어려움을 만나더라도 두렵지 않습니다. 어려움을 극복하고 우리의 사업은 전진할 것입니다."

덩잉차오의 힘 있는 말 때문에 다케이리 요시카츠는 크게 고무되어 힘을 얻었다. 그는 덩 다졔가 우아하고 온화하다는 강한 인상을 받았지만 저우 총리처럼 모든 것을 통찰하는 형형한 눈빛의 두 눈동자를 지니고 있다고 느꼈다. 그는 덩 다졔에게서 저우 총리의 찬란한 빛과 위대한 형상을 보았다. 그는 이제부터 저우 총리에 대한 모든 감정을 덩 다졔에게 의탁하기로 다짐하였다.

이후 그는 여러 차례 중국을 방문하였고 그때마다 항상 덩 다졔를 예방하고자 하였다. 그리하여 그들은 십 수 차례 이상을 서로 만날 수 있었다. 다케이리 선생의 요청에 따라 덩잉차오는 저우언라이와 자신이 겪었던 혁명 경험의 일부를 들려주었다. 예컨대 1928년 저우언라이와 그녀가 상하이에서 일본 기선을 타고 다롄, 하얼빈을 거쳐 중국공산당 제6차 대표대회가 열리기로 되어 있던 모스크바로 가는 도중에 겪었던 위기와 그로부터 벗어났던 과정[69]을 소개하였다. 1987년 9월 30일 덩잉차오는 다케이리 요시카츠를 12번째 만났을 때, 저우언라이와의 첫 만남과 이후 연애하던 과정에 대해서도 들려주었다. 덩잉차오가 들려주던 회고를 들으며 다케이리 요시카츠는 거기에 빠져 들었다. 이러한 모습은 마치 큰 누나가 친한 친구에게 집안의 일상사에 대해 편하게 이야기하는 듯하였

---

[69]   역주: 이에 대해서는 본서 제5장 제27절 참조.

다. 하지만 이것은 사실 덩잉차오의 외교술이 절묘하게 고도의 예술적 경지에 이르렀음을 보여주는 대목이다.

덩잉차오는 항상 옛 친구를 잊지 않았다. 1978년 5월 31일 그녀는 일본사회당 전(前)위원장 아사누마 이네지로(淺沼稻次郞)의 부인 아사누마 교코(淺沼享子)와 회견한 적이 있었다. 아사누마 이네지로는 일·중우호사업을 위해 소중한 생명을 받쳤다. 덩잉차오는 아사누마 교코에게 아사누마 선생이 생전에 중·일우호를 위해 고귀한 공헌을 한 것에 대해 중국 국민은 영원히 잊을 수 없으며, 그가 여러 차례 중국을 방문하며 중국인들의 오랜 친구이자 좋은 친구가 되었다고 말했다. 또한 덩잉차오는 몇 년 전 저우언라이 동지가 그녀를 집으로 초대했을 때 자기에게 선물로 준 아름다운 유리 화병을 지금까지 잘 보존하며 꽃을 담아두고 있다고 말했다. 이에 교코는 감격하며 이처럼 사람간의 우의를 소중히 여기니 매우 영광스럽다고 말했다.[70]

온화하고 겸손한 덩잉차오는 처음 만나는 친구에게 늘 매우 강한 인상을 남겼다. 1979년 12월 7일, 덩잉차오는 인민대회당 산시(陝西) 청에서 일본작가대표단과 회견하였다. 대표단 단장은 일본의 저명한 작가 이노우에 야스시(井上靖)[71]이었다. 덩잉차오와 이노우에 야스시는 같은 자리에 앉았다. 회견 도중 잠시 휴식시간에 이노우에 야스시가 담배를 꺼내자 덩잉차오는 친절하게 성냥을 직접 켜 그에게 불을 붙여 주었다.

덩잉차오는 그들에게 중국의 상황에 대해 소개하고 중국인의 '사인방' 분쇄 경과에 대해 생동감 있고 간결하게 소개하였다. 그녀는 '사인방' 분쇄가 중국인민 머리 위의 '증문(症門)'을 뚫은 것과 같다고 했다. 증문이란 중의 침구학의 한 경혈로서 머리 뒷부분에 있는데 두통치료에 매우 좋은 효험이 있는 자리였다. 덩잉차오는 중국의 전통의학 학술용어로써

---

70   『인민일보(人民日報)』, 1978.6.1.
71   역주 : 1907-1991. 소설이며 시인. 중국을 제재로 삼은 대표작으로는 『돈황(敦煌)』, 『공자(孔子)』 등이 있다.

'사인방' 분쇄의 정치상황을 생동감 넘치고 깊이 있게 비유함으로써 일본작가들로부터 매우 큰 흥미를 불러일으켰다.[72]

이노우에 야스시는 1961년 첫 번째 중국 방문에서 저우 총리와 만났던 상황에 대해 이야기하였다. 저우 총리는 벽에 걸려 있던 대형 화폭에 담긴 마오 주석의 시 「심원춘(沁園春)·설(雪)」[73]을 낭송하며 한 구절 한 구절 해석하였다. 시구 가운데 '진황한무(秦皇漢武)'[74], '당종송조(唐宗宋祖)'[75], '성길가한(成吉可汗)'[76] 등이 등장하는데, 저우 총리는 칭키스칸을 읽을 때 이노우에 야스시에게 "바로 푸른늑대(蒼狼)입니다!"라고 말했다. 그의 소설 『창랑(蒼狼)』은 칭키스칸을 모델로 한 것이었기 때문에 그는 저우 총리의 말을 듣고 특별히 기분이 좋았다.

이에 이노우에 야스시는 15년 전의 이야기를 꺼냈다. "나는 사실 계속 긴장하고 있었는데 저우 총리의 이 말을 듣고 마음이 편안해졌습니다. 저우 총리가 외국 작가의 작품에 대해 이렇게 숙지하고 있다는 사실 때문에 매우 감동을 받았지요."

이어 대표단 작가들은 모두 자신들의 여행 소감에 대해 이야기하였다.

섬세한 관찰력을 지닌 여성작가 사토 준코(佐藤純子)는 저우 총리가 서거했을 때의 상황에 대해 말하였다. 그녀가 본 신문보도의 내용은 이러했다. "병원의 조그마한 방에 안치된 저우 총리의 몸에는 당기(黨旗)에 덮여 있었고 주위에는 꽃들이 진열되어 있었다. 주검 앞에는 작은 화환이 있고 오른편에는 '언라이 전우 추념', 왼편에는 '샤오 차오(小超) 애헌(愛獻)'이라고 쓰인 표지가 있었다."

---

[72] 1972년 12월 7일 덩잉차오의 일본작가대표단과의 회견대화 기록 원고 참고

[73] 역주: 마오쩌둥이 1936년 2월 장정 가운데 지은 비정형시, 사(詞)의 하나. 1945년 『신민만보(新民晚報)』에 발표되었다. 중국 역사에서 스러져간 초라한 영웅들을 그리며 '오늘을 돌이켜 보자' 뜻을 강조하는 내용이다.

[74] 역주: 진시황(秦始皇: B.C. 259-B.C. 210)과 한무제(漢武帝: B.C. 156-B.C. 87)를 각각 가리킨다.

[75] 역주: 당태종(唐太宗: 599-649)과 송태조(宋太祖: 927-976)을 각각 가리킨다.

[76] 역주: 원태조(元太祖: 1162-1227) 칭키스칸을 가리킨다.

사토 준코는 덩잉차오에게 말했다. "'샤오 차오'는 50여 년이라는 긴 시간 동안 저우 총리가 당신을 부를 때 썼던 애칭임을 알고 있습니다. 그때에는……" 사토 준코는 여기까지 말하자 목이 메여 더 이상 말을 계속할 수 없어 얼굴 가득 눈물만 흘렸다. 많은 일본친구들 역시 눈물을 흘렸다. 함께 자리한 중국동지들 역시 울기 시작하였다. 어떤 이는 안경을 벗었고, 어떤 이는 눈을 가렸으며, 또 어떤 이는 주머니에서 손수건을 꺼냈다. 인민대회당에서 중·일 양국의 친구들이 일제히 저우 총리의 서거를 떠올리고 비통해 하며 슬피 눈물을 흘렸던 것이다. 이보다 더 사람을 감동시키는 장면이 또 있을까? 그러나 덩잉차오는 자신의 감정을 최대한 잘 억제하여 가장 먼저 평정을 되찾았다. 그녀는 저우 총리에 대한 일본친구의 애정에 감사하며 이제 그만 슬퍼하라고 하였다. 그녀는 언라이 동지를 기념하는 가장 좋은 방법은 그의 사업을 계승하여 중·일우호사업을 더욱 발전시켜 자손대대로 지속하는 것이라고 하였다.

청년작가 하타 고헤이(秦恒平)은 아주 문학적으로 표현했다. "저는 이번이 첫 번째 중국 방문입니다. 만약 이전 17일 동안의 여행을 큰 용 그리는 것에 비유할 수 있다면 오늘의 만남은 이 큰 용에 눈동자를 그려 넣는 셈이 됩니다."[77]

덩잉차오는 웃으며 말했다. "작가 선생은 정말 말을 잘하는군요. 당신은 대표단 가운데 가장 젊습니다. 이제 자주 중국을 방문해 주었으면 좋겠습니다."

저명한 작가 기요오카 다카유키(淸岡卓行)는 산시(山西) 다퉁(大同)을 참관했던 인상에 대해 말했다. 그는 유명한 윈강(雲岡) 석굴의 거대한 불상을 보았고 또한 윈강탄광 160미터 지하로 들어가 채굴현장을 보았다. 그는 "매우 오래된 문화유산과 현대적인 탄광생산 현장을 함께 보게 되니 중국역사의 심원함을 새삼 느끼게 되었습니다"라고 말했다.

---

77   역주 : '화룡점정(畵龍點睛)'을 가리킨다.

덩잉차오는 그의 말을 듣고 동의한다는 듯이 고개를 끄덕였다.

기요오카는 말했다. "윈강탄광에서 저는 지하갱도를 참관했을 뿐만 아니라 현대화된 각종 채탄장비를 보았습니다. 저는 이러한 규모의 탄광이 다퉁에만 17개소가 있다고 들었습니다. 이로써 저는 저우 총리가 제안한 '4개 현대화' 실현이 가능하다는 확실한 근거가 있다고 느꼈습니다."

덩잉차오는 바로 "'4개 현대화' 실현은 마오 주석이 지도하는 당 중앙의 결정이고 언라이 동지는 단지 이 방침을 전 국민에게 전달했을 뿐입니다"라고 말했다. 덩잉차오는 항상 저우언라이의 역할과 지위를 적당한 위치에 두어 당 중앙과 마오 주석의 아래에 위치시켰다.

기요오카는 다시 이야기를 계속하였다. "윈강석굴 앞을 산책할 때 우연히 고개를 들어 주위를 보다 40여 세의 중국노동자가 3,4세의 남자아이를 데리고 초겨울 오후 따사로운 햇빛을 받으며 유유히 산책하는 모습을 보았습니다. 아이는 외투를 입지 않았고 아버지의 솜저고리를 입은 듯한데 양손을 옷 주머니에 넣은 그 모습이 너무 귀여웠습니다."

여기까지 묘사하다 그는 "중국에서 가장 아름다운 것은 아이의 웃는 얼굴입니다"라고 말했다.

덩잉차오는 작가의 섬세한 심정을 매우 잘 이해 하면서 그가 아이의 귀엽고 웃는 모습이 중국의 아름다운 현재와 미래를 표현하고 있다고 민감하게 느꼈다는 사실을 이해 하였다. 그녀는 웃으며 말했다. "나는 기요오카 선생의 의견에 전적으로 동의합니다. 중국에서 가장 아름다운 것은 아이의 웃는 얼굴입니다. 아이의 웃는 얼굴은 그의 어린 시절이 매우 행복하다는 사실을 설명하며 아이의 웃는 얼굴은 또한 중국의 더욱 아름다운 미래를 예시해 주고 있기 때문입니다."

이처럼 시적 정취가 충만한 덩잉차오의 이야기를 듣고 일본작가들은 뜨거운 박수를 치지 않을 수 없었다. 그녀는 외빈과 회견할 때 상대방의 사상이나 감정을 빨리 파악하고 이해하는 데에 매우 뛰어났기 때문에 회견을 통해 공통의 사상이나 감정 교류가 충만해지도록 만들었다. 그뿐만 아니라 회견할 때 악수는 물론 그녀의 행동거지 역시 많은 외빈들이 잊을 수 없게 만들었다.

기요오카는 일본으로 돌아가 「덩잉차오의 악수」라는 글을 통해 덩잉차오와 일본작가대표단의 회견을 회고했다. 이 저명한 작가는 이렇게 썼다. "그녀는 미소를 짓고 있었고 침착했다. 악수를 할 때 힘을 크게 주지도 않았으나 약하지도 않았으며 그 시간이 짧지도 길지도 않았다. 매우 친절했고 또 아주 적절했다. 그녀는 오른손을 사용했을 뿐만 아니라 왼손 역시 나의 오른손등 위에 가볍게 올려놓았다. 아주 짧은 시간이었지만 나는 그녀가 매우 자상하며 매우 정중하다고 느꼈다. 그녀의 경력에 대해 어느 정도 당연히 알고 있었기 때문에 약간의 감정적 요인이 개입되지 않을 수 없었다. 그러나 악수의 과정에서는 이러한 감정적 요인에 비해 더욱 깊이 있는 함의가 있었다."

1983년과 1987년 다시 두 차례에 걸쳐 덩잉차오는 이노우에 야스시와 회견하며 그와 매우 친밀한 대화를 나누었다.

덩잉차오는 외빈과 회견할 때 단지 우의만 다지는 것이 아니었다. 일부 정계인물들과 회견할 때에는 역시 엄숙한 정치문제에 대해 회담하였다. 1980년대 중반, 고카료(光華寮) 문제[78] 때문에 중・일 양국에 유쾌하지 못한 왕래가 있었다. 고카료는 본래 중국유학생 기숙사였다. 하지만 타이완 측은 그것을 자신들의 것으로 삼고자 하였다. 일본법원은 지지부진 판결을 미뤘다. 마침 1987년 9월 4일 덩잉차오는 시화팅에서 일본자민당 전(前)부총재 니카이도 스쓰무(二階堂進)와 일본 전수상 다나카 가쿠

---

[78] 역주: 고카료는 교토 시내에 있는 유학생 시설로 제2차 세계대전 당시 교토대가 민간회사로부터 빌려 중국인 유학생 기숙사로 사용하던 것을 전후 당시 중화민국(타이완)이 매입, 화교 자녀의 기숙사로 사용해 왔다. 일본과 정식 외교관계에 있던 타이완이 1967년 당시 기숙사에 입주해 있던 중국 지지 유학생 8명과 문제가 발생하자 퇴거를 요구하는 소송을 제기하였는데 1977년 1심에서 타이완이 패소, 1987년 2심에선 승소하였다. 결국 2007년 일본 대법원은 "1972년 일・중 공동 성명으로 중화인민공화국이 중국 국가가 돼 타이완의 대표권이 소멸됐다"고 판단, 타이완을 원고로 진행한 모든 소송절차를 무효라고 선언함으로써 타이완이 사실상 패소하였다.

에이(田中角榮)의 딸 다나카 마사코(田中眞紀子), 사위 다나카 나오키(田中直紀) 등과 회견을 하였다.[79]

니카이도 스쓰무는 덩잉차오에게 "다시 한 번 당신을 만나게 되어 매우 기쁩니다. 안색이 매우 좋아 보이고 건강해 보입니다"라고 인사했다.

덩잉차오는 "매우 바쁜 와중에 이렇게 나를 찾아 주어 정말 감사합니다"라고 대답했다.

니카이도 스쓰무는 말했다. "아무리 바빠도 중국에 온 이상 반드시 당신을 만나러 와야지요. 다나카 선생 역시 매우 오고 싶어 했지만 병으로 올 수 없었습니다. 대신 그의 딸이 당신을 찾아왔어요."

다나카 마사코는 덩잉차오 앞으로 달려 나와 그다지 익숙하지 않은 중국어로 "안녕하세요. 나는 다나카 가쿠에이의 딸입니다"라고 말했다.

덩잉차오는 미소로 그녀의 손을 잡으며 말했다. "전에 다나카 선생 집에서 본 적이 있습니다. 당신은 이번이 첫 번째 중국 방문이지요. 환영합니다. 환영해요."

덩잉차오는 바로 기억해냈다. "15년 전 중·일 국교정상화 때에 당시 전 수상 다나카 선생은 커다란 지혜와 용기를 보여주며 탁월한 공헌을 하였습니다. 니카이도 스쓰무 선생도 같이 와 똑같이 중·일 국교정상화를 위해 공헌하였지요." 이렇게 말하면서 그녀는 찻잔을 권하며 웃으며 말했다. "우리는 술 대신 차로 중·일 국교정상화 15주년을 축하하고 다나카 전 수상의 쾌유와 행복을 기원합시다!"

좌중의 일본친구들은 모두 찻잔을 들었다. 니카이도 스쓰무가 말했다. "오늘 이 자리에 와 보니, 당시 다나카 수상, 오오히라(大平) 외상[80] 그리고 제가 베이징에 도착하여 일본의 과거 행위에 대해 반성하고 저우

---

[79] 필자는 이 회견에 운 좋게 참석할 수 있어 일본친구와 덩잉차오가 회견하는 모습을 직접 보았다.

[80] 역주 : 1910-1980. 다나카 내각에서 외상을 맡았던 오오히라 마사요시(大平正芳)를 가리킨다.

총리와 회담한 끝에 '중국은 단지 하나'[81]라는 내용의 연합성명을 발표했던 사실이 떠오릅니다. 저우 총리는 이때 매우 큰 결단을 내렸고 다나카 선생 역시 매우 큰 결단을 내린 것이었습니다. 당시 자민당(自民黨) 내의 논쟁은 매우 격렬하여 심지어 어떤 사람은 다나카 선생에 대해 '죽이겠다!'라고까지 협박하였습니다. 다나카 선생은 세계평화와 아시아평화를 위해 의연하게, 그리고 결연히 중국에 왔던 것입니다. 이후 15년 동안 중국은 매우 빠르게 발전하여 아시아와 세계 평화에 기여하였습니다. 일본 역시 힘을 다해 원조를 제공했습니다. 일·중우호는 앞에 놓인 장애를 뛰어넘어 발전하고 있습니다." 그 역시 찻잔을 들어 "덩잉차오 여사의 건강을 축원하며 중국의 더욱 빠른 발전을 축하합니다!"라고 하였다.

다나카 마사코는 말했다. "아버지의 건강이 나날이 회복되는 데에는 중국의 침구치료가 매우 큰 효과가 있었습니다. 이번에 저는 처음으로 중국을 찾았습니다. 오늘 덩잉차오 여사를 만나게 되어 매우 기쁩니다. 돌아가 아버지에게 잘 말씀드리도록 하겠습니다. 이후 아버지께서 다시 중국을 방문할 수 있게 되기를 기대해 주기 바랍니다."

덩잉차오는 조용히 말했다. "중·일국교를 회복하는데 일본은 우리 중국에 비해 더욱 힘들었습니다. 따라서 다나카 선생은 큰 지혜화 용기를 발휘하였고 양국 국민에게 유익한 일을 한 것입니다. 중·일 국교정상화 이후 전체적으로 보면 좋은 방향으로 발전하고 있습니다. 하지만 최근 유쾌하지 못한 일이 발생했습니다. 고카료 문제는 매우 간단합니다. 일본 측은 왜 합리적인 해결을 하지 못하는지요? 일본인 중 일부에서 양국의 우호를 반대하는 사람들이 있을 수 있지만, 이는 '하나의 중국'을 견지하느냐 마느냐의 문제와 관련된 것입니다."

말이 여기까지에 이르자 덩잉차오의 어조는 엄숙해졌다.

"나는 나카소네 야스히로(中曾根康弘) 수상과 일본정부가 이 문제에 대

---

81   역주: 중국의 유일한 정통 정부는 타이완이 아니라 중화인민공화국이라 천명한 사실을 가리킨다.

해 애매한 태도를 취하고 있다고 생각합니다. 일본 측이 이 유쾌하지 못한 상황을 변화시키기를 희망합니다. 옛 친구로서 나의 희망을 기탄없이 솔직하게 말해보겠습니다. 자민당 친구들과 나카소네 수상은 다음과 같은 상황에 주의하기 바랍니다. 즉 일본에는 분명히 타이완과 친밀하게 지내고자 하는 '친타이완집단'이 무리를 지어 중·일국교와 우호를 반대하는데, 이들 때문에 나카소네 수상이 곤란을 겪게 된다는 사실입니다."

상황을 정확하게 파악하고 있는 덩잉차오의 어투가 부드러워졌다.

"나는 '하나의 중국' 원칙을 흔들고자 하는 이 한 무리의 사람들이 일본정부의 제재를 받아 그들이 양국 국교와 양국 우호를 파괴하지 못하게 될 것이라 믿습니다. 방금 말했듯이 15년 전 당신들이 중국에 온 것도 어려움과 방해를 뚫은 것이고 그럼으로써 비로소 국교정상화는 실현될 수 있었습니다. 손에 넣기 힘든 이 성과를 소중히 하고 사랑해야 합니다. 그리고 다나카 선생이 이번에 중국에 다시 올 수 없어서 매우 유감입니다."

다나카 마사코는 말했다. "아버지께서는 당시 작은 역할을 수행하셨고 그것은 이미 역사로 남았습니다. 수상으로서 그는 최대의 노력을 기울였습니다. 지금 비록 그가 병들었지만 여전히 정치에 관심을 갖고 있습니다. 아버지는 애매한 태도를 보이는 정치가가 되지 않기를 원하십니다."

덩잉차오는 "내가 제기한 문제는 최근에 발생한 것입니다. 나카소네 수상은 어떤 식으로든 행동을 취해야만 할 것입니다. 그리고 그의 행동과 모습은 반드시 기억될 것입니다."

니카이도 스쓰무는 이때 정중하게 말했다.

"당신이 방금한 말은 매우 중요합니다. 중국은 단지 하나이며, 타이완은 중국의 일부분입니다. 이 점은 분명하고도 반드시 유지되어야 합니다."

덩잉차오는 고개를 끄덕이며 말했다. "니카이도 스쓰무 선생을 포함한 일본친구들이 중·일우호를 위해 반드시 새로운 공헌을 하게 될 것임을 믿습니다."

대화의 주제가 매우 심각했지만 분위는 시종 우호적이었다.

회견 후 덩 다졔는 웃으며 회견에 동석한 중·일우호협회 회장 쑨핑화(孫平化)에게 "오늘 내가 너무 공격적으로 말한 거 아닌가요?"라고 물었다.

쑨핑화는 웃으며 말했다. "다졔의 말씀은 정도에 꼭 맞았습니다. 본래 심각한 문제인데 다졔께서 아주 적절하게 말씀하셨습니다. 저는 그들이 돌아가 즉시 나카소네 수상에게 보고할 것이라고 믿습니다."

이것은 민간외교의 비정식 루트를 통해 정부외교와 소통하는 분명한 사례였다.

상호 간 우의의 발전은 자연스럽게 덩 다졔가 외빈과 회견할 때의 주된 관심사였다. 덩 다졔가 대화할 때 보여주는 도드라진 모습은 상대방의 특징을 잘 파악하여 사람에 따라 저마다의 방식으로 대응하며 친절하고 부드러우면서도 상투적인 격식에 빠지거나 그러한 말을 하지 않는 것이었다.

1987년 11월 9일, 덩잉차오는 시화팅에서 일본 나라(奈良) 시장 가키타츄 자부로(鍵田忠三郎)를 접견했다. 덩잉차오는 그에게 말했다. "나는 나라시의 명예시민이니 오늘 특별히 시장님을 제집에 손님으로 초대합니다."[82]

가키타츄 사부로는 말했다. "지난 번에 두 차례 왔을 때 당신의 건강이 그다지 좋지 않다는 소식을 접하고 조금 걱정이 됐습니다. 오늘 이렇게 건강한 모습을 보게 되니 안심이 되는군요. 우리 집에는 당신이 나라시민이 됐을 때의 사진이 걸려 있습니다."

덩잉차오는 웃으며 말했다. "전해온 편지에 따르면 당신은 나라시민들과 함께 회의를 열어 내가 보내 준 호두를 모두 함께 나눠 먹었다고 하더군요. 오늘도 당신은 매우 절묘하게 때를 맞춰 왔습니다. 우리 집 뜰에는 두 그루의 호두나무가 있습니다. 호두가 잘 여물어 얼마 전에 따두었는데 오늘 당신에게 선물로 드리겠습니다."

---

[82] 덩잉차오가 일본 친구와 만날 때 필자도 동석하여 그녀가 일본 친구에게 보여준 친절하고 자연스러우며 우호적인 모습을 보았다.

가키타쵸 선생은 감사의 뜻을 표했다.

덩잉차오는 또 말했다. "당신은 매번 중국에 올 때마다 항상 나를 찾아오려고 하는데 이러한 당신의 깊은 정에 매우 감동하였으며 또 감사합니다. 당신은 비록 지금 시장 직에서 물러났지만 중·일우호사업을 위해 여전히 적극적으로 노력하고 있으며 시안과 나라의 자매도시 결연을 위해 매우 큰일을 하였습니다. 당신이 보기에 시안에는 어떤 변화가 있나요?"

가키타쵸 선생은 "내가 처음으로 시안에 간 것은 15년 전입니다. 당시와 비교해 보면 시안의 공업생산은 매우 큰 발전을 보이고 있습니다"라고 대답했다.

덩잉차오는 말했다. "나는 작년에 시안에 갔었는데 그 전엔 거의 50년 동안 가본 적이 없었습니다. 1937년 옌안을 떠나 국민당통치구로 활동하기 위해 갈 때 시안에 간 적이 있었지요. 작년에 다시 시안에 도착해 보니 많은 공장이 들어서 시안이 공업도시로 변모했고, 도시 녹화사업도 아주 잘 되어 거의 알아볼 수 없을 지경이었습니다."

가키타쵸 선생은 "50년 동안의 변화는 자연히 매우 크지요"라고 말했다.

덩잉차오는 웃으며 말했다. "중국인으로서 시안을 떠난 지 50년만에 다시 찾았습니다. 그런데 나라시장인 당신은 시안을 15차례나 방문했으니 당신에 비할 수도 없겠네요."

가키타쵸 선생은 말했다. "횟수로 말한다면 적은 것은 아니지요. 하지만 나보다 훨씬 많은 사람도 있습니다. 예컨대 오카자키 가헤이타(岡崎嘉平) 선생은 듣자 하니 중국을 방문한 횟수가 곧 100차례나 될 거라고 합니다."

덩잉차오는 감탄하였다. "오카자키 선생의 정신은 정말 감탄스럽습니다. 시안에서 싱룽(興隆)사의 일본고승 구카이(空海)[83] 기념관을 참관했을

---

[83]　역주 : 774-835. 헤이안시대 초기의 중. 홍법대사(弘法大師)라는 이름으로 유명하며 중국으로부터 진언밀교(眞言密敎)를 도입하여 진언종(眞言宗)을 창시하였다.

때 그에 대해 탄복했는데 왜냐하면 그가 중·일 문화교류의 선구자였기 때문이었습니다. 또한 아베노 나카마로(阿部仲麻呂)[84]는 일본에서 중국으로 건너와 수 십 년 동안 살다 중국에서 죽었습니다. 나는 그에게 경의를 표하는 바입니다. 그는 나라에서 출발하여 시안에 도착했습니다."

가키타츄 선생은 말했다. "구카이와 아베노 나카마로가 시안으로 유학을 왔을 때 무료로 매우 많은 것들을 배웠습니다. 그러나 지금 중국학생이 일본에 유학할 경우 학비를 내야 합니다. 우리는 이에 대해 유감스런 마음을 표합니다."

덩잉차오는 웃으며 "뭘요, 사회 발전에 따라 그런 걸요. 현재 우리의 교류는 과거에 비해 더욱 많아졌습니다"라고 말했다.

가키타츄 선생은 말했다. "일본의 많은 유학생이 견당사(遣唐使)[85]를 따라 중국으로 건너와 수학하였습니다. 고승 구카이도 그 가운데 하나입니다. 또한 기비노 마키비(吉備眞備)는 일본 야마오카(山岡) 사람입니다. 재작년에 시안 환청(環城) 공원에 기비노 마키비 기념비가 건립됐습니다. 오카자키 가쿠이타(岡崎嘉平太) 선생이 애를 많이 썼고 낙성식에 참가하였습니다. 나라에도 역시 아베노 나카마로의 기념비가 건립되었습니다."

헤어질 때, 덩잉차오는 나라 전시장에게 말했다. "언라이 동지가 만약 살아 있어 내가 나라시민이 됐다는 사실을 알았다면 매우 기뻐했을 것입니다. 그는 기꺼이 나라의 사위가 됐을 것이고 또한 당신을 매우 공경할 것입니다."

가키타츄 선생은 이렇게 유머 넘치는 말을 듣고 매우 기뻐하며 큰 소리를 내어 웃었다. 이런 말을 덩잉차오 말고 또 누가 할 수 있겠는가?

---

84 역주 : 698-770. 제9차 견당사(遣唐使)를 따라 당의 수도 창안(長安)에서 유학하고 당의 태학(太學)에 합격하여 현종(玄宗) 때 관리가 되었다. 조정에서 주로 문학과 관련된 직책을 맡아 이백(李白), 왕유(王維), 저광의(儲光義) 등 다수의 당 시인과 친교를 맺었으며 『전당시(全唐詩)』에는 그와 관련된 당대 시인의 작품이 현존하고 있다.
85 역주 : 나라(奈良)시대와 헤이안(平安)시대 일본 조정에서 당 왕조의 문물을 수입하기 위해 파견한 일종의 사신.

가키타츄는 또한 정중하게 말했다. "오기 전에 나카소네 야스히로(中曾根康弘) 수상이 당신에게 안부를 전해 달라고 부탁했습니다. 그가 말하기를 당신은 집안의 손윗사람과 같은 분이니 반드시 안부인사를 해야 한다고 했습니다. 그는 당신이 한 말을 기억해 두겠다고 했습니다."

덩잉차오는 9월에 니카이도 스쓰무를 만났을 때 나카소네에게 전언해 줄 것을 부탁했고 또 그가 이미 그것을 전해 받았음을 알았다. 그는 덩잉차오의 의견을 받아 들여 고려해 볼 것 같았다. 따라서 그녀 또한 정중하게 말했다. "감사합니다. 나를 대신해 나카소네 수상에게 안부를 전해 주기 바랍니다."

덩잉차오는 많은 일본친구들과 만났는데 특히 다수의 일본여성계 친구들과 회견하였다. 1988년 3월 2일, 그녀는 인민대회당에서 일본 일·중우호여성교류방문단 총단장 소다 덴코코(園田天光光) 및 일본 문예, 교육, 체육계 여성 활동가로 구성된 16개 분과 단장들을 만났다.[86]

소다 덴코코는 이미 고인이 된 일본외상 소다 스나오(園田直)의 부인이며 또한 일본자민당 여성단체연합회 회장이었다. 그녀는 일찍이 여러 차례 덩잉차오를 만난 적이 있었다. 이번에 그녀는 230명의 일본 각계 여성을 인솔하고 와서 중국인민에게 꽃꽂이, 다도, 서예, 음악, 수공예품 등 일본 민족의 전통적 색채를 띤 교류 항목을 제시하였다.

덩잉차오는 기뻐하며 말했다. "나는 소다 여사와 십년 동안 우의를 쌓아오고 있습니다. 오늘 옛 친구와 다시 기쁘게 만나게 되었습니다. 이번에 방문한 일본친구들 가운데 새로운 친구도 많고 음악, 차도, 서예 등 각 방면의 전문가들이 있어 널리 대표성을 띠고 있습니다. 중·일 양국 문화교류의 연원은 매우 길며, 양국의 문화 역시 서로 배우고 익히는 가운데 발전해 왔습니다. 대표단의 이번 방문을 통해 중·일 양국 여성과 국민 사이의 우호와 이해가 더욱 증진될 것입니다. 중·일 양 국민은 과

---

[86] 『인민일보』, 1988.3.3.

거 전쟁의 고난을 겪은 바 있지만 오늘 평화를 유지하고 양국의 우의를 발전시킬 임무를 안고 있습니다." 그녀는 양 국민과 여성의 우의가 계속 안정적으로 발전해 나가기를 축원하였다. 소다는 자신이 양 국민과 여성의 우의 발전을 위해 계속 노력할 것이라고 말했다.

1990년 여름, 덩잉차오는 86세의 고령이어서 특별한 경우를 제외하면 외빈을 접견하지 않았다. 그러나 그녀는 중국인민의 옛 친구이며 고 오카자키 가헤이타(岡崎嘉平太)의 부인 오카자키 도키코(岡崎時子)가 방문했다는 소식을 듣고서는 꼭 그녀를 만나고 싶어 했다.

오카자키 가헤이타는 1950년대부터 시작하여 1980년대까지 중국을 100차례나 방문하였다. 1989년 92세의 오카자키 선생은 9월 28일 101번째 중국 방문을 앞두고 있었다. 그러나 불행하게도 9월 21일 그는 집에서 쓰러져 9월 22일 세상을 떠났다. 1990년 6월 그의 부인은 장자 오카자키 아키라(岡崎彬)의 수행을 받아 8번째로 중국을 방문하였다.

그때 막 퇴원한 덩잉차오는 오카자키 부인을 만나 무엇보다 먼저 오카자키 선생 서거에 대해 침통한 애도의 마음을 표시했다. 오카자키 부인은 덩잉차오에게 남편이 생전에 저우 총리를 가장 존경했으며 그의 가슴 앞주머니에 항상 저우 총리의 사진을 갖고 다녔고 사무실에 저우 총리와 함께 찍은 사진을 걸어 놓았다고 알려 주었다. 일본의 풍습에는 사람이 죽었을 때 생전에 가장 아끼던 물건을 시신과 함께 화장한다. 따라서 집안 식구들은 오카자키 선생의 시신을 화장할 때 저우 총리와 함께 찍은 사진을 같이 태웠다.

"미리 당신의 동의를 구하지 않고 그리 하여 매우 죄송합니다." 오카자키 부인은 이렇게 말하며 덩잉차오를 향해 깊숙이 허리를 굽혀 절을 하였다.

덩잉차오는 이야기에 매우 감동을 받아 서둘러 답례 인사를 하였다. "매우 많은 사람들이 저우언라이를 존경하며 여러 방식으로 그를 추도합니다. 그러나 그런 방식이 있는 줄은 오늘 처음 들었습니다. 나는 매우 큰 감동을 받았고, 오카자키 선생과 가족 분들에게 더없이 감격했습니다."

오카자키 도키코는 13년 전 덩잉차오와 처음 만났던 상황을 회고하였다. 그녀는 덩잉차오에게 남편이 살아 있을 때 집에서 항상 저우언라이에 대해 말하는 것을 들었다고 했다. 그래서 그녀는 오래 전부터 저우언라이 부인이 어떤 사람인지 줄곧 궁금해 했었다. 드디어 1977년 남편을 따라 중국에 온 그녀는 비로소 덩잉차오를 만났다. 그녀는 "당신은 저우총리를 뭐라고 부르나요?"라고 물었다. 덩잉차오는 짤막하게 '동지'라고 부른다고 대답했다. 당시 그녀는 이 말을 듣고 크게 놀라며 속으로 일본여성은 남편을 '주인'이라고 부르는데 중국여성은 어떻게 남편을 '동지'라고 할까, 하고 생각했다. 후에 그녀는 충칭 훙옌(紅巖)기념관에서 저우언라이와 덩잉차오가 함께 찍은 사진을 보았고, 또 기념관 근무자로부터 그들의 행적에 대해 소개를 받고 나서 비로소 '동지'라는 말에 들어 있는 의미에 대해 이해할 수 있었다. 여기까지 말하고 나서 그녀는 "중국의 부부관계는 얼마나 훌륭한지요!"라고 가볍게 탄식음을 내뱉었다.

덩잉차오는 서둘러 그녀를 위로하였다. "부인께서는 오카자키 선생과 한가지로 중·일 우호사업을 위해 매우 애쓰셨고, 오카자키 선생이 서거한 후 84세의 고령임에도 이렇게 우리나라를 찾아 주었습니다. 그렇다면 부인과 오카자키 선생도 '동지'라고 말할 수 있지 않겠어요?"[87]

오카자키 부인은 이 말을 듣고 기뻐하며 미소를 지었다.

그녀의 큰아들이 옆에서 말했다. "부친께서 돌아가신 후 어머니께서 이렇게 기뻐 웃으신 적이 없었습니다. 이번에 중국에서 경애하는 덩잉차오 여사를 만나니 정말 좋습니다."

친구와의 교류 활동을 이렇게까지 할 수 있다는 것은 정말 자랑으로 여길 만하였다.

1990년 덩잉차오는 또한 일본 최대의 정치종교단체 소카(創價)학회의

---

87   오카자키 도키코와 회견할 때 덩잉차오가 한 대화 기록 원고 참조.

명예회장 이케다 다이사쿠(池田大作)와 회견하였다. 이케다 선생은 이미 7차례 중국을 방문하였고 여러 차례 덩잉차오와 만났다. 이번에 그는 소카대학 이사회의 위탁을 받아 덩잉차오에게 주려고 소카대학 최고영예상장 증서와 메달을 가져 왔다.

덩잉차오는 이케다 선생이 여러 차례 중국을 방문하여 중·일우호의 연속성, 안정성, 장기성을 충분히 표명하였고 그가 이번에 대표단을 이끌고 중국에 방문함으로써 중·일 양국과 국민 사이의 우의가 반드시 증진될 것이라 믿는다고 말했다. 이케다는 덩잉차오에 대한 존경의 마음을 그득 담아 그녀를 '인민의 좋은 어머니'라고 불렀다. 그러자 덩잉차오는 서둘러 "제가 한 일이 매우 적은데 너무 칭찬하시니 몸 둘 바를 모르겠습니다"라고 말했다.

이는 당연히 덩잉차오의 겸손함에서 우러난 것이었다. 단지 이 몇 년 동안 그녀가 일본친구들을 만나 행한 외교 활동만으로도 많은 일본친구들은 그녀를 고 저우언라이 총리와 함께 그들이 가장 존경하고 가장 신뢰하는 친구로 여기도록 만들었다. 이것은 그녀가 오랫동안 지속적으로 수행했던 활동의 결과였다.

133. 평화장미와 해당화

중국과 미국은 태평양지구 및 세계의 대국이다. 중·미 양국의 관계를 발전시키고 강화하는 것은 중·미 양국의 국가이익에 부합할 뿐만 아니라 태양양지구 및 세계평화의 이익을 유지하는 데에도 부합한다. 1972년 닉슨의 방중 이후 중·미의 정상적 왕래의 루트가 열렸다. 덩잉차오는 많은 미국친구들과 회견하였다.

1979년 4월25일 덩잉차오는 인민대회당 신쟝(新疆) 청에서 미국의 전 국무장관 키신저 박사와 그 부인 낸시 매기니스, 미국 주중대사 윈스턴 로드와 그 부인 베티 로드, 그리고 키신저의 보좌진 윌리엄 하이란, 수잔 맥파란, 조셉 크로프트와 회견하였다. 중국 측 회견 참석자로는 외교부 장 황화(黃華)가 있었다.

두 정치가의 만남과 대화는 엄숙하면서도 기지, 해학, 유머가 넘쳤고 덩잉차오의 걸출한 외교적 재능이 여지없이 드러났다.

덩잉차오는 회견이 시작되자 바로 이렇게 말했다. "키신저 박사의 이 번 중국 방문은 10번째입니다. 우리는 오랜 친구입니다. 박사께서는 중 · 미 수교의 선봉에 선 전사입니다. 막 황화 외교부장과 대화를 나누었 는데 박사께서 마땅히 받아야 할 칭호라고 합니다."

매우 재치가 넘치는 키신저는 말이 끝나자 곧 이어 말했다. "당신의 칭찬에 감사합니다. 제가 처음 베이징에 왔을 때 황 외교부장께서 비행 장까지 나와 환영해 주었지요"

덩잉차오는 웃으며 "나는 이제 다시 한 번 박사와 부인의 방문을 열 렬하게 환영합니다"라고 말했다. 이렇게 말하며 그녀는 앞장서 박수를 쳤다. 미국 손님 역시 함께 박수를 치니 분위기는 매우 고조되었고 화기 애애해졌다.

덩잉차오는 키신저에게 "담배 한 대 피우시죠"라며 권했다.

키신저는 "나는 담배를 피우지 않습니다만 나의 아내는 피웁니다"라 고 대답했다.

덩잉차오는 바로 말했다. 박사께 매우 감사드립니다. 만약 박사께서 귀띔해주지 않았다면 나는 부인이 담배를 핀다는 사실을 몰랐을 테니까 요. 박사께서 나를 대신해 부인에게 담배를 권해 주세요[88]"

키신저는 웃으며 말했다. "당신들은 정말 세심한 데까지 배려합니다.

---

[88] 역주: 중국에서 여성이 여성에게 담배를 권하는 것은 예의에 어긋나기 때문에 덩잉 차오는 키신저에게 이렇게 부탁한 것으로 보인다.

이번에 제가 머물고 있는 곳은 바로 첫 방문 때 머물었던 곳으로 미·중 관계의 시작은 그 방에서 시작됐지요. 또한 바로 그 방에서 나는 저우언 라이와 처음 만났습니다. 당신의 남편은 제가 만나본 사람들 가운데 가 장 위대한 인물 중 한 분이었습니다."

덩잉차오는 겸손하게 말했다. "그 사람 위에는 마오 주석이 있습니다. 그는 마오 주석의 지도 아래 구체적인 역할을 수행했을 뿐이지요."

1979년 4월 덩잉차오는 막 일본 방문을 마치고 귀국한 상태였다. 당시 키신저도 일본을 방문 중이어서 두 사람은 일본에서 같이 10일 간 머물 렀다. 키신저는 덩잉차오에게 "일본에 대한 인상이 어땠나요?" 하고 물 었다.

덩잉차오는 대답하였다. "좋았습니다. 일본민족은 강해지려고 분발하 고 노력하는 창조의 정신을 갖고 있습니다. 그들의 공업은 매우 발달하 였고 동시에 1천여 년 전의 유적, 문화, 음악 등 전통을 잘 보존하고 있 었습니다."

키신저는 말했다. "당신의 관찰은 매우 정확합니다. 이는 일본민족에 게 매우 강한 힘을 제공합니다. 비록 그들이 외국에서 들어온 것들을 많 이 채택했다고 하더라도 그들은 여전히 일본인입니다."

덩잉차오는 "그들 역시 이 문제를 이야기합니다. 특히 일본문화와 중 국문화의 교류에 대해 말합니다"라고 말했다.

키신저는 바로 "문화방면에서 일본은 중국과 특히 밀접합니다"라고 대답했다.

이에 덩잉차오는 말했다. "맞습니다. 이번 일본 방문에서 제가 가장 절실하게 느낀 것은 중·일 양 국민이 대를 이어 우호관계를 유지하는 것, 이것이 이미 양국 국민이 공통으로 바라는 바이고 또 공통으로 마음 속에서 우러나오는 진심이라는 사실입니다. 이번에 앞장서서 우리를 맞 이한 사람들 가운데에는 중·일 우호사업에 종사하는 제2세대, 제3세대 가 있었습니다. 그들은 중국의 기념품을 가보로 보존하며 중·일 우호를 이어가고 있었습니다. 이번의 일본 방문이 나는 처음이었으나, 박사께서는 이미 여러 차례 방문한 터이니 당신이 일본방문 전문가인 셈이지요. 박사의 이번 일본 방문 인상은 어떠했나요?"

키신저는 웃으며 말했다. "일본에 대해 어느 정도 이해하려면 많은 시간이 필요합니다. 나더러 일본 방문 전문가라고 하니 과분한 칭찬이어서 좀 어색하군요. 이번 여행을 통해 얻은 인상은 일본의 한 시대가 이미 마무리됐다는 것입니다. 그 시대에는 일본경제의 발전이 그들 생존의 유일한 목표였습니다. 그런데 현재 일본은 다른 목표를 찾고 있습니다. 일본은 정치 방면, 민족의식 방면에서 더욱 각성하였고, 안전 방면에 대한 일본의 관심이 더욱 높아졌습니다. 이것이 나의 인상입니다."

덩잉차오가 동의를 표하자, 키신저는 이어 말했다. "그러나 일본의 자위 강화는 무제한적인 강화여서는 안 되고 현재의 범위 내에서만 나는 찬성합니다. 나는 가장 좋은 친구가 자립할 능력이 있는 친구라고 생각합니다. 그러나 반드시 분명한 한계는 있어야지요. 나는 패권주의에 반대한다는 조항에 대해 매우 분명하게 기억합니다. 그것은 댜오위타이(釣魚臺) 국빈관 5호에서 기초한 것이지요. 이것은 매우 즐거운 기억입니다. 우리는 며칠 밤을 새웠는데, 저우언라이는 우리보다 훨씬 강한 인내력을 갖고 있었습니다." 모두는 이 이야기를 듣고 웃기 시작했다.

덩잉차오가 웃으며 "당신은 밤을 새는 기술을 갖고 있군요"라고 말했다.

키신저 역시 웃으며 말했다. "그럼요. 로드 대사와 나는 돌아가면서 그와 함께 밤을 새웠지요." 이 말을 듣고 다시 한 번 모두 일제히 웃었다.

덩잉차오는 말했다. "당신과 당신 동료는 모두 젊을 뿐만 아니라 능력과 지혜도 갖추고 있습니다. 당신들 둘이 힘을 합해 제 남편 한 명과 상대했군요. 게다가 로드 부인은 중국말을 할 줄 아니 많은 상황을 통역을 거치지 않고 바로 로드 대사에게 전달할 수 있었겠지요."

로드 대사는 "맞습니다. 그녀는 나에게 다양한 건의를 했습니다"라고 했다. 재치 넘치는 로드 부인은 즉시 중국말로 "그러나 그는 내 말을 모두 듣지는 않습니다"라고 말했다.

덩잉차오는 중국 혈통의 로드 부인에게 매우 큰 관심을 갖고 바로 "듣건대, 부인의 친척이 아직 타이완에 있다던데 맞나요?" 하고 물었다.

로드 부인은 중국어로 대답했다. "타이완에는 친척이 남아 있지 않습니다. 부모님은 현재 모두 뉴욕에 계시고요. 하지만 내 아버지는 일부 타이완 사람들과 관계를 유지하고 계십니다."

덩잉차오는 이전부터 줄곧 기회를 찾아 타이완과 대륙의 통일에 대한 활동을 전개해 왔다. 그는 로드 부인에게 말했다. "나는 일본에서 중국 교포를 만나 그들에게 타이완이 조속히 조국에 귀속될 수 있도록 도와 달라고 요청하였습니다. 또한 타이완과 쉽게 관계를 맺을 수 있는 사람을 만나면 항상 그런 요구를 하였습니다. 나는 당신의 부모가 타이완과 관계를 갖고 있다는 사실을 알고 있으니 당신들 역시 재미동포로서의 활동을 한 번 전개해 주기 바랍니다. 중국의 통일은 미국도 찬성하는 바이지요!"

덩잉차오가 로드 부인과 대화할 때 통역이 없었다.

키신저는 "두 부인의 대화를 제대로 알아들을 수 없군요"라고 재미있게 말했다.

덩잉차오 역시 재치 있게 "실제로는 알아들었겠지요. 우리는 타이완 문제에 대해 말하고 있습니다."

키신저는 다시 재미있게 말했다. "만약 제가 당신들의 대화에 끼어들지 않았다면 아마도 당신들은 당장 타이완 문제를 해결했을 것입니다."

덩잉차오는 바로 "불가능하지요. 왜냐하면 우리 두 사람만으로는 안 되기 때문입니다"라고 말했다.

키신저는 매우 강한 흥미를 느끼며 물었다. "중국과 타이완 당국과의 담판은 시작될 가능성이 있습니까?"

덩잉차오는 대답했다. "우리와 타이완 당국과의 담판은 언제라도 시작될 수 있습니다. 현재의 문제는 타이완 당국이 고집불통이라는 데 있

습니다. 타이완 국민은 올 1월 우리 인민대표회의상임위원회가 발표한
「타이완동포에게 고하는 글」에 대해 적극 찬성하고 있습니다."

키신저는 잠시 골똘히 생각하더니 "나는 그 수준과 무관하게 담판이
조만간 개최될 수 있기를 바랍니다"라고 말했다.

덩잉차오는 정중하게 말했다. "이 문제 역시 키신저 박사에게 제의해
야 한다고 생각합니다. 타이완의 조국 회귀문제에 대해 일본이 도움을
줄 수 있을 뿐만 아니라 미국 역시 도움을 줄 수 있습니다. 그렇게 된다
면 우리와 타이완 당국과의 대화는 더욱 조속히 시작되어 빠르게 진행
될 수 있을 것입니다."

키신저는 즉시 말했다. "나는 미국정부가 덩샤오핑 부총리[89]와 중국정
부 사이에서 합의한 양해사항을 집행하리라는 것을 확신합니다."

덩잉차오는 "그렇게만 되면 우리 양 국민에게 모두 이익이 될 것입니
다"라고 화답했다.

키신저는 또 말했다. "나의 관점에 대해 당신도 알고 있듯이 나는 평
화적으로 타이완문제가 해결되기를 희망합니다. 대화를 통해 그 어떤 결
과가 도출된다고 해도 나는 모두 환영합니다."

덩잉차오는 중국정부의 태도를 명확하게 설명하였다. "우리는 평화적
인 해결을 희망합니다. 그러나 우리 역시 다른 방식도 고려하지 않으면
안 됩니다. 그래도 평화해결의 방법을 우선적으로 고려하고 있습니다.
올 1월 발표한 인민대표회의상임위원회의 「타이완동포에게 고하는 글」
을 통해 우리 모두는 타이완문제의 평화적 해결을 위해 중국이 매우 큰
융통성을 발휘했다는 사실을 알 수 있습니다. 타이완 국민은 이에 대해

---

89   역주: 문화대혁명 이후인 1977년 7월 덩샤오핑은 고위직을 회복했으며 당과 정부의
      지배권을 둘러싸고 화궈펑(華國鋒)과 권력투쟁을 벌여 승리했다. 하지만 덩샤오핑
      은 당과 정부 내에서의 최고위직을 피했다. 따라서 그 휘하의 자오쯔양(趙紫陽)이
      정부 총리가 되었고 후야오방(胡耀邦)이 중국공산당 총서기가 되었고 자신은 공산
      당 부주석이 되었다. 하지만 정치국 상임위원회 위원 겸 중국공산당 중앙군사위원
      회 주석으로 있으면서 군대에 대한 지배권을 장악하였다.

환영하고 있습니다. 타이완은 조국으로 돌아와야 비로소 앞날의 희망이 있으며 그렇지 않으면 점점 더 고립될 것입니다."

키신저는 말했다. "나는 중국이 발표한 「타이완동포에게 고하는 글」에 대해 매우 큰 관심을 갖고 있습니다. 이 문제에 관한 덩 부위원장[90]의 담화에도 역시 매우 큰 흥미를 갖고 있습니다. 그러나 현재 결론을 내리는 것은 너무 이른 것 같습니다. 발표된 지 3개월밖에 지나지 않았으니까요."

덩잉차오는 조용히 말했다. "우리들 역시 섣불리 결론을 내릴 수 없습니다. 3개월 동안의 관찰해 보니 쟝징궈(蔣經國)[91]의 태도는 이전과 다름이 없었습니다. 나는 일본을 방문했을 때 기자회견에서 타이완이 조국으로 회귀한 이후 타이완의 현상은 그대로 유지될 수 있다고 했으며, 특히 타이완 내의 각국 이익은 아무런 영향을 받지 않을 것이라는 점을 확인해 줬습니다."

키신저는 말했다. "나는 타이완의 현재 경제구조 유지에 대해 특별히 관심이 있으며, 최종적으로 회담으로 이어질 수 있을 것이라 생각합니다.

덩잉차오는 말했다. "나 역시 그렇게 되기를 희망합니다. 나는 최근 박사께서 일본 기자를 상대로 발표한 담화를 보았습니다. 나는 당신이 미래세계의 경제와 정치의 중심이 태평양지역으로 이동할 것으로 보고 있다고 판단했습니다."

키신저 박사는 덩잉차오가 그의 최신 발언에 대해 이렇게까지 빨리 이해하고 있다는 데에 적이 놀라면서 진지하게 말했다. "나는 중심이 장

---

90   역주: 1976년 제5기 전국인민대표대회상임위원회 부위원장을 역임한 덩잉차오를 가리킨다.
91   역주: 쟝제스의 아들이며 그의 후계자로서 타이완 총통을 지냈다. 1975년 아버지가 죽자, 1978년 총통 대리로 일하다 그해 국회에서 6년 임기의 총통으로 정식 선출되었고 1984년에 재선되었다. 1970년대에 국제사회로부터 타이완 정부가 고립되자 그는 타이완의 정치적 독립뿐만 아니라 외국과의 중요한 통상관계를 유지하려고 노력했다. 1980년대에도 중국공산당 정권을 인정하는 것에 단호히 반대했고 본토와의 통일문제 협상조차도 강하게 부정하였다.

차 태평양지역으로 옮겨지게 될 것이라 생각합니다. 왜냐하면 이 지역이 가장 빠르게 발전할 뿐만 아니라 가장 크게 변화하기 때문입니다."

덩잉차오는 대화의 흐름을 잘 파악하였다. 그녀는 정치 방면의 대화에서 양측에 별 차이가 없다고 판단하고는 화제를 바꿔 키신저에게 말했다. "부인께서 이제 막 담배를 꺼냈네요. 박사께서는 보급참모의 역할을 제대로 수행하지 못하는군요. 그녀가 자기 가방에서 담배를 꺼내 피어도 되는지 당신을 보고 있으니까요." 모두는 이 말을 듣고 일제히 웃음을 터뜨렸다.

키신저 부인은 약간 군색해 하며 변명하였다. "그렇지 않습니다. 나는 주로 당신의 외교부장을 따라 했을 뿐인 걸요."

키신저는 즉시 부인을 거들며 농담조로 말했다. "내 아내는 예의를 중시합니다. 황 외교부장이 담배 한 대를 빼어 피니 그녀 역시 따라 했을 뿐이지요."

모두는 이 말을 듣고 장내가 떠들썩하게 크게 웃었다. 대화의 분위기가 점점 더 부드러워졌다. 덩잉차오는 키신저와 함께 온 보좌진 가운데 하이란 선생이 소련문제 전문가라는 사실을 생각해내고는 바로 말했다. "우리는 평화공존 5원칙에 기초하여 모든 국가와 교류하기를 원하는데 그 중에는 소련과 월남도 포함되어 있습니다." 그녀는 이런 정보를 이 소련문제 전문가가 반드시 널리 알려줄 것이라고 생각했다.

회담이 막 끝나갈 무렵 키신저는 덩잉차오에게 말했다. "당신을 만나보니 사람 사이의 정은 물론 여타 다른 부분에서도 모두 큰 의미가 있었습니다."

덩잉차오는 웃음을 머금고 말했다. "우리 공산당 사람들 역시 인정을 중시합니다. 옛 친구를 기억해 주어 감사합니다. 또한 언라이가 병으로 박사를 만날 수 없었는데 그에게 꽃을 보내 주어 고맙습니다. 그는 매우 기뻐하며 친구인 당신에 대해 말했습니다."

키신저는 급히 "그는 나의 좋은 친구입니다"라고 화답했다.

덩잉차오는 웃으며 말했다. "당신 역시 나의 좋은 친구입니다. 다시 볼 수 있다면 매우 기쁘겠습니다. 여행길이 즐겁고 건강하기를 기원합니다."[92]

그래도 키신저는 결국엔 미국의 전 국무장관이었다. 따라서 덩잉차오와 그와의 우의도 정치적인 우의라고 할 수 있을 것이다. 한편, 덩잉차오는 다수의 일반 미국친구들이나 진보인사들과 회견하였는데 그때의 태도는 더욱 친절했고 부드러웠다.

1978년 5월 베이징에는 봄기운이 완연했다. 인민대회당에서 덩잉차오는 예젠잉(葉劍英), 녜룽전(聶榮臻), 캉커칭(康克淸) 등과 함께 전 미군옌안주둔시찰단 중국방문단과 회견하였다. 옌안시기의 옛 친구들은 오랜 기간 헤어졌다가 다시 만나게 되어 매우 기뻐했다. 환호와 웃음 속에서 분위기는 한층 달아올랐다.

이때 사람들의 주목을 끈 것은 차탁자 위의 한 잔 맑은 물에 꽂혀 있던 옅은 황색 장미꽃이었다. 몇 조각 여린 잎이 돋보여 매우 아름답고 청아해보였다.

미국친구는 이를 보고 놀라고 기뻐하며 중국에도 평화장미가 있냐고 물었다. 본래 평화장미는 제2차 세계대전 기간에 한 프랑스인이 정성으로 재배한 품종이었다. 꽃은 일반 장미보다 약간 크며, 처음 피었을 때는 옅은 황색을 띠다가 점점 더 짙어지고 마지막에는 아름답고 요염한 홍색으로 변했다. 이 프랑스인은 이 신생 장미품종이 나치에 의해 유린당하지 않도록 보호하기 위해 그것을 몇몇 국가로 분산하여 재배시켰다. 그것은 원래 통일적인 명칭이 없었지만 전쟁이 끝난 이후 평화장미로 이름이 붙여졌다.

중국은 어떻게 평화장미를 갖게 됐을까? 덩잉차오는 미국친구에게 중·미 우의에 관한 아름다운 이야기를 들려주었다.

1944년 겨울, 미국 비행사 올리버 힌스델과 그의 동료 6명은 중국 동

---

92   1979년 4월 25일 덩잉차오의 키신저 회견 대화 기록 원고 참조.

북지방 상공에서 임무를 수행하였다. 그러던 중 그들의 비행기가 일본의 고사포 공격을 받고 산하이관(山海關) 부근에 추락하였다. 올리버 힌스델과 그의 동료는 다행히 살았지만 자신들이 위치한 곳을 알지 못했다. 그는 문제가 생기면 산으로 올라가 유격대를 찾으라는 상부의 말을 떠올렸다. 따라서 그는 산악지대를 선택해 전진했고, 곧 그 지역 해방구의 한 농민을 만났다. 그 농민은 바로 그들을 데리고 유격대 지도자에게 갔다. 산하이관의 동지는 매우 빨리 옌안에 이 사실을 보고하였다. 옌안 측은 전보를 보내 어떠한 곤란이 있더라도 반드시 그들을 옌안으로 호송하라고 하였다.

올리버 힌스델 등 7명의 미국인은 산하이관에서 옌안까지의 긴 고난의 행진을 시작하였다. 그들은 연도에서 해방구 중국인민과 인민의 군대를 만났다. 당시 먹을 것과 입을 것이 부족하였던 해방구인민들은 호송되는 미국친구들에게 제대로 숙식을 제공해 줄 수 없었다. 6개월이 지나 그들은 마침내 옌안에 도착하였다. 옌안의 토굴집에서 마오 주석은 그들에게 식사를 대접하고 함께 반파시스트 전쟁을 위한 축배를 들었다. 그들은 옌안에서 항일전쟁이 승리할 때까지 머물며 중국인민과 깊고 두터운 우의를 쌓았다.

이후 얼마간의 시간이 흐르는 동안 비록 중·미 관계에 곡절이 있었지만 올리버 힌스델은 줄곧 중국친구들을 그리워하였으며, 다시 중국으로 돌아가 자신과 동료들에게 보여준 그들의 호의 등에 감사할 수 있는 날이 오기를 고대하였다. 그러나 그는 그날을 맞이하지 못하고 세상을 뜨고 말았다. 1972년 중·미상하이공동선언이 발표되었다. 힌스델 부인은 남편이 남긴 염원이 실현될 수 있는 때가 이르렀다고 생각했다. 1973년 그녀는 딸과 함께 남편의 희망을 실현시키려고 중국에 도착하였다. 그때 그녀는 두 송이의 평화장미를 갖고 왔다. 그녀가 거주하던 캘리포니아는 평화장미 생장에 가장 적합한 곳이었다. 그녀는 자기 고향의 흙냄새를 머금은 평화장미를 갖고 와 중국인에 대한 그녀와 힌스델의 우정을 표현하려 하였다. 그녀와 딸의 세심한 보살핌 덕분에 미국에서 자란 이 두 그루의 평화장미는 태평양을 건너 만 리 길을 지나 중국에 무사히 도착하였다. 베이징에 도착한 이후 힌스델 부인은 한 그루의 평화장미는 마오 주석에게, 다른 한 그루는 저우언라이 총리에게 주었다.

덩잉차오는 본래 꽃을 좋아했고 미국친구가 보내온 이 평화장미를 매우 아꼈다. "나는 그것을 우리 정원에서 심어 정성껏 길렀습니다." 덩잉차오는 미국친구들에게 말했다. "지난 몇 년 동안 이 장미는 매년 매우 무성하게 꽃을 피웠습니다. 오늘 나는 특별히 친구들에 주려고 한 줄기를 꺾어 왔습니다. 이것은 중·미 국민 우호의 꽃입니다."

덩잉차오가 이렇게 말하자 접견실에는 열렬한 박수소리가 울려 퍼졌다. 미국친구는 차탁자 위에 놓인 아름답고 화려한 꽃에 시선을 집중했다. 그들은 그 꽃을 보며 덩잉차오가 방금 말한 옛 이야기를 떠올리며 마음속으로 진한 감동이 계속 몰려오는 것을 느꼈다.

회견이 곧 마무리 될 무렵이었다. 덩잉차오는 이 평화장미를 미국친구에게 주면서 의미심장하게 말했다. "중·미 국민 사이의 우의가 이 평화장미의 색깔과 같이 점점 더 짙어져 갈 수 있기를 희망합니다. 중·미 양국의 우의는 자손대대로 이어져 가야 합니다!"[93]

1978년 10월 5일, 덩잉차오는 캉커칭과 함께 중국의 옛 친구 님 웨일즈와 3명의 미국영화 관계자와 만났다.[94]

72세의 님 웨일즈는 1936년 산시(陝西) 북부 홍군 근거지에서 취재를 하며 덩잉차오와 캉커칭을 만났고 유명한 『속서행만기(續西行漫記)』[95]를

---

93   장쉐링(張雪玲), 「평화장미의 고사」, 『덩잉차오, 한 위대한 여성』, 240-243쪽.
94   『인민일보』, 1978.10.6.
95   역주: 원제목은 Inside Red China. 에드가 스노의 부인 님 웨일즈는 남편의 영향을 받아 옌안을 찾기로 결정하여 베이징에서 시안을 거쳐 옌안에 도착하였다. 그곳에서의 경험을 통해 중국여성과 혁명과 관련된 이야기를 서술하였는데 에드가 스노의 책이 중국역서 이름으로 『서행만기(西行漫記)』(원서명 : Red Star Over China, 한국역서명 : 『중국의 붉은 별』)였기 때문에 이후 출판한 그녀의 책이 『속서행만기』가 되었다.

저술하여 전 세계에 영웅적인 중국의 노동자 농민 홍군, 특히 홍군의 많은 여전사를 소개하였다. 그녀는 중국인민과 깊고 두터운 우정을 쌓았다. 덩잉차오는 오래 떨어져 지냈던 옛 친구를 만나 그녀와 기쁘게 악수하고 포옹하였다. 덩잉차오는 님 웨일즈에게 말했다. "당신은 30년대 이래 중·미 양국민의 우의 증진을 위해 한결같이 헌신하였으며, 당신의 그러한 정신은 우리에게 큰 감동을 줍니다."

님 웨일즈는 덩잉차오, 캉커칭에게 그녀와 같이 방문한 3명의 젊은 미국 영화 관계자 티모시 칸시딘, 에릭 사리넌, 넬슨 스딜을 소개하며 그들이 중국 상황을 소개하는 다큐멘터리를 중국 현지에서 찍게 될 것이라 하였다. 그녀는 덩잉차오에게 이 3명의 젊은이들이 과거 활활 타올랐던 횃불을 이어 받아 다음 세대로 전할 것이라고 하였다. 덩잉차오는 그들에게 "당신들은 처음 중국에 왔습니다. 우의의 꽃이 당신들의 생활과 예술에 있어 새롭게 시작되어 지속되어 나갈 수 있기를 희망합니다"라고 말했다. 3명의 미국친구는 불쑥 촬영기를 작동시켜 아름답고 유쾌한, 잊기 힘든 회견장면을 촬영하기 시작하였다.

1979년 4월 26일 오전, 덩잉차오는 인민대회당에서 다시 한 번 저명한 미국 기자이며 작가인 고 에드가 스노의 부인 루이스 스노와 만났다. 그녀는 특별히 시화팅 정원에서 아름다운 해당화와 정향(丁香)을 꺾어 스노 부인에게 주었다. 덩잉차오는 그녀에게 이것이 저우언라이 동지가 생전에 가장 좋아했던 꽃이라고 알려 주었다. 스노 부인은 이 이야기를 듣고 매우 기뻐하며 그것을 사진으로 찍고 이후 책 속에 눌러 보존하겠다고 덩잉차오에게 말했다. 덩잉차오는 자신도 이전에 해당화를 책 속에 눌러 보관한 적이 있었다고 이야기하였다. 그녀는 잊기 어려운 지난 일들을 깊은 정을 담아 말하였다.[96]

1954년 저우언라이 총리가 제네바회의에 참석한 적이 있었다. 그가

---

[96] 『인민일보』, 1979.4.27.

해당화를 가장 좋아했기 때문에 4월 해당화가 만개했을 때, 덩잉차오는 한 줄기 해당화를 꺾어 책 가운데 눌러 제네바로 가는 인편에 그에게 전했다. 덩잉차오는 말했다. "그때 그는 업무가 너무 바빠 내게 답신을 보낼 겨를도 없었습니다. 그래서 비서를 시켜 작약을 눌러 인편으로 베이징으로 보내왔지요. 또한 후에 언라이 동지가 베이징으로 돌아올 때 그 해당화를 다시 가지고 왔어요. 나는 종이로 잘 꾸며 해당화와 작약을 액자에 넣어 걸어두었는데 사람들이 아름다운 한 폭의 유화로 여겼습니다."

덩잉차오의 설명을 들으며 스노 부인은 이 아름다운 해당화를 더욱 소중히 여기며 그것을 매우 기쁜 마음으로 가슴에 품고 작별을 고했다. 평화장미와 마찬가지로 이 해당화 역시 미국인민에 대한 중국인민의 깊고 두터운 우정을 응축하고 있었다.

1983년 11월 24일, 덩잉차오는 인민대회당 푸졘 청에서 미국의 우호인사인 그라니치와 그 부인을 접견하였다.

그라니치와 중국인민과의 우의는 이미 반세기 동안 지속되었다. 일찍이 1930년대 그는 부인 그레이스와 상하이에 도착하여 영문주간지 『중국호성(中國呼聲)』[97]을 창간하여 중국인민의 진보적인 활동을 적극적으로 지지하였다. 그는 당시 상하이에 은거하던 쑹칭링과 루쉰과 왕래하였다. 루쉰이 국민당 반동파에 의해 총살당한 러우스(柔石), 후예핀(胡也頻) 등 7명의 중국작가를 추모하며 쓴 「깊은 밤에 쓰다」가 『중국호성』에 실리기도 했다. 아울러 가라니치는 루쉰을 방문했을 때 소중한 그의 사진을 찍기도 했었다.

다소 혼란한 정세를 지난 1971년, 그라니치와 부인 그레이스는 떠난 지 30여 년 만에 다시 중국을 방문하였다. 저우 총리와 쑹칭링은 그들과

---

97 역주: 항일전쟁 전인 1936년 상하이에서 창간된 영문 잡지. 그라니치와 부인 그레이스가 미국공산당의 지시를 받고 창간하였으며 쑹칭링의 지지를 받았다. 세계를 향해 중국인의 항일운동에 대해 소개했다. 국민당의 탄압을 받다 1937년 9월 일본군에 의해 발행이 중단되었다.

회견하였다. 미국으로 돌아간 후 그들은 자동차를 몰고 전국을 돌며 미국인민에게 신중국의 건설과 성과에 대해 소개하여 미·중우호 촉진을 위해 힘써 노력하였다.

지금 덩잉차오는 87세 고령의 그라니치의 손을 잡고 열정적으로 말했다. "친애하는 오랜 친구여, 당신은 오랫동안 중·미 양국민의 우호사업을 위해 매우 중요한 공헌을 하였습니다. 우리는 당신에 대해 감격하고 있습니다."

그라니치는 고개를 저으며 말했다. "천만에요. 이것은 제가 응당 해야 할 일이고, 원했던 일입니다. 왜냐하면 저의 마음속에 중국혁명은 지구상 가장 위대한 혁명으로 자리 잡고 있기 때문입니다."

그는 깊은 감상에 젖어 덩잉차오에게 1971년 중국을 다시 방문하여 저우 총리를 만났던 이야기를 들려주었다. 그는 마침 중국 국경절 초대회 참석을 준비 중이었는데 실수로 발을 삐었다. 그는 급히 상처를 싸매고 삔 다리로 슬리퍼를 끌고 연회에 참석하였다. 저우 총리는 연회에 참석한 많은 외빈 속에서 바로 그를 알아보고 특별히 그를 자기 옆자리에 앉혀 친절하게 이야기를 나누었다. 그가 호텔로 돌아오고 나서 얼마 되지 않아 한 유명한 중국의사가 저우 총리의 부탁을 받고 따라와 그의 다리를 치료해 주었다. 매일 처리해야 할 일이 많은 저우 총리가 그 바쁜 와중에도 외국 일반기자의 다리 부상까지 주의를 기울였던 것이었다.

덩잉차오는 조용히 이야기를 들으며 속으로 또 다른 감정에 휩싸였다.

그들은 또한 그들 둘 다 알고 지내던 친구 쑹칭링, 스노, 마하이더(馬海德)[98]에 대해 이야기하였다. 그는 마하이더를 부추겨 산시(陝西) 북부 홍군 근거지로 가게 했었다.

---

[98] 역주 : George Hatem(1910-1988). 미국인 의사. 1933년 중국에 도착하여 의료 활동을 전개. 상하이에서 마르크스주의 학습회에 참가하였고 1936년 쑹칭링의 소개를 받아 에드가 스노와 함께 산시 북부 바오안(保安)을 방문했고 이후 그곳에 남아 중국노동자농민홍군에 참가하였다.

"저는 그때 마하이더에게 중국 내지에 인민의 군대가 있으며 그들은 절실히 의사를 원하고 있음을 알려 주었습니다. 그리고 그에게 거기로 간다면 상하이에서보다 훨씬 유용할 것이라고 하였습니다. 저는 저의 외투를 벗어 그에게 주었습니다. 그는 중국말을 한 마디도 못하는데 어떻게 하냐고 했습니다. 저는 그에게 '동지'라는 두 글자만 기억하면 되고, 어떤 곳도 모두 방해 받지 않고 통과할 수 있다고 하였습니다."

이야기가 여기에 이르자 그라니치는 웃으며 말했다. "어쨌든 마하이더는 저의 외투를 입고 '동지'라는 두 글자에 의지해 옌안으로 갈 수 있었습니다."

이 말을 듣고 덩잉차오는 크게 감동하며 술 대신으로 찻잔을 들어 "감사합니다. 옛 친구, 건배를 제의합니다"라고 하였다.

그라니치는 또한 좋은 친구였던 쑹칭링에 대해 이야기하였다. 1936년 12월 시안사건이 발생한 후 중국의 정세는 매우 긴장되었다. 쑹칭링은 만약 장졔스가 시안에서 피살당하면 상하이에서 제일 먼저 피살되는 사람은 그녀가 될 것이라는 내용의 협박전화를 특무대로부터 받았다. 그녀의 집 대문 곁에는 사복 특무요원들이 가득했다. 쑹칭링은 밤에 그라니치에게 전화를 걸어 이 사실을 알렸다. 그라니치는 그날 밤 바로 그녀를 방문하겠다고 하였다. 쑹칭링은 그를 진정시키고 다음 날 아침에 오라고 하였다. 다음 날 이른 아침, 그라니치 부부가 쑹칭링의 집에 도착해 보니 문 앞에 건장한 체격의 사나이들이 다수 서 있었는데 그들이 입은 사복 사이로 총이 보일락 말락 드러나 있었다. 그라니치 부부는 살기등등한 이들 사이를 통과하여 미리 정해놓은 암호에 따라 문을 두드리고 안으로 들어갔다. 그레이스는 쑹칭링의 집에서 머물며 그녀를 보살폈다. 그라니치는 비록 『중국호성』 주간 업무 때문에 늘 바빴지만 여유가 생기면 바로 찾아 왔다. 이렇게 하여 그라니치와 그레이스는 그 긴장된 하루하루를 보내며 쑹칭링 곁에서 그녀를 보호하였다.

그라니치의 이 같은 설명을 들으며 덩잉차오는 다시 한 번 중국인민의 옛 친구인 이 둘에 대해 감사하였다. 또 그녀는 그들의 건강과 장수, 중·미 인민의 우의 발전을 위해 더욱 큰 공헌을 해 주기를 축원하였다.[99]

134. "덩잉차오 여사, 저에게 당신의 옷을 한 번 만져 보게 해줘요!"

덩잉차오는 세계 각국의 많은 친구들과 광범하게 교류하였다. 이하에서는 온갖 우의의 꽃이 만개한 정원에서 단지 향기로운 몇 송이의 꽃만 따 보여주도록 하겠다.

1979년 5월 19일, 덩잉차오는 인민대회당에서 그리스 시인 헬렌 카잔자키 여사와 그녀의 프랑스 친구 재클린 마타이, 스위스 친구 자너 루샤 여사와 회견하였다.

헬렌은 그리스의 여성 작가였다. 그녀의 남편 카잔자키는 현대 그리스에서 가장 영향력 있는 진보 작가였다. 1950년대에 그는 중국을 방문하여 마오 주석과 저우 총리를 만났고 귀국 후 중국을 찬양하는 많은 작품을 썼다. 그는 자신의 마음속에 "반은 그리스가, 다른 반은 중국이 자리 잡고 있다"고 하며 그리스 인민이 자손대대로 중국과 우호관계를 가져야 한다고 말했다.

덩잉차오는 천천히 홀로 걸어 들어갔다. 그녀는 반쯤 낡은 짙은 남색 양장을 하였는데 그것은 저우 총리의 옛 제복을 수선하여 만든 것이었다. 1954년 저우 총리는 그 옷을 입고 제네바회의에 참석했었다. 당시 자

---

[99]   장쉐링, 「중·미인민의 우호의 꽃」, 『덩잉차오, 한 위대한 여성』, 245-251쪽.

너 루샤 여사와 각국 사람들은 저우 총리가 제네바회의 홀로 들어서자 열렬하게 박수를 치며 환영하였다.

헬렌의 요청에 따라 덩잉차오는 간략하게 홍군의 장정 경과에 대해 소개하고 중국의 현 상황에 대해 이야기하였다. 덩잉차오는 대화 도중 자신이 입은 옷이 저우언라이 총리의 옛 제복을 수선한 것이며 그가 그 옷을 입고 제나바회의에 참석했었다고 별 생각 없이 말했다. 그녀는 이 말이 헬렌과 그녀의 친구들에게 그렇게 큰 감동을 줄 것이라고는 예상하지 못했다.

그녀들은 앞으로 달려 나가 교대로 덩잉차오의 옷을 손으로 만져 보았다. 헬렌은 격정에 가득 찬 많은 말을 하였다.

중국의 유명한 시인 주쯔치(朱子奇)가 당시 현장에 있었다. 후에 그는 헬렌 카잔자키가 했던 말을 이용하여 「덩잉차오 여사, 당신의 옷을 한 번 만져 보게 해줘요」라는 아름다운 시를 지었다.

> "덩잉차오 여사, 저에게 당신의 옷을 한 번 만져 보게 해줘요!
> 마치 당신이 직접 실을 자아 바느질한 옌안복을 만지는 것 같고
> 마치 당신이라는 장정(長征) 여성영웅의 회색 군장(軍裝)을 만지는 것 같군요.
> 이는 서방여성의 오래된 아름다운 꿈.
> 저는 진정 환하게 빛나는 당신의 상서로운 기운을 보았고, 당신의 낭랑한 웃음소리를 들었습니다.
> 친구여, 저의 마음속에 환상적인 인물이 이미 분명히 존재하고 있음을 봐요
> 저우언라이의 전우이자 부인이 진정 제 곁에 서 있답니다.
> 덩잉차오 여사, 저에게 당신의 옷을 한 번 만져 보게 해줘요!
> 당신의 몸에서 아직까지 저우언라이의 열기를 내뿜는 그 옷을 만져 보게 해 줘요!
> 저는 옷의 주인이 그것을 입고 제네바회의에 참가한 줄 알고 있습니다.
> 또 마치 25년 전 레이몽 호반으로 돌아간 것 같아요.

사람들은 그가 동방의 함성과 지혜를 회의장으로 갖고 와

인도차이나 3국의 평화와 정의를 위해 수행했던 그의 찬란한 공적에 환호했습니다.

저우언라이, 국제적인 위인이여! 평화와 우의의 씨를 뿌리는 자여!

억만의 사람들과 서로 마음이 통하여 그의 아름다운 이름을 천하에 날렸네!

덩잉차오 여사, 저에게 당신의 옷을 한 번 만져 보게 해줘요!

제게 장정에 대한 당신의 옛 이야기를 몰두하여 들을 수 있게 해줘요

두 시간 동안 마치 당신과 함께 이만 오천 리를 걷고 꼬박 이년을 보낸 것 같습니다.

당신과 함께 큰 강을 강행 도하하고 쟈진(夾金) 산[100]을 날아올랐습니다.

추격하는 쟝졔스 군대를 뿌리치고 무시무시한 병마도 정복했습니다.

저우언라이와 덩잉차오 두 위대한 형상은 하나로 융합되어

이 위대한 부부는 저의 마음속에서 영원히 떠나갈 수 없습니다.

덩잉차오 여사, 저에게 당신의 옷을 한 번 만져 보게 해줘요

애모하는 세 명이 국제주의자 전사인 당신의 옷을 돌아가며 만지게 해줘요

75세 고령의 윗사람으로서 당신은 오히려 무거운 짐을 짊어지고,

아직까지 바다를 항행하여 사방으로 달려 나갑니다.

당신은 바람과 눈 속에서 굴하지 않고 피는 꽃으로 만인이 경모하고 있습니다.

당신은 현재의 프로메테우스와 같은 자매[101]라고 할 만합니다.

저 그리스 전설의 다음 맹세 또한 저의 마음속에 울려 퍼지고 있습니다.

---

[100] 역주: 중국 홍군이 1935년 장정의 과정에 넘었던 스촨 성에 위치한 눈 덮인 높은 산의 이름.

[101] 역주: 프로메테우스는 그리스 신화에서 올림포스의 신들보다 한 세대 앞서는 티탄족에 속하는 신이다. 인간에게 신을 공양하는 법을 가르쳤고 불을 훔쳐 인간에게 전했다. 이로써 인간의 편에서 제우스와 권력투쟁을 벌이는 신으로 알려졌는데 본문의 시는 인민의 입장에서 활동해온 덩잉차오를 같은 차원에서 비유하는 것으로 보인다.

'나는 결코 제우스의 치욕스런 종이 아니니,

그렇다면 차라리 영원히 절벽에 묶여 있겠다'고

덩잉차오 여사, 저에게 당신의 옷을 한 번 만져 보게 해줘요!

저에게 떨리는 손으로 당신의 옷을 부여잡고 놓지 않도록 해줘요!

오늘 당신을 보니 저 역시 젊어졌습니다.

내일이면 저는 이 아름다운 고도(古都)를 떠나,

5월 봄빛 넘실대는 동방을 떠나 날아갑니다.

그러나 중국을 사랑하는 저의 마음, 영원이 당신 곁에 남겨둡니다.

마치 우리들의 영원한 우의를 보호라도 하는 듯이 ……

안녕, 존경하는 부인, 당신의 장수와 건강을 빕니다!

안녕, 전진하는 중국, 당신의 순조로운 먼 항해를 기원합니다!"

주쯔치는 이 시를 덩잉차오에게 주었다. 덩잉차오는 본래 사람들이 자신을 칭송하는 것에 대해 좋아하지 않았다. 그러나 그녀는 이 시를 본 뒤, 파격적으로 매우 잘 썼다고 칭찬하면서 신중국에 대한 그리스 여성시인과 그녀의 친구들의 진지하고 깊은 애정을 잘 묘사하였다고 하였다.[102]

1980년 4월 23일 그녀는 두 명의 이탈리아 기자 우볼디와 로티와 회견하였다. 우볼디는 주간 『시대(時代)』의 로마 편집부 주임이었다. 그에게는 이번 중국 방문이 5번째였다. 로티는 주간 『시대』의 촬영기사였다. 그는 1973년 중국을 방문했을 때 저우 총리의 컬러사진을 성공적으로 촬영했는데 그 사진이 매우 생동감 넘치게 잘 나왔다. 그 사진은 1974년 미국 미주리대학에서 수여하는 보도사진대상 부분에서 수상을 하기도 했다. 덩잉차오가 그를 만났을 때 그의 촬영기술이 매우 뛰어나다고 칭찬하면서 그가 찍은 저우 총리 사진이 이미 중국인민들 가운데 널리 퍼져 그들로부터 깊은 사랑을 받고 있다고 말했다. 덩잉차오는 우볼디가

---

[102] 주쯔치, 「덩잉차오 부인, 저에게 당신의 옷을 한 번 만져 보게 해줘요」, 『덩잉차오, 한 위대한 여성』, 244-247쪽 참조.

질문한 문제에 답변하며 그와 우호적인 대화를 나누었다.[103]

1983년 12월 14일, 덩잉차오는 인민대회당에서 중국을 방문 중이던 영국 켄터베리 대주교 렌시 박사와 회견하였다.

덩잉차오는 렌시 박사에게 중국의 종교정책에 대해 소개하였다. 그녀는 다음과 같이 말했다, "중화인민공화국은 수립되자마자 종교의 자유를 명확하게 규정하였습니다. 우리는 사람들에게 종교를 믿으라고 강요하지 않고 또한 종교를 믿지 말라고도 하지 않습니다. 만약 종교를 이용하여 국가와 인민의 이익을 헤치는 일을 하거나 국가건설을 파괴한다면 그것은 허용할 수 없습니다. 이러한 정책은 지금까지 달라지지 않았습니다. 지난 어느 한 시기에 국가가 매우 혼란하여 종교정책을 제대로 집행할 수 없어 신앙의 자유를 위반하는 경우가 발생했었지만, 이러한 상황은 이제 바로 수정되고 교정되었습니다."

그녀는 렌시 대주교의 중국 방문을 통해 중·영 양 국민, 특히 기독교도 사이의 이해와 우의가 증진될 수 있을 것이라고 믿었다.

렌시 대주교는 자신이 중국 방문 기간 동안 받은 가장 감명 깊은 인상은 중국인들이 과거에 범했던 잘못을 인정하고 교정한다는 사실인데, 이는 중국이 자신을 갖고 있다는 표현이라고 말했다. 그는 중국교회가 기독교에 중국적 특색을 더 갖추게 했다고 높이 평가하였다. 그는 이것을 두고 매우 좋게 평가하며, 이를 통해 중국 기독교도가 자신의 총명함, 재능, 지혜를 세계 기독교 대가정에 공헌할 수 있게 되었다고 했다.

덩잉차오는 친구와 교제할 때 장기성, 연속성, 안정성을 갖도록 초지일관 주의하였다. 그녀는 유명한 영국 국적의 여류작가 한쑤인(韓素音)과 여러 차례 회견하였다.[104]

1956년 한쑤인은 처음으로 저우언라이와 덩잉차오를 예방하였다. 이

---

103 『인민일보』, 1980.4.24.
104 필자가 한쑤인을 방문했을 때, 그녀는 자신과 저우언라이, 덩잉차오와 맺었던 다년간의 교류 상황에 대해 열정적으로 소개하였다.

회견과 대화를 통해 그녀의 세계관은 결정적인 영향을 받았다. 저우언라이는 상세하게 중국의 정책에 대해 설명하였고 그녀가 제기하는 문제에 대해 대답하였다.

문화대혁명기간에도 한쑤인은 중국을 방문하였다. '중앙문혁'[105] 고문 캉성(康生)은 그녀를 '스파이'라고 중상모략하였다. 저우언라이와 덩잉차오는 전력을 다해 그녀를 보호하였다. 1972년 덩잉차오는 한쑤인과 그녀의 남편 루원싱(陸文星)과 회견했고 특별히 그녀를 유명한 물리학자 저우페이위안(周培源)과 유명한 건축학자 량쓰청(梁思成)와 만나게 하였다. 한쑤인은 다과회를 열어 일부러 유명 지식인의 참가를 요청하였는데, 덩잉차오도 역시 참석하였다. 1973년과 1974년 한쑤인이 중국에 왔을 때 덩잉차오는 그녀를 초대해 식사를 하면서 그녀를 통해 문화대혁명에 대한 해외의 반응을 살펴보았다.

1976년 저우언라이가 세상을 떠났다. 한쑤인은 매우 고통스러워하며 덩잉차오를 보자 울음을 터뜨렸다. 덩잉차오는 그녀를 위로하며 말했다. "지금은 울 때가 아닙니다. 중국의 정국에 엄청난 소용돌이가 발생할 것입니다."

과연 오래지 않아 '사인방'이 실각되었다. 한쑤인은 저우언라이의 전기를 쓰기로 작정하고 여러 차례 중국으로 건너와 자료를 수집하였다.

1987년 9월 9일, 한쑤인은 다시 한 번 중난하이 시화팅을 찾아와 덩잉차오를 만났다. 그녀는 덩잉차오가 꽃을 좋아한다는 사실을 알고 화려한 꽃바구니를 선물하였다.[106]

한쑤인은 덩잉차오에게 말했다. "저는 저우 총리에 대해서 뿐만 아니라 그 주변의 사람에 대해서도 쓰려 하는데 덩 다제께서 도움을 주셨으

---

105 역주: 중앙문화혁명소조를 가리킨다. 중국공산당중앙위원회는 1966년 5월 28일 중공중앙정치국상임위원회 소속의 이 소조를 만들어 문화대혁명을 지도하였다. 하지만 소조는 문화대혁명을 거치며 막강한 권력을 장악하게 된다.
106 이번 회견에 필자도 동석하여 덩잉차오와 한쑤인의 자연스런 대화를 직접 들었다.

면 합니다. 저는 이 책 속에 덩 다제에 대해서도 기술했으면 합니다. 저는 저우 총리의 가장 좋은 친구이자 충실한 반려자가 덩잉차오라는 사실을 잘 알고 있습니다."

덩잉차오는 천천히 말했다. "당신은 우리와 30년 넘게 사귄 옛 친구이며 중국도 40차례 이상 방문했습니다. 당신의 열정과 적극성에 나는 깊은 감명을 받았습니다. 마땅히 당신의 요구에 따라야겠지요. 전기를 쓰려면 진부한 격식에 구애받지 말고 새로운 풍격을 만들어내야 합니다. 완전하게 써야 하는데 좋은 점도 쓰고 결점도 역시 써서 진면목에 충실해야 합니다. 역사적으로 입체적으로 그리고 다각적으로 써야 하며 당시의 정세, 사람 그리고 사상에 대해 묘사해야 합니다. 중국의 역사, 중국 혁명사, 당사를 연구하고 역사적 전환점에 저우언라이가 발휘했던 역할에 대해 연구하며 개인과 역사를 연결시키며 당시 그렇게밖에 할 수 없었던 상황에 대해 써야 합니다.

저우언라이에 대한 전기 작성은 시대적 요구입니다. 중국 혹은 외국에 그의 전기나 각본이 있지만 어떤 것은 단편적이고 부정확합니다. 우리들 공산당원은 큰 바닷물 가운데 한 방울 물에 불과합니다. 당과 대중을 떠날 수 없는데 이는 혁명투쟁을 통해 우리가 배운 것입니다. 우리는 인민을 위해 복무하는 심부름꾼이지 영웅호걸이 아닙니다. 우리는 신념을 위해 분투합니다. 우리는 끝없이 무제한적으로 인민을 위해 전심전력을 기울여야 하며 마지막 호흡이 끝날 때까지 계속해야 하는 것입니다.

언라이 역시 넓고 푸른 바다 가운데 한 방울 물에 불과합니다. 그는 어떻게 하여 혁명가가 될 수 있었을까요? 무수한 사람들이 혁명을 위해 공헌했기 때문에 그는 혁명을 위해 복무하고 모든 것을 희생하며 죽음에 이를 수 있었던 것입니다. 이 모두는 인민을 위한 봉사이고 이상적인 신중국을 위한 분투입니다."

덩잉차오는 간략하게 저우언라이의 일생의 행적을 이야기하여 한쑤인이 전기를 작성하는 데 참고가 되게 하였다. 그녀는 또 말했다. "현재 어떤 극본은 난창봉기에 대해 묘사하면서 언라이와 허룽(賀龍)이 봉기에 대해 협의할 때 허룽이 서랍에서 두 개의 간식을 꺼내 언라이에게 주며 '큰 형수에게 가져다주라!'고 했다는데 이는 사실과 완전히 다릅니다. 또한 어떤 여성 근무병이 언라이에게 '다제를 찾을 수 없습니다'라고 보고했다고 썼습니다. 그러나 당시 모두 나를 '샤오 메이(小妹)' 혹은 '샤오 차오(小超)'라고 불렀지 아무도 '다제'라고 하지 않았습니다. 이렇게 묘사하는 것은 실제로 언라이를 폄하하는 것입니다. 생사를 건 혁명의 고비에 어떻게 이렇게 많이 남녀의 사사로운 정을 따질 수 있겠습니까? 이는 사실이 아닙니다."

한쑤인은 덩잉차오와의 면담 내용을 빠르게 받아 적었다. 그녀는 말했다. "감사합니다. 덩 다제. 오늘 많은 이야기를 들었습니다. 저는 현재 1949년까지의 내용을 11장까지 담아 썼습니다. 아직 재료를 더 수집해야 하니 덩 다제께서 많은 도움을 주기 바랍니다."

덩잉차오는 웃으며 말했다. "당신은 오랜 세월 함께 한 옛 친구입니다. 요구가 있다면 힘써 돕도록 해야지요. 순조롭게 글을 쓸 수 있기를, 그리고 건강하기를 기원합니다."

이후 한쑤인은 다시 몇 차례 중국에 자료를 수집하러 왔다. 덩잉차오는 건강이 허락하는 한 늘 그녀를 만나주었다.

1991년 한쑤인은 마침내 『저우언라이와 그의 세기(周恩來與他的世紀)』를 완성하였다. 덩 다제의 도움이 없었다면 이 저작은 완성되지 못했을 것이라고 그녀는 말했다.

한쑤인이 쓴 『자서전』 중문판이 출판될 즈음 덩잉차오는 병에 걸려 있던 중이었지만 책 제목을 기념으로 써 주었다. 『자서전』 출판기념회가 거행될 때 덩잉차오는 다시 사람을 시켜 한쑤인에게 꽃을 선물로 보냈다. 한쑤인은 꽃을 받자 북받치는 감정을 주체하지 못하고 눈물을 펑펑 흘렸다.

제11장 석양은 너무도 아름답고[1] 찬란하게 인간세상을 비추네

(1977-1992)

"황혼이라 석양빛이 진다고 말하지 말라, 만장(萬丈)의 붉은 노을 난간을 비추네. 알겠구나! 하늘의 움직임은 혁혁히 드러내기를 싫어하여, 성월(星月)을 훌륭하게 남겨 사람들과 더불어 보게 한 것임을." 이것은 상하이의 어떤 85세 노인이 지은 시이다. 이 아름다운 시는 덩 다졔의 만년을 잘 묘사해 주고 있으며 문학적 감성 역시 매우 빛난다. 70세가 넘은 덩잉차오는 만년에 그녀의 정치인생에서 최고의 위치에 올랐다. 중공중앙정치국위원, 전국인민대표대회상임위원회 부위원장, 전국정치협상회의 주석을 맡아 당과 국가에서 중요한 역할을 수행하였다. 마치 온 하늘에 가득 찬란하게 빛나는 저녁노을처럼 인간세상을 비추고 있는 듯했다.

---

[1]   역주: 원문은 "夕陽無限好"인데 당나라의 시인 이상은(李商隱)의 시 「낙유원(樂游原)」에서 따온 것이다.

135. 역사의 전환점[2]

중국인민에 의해 일거에 '사인방'이 몰락하자 전국은 그야말로 환호성이었다. 덩잉차오 역시 매우 기뻐하였다. 그러나 오래지 않아 그녀는 정치상황이 여전히 매우 복잡하다는 사실을 예리하게 간파하였다. '사인방'의 동조세력이 너무 깊이 뿌리 내리고 있어 제거하기가 쉽지 않았다. 시급한 조치가 필요했다. 방치됐던 국가의 대사들이 모두 바로 처리되어야 할 상황이었다. 그런데 일부 사람들은 개인숭배와 '좌'적 사상의 구속을 받아 공공연히 '두 가지의 판스(凡是)'를 주장하였다. 즉 "무릇[凡是] 마오 주석이 내린 결정은 우리 모두 결연히 유지해야 하며, 무릇[凡是] 마오 주석의 지시는 우리 모두 변함없이 계속 따라야 한다." 이는 국가의 정치와 경제 방면에 교조주의와 '개인숭배'의 '굴레[緊箍呪]'[3]를 덧씌우는 것으로 국가 대사에 걸림돌이었다.

당시 덩샤오핑의 업무 복귀 여부가 당 중앙의 내부 논쟁의 초점 중 하나였다. 1977년 3월 10일에서 22일에 걸쳐 덩잉차오는 당 중앙이 소집한 사업회의에 참가하였다. 천원(陳雲) 등은 회의에서 서면 발언을 통해 합리적이면서도 날카롭게 즉시 덩샤오핑을 업무 일선에 복귀시키며 톈안먼사건[4]에 대한 명예를 회복시켜야 한다고 주장하였다. 덩잉차오는 이

---

2   『중국공산당의 70년(中國共産黨的七十年)』, 중공당사출판사(中共黨史出版社), 1991.8
    (제1판); 『중국공산당역대중요회의집(中國共産黨歷次重要會議集)』(하), 上海人民出
    版社, 1983.10(제1판) 참조. 또한 기타 당내문건 참조.
3   역주: 원래 『서유기(西遊記)』에서 삼장법사가 손오공의 머리에 금테를 조여 꼼짝 못
    하게 하는 주문으로 사람을 통제하고 속박 구속하는 것을 가리킨다.
4   역주: 마오쩌둥 체제 말기인 1976년 4월에 있었던 대중반란. 저우언라이 총리 사망
    이후 주자파(走資派) 비판운동이 발생하고 그를 비판하는 극좌적 조류가 지배하기
    시작하였다. 4월 4일 청명절(淸明節)에 베이징 인민은 저우언라이 지지와 '사인방'
    비판의 주장을 전개하였고 공안당국은 반혁명사건으로 이를 규정하고 당시 공산당
    부주석이며 부총리였던 덩샤오핑에게 책임을 물어 실각시켰다. '사인방' 몰락 이후
    1978년 11월 톈안먼사건은 혁명적 행동으로 재평가되었고 1919년의 오사운동을 본

정확한 의견을 지지하였다.

1977년 7월 16일에서 21일까지 덩잉차오는 중국공산당 10기 3중전회에 참가하였다. 회의를 통해 덩샤오핑은 직무가 복귀되어 당 중앙 부주석 겸 국무원 제1부총리를 다시 맞게 되었다. 덩샤오핑은 회의에서 "완전하고 정확하게 마오쩌동사상을 이해했다"는 유명한 강화를 발표하고 실사구시적인 사상노선을 회복하자고 제안하였다. 덩잉차오는 발언을 통해 덩샤오핑의 관점에 대해 완전하게 동의하였다.

1977년 8월 12일에서 18일까지 중국공산당은 제11기 전국대표대회를 개최하였다. 회의는 쟝칭 반혁명집단과의 투쟁을 총정리하고 10년 동안의 문화대혁명이 이미 종결됐음을 선포하였으며 중국을 사회주의 현대화 강국으로 건설하는 것이 새로운 시대의 근본 임무라고 거듭 밝혔다. 덩잉차오는 계속 당중앙위원으로 선출되었다.

1978년 6월 2일, 덩샤오핑은 전군정치사업회의에서의 발언을 통하여 실사구시(實事求是)의 사상노선에 대해 체계적으로 명확히 밝히며 '두 가지의 판스(凡是)'에 대해 비판했고 "실천이 진리를 검증하는 유일한 표준이다"라는 토론을 지지했다.

1978년 11월 10일에서 12월 중순까지 덩잉차오는 중앙사업회의에 참가하였다. 이 회의를 통해 11기 3중전회를 위한 모든 준비가 갖춰졌다. 12월 13일 덩샤오핑은 폐막회의에서 "사상을 해방하고 실사구시를 추구하며 일치단결하여 앞으로 나아가자"라는 중요한 보고를 하였다.

1978년 12월 18일에서 22일까지 역사적 의의를 지닌 중국공산당 제11기 3중전회가 거행되었다. 덩잉차오는 전회(全會)에 참석하였다. 그녀는 당 중앙의 중요 결정에 참여했고 토론에 참가하여 다수의 중요 문제를 결정하였다. 전회는 당 전체 사업의 중점이 사회주의 현대화건설 방면으로 전환되어 경제 관리체제를 개혁하고 가치법칙의 작용을 중시해야 한

떠서 4 · 5운동이라 하였다.

다고 결정했다. 전회는 더욱 빠르게 농업생산을 발전시켜야 한다는 문제와 1979년, 1980년 국민경제의 배치에 대해 심도 있는 토론을 전개하였고 그에 상응하는 결정문을 통과시켰다.

덩잉차오는 동지들과 함께 문화대혁명 기간 동안의 중대 사건에 대해 진지하게 토론하였고, 문화대혁명 이전 일부 역사문제들에 대해 토론하였다. 그녀는 회의 발언을 통해 실사구시의 원칙에 따라 문화대혁명 과정에서 잘못 처리된 많은 동지들과 사건에 대해 다시 조사하여 바로잡아야 한다고 적극적으로 주장하였다. 그리고 그녀는 전회가 '우경복권풍조에 대한 반격'과 '톈안먼사건' 등과 관련된 잘못된 문건을 취소하기로 결정한 것을 기쁜 마음으로 바라보았다. 전회는 또한 펑더화이(彭德懷), 타오주(陶鑄), 보이보(薄一波), 양상쿤(楊尙昆) 등 동지에 대한 잘못된 결론을 심사하여 교정하였고 당과 인민사업에 대한 그들의 거대한 공헌을 긍정적으로 평가하였다.

회의는 "실천이 진리를 검증하는 유일한 표준"이라는 토론을 높이 평가하였고, 이것이 당 전체 동지와 국민 전체의 사상해방을 촉진시키고 사상노선을 바로 잡는 데 심대한 역사적 의의를 지닌다고 판단했다.

전회는 천원을 당 중앙 부주석에, 덩잉차오, 후야오방(胡耀邦), 왕전(王震)을 당중앙정치국 위원으로 각각 추가 선발하였다. 중국혁명역사의 전환점에서 74세의 덩잉차오는 당중앙정치국 위원에 당선되어 당 중앙의 최고결정기구에 진입하였다.

전회는 중앙기율검사위원회 성립을 결의하고 천원을 기율조사위원회 제1서기, 덩잉차오를 제2서기에 각각 선출하였다. 이로써 당 전체는 그녀가 당 기율을 준수하는 모범이며 당 기풍을 솔선수범하여 실천하는 귀감이라고 공인하였다.

이때부터 덩잉차오는 매회 정치국회의와 중앙전회에 참가하여 동지들과 함께 당 중앙의 중대한 정치, 경제 방침 결정을 공동을 제정하고 11기 3중전회 이후의 새로운 국면 타개를 위해 중요한 임무를 수행하였다.

1979년 9월 25일에서 28일까지 그녀는 11기 4중전회에 참가하였다. 회의의 주요 의제는 「농업 발전 가속화의 몇몇 문제에 관한 중공중앙의 결정」에 대한 토론과 결정으로서 이는 농업 개혁에 대한 매우 중요한 역할을 수행하였다.

1980년 2월 덩잉차오는 당의 11기 5중전회에 참가하였다. 5중전회의 주요 의제는 당의 지도를 강화하고 개선하는 것이었다. 이것은 덩잉차오가 가장 큰 관심을 갖고 있던 중요한 사안이었다. 5중전회는 「당내 정치 생활에 관한 약간의 규범」을 진지하게 토론하고 통과시켰다.

5중전회는 공산당 제12기 대표대회 개최 결의에 대해 토론을 거쳐 통과시켰다. 그리고 당중앙 서기처 창설을 위한 결의를 토론 후 통과시켰으며 후야오방을 중앙위원회 총서기로 선출하였다.

류샤오치(劉少奇)의 복권과 명예회복은 5중전회의 중요한 의제였다. 덩잉차오가 제2서기를 맡았던 중앙기율검사위원회는 일 년 동안 매우 상세하게 조사하였다. 덩잉차오는 조사 보고와 심의 수정을 주재하고 정치국 토론에 참가하였으며 류샤오치에 대한 철저한 복건 결의안을 작성하였다. 그리고 바로 그녀는 전회에 참가한 중앙위원들과 함께 당 8기 12중전회가 류샤오치에게 강요한 죄명과 그를 "영원히 제명, 출당한다"는 잘못된 결의를 진지하게 토론하여 취소시키고 당과 국가의 주요 지도자로서의 그의 명예를 회복시켰다. 또한 류샤오치 문제와 연루된 잘못된 사안[5]에 대해 모두 바로 잡았다.

1980년 5월 17일 덩잉차오는 류샤오치의 추도회에 참석하였다. 그녀는 귀밑머리가 하얀 쉔 류샤오치 부인 왕광메이(王光美)의 손을 꼭 쥐고, 몸을 소중히 하고 열심히 활동해 달라고 특별히 당부하며 위로하였다.

1980년 전당의 4천여 고위간부들은 「건국 이래 몇몇 역사 문제에 관한 결의」(초고)에 대해 진지하게 토론하였다. 화궈펑(華國鋒)이 1976에서

---

5   역주: 본문은 '원가착안(冤假錯案)'으로 문화대혁명 기간 중에 잘못 형사 처리된 원죄(冤罪), 날조, 오심(誤審) 사건을 가리킨다.

1980년까지 당중앙 사업을 주재할 때 범한 일부 중요한 착오를 많은 동지들이 지적하고 당중앙이 그의 직무에 대해 필요한 조치를 취하라고 요구하였다. 당중앙 정치국 상임위원회는 이들 의견을 진지하게 고려하여 화궈펑을 비판하고 또 도움을 주었다.

1980년 11월과 12월 초 덩잉차오는 9차정치국회의에 연속하여 참가하였다. 덩잉차오를 비롯하여 회의에 참석한 동지들은 모두 의견을 개진하였다. 그들은 발언을 통해 화궈펑이 제출하고 장기적으로 견지한 '두 가지의 판스(凡是) 노선'이 마르크스주의에 위배되는 잘못된 관점임을 집중적으로 비판하고 또 다른 방면의 잘못에 대해서도 비판하였다.

12월 5일 정치국회의에서 화궈펑은 현직에서의 사의를 표명하고 6중전회가 소집되기 전에 정치국, 정치국 상임위원회 및 중공군사위원회 업무를 다시 주재하지 않을 것임을 천명하였다. 중앙정치국은 그의 의견을 받아들였다.

덩잉차오와 많은 동지들은 덩샤오핑이 당중앙 주석 겸 군사위원회 주석을 맡아 줄 것을 제의하였다. 이것은 많은 사람들이 기대하는 바였다. 그러나 덩샤오핑은 11기 3중전회 이후 당중앙이 줄곧 젊고 기력이 왕성하며 정확한 정치노선을 견지할 수 있는 동지가 지도 역할을 맡아야 한다고 제창했음을 상기시켰다. 그는 60여 세의 후야오방(胡耀邦)에게 당중앙 주석을 맡기자고 추천하였다. 군사위원회 주석의 경우 그가 일정 기간 동안은 맡을 수 있겠지만 비교적 젊은 동지를 양성하여 인계시킬 수 있을 것이라고 했다. 중앙정치국은 최종적으로 덩샤오핑의 의견에 동의하였다.

1981년 봄이 되었다. 중난하이 시화팅의 정원에는 온통 해당화, 정향, 복숭아꽃이 만발하여 저마다 자태를 뽐내고 있었다. 덩잉차오는 정원을 산책하였다. 그녀 나이는 이미 75세였다. 정치국 위원, 중앙기율검사위원회 제2서기, 전국인민대표대회상임위원회 부위원장의 직책을 맡아 매일 업무로 매우 빡빡한 일정을 보내야 했지만 그녀는 스스로 여전히 원기왕성하다고 느꼈고, 지혜롭게 여러 문제를 처리하였다. 나이가 문제가 아니라 중요한 것은 자신의 일생을 인민을 위한 사업에 어떻게 녹아들게 하느냐가 관건이었다.

그녀는 사무실 책상에 있던 탁상용 달력에 파란 연필로 다음과 같이 썼다.

"봄날이 간다고 가을이 되는 것이 아닌데, 어찌 나이 때문에 걱정할까? 너의 생명을 인민사업과 결합한다면 흰머리조차 비껴갈 것이거늘!"

이는 그녀가 애호하는 시구인데, 이 당시 그녀의 심정을 적확하게 표현해 주고 있다.

1981년 6월 27일에서 29일까지 덩잉차오는 당 11기 6중전회에 참가하였다. 그녀는 회의에 출석한 동지들과 함께 「건국 이래 몇몇 역사 문제에 관한 결의」를 진지하게 심의하여 통과시켰다. 이것은 매우 중요한 문건으로 건국 32년 이래 중국공산당의 중대한 역사적 사건, 특히 문화대혁명에 대해 과학적으로 총결산하였고 중국혁명에서 마오쩌둥이 차지하는 역사적 위치에 대해 실사구시적으로 평가하였다. 또한 3중전회 이후 중국 특유의 사회주의 노선 방침과 정책이 점차 건립되어 갔음을 긍정하면서 계속 전진해 나가야 할 방향을 제시하였다. 전회를 통해 화궈펑의 사직에 대해 모두 동의했고 후야오방은 중앙위원회 주석, 덩샤오핑이 중앙군사위원회 주석에 각각 선출되었다.

1982년 9월, 덩잉차오는 당의 제11차 전국대표대회에 참석하였다. 당의 12대는 혼란 상태를 수습하여 바로잡았던 경험을 총정리하고 사회주의 현대화 건설의 신국면을 전면적으로 개시한다는 정확한 강령을 제정하였다. 또한 1981년부터 20세기 말까지 20년 동안 전국 농공업의 연 총생산액을 두 배로 증가시키도록 힘쓰고 전국민의 생활을 소강(小康)⁶ 수

---

6   역주: 본래 소강사회는 고대 유가사상에서 추구하는 사회사상이며 가장 이상적인 대동사회에는 미치지 못하지만 풍요로운 이상생활에 대한 일반인민의 추구를 표현한다.

준으로 끌어올릴 것을 제의하였다. 그리고 대회는 새로운 당장(黨章)을 제정하였다. 덩잉차오는 중앙위원과 정치국위원에 계속 당선되었다.

덩잉차오는 직책이 바뀌었다고 대우가 달라지지 않도록 당부하며 노력하였다.

그녀가 인민대표대회 상임위원회 부위원장이 되자 담당 행정부서의 직원은 그녀에게 즉시 자동차를 교체하고 경호 인원을 증가시켜야 한다고 하였다. 그러나 그녀는 강하게 거절하면서 홍치(紅旗) 자동차[7]를 타지 않을 것이며 전과 다름없이 근무하겠다고 하였다.

그녀가 정치국위원이 되었을 때도 비서와 경호원을 증가시켜야 한다는 요청이 있었다. 그녀는 담당 행정부서 부주임을 찾아 익히 알고 있듯이 직책이 바뀌어도 모든 대우는 전과 같아야 한다고 거듭 강조했다.

이에 대해 운전기사는 통상적인 관례나 정서에 위배된다고 판단하였다. 그는 그녀에게 이제 외교 활동이 늘어나 자주 인민대회당이나 비행장으로 가야할 텐데 홍치를 타지 않으면 다니기에 불편하다고 했다. 덩잉차오는 웃으며 대답했다. "내 생각은 다릅니다. 내가 덩잉차오라고 하는데 어떤 차를 타고 외빈을 만나러 가든 설마 그들이 나를 막을 리가 있겠어요?"

덩 다제의 이러한 모습은 진정 당 전체의 모범이었다.

---

7   역주 : 1953년 설립된 중국 최초의 자동차회사인 중국제일자동차집단(中國第一汽車集團, First Auto Works Group)의 승용차 디비전이 홍치(紅旗)이다. 1958년 정식으로 설립허가를 받은 홍치는 첫 모델 발표 당시 북경시 시장이었던 펑전(彭眞)의 건의로 마오쩌둥 사상을 상징하는 붉은 깃발(紅旗)을 상표로 사용하기로 결정한 데서 홍치라는 이름이 유래하여 지금까지 이어지고 있다. 홍치의 첫 모델인 CA72인데, 첫 모델부터 홍치는 중국 지도자들의 업무용과 의전용으로 사용되기 시작하여 1964년에는 CA72가 국빈용차로 지정되어 '국차(國車)'라는 명예를 수여 받고 오늘날까지 고위급 간부들과 인연을 맺고 있다.

136. 꿋꿋하게 당의 기풍을 잘 세워나가다[8]

10년에 걸친 문화대혁명의 재난은 매우 심각하였다. 덩잉차오가 매우 가슴 아프게 생각하는 것은 좋은 전통을 지켜온 중국공산당의 당풍(黨風)과 당기(黨紀)가 린뱌오(林彪)와 '사인방' 무리에 의해 심하게 파괴되어 버렸다는 사실이었다. '사인방'이 몰락 이후 그녀는 당중앙이 강력한 조치를 취해 이러한 국면을 바로 잡아야 한다고 계속 촉구하였다.

그녀는 당 11기 3중전회가 중공중앙기율검사위원회를 조직하여 당기를 엄정히 하고 당규와 당법(黨法)을 건전하게 만드는 작업을 책임지도록 결정한 것에 위안을 받았다. 그녀는 중앙기율검사위원회 제2서기에 당선되었고, 역할을 맡겨준 당과 인민의 기대에 부응하기 위해 제대로 된 활동을 하겠다고 다짐하였다.

1979년 1월 4일에서 22일 사이 중공중앙기율검사위원회 제1차회의가 베이징에서 거행되었다. 중공중앙 부주석, 중앙기율검사위원회 제1서기 천윈이 회의를 주재하였다.

덩잉차오는 이 회의에서 다음과 같이 통찰력 있고 날카로운 발언을 하였다.[9] "당규, 당법, 국법에 대한 린뱌오와 '사인방'의 파괴는 매우 심각하며 또한 매우 나쁜 영향을 끼쳤습니다. 그 혼란을 바로잡기 위해서 어렵지만 큰 노력을 기울여야 합니다. 3중전회는 당 전체가 전당의 민주집중제를 확립하고 당규, 당법을 완벽하게 갖추며 당의 기율을 엄정하게 해야 한다고 결정하였습니다."

덩잉차오는 당의 경험적 교훈을 통해 당의 기율성이 지니는 중요한

---

8   필자가 중앙기율검사위원회 부서기 왕호서우(王鶴壽)를 방문했을 때, 그는 중앙기율검사위원회에 대한 덩잉차오의 지도 활동에 대해 상세하게 소개하였다. 필자는 또한 중앙기율검사위원회의 서면자료와 신문 관련보도를 참고하였다.

9   『인민일보』, 1979.1.5.

의의에 대해 특히 강조하여 설명하였다. 그녀는 정확한 정치노선을 집행하고 안정과 단결의 정치적 국면을 유지하는 데에 있어 기율은 불가결한 보증이라 하였다.

어떻게 당의 기율성을 강화할 것인가? 덩잉차오는 단지 민주집중제 원칙에 따라 당내에서 가장 광범하게 민주를 발양시키고 그 기초 위에 집중할 때만 기율의 위력을 발휘할 수 있다고 하였다. 그녀는 당내에 여전히 존재하는 관료주의 및 관풍(官風), 관기(官氣), 겉치레, 형식적 낭비, 접대, 선물, 특권화 등 부정적인 풍조에 대해 언급하며 이것들이 장기적인 투쟁을 거쳐야만 해소될 수 있다고 하였다.

덩잉차오는 일부 당원들이 행사하는 권리가 종종 비판과 타격을 받아 보호를 받지 못했다고 하면서 다음과 같이 말했다. "그러나 일부 간부 당원은 당기를 엄중하게 위반하였으나 아무런 법적 구속을 받지 않았으며 기율에 따른 마땅한 제재도 받지 않았습니다. 일부 규정은 하급 당원에 대해서는 매우 엄격하여 그들이 작은 잘못만 범해도 곧장 체포하여 구속하고 매우 엄중한 처벌을 가했습니다. 그러나 상급, 특히 최고 지도 간부가 잘못을 범하면 왕왕 비교적 관대한 처분을 하고 심지어 당기의 제재도 받지 않아 엄격하게 집행하지 않는 상황이 연출되었는데 이러한 정황은 반드시 엄중히 교정되어야 합니다."

덩잉차오는 당의 기율을 유지 보호하려면 반드시 자아비평을 진지하게 전개해야 한다고 하였다. "어떤 사람은 권세가 있는 사람을 거스르려 하지 않으며[10] 단지 자기만 정확하다고 줄곧 주장하면서 다른 사람의 비판적인 의견을 들으려 하지 않습니다. 그리고 어떤 경우 비평하는 사람에게 함부로 '지도에 반대한다'거나 '당에 반대한다'는 딱지를 붙입니다. 그들은 오로지 순종적으로 말을 잘 듣는 간부를 좋아합니다. 자기가 항상 옳다고 여겨 자아비판을 전혀 하지 않습니다. 이러한 간부당원에 대

10 　역주: 원문은 "老虎的屁股摸不得"인데 직역하면 "호랑이의 엉덩이를 만질 수 없다" 또는 "호랑이 꼬리를 밟아서는 안 된다"가 된다.

해서는 진지하게 비판교육을 전개해야 합니다.”

덩잉차오는 자신이 고참당원이지만 기율검사 방면에서는 신참이나 마찬가지니 학습과 활동을 겸해야 할 책무를 다하기로 결심했다고 겸손하게 말했다.

덩잉차오의 이 말에 회의 참석자들은 열렬하게 환영하고 지지를 표시하였다. 회의에서는 당규, 당법 옹호와 당풍 진작에 관한 문제가 진지하게 연구됐고 「당내 정치생활에 관한 약간의 준칙」(초고)이 토론 제정되었으며 이후 활동 임무가 확정되었다.

덩잉차오는 중앙기율검사위회 참가 지도를 통해 1979년 많은 활동을 전개하여 문화대혁명 기간 중에 잘못 형사 처리된 중대한 사건을 바로잡고 해당 인물들을 복권시키며 중요한 안건을 심리, 재조사하는 데에 심혈을 기울였다. 그녀는 돋보기를 쓰고 많은 자료를 열람했으며 조사 보고를 하나하나 진지하게 청취하였다. 예컨대, ‘4인방’은 대대적인 고문과 협박으로 허위진술을 강요하여 류샤오치에게 ‘반도, 내부의 간첩, 노동자의 배반자’ 등의 죄명을 덧씌웠다. 많은 자료를 재검토하고 많은 증인에게서 새로운 증거를 채취해야 했다. 덩잉차오는 많은 동지들과 함께 노력하여 당중앙에 「류샤오치 복권을 위한 결의」(초안)을 제출했다. 캉성(康生), 셰푸즈(謝富治)는 린뱌오, 쟝칭 등과 함께 당권을 탈취하려는 음모를 꾸미고 중대한 범죄를 저질렀다. 그들은 이미 문화대혁명 기간 중에 병사했지만 캉성과 같은 이는 여전히 ‘마르크스주의 이론가’라는 영광스런 칭호를 갖고 있었다. 덩잉차오와 중앙기율검사위원회 동지들은 많은 조사 활동을 진행하여 당중앙에 「캉성, 셰푸즈 심사에 관한 보고」를 제출했다. 당중앙은 그들을 제명, 출당시키고 당 전체에 그들의 반혁명 죄상을 공포하기로 결정하였다.

1980년 1월 7일에서 25일까지 덩잉차오는 중앙기율검사위원회 제2차 전체회의에 출석하였다. 회의는 중앙기율검사위원회의 1년 동안의 활동을 총 정리하고 1980년도 활동 임무를 확정지었다. 이 1년 동안에도 중앙기율검사위원회는 문화대혁명 기간 동안 잘못 처리된 다수의 사건을 바로잡았다.

1981년 2월 24일에서 3월 4일, 중앙기율검사위원회는 베이징에서 제3차 전체회의를 개최하였다. 덩잉차오는 회의에서 "당풍을 흔들림 없이 진작시키자"라는 중요 강화(講話)를 발표하였다.[11]

덩잉차오는 강화 가운데 중앙기율감사위원회가 당 11기 3중전회의 노선에 입각하여 「당내 정치생활에 관한 약간의 준칙」과 「고급간부생활 대우에 관한 약간의 규정」을 제정, 당중앙의 비준을 거쳐 전체 당원에게 선포했으며 이는 당 건설에 새로운 분위기를 조성했다고 했다. 그녀는 또 다음과 같이 말했다. "대중들은 지도간부의 특권적 생활 태도와 당내 부정의 경향에 대해 매우 많은 불만을 갖고 있지만 그런 이유로 그들을 탓할 수 없습니다. 문제는 우리 당 간부, 특히 고급간부에게 있는데 그들은 마땅히 아첨에 대한 경계를 자신에게 엄격히 요구해야 합니다. 어떤 사람이 아첨을 할 경우 그것을 듣고 득의양양해서는 안 됩니다. 아첨꾼들이 아첨해도 여러분이 거들떠보지 않는다면 그들이 어찌할 수 있겠습니까? 결국 우리가 그 아첨에 신경 쓰지 않으면 되는 것입니다. 결국 특권화 반대는 우리 지도간부로부터 시작해야 하는데 여기에는 혁명정신이 필요합니다. 추켜세우고 결탁하며 선물을 보내고 아첨하는 등의 부정적인 경향에 대해 비판을 가하여 금지시키고 결연하게 대항해야 합니다.

지도간부는 스스로 규율과 법을 준수하는 모범이 되어야 할 뿐만 아니라 자녀에 대한 교육도 강화하여야 합니다. 자녀의 학습, 일, 입당, 승진 등의 문제에 대해 그들이 속한 조직이 당의 원칙에 따라 처리해야지 부모가 그들의 직권을 이용하여 간섭하거나 사정을 봐 달라고 부탁해서는 안 되며 이는 자녀를 위해서도 결코 좋은 일이 아닙니다. 자녀에 대해 다소 엄격히 대하는 것이 도움이 될 수도 있습니다. 자녀를 지나치게

---

11 『인민일보』, 1981.2.25.

사랑하거나 무원칙으로 끌려가고 또 자녀의 잘못을 감싸주기만 한다면 오히려 그들을 해칠 수 있습니다. 지도간부는 자녀교육을 더욱 잘 해야 하는데 왜냐하면 그것이 당 기풍에 영향을 끼치는 하나의 문제가 되었기 때문입니다."

덩잉차오는 관료주의 반대 문제에 대해서도 강조하였다. "가장 보편적이고 가장 심각한 관료주의 기풍은 '억누르고[壓]', '책임을 전가하며[推]', '지연시키고[拖]', '흐지부지 끝내버린다[了]'는 4자입니다. 문제가 생기면 억누르고, 억누를 수 없으며 책임을 전가하고, 책임을 전가할 수 없으면 지연시키고, 지연시킬 수 없으면 종결시켜 버립니다. 현재 일부는 문독주의(文牘主義)[12]에 빠져 단지 공문서에 동그라미를 표시[13]할 뿐 문제를 해결하려 하지 않습니다."

그녀는 각급 당위원회와 각 단위 근무자가 자신의 본래 직무에 충실하고 근무 성과를 제고하며 근무 효율에도 주의할 뿐만 아니라 체제 개혁에도 관심을 기울여 필요한 규정과 제도를 제정하기를 희망하였다. 그리고 관료주의 반대는 공허한 구호로 끝나서는 안 되며 실천되어야 하는데, 관료주의 반대를 관료주의적으로 해서는 반대할 수 없다고 하였다.

덩잉차오는 자신도 그런 경험을 한 적이 있다고 했다. "중앙당교(中央黨校)에서 어떤 학생이 의견을 몇몇 동지들에게 제출했습니다. 나는 이 의견 가운데 일부는 좋은 점이 있다고 판단하여 관련 분야의 지도적 위치에 있는 동지를 찾았고 문제는 바로 해결되었습니다. 그러나 어떤 동지는 이 의견을 2달 동안 억누르고는 보지도 않았습니다. 그 결과 본래 몇 마디면 해결될 수 있는 문제가 시간만 지체될 뿐 해결되지 못했습니다. 특히 베이징에서 어떤 문제들은 왜 처리가 지체될까요? 왜 반드시

---

12 역주: 관료주의에 젖어서 현실은 외면하고 문서로만 모든 일을 처리하려는 탁상공론적인 타성.
13 역주: 원문은 '劃圈'인데, 이미 열람했다거나 동의함을 표시하는 것으로 문서를 건성으로 보는 태도를 비유한다.

문건으로 작성되어야 하고, 시 내외를 오가는 데에 며칠이나 걸어야 할까요? 사실, 전화 한 통화나 한 번 만나면 바로 해결될 수 있을 것입니다. 관료주의자는 보고도 못 본 척하고 어떤 경우는 접수하여 보고하지 않으며 매일 자리만 지키고 앉아 현실을 이해하지 못하고[14] 문제를 해결하지 못합니다. 어떤 동지는 직권을 갖고 있으면서도 정말 좋은 일인데도 행하지 않고 상관하지 않다가 다른 사람이 독촉하면 그때야 비로소 처리합니다. 어찌하여 다른 사람의 독촉이 있어야만 합니까? 왜 스스로 나서서 하지 않을까요? 정말 사람을 부끄럽게 만드는 일입니다."

덩잉차오는 계속하였다. "2년 전에 다음과 같은 두 가지의 일을 경험한 적이 있었습니다. 한 번은 외국에서 중국에 사람을 파견하여 공연을 하는데 극장 대관료와 활동 경비를 지급하는 것은 물론 몇몇 학생에게 장학금을 제공하여 외국 유학을 하게 할 수 있었습니다. 그러나 관련 부서에서 이를 제대로 처리하지 않고 미루기만 하였습니다. 다른 하나는 한 극단이 해외 공연을 하려고 하는데 역시 방치되어 해결되지 않았습니다. 분명 중국에 유리하고 또 양 국민에게 유익한 일인데 왜 처리되지 않았을까요? 내가 따져 묻자 바로 해결되었습니다. 만약 내가 독촉하지 않았다면 다른 데에 책임을 전가하고 미루며 처리하지 않았을지도 모릅니다. 관료주의는 정말로 사람을 잡습니다. 단지 문건에 그려진 동그라미와 주고받는 공문에만 의지하여 일을 처리하는 것은 잘못된 일입니다. 관료주의에 대해서는 진지하게 대처해야 하며 절대 느슨하거나 관대하게 대해서는 안 됩니다. 제도를 만들고 분위기를 쇄신하며 활동 방식을 고치는 것 이외에 결연한 태도로써 그에 반대해야 합니다."

덩잉차오는 기율검사 활동을 전개하는 동지들에게 어려움을 두려워하지 말며, 어려움을 맞이하여 그 어려움을 알지만 물러나지 말 것을 요구했다. "당풍을 확실히 하고 또 경제 방면의 잘못된 풍조를 바로잡는

---

14   역주: 원문은 "高高在上"인데 지도자가 현실을 이해하지 못하고 민중과 괴리되어 있음을 나타낸다.

데에 어려움이 없을 수 없습니다. 우리는 수십 년 동안 당과 생사고락을 함께 했는데 언제 어렵다고 굴복하여 후퇴한 적이 있었습니까? 혁명가는 마땅히 낙관주의 정신으로써 어려움에 대처해야 하고 거시적으로 미래의 혁명사업과 원대한 이상을 전망하며 또한 미시적으로 눈앞에 나타난 새로운 사물과 새로운 진보를 관찰할 수 있어야 합니다."

마지막으로 덩잉차오는 큰 소리로 예젠잉 동지가 1981년 설날에 쓴 시 한 수를 낭송하며 그의 긴 강화를 끝마쳤다.

> "우주 생명체의 대사활동은 새롭고 낡은 것에 의지하니, 그 힘을 이어받은 청년들이 한 시대를 일으키네.
> 만 리를 이어 도도한 물결 쉼 없이 흐르고, 신주(神州)[15] 9억 인민, 자원으로 충분하다네.
> 풍조와 제도는 쉼 없이 개혁으로 이어지고 좋은 전통은 잘 계승하며
> 힘을 합해 하나로 나라를 건설하니 다시 깃든 대지의 봄을 환호하네."

회의에 참가한 동지들은 덩잉차오의 정당하고도 날카로운 중요 강화를 집중하여 들었다. 그녀가 수십 년을 한결같이 분투하면서 스스로 모범을 보이며, 당내의 부정한 풍조와 관료주의를 극도로 혐오하며 공명정대했기 때문에 그녀의 강화가 이처럼 날카롭고 솔직하며 또 철저할 수 있다는 것에 약속이나 한 듯이 모두 감탄하였다.

덩잉차오가 행한 장편의 중요 강화는 신문에 전문이 실려 당 내외에서 뜨거운 반응을 불러일으켰다. 일부 노동자들은 신문을 보고 덩 다제에게 전화나 편지를 통해, 자신들이 하고 싶었지만 기회가 없어 하지 못했던 말을 그녀가 대신 진솔하게 표현했고, 당의 좋은 전통이 충분히 회복될 수 있기를 바란다는 뜻을 전했다. 덩잉차오는 단지 아래 위 구분

---

15 역주: '신성한 땅', 즉 과거 중국을 지칭하는 말.

없이 함께 협력한다면 희망이 있다고 분명하게 말했다.

그녀는 확고하게 당풍의 변화를 추진하였다. 그녀는 중요한 사건과 관련된 많은 자료를 전달받아 항상 적절한 시점에 열람하고 수정하며 자신의 의견을 개진하였다.

덩잉차오는 대중에게서 받은 편지를 매우 중시하였다. 1981년 초 상하이 인민은행의 한 동지가 편지를 보내 일부 지도급 동지들이 편의적으로 말을 하고 또 편의적으로 정책을 해석하여 폐해를 끼친다는 의견을 개진하였다. 즉 정책 입안과 집행이 중구난방 식으로 이뤄져 각 부서마다 주장이 다르기 때문에 하급조직에서는 제대로 일을 할 수 없을 지경이라는 것이었다. 덩잉차오는 그 편지를 본 후 다음과 같이 회신하였다. "야오방(耀邦) 동지(당시 총서기 겸 중앙기율검사위원회 제3서기)에게 : 허서우(鶴壽) 동지(당시 중앙기율검사위원회 부서기)가 전해준 자료를 보냅니다. 당신도 한 부 갖고 있을 터이니 이미 보았는지도 모르겠군요. 이 편지에 근거하여 서기처 서기와 국무원 부총리에게 보내 회람케 하고 경고를 줄지 말지에 대해 고민해 주기 바랍니다. 그리고 이후부터는 업무 관련 강화를 진행하거나 논의할 때 상황에 대해 충분히 고려하고 신중한 태도를 취해야만 합니다. 이번뿐만 아닙니다. 다른 곳에서도 유사한 상황이나 정책 혼선에 대한 불만 제기를 들은 바 있습니다. 참조하여 처리하기 바랍니다. 덩잉차오"

위의 지시에서도 알 수 있듯이 덩잉차오는 대중의 편지와 의견 제시에 대해 큰 책임감을 갖고 대했음을 알 수 있다.

이 해 9월 덩잉차오는 신화사(新華社) 내부 참고자료[16]에서 상하이의 일부 국외 예술공연단이 규정을 위반하고 국외에서 물품을 대량으로 구입하여 심각한 문제가 있다는 주장을 접했다. 그녀는 이에 대해 붓을 들어 다음과 같이 지시했다. "황커청(黃克誠, 중앙기율검사위원회 상임위원회 부

---

16   역주 : 원문에서는 줄여 '내참(內參)'이라 하였다.

서기), 왕허서우(王鶴壽), 왕충우(王從吾) 동지(중앙기율검사위원회 부서기), 중앙기율상임위원회 앞: 이 문건에서 지적하고 있는 사안은 가볍게 여겨서는 안 됩니다. 논의하여 처리함이 어떨까요?"

중앙기율검사위원회는 덩 다제의 의견을 귀담아 듣고 즉시 상임위원회를 개최하여 의견을 개진한 후 통고하여 잘못된 풍조를 제때에 바로잡았다. 그녀는 악의 싹이 아직 미미할 때 제거함으로써 더 이상 악화되지 못하도록 힘껏 노력하였다.

덩잉차오는 중앙기율검사위원회 제2서기를 맡아 충성스런 고참 공산당원으로서의 책임을 다하는 데 진력하였다.

137. 중국의 통일 대업을 위해 힘을 바치다[17]

중공중앙은 타이완을 대륙에 귀속시켜 중국의 통일대업을 실현하는 문제를 매우 중시하였다.

1979년 1월 1일 전국인민대표위원회 상임위원회는 큰 파급이 예상되는 「타이완 동포에게 고하는 글」을 발표하여, 타이완 동포에게 타이완이 조속히 대륙으로 귀속되어 함께 건국 대업을 성취할 수 있기를 간절하게 바란다고 정중히 제안하였다. 중국의 국가지도자는 현실 상황을 고려하여 주어진 문제를 해결하고 중국의 통일 대업을 완성할 때 타이완의 현상과 타이완 각계 인사의 의견을 존중하고 합리적인 정책과 방법을

---

17 필자가 중앙타이완업무지도소조사무실 주임 양인퉁(楊蔭東)과 타이완동포친목회 회장 린리윈(林麗韞)을 방문했을 때 그들은 타이완사업소조에 대한 덩잉차오의 지도 상황에 대해 소개하였다. 필자는 또한 관련 문건, 자료, 언론보도 등을 참조하였다.

채택하여 평화적인 방식으로 중국통일을 이룩할 결심임을 이미 표시했다. 선언 가운데 상임위원회는 구체적으로 대륙과 타이완 사이에 "통우(通郵)", "통항(通航)", "통상(通商)" 등 3가지를 가능한 한 빨리 실현할 수 있기를 희망하였다.

1980년 1월 중공중앙부주석 덩샤오핑은 「현재의 형세와 임무」라는 중요 강화 가운데 타이완의 귀속과 중국 통일 완성을 1980년대 수행해야 할 3가지 큰 일 가운데 하나로 삼았다.

덩잉차오는 당중앙위원회의 위임을 받아 중공중앙타이완사업지도소조 조장을 맡았다. 1980년 1월 1일, 중앙타이완사업지도소조는 중난하이 시화팅에서 회의를 개최하였다. 덩잉차오는 회의에서 타이완이 대륙으로 귀속되어야 하며 중국 통일대업의 완성이 1980년에서 1990년대까지의 중대한 임무이며, 당 전체를 동원하여 이 중요한 임무를 실현해야 한다고 강조하였다. 타이완사업지도소조의 임무가 타이완에 대한 정책과 중요사건에 대해 조사 연구하여 중앙에 의견서를 제출하는 것이므로 중앙의 참모이며 조수로서 반드시 성실하고 열심히 전력을 다해 업무에 매진해야 한다고 했다. 그녀는 전체 조원과 함께 활동 임무와 방침을 확정하였다. 그들의 활동은 매우 신속하게 전개되었다.

그녀는 직접 전체 조원 동지들을 지도하여 평화적인 중국 통일을 쟁취하고자 하는 중앙의 방침과 정책을 진지하게 학습케 하고 그것을 중앙 유관기관과 지방 당위원회에 전달하여 당 전체가 그것을 중시하고 또 그것에 근거하여 활동을 전개해 나갈 수 있도록 하였다. 그녀는 소조 내에서 민주주의적 절차와 형식을 존중하며 정기적인 회의제도를 수립하여 중요문제에 대한 충분한 토론을 거쳐 사상적 통일을 추구하고 통일적인 활동을 추진하였다. 중앙에 대해 지시를 요청할 때 그녀는 항상 심사숙고하였으며 동지들에게 충분히 연구하여 상부에 보고토록 하였으며 중앙의 비준이 있은 후에는 결연하게 집행하도록 하였다. 중요 문제는 서기처 회의에서 논의한 뒤 중앙정치국 상임위원회의 심사 비준을 받았다.

그녀는 먼저 타이완 동포와 타이완으로 간 사람들의 가족에 대한 정책 재평가[18] 문제를 살펴보았다. 그에 따르면 대륙에 남아 있는 타이완 동포는 27,000여 명이었으며 타이완으로 간 사람의 가족들은 더욱 많았다. 그리고 여러 차례의 정치운동에서 드러난 '좌'적 편향 때문에 많은 타이완 동포와 타이완으로 간 사람들의 가족들은 타격을 받았다. 덩잉차오와 중앙타이완사업지도소조 동지들은 중앙과 협조하여 관련 문건을 제정하였고 각 성, 시, 자치구를 종용하여 정책 재평가를 조속히 실행토록 하며, 타이완 동포 문제를 적절하게 처리하도록 하였다. 1981년 말 타이완동포친목회가 만들어졌다. 덩잉차오는 회장 린리원(林麗韞)에게 말했다. "타이완동포에 대한 정책 재평가 사업은 매우 중요합니다. 여러분은 자세하게 검토해야 합니다. 한 명에 대한 재평가는 한 가족에게 영향을 끼치고 한 가족에 대한 재평가는 타이완동포 전체에 영향을 미칩니다. 반드시 처음부터 끝까지 잘 처리하여 놓치는 부분이 있어서는 안 됩니다." 덩잉차오와 소조 동지들이 노력하여 실천한 결과 타이완동포와 타이완으로 간 사람들의 가족들에 대한 정책 재평가 문제는 비교적 잘 해결되어 타이완사업의 진행을 촉진시켰다.

광범한 조사 연구와 의견 수렴의 기초 위에, 덩잉차오와 소조 동지들은 해협 양안의 경제, 무역, 문화, 교민업무, 교통, 민항, 체신 등 다방면에 걸쳐 관련 분야와 협력하여 구체적인 정책을 제정하였고 또 그에 상응하는 조치를 취하였으며 해협 양안의 경제, 문화, 여행 의 교류를 추진하였다.

그녀와 소조 동지들은 거듭되는 토론과 수정 과정을 거쳐 타이완의

---

[18] 역주: 원문에는 '落實政策'으로 되어 있다. 원래의 뜻은 정책이나 계획 따위를 구체화시키고 현실화시키는 것을 가리킨다. 하지만 본문에서는 문화대혁명 기간을 포함해 좌편향이 강한 시기에 이루어진 개인과 집단에 대한 잘못된 평가와 처리에 대해 새롭게 평가하여 구체적 조치를 취하는 것을 가리킨다.

귀속과 평화통일 실현을 위한 진일보 된, 구체적인 방침과 정책을 제정하였다. 그녀는 중앙서기처회의에 직접 참가하여 자세하게 연구하였으며 원고를 작성하였고 또한 당중앙상임위원회에 심사 비준을 요청하였다. 그것은 바로 1981년 9월 30일 전국인민대표회의 상임위원회 녜젠잉 위원장의 강화 발표 속에 들어 있는 타이완사업에 대한 9개항의 건의였다.[19]

타이완에 대한 9개항의 사업 건의는 다음과 같았다. ① 분열에 빠져 있는 중화민족의 불행한 국면을 조속히 타개하기 위해 우리는 중국공산당과 중국국민당 양당의 대등한 담판을 통해 제3차 국공합작[20]을 실행하여 공동으로 통일의 대업을 완성하기를 건의한다. 쌍방은 먼저 사람을 파견하여 의견을 충분히 교환할 수 있다. ② 해협 양안의 각 민족과 인민은 상호간의 소식 왕래, 친척 방문, 무역 전개, 이해 증진 등을 절실하게 바라고 있다. 우리는 쌍방이 공동으로 통우, 통상, 통항, 친척 방문, 여행 및 학술, 문화, 체육 교류를 위해 편의를 제공하고 관련 협의에 도달할 수 있기를 제의한다. ③ 국가의 통일이 실현된 이후 타이완은 특별행정구로 되어 고도의 자치권을 행사할 수 있으며 독자적인 군대를 보유할 수 있다. 중앙정부는 타이완의 지방업무에 간여하지 않는다. ④ 타이완의 현행 사회, 경제제도는 변화하지 않고 생활 방식도 바뀌지 않으며 외국과의 경제, 문화 관계 역시 불변이다. 개인의 재산, 주택, 토지, 기업 소유권, 합법적 계승권, 외국 투자의 경우 그 권리는 침해받지 않는다. ⑤ 타이완 당국과 각계의 대표인사는 전국적인 정치기구의 지도 역할을 맡아 국가 관리에 참여할 수 있다. ⑥ 타이완 지방 재정이 곤란을 겪을 경우 중앙정부는 정황을 참작하여 도움을 줄 수 있다. ⑦ 타이완 각 민족, 인민, 각계 대표인사 가운데 대륙으로 돌아와 정착하기를 원하는 경우 적절한 처리와 안배를 보증 받을 수 있고 차별받지 않고 자유로이 왕래할 수 있다. ⑧ 타이완 상공업계 인사가 대륙으로 돌아와 투자하

---

19   『인민일보』, 1981.10.1.
20   역주: 제1차 국공합작(1924-1927), 제2차 국공합작(1937-1945)에 이은 제3차를 가리킨다.

여 각종 경제사업을 벌이는 것에 대해 환영한다. ⑨ 중국의 통일은 각자 모두의 책임이다. 우리는 타이완 각 민족 인민, 각계 인사, 민중단체가 각종 경로와 각종 방식을 통해 건의를 제출하고 공통으로 국시(國是)를 상의하기를 열렬하게 희망한다. 타이완의 대륙 귀속과 통일대업 완성은 우리들 세대의 영광스럽고 위대한 역사적 사명이다. 중국의 통일과 부강은 중국 대륙 각 민족 인민의 근본적 이익이며 동시에 타이완 각 민족 동포의 근본적 이익이 될 뿐만 아니라 동아시아 및 세계 평화에도 도움이 된다. 우리는 광대한 타이완 동포가 애국주의 정신을 발양하여 전 민족 대단결의 이른 실현을 적극적으로 촉진하여 민족의 영예를 함께 향유할 수 있기를 희망한다. 홍콩, 마카오 동포와 국외 교포가 교량 역할을 수행할 수 있도록 계속 노력하여 조국의 통일을 위해 공헌할 수 있기를 희망한다.

이 9개항의 의견은 타이완사업의 진전에 중요한 계기로 작용했고 전 세계에 매우 큰 반향을 불러일으켰다. 타이완 동포와 해외 교포도 대체적으로 이 9개항의 내용을 환영하였다.

덩잉차오는 풍부한 정치적 경험을 지녔고 또 사고는 주도면밀하였다. 그녀는 중국의 통일대업이 매우 힘들며 한 번의 시도로 결코 성취할 수 없다는 사실을 알고 있었다. 그녀는 동지들에게 말했다. "타이완사업은 확실하게 틀어쥐어야 할 뿐만 아니라 조급하게 처리할 수 없으니 '미약한 힘이지만 쉼 없이 사업을 끈기 있게 해나가야 하고'[21], '이용할 수 있는 모든 시간, 기회, 공간을 충분히 활용해야 합니다.'[22] '세수장류(細水長流)'입니다. 즉 쉼 없이 늘 지속되어야 하며 느슨해져서도 안 되고, 또한 한 번에 격렬하게 흘러가 버려도 안 됩니다. 다만 인내심을 갖고 억척스럽게 일에 몰두하여 장차 파도를 일으켜 큰 강을 이룰 수 있어야 합니

---

[21] 역주: 원문은 "細水長流"로서 직역하면 "가늘게 흐르는 물이 오래오래 흐른다"는 의미이다.
[22] 역주: 원문은 "見縫揷針"으로 직역하면 "틈만 보이면 바늘을 꽂다"이다.

다. 타이완사업의 정치성, 정책성, 책략성, 시간성이 매우 강하기 때문에 매 사업마다 빈틈이 없어야 합니다. 또한 극도의 인내심을 갖고 곤경과 우여곡절을 두려워하지 말며 기복을 두려워하지 말아야 합니다. 특히 사업이 잘 진행된다고 맹목적으로 낙관해서는 안 되며 다소 정체되더라도 상심하여 믿음을 잃지 말고 합리적, 실리적으로 그리고 절도 있게 일을 처리해야 합니다."

덩잉차오는 시세의 흐름을 잘 판단하여 타이완의 대륙 귀속과 중국의 통일대업 실현을 촉진시키기 위한 다수의 중요 활동에 참가하였다.

1981년 1월 1일, 덩잉차오는 정치협상회의전국상임위원회가 거행한 신년간담회에 참석하여 강화를 통해 다음과 같이 지적하였다. "「타이완 동포에게 고하는 글」이 밝히는 국정 방침은 중국정부의 확고부동한 결정이지 임시방편적인 계략이 아니며 소위 '통일전선공세'는 더욱 아닙니다. 중화민족의 대의와 국가 전체의 근본 이익에서 출발하여 타이완 전체 동포와 타이완 당국의 이익과 앞날을 충분히 고려한 결과입니다."

그녀는 타이완 당국이 역사의 조류에 순응하여 국가와 민족의 이익을 중시하며 중국통일의 위대한 목표를 향해 전진해 주기를 희망하였다. 또한 그녀는 타이완 인민이 반드시 중국통일의 대업 실현을 위해 적극적인 공헌을 하게 될 것이라 믿었다.[23]

3월 3일 덩잉차오는 전국여성연합회가 개최한 좌담회에 참석하였다. 그녀는 좌담회에 출석한 타이완 국적 여성동포, 귀국 여성교포, 각계 유명 여성, 전 국민당 군정요원 부인 및 딸 등에 대한 강화를 통해 그들이 각자의 영향과 역할을 발휘하여 중국 통일을 위해 공헌해 주기를 희망하였다.[24]

1981년 5월 덩잉차오는 신해혁명(辛亥革命) 70주년 기념준비위원회 부주임위원을 맡아 준비 작업에 열중하였다.

---

23 『인민일보』, 1981.1.2.
24 『인민일보』, 1981.3.4.

10월 8일 오후, 그녀는 쑨원의 손녀 쑨쒀팡(孫穗芳), 쑨쒀펀(孫穗芬), 황싱(黃興)의 딸 황더화(黃德華), 차이어(蔡鍔) 장군의 친척 등과 회견하고 연회를 베풀어 신해혁명에 참여했던 선열에 대해 진지하게 회고의 정을 표시하였다.[25]

10월 9일 오전, 신해혁명 70주년 기념대회가 인민대회당에서 장중하게 거행되었다.[26] 덩잉차오는 기념회 대회를 주재하였다. 중국공산당중앙위원회 주석 후야오방은 중요 강화를 통해 중국공산당이 반드시 평화통일을 이룩하겠다는 방침과 정책에 대해 다시 한 번 분명하게 천명하였다.

10월 10일 오전, 덩잉차오는 인민대회당에서 간담회를 다시 주재하며 신해혁명 70주년 기념 활동에 참가한 중국 내외의 손님들이 예젠잉의 9개항 건의와 후야오방의 대회 강화에 대해 견해를 충분하게 밝혀주기를 희망했다. 쑨쒀팡은 신해혁명이 위대한 혁명가이자 자신들의 조부인 쑨원이 지도한 반제반봉건 민주혁명이며, 그가 평생 혁명, 애국의 일생을 살았다고 하였다. 또한 예젠잉 위원장과 후야오방 주석이 더욱 분명히 밝힌 평화통일 방침은 전국민의 요구에 부합하며, 반드시 평화통일을 통해서만 부강한 국가를 건설할 수 있음을 강조하였다.[27]

1982년 7월 덩잉차오는 쟝졔스에 대한 쟝징궈(蔣經國)의 추도문 가운데 "부친의 영혼이 고향으로 돌아가 조상들과 함께 하기를 간절히 바란다"라는 구절을 보면서 "효성스런 마음을 민족감정으로 승화, 확대시키고 민족을 사랑하며 공경하여 국가에 봉헌해야 해야 한다"고 말했다. 덩잉차오는 소조 동지들을 소집하여 상의한 결과 쟝징궈를 잘 알고 있는 랴오청즈(廖承志)[28]에게 건의하여 그에게 편지를 보내도록 하였다.

---

25 『인민일보』, 1981.10.9.
26 『인민일보』, 1981.10.10.
27 『인민일보』, 1981.10.11.
28 역주 : 국민당 원로인 랴오중카이(廖仲愷)의 아들. 일본 도쿄 출생. 일본의 와세다(早稻田)대학 중퇴, 유럽으로 가서 중국선원을 대상으로 공산당 활동을 하였다. 1932년

1982년 7월 25일, 랴오청즈가 쟝징궈에게 보내는 편지가 『인민일보』에 발표되었다. 편지는 뛰어난 수사와 넉넉한 정취를 담고 있었다. 발표 전, 덩잉차오와 랴오청즈는 소조 동지들과 편지의 구절구절마다 섬세하게 자구를 다듬었다. "끝없이 넓은 바다와 하늘, 돌아오지 않는데 어찌 기다릴까?" 이것은 쟝즈중(張治中) 장군이 1950년대 타이완 동료에게 쓴 편지 가운데 일부로서, 저우언라이 총리가 그 위에 첨가한 것이었다.[29] 이제 랴오청즈가 그것을 인용하니 친밀감이 배가되었다. 편지에 인용된 루쉰의 시구 "겁난의 파고를 모두 넘어온 형제, 서로 만나 웃으니 은원이 모두 사라지네"는 더욱 적절하였다. 이 편지가 발표된 후 타이완 조야에 상당한 반향을 이끌어냈다.

1982년 8월 29일, 덩잉차오는 랴오중카이 선생을 회고하고 허샹닝(何香凝) 여사 서거 10주년을 기념하는 대회에 출석하여 장문의 강화를 발표하였다. 그녀는 랴오중카이, 허샹닝의 고상한 혁명적 정조와 탁월한 혁명적 공훈을 매우 높이 평가하였으며, 중국 통일의 대업 완성과 제3차 국공합작의 실행은 중국 각 민족 인민에게 역사가 부여한 신성한 사명임을 강조하였다. 그녀는 일찍이 쑨원 선생을 추종하고 쏭칭링, 랴오중카이, 허샹닝 등과 함께 일했던 타이완의 옛 친지들이 중국의 통일대업을 실현하고 중화민족의 찬란한 미래와 자손만대의 행복을 위해 손을 맞잡고 분투해 나가기를 간절히 희망하였다.[30]

1983년 6월 4일, 전국정치협상회의 주석에 당선된 덩잉차오는 정치협상회의 제6기 제1차회의 개막사를 통해 다시 정중하게 타이완문제를 언급하였다.[31] 그녀는 다음과 같이 말했다. "우리는 역사를 존중하고 현실

귀국해 활동 중 체포되었으나 어머니의 탄원으로 석방되고, 장정(長征)에 참가하였다. 1937년 당중앙 출판국장, 1945년 중국공산당 7기 중앙후보위원이 되고, 1947년 광동으로 가서 남방당부를 주재하였다.

29　역주: 장즈중이 쟝졔스 부자에게 쓴 편지를 저우언라이가 검토하던 중 "促促東南, 三位一體. 寥廓海天, 不歸何待?"라는 구절을 추가하였다.

30　『인민일보』, 1982.8.30.

을 존중하며 타이완 각 민족 인민과 타이완 당국의 입장을 충분히 고려하고 있습니다. 우리는 현재를 고려할 뿐만 아니라 미래 역시 고려하고 있습니다. 조국통일 이후 중국공산당은 중국국민당과 계속 합작할 것이고 장기적으로 공존하며 상호 감독할 것입니다. 타이완은 특별행정구가 되어 대륙과 다른 제도를 실행하며 서로 보완하며 도움을 줄 수 있을 것입니다."

1984년 1월 1일, 덩잉차오는 정치협상회의 신년간담회에서 평화통일의 실현 방법과 각종 제안을 어떻게 완벽하고도 점진적으로 실시할 수 있을지에 대해 말했다. 그리고 새로운 구상들이 제안되고 수시로 타이완 당국과 타이완 인민의 의견을 경청할 수 있게 되기를 희망한다고 말하였다.[32] 덩잉차오는 타이완의 극히 일부가 추진하는 소위 "타이완독립"[33] 활동에 대해 엄중하게 비판하면서 그것이 타이완 인민의 의지와 이익에 위배될 뿐만 아니라 중국통일과 민족단결의 이익에도 반한다고 질타하였다. 그녀는 타이완과 대륙의 관계는 단결할 때 안정될 것이지만 분열되면 위험하다는 것을 간곡하고도 의미심장하게 말했다.

1월 16일 덩잉차오는 국민당 '1대' 60주년 학술토론회 및 쑨원연구학회 창립대회에 참석하여 장문의 강화를 발표하였다.[34] 그녀는 쑨원 선생은 선견지명이 있어 제1차 국공합작을 실현시켰고, 국민당 제1차 전국대표대회를 직접 주재했으며, 이어 북벌전쟁의 승리를 얻어냈다고 회고하고, 제2차 국공합작을 통해 항일전쟁에서 승리하여 타이완이 회복됐음을 역설하였다. 그녀는 쑨원 선생이 생전에 거듭 강조하기를 중국은 역

---

31   『인민일보』, 1982.6.5.
32   『인민일보』, 1984.1.2.
33   역주 : 타이완공화국(Republic of Taiwan) 또는 타이완국(State of Taiwan)은 민진당(民進黨) 등 대륙으로부터의 타이완의 완전한 독립을 주장하는 지지자들에 의해 제시되는 현재 타이완에 대한 미래 이상적 국가 개념이다. 본문의 내용과 달리 타이완 현지인을 중심으로 큰 영향력을 지니고 있다.
34   『인민일보』, 1984.1.17.

사 이래 분리될 수 없는 통일체이며 국가통일이 주된 역사 발전의 흐름이며 인민의 뜻임을 강조한 사실에 대해 상기하였다. 그녀는 "통일은 전 국민의 희망입니다. 통일을 이루어지면 전 국민은 행복할 것이고 그렇지 못하면 피해를 입게 될 것입니다"라고 하였다. 덩잉차오는 자신이 이미 80세의 노인이며 두 차례의 국공합작을 직접 경험했다고 하였다. 그녀는 타이완의 국민당 사람들이 쑨원 선생의 위대한 모범을 본받아 즉시 결단하여 정확한 결정을 해 주기를 희망하였다. 그녀는 중국의 역사가 증명하듯이 통일은 늘 역사의 주류였고 분열은 단지 짧은 시기의 간주곡에 불과하다면서 해외에서 고립되어 외부의 통제를 받는 이런 국면은 궁극적으로는 장기적으로 지속될 수 없다고 하였다. 그녀는 중국의 대통일은 오랜 세월 이룩한 공훈과 업적으로서 반드시 빠른 시간 안에 실현시켜야 한다고 굳게 믿었다.

1984년 7월 24일, 덩잉차오는 인민대회당에서 제1회 타이완 동향(同鄕) 청년하기학교 전체 학생과 회견하였다.[35] 그들 가운데 70여 명의 학생은 미국, 일본, 캐나다, 브라질에서 왔다. 덩잉차오는 해외 대만동포의 대륙 방문을 환영하면서 그들이 귀국하여 해외의 친척과 친구들에게 자신의 느낌을 말하고 그들에게 중국 통일에 대한 대륙의 진지한 태도를 소개해 주기를 희망했다. 또한 그녀는 젊은이들이 중국의 통일사업을 위해 공동으로 노력해 주기를 희망하였다.

8월 15일, 덩잉차오는 또한 인민대회당에서 '우리들의 타이완' 학술토론회에 참석한 학자와 전문가들과 회견하면서 그들이 중국의 통일을 위해 의미 있는 일을 수행한다고 높이 평가하고 그들에게 중국 평화통일의 주요 내용에 대해 설명하였다. 그녀는 타이완문제와 홍콩문제는 성질이 다른 두 가지의 문제라 하면서, 대륙으로의 타이완 귀속은 중국의 내정문제이고 홍콩은 주권 회수의 문제라고 하였다. 그녀는 중국의 통일이

---

35   『인민일보』, 1984. 7. 25 · 8. 16.

위대하며 복잡하고 매우 힘든 사업이라고 하면서 관건은 국가의 경제건설을 어떻게 잘 이룩하느냐에 달려 있다고 하였다.[36]

9월 29일, 덩잉차오는 베이징에서 개최된 건국 35주년 행사에 참석한 타이완 동포, 홍콩 마카오 동포, 해외교포를 환영하는 성대한 초대회에서 축사를 하였다.[37] 그녀는 건국 35주년, 특히 11기 3중전회 이후 국가건설의 성과에 대해 개략적으로 설명하면서 중국 통일의 대업을 완성하여 타이완과 대륙의 인위적인 분할 국면을 조속히 해결하는 것이 남에게 전가할 수 없는 자신들의 영광스런 임무라고 밝혔다. 그녀는 타이완 당국이 장기적으로 취해왔던 봉쇄정책을 포기하고 화해의 무드를 조성하여 양안 동포의 상호 정보 소통, 친척 방문, 여행 왕래 및 무역, 학술, 문화, 체육 교육 전개를 위해 편의를 제공하여 상호간의 이해를 증진키시고 단결을 촉진시킴으로써 통일을 앞당길 수 있기를 희망하였다. 그녀는 또한 타이완 각계 인사가 중국의 조속한 평화통일을 실현하고 타이완의 경제 안정을 유지하도록 계속해서 공헌해 주기를 진실로 희망하였다.

1984년 10월, 덩샤오핑은 "한 국가, 두 제도一國兩制"에 관한 구상을 발표하였다. 이것은 중화인민공화국 중 대륙에서는 사회주의제도를 실행하고, 홍콩, 마카오, 타이완에서는 자본주의제도를 실행한다는 것으로, 중국의 주체는 사회주의이지만 중국 내의 일부 지역에서 자본주의를 실행하여 사회주의 발전을 보완하도록 하였다. 덩샤오핑은 "일국양제"의 구상으로 타이완 문제를 해결할 경우 상황은 더욱 융통성 있게 될 수 있다고 하였다.

덩잉차오는 "일국양제"의 전략적 결정을 전폭적으로 지지하였다.

1985년 3월 6일, 제2차 전국타이완동포대회가 베이징 인민대회당에서 성대하게 개막되었다.[38] 덩잉차오는 강화를 통해 중국 평화통일 대업에

---

36 『인민일보』, 1984.7.25 · 8.16.
37 『인민일보』, 1984.9.30.
38 『인민일보』, 1985.3.7.

관한 중공 중앙의 방침을 거듭 밝혔다. 그녀는 국공 양당의 회담이 평등하며 중앙과 지방의 담판이 아니라고 하였다. 그녀는 가급적 빨리 국공 양당이 접촉하여 원만하게 타이완 문제가 해결되기를 희망하였다. 그녀는 강화 가운데 타이완 동포와의 폭 넓은 교우관계를 통해 부단히 상호 이해를 증진시키고 양안 동포의 왕래를 적극적으로 촉진하며 친척 방문을 위해 찾아오는 동포에 대해 수속을 간편하게 하고 관련 규정을 완화할 것을 요구했다. 또한 타이완 당국이 상응하는 조치를 취하여 양안 동포의 왕래에 도움을 줄 수 있기를 희망했다. 그녀는 중국의 평화통일에 대한 희망을 타이완 당국이나 타이완의 각 민족 인민에게 걸고 있음을 지적하면서 타이완 당국과 타이완 각계 인사와 공동으로 중국의 통일대업에 대해 상의하기를 희망한다고 하였다.

중국의 평화통일과 관련된 중대한 활동에 참가하는 것 이외에도 덩잉차오는 또한 타이완 동포와 광범하게 회견하여 그들의 각종 의견을 청취하고 그들에게 인내심을 갖고 당과 정부의 방침과 정책에 대해 설명하였다.

당시 대륙에 온 타이완 동포는 극소수였으며 또 그 일부는 해외에 거주하는 타이완 동포였다.

1983년 6월 21일, 덩잉차오는 인민대회당에서 미국 거주 타이완교포 의사여행단 전 단원과 회견하였다.[39] 덩잉차오는 그들에게 친절하게 말했다. "이번이 당신들의 첫 번째 베이징 방문입니다. 이제 첫 방문이지만 두 번째, 세 번째도 가능할 것입니다. 이렇게 직접 방문해 봐야 상황을 잘 이해할 수 있고 또 그렇게 해야 당신들이 잘 알고 지내는 타이완 동포와 교포를 도와 중국의 현실을 이해할 수 있도록 도울 수 있을 것입니다. 애국적인 당신들은 중국의 통일에 찬성합니까?" 모두는 일제히 "찬성합니다, 찬성합니다!"라고 대답하였다.

---

39 1983년 6월 21일 미국 거주 교포 의사여행단과의 덩잉차오 담화 기록 원고 참조.

덩잉차오는 웃으며 말했다. "어떤 사람은 우리를 보고 '통일전선음모'를 꾸민다고 합니다. '음모'라니요? 통일전선은 우리들의 3대 법보(法寶) 가운데 하나로서, 현재에도 견지하고 미래에도 견지할 것입니다. 통일전선은 애국, 건국 대오를 확대하여 국가, 민족과 인민을 행복하게 해 주는 사업입니다. 우리는 배후에서 몰래 공작하지 않고 모두를 공개적으로 처리합니다."

미국 거주 타이완 동포들은 중국 당국이 타이완 인민과 자주 접촉하여 그들의 의견을 많이 경청해 주기를 원했다.

덩잉차오는 웃으며 말했다. "지금 제가 그들과 접촉하고 있지 않는데 그들의 의견을 어떻게 들을 수 있겠습니까? 당신들은 평화통일이 해협 양안 인민의 최대 이익임을 믿기 바라며 타이완 인민이 다시 '고아'가 되는 대신 대륙의 10억 인민과 한 가정을 이루어야 합니다!" 여행단의 대만동포는 덩잉차오의 이 말을 듣고 가슴속에서 이는 따뜻함을 절실히 느낄 수 있었다.

1983년 10월 17일 오전, 덩잉차오는 인민대회당 타이완 청에서 미국 거주 타이완동포 상공업 시찰단과 회견하였다. 덩잉차오는 "타이완 청에서 여러분과 만나게 되니 모두 고향에 온 것 같은 느낌이 듭니다"라고 말했다.[40]

시찰단의 쉬(徐) 단장은 과거 인도네시아 반둥에서 저우 총리의 위대함에 대해 알 수 있었다고 했다. 그는 잡지 『대성(臺聲)』에 중국의 경제 건설 상황 및 중·외 합자 조례 등이 많이 실리게 되기를 희망하였다. 그는 타이완에는 1,800만의 인구가 거주하고 있는데 이들 타이완 인민이 생명, 재산의 보장을 바라고 있고 또한 대륙과의 통상, 문화 발전, 체육 왕래를 희망하고 있다고 했다.

이에 대해 덩잉차오는 말했다. "우리의 공통 관심은 타이완 인민의 이

---

[40] 1983년 10월 17일 미국거주 타이완교포 상공업 시찰단과의 덩잉차오 회견 담화 기록 원고 참조.

익입니다. 해협 양안 동포는 수십 년 동안 분리되어 서로 이해하지 못합니다. 제6차 인민대표대회와 정치협상회의는 전국 각 민족 인민의 대통일과 대단결이 중국인민의 가장 숭고한 사업이며 우리들의 투쟁 목표라고 밝혔습니다. 타이완 인민은 일찍이 오랜 기간 동안 식민통치를 경험하였고, '고아'의 고통을 맛보았으며 이후 또한 국민당의 통치를 받았는데 이러한 상황에 대해 우리는 잘 이해하고 있습니다. 우리가 발표한 공식문건은 가장 먼저 타이완 1,800만 인민을 향한 것입니다. 그리고 담판의 대상은 국민당인데, 왜냐하면 권력을 장악하고 있기 때문입니다. 평화통일 방침의 우선적 관심은 1,800만 타이완 동포의 생명과 재산 안전이며 전쟁의 재난을 다시 겪지 않는 것에 있습니다. 타이완의 민심은 통일을 원합니다. 그들이 관심을 기울이고 있는 재산과 경제적 이익에 대해 우리는 모든 것을 충분히 고려하고 있습니다. 우리가 제출한 통상, 통우, 통항은 쌍방 모두에게 좋은 것입니다. 통상은 타이완 경제 발전을 촉진시킬 수 있고 무역은 쌍방에게 유익합니다. 우리는 중국의 국정(國情)과 민의에 근거하여 문제를 해결할 것입니다. 우리는 대륙의 10억과 타이완의 1,800만 동포를 포괄합니다. 모든 중국인은 통일에 찬성하며, 나라 사랑하는 마음은 서로 같고 통합니다. 타이완인은 중공중앙의 직무를 맡을 수 있지만 우리는 타이완으로 사람을 파견하지 않을 것입니다. 타이완 인민은 장기적인 압박을 받았는데, 그들이 가장 관심을 기울이는 것은 국가 대사를 관리하는 데 자유롭고 평등하게 참여하는 것 아닙니까?"

덩잉차오는 또한 모두에게 전국정치협상회의가 8개 당파와 노동자, 농민, 상인, 학생, 병사, 청년, 여성, 종교, 민족, 문예, 의료, 과학기술, 교육, 위생, 화교, 홍콩·마카오, 타이완 동포 등 각 방면에 걸쳐 대표성을 지닌 인사 총 2천여 명을 포괄하고 있으며, 모든 구성원은 진지하게 서로를 상대하며 함께 정치와 국사에 대해 논의하여 처리한다고 소개하였다.

대표단의 두이팅(杜義庭) 선생은 "우리가 해외에서 가장 관심을 기울이는 것은 역시 중국의 강성함입니다"라고 말했다.

덩잉차오는 "맞아요. 단지 중국이 하루하루 더욱 강성해져야 비로소 해외동포의 뒷배경이 든든해질 수 있는 겁니다"라고 대답했다. 그녀는 그들에게 안심하라고 하면서 통일이 될 경우 반드시 타이완 인민의 이익이 보호받을 것이라고 하였다.

1984년 4월 23일 오후, 덩잉차오는 필리핀 거주 타이완교포 귀국 관광단과 회견하였다.[41] 덩잉차오는 일부 타이완동포가 통일 후에도 '이등공민'의 지위를 변화시킬 수 없거나 통일 후 생활수준이 저하될지 모른다고 우려한다는 사실을 알고 그에 대해 그들에게 설명하였다. "'9개항'의 방침에서 명확히 선포하였듯이 타이완의 현행 사회, 경제제도는 물론 생활방식이나 외국과의 경제, 문화관계도 변함이 없을 것이며, 개인의 재산, 가옥, 토지, 기업 소유권, 합법적 계승권 및 외국투자 역시 침해받지 않을 것입니다. 통일 후에도 타이완의 안정은 보장됩니다. 우리는 결코 크다고 하여 그것을 앞세워 작은 것을 억누르지 않으며 어느 한쪽이 다른 한쪽을 먹어치우지 않고 "일국양제"와 평화공존을 추구합니다."

1984년 11월 3일, 덩잉차오는 미국거주 타이완교포 양지전(楊基振), 양비롄(楊碧蓮) 부부와 회견하였다. 양지전은 조국이 이렇게 훌륭하게 건설될 줄은 꿈에도 생각하지 못했다고 했다. 그리고 특별히 탕산(唐山) 시를 참관했는데 1976년 괴멸적인 손실을 입고 나서 이제 아주 새롭게 발전하여 보는 이로 하여금 진정으로 흥분시킨다고 하였다.[42]

덩잉차오는 말했다. "당신들이 고국을 방문하여 살펴보는 것을 환영합니다. 그리고 자유로운 왕래를 보장합니다. 우리들은 반드시 통일의 길로 나아갈 것이며 그렇게 되지 않으면 다음 세대에게 미안할 것입니다."

양기전은 말했다. "40년 전에 베이징을 방문한 적이 있습니다. 문화대

---

[41] 1984년 4월 23일 필리핀거주 타이완교포 귀국관광단과의 덩잉차오 회견 담화기록 원고 참조.
[42] 1984년 11월 3일 미국거주 타이완교포 양지전, 양비롄과의 덩잉차오 회견 담화기록 원고 참조.

혁명 기간에는 감히 오지 못했습니다. 미국에서 만나 본 타이완동포친목회 의장 린리윈(林麗韞)과는 본래 타이완 칭쉬(淸水) 동향입니다. 반드시 노력하여 타이완동포의 마음을 얻어 국민당을 평화회담에 나오게 해야 합니다." 덩잉차오는 양지전 선생이 중국통일에 대해 갖고 있는 열의에 대해 감사의 뜻을 표했다.

다음날, 덩잉차오는 인민대회당에서 다시 미국거주 타이완교포 천구잉(陳鼓應) 교수 일가와 회견하였다.[43] 천 교수는 이미 베이징대학 객좌교수 초빙에 응한 상태였다. 덩잉차오는 그와 격의 없는 대화를 나누었다.

천 교수는 그가 이번에 고향인 푸젠 장팅(長汀)에 가보니 그 모습이 과거와 너무 달라 알아 볼 수 없을 정도였다면서 특히 가장 큰 변화는 식생활 방면이라고 하였다. 그는 과거에 자기 집이 소지주였는데 아침엔 고구마, 점심에는 고구마와 죽을 먹었고, 손님이라도 오면 겨우 현미밥 한 그릇이 추가되었을 뿐이었다고 했다. 그런데 이번에 가 보니 농산품 정기시장 내 상점이 5,60미터 늘어서 있고 고기집이 십여 곳(과거에는 단지 1,2곳에 불과했다)이나 되었으며 먹을 것이 풍부했는데, 다만 주거문제가 아직 충분히 해결되지 못한 것 같다고 했다.

덩잉차오는 생활개선은 겨우 한 걸음 한 걸음씩 좋아질 수 있어서 지금도 옛 혁명근거지 주민의 생활은 넉넉하지 못하여 개선이 절박하다고 말했다.

천구잉 교수는 장팅에서 푸런(輔仁)의원과 당시 홍군의 혁명유물을 봤는데 예컨대 취추바이(瞿秋白)가 수감되고 처형된 곳 등은 모두 매우 소중하니 마땅히 잘 보존해야 한다고 말했다. 그는 또한 미국에 있을 때 저우루(鄒魯)의 아들과 함께 오사운동 이후의 중국혁명사에 대해 쓴 적이 있다고 했다.

덩잉차오는 즉시 답했다. "그가 와 살펴보는 것을 환영합니다. 저우루

---

43 1984년 11월 4일 천구잉과의 덩잉차오 담화 기록 원고 참조.

는 국민당 원로로서 1920년대 우리와 함께 교류한 바 있습니다. 해협 양안이 갈라선지 30여 년이 흐르면서 많은 사람들이 국민당에 의해 기만당했습니다. 돌아와 한 번 보면 들었던 바와 전혀 다르다는 것을 알게 될 것입니다. 나는 일찍이 타이완 동포들에게 '공비(共匪)'를 본 적이 있냐고 물었지만 보지 못했다는 대답을 들었습니다." 이렇게 말하며 덩잉차오는 웃음을 터뜨렸다.

그 이야기를 듣던 천 교수 역시 웃었다. 그는 매우 감격하며 덩잉차오에게 말했다. "덩 다제, 당신과 저우 총리는 중국혁명과 국민들을 위해 매우 많은 일을 하였습니다. 저는 중국의 공민으로서 이에 매우 감격하고 있습니다! 당신들의 공적은 우리의 마음속에 깊이 새겨져 있을 것입니다."

덩잉차오는 겸손하게 말했다. "나와 언라이 동지가 한 일은 매우 적습니다. 우리들의 사업은 당과 국민에게 의지하고 있습니다. 문제는 방침과 정책이 정확해야 비로소 모두를 단결시킬 수 있다는 데에 있습니다. 우리는 공산주의자로서 국민의 이익을 위해 죽을 때까지 계속 온힘을 다 바쳐야 합니다. 많은 동지가 이미 목숨을 바치고 뜨거운 피를 뿌리며 쓰러져 갔습니다. 우리는 다행히 살아남았습니다. 살아 있으니 마땅히 더욱 열심히 활동해야 합니다."

덩잉차오의 이 말은 천 교수와 그의 가족들을 깊이 감동시켰다.

천 교수는 "1972년 닉슨이 중국을 방문했을 때 타이완의 한 신문에 저우 총리의 사진이 실린 적이 있었습니다"라고 말했다. 그의 부인 탕펑어(湯鳳娥)는 "많은 국민당 인사들이 저우 총리와 덩 다제에 대해 깊은 존경의 마음을 지니고 있습니다"라고 말했다.

덩잉차오는 웃으며 말했다. "우리는 1920년대에 국민당과 관계를 맺었으니 지금까지 60년이 흘렀고 이제 제3차 국공합작을 통해 통일대업을 함께 완성하자고 제안하였습니다. 우리들의 건의는 진실 되며 솔직합니다. 조국의 통일대업을 위해서는 많은 학자와 국민이 함께 하여야 합니다." 덩잉차오는 천 교수에게 농촌 개혁 상황에 대해 소개하였다. 그녀는 다음과 같이 말했다. "농촌은 활기차게 발전하고 있습니다. 우리는 농촌 개혁 분야에서 여러 경험을 축적하고 있습니다. 12기 3중전회는 도시 개혁을 실시하기로 결정하였습니다. 이것은 폭이 넓고 깊이 있는 혁명입니다. '사인방' 때와는 다릅니다. 그들이 자행한 것은 파괴여서 문화대혁명 기간 중에 많은 문물이 파괴당했습니다."

이야기를 들으며 자주 고개를 끄덕이던 천 교수가 말했다. "이번에 베이징을 방문해, 문화부 주무즈(朱穆之) 부장에게 더욱 문물을 잘 보호해야 한다고 건의했습니다. 저는 많은 문물이 잘 보호되고 있음을 보았습니다. 예컨대 취안저우(泉州)의 카이위안(開元) 사(寺)가 그렇습니다. 만약 저우 총리가 없었다면 이들 진귀한 문물들이 일찍 사라졌을 것이라고 그들은 했습니다."

덩잉차오는 화제를 돌려 웃으며 말했다. "우리는 통일 조국에 대한 당신들의 고견을 매우 듣고 싶습니다. 집에서 이야기하듯 편하게 말씀하시기 바랍니다."

천구잉 교수는 간절하게 말했다. "해협 양안이 갈라져 사이를 둔지 수십 년이 흘렀습니다. 공산당은 30여 년 전에 성공한 경험에 의지해 국민당을 대하기 쉽고, 국민당 역시 30여 년 전 실패한 경험으로 공산당을 대하기 쉽습니다. 그렇기 때문에 각자는 시간의 차이에서 오는 인식의 편차를 조정할 필요가 있습니다. 현재 국민당 내에도 많은 변화가 있습니다. 공산당이 제안한 국민당과의 평화회담은 타이완동포의 생각과 일치합니다. 현재 통일의 최대 장애는 역시 국민당입니다. 국민당은 타이완을 철저히 통제하고 있습니다. 3,4백만 명이 대륙에서 건너갔고, 거기에 가족까지 포함하면 천만 명이 넘습니다. 중공이 제출한 통상, 통우, 통항은 누구나 바라는 바입니다. 한 노병이 신문에 투고한 글에서 자신의 일생을 전부를 국민당에 바쳤는데 이제 대륙의 친척에게 연락조차 할 수 없냐고 하였습니다. 중국의 민족문화 응집력은 매우 강하고 민족의식도 매우 강합니다. 제가 보건데 통일은 사람들이 바라는 바이며 시간문제입니다. 타이완에 대한 대륙의 연구를 강화하고 협조가 잘 이루어지기를 희망합니다."

덩잉차오는 고개를 끄덕이며 말했다. "당신의 말 한 마디를 들으니 10년 책을 읽고 공부한 것보다 나은 것 같습니다. 당신들의 말은 매우 훌륭하며 그로 인해 나는 좋은 계발을 얻게 되었습니다. 우리는 반드시 타이완 문제에 대한 연구를 개선해야 하는데, 베이징에 타이완연구소를 개설하기로 이미 결정했습니다. 우리는 또한 해외학자, 교수와 연계를 강화하기 위한 지도그룹을 구성하여 당신들이 중국으로 와 학술토론에 참가할 수 있도록 계획적으로 준비하고 있습니다. 재작년 미국에서 거행된 신해혁명 토론회에 타이완과 대륙 모두 참가하였는데 이는 매우 좋은 일입니다. 모두가 한 가족인데 인위적으로 오랫동안 떨어져 있을 이유가 없습니다. 조국의 통일에 대한 희망은 타이완 인민에 달려 있고 당연히 또한 타이완 당국에 달려 있습니다. 타이완 당국이 타이완의 당·정·군 대권을 장악하고 있어, 담판을 하려면 국민당을 찾을 수밖에 없기 때문입니다. 우리가 외국과의 담판도 잘 해결하는데 설마 자기 동포와의 대화를 더 잘 해결할 수 없겠습니까?

의식하지 못한 채 대화가 두 시간에 이르렀다. 천구잉 교수와 그의 가족이 일어나 작별 인사를 고했고 덩잉차오 역시 일어나 손님을 배웅하려 하였다. 천 교수의 부인 탕펑어는 급히 말했다. "다제, 일어나실 필요 없습니다. 당신은 국가와 인민을 위해 건강에 유념하시기 바랍니다."

그러나 덩잉차오는 일어나 직접 배웅하겠다며 문 앞까지 따라 나왔다.

1985년 9월 22일, 덩잉차오는 중난하이 시화팅에서 필리핀 향촌건설학원 이사장 옌양추(晏陽初) 박사와 그의 두 딸을 접견했다. 덩잉차오는 92세의 옌양추 박사와는 오랜 친구 사이였다. 항전시기 함께 참정원 의원을 지냈고 이후 수십 년 동안 만나지 못했다. 이제 베이징에서 서로 만나게 되니 둘 다 매우 기뻤다. 덩잉차오는 "옌 박사는 정말 '문화생이 천하에 가득하니' 함께 조국 통일의 대업을 추진하여 주기를 희망합니다"라고 말했다. 옌양추 박사는 "만약 남은 생애 동안 중국의 통일을 볼 수 있다면 그것은 일생에서 가장 커다란 즐거움이 될 것입니다"라고 답했다.[44]

덩잉차오와 타이완사업지도소조의 노력과 각급 정부와 당위원회의 주재, 그리고 해협 양안 국민의 공동 노력에 힘입어 양안 국민의 교류는 나날이 증가하고, 타이완 동포의 대륙에 대한 투자와 사업 활동이 많아졌으며, 타이완 당국 역시 대륙 여행, 친지 방문 등에 대한 각종 제한 조치를 완화하여 대륙을 방문하는 타이완 동포의 수도 점점 증가하였다.

1988년 9월 15일, 덩잉차오는 인민대회당에서 타이완입법위원회 위원이며 『중화잡지(中華雜志)』 발행인인 중국통일연맹(中國統一聯盟) 주석 후추위안 (胡秋原)과 그의 부인 및 딸과 회견하였다.

덩잉차오는 후추위안 선생의 방문을 환영하며 말했다. "당신의 명성은 이미 잘 알고 있습니다. 우리는 이전에 참정회를 같이 한 오랜 동료입니다."

후추위안은 말했다. "이번에 방문한 것은 친구를 한 번 만나기 위한 것이지만 더 중요하게는 중국이 통일되지 않으면 안 되기 때문에 왔습니다. 20세기 내에 통일되지 않으면 저는 죽어도 눈을 제대로 감지 못할 것입니다. 항전 승리 이후 평화 건국의 좋은 기회가 있었지만 아깝게도 그것을 잃었습니다. 과거 정치협상회의 대표로서 공산당 측에서는 덩 여사와 루딩이(陸定一) 선생이 현재 건재하고 타이완 방면에서는 장췬(張群), 천리푸(陳立夫) 선생이 있습니다. 다시 새롭게 시작하여 정치협상회의 방식으로 통일문제를 해결할 수 있기를 희망합니다."

덩잉차오는 조용히 말했다. "후 선생께서 온다는 소식을 듣고 매우 기뻤습니다. 직접 만나게 되니 그 기쁨이 배가 되는군요. '친구가 있어 멀

---

44 『인민일보』, 1985.9.23.

리서 찾아오니 또한 기쁘지 아니한가?'라고 했습니다. 후 선생의 고견은 매우 적절하여 충분히 제기할 수 있습니다. 후 선생은 줄곧 통일을 주장하고 타이완 독립에 반대하였으며 '타이완 독립' 분자들의 잘못된 결과에 대해 매우 정확하게 파악하고 있어 앞으로 통일 문제에 있어 더욱 커다란 공헌을 하게 될 것입니다. 구 정치협상회의 대표 가운데 4명이 현재 생존해 있는데 나는 이미 84세 나이로 늙었습니다. 루딩이 동지는 문화대혁명 동안 박해를 받아 정신적으로는 문제가 없지만 건강이 좋지 않습니다. 장췬 선생은 100살이 되었고 천리푸 선생도 건강이 그다지 좋지 않다고 들었습니다. 나는 그가 대륙을 방문해 준다면 환영할 것입니다. 구 정치협상회의 대표는 단지 4명만 남았고 모두 늙고 병약하니 어떻게 일을 추진할 수 있겠습니까? 1946년 정치협상회의가 소집된 이후 지금까지 42년이 지났고 국내의 인사 관계도 매우 많이 변했습니다. 당신의 의견은 고려할 만한 것입니다. 당신은 오랜 친구이니 하고 싶은 말을 시원하게 다 말해 주기 바랍니다. 우리 헌법은 신앙의 자유를 보장합니다. 예젠잉이 제안한 '9개항'은 타이완이 삼민주의를 포기하라고 요구하지 않고 있는데 타이완은 무슨 이유로 우리에게 4개항의 기본원칙[45]을 포기하라고 합니까? 신앙에 관한 문제는 통일의 조건이 될 수 없습니다. 우리는 신앙의 자유를 인정하며 불교, 기독교 및 이슬람교도 모두 정치협상회의에 참가할 수 있습니다."

후추위안은 말했다. "통일을 이룩하려면 정치협상회의의 절차를 무시할 수 없습니다. 당신을 비롯한 4명의 원로가 아직 생존해 있으니 서로 마음을 합해 젊은 사람들에게 호소하고, 추진하여 주기를 저는 희망합니다. 저는 생각해 봤습니다. 과거 정치협상회의가 왜 실패했을까요? 국민

45　역주 : 1979년 3월 30일 덩샤오핑이 중공중앙을 대표하여 발표한 강화. 첫째, 사회주의 노선을 반드시 견지한다. 둘째, 인민민주전정을 반드시 견지한다. 셋째, 공산주의 지도를 반드시 견지한다. 넷째, 마르크스 레닌주의, 마오쩌둥사상을 반드시 견지한다.

당이 스스로 자신이 큰 당이고 힘이 있다고 생각하여 공산당을 한 잎에 집어 삼키려 했기 때문입니다. 그러나 지금은 큰 것이 작은 것으로 변했습니다. 통일을 성공적으로 이룩하려면 큰 당인 공산당이 과거 국민당보다 더욱 관대하고 더욱 포용력을 지녀야 합니다. 저는 일개 서생으로 수십 년 동안 글을 써온 84세나 된 늙은이인데 무슨 야심이 있겠습니까? 단지 국가가 빨리 통일되기만을 바랄 뿐입니다. 저는 알고 있는 바를 하나도 남김없이 반드시 이야기해야 할 뿐입니다."

여기까지 듣고 덩잉차오는 말했다. "환영합니다. 환영합니다. 당신의 공헌과 노력하고자 하는 방향에 대해 우리는 이해하고 있습니다. 당신은 애국주의자이며 민족의 자존심을 살아 있는 학자입니다. 당신의 방문을 환영합니다. 그리고 타이완 친구들에게 널리 소개하여 대륙을 방문할 수 있도록 도와주십시오. 당신이 제기한 의견을 실천하기에는 우리 4명이 늙고 병약하여 힘에 부칩니다. 두 당은 두 차례 합작한 바 있고 양측 모두 지도자들이 있으니 협상을 통해 담판을 지을 수 있을 것입니다. 당신은 우리가 관대한 마음을 가져야 한다고 했는데 예젠잉이 제안한 '9개항'은 넓은 포용력을 지니고 있습니다. 예컨대 타이완의 자치를 승인하고 무장을 통해 자위를 계속 유지할 수 있고 대륙은 타이완에 사람을 파견하여 통치하지 않는다는 내용 등을 담고 있습니다. 양당이 대화를 시작하기 바라며 타이완 측이 다시 '삼불주의(三不主義)'[46] 견지하지 않기를 바랍니다."

후추위안은 말했다. "담판은 단지 양당만으로 충분하지 않습니다. 기타 인사들을 포함시켜 양측의 생각을 조화롭게 만들고 양측이 받아들일

---

46 역주: 중국이 1981년 조국 통일 이후 타이완은 특별행정구로서 고도의 자치를 가진다고 제안하자 이에 대해 타이완 측은 접촉하지 않고, 이야기를 주고받지 않으며, 타협하지 않는다는 '삼불정책'을 주장하였다. 그러나 타이완 당국은 1987년 타이완에 사는 대륙 출신자(200만 명)의 비공식 대륙방문을 용인하는 변화를 보였다. 이후 그 개방의 속도를 더욱 가속화시켰는데 이러한 변화는 경제 발전과 계엄령 해제로 정치적 안정을 이룬 타이완 측의 자신감을 반영한 것으로도 볼 수 있다.

수 있는 의견에 기초해야 합니다. 하지만 이것은 단지 한 서생의 의견에 불과합니다."

덩잉차오는 웃으며 말했다. "후 선생은 저명한 학자이며 애국자입니다. 어떻게 한갓 서생이라 할 수 있겠습니까? 당신의 의견을 당 중앙에 전달하도록 하겠습니다. 한 의견이 정식 방안이 되려면 매우 힘든 과정이 필요하며 조정의 과정을 겪을 수 있습니다. 중화인민공화국이 어떻게 건립됐습니까? 어렵고 힘든 투쟁의 과정을 겪었고 또 좌절하기도 했습니다. 과거 범했던 잘못에 대해 우리는 매우 부끄럽게 생각하고 있습니다. 마르크스주의를 탓할 수 없습니다. 그것과 중국 현실이 결합해야 하는데 어떤 경우 그 결합이 제대로 이루어지지 못한 경우도 있습니다. 당의 11기 3중전회의 위대한 의의는 마르크스주의의 유물변증법으로 돌아갔고 실사구시의 사상노선으로 돌아갔다는 점에 있습니다. 우리에게는 30여 개의 성, 시, 자치구 및 50여 개 민족이 있으나 오랫동안 문을 닫고 있다 이제 막 개방되어서 현재 많은 어려움이 있습니다. 그러나 우리에게는 믿음이 있습니다. 언제 어떻게 넘어지더라도 항상 꿋꿋하게 일어서야 합니다. 어려움이 있어도 뚫고 나가야 하며 움츠릴 수 없습니다. 뚫고 나가지 않으면 안 됩니다. 개혁을 심화시키고 개방을 견지하며 중국 실정에 맞는 사회주의 현대화 노선을 모색해야 합니다. 샤오핑 동지가 일찍이 체코 대통령에게 말했듯이 성공의 경험은 우리의 재산이지만, 착오 역시 재산입니다. 다음 세대가 문화대혁명 동란의 잘못을 다시 범할 수 없다는 것, 이것이 피의 교훈인 것입니다. 중국인민의 소질과 생활수준을 향상시켜야 합니다. 대륙엔 10억이 넘는 인구가, 타이완에는 단지 1,800만의 인구가 살고 있습니다. 대륙 10억 인구의 생활수준을 향상시키는 것은 타이완 1,800만 인구를 그렇게 하는 것보다 더욱 힘이 듭니다. 후 선생은 고향산천에 대한 깊은 애정을 갖고 있으니 편한 마음으로 각지를 살펴보기 바랍니다. 건의할 게 있으면 무엇이든 편하게 제기하기를 환영하며 우리들의 사업 개선에 도움을 주기 바랍니다."

덩잉차오의 솔직하고 진실 된 말로 인하여 후추위안은 깊은 감동을 받았다. 그는 일어나 작별을 고하자 덩잉차오는 문까지 배웅하였다. 그녀는 그가 서북지방을 참관하려는 사실을 알고서 서북 고원의 가을바람이 차니 가는 길에 건강에 주의하라고 세심하게 살펴 말했다.

덩잉차오가 예상했듯이 타이완의 대륙 귀속과 평화 통일의 실현은 복잡하고 어려운 사업으로 결코 단숨에 이루어질 수 없었다. 그러나 그녀는 결국 중공중앙의 대만사업지도소조 제1조장이었기에 힘들고 어려운 활동 전개에 힘써 노력함으로써 이 위대한 사업의 견실한 기초를 닦았다.

138. 혁명 우정의 확대와 지속

덩잉차오는 평생 중국인민을 위해 공헌하였으며 혁명전우에 대해 지극히 깊은 우정을 간직하고 있었다. 1980년 12월 22일, 그녀는 오랫동안 함께 일했으며 그녀의 비서이기도 했던 우수한 여성간부 천추핑(陳楚平)이 돌연 세상을 떠났다는 소식을 접하고 매우 비통해 하였다.

천추핑은 빈한한 가정 출신으로 1937년 옌안에 도착하여 혁명에 참가하였다. 1946년 중앙여성위원회로 파견되어 근무하였고 이어 덩잉차오의 비서를 맡았다. 1947년 10월에서 1948년 4월까지 그녀와 함께 푸핑(阜平) 토지개혁에 참가하여 유능한 조수 역을 수행하였다. 신중국 수립 이후 추핑은 전국여성연합회서기처사무실 부주임, 연구실 부주임을 맡으며 덩잉차오와 함께 계속 일하였다. 1960년 추핑은 간쑤 성 여성연합회 주임으로 파견되어 헤어졌지만 그녀들은 업무로 항상 접촉을 유지하였다. 문화대혁명 때에 추핑은 박해를 받았지만 강인하여 그에 굴복하지 않았다. '사인방'이 몰락한 이후 추핑이 베이징에서 근무하게 되었을 때 그녀들은 다시 만나 너무도 기뻐했다. 1979년 추핑은 신설된 중공중앙문헌연구실에서 저우언라이저작연구조 조장을 맡았고 이 작업에 심혈을 기울이며 열중했다. 추핑은 과로한 나머지 병에 걸렸지만 병가 기간 중에도 『중국부녀』 잡지에 「공산당원은 영원히 군중과 격리될 수 없다 －『저우언라이선집(周恩來選集)』 상권 학습에 있어서의 약간의 체득」을 정성껏 작성하여 게재하기도 했다. 12월 22일 오전 막 탈고를 마치고 오후 근무를 하던 중 돌연 쓰러져 응급조치에도 불구하고 불행히 직장에서 사망하고 말았다.

덩잉차오는 즉시 천추핑의 남편 린디성(林迪生)에게 직접 위로의 편지를 써 보냈고 또 비서를 통해 흰 국화꽃을 보냈다. 이것은 그녀의 순박한 일생을 상징함인데 추핑의 시신과 함께 태워졌다.

천추핑이 사망한 뒤 1개월이 지난 1981년 1월 22일, 추핑을 매우 그리워 한 덩잉차오는 또 린디성에게 직접 편지를 써 보냈다.

"디성 동지에게 : 오늘은 추핑이 죽은 지 꼭 한 달이 되는 날이군요 지난 한 달 동안 나는 무엇을 잃어버린 듯 허전하다 그녀 생각이 나면 그때마다 내심 근심이 가시지 않았습니다. 나는 비록 철저한 유물주의자이지만 그것과 혁명적 우정은 병존하며 결코 모순되지 않습니다. 아마도 그녀가 우리의 곁을 너무 일찍, 너무 빠르게, 그리고 너무 갑작스럽게 떠났기 때문에 …… 내가 그녀를 이해하는 것보다 그녀는 나를 더 잘 이해하였습니다. 그녀는 내가 마음을 열고 대화할 수 있는 전우였지요 안타깝게도 그녀는 여러 번 나와 같이 대화하기를 희망했지만 결국 그러지 못했습니다. 늘 다음에 기회가 많을 것으로 여기며 나는 계속 미뤄 왔는데 이제 모든 게 지나가 버린 일이 되었습니다. 그러나 다만 그녀와 우리 모두에게 위안이 될 수 있는 것은 그녀가 심혈을 기울이고 엄청난 노력을 하여 작업한 『저우언라이선집』이 이미 출판되었다는 사실입니다. 이로 인해 그녀는 조금이나마 기쁨과 위안이 될 수 있을 것입니다." 또한 덩잉차오는 편지에 린디성을 초대한다는 글도 적어놓았다. "당신은 내가 사는 곳에서 그리 멀지 않은 곳에 살고 있으니 따뜻한 봄날 꽃이 필 때 자주 이곳으로 찾아 와 나와 추핑 동지 사이의 혁명적 우정을 지속시킬 수 있도록 해 주세요.”

이 일이 있기 전 덩잉차오는 천추핑의 여동생 청예징(成也競)[47]으로부터 장문의 편지를 받았다. 청예징 역시 항전시기 옌안으로 와 혁명에 참가했고 천추핑과는 자매의 정이 매우 돈독하였었다. 그녀는 문화부의 간부였고 퇴직한 이후 중앙문헌연구실에서 일을 돕고 있었다. 그녀는 천추핑이 죽은 뒤 10일 후 다시 어머니를 잃는 슬픔을 겪었다. 그녀는 덩 다제에게 자신의 비통함을 고백하며 언니의 미완 사업을 완성하겠다는 포부를 밝혔는데, 그것은 동지들과 함께 『저우언라이년보(周恩來年譜)』 편찬을 마무리하는 것이었다.

1981년 2월 20일 덩잉차오는 직접 청예징에게 답신을 보냈다.

“당신의 편지에는 추핑 동지와 당신 사이에 있는 형제 자매의 깊고 긴 정이 녹아 있습니다. 당신은 10일 동안 언니와 어머니를 잃는 침통하고 애절한 슬픔을 겪었습니다. 나는 당신의 현재 상태와 심정을 충분히 상상할 수 있고 또 이해할 수 있습니다. 그래도 당신이 굳세게 비통함을 이겨내어 병들어 쓰러지지 않고 시험을 견디어 다행입니다. 이제 당신은 틀림없이 더 단련되어 강해지고 성숙될 것을 믿습니다. 속담에 이르기를 ‘죽은 자는 이미 떠나 아무 것도 모르지만, 산 자는 생사 이별의 고통을 어떻게 감당하랴?’[48]라고 했습니다. 이 말에 대해서 우리는 유물주의로써 대응해야 합니다. 분명히 ‘죽은 자는 이미 가버렸습니다.’ 그러나 산 자는 ‘어쩔 수 없는 것’은 아닙니다. 더욱 잘 살아야 하고 더욱 불굴의 투지로 우리와 죽은 자의 공통사업이나 위대한 신앙과 이상을 위해 계속 분투해야 하며 비통함을 동력으로 승화시켜야 합니다. 이것이 죽은 자에 대한 더 좋은 그리움이며 기념입니다. 비록 그렇긴 하지만, 추핑의

---

47   역주: 1919-1989. 원래 이름은 천옌친(陳燕琴)이다.
48   역주: 원문은 “死者已矣, 生者何堪”이다.

갑작스런 죽음을 앞에 두고 수십 년 동안 교류한 동지이자 친구로서 그녀의 재능과 우수한 성품, 강한 당성을 생각해 보면, 너무너무 애석할 뿐만 아니라 한 동안 마음속의 비통함이 가시지 않아 종종 무언가를 잃어버린 듯한 허전함에 빠져들곤 합니다. 그러나 이것은 모두 이미 지나가 버린 나에 대한 하나의 시험이었습니다. 안심하고 괘념치 마시기 바랍니다.

당신의 편지에는 당신과 나 사이의 혁명적 우정이 깃들어 있었습니다. 알고 지낸지 이미 오래나 볼 기회는 매우 적었습니다. 하지만 깊은 인상은 가슴에 남아 있습니다. 그리고 추펑이 있어서 우리는 서로 잘 이해할 수 있게 되었습니다. 지금 비록 그녀는 세상을 떠났지만 이제 우리는 직접적으로 우리의 우의를 계속 발전시켜 나가야 합니다.

진실로 당신이 말한 것처럼 그녀는 해야 할 것, 알고 있는 것, 말해야 할 것을 모두 안고 떠나 한 두 마디의 작은 말도 남기지 않았습니다. 그러나 나는 우리들과 많은 동지들이 그녀의 역할을 계승할 수 있을 것이라 믿습니다. 당신도 동의하지요? 당신은 지금 그녀와의 공동 업무를 계속 담당하고 있지요? 그러나 당신은 병약하니 몸을 잘 챙기고, 작업과 휴식을 적당히 안배하기 바랍니다."

1981년 12월 22일은 천추펑이 세상을 떠난 지 1년이 되는 날이었다. 이날, 덩잉차오는 다시 한 번 청예징에게 편지를 보내 린디성에게 위로의 말을 전하게 하였다. 천추펑에 대한 그녀의 깊은 우정은 이제 정확히 청예징과 린디성으로 옮겨져 더 넓게 뻗어 나갔다.

천추펑이 죽은 뒤 저우언라이연구조 조장을 맡은 팡밍(方銘)은 1938년 우한에서 활동할 때 덩잉차오를 본 적이 있었다. 그들은 함께 집회에 참가하였는데 그녀는 덩 다제가 집회에서 「오월의 꽃」이라는 노래를 부른 것을 똑똑히 기억하였다. 이 노래는 당시 크게 유행하던 혁명가요였다. 그녀는 덩잉차오에게 편지를 보내 당시의 정경을 이야기했고 또한 저우언라이연구조 동지들의 편지를 함께 보냈다. 덩잉차오는 그녀에게 답신을 보내 말했다. 편지와 사진을 보니 "희비가 교차하는군요! 기쁜 것은 당신들의 사진을 보는 것입니다. 특히 여성동지의 사진이 있어 그렇습니다. 슬픈 것은 추핑 동지를 잃은 것입니다. 여러분도 큰 타격을 받았겠지만 당 역시 큰 손실을 입었습니다." 편지에서 덩잉차오는 단 한 번 팡밍을 봤을 뿐이지만 목소리와 용모, 그리고 웃는 모습을 여전히 기억하고 있다고 했다. 그리고 「오월의 꽃」은 당시에 배워 즐겨 부른 노래 가운데 하나인데 애석하게도 오랫동안 부르지 않아 가사를 전부 기억하지 못한다고 했다. 그리고 다시 편지에서 그녀는 다음을 특별하게 지적하였다. "나는 따뜻한 봄 꽃피는 계절, 특히 해당화가 필 때 모든 연구조 동지들이 나의 정원으로 와 산책을 하며 꽃을 감상하고 또 그 기회를 빌려 당신들에게 25년 동안 살았던 집을 보여주기로 추핑과 약속했던 것을 잊지 않았습니다. 때가 되면 당신들과의 약속을 지키겠습니다." 편지 마지막에 다시 한 번 언급했다. "추핑을 잃은 린디성 동지는 좋은 남편입니다. 당신들이 그를 잘 보살펴주기 바랍니다."

1981년 4월 13일, 해당화가 만개하는 계절에 덩잉차오는 중공중앙문헌연구실 저우언라이연구조 동지 모두를 시화팅으로 초대해 함께 꽃을 감상하고 차를 마셨다. 이는 덩잉차오와 저우언라이의 공통적인 독특한 활동 방식이었다. 그들은 일을 할 때 항상 동지들 사이에 진실한 정과 짙은 인간미가 넘쳐나도록 배려하였으며, 그 어떤 관료적 색채를 띤 적이 없었다.

덩잉차오는 동지들이 시화팅을 찾아 꽃놀이 하는 것을 열렬히 환영하였다.

그녀는 말했다. "당신들의 업무는 매우 힘들어 사람들을 지치게 만들며 또한 비상한 노력을 기울여 시간을 다퉈가며 기한에 맞춰 끝내야 하는 일입니다. 그 가운데 하나는 언라이동지의 문집 편집인데 이것은 중앙문헌위원회의 일입니다. 당신들의 활동에 대해 나는 한 명의 공산당원으로서, 또 언라이와 함께 수십 년을 싸운 전우로서 위로와 감사의 뜻을 표합니다. 동시에 나는 당신들의 활동이 언라이동지 개인의 문헌, 문집에 대한 연구와 노력일 뿐만 아니라 우리 당 전체의 혁명노선과 이론 및 실천 사항을 연구하는 것이며, 또한 우리 당이 세워진 이래 모든 역사를 포괄하는 매우 중대한 활동이라고 생각합니다. 당신들이 이 역할을 수행하는 것에 대해 나는 마음속으로 부럽게 생각합니다. 나는 당신들의 활동이 매우 의의가 있고 영광스러운 일이며 오늘을 움직일 뿐만 아니라 내일에까지 이어져 그 역할이 수행될 수 있을 것이라 생각합니다. 당신들은 실제 행동을 통해 마르크주의, 마오쩌둥사상을 집행하며 또한 어지러운 세상을 바로잡아 정상을 회복하고 '사인방'을 비판합니다. 따라서 나는 이러한 의의 때문에 당신들을 부러워한다고 한 것이며 당신들이 이러한 분야에서 일을 하게 된 것에 대해 기쁘게 생각합니다."

덩 다제의 열정적이고 간절한 발언 때문에 중앙문헌연구실 동지들은 매우 큰 격려를 받았고 또 고무되었다. 그녀는 모두에게 차를 권한 후 꽃을 감상하게 하였으며 저우언라이가 생전에 사용하던 사무실과 거실을 보여주었다. 이를 통해 모두는 덩 다제의 마음 씀씀이가 주도면밀하고 자상하다고 감격했다.

그들은 『저우언라이선집』, 『저우언라이년보』, 『저우언라이서신서집』을 편집, 출판하는 과정에서 여러 차례 시화팅을 방문해 덩 다제에게 자문을 구했다. 덩 다제는 원칙성을 매우 강조하며 말했다. "『저우언라이선집』을 편찬하는 것은 당중앙이 여러분에게 부여한 임무입니다. 무엇을 어떻게 편집할지에 대해 나는 할 말이 없습니다. 그러나 지난날 나는 언라이 동지와 항상 함께 활동을 했기 때문에 어느 정도의 일은 알고 있습니다. 그러니 잘 모르는 부분이 있으면 나에게 물어보십시오." 그들은 편찬 과정에서 덩 다제의 많은 가르침과 도움을 받았다. 덩잉차오는 이러한 일들을 하면서 그들처럼 진지하게 책무를 다하였다. 그녀는 저우언라이의 가족이라는 책임을 다했을 뿐만 아니라 더 중요하게는 당과 당사에 대한 한 명의 공산당원으로서 져야 할 신성한 책무를 다했던 것이다.

139. "쑹칭링 동지에 대해 숭고한 경례를 바치다"[49]

세월은 빠르게 흘러갔다. 덩잉차오는 자신과 친밀하게 교류했던 많은 전우가 한 명 한 명 세상을 떠나는 것을 보며 깊은 상심에 빠져들지 않을 수 없었다. 그러나 이것은 저항할 수 없는 자연의 법칙이었다.

'사인방' 몰락 이후 그녀가 짊어진 부담은 더욱 더 커졌고 일 때문에 매우 번거롭고 바빴다. 1981년 이른 봄 2월 24일, 그녀는 자신이 주재하여 소집한 중앙기율검사위원회 제3차 전체회의를 마치고 다음날 바로 전국인민대표대회 상임위원회 제17차 전체회의에 참석하였다. 3월 8일, 그녀는 지속적으로 관심을 기울여왔던 '3·8'기념대회에 참가하였고 대회 이후 다시 타이완사업지도소조에 대한 총 정리 활동에 분주하였다. 연일 계속되는 힘든 활동에다 이미 70이 넘은 나이였기 때문에 그녀는 피로함을 느꼈고 의사 역시 며칠 휴식을 취하라고 그녀에게 강력하게 권하였다.

3월 21일 오후, 랴오청즈가 그녀를 찾아와 좋지 않은 소식 하나를 전했다. 그것은 건강이 매우 좋지 않던 88세 고령의 쑹칭링에게 20여 년 동안이나 그녀를 괴롭혀오던 만성 림프구성 백혈병이 재발했다는 것이었다.

덩잉차오는 이 소식을 접하고 매우 초조해 하였다. 그녀와 쑹칭링과의 교류는 매우 특별하였으며 그녀들은 반세기가 넘게 우정을 키워왔었다.

지난 일들이 마치 파노라마처럼 눈앞에 펼쳐져 또렷하게 떠올랐다. 1924년 겨울, 그녀는 처음 쑹칭링을 만났고 이후 반세기가 넘게 혹독한 시련을 겪으며 쑹칭링과 줄곧 친밀한 혁명적 우의를 지속해 왔다.

덩잉차오는 1950년 가을 자신과 저우언라이에게 쑹칭링이 상하이에

---

49   덩잉차오, 「쑹칭링 동지에 대해 숭고한 경례를 바치다」, 『인민일보』, 1981.5.29.

서 보낸 축하 전문을 쉽게 잊을 수 없었다. "베이징 정무원(政務院) 저우언라이, 덩잉차오 앞: 당신들은 25년의 결혼 생활 동안 함께 위대한 혁명사업을 추진하였습니다. 부부의 행복이 이후 더욱 커져 가기를 멀리서 기원합니다. 기념일을 즐거이 맞아 특별히 전보로 축하합니다." 당시, 그들은 이렇게 자신들의 행복을 축원하는 아름다운 축하 전문을 받고서 자신들에 대한 그녀의 두터운 우의를 넉넉히 느낄 수 있었다.

1950년대 초 쑹칭링은 자주 상하이와 베이징 사이를 왕래하였다. 쑹칭링이 베이징에 오거나 베이징을 떠날 때마다 덩잉차오와 저우언라이는 아무리 바빠도 항상 시간을 내어 그녀를 마중했고 또 전송하였다. 이 때문에 쑹칭링은 매우 감동을 받았다. 쑹칭링은 상하이에서 베이징에 도착할 때마다 매번 작은 선물을 가지고 와 덩잉차오와 저우언라이에게 주었다. 덩잉차오는 뤄수장(羅叔章)을 통해 쑹칭링에게 이제부터 그렇게 마음 쓰지 않아도 된다고 말한 적이 있었다. 이에 대해 쑹칭링은 기꺼이 대답하였다. "이것은 신경을 쓰는 것이 아니라, 나의 생활에서의 매우 큰 위안입니다." 덩잉차오는 뤄수장의 이 같은 보고를 들으며 그녀와 언라이에 대한 쑹칭링의 마음 씀씀이를 더욱 느끼게 되었다.

10년간의 문화대혁명 동안 쑹칭링 역시 타격을 받았다. 상하이 만국 공동묘지에 있는 그녀 부모의 무덤이 훼손당했다. 저우언라이는 그 당시 매우 놀라고 분노하면서 바로 상하이 시에 명령을 내려 복구 수리토록 하였다. 그녀는 복구된 사진을 쑹칭링에게 보여주었고, 쑹칭링은 그 사진을 보며 그녀의 손을 꽉 쥐고 감격하여 말했다. "대신 총리에게 감사의 말을 전해 줘요." 그리고 작은 목소리로 한 마디 덧 붙였다. "당신들도 더욱 몸조심해야 합니다!"

저우언라이의 병세가 더욱 엄중해지자, 쑹칭링은 매우 초조해 하며 사람을 시켜 자신이 키운 비둘기가 낳은 알을 보냈다. 또한 자신의 저택 연못에서 약 14kg에 달하는 화런어를 잡아 특별히 총리에게 보냈다. 그녀는 저우언라이가 화런어 요리를 좋아한다는 것을 알고 있었다.

덩잉차오는 83세 고령의 쏭칭링이 병에 걸렸음에도 저우언라이 추도회에 참가하여 자신을 끌어안고 친밀하게 자신의 이름을 부르며 너무 상심하지 말고 몸조심해야 한다고 했던 사실을 쉽게 잊을 수 없었다. 쏭칭링은 또한 부모와 남편을 잃은 비통함을 알고 있었기에 자연스럽게 슬픔에 빠진 덩잉차오를 자상하게 돌보고 이해할 수 있었다.

'사인방' 몰락 이후 쏭칭링은 국가의 대사를 다시 맡아 처리하게 되어 빈번히 국내외 인사를 접견하였다. 하지만 이미 너무 늙어 오래 동안 통제하여 왔던 지병이 다시 발병하였다.

당 중앙은 덩잉차오를 통해 쏭칭링을 문안하도록 조치를 취하였다.

덩잉차오가 쏭칭링 저택에 도착하였다. 그곳은 청조 마지막 황제 푸이(溥儀)의 부친 순친왕(醇親王) 왕자이(王載)가 살던 관저로서 신중국 수립 이후 수리하여 특별히 쏭칭링이 머물게 되었다. 저택 내의 정원은 매우 컸고 나무와 꽃이 무성했으며 인공으로 조성된 산과 연못이 있었다. 쏭칭링은 특별히 기러기를 좋아하여 그들을 위한 우리를 전문적으로 만들었다. 이전에 덩잉차오는 그곳에 오면 항상 쏭칭링과 함께 정원을 산책하였고 그녀가 직접 빵 부스러기를 조용히 기러기에게 뿌려 주어 먹이는 것을 보았다. 이 모습은 진정 사람들을 감동시킬 만한 장면이었다.

이제 덩잉차오는 정원의 풍경을 돌아볼 틈도 없이 곧장 쏭칭링의 침실로 달려갔다.

덩잉차오는 쏭칭링의 마음속에 오랜 세월 간직하고 있는 소망이 하나 있다는 것을 알고 있었는데 그것은 중국공산당에 조속히 가입하는 것이었다. 신중국 수립 초기 쏭칭링은 저우언라이에게 이 같은 요구를 정식으로 제출한 바 있었다. 저우언라이는 당시 그녀에게 대답하기를 만약 그녀가 당외 인사의 신분으로 국내외 활동을 전개한다면 혁명사업에 더욱 유리할 것이라 하였다. 쏭칭링은 대국적인 견지에서 이에 따랐다. 그러나 중국공산당은 결코 그녀를 무시하지 않았고 당의 중요한 활동에 그녀를 참가시켰다. 예컨대 1956년 마오쩌둥이 중공대표단을 이끌고 모스크바 각국 공산당회의에 참석할 때 특별히 쏭칭링에게 청하여 동행하였다.

비록 이렇다고는 하지만 쏭칭링을 잘 이해하고 있던 덩잉차오는 중국 공산당 입당이 혁명적인 일생을 살았고 지금도 그 삶을 이어가고 있는 쏭칭링에게는 가장 큰 소망임을 알고 있었다. 그래서 그녀는 쏭칭링의 의견을 진지하게 물었다. "쏭 부위원장[50], 당신은 지금도 입당 신청서를 제출하고 싶습니까?" 쏭칭링은 즐거운 마음으로 고개를 끄덕이며 동의를 표했고, 또한 명확하게 덩잉차오에게 말했다. "나를 부위원장이라고 다시 부르지 말아 주세요요" 덩잉차오는 웃으며 "칭링 동지라고 하면 어때요?"라고 말했다. 쏭칭링은 내심 크게 기뻐하며 웃으면서 고개를 자주 끄덕였다. 이때 두 여성 혁명가의 감정은 이미 완전하게 하나로 융합되었다.

쏭칭링의 병은 의사의 정성스런 치료를 통해 일시적으로 호전되었다. 5월 8일 그녀는 집에서 캐나다 빅토리아 대학의 명예박사학위를 수여했다. 며칠 후 그녀는 또한 곧 출판하게 될 저우타오펀(鄒韜奮)의 수고집(手稿集)을 위한 기념사를 썼다.

그러나 5월 14일 깊은 밤, 뜻밖에 쏭칭링의 병세가 돌연 악화되었다.

5월 15일 새벽, 덩잉차오는 펑전(彭眞)과 함께 쏭칭링을 급히 찾아가 당이 수십 년 동안 그녀를 동지로 대했고 입당이 그녀의 오래된 숙원임을 잘 이해하고 있으며 자신들이 당 중앙에 대해 그녀의 입당 요구를 즉시 보고하겠다고 하였다. 쏭칭링은 눈을 뜨고 그들을 바라보며 조용히 "좋습니다" 하고 말했다.

그날 오후 덩잉차오는 정치국회의에 참가하였으며 회의에서는 쏭칭링을 중국공산당 정식당원으로 받아드리기로 만장일치로 의결하였고, 아울러 인민대표대회에 쏭칭링에게 중화인민공화국 명예주석이라는 칭

---

50 역주: 1978년 2월 쏭칭링은 전국인민대표대회상무위원회 부위원장에 당선되었으니 부위원장은 이 직위를 가리킨다.

호를 수여하자고 건의하였다.

5월 16일 중공중앙부주석 덩사오핑은 쏭칭링을 문병하면서 그녀가 이미 입당이 접수되었음을 정식으로 알리고 아울러 그녀에게 공화국 명예주석의 칭호를 수여하게 될 것이라고 하며 뜨겁게 축하하였다. 쏭칭링은 미소를 지으며 고개를 끄덕여 감사의 뜻을 표시하였다.

덩잉차오는 격정에 가득 차 「쏭칭링 동지에 대해 숭고한 경례를 바치다」라는 글을 썼다. 이 장편의 글을 통해 그녀는 쏭칭링과 반세기 넘게 이어온 깊은 우정을 서술하였고 쏭칭링의 찬란한 업적과 숭고한 품격에 대해 개괄하였다. 아울러 그녀를 '사람들 가운데 걸출한 인물이며, 여성 가운데 걸출한 인물[人中之傑, 女中之傑]'이라고 칭하고 "연꽃보다 더 고결하고 청송보다 더 굳세다"고 하면서 저우언라이가 '국가의 진귀한 보물[國之瑰寶]'이라 했는데 과연 그 이름에 전혀 손색이 없다고 하였다.

5월 29일 아름답고 깊은 정을 담은 이 글은 『인민일보』 제1면에 실렸다. 하지만 유감스럽게도 쏭칭링은 덩잉차오가 깊은 애정을 갖고 그녀를 위해 쓴 이 글을 볼 수 없었다.

5월 29일 오후, 쏭칭링은 마침내 그녀의 깊고 찬란했던 그녀의 일생을 마침내 마감했다. 덩잉차오는 바로 달려가 그녀의 유해에 작별 인사를 고했다.

5월 31일 오전, 덩잉차오는 다시 찾아가 애도의 뜻을 표하고 흰색 화환을 바쳤다.

6월 3일 오후, 덩잉차오는 쏭칭링 서거 추도회에 참가하였다.[51] 추도회는 인민대회당에서 웅장하게 거행되었다. 쏭칭링의 친척은 모두 해외에서부터 서둘러 참가하였다. 후야오방이 추도회를 주재하였고 덩샤오핑은 추도사를 읽었다.

6월 4일 새벽, 당 중앙과 인민대표대회 상임위원회는 덩잉차오를 파

---

51   『인민일보』, 1981.6.4.

견하여 쏭칭링의 유골을 베이징에서 상하이로 호송해 와, 유골을 같은 날 홍챠오(虹橋) 공동묘지에 있는 부모 묘 곁에 안장하였다.

6월 5일 오전, 덩잉차오는 다시 한 번 홍챠오 공동묘지를 찾아 쏭칭링의 묘 앞에서 묵념하고 그녀에게 작별을 고했다. 그녀는 중앙에 그녀 부모의 묘가 있고, 우측에 쏭칭링의 묘, 좌측에 그녀를 오랫동안 수행한 여성노동자 리옌어(李燕娥)의 묘가 조성되어 있는 것을 보았다. 중화인민공화국 명예주석 쏭칭링과 보통 여성노동자가 평온하게 합장되어 있다는 사실을 통해 그녀의 고상한 풍모와 국민과 함께 했던 생사를 엿볼 수 있었다. 이러한 사실 때문에 덩잉차오는 매우 큰 감동을 받았다.

140. 여성사업에 대한 지칠 줄 모르는 관심과 지도

오사운동시기부터 중국여성해방운동에 참가한 덩잉차오는 평생 지칠 줄 모르고 여성사업에 줄곧 관심을 기울였고 또 그것을 지도하였다.

문화대혁명 기간 중에 여성운동은 매우 큰 손실을 입어 각급의 여성연합회 조직은 실제로 몇 년 동안 활동을 중지해야 했다.

'사인방' 몰락 이후 덩잉차오는 비록 당과 국가의 중요한 지도활동을 담당했지만 여전히 그녀는 전국의 여성사업에 관심을 갖고 지도하였다.

1978년 4월 14일, 덩잉차오는 전국여성연합회 3기 제16차 주석단회의 소집을 주재하였다. 그녀는 그 회의에서 크게 감격하여 말했다. "이번 회의는 지난 회의가 개최된 이후 13년 만에 열리게 되었습니다. 이제 우리는 제4차 여성대회 개최를 준비해야 합니다. 이것은 중국여성에게 매우 기쁜 일입니다. 우리는 '사인방'에 의해 파괴된 여성조직과 중단된 여성사업을 회복시켜야 합니다."[52]

당시는 '사인방'이 몰락한 지 1년여밖에 되지 않은 상황이었기 때문에 많은 조직에서 파벌이 여전히 심각하였다. 덩잉차오는 모두가 이러한 파벌을 극복하고, '사인방'이 자행한 여성사업 파괴, 여성대오 분열 등의 죄상을 적나라하게 폭로하며, 단결하여 전진하고 한 마음 한 뜻이 되어 여성사업을 수행하기를 희망하였다.

1978년 4월 16일 전국여성연합회 3기 6차 집행위원회확대회의가 징시(京西) 호텔에서 거행되었다. 덩잉차오는 개막식에서 발언을 하였다. 그녀는 여성사업에 대한 일부 동지들의 평가와 인식이 매우 다르다고 지적하며 이번 회의를 통해 28년 동안의 여성사업에 대해 적절하게 정리하여, 새로운 면모를 수립하여 줄 것을 희망하였다.

덩잉차오는 "근검 건국", "근검 살림"이 사회주의의 중요 원칙이라고 말하였다. 그녀는 다음과 같이 말했다. "우리들 여성연합회는 다른 분야에 있어서는 잘 하지 못했지만 한 가지 경우는 그렇지 않았습니다. 예컨대 당 중앙이 계속 대규모 건물을 짓지 말라고 금지했을 때 우리 여성연합회는 그를 준수했을 뿐만 아니라 오히려 방을 내주어 힘들고 어려워도 검소하게 지내며 높은 기준이나 대우를 요구한 적이 없었습니다. 우리가 이번에 징시 호텔에서 회의를 개최하게 된 것은 '출실승당(出室升堂)'[53]이라 할 수 있습니다. 이것은 또한 여성사업이 중요성을 인증됐음을 의미합니다." 모두가 여기까지 듣고는 웃기 시작하였다. 덩잉차오도 웃으며 말했다. "이번에 '승당(升堂)'했지만 다음에는 다시 '입실(入室)'이 될 수도 있습니다. 하지만 별 일 아닙니다. 이번 일을 우리의 좋은 경험, 좋은 풍조로 만들어 더욱 빛나고 성대하게 만들어야 합니다."[54] 이번 여성연합회 집행위원회는 건국 이래 여성사업 경험과 교훈을 정리하고 잘

52   1978년 4월 14일 덩잉차오의 강화 기록 원고 참고.
53   역주: 본래 학문이나 기예가 낮은 데에서 높은 경지에 이른 것을 가리키는데 예상치 못하게 상황이 좋아진 것을 의미한다.
54   1978년 4월 16일 덩잉차오의 강화 기록 원고 참조.

못된 것을 바로잡았으며, 노선의 잘잘못을 분명히 밝히고 전국여성 제4차 대표대회 개최 문제를 중점적으로 토론하였다.

덩잉차오는 소수민족지구의 여성사업을 늘 중시하였고 소수민족지구 여성간부에 대해 관심을 기울였다. 1978년 5월 5일 덩잉차오는 인민대회당에서 베이징을 방문한 시짱(西藏) 여성간부 대표단을 접견했다. 그녀는 기뻐하며 말했다. "당신들은 조국의 변경에서 매우 훌륭하게 활동하였습니다. 오늘 이렇게 만나보게 되니 매우 기쁩니다. 우리나라에는 한족(漢族)이 가장 많고 55개의 소수민족이 있습니다. 소수민족은 그 수가 비록 적지만 거주하는 지역은 한족에 비해 훨씬 넓습니다. 한족은 반드시 소수민족이 제대로 건설할 수 있도록 도와야 하고 소수민족과 단결을 잘해야 합니다. 당연히 여러분 스스로도 건설에 힘을 쏟고 있습니다. 당신들이 이번에 내지에 와 많은 곳을 살펴보고 형제민족으로부터 학습하였으며 서로에 대해 배웠습니다. 마오 주석께서 말씀하셨듯이 한족 동지가 소수민족지역으로 가 활동을 할 때 우선 그 민족의 언어를 배워야 합니다. 내가 여기 함께 한 한족 동지에게 묻겠는데 소수민족 언어를 공부하여 사용할 수 있는지요?"[55]

어떤 사람 대답하기를 "조금 배웠지만 그다지 잘 하지는 못합니다"라고 하였다.

덩잉차오는 웃으며 말했다. "소수민족 동지 가운데 중국어를 할 수 있는 사람은 손을 들어보세요."

많은 사람들이 손을 들었다. 한 장족(藏族) 여성동지는 모든 장족이 중국어를 알지만 일부는 수준이 약간 떨어진다고 대답했다.

덩잉차오는 이 말을 듣고 기뻐하면서 웃으며 말했다. "당신들 모두 중국어를 할 수 있다니 정말 좋습니다. 당신들은 나보다 대단합니다. 왜냐하면 나는 파화(巴話)[56]를 할 줄 모릅니다. 이 점은 내가 당신들에게서 배

---

55 1978년 5월 5일 시짱여성간부대표단과의 덩잉차오 회견 강화 기록 원고 참고.
56 역주 : '파'는 춘추시대 나라 이름으로 '파화'는 쓰촨성 동부 방언을 가리킨다.

워야 할 부분입니다." 덩잉차오는 대표단에게 열심히 학습하고 잘 단결하여 더욱 훌륭하게 시짱을 건설해 달라고 격려하였다.

이번의 회견은 시짱여성간부대표단에게 매우 강한 인상을 남겼다. 그녀들은 덩 다졔의 기대를 저버리지 않기 위해 더욱 단결하고 학습에 매진하여 시짱을 잘 건설해 나가겠다고 다짐하였다.

1978년 8월 3일 오전, 덩잉차오는 각 성, 시, 자치구 여성연합회 주임과 만났다. 이것은 즐거운 회견이었다. 이들 여성연합회 주임들은 오랜세월 덩잉차오의 지도 아래 활동을 계속해 왔고 문화대혁명 기간 동안많은 고통을 겪으며 덩 다졔를 매우 그리워했다. 또한 그녀들은 십 수년 동안 덩 다졔를 만나 보지 못했다. 이제 그녀들은 희비가 교차하는눈물을 흘리며 덩 다졔의 손을 잡으려 다투어 몰려들었다. 덩잉차오 역시 그녀들과 서둘러 악수를 나누며 안부를 물었다.

덩잉차오는 회의에서 중요한 강화를 발표하였다. 그녀는 현재 사회에나타난 한 사조, 즉 실천과 이론의 관계는 중요시할 만한 충분한 가치가있다고 말했다. 여성사업 역시 실천과 이론에서 분리될 수 없으며 실천이 여성사업을 점검할 수 있는 유일한 기준이라 하였다. 그녀는 새로운시기의 전체 임무 아래 전국을 염두에 둔 대국적 견지에서 여성연합회가 잘 단결해 주기를 희망하였는데, 이것이 중국여성 제4차 전국대회를제대로 치룰 수 있는 중요한 고리라고 하였다.

덩잉차오는 진지하게 말했다. "이 자리에 함께 한 전국여성연합회의동지 여러분, 여러분은 전국의 여성을 이끄는 지도자들로서 자신의 능력을 정확히 알고 다른 사람의 장점으로써 자신의 단점을 극복하며 서로돕고 지지하여야 제대로 된 활동이 이루어질 수 있습니다." 그녀는 각성, 시, 자치구 여성연합회 동지들이 전국여성연합회가 잘 활동할 수 있도록 돕고, 캉커칭(康克淸) 다졔를 지지하여 전국의 여성 사업이 발전할수 있도록 해야 한다고 요구하였다.

그녀는 모두가 성심성의껏 인민을 위해 봉사해야 한다는 사실을 더욱 강하게 자각하며 일체의 행동이 명령에 따라 이루어지기를 희망하였다. 그녀는 자신의 모든 행동은 당 중앙의 명령에 따른 것이며 자신 역시 그 지휘에 따라야 하고 거기에 보조를 맞춰야 승리할 수 있다고 말했다.[57]

덩잉차오는 재미있게 말했다. "우리 여성연합회 동지들은 노래를 어떤 식으로 부르나요? 누가 합창곡 「삼대기율팔항주의(三大紀律八項注意)」[58]를 지휘해 보세요. 이 노래로써 우리의 회견을 마무리 짓도록 하겠습니다."

한 여성동지가 일어서서 합창곡 「삼대기율팔항주의」를 지휘했다. 역시 덩잉차오도 일어나 다른 사람과 함께 큰 소리로 노래를 불렀다. "혁명군인 각자는 명심해야 한다, 삼대기율팔항주의를……." 이 웅장한 선율로 인해 모두는 마치 과거의 혁명전쟁시대로 되돌아간 것 같았다. 현재 중국은 또한 4개 현대화 정책을 시작하였는데, 이 노랫소리는 존경하는 덩 다제의 지도 아래 모두가 새로운 전투의 역정에 매진하도록 격려하는 듯했다.

1978년 9월 8일, 중국여성 제4차 전국대표대회가 장엄하고 웅장한 인민대회당에서 개막되었다. 덩잉차오는 기쁜 마음으로 대회에 출석하여 개막사를 하였다.[59] 그녀는 개막사를 통해 이번 대회의 임무는 제3차 전국여성대표대회 이래 20년간의 여성운동 경험을 총 정리하고 새 시대에 맞는 여성운동의 새 임무에 대해 토론 제정하며 중화전국여성연합회 장정을 수정하고 4기 집행위원회를 선거하는 것이라 하였다. 그녀는 이번 대회에 출석한 2천 명에 달하는 대표는 50여 개의 민족을 포괄하고 있으며, 그 수 또한 역대 최대여서 각 민족여성의 대동단결을 상징하고 있다

---

57 1978년 8월 3일 각 성, 시, 자치구여성연합회주임과의 덩잉차오 회견 강화기록 원고 참고.
58 역주: '삼대기율'은 모든 행동은 지휘에 따를 것, 대중의 물건은 바늘 하나 실 한 오라기라도 취하지 말 것, 모든 노획품은 공공의 물건으로 할 것 등이다. '팔항주의'는 말은 차분하고 조용하게 할 것, 물건을 살 때에는 공정하게 대금을 지불할 것, 빌린 물건은 반드시 돌려줄 것, 남의 물건을 망가뜨리면 변상할 것, 인민에게 폐를 끼치지 말 것 등이다. 모두 인민해방군의 규율로 정한 것이다.
59 『인민일보』, 1978.9.9.

며 희열에 차 말하였다. 그녀는 각 민족여성이 반드시 적극적으로 동참하여 새로운 장정을 진행하며 새로운 업적을 이룩할 수 있을 것이라 믿었다. 캉커칭은 대회에서 「새로운 시기 중국여성운동의 숭고한 임무」라는 보고를 하였다.

회의가 끝난 뒤 캉커칭은 전국여성연합회 주석에 당선되었고, 덩잉차오는 전국여성연합회 명예주석에 당선되었다. 그녀의 주요한 임무는 여성사업이 아니었지만 그녀는 여전히 각 방면의 여성대표들과 회견하며, 그녀들의 서로 다른 특별한 사정에 대해 매우 적절한 사상적 지도를 하였다.

1978년 10월 23일, 덩잉차오는 제9차 전국노동자대표대회에 출석한 여성대표와 회견하였다. 그녀는 건국 초기 60만에 불과하던 전국 여성노동자 수가 현재 거의 3천만 명에 육박하였다며 기뻐 말했다. 29년 사이에 거의 50배가 증가하였는데 이는 세계에 유례가 없는 일이었다. 여성노동자는 전체 노동자 중 1/3을 차지하여 강력한 집단을 형성하였다. 그녀는 수많은 여성노동자가 반드시 문화, 과학, 기술 지식을 열심히 공부하여 남성노동자와 함께 전진하여 사회 생산력을 고속 발전시키는 데에 공헌해 주기를 희망하였다. 동시에 생산력 발전의 토대 위에서 여성노동자의 절실한 이익에 관심을 기울여야 하는데, 수유실, 탁아소, 유치원, 식당 및 각종 생활 복리사업과 서비스사업 등에 관심을 갖고 여성노동자의 뒷근심을 없애야 한다고 하였다. 그녀는 여성연합회와 노동조합이 밀접하게 결합하여 관계를 강화하고 공동으로 많은 여성노동자 사업을 잘 수행할 수 있기를 희망하였다.[60]

10월 28일, 다시 덩잉차오는 공산주의청년단체 10차 대표대회에 출석한 여성대표와 즐겁게 만나 그녀들에게 오사정신을 발양하고 국가와 인민의 이익을 최우선에 두며 마르크스주의와 마오쩌동사상을 열심히 공

---

60   『인민일보』, 1978.10.9.

부하고 과학 기술을 깊이 연구하여 4개 현대화의 조속한 실현을 위해 더욱 뛰어난 공헌을 해 달라고 격려하였다. 그녀는 청년세대가 과거의 전통 관념과 결별하고 사회주의 도덕 기풍 진작에 앞장서서 개인의 문제를 적절히 자리매김하며 연애, 결혼, 가정, 만혼(晩婚), 자녀 계획 등의 문제를 정확히 처리해 주기를 희망하였다. 그녀는 친절하게 말했다. "나는 54년 전에는 공산주의 청년단 단원이었고 지금은 여전히 공산주의 사업을 위해 열심히 투쟁하는 노전사로서, 당신들이 건강하고 훌륭하게 활동하고 열심히 학습하기를 충심으로 축원합니다."[61]

1976년 6월 29일, 덩잉차오는 전국인민대표대회 5기 2차회의에 출석한 여성대표와 전국정치협상회의 5기 2차회의에 출석한 여성위원들을 만나, 그들이 각자의 위치에서 여성사업에 관심을 기울이고 전국 4개 현대화 건설 실현을 위해 더욱 더 노력을 경주해 주기를 희망하였다.[62]

9월 21일, 덩잉차오는 전국 '3·8'홍기수(紅旗手)와 '3·8'홍기단체를 표창하기 위해 전국여성연합회가 소집한 대회에 참석하여 열정 넘치는 연설을 하였다. 그녀는 각 민족여성이, 실천이 검증의 유일한 기준이라는 사상을 무기로 삼아 자신의 활동을 총결하며, 사상해방과 실사구시를 추구하며, 객관적인 규율에 따라 일을 처리하고, 각자의 위치에서 새롭고 뛰어난 공적을 이룩해 주기를 열정적으로 희망하였다. 덩잉차오는 4개 현대화 실현을 이룩하는 데에 있어 과학기술이 관건이라고 말했다. 그녀는 각 민족여성이 열심히 학습하고 문화 과학 기술 지식을 부단히 습득해 주기를 간절하게 기대하였다. 그녀는 곧 다가올 미래에 각종 업종과 각종 전선에서 여성동지 가운데 더욱 많은 새로운 시대의 '여장원(女狀元)'이 등장하게 될 것이라고 믿었다.[63]

9월 28일, 덩잉차오는 전국여성연합회 여성간부학교 졸업식에 참가하

---

[61] 『인민일보』, 1978.10.9.
[62] 『인민일보』, 1979.6.30.
[63] 『인민일보』, 1979.9.22.

였다. 그녀는 연설을 통해 다음과 같이 말했다. "마르크스주의, 마오쩌둥 사상의 핵심은 변증법적 유물주의와 역사유물주의입니다. 당신들은 여성사업을 담당하게 됩니다. 여성을 위해 봉사할 때 먼저 객관적 환경, 조건, 여성의 상황을 살펴 객관적 규율을 파악하고 실천하는 가운데 경험을 총 정리해야 합니다. 이렇게 해야 비로소 실천이 검증의 유일한 기준이라는 원칙에 부합하게 됩니다. 절대로 주관주의, 맹목주의, 관료주의 등의 오류를 범해서는 안 되고 대중의 사정에서 이탈해서도 안 되며 여성의 특징을 고려하지 않는 태도를 취해서도 안 됩니다. 활동 중 장애에 부딪쳐 낙담하지 말고 어려움 앞에서 넘어지지 말며 여성사업을 귀찮은 것으로 여겨 혐오하거나 포기하려 해서는 안 됩니다. 여성사업을 우리 여성이 하지 않는다면 누구에게 하라고 하겠습니까?" 덩잉차오는 열정적으로 말했다. "나는 현재 전국여성연합의 명예주석입니다. 일관되게 여성사업에 대해 열정을 기울여 왔고 기회가 되면 부족한 부분을 보충할 수 있을 것입니다. 우리는 실천 가운데 경험을 총 정리하여 여성사업을 더욱 훌륭하게 전개해야 합니다."[64]

10월 23일, 덩잉차오는 각 민주당파·전국상공연합회대표대회에 참가한 여성대표를 만나 그녀들에게 주인공처럼 국가의 대사에 관심을 기울이고 사회주의 건설 사업에 열심을 쏟으며 함께 국가의 일을 잘 처리해 달라고 격려하였다. 대표 가운데에는 많은 여성과학자, 여성교육자가 있었다. 덩잉차오는 그녀들이 계속 각고의 노력을 기울이며 과학의 높은 경지에 올라 4개 현대화 건설을 위해 많은 성과를 내며 많은 인재를 양성해줄 것을 간절하게 기대하였다.[65]

1980년 5월 14일은 중국여성운동의 탁월한 지도자이며 덩잉차오의 친밀한 전우인 차이창 다제의 80세 생일이었다. 덩잉차오는 특별히 차이창

---

64 1979년 9월 28일 전국여성연합회 여성간부학교 졸업식에서 행한 덩잉차오의 강화 기록 원고 참고.
65 『인민일보』, 1979.10.24.

의 집을 찾아가 차이 다졔에게 축하의 말을 전하였다. 그날 덩샤오핑네 온가족과 캉커칭도 찾아왔었다. 집안에 웃음과 즐거움이 가득했다. 덩잉 차오는 웃으며 차이창에게 말했다. "차이 다졔, 우리는 1925년에 서로 알고 지낸 이후 여성운동에 함께 투신하여 지금까지 55년의 세월이 흘렀습니다. 지난 50년에 걸쳐 지속된 전투 속에서 다져진 우리의 우의를 위해 건배합시다. 당신의 건강과 장수를 기원합니다." 차이 다졔는 흥겹게 덩 다졔와 포옹하였다.[66]

1981년 3월 3일 전국여성연합회는 인민대회당에서 '3・8'절 국제노동여성의 날 기념 보고회를 거행하였다. 이 회의에는 당 중앙・국무원 직속기관, 군사위원회 각 총부・각 병과, 각 민주당파 중앙직속기관, 베이징시 각 구, 현 등의 여성간부 6천여 명이 참가하였다. 당중앙 서기처 서기 겸 조직부장 쑹런충(宋任窮)이 보고를 통해 당과 사회 전체가 여성사업을 중시해야 한다고 말했다. 그는 최근 당중앙 서기처가 여성사업에 대해 토론하면서 여성연합회가 3억 이상의 아동과 소년을 양성하고 교육시키는 데 사업의 중점을 두어야 한다고 제안했다면서 여성간부를 발탁하는 데에 관심을 기울여야 한다고 하였다. 덩잉차오는 다음과 같이 말했다. "이번 대회에는 6천여 명이 참가하였습니다. 나는 56년 전 톈진에서 제1회 '3・8'절 기념 집회를 조직했던 상황을 떠올리지 않을 수 없습니다. 그때 참석했던 사람은 60명이 채 되지 않았습니다. 그런데 오늘 6천여 명이나 모였으니 거의 100배가 증가한 것입니다! 과거 '3・8'절 기념식에서 중앙의 책임자 동지가 발언한 예가 매우 적었는데, 그 중 가장 인상 깊었던 것은 두 차례였습니다. 한 번은 1949년 허베이성 시보포(西柏坡)에서 천이가 '3・8'절 기념식에 참가하여 발언한 것이고, 다른 한 번은 1960년 '3・8'절 50주년을 기념하여 저우언라이, 덩샤오핑, 펑전(彭眞), 리푸춘(李富春), 류란타오(劉瀾濤) 등의 동지가 참가한 것입니다. 오늘

---

66   필자가 차이창의 딸 리터터(李特特)를 방문했을 때 그녀는 이 날의 상황에 대해 소개하였다.

'3·8'절 기념식에 쑹런충 동지가 참가하여 당과 전 사회가 여성사업과 아동사업을 중시해야 함을 역설했습니다. 그는 이제 여성사업을 마땅히 여성연합회와 여성이 수행해야 하며, 나아가 당 전체가 나서서 추진해야 할 뿐만 아니라 여성사업에 대한 당의 지도를 강화해야 한다고 하였습니다. 그 지적을 나는 매우 기쁘게 생각합니다. 당 중앙이 여성연합회에 더 많은 임무를 부여하였고 아동과 소년에 대한 사업을 더욱 책임지라고 요구하였는데, 여성연합회가 담대히 그 짐을 짊어지고 임무를 맡아주기 바랍니다."

덩잉차오는 이어 말했다. "이제 사상을 해방하고 과거의 격식을 타파하며 힘써 봉건사상을 없애야 합니다. 10년의 동란을 거치며 봉건사상이 다시 되살아났습니다. 여성간부 역시 봉건사상의 그림자를 제거하는 데에 매진해야 합니다." 덩잉차오는 분위기에 맞춰 상황을 유리하게 이끄는데 뛰어난 재능을 갖고 있었다. 그녀는 쑹런충의 말을 이어받아 다음과 같이 말했다. "오늘, 우리 중앙서기처의 쑹런충 동지가 적절히 지적하였듯이 이제 간부를 발탁할 때 여성간부를 중시해야 합니다. 현재 우리들 여성간부의 구성은 탑 모양이어서 높이 올라갈수록 그 수가 적습니다. 지금 여성 지도간부를 발탁하자고 하면 여전히 과거의 형식을 따지고 또 이런 저런 여론이 분분합니다. 여성간부의 단점을 끄집어내어 어떤 부분이 좋지 않다고 하거나, 어떤 단점을 지녔다고 떠벌리니 발탁하기가 쉽지 않습니다. 그러나 동일한 조건의 남성간부의 경우 일단 마음만 먹으면 아무런 잡음 없이 바로 발탁될 수 있습니다."

그녀는 말했다. "1948년 당 중앙의 「현 해방구 농촌여성사업에 관한 결정」에서 '남녀간부가 동등한 능력을 지녔다면 동등한 사업을 분배해야 하고 동등한 교육, 훈련의 기회를 부여해야 하며 차별을 두어서는 안 된다'라고 명확히 규정하였습니다. 중앙이 이러한 규정을 제정하였음에도, 사상 전환이 제대로 되지 않은 일부 동지들은 여전히 과거 형식에 얽매여 일을 처리하였습니다. 오늘 당중앙 서기처 서기 겸 조직부장이 적절하게 말하였듯이 당은 우리에게 훌륭한 조건을 창출하리라 믿습니다. 우리는 믿음을 가지고 더욱 힘써 활동해야 하며 '10년 동란' 동안 잃어버린 시간을 되찾아야 하고 우리 세대의 손으로 다음 세대를 잘 키워나아야 합니다."

9월 10일에서 17일까지 전국여성연합회는 베이징에서 여성운동사 좌담회를 개최하였다. 덩잉차오는 12일 회의에 참가하여 중요한 강화를 발표하였다. 그녀는 말했다. "여성운동사를 편집하는 것은 매우 중요한 사업입니다. 그것은 중요한 현실적 의의를 지니며 또한 매우 커다란 역사적 의의와 영향력을 지닙니다. …… 여성운동의 역사는 당의 역사, 중국혁명의 역사와 분리될 수 없습니다." "당의 지도를 중심에 두는 것이 우리의 여성운동사 편찬을 관통하는 바른 노선입니다." 덩 다제는 자료의 검증과 여성운동사 편찬의 방법에 대해 언급하면서 "반드시 유물변증법과 역사유물론의 관점과 방법을 사용해야 합니다"라고 하였다. 덩 다제는 역사를 대할 때 반드시 실사구시의 정신으로 해야 한다고 여러 차례 강조하였다. 전국 여성연합회, 지방각급여성연합회의 여성운동사 편찬 관계자들은 덩 다제의 말을 듣고 지도 사상을 명확히 했을 뿐만 아니라 올바른 방법을 채택하여 많은 여성운동사 자료를 수집하여 일련의 여성운동사 서적들을 편집 출판하였다.

141. "친정에 돌아오다"

'10년 동란' 동안 덩잉차오는 전국여성연합회를 찾지 못했다. 그녀는 여성연합회 동지들을 매우 보고 싶어 했다.

1982년 6월 11일 오전, 그녀는 전국여성연합회를 방문하여 동지들을 찾았다. 그녀의 말에 따르면 "친정에 돌아와" 집안사람들을 찾은 것이었다. 전국여성연합회의 정문 입구와 정원에는 많은 동지들이 모여 들뜬 채 덩 다제를 기다리고 있었다.

덩잉차오는 낯익은 정원 안으로 들어섰다. 캉커칭, 뤄춍(羅瓊), 궈리원(郭力文), 황간잉(黃甘英), 동볜(董邊), 우취안헝(吳全衡), 왕윈(王雲), 장지쉰(張洁珣) 등의 동지가 나와 영접하며 그녀에게 일층 회의실로 가서 쉬면서 이야기를 나누자고 하였다. 덩 다제는 그녀들을 따라 몇 걸음 걷다 몸을 돌리며 말하였다. "아닙니다. 내가 안으로 들어가면 밖에 있는 동지들이 나를 볼 수 없게 되지 않겠습니까?" 그녀는 건물 입구 계단에 서서 모두가 잘 볼 수 있게 정원에 있던 많은 간부, 노동자, 남성동지, 여성동지들을 만나기로 하였다. 이때, 한 동지가 다제가 서 있기에는 너무 힘들 것이라 염려하여 의자를 갖다 주며 앉으라고 청했다. 덩잉차오는 고개를 저으며 말했다. "아닙니다. 나는 앉지 않겠습니다. 앉으면 뒤에 서 있는 동지들이 제대로 볼 수 없지 않겠어요? 나는 모두를 보고 싶습니다. 여기 모인 모든 분들도 나를 보고 싶어 할 것입니다. 그냥 선 채로 동지들에게 몇 마디 말을 하고 싶습니다."

마이크가 전달되었다. 덩잉차오는 계단에 서서 친밀하게 말했다. "친애하는 전국여성연합회 동지, 동료, 형제자매(여성연합회에도 남성동지가 있었다) 여러분! 나는 여러분을 매우 그리워했으며, 매우 즐겁고 흥분되며 격정적이면서도 복잡한 심정으로 이곳을 찾았습니다. 15여 년의 세월 동안 나는 이곳에서 동지들과 더불어 활동하지 못했습니다. 오늘 만나는 대부분 동지들과는 오랜 만에 만나게 됩니다. 우리 당, 국가와 각 민족인민이 10년 동안의 재난을 겪는 동안 모두 가혹한 시련을 겪었고 또 그로 인해 더욱 강해졌습니다. 오늘 다시 자신의 직책에서 여성과 아동을 위해 계속 봉사하고 있습니다. 나는 동지들에게 위로의 뜻을 표하며 또 새로운 동지들을 환영합니다. '10년 동란' 동안 저는 근신해야 했으며 그로 인해 여성연합회로 여러분을 찾아 올 수 없었던 사실을 동지들은 잘 알고 있습니다. 린뱌오, 쟝칭 반혁명집단이 몰락한 이후, 당 중앙은 나에게 수행할 역할을 부여하였습니다. 1978년부터 지금까지 4년 6개월의 기간 동안 나의 일상은 바빴으며, 그로 인해 피로와 투병, 회복의 과정을 되풀이하는 삶을 살았습니다. 지금 나는 아직 병중이어서 휴식을 취하고 있지만, 다소 차도가 있어 이렇게 틈을 낼 수 있었고, 바로 여성연합회를 찾아 여러분들을 만나보고 싶었던 것입니다. 나는 모든 이가 늘 나를 보고 싶어 한다는 사실을 알고 있었으며 나 역시 여러분이 매우 그리웠는데, 오늘 드디어 우리의 공통된 바람이 실현되었습니다.”

폐부에서 우러나는 덩 다졔의 이 다정하며 감동적인 말을 들으며 여성연합회의 많은 동지들은 흐르는 눈물을 주체할 수 없었다.

이어서 덩잉차오는 전국의 형세에 대해 말했다. “우리 당 중앙은 린뱌오, 쟝칭 반혁명집단을 물리친 뒤 11기 3중전회를 개최하여 극좌노선을 비판함으로써 우리 당의 노선, 방침, 정책을 마르크스, 마오쩌둥사상의 궤도 위로 올려놓았습니다. 작년에 다시 6중전회를 개최하여 「건국 이래 몇몇 역사문제에 대한 당의 결의」를 통과시켜 모두의 사상을 통일시켰고 정신을 진작시켰습니다. 또한 현재 문화대혁명 10년 동안의 손실을 보상하고 4개 건설사업을 추진하기 위해 애쓰고 있습니다.”

덩잉차오는 또 말했다. “전국여성연합회의 상황도 매우 좋습니다. 현재 인민단체에 대한 당 중앙의 지도방식이 과거와 다른 것은 인민 대중 단체가 더욱 주체적이고 독립적으로 사업을 책임지게 하는 데 있습니다. 따라서 동지들은 과거보다 더욱 막중한 책임을 져야 하고 일일이 중앙의 지시를 기다릴 필요가 없게 되었습니다. 모두의 지혜를 빌어 한 마음으로 협력함으로써 여성연합회의 사업을 잘 이끌어나가야 합니다.”

덩잉차오는 모든 사람이 매우 깊은 관심을 갖고 있는 간부의 퇴직문제에 대해서도 언급하였다. “당 중앙은 과거의 경험과 교훈에 근거하여 지도간부의 직무 종신제를 폐지하고 퇴직 · 이직[67]제도를 만들었습니다. 이것은 당 건립과 건국 이후 없었던 새로운 규정이었습니다. 이처럼 큰 변혁 속에서 모든 동지들은 당과 인민의 입장에서 문제를 고려하고 대국을 인식해야 하며 결연히 정책을 옹호하고 집행해야지 개인의 이해득실을 따져서는 안 됩니다. 이 문제는 수백만이 관련된 문제이기 때문에 완벽하게 처리해야지 각 개인에게 맞춰 합당하게 처리할 수는 없습니다. 우리는 이 문제를 우리 혁명사업의 원대한 이익 차원에서 바라보고 자신의 이익을 그 하위에 두어야 하며 우리의 시각, 사상, 마음가짐을 더욱 크게 갖고 이 문제를 살핌으로써 잘 처리할 수 있습니다. 한 명의 당원으로서 당의 조치에 순종해야 합니다. 한 명의 공민으로서 그리고 국가의 주인으로서 국가의 대사에 대해 책임을 져야 합니다. 나는 오늘 이 중요한 문제를 여러분에게 말하고 또 여러분과 경쟁하고자 하는데 이 문제에 대해 정확히 대처할 수 있는지 없는지에 대해 살펴보도록 합시다."

말이 여기까지에 이르자 정원에는 열렬한 박수소리가 울려 퍼졌다.

덩 다졔는 간절하게 다시 당부하였다. "퇴직하는 동지들의 경우 몸은 떠나지만 마음은 떠나지 않습니다. 중년, 청년 그리고 새로 부임한 동지들을 잘 도울 수 있고 자신의 활동 경험을 그들에게 전달하여 여성·아동사업을 위한 새로운 간부를 양성할 수 있습니다. 새롭게 일을 맡은 동지들은 여성사업이 귀찮은 일이라고 생각하지 말고 전심전력으로 인민을 위해 봉사한다는 마음을 갖고 용기를 내어 실제의 활동 과정에서 스스로를 단련시켜야 합니다."

덩잉차오는 여성연합회에서 30여 년 동안 활동을 계속한 오래된 동지들에게 감사와 경의를 표시했다. 특히 일부 남성동지들에게 감사와 경의를 보냈다. 그녀는 말했다. "몇몇 여성간부들도 여성사업을 하지 않으려 하는데 이들 남성동지들은 여성연합회에서 계속 활동해왔습니다. 이에 나는 당신들에게 감사하며 경의를 표합니다."

---

67   역주: 원문은 '퇴휴(退休)'와 '이휴(離休)'인데, 1949년 9월 30일 이전 혁명에 참가한 노간부의 퇴직을 가리킨다. '퇴휴'는 일반 간부의 정년퇴직을 말하고 '이휴'는 퇴직 후의 생활 보장이 '퇴휴'보다 좋다.

덩잉차오의 이 의미 있는 말에 여성연합회 남녀동지들의 마음은 하나같이 뜨거워졌다. 모두는 경애하는 덩 다졔가 비록 지위도 높고, 직무도 바뀌었지만 과거와 변함없이 전국여성연합회 동지들에게 관심과 사랑을 쏟고 있다는 사실을 절실하게 느끼게 되었다.

덩잉차오는 천천히 회의실로 걸어 들어가 여성연합회 각 부분 대표들과 앉아 대화를 나누었다. 덩잉차오는 즐겁게 웃으며 "다정하게 모두 같이 앉아요"라고 말했다. 그녀는 사람들과 다정하게 일상적인 이야기를 나누기 시작하였다.

그녀는 외국어 잡지 『중국부녀(中國婦女)』의 주편인 루충잉(盧琼英)에게 물었다. "건강은 괜찮지요? 나는 당신의 부군인 천한보(陳翰伯)를 몇 번 본 적이 있는데 그때 당신의 안부를 물었지요. 혹 그가 제때 전하지 않은 것은 아니지요?" 그녀는 또한 총칭에서 함께 활동했던 쉬커리(徐克立)에게 물었다. "당신의 '지단(鷄蛋)', '야단(鴨蛋)'(쉬커리 아이의 어릴 적 이름이다)은 어떻게 지내나요?" 쉬커리는 웃으며 "'지단'은 결혼해 아이가 둘 있습니다"라고 대답했다. 덩잉차오는 웃으며 말했다. "당신은 벌써 할머니가 되었군요. 매우 잘 됐습니다. 내가 오늘 와 보니 모두 살이 찌고 얼굴에 홍기도 돌아 젊어 보여서 매우 기쁩니다."

운전기사 라오이(老易)가 덩잉차오 곁에 앉았다. 덩잉차오는 한 번에 그를 알아보고 말했다. "라오이, 살이 쪘군요. 나는 당신이 처음에 주방에서 일하다 나중에 기사가 된 것으로 기억해요." 라오이는 말했다. "다졔의 기억력은 정말 뛰어나십니다. 저는 신중국 수립 이전에는 팔로군 총칭주재사무소에서 저우 총리와 다졔 그리고 동지들을 위해 몇 년 동안 주방일을 하면서 곁에서 늘 다졔를 보았는데 그때엔 매우 젊으셨지요. 후에 저가 옌안으로 이주했을 때 총리께서 저에게 차를 맡기셨지요. 1954년 총리께서 제네바에 가실 때 저도 데리고 갔셨지요." 덩잉차오는 웃으며 말했다. "그래요. 맞습니다. 라오이, 당신은 그때 함께 동행했었지요." 이를 듣고 모두 함께 웃었다. 그녀는 자리에 함께 옛 동지들을 정성껏 보살피며 친절하게 관심을 기울여 현장의 분위기는 매우 화기애애하였다.

새롭게 여성연합회 사업을 맡게 된 몇몇 대학생들이 덩 다졔 앞으로 달려 나와 그녀의 안부를 물었다. 덩잉차오는 웃으며 그녀들의 손을 잡고 친절하게 이름과 나이 등을 물었다. 한 젊은 여성이 21살이라고 대답하였다. 덩잉차오는 웃으며 말했다. "나는 21살이 되기 전에 여성사업을 전개하였고 지금 78살인데도 여전히 여성사업을 계속하고 있어요 당신들은 여성사업을 귀찮게 생각하지 않았으면 좋겠습니다. 여성사업은 할 만한 가치가 큽니다. 10억 인구 가운데 5억 여성과 3억 아동이 있지요 이 광활한 대지에서 우리의 능력과 지혜를 충분히 발휘할 수 있습니다. 활동의 장도 매우 넓어 '오호가정(五好家庭)'[68]도 여성연합회에서 제창한 것으로, 그것은 '가정을 다스리고', '공장을 다스리며', '나라를 다스리고', '사회를 다스리는 것'과 밀접한 관계가 있습니다. 당신들은 우리들의 사업이 매우 넓고 의의 또한 매우 심원하다는 사실을 알아야 합니다. 나는 여성연합회의 명예주석을 맡아도 좋고 그렇지 않아도 그만이며, 퇴직하더라도 괜찮습니다. 하지만 여성사업에 대한 나의 관심은 생명이 다할 때까지 지속될 것입니다. 당신들처럼 새로 온 동지들은 자신감을 증대시켜야 하며 자신의 활동 영역에서 이론 학습과 실천 활동을 병행해야 합니다. 그 과정에서 자신을 단련시켜 여성과 아동을 위해 매우 훌륭하게 봉사할 수 있는 숙련된 인재가 되도록 노력해야 합니다." 그녀는 중년, 청년 동지들에 대해 커다란 희망을 걸었고 특히 여성연합회 전체 동지가 성심성의껏 그리고 한 마음 한 뜻으로 당 중앙이 전국여성연합회에 부여한 무거운 임무를 짊어지고 나갈 수 있기를 희망하였다.

---

68 역주: 정치사상, 생산 계획 달성, '삼팔작풍(三八作風)', 생산 관리, 생활 관리 등 다섯 가지가 뛰어난 가정을 가리킨다. 그리고 '삼팔작풍'이란 중국인민해방군의 행동 준칙으로 '삼은 확고하고 정확한 정치적 방향, 고난을 참는 검소한 작업 태도, 민활하고 기동적인 전략 전술 등을 가리키며, '팔'은 '단결', '긴장', '엄숙', '활발' 등 여덟 글자에 함축된 내용을 지칭한다.

덩 다제의 이 같은 열정적이고 간절한 말은 봄바람과 비처럼 여성연합회 전체 동지들의 마음을 따뜻하게 만들었다. 모든 사람들이 친애하는 덩 다제와 헤어지기를 못내 아쉬워하였다.

덩잉차오는 시의 적절하게 여성사업에 대해 관심을 갖고 또 지도하였다.

1983년 8월 27일 그녀는 전국여성연합회 4기 5차 집행위원을 접견하면서 그녀들이 신구 지도그룹의 인수인계 작업을 잘 해 달라고 격려하였다. 그녀는 일부 나이 많은 집행위원이 물러난다고 책임이 없는 것이 아니며 신중국을 위해 더욱 많은 그리고 더욱 훌륭한 여성활동가를 양성해야 한다고 하였다.

1983년 9월 2일에서 12일 사이, 중국여성 제5차 전국대표대회가 베이징 인민대회당에서 성대하게 거행되었다. 중앙정치국위원 덩잉차오는 당 중앙을 대표하여 대회에서 치사를 하였다.[69] 그녀는 사회주의 현대화 건설을 더욱 가속화하고 중국의 통일을 실현하며 패권주의에 반대하고 세계평화를 지키는 것이 각 민족여성을 포함한 전국의 각 민족인민의 1980년대 3대 임무라고 말했다. 3대 임무의 중심은 사회주의 현대화 건설이며 여기에는 물질 건설이 포함될 뿐만 아니라 정신문명 건설도 포함되었다. 그녀는 전국 각 민족여성이 노력을 배가하여 이 위대한 사업을 위해 최대의 혁명을 발휘해 주기를 원했다. 또한 여성, 아동의 합법적 권리를 유지해야 하고 여성, 아동을 해치는 일체의 범죄행위에 대해 철저하게 싸워 나가며 사법기관에 의뢰하여 모든 범죄자를 응당 처벌해야 한다고 하였다. 그녀는 각급 여성연합회의 지도자와 간부가 원대한 이상을 수립하며 현실에 기반을 두고 부지런하고 성실하게 활동하며 여성운동의 새로운 장을 열 수 있도록 노력해 줄 것을 요구하였다.

덩잉차오는 현재 이미 많은 우수한 중년, 청년 여성간부들이 각급 여

---

69   『인민일보』, 1983.9.3.

성연합회의 지도 그룹으로 진입했다고 하였다. 그녀는 중년, 청년동지들이 대담하게 활동하며 새로운 길을 개척하고 견실하게 활동을 잘 해 주기를 희망하였다. 노 동지들은 그녀들에 대해 열정을 갖고 관심을 기울이며 적극적으로 지지해야 한다고 하였다.

덩잉차오는 여성계가 애국통일전선 발전을 위해 역량을 발휘해야 한다고 하였다. 각 민족 각계 여성 사이에 단결을 강화하고 타이완, 홍콩, 마카오 여성동포, 해외 여성동포, 여성화교동포 등과 관계를 강화하며 평화를 애호하는 세계 각국의 여성에 대해 이해를 증진하고 우호를 발전시켜 세계여성의 대단결을 촉진하고 함께 세계평화를 지켜나가야 한다고 하였다.

덩잉차오는 강화에서 각급 당위원회가 여성사업에 대한 지도를 계속 강화하고 여성간부를 적극적으로 양성, 선발해야 한다고 요구하였다. 또한 사회 각 방면에서 여성사업을 계속 지지하고 여성이 중화의 위대한 사업을 진흥하는데 더욱 커다란 역량을 발휘할 수 있도록 도움을 주어야 한다고 하였다.

「신시기 중국여성운동의 새롭고 영광스런 사명」이란 제목의 덩잉차오의 이 중요 강화는 1980년대 중국여성운동의 강령으로써 중국의 수많은 여성을 4개 현대화 건설에 적극 참가하도록 추동하였으며 신중국 여성운동이 새로운 역사시대에 새로운 수준으로 발전하도록 만들었다.

9월 16일 덩잉차오는 다시 전국여성연합회의 신구 지도그룹을 접견하면서 그녀들에게 합심하여 중국의 수많은 여성을 위해 봉사하고 더욱 깊이 연마하여 여성사업을 더 잘 해 주기를 희망하였다.

몸으로 실천하는 것이 말로 하는 것보다 더욱 중요한 가르침이 되는 법이다. 덩 다제는 평생 중국여성운동과 여성사업의 숭고한 사상과 행동에 충성을 다했고, 한 세대 또 한 세대 여성 활동가들에게 자신과 노 혁명가들이 개척한 길을 따라 용감하게 전진하도록 격려하였다.

142. 그녀의 가슴속에는 청춘의 뜨거움이 용솟음치고 있었다

덩잉차오는 15세에 오사청년애국운동에 참가한 이래 평생 동안 청소년사업에 대해 관심을 갖고 열심히 애정을 쏟았으며 청소년 양성과 교육에 대해 심혈을 기울였다.

1979년 9월 20일, 그녀는 공산주의청년단 중앙이 개최한 전국 신장정돌격대명명(新長征突擊隊命名) 표창대회에 참석하였다. 그녀는 당 중앙을 대표하여 대회에 뜨거운 축하의 뜻을 전했다.[70]

덩잉차오는 열정적으로 말했다. "신장정돌격대운동은 천백만 청년을 4개 현대화 실현을 위해 역량을 발휘하도록 마련된 매우 좋은 프로그램입니다. 신장정돌격대는 영광스런 칭호이며 과거 '홍군이 원정의 어려움을 두려워하지 않고 수없이 많은 산천을 그저 대수롭지 않게 여겼던' 영웅적인 기개와 헌신적인 정신을 이어받았으며 조국의 번영과 발전을 위해 자신을 바치게 될 것입니다. 신장정돌격대는 숭고한 칭호입니다. 4개 현대화의 실현은 중국 각 민족인민의 근본적 이익이며 무수한 혁명열사가 그를 위해 피 흘리며 분투했던 숭고한 이상입니다. 오늘, 역사의 무거운 짐이 우리들, 특히 여러분들의 어깨 위에 있습니다. 우리들의 분투는 장차 후손들에게 복이 될 것이고 우리들의 행복은 억만 인민에게 돌아갈 것입니다. 신장정돌격대는 또한 사람을 흥분시키는 이름입니다. 혁명 청년들이 힘을 다해 앞장을 서고, 열심히 노동하고 학습하며, 용감하게 높은 봉우리에 올라야 합니다. 그리고 붉게 타오르는 청춘으로 하여금 신장정의 찬란한 빛을 발하게 해야 합니다. 우리들의 사업에는 개혁에 뜻을 둔 수많은 사람들이 필요하며 수많은 사회주의 실천가들이 필요합

---

70   『인민일보』, 1979.9.21.

니다."

덩잉차오는 청년돌격대가 유물변증법과 역사유물론을 이해하기 위해 노력하고, 실천이 검증의 유일한 표준이라는 사실을 잊지 않으며, 현대 과학기술 지식을 열심히 천착하며, 현대화 건설에 필수인 좋은 기량을 힘써 익히고, 총명함과 재능을 위대한 조국의 4개건설과 억만 인민의 사업을 위해 헌신주기를 간절하게 희망하였다. 그녀는 또한 선진 청년의 모범과 교량 역할을 그들이 충분히 수행하고, 최대한 각 민족청년과 단결하여 함께 나아가기를 희망하였다.

덩잉차오의 말에 청년돌격대원들은 매우 고무되었다. 비록 그들과 덩잉차오의 나이가 50세 이상 차이 났지만 그들은 덩 마마의 가슴 속에 청춘의 뜨거운 열정이 용솟음치고 있음을 느낄 수 있었다.

1983년 8월 17일 덩잉차오는 전국청년연합회 6기 1차회의와 전국학생연합회 제20차 대표대회에 출석하여 당 중앙을 대표하여 축사를 하였다.

8월 24일 그녀는 전국청년연합과 전국학생연합이 조직한 문예 연회에 참가하여 톈진청년연합위원과 학생연합대표와 회견하였다. 덩잉차오는 청소년 시절을 톈진에서 보냈었다. 오늘 그녀는 톈진의 청년대표를 만나 너무 즐거웠다. 그녀는 그들에게 말했다. "나는 곧 80세가 됩니다. 여러분을 보니 젊어진 것 같네요. 나는 여러분의 단체 가운데 일원이며 나의 마음과 사상은 여러분과 서로 통하며 감정 역시 여러분과 하나입니다. 중국에는 '(새로운) 한 세대가 (지난) 한 세대를 이긴다.'는 옛말이 있습니다. 나는 여러분들이 더욱 풍성한 성과를 얻기 바랍니다."

톈진난카이대학의 한 학생대표는 덩잉차오에게 난카이중고등학교를 한 번 방문해 달라고 간절하게 요청하였다. 덩잉차오는 흔쾌히 요청을 받아들였다.

9월 6일 덩잉차오는 특별히 베이징에서 톈진난카이중고등학교를 방문해 학생, 선생, 직원을 만났다.[71]

난카이중등학교는 저우언라이가 청소년 때에 공부하고 생활하며 혁명 활동을 하던 곳이었다. 덩잉차오는 즈리제일여자사범에 다닐 때 난카이중등학교를 찾아 그가 주연으로 공연하던 신극을 보았다. 오사운동시기 그녀는 또한 친구들과 함께 여러 차례 난카이운동장에서 혁명 활동에 참가하였다. 그래서 그녀는 난카이중등학교에 대해 남다른 애정은 갖고 있었다.

이후 60여 년이 흘렀다. 그녀는 천천히 난카이중등학교 건물로 들어갔다. 예전처럼 여전히 전면 거울이 우뚝 서 있었다. 지난날 저우언라이는 매일 학교에 등교하면 이 거울 앞에 오랫동안 서서 검소한 옷의 매무새를 단정히 하곤 했었다. 그 후 평생 동안 옷을 정결하게 입는 좋은 습관을 들였다. 그녀도 지난 날 난카이중등학교에서 가졌던 여러 활동에 참가할 때면 이 전면 거울 앞에 서서 자신을 비쳐보곤 했었다. 당시 거울 앞에 선 그녀는 15,6세의 애국소녀였다. 이제 거울 속에 비친 그녀는 79세의 고령인 노 혁명가였다.

그녀는 과거 저우언라이가 수업을 듣던 2층 동쪽 4교실로 가 그가 앉았던 첫 번째 줄에 조용히 앉았다. 그녀는 과거 그의 반이 획득한 '중국어 우승반', '습자 우수', '달리기 우수' 등 이런저런 상장이 벽에 걸려있는 것을 보았다. 덩잉차오는 가슴이 벅차올라 그녀를 안내하던 난카이중등학교 교장에게 말했다. "당시 저우언라이 동지는 이곳에 앉아 공부하였는데, 6,70년이 지난 지금 제가 아직 운 좋게 살아남아 그의 손때가 묻은 자리에 학생처럼 다시 앉아 있으니 너무 좋습니다."

덩잉차오는 난카이중등학교 학생 1,600명과 선생, 직원들이 가득한 강당으로 갔다. 그녀는 톈진이 자신의 제2의 고향이라고 격정에 쌓여 말한 뒤, 그들에게 톈진 200백만 청년에게 보내는 자신의 우호적인 축원과 친절한 안부 인사를 전해 달라고 부탁하였다. 그녀는 난카이중등학교가 저우언라이 동지의 모교라면서 그의 모교에서 공부하는 것이 매우 영광스

---

71 필자는 1987년 가을 톈진난카이중고등학교를 방문하였고, 학교 책임자는 덩잉차오가 1983년 9월 6일 학교를 방문했던 상황에 대해 소개하였다.

러운 일이긴 하지만 그렇다고 결코 자만해서는 안 된다고 충고하였다. 그러면서 자신은 학생들이 지닌 겸손한 인품과 덕성에 매우 기쁘다고 하였다. 그녀는 난카이중등학교 선생과 학생이 제창한 '1주3자(一主三自) 정신'[72]을 높이 평가하였는데, 이것은 교사들이 주체적인 역할을 수행하여 학생들이 자발적으로 정치적 각성을 증진시키도록 교육하며, 학생이 스스로 공부하고 스스로 자신을 관리하는 능력을 배양하는 것이라 하였다. 그녀는 학생들의 사상 정치 활동을 강화하여 정의로운 기풍을 수립하고 사악한 기운을 눌러 없애야 한다고 강조하였다. 그녀는 저우언라이가 톈진에서 어렵게 공부하며 혁명 활동에 임했던 상황을 회고하면서 학생들에게 말했다. "현재 여러분의 생활은 매우 행복하며 학습 여건 또한 훌륭합니다. 여러분들은 이들 조건들을 소중히 여겨 열심히 공부하고 단련하여 이상, 도덕, 지식, 재능을 겸비한 인재로 자라나 4개 현대화 건설에 필요한 인재가 되어야 합니다." 그녀는 흥분하여 말하였다. "여러분 같은 청년들을 보니 나는 심적으로 매우 흥분됩니다. 나는 청년 여러분의 뜨거운 열기로써 나의 늙은 여열(餘熱)을 태워서 열과 빛으로 발하게 할 것입니다!"

덩잉차오의 연설에 난카이중등학교 구성원들은 매우 크게 고무되었다. 그들은 그녀에게 저우언라이가 난카이중등학교에서 근면하며 열심히 공부하고, 국가 대사에 관심을 기울이며 사회를 위해 열심히 봉사했던 좋은 전통을 반드시 계승하여 학생들을 조국 건설의 동량으로 양성할 것임을 다짐하였다.

덩잉차오는 '저우언라이동지 청년시기 톈진혁명활동기념관'을 참관하였다. 그녀는 저우언라이가 난카이중등학교에서 신극 공연을 할 당시 연극 스틸사진을 보았다. 『일원전(一元錢)』에서는 쑨휘쥐안(孫惠娟) 역을 연기했고, 『구대낭(仇大娘)』에서는 판위낭(范惠娘)을, 『은원연(恩怨緣)』에서는

---

[72]　역주: '1주'는 학생의 주체적인 지위를 존중하여 학생이 활발하게 발전하게 만드는 것이고 '3자'는 '자학(自學)', '자치', '자율' 능력을 배양하는 것을 가리킨다.

샤오샹푸(燒香婦), 『일넘차(一念差)』에서는 리정성(李正聲)의 아들 역을 맡았었다. 덩잉차오는 꼼꼼히 이들 스틸사진을 보면서 이야기하였다. "나는 그의 연기를 보았습니다. 그는 여성 역을 맡아 연기했고 나는 남성 역을 하였지요. 왜냐하면 당시 남성과 여성은 같은 무대에서 공연할 수 없었기 때문입니다. 봉건 풍습이 너무 엄격해서 남성과 여성이 직접 얼굴을 마주하고 대화를 주고받을 수 없었습니다."

그녀는 저우언라이가 1917년 6월 난카이고등학교 졸업 당시 받았던 학업 성적이 89.72점이었고, 그에 대해 "연설을 잘하며 문장에 능하고 행서(行書)를 잘 쓰고 수학을 잘 한다. 성격이 온순하고 성실하며 감정이 매우 풍부하고 우정을 중시하여 친구와 공익과 관련된 일에 온 힘을 기울인다"고 학교가 평가하였음을 보았다. 덩잉차오는 이를 보고 말했다. "정말 구하기 힘든 자료입니다. 난카이중등학교는 과거의 자료와 공문서를 이렇게 잘 보존하고 있군요."

그녀는 기념관 가운데 저우언라이가 일본의 초기 마르크스주의 학자 가와카미 하지메(河上肇)[73]의 저작을 일본에서 읽었다고 소개되어 있는 것을 보고 말했다. "언라이가 가와카미 하지메로부터 받은 영향은 지대했습니다."

그녀는 기념관에 저우언라이가 오사운동 때에 용감하게 참여하여 투쟁했다는 혁명 사적과 그녀 역시 직접 투쟁을 겪었다고 소개되어 있는 것을 보고 모두에게 당시 투쟁의 감격스런 장면에 대해 이야기하였다.

그녀는 톈진에서 공산주의청년단 톈진시위원회 동지를 접견하였다.[74] 그녀는 1920년대 톈진에서 가장 빨리 입단한 단원 가운데 한 명으로 1980년대 톈진의 공산주의청년단원을 만나게 되어 매우 기쁘다고 하였

---

[73] 역주: 1879-1946. 일본의 경제학자. 교토제국대학에서 마르크스경제학을 연구하다 교수직을 사임하고 공산주의 실천 활동에 들어갔다. 일본공산당 당원으로 활동하다 검거되어 투옥되었다. 마르크스의 『자본론』을 번역하였다. 사후 간행된 『자서전』이 유명하고 또 그의 『가난이야기』는 베스트셀러가 되었다.

[74] 1984년 7월 1일, 공산주의청년단 톈진시 위원과 덩잉차오 접견 강화 기록 원고 참고.

다. 그녀는 1920년대 톈진의 사회 상황과 애국운동의 정황에 대해 상세하게 들려주며 그들에게 자발적으로 나서서 훌륭하고 대담하게 일을 처리하여 공산주의청년단이라는 칭호에 누를 끼치지 않도록 해야 한다고 격려하였다. 그녀는 말했다. "이후의 역사는 당신들 한 세대 한 세대가 이어서 써내려 갈 것입니다. 반드시 우리들보다 더 잘 써야 합니다. 반드시 다음 세대가 이전의 세대를 뛰어넘어야 합니다."

143. 퇴직을 정중하게 요청하였으나, 당 중앙은 그녀에게 새로운 중요 직무를 맡겼다

1982년 1월 1일 찬란한 햇빛이 큰 유리창을 통과하여 덩잉차오가 입원하고 있던 병실을 내리 쬐었고 방안은 매우 따뜻하였다. 덩잉차오는 비서에게 말했다. "오늘 나에게는 해야 할 중요한 일이 하나 있어요" 그녀는 당중앙상임위원회, 정치국 그리고 서기처에 중요한 편지를 써서 보낼 준비를 하였다.

1978년 말 개최된 당의 11기 3중전회에서 덩잉차오는 정치국위원 겸 중앙기율검사위원회 제2서기에 선임되었고 매우 무거운 부담을 안은 채 전력투구하여 왔다.

당과 인민이 그녀에게 더 많은 활동을 해 달라고 요청할 즈음에 그녀는 쓰러져 우측 복부가 손상되고 좌측 무릎 근육이 파열되었다. 그녀는 빨리 활동을 재기하려고 자신의 팔뚝을 10여 개월 동안 끈으로 묶어 들어 올리고 매일 매일 반복되는 고된 훈련을 하며 결연히 병마와 싸움으로써 건강을 회복하게 되었다.

1981년 말 그녀가 받은 신체검사에서 담낭 내 결석이 발견되었다. 의사는 머뭇거리며 감히 수술하지 못한 채 병세가 확연히 드러나지 않았기 때문에 그녀가 눈치 채지 못하게 임시 조치만 하였다. 그녀는 엑스레이 필름을 가져오게 하여 직접 보았다. 날카롭고 매우 불규칙한 모양을 한 5개의 결석이 담낭에 있음을 알았다. 덩잉차오는 수술을 받기로 결심하고 의사에게 말했다. "단지 수술만이 내 몸 안의 적을 깨끗이 없앨 수 있습니다. 나는 적 앞에서 절대로 한 발자국도 물러서지 않을 것입니다." 그녀는 의사를 격려하였다. "당신들은 안심해도 좋습니다. 나는 당신들을 믿습니다. 반드시 당신들과 협력할 것입니다. 수술이 잘 되면 더욱 좋고 잘못 되어도 걱정하지 마세요 우리 같은 사람들은 위험한 죽음의 고비를 얼마나 넘었는지 모릅니다. 만약 수술 후 경과가 좋지 않으면 마르크스가 나더러 죽으라고 한 의미이니 당신들에게는 아무 책임이 없습니다. 오로지 모든 책임은 내 것입니다." 이를 의사는 당 중앙에 보고하였고 당 중앙은 그녀의 수술 요청을 허락하였다. 의사는 정성껏 수술하였고, 그 결과는 매우 좋아 그녀 몸 내부에 잠복해 있던 병을 깨끗이 제거하였다.

덩잉차오는 1982년에 당 제12차 대표대회가 개최된다는 사실을 알았다. 당 중앙은 지도간부의 종신제 폐지를 이미 결정하고 간부의 퇴직제를 확정하였다. 덩잉차오는 이것이 간부제도에 대한 중대한 개혁이며 반드시 당과 국가사업에 대해 매우 커다란 영향을 미치게 될 것임을 직감했다. 또한 그녀는 개혁된 간부제도의 시행에 적지 않은 저항이 있을 것임을 충분히 예상하였다. 많은 노 동지들이 혁명전쟁시대와 신중국 건립 이후 혁명과 건설 사업을 위해 공을 세웠으며 문화대혁명 시기에는 린뱌오, 장칭 일파의 잔혹한 박해 속에 엄청난 고통을 겪었으며, 심지어 어떤 경우에는 집안이 거덜나고 죽임을 당하는 경우도 있었다. 문화대혁명 이후 막 활동을 재개한 지 몇 년도 되지 않았는데 이제 다시 그들에게 일선에서 물러나라고 한다면 대부분의 사람들이 이런 조치에 대해 제대로 용납할 수 없을 뿐만 아니라 그들의 자녀나 친척들도 역시 이해하기 어려울 것이었다. 덩잉차오는 한 명의 공산당원이자 혁명간부로서 어떠한 상황에서도 개인의 이익은 모두 당과 인민의 이익에 절대 복종해야 한다고 생각하였다. 간부퇴직제도를 제정하는 것은 장기적으로는 당과 인민의 이익에 부합하는 것이었다. 비록 개인에게 이런저런 이유가 있다고 해도 결연하게 집행해야 했다. 이러한 일은 공허하게 말로 해서는 소용이 없으며 반드시 몸으로 실천하고 솔선수범해야 할 성질의 것이었다.

덩잉차오는 이제 한 달이 지나면 만 78세가 된다는 사실을 떠올렸다. 비록 정력은 여전히 넘쳐 났지만 건강은 해마다 나빠졌으며, 특히 이제 막 담석 제거 수술을 받은 터였다. 그녀는 스스로 당 중앙의 호소에 호응하여 앞장서서 퇴직을 신청하고 행동으로써 중앙의 개혁방침을 지지해야 한다고 생각했다.

생각이 여기에 미치자 그녀는 당 중앙에게 편지를 써 보냈다.

"당중앙 상임위원회, 정치국, 서기처 동지들에게 :

1982년 신년을 맞이하는 즈음에 저는 먼저 신년 축하인사와 함께 혁명의 경례를 올립니다.

저는 당 중앙의 강인한 지도 아래 전당 · 전군 그리고 각 민족인민의 공동 노력에 힘입고 또 그들이 단결하여 당 사업 건설과 당풍 개선, 그리고 사회주의 건설 사업에서 차제에 반드시 놀라운 성과를 낼 것임을 믿어 의심치 않습니다.

저는 이제 늙은 한 명의 공산당원으로서 당 중앙의 호소에 적극적으로 호응하여 퇴직제도를 받아들이기로 결심하고 당 중앙에 저의 퇴직 허가를 간절하게 요청하는 바입니다. 퇴직 이후 저는 당의 지도 아래 여전히 명실상부한 공산당원으로서 계속 인민을 위해 봉사하며 사회주의와 공산주의 사업을 위해 일로매진할 것임을 맹서합니다. 따라서 당 내외의 직무로부터 절차에 따라 사직하고자 합니다. 당 12대에서는 다시 저에게 직무를 안배하지 않기를 진실로 바랍니다. 저의 이 요청을 허락해주시기를 간절히 바랍니다. 특별히 여러분의 건강과 장수를 기원드립니다! 덩잉차오 1982년 1월 1일."

이 편지는 중앙상임위원회, 정치국, 서기처 동지들 사이에서 빠르게 회람되었다. 그들은 덩잉차오의 고상한 기품과 인격, 대국을 멀리 바라보는 자세에 대해 높이 평가하였다. 그들은 또한 약속이나 한 듯이 한 목소리로 덩 다제의 퇴직을 불허하고 새로운 중요 직무를 맡기기로 하였다.

1982년 9월 1일부터 11일까지 개최된 당 제12차 대표대회와 이후 열린 12기 1중전회에서 덩잉차오는 중앙위원회와 정치국 위원으로 잇달아 선임되었다. 이후 정치국회의에서는 정식으로 덩잉차오를 6기 전국정치협상회의 주석에 임명하기로 하고 사전에 각 민주당파의 의견을 광범위하게 수렴하기로 결정하였다. 많은 애국민주인사들은 덕망 높은 덩 다제의 6기 정치협상회의 주석 임명에 대해 열렬히 환영하였다. 많은 민주인사들은 1920-40년대에 덩 다제와 함께 활동하였고 그 때문에 그녀를 너무나 잘 이해 하였고 또 존경하였다. 그들은 덩 다제가 이 직무를 맡아 정치협상회의 사업에 새롭고 좋은 국면을 반드시 만들어낼 것이라고 확신하였다.

144. 정치협상회의 사업의 신국면 창조를 위해 애쓰다[75]

1983년 6월4일, 중국인민정치협상회의 제6기 전국정치협상회의가 베이징인민대회당에서 성대하게 개막되었다. 은회색 양장을 입은 덩잉차

---

[75] 필자는 6기 정치협상회의 비서장 저우사오정(周紹錚)을 방문하였고 또한 정치협상회의 기관에서 6기 정치협상회의 비서장 펑유진(彭友今), 저우사오정, 부비서장 루핑(陸平), 양정민(楊拯民), 쑨저칭(孫軼青) 등이 참가한 두 차례 좌담회가 개최되었는데, 그들은 전국정치협상회의에 대해 덩잉차오가 지도했던 상황에 대해 소개하였다.

오가 주석단에 올라 정중하게 대회 개막사를 하였다.

　그녀는 대회에서 제6기 전국정치협상회의가 전에 없이 폭넓은 대표성을 지녔다고 선포하였다. 위원 총수는 2,037명으로 각 민주당파, 무당파 민주인사, 각 인민단체, 각계 대표인물, 소수민족, 대만동포, 홍콩·마카오 동포, 귀국 해외동포, 특별 초청인사 등 총 31개 방면의 대표를 포함하고 있었다. 비공산당원이 위원의 대다수를 차지하여 공산당원은 35%에 불과하였다. 위원 가운데 지식인의 수가 큰 증가를 보였는데 4개 현대화 건설 과정에서 탁월한 성적을 보인 젊은 대표들이 새롭게 선발되었다. 타이완동포친목회와 홍콩·마카오동포가 새롭게 정치협상회의 참가단위에 포함되었고, 타이완과 홍콩·마카오애국동포 위원 수는 역대 정치협상회의 가운데 가장 많은 수를 차지하였다. 위원 가운데에는 대륙에 거주하는 타이완국민당 당국자의 애국적인 친척도 있었고 저명한 역사적 인물, 예컨대 리쩌쉬(林則徐), 차이위옌페이(蔡元培)의 후손도 있었으며, 또한 중국혁명과 건설을 위해 오래 동안 활동을 한 중국 국적의 외국친구인 마하이더(馬海德)[76], 업스타인(愛潑斯坦)[77] 등도 있었다. 이렇듯 참신한 진용을 통해 중국사회주의 건설사업의 신발전이 생동감 넘치게 체현되었고 중화민족의 대단결·대통일이 체현되었음을 알 수 있다.

　덩잉차오는 당 11기 3중전회 이래의 국내외 형세와 5기 정치협상회의의 활동 성과에 대해 개술하면서 애국통일전선의 방침과 임무에 대해 강조하였다. 그리고 애국의 기치를 높이 들어 올리고 중화민족의 대단결·대통일을 강화 발전시키며 사회주의 현대화 건설과 조국통일 대업, 그

---

[76]　역주: 1910-1988. 원명은 George Haterm. 미국 뉴욕 출생. 1933년 중국에 도착하여 의료 활동을 전개하였다. 상하이에서 마르크스독서회에 참가하였고 1936년 쑹칭링의 소개로 미국 기자 에드가 스노와 함께 산시 바오안을 방문하였다. 방문 이후 그곳에 남아 중국노동자농민홍군에 참가하였다.

[77]　역주: 1915-2005. 원명은 Istrel Epstein. 유태인계 중국인. 중국이름은 아이페이(艾培). 기자이며 작가. 쑹칭링의 요청에 따라 1951년『중국건설』(후에『금일중국(今日中國)』으로 개칭) 총편집을 맡았고 1957년 중국국적을 취득했고 1964년 공산당에 가입하였다.

리고 세계평화 유지를 위해 새롭게 공헌하자고 하였다. 덩잉차오는 더욱 더 사상해방을 이룩하고 민주를 드높이며 일체의 적극적 요소를 동원하여야 하며, 소극적 요소를 적극적인 요소로 전환시켜 각 방면 인사들 속에 숨겨져 있는 잠재력을 충분히 발휘해야 한다고 하였다. 그들의 모든 애국 행동과 창의적 정신을 적극 지지하며 그들이 용기를 내어 활동하고 자신들의 총명함과 재능을 충분히 발휘할 수 있도록 격려해야 한다고 하였다.

또 덩잉차오는 다음과 같이 말했다. "중국인민정치협상회의는 우리나라의 애국통일전선조직이며 우리나라 정치 생활 가운데 사회주의 민주를 발양시키는 중요한 형식입니다. 여기에는 각 직업별로 저명한 전문가가 집중되어 있는데 확실히 조건이 갖춰지게 될 경우 중국특색의 사회주의 건설 사업에서 더욱 뛰어난 역할을 수행하게 될 것입니다. 인민정치협상회의는 민주를 진작시키고 언로를 널리 확대하며 활동을 대담하게 전개하고 정치협상위원의 적극성과 전문성을 충분히 발휘케 하여 중화민족의 번영과 부강 그리고 통일을 위해 더욱 분투노력하게 될 것입니다."

덩잉차오의 말은 계속되었다. "중국공산당의 지도 아래 당이 각 민주당파와 실행하는 다당 합작은 우리나라 정치제도의 특징이자 우수한 점입니다. 우리는 '장기 공존과 상호 감독', '서로 진심을 터놓고 대하며 영욕을 함께 한다.'는 방침을 분명하게 관철시켜 나가고 각 민주당파와 무당파 인사와의 진실한 합작을 강화하며 헌법의 범위 내에서 그들의 정치적 자유와 조직 독립 및 법률적 평등 지위를 존중하고 그들이 독립적이고 자주적으로 각종 활동을 전개하여 더욱 큰 성과를 낼 수 있도록 지지해야 합니다."

그리고 덩잉차오는 중국의 지식인이 이미 노동자계급의 일부분이 되었다고 지적하며 다음과 같이 말했다. "우리는 지식인을 경시하고 지식분자에 대해 색안경을 끼고 보는 편견을 반드시 줄기차게 극복하고 지식인에 대한 당의 각종 정책을 진지하고 성실하게 실행하며 그들의 활동과 생활 조건을 적절하게 개선하여 그들의 지혜와 재능이 충분히 발휘될 수 있도록 도와야 합니다. 동시에 지식인이 마르크스 레닌주의, 마오쩌동사상을 학습하고 현실과 기층 속으로 깊이 들어가 이론과 실천을 서로 결합시켜 사회주의사업을 위해 더욱 봉사할 수 있도록 인도해야 합니다."

또한 덩잉차오는 말했다. "중국은 다민족국가로서 각 민족의 단결을 강화하고 민족구역의 자치정책을 확실하게 관철시키며 소수민족 간부와 과학 인재 양성에 노력하여야 합니다. 각 민족의 지방자치와 소수민족지구의 경제, 문화, 교육, 과학 사업을 지원하여 각 민족인민의 물질, 문화 생활이 끊임없이 제고될 수 있도록 해야 합니다. 종교 신앙의 자유를 보장하는 정책을 진지하게 관철시키고 정당한 종교 활동을 보호하며 종교계 인사와 수많은 신도 들을 단결시켜 사회주의 현대화 강국 건설을 위해 함께 분투해야 합니다."

덩잉차오는 조국의 평화통일이 전국 각 민족인민의 공통된 바람이라고 관심을 기울이며 말했다. 그녀는 타이완 각 민족동포, 홍콩·마카오 동포, 해외동포들이 조국의 각 민족인민과 함께 조국의 평화적 통일을 위해 여러 방안을 내고 다방면에 걸쳐 그것을 촉진시켜주기를 간절히 희망하였다. 그녀는 조국 통일이라는 천년의 공훈과 업적이 반드시 조기에 실현될 수 있다고 깊이 믿었다.

2천여 명의 전국정치협상회의위원들은 정치성이 강하고 내용이 충실하며 이치에 합당한 이 보고를 집중하여 청취하면서 모두 기뻐하였고 또 자신감으로 충만하였다.

6월 23일 2천여 명의 정치협상회의 위원들은 전체 투표를 통해 덩잉차오를 6기 전국정치협상위원회 주석으로 선출하였다. 모든 참석자들은 덩 다졔가 정치협상회의 주석에 당선되는 것이 더 없이 적합하다고 하며 덩 다졔가 반드시 정치협상회의 활동을 위해 새로운 국면을 창출할 것이라 믿었다.

회의 가운데 덩잉차오는 많은 정치협상회의 위원들로부터 문화대혁명 과정에서 린뱌오, 사인방 일파들이 잔혹하게 민주인사와 지식인들에게 박해를 가했고 잘못된 수많은 형사사건을 야기했다는 호소를 들었다. 근자에 부분적으로 명예회복이 이루어졌지만 아직 그다지 철저하지 못했다. 당의 통일전선정책과 지식인정책 역시 전체적으로 재평가되어 실시되지 못했다. 덩잉차오는 이 문제를 매우 중시하였다.

정치협상회의상임위원회에서 덩잉차오는 "소를 끌려고 하면 코뚜레를 잡아당겨야 한다"[78]고 지적하면서 정치협상회의 활동의 신국면을 전개하려면 우선 정치협상회의 위원의 정책재평가 활동을 확실히 해야 한다고 강조하였다. 회의를 통해 전국정치협상회의는 정책재평가사무실을 개설키로 결정하였다. 이 조직은 통일전선부와 각 민주당파 중앙과 연합하여 조사반을 만들었는데 이후 30여 개 반으로 확대되어 전국에 걸쳐 조사를 진행하였다. 각 조사반은 현지 중공당위원회의 지도 아래, 현지 정치협상회의, 통일전선부문, 민주당파 책임자 및 일부 전국정치협상회의 위원 등을 초청하여 조사반 위원으로 삼아 상하가 결합, 함께 활동하였다. 그들은 좌담회를 개최하고 중점 방문을 진행하였으며 일부 위원과 대중의 편지를 처리하였다. 현지에서 해결할 수 있는 일부 문제들에 대해서는 유관기관과 결합하여 즉시 해결하였다. 어떤 문제들은 바로 해결할 수 없었는데 그 경우 처리 의견과 건의서를 제출하였다. 이러한 조사반은 이후에도 몇 차례 더 조직되었다.

덩잉차오와 정치협상회의 부주석들은 여러 차례 조사반의 보고를 청취하였다. 덩잉차오는 이러한 정책재평가가 당과 국가의 위신 문제와 관계가 있으며, 정치협상회의의 신뢰 문제와 관계가 있으니 반드시 긴장감을 갖고 처리해야 한다고 여러 차례 강조하였다. 한 개인의 문제를 해결

---

[78] 역주: 문제의 핵심을 파악하여 일을 풀어나간다는 의미이다.

하지 못하면 그 영향은 전체로 파급될 수 있었다. 결연한 태도로 여러 저항을 돌파하고 의연한 결심으로 끝까지 밀고 나아가야 했다. 문화대혁명기에 '조반파(造反派)'는 수많은 정치협상회의 위원, 민주인사, 상공계 인사의 집을 조사하여 다양한 귀중품을 몰수하고 그들의 집을 차지하였다. 이제 그들은 계속하여 반환을 요구하였다. 그러나 많은 물품이 이미 산실되었고 집을 점유한 일부의 사람들은 반환하려고 하지 않았다.

덩잉차오는 결연하게 말했다. "지위 고하와 권력의 다과에 상관없이 몰수된 재산은 반드시 반환되고 점유한 집 역시 반드시 원주인에게 돌려주어야 합니다. 이 일은 국내외에 대한 당의 이미지와 명예에 영향을 끼치는 것으로 당 간부가 당 중앙의 입장과 일치하고 있는지, 진정 당성을 갖고 있는지의 문제까지 끌어올려야 합니다. 반드시 분명하고 철저하게 파악 추진하여야 하는데 이것이 정치협상회의 사업의 신국면을 전개함에 있어 관건이기 때문입니다."

상하이에 주둔한 일부 부대는 문화대혁명시기 8만㎡의 정원이 딸린 서양식 집을 점거하였다. 수십 명의 정치협상회의 위원과 상공업계의 유력자들이 이 문제에 연루되어 있었는데 아직까지 매끄럽게 해결되지 못하고 있었다. 덩잉차오는 정치협상회의 정책재평가 사무실에 간략한 보고를 요청하였고 당중앙 총서기 후야오방에게 이에 대해 보고하였다. 후야오방은 중앙군사위원회 동지를 찾아가 상의하였다. 중앙군사위원회는 즉시 사람을 상하이에 파견하여 이 문제를 처리하여 8만㎡의 이 서양식 집을 모두 원주인에게 돌려주도록 하였다. 이 일은 상하이에 큰 충격을 주었고 상하이시정치협상회의의 명예를 크게 드높였다. 과거에는 모두 정치협상회의를 가리켜 '늙은이, 간판, 허세, 트집쟁이'라고 하였으나 이제 정책재평가 활동을 확실히 전개하면서부터는 모두 새로운 시선으로 대하게 되었다. 본래 정치협상회의 사무실은 썰렁했었는데 이제 문전성시를 이루어 매우 분주했고 진정 활동의 새로운 국면을 창출하기에 이르렀다.

일부 몰수 재산의 경우 많은 시간과 노력을 들여 비로소 원래의 주인에게 되돌려줄 수 있었다. 베이징의 주거 문제가 매우 심각하였지만, 시위원회, 시정부는 우선적으로 베이징 전국협상회의 위원의 개인주택 문제를 해결하였다. 애쓴 보람이 있어 각 지역에서 문화대혁명 기간 중에 몰수된 대부분의 재산에 대한 반환 배상 문제가 해결되었고 이에 대해 대다수 정치협상회의 위원은 비교적 만족하였다.

1987년 10월 정책재평가를 요구한 전국정치협상회의 위원 530명 가운데 이미 522명의 문제가 해결되었다. 정책재평가를 요구한 각 지역 정치협상회의 위원은 4천여 명에 달했는데 대부분의 문제 역시 이미 해결되었다.

이와 같은 정책재평가 활동으로 정치협상회의 위원의 적극성은 크게 진작되었다. 그들은 공산당이 말한 것은 잘못이 있으면 책임지고 고친다며 기뻐 말했다. 수많은 위원들이 정책재평가 활동 이후 새롭게 당과 인민을 위해 공헌하겠다고 결심하였다.

많은 정치협상회의 위원은 광범한 사회적 관계와 해외관계에 연루되어 있었다. 그들에 대한 정책재평가 실시 이후 해외의 친척과 친구들은 크게 기뻐하며 국외의 선진기술자를 끌어들이기 위해 적극적으로 바삐 뛰어다녔고 어떤 이는 국내로 돌아와 투자에 열중하였다. 해외의 한 언론인은 집에서 보내온 정책재평가 통지서를 받고는 기뻐하며 말했다. "한 장의 통지서로 인해 저는 다시 한 번 스스로를 변화시킬 수 있게 되었습니다." 그는 30여 년 동안 자신이 편집한 신문에 중국의 발전 모습과 대외 우호 활동에 대해서는 게재하지 않았는데 그 방식을 바꾸어 대륙 건설과 고향의 변화 모습에 대해 보도하기 시작하였고, 그의 아들을 귀국시켜 영업 협상을 하게 하였다.

1987년 소집된 전국정치협상회의 6기 5차회의는 마지막 전체회의가 되었고 1988년 바로 임기 만료로 대표가 교체될 예정이었다. 덩잉차오는 회의에서 정치협상위원회 위원의 정책재평가 활동이 매끄럽게 시작되어 잘 마무리되어야 하며, 남은 문제는 정황에 따라 하나하나 처리하여 확실하게 해결하자고 제안하였다. 덩잉차오의 의견에 따라 전국정치협상회의는 다시 통일전선부와 함께 3개 조사반을 조직하여 지역에 걸쳐 남은 소수의 문제를 중점적으로 검토하고 의견을 청취하며 경험을 총정리하였다.

덩잉차오는 정책재평가 활동에 매진하여 정치협상회의 활동의 신국면을 명확하게 열었다. 그녀는 정책재평가 활동을 통해 지방정치협상회의 건립을 추진하였다. 오래지 않아 각 성, 전문구역에서 전국 2천여 현에 이르기까지 모두 3천여 정치협상회의기구가 건립되었고 각급 정치협상회의 위원 수는 40여만 명으로 확대되어, 전국의 통일전선활동을 전개하고 민주건설을 촉진하는데 매우 큰 정치역량을 형성하였다.

145. 정치협상회의의 역할을 수행하고 정치협상회의의 명성을 드높이다

덩잉차오는 정치협상회의 사업을 주관하면서 민주적인 절차가 잘 발휘될 수 있도록 세심한 주의를 기울였으며 친구도 두루 사귀었다. 그리고 늘 정치협상위원에게 당과 국가의 상황 및 정책방침에 대해 알려줌으로써 그들로 하여금 참정(參政), 의정(議政)의 권리와 책임을 이행할 수 있도록 했다.

1983년 중국공산당 12기 2중전회는 당 정리 결정을 내리면서 당이 나서 사상전선을 지도하며 오염된 정신의 제거하는 임무를 강화하라고 제의하였다. 일부 정치협상회의 위원들과 민주인사들은 이에 대한 이해가 부족하여 내심 크게 걱정하며 다시 한 번 전국적인 정치운동이 휘몰아치지 않을까 염려했다. 그들은 아직도 '10년 동란'에 대한 엄청난 공포감에서 자유롭지 못했던 것이다.

1984년 1월 1일, 전국정치협상회의는 신년 다과회를 개최하였다. 덩잉차오는 다과회에서 위원들을 상대로 당 정리는 중국공산당 내부의 사상, 분위기, 조직의 불순 문제를 해결하기 위한 것으로 절대 민주당파와 무당파인사들에게까지 확산되지 않을 것임을 강조하였다. 그녀는 당 정리가 독단, 압제 그리고 동란을 초래하지 않을 것이며 대외 개방과 대내적 경제 활성화 정책을 계속 집행, 관철시켜 나가는 데에 지장을 주지 않을 것이라 하였다. 또한 대외문화 교류와 국내 학술문화 영역에 대한 '쌍백방침'[79]을 계속 관철, 집행시키고 중국경제체제를 개혁하는 과정에 걸림돌이 되지 않을 것이라 하였다. '민심을 안정시키는 포고'와 같은 덩잉차오의 이 한 마디로 정치협상회의 위원들은 심리적으로 안정을 되찾았다.[80]

1984년 5월 12일 덩잉차오는 전국정치협상회의 6기 2차회의 소집을 주재하였다. 그녀는 회의에서 "정치적으로 협상하고" "민주적으로 감독하며" "공동으로 협력하여 일을 처리하고" "광범하게 교류하며" "자발적으로 교육하고" "솔직하게 당의 사업상 결점에 대해 비판한" 통일전선의 훌륭한 전통과 기풍에 대해 상세하게 설명하였다.[81]

덩잉차오는 다음과 같이 말했다. "정치협상은 중국의 민주적인 사회주의를 크게 진작시키고 통일전선 내부의 관계를 정확하게 처리할 수 있는 중요한 방식입니다. 이러한 협상은 평등하고 진솔하며 성의 없이 대하거나 다른 사람에게 강요하지 않습니다. 반대로 거듭 협상하고 충분히 의견을 교환하며 여러 사람의 의견을 모아 보다 큰 효과를 거두어 정

---

79   역주 : 문예를 번영시키고 과학을 발전시키겠다는 방침. "백가제방(百花齊放), 백가쟁명(百家爭鳴)"에서 앞 '백'자를 따라 붙인 이름.
80   『인민일보』, 1984. 5. 13.
81   『인민일보』, 1984. 5. 13.

치상의 일치 혹은 기본적인 일치에 진정으로 도달합니다. 공산당원은 각 민주당파나 무당파인사와 협상을 통해 일을 매끄럽게 처리해야 하며, 간단한 행정 수단을 채택할 수 없고 더더구나 스스로 지도자연 해서는 안 되며 지위가 높다고 거드름을 피워서는 안 됩니다. 각급 정치협상회의는 정치협상사업을 강화하여 단점을 확실하게 극복해야 합니다.

민주적 감독은 공동정치 준칙의 기초 위에서 상호 의견을 교환하고 비판을 가하는 것입니다. 핵심적 지도 위치를 점하고 있는 중국공산당은 특히 민주당파와 구 당파인사를 위시하여 광범한 군중으로부터 비판받고 감독받아야 하며, '한 목소리만 있는 당'을 단호히 거부해야 하고, 당외 인사의 비판이나 건의에 대해 겉으로는 인정하면서 속으로는 무시하는 관료주의를 분명하게 배격하여 국가 민주생활이 더욱 건전하고 생동감이 넘치게 해야 합니다.

당내·외 합작과 협력은 통일전선에서 가장 보편적이고 일상적인 관계입니다. 수많은 당외 인사가 애국적이라는 것, 그리고 강렬한 보국의 원망을 지니고 있다는 것, 그들이 상당한 지식을 지니고 있으며, 사회에 큰 영향력을 지니고 있다는 점을 주목해야 합니다. 그들과 대동(大同)을 하며, 조그만 차이 속에서도 서로 학습하고 공동의 수준을 높여야 합니다.

그들을 대담하게 활용하여 그들이 충분히 감격하게 하고, 온힘을 쏟아 직권과 책임을 충분히 발휘토록 해야 합니다. 공산당원은 당외 인사와 친구의 정을 나누되 잘못은 솔직하게 충고해 주는 관계여야 합니다. 특히 지도간부는 반드시 당외 동지들과 빈번히 접촉하여 마음을 열고 대화하며, 허심탄회하게 그들의 의견과 요구를 청취하여 그들이 가감 없이 깊은 속내를 드러낼 수 있도록 하고, 진심으로 동행할 수 있게 해야 합니다.

인민정치협상회의는 자발적 교육이라는 훌륭한 전통을 충분히 발휘하여 자원이라는 조건에서 마르크스 레닌주의, 마오쩌둥사상을 학습하고 시사정책과 현대과학 문화지식을 학습할 것을 제창하며 학습과 실천을 결합시키고 조사 연구와 참관 방문을 결합시켜야 합니다. 사상해방과 자유토론을 학습하기를 제창하며, 남의 약점을 들추어내거나 죄를 뒤집 어씌우지 않으며 함부로 남을 비난하지 않는다는 방침을 진지하게 실천 하여 절대 지난 날처럼 좌편향의 잘못을 번복해서는 안 됩니다.

거듭 밝히는 바이지만 당 중앙은 당 정리가 단지 공산당만을 정리하 는 것이라고 이미 결정했습니다. 각급 당 위원회와 정치협상회의 조직은 이 지시를 단호히 집행해야 하고 또한 당외 동지의 의견을 진지하게 청 취하여 정치협상회의 사업을 개선시켜야 합니다."

덩잉차오는 이상과 같은 중요 발언을 통해 다년간에 걸친 통일전선사 업의 경험을 총결하고 새로운 정세에서 어떻게 정치협상회의 활동을 정 확히 전개할 지에 대해 의견을 제시하며 인민정치협상의 건설에 대해 매우 큰 지도적 역할을 수행하였다. 정치협상회의 위원들도 역시 이를 들으며 분발하여 각오를 새롭게 다졌다.

덩잉차오는 몸소 실천하는 모범을 보여 여러 차례 정치협상회의 소조 토론에 참가하여 정치협상회의 위원들의 의견을 진지하게 경청하였다.

그녀는 홍콩·마카오 소조에 참석하여 위원들의 발언을 들은 후 다음 과 같이 말했다. "우리는 홍콩·마카오 사업을 매우 중시하고 있습니다. 특히 현재 중국과 영국 사이에 1997년 홍콩 주권 회수 문제 해결을 위한 담판이 진행 중인데 홍콩·마카오위원들은 여기에 대해 많은 의견을 제 시해야 합니다. 이견이 있는 것이 정상이며 논쟁과 토론을 통해 드디어 진정한 통일에 도달할 수 있습니다. 나는 모두의 의견을 듣기 위해 여기 에 온 것입니다. 여러분 각자는 조국에 대한 애절한 사랑으로 무장되어 있으니 장차 홍콩이 특구가 되면 어떻게 관리해야 할지 당외 인사 가운 데 의견이 있으면 모두 개진해 주기 바랍니다. 과거에는 당외 인사의 의 견이 왕왕 무시되었는데 우리 당 중앙지도자들이 솔선수범하여 이를 고쳐 야 합니다. 특히 홍콩·마카오 문제에 관한 한 우리 중앙은 반드시 거듭 상의해야 하고 당내 상하는 물론 당외 인사와도 계속 협의해야 합니다."[82]

덩잉차오는 타이완연맹, 타이완연합 그리고 타이완에 본적을 둔 위원들의 소조회의실을 찾았다. 미국에서 온 타이완연맹 주석 린성중(林盛中)위원은 타이완동포는 조국의 통일과 부강을 갈망하며 이것은 모든 동포가 바라는 바라고 말했다. 또한 최근 몇 년 동안 중국대륙이 통일전선사업을 강화하였지만 일부 사업의 경우 시작은 잘 되었지만 시간이 지난 뒤 무시되었다고 했다.[83]

몇몇 위원의 발언이 끝난 뒤 모두는 덩잉차오의 강화를 환영하였다.

덩잉차오는 말했다. "나는 줄곧 타이완연맹, 타이완연합의 활동에 대해 관심을 기울여 왔습니다. 당신들 소조의 발언과 브리핑도 모두 살펴보았습니다. 방금 한 위원이 말하기를 어떤 타이완동포가 3번이나 홍콩으로 가서 대륙의 친척과 만나기를 희망했지만 우리들의 허가 수속이 너무 느려 그를 번번이 헛걸음하게 만들었다고 합니다. 모든 책임은 전적으로 중국 내 출국허가를 관리하는 기관에 있습니다. 일부 문제는 마땅히 제때에 해결되어야 하는데 이를 미루고 처리하지 않는 것은 관료주의의 병폐로서 이 문제는 당 정리 활동을 통해 해결되어야 합니다."

덩잉차오는 또 말했다. "중국의 평화통일은 1980년대에서 1990년에 이르는 시기까지 3대 임무 중 하나로서 우리는 많은 노력을 기울여야 합니다. 우리는 알찬 내용을 지닌 매우 좋은 정책을 갖고 있음에도 불구하고 현재의 문제는 이들 정책에 대해 널리 알리지 못하여 급히 해결해야 할 일부 문제가 오랫동안 지연되어 처리하지 못하고 있다는 것입니다. 선전사업은 핵심을 찔러야 하고 설득력을 지녀야 하며 대화 속에서도 남들에게 우리들의 정책을 이해시켜야 합니다. 우리는 이번 인민대표회와 정치협상회의에서 조국통일 대업에 대해 충분한 토론을 진행해야 합

---

82 1984년 5월 정치협상회의 6기 2차회의 홍콩 마카오소조 회의에서 이루어진 덩잉차오의 강화 기록 원고 참고.
83 1984년 5월 정치협상회의 6기 2차회의 타이완연맹, 타이완연합, 타이완본적위원 소조회의에서 이루어진 덩잉차오의 기록 원고 참고.

니다."

덩잉차오는 무당파인사 소조 토론회에 참가하여 양지커(楊紀珂), 펑인
(馮寅), 예다오잉(葉道英) 위원의 발언을 진지하게 들은 후 다음처럼 재미
있는 말을 했다. "우리나라 10억 인구 가운데 공산당원은 4천만 명이 되
지 않습니다. 거기에 각 민주당파를 더하고 공산주의청년단까지 계산하
여도 1억이 안 됩니다. 무당파 인사가 적어도 9억이 되는 셈이지요. 당연
히 어린아이까지 포함한다면 여러분들의 집단이 가장 큽니다. 또한 앞으
로도 더욱 성장하여 끝없이 발전할 것입니다. 나는 당신들 소조의 브리
핑을 모두 보았습니다. 당신들 소조의 브리핑과 방금 마친 세 위원의 발
언은 모두 매우 충실했으며 그 내용도 모두 우리 4개 현대 건설과 매우
밀접한 관계를 갖고 있습니다. 중요한 것은 실속 있게 처리해야 한다는
점입니다. 중앙 지도자동지들은 우리나라의 건설이 제대로 이루어져야
하고 우리의 당풍과 사회 풍기가 근본적으로 변화되어야 한다는 데에 의
견 일치를 보았습니다. 우리는 결심도 있고 또 믿음도 있습니다. 그러나
단지 우리에게만 의지해서는 안 되고 모두가 함께 노력해야 합니다."[84]

그녀는 모두가 돌아가 정치협상회의와 국가 계획에 대해 널리 선전하
여 주기를 간절하게 희망하였다. 그리고 활동 중에 드러나는 어떤 문제
라도 즉시 제기해 주기를 더욱 원했다. 또한 그녀는 대회 비서처가 각
조의 브리핑을 분류, 정리하여 즉시 관련 기관에 보내 처리할 수 있도록
건의하였다.

덩잉차오는 이들 소조위원들에게 대부분 나이가 많고 허약하니 특별
히 건강에 주의해 달라고 하며 관심을 보였다. 그녀는 량수밍 위원에게
서로 알고 지낸 지 수십 년이 되었는데 다시 보게 되어 매우 반갑다고
말했다. 그리고 전 칭화대학교 총장 마이이치(梅貽琦)의 부인 한용화(韓咏
華) 위원과 악수를 하며 환담하였다. 또 그녀는 동주쥔(董竹君) 위원이 과

---

84   1984년 5월 정치협상회의 6기 2차회의 무당파인사 소조회에서 이루어진 덩잉차오의
      강화 기록 원고 참고.

거 공산당을 위해 매우 큰일을 하였으나 지금 병으로 오지 못했다고 하면서 비서장을 시켜 자신을 대신해 문병토록 조치하였다. 덩 다졔가 동주쯴 위원에게 보여준 관심은 매우 사려 깊었고, 이로 인해 함께 자리한 모든 위원들이 큰 감동을 받았다.

먀오윈타이(繆雲台) 위원이 무당파인사를 대표하여 덩 다졔에게 당일의 지시에 대해 감사 인사를 표시하자 덩잉차오는 바로 다음과 같이 말했다.

"'지시'가 아닙니다. '지시'가 아니에요. 우리는 평등하며 동지 관계로 의견을 교환할 뿐입니다. 우리 사이에서 '지시'라는 두 글자는 없애야 합니다. 또한 내가 언급해야 할 일이 하나 더 있는데 그것은 오염된 정신을 일소하는 사업과 관련된 것입니다. 내가 여러분의 브리핑을 보니, 다시 한 번 시끌벅적하게 들고 일어나 또 다른 운동을 벌이지는 않을까 모두 걱정을 하고 있었습니다. 전에 말했듯이 우리 당은 과거의 침통한 경험과 교훈을 발판삼아 절대 과거와 같은 착오를 반복하지 않을 것입니다. 여러분은 안심하고 또 여러분의 도움을 기대합니다. 우리는 각 민주당파와 무당파인사의 도움을 얻기 위해 정치협상회의를 만든 것입니다."

덩잉차오의 이 말에 모든 참석자들은 크게 안심하였다.

덩잉차오는 문예계 3개 소조 연합토론회에 참석하였다. 극작가 우쭈광(吳祖光)은 덩 다졔를 보니 저우 총리가 떠오른다고 말했다. 덩잉차오는 급히 손을 내저으며 "저우언라이는 저우언라이이고, 나는 덩잉차오로서 그를 대신할 수 없습니다"라고 대답하였다. 우쭈광은 대답하기를 "당신과 저우 총리는 서로 분리될 수 없습니다"라고 하였다. 덩잉차오는 다시 손을 내저으며 "어떤 때는 분리될 수 있습니다"라고 하였다. 덩잉차오의 이 말을 듣고 모든 위원들은 크게 웃었다.[85]

덩잉차오와 문예계 인사들은 서로에 대해 줄곧 관심을 기울여 왔고

---

[85] 1984년 5월 정치협상회의 6기 2차회의 문예계연합소조토론회에서 이루어진 덩잉차오의 강화 기록 원고 참고.

서로에 대해 잘 알고 있었다. 위원들은 그녀 앞에서 말할 때 있는 그대로 애기하고 거리낌이 없었다. 덩잉차오는 진지하게 그녀들의 의견을 청취했고 일부 의견에 대해서는 관련부서에 위임하여 조사 해결토록 하였다.

위원들은 열렬하게 덩잉차오의 강화를 환영하였다.

덩잉차오는 다음과 같이 말했다. "'10년 내란'의 혹독한 경험을 겪으며 문예계 동지들은 더욱 굳세어지고 더욱 분발하였습니다. 최근 몇 년 동안 소설, 영화, 연극 등에서는 사회주의 현대화 건설과 인민의 창조적 생활을 반영하는 좋은 작품들이 많이 배출되었고 이것이 대세였습니다. 그러나 좋지 않은 면도 드러났습니다. 정신 오염 일소 사업과 관련하여 모든 문예계가 촉각을 곤두세우고 걱정스러운 눈으로 바라보겠지만 여러분들은 두려워 할 필요가 없습니다. 우리의 현 중앙은 과거 침통했던 피의 교훈을 결코 되풀이해서는 안 된다고 결심했습니다."

그녀는 모두가 이 문제를 정확하게 인식하고 더욱 훌륭한 작품을 많이 창작해 달라고 열정적으로 격려하였다. 덩 다졔의 말에 모두는 열렬한 박수를 화답했다.

덩잉차오는 혁명역사를 주제로 한 창작물 가운데에서 역사적 사실과 허구의 문제를 어떻게 관련지어 풀어야 할 것인지에 대해 자신의 소감을 피력하였다. 그녀는 문예창작물에서 허구는 인정되지만 역사적 사실과 위배되어서는 안 되며, 생존해 있는 인물의 경우 조금만 선전해야 하며 죽은 자에 대해서도 과도하게 선전해서는 안 된다고 하였다.

덩잉차오의 발언이 끝난 뒤 경극의 저명한 배우 리완춘(李萬春)은 그녀에 자신의 의견을 제기하고 싶었으나 휴회 시간이 되어 할 수 없게 되었다. 그러자 덩잉차오는 직접 리완춘에게 자신의 전화번호를 건네며 그에게 중난하이로 한 번 찾아오면 어떻겠냐고 하였다. 이러한 모습에 많은 문예계 위원들은 더욱 감동을 받았다.

덩잉차오는 또한 1년 전에 추가로 새로이 선출된 중국 국적의 외국혈통 정치협상위원 10명과 최근 해외와 타이완에서 대륙으로 돌아와 정착한

6명의 위원을 특별히 초청해 함께 대담하며 그들의 의견을 청취하였다.[86]

덩잉차오는 먼저 오늘 이 좌담회에 참가한 사람은 모두 우리의 좋은 친구이며 우리의 동포라고 하며 다음과 같이 말했다. "오늘 나는 여러분에게 가르침을 청하는데 당신들은 선전사업과 정치협상회의 사업에 대한 고견을 들려주시기 바랍니다. 선전사업은 우리들의 활동을 전진 발전시키는 첨병이지만 우리의 선전사업은 항상 불만족스럽고 또 상투적이어서 정곡을 찌르지 못하고 있습니다. 또한 선전 효과를 중시하지 않고 발행 사업에도 주의를 기울이지 못하였습니다. 특히 '10년 내란' 이후 우리들의 사상은 혼란스럽고 지혜도 이전만 못한 것 같습니다. 단지 중앙의 문건을 가져다 전달하거나 되풀이하여 서술할 뿐입니다. 중앙의 문건도 반드시 우리의 학습, 이해를 거쳐 다른 언어, 즉 대중화된 언어로 설명될 때 듣는 사람의 실제 삶과 결합되어 생동감과 활기가 넘쳐날 것이며, 그럴 때에야 사람들이 기쁜 마음으로 듣고 반기게 됩니다. 여러분들은 비록 여러 외국에서 왔지만 중국을 매우 잘 이해하고 있고, 중국에 대한 감정 또한 매우 남다르니 격의 없이 의견을 제시해 주기 바랍니다."

마하이더(馬海德) 위원은 상당히 능숙한 중국어로 말했다. "다졔의 말은 매우 시의적절하고 매우 정확합니다. 지금 우리는 사업을 전개함에 있어 항상 그 분야에 정통한 사람이 있어야 한다고 주장하는데, 정통한 사람이란 전문가라고 할 수도 있고 해당 방면에 지식을 축적한 사람이라고도 할 수 있습니다. 그런데 지금 우리의 사업에서는 정통하지 않은 사람이 그러한 사람보다 더욱 많습니다."

마하이더는 또 말을 이었다. "이번 정치협상회의에서 우리가 비교적 많이 다룬 것이 지식인 문제입니다. 지식인이 생각하는 문제는 매우 많고 복잡합니다. 지식인은 권력이나 금전, 공명을 요구하지 않고 자신의

---

86   1984년 5월 정치협상회의 6기 2차회의 중국 국적 외국혈통 정치협상회의위원 소조에서 이루어진 덩잉차오의 강화 기록 원고 참조.

사업, 자신의 과학 연구 사업이 잘 되기를 바랍니다. 이러한 지식인의 특징에 대해 잘 이해해야 합니다."

그는 구체적인 건의를 하였다. 그에 따르면 정치협상회의 위원 모두가 국가의 대사에 대해 두루 이야기하고 싶어 하는데 현재 전문 분야별로 구획된 소조에서는 위원들이 그 직무와 관련된 일에 대해서만 언급할 수 있을 뿐이라는 것이다. 따라서 그는 전문 분야별로 구분된 소조 형식이 해체되기를 희망하였다.

73세의 펑홍원(彭鴻文)은 원래 국민당 제10전구(戰區) 사령관이자 중장으로서 1982년 캐나다에서 귀국하여 정착하였다. 그는 덩잉차오 주석이 개막사를 통해 숨김없이 말하여 어려움을 애써 감추거나 모순을 회피하지 않았다고 하였다. 또한 그는 그녀가 특히 향후 통일전선사업을 어떻게 더욱 발전시켜나갈 것인가에 대해 자세하게 설명하였기 때문에 듣는 위원들이 매우 기뻤다고 하면서 이를 진지하게 학습하여 관철시켜 나갈 수 있도록 노력해야 한다고 하였다.

잡지 『중국건설(中國建設)』의 총편집장인 업스타인(愛波斯坦) 위원이 말했다. "저는 신중국 수립 이전에 충칭에서 저우언라이의 지도 아래 선전사업을 담당했었습니다. 그때 국민당의 반동선전을 물리쳤고 외국 신문 기자들에게 매우 좋은 영향을 끼쳤습니다. 그리고 현재 우리의 선전 조건과 인적·물적 역량은 신중국 성립 이전에 비해 훨씬 좋아졌습니다. 그러나 관료적인 말투와 탁상공론이 지나치게 많아 과거와 마찬가지로 사람들을 설득시키지 못하고 있습니다. 그리고 현실을 고려하지 않을 뿐만 아니라 제 주관대로 하며 효과를 고려하지 않습니다. 서적 발행 사업 역시 제대로 이루어지지 못하고 있습니다. 많은 출판사가 단지 돈벌이를 위해 책을 출판하고 있습니다."

덩잉차오는 이야기를 들으면서 계속 고개를 끄덕이며 그의 의견에 동의를 표시하였다.

1983년 5월 외국에서 돌아와 정착한 시짱(西藏) 고위인사 아러췬쩌(阿樂

群則)는 덩잉차오에게 순백색의 하다[87]를 정중하게 바쳤다. 그는 먼저 덩잉차오에게 사과하며 말했다. "저는 1950년대 시짱에서 독립운동을 했고 저우 총리에 대해 반대를 했습니다. 오늘 나는 덩잉차오 주석에게 직접 사죄를 드리는 바입니다." 이렇게 말하면서 그는 두 손을 합장하며 예를 올렸다. 덩잉차오는 거듭 손을 잡으며 과거의 일은 다시 제기할 필요가 없다고 하였다. 아러췐쩌는 회고록을 쓰고 있다고 하면서 다 쓰고 난 뒤 중국어와 외국어로 번역하여 함께 자리한 친구들에게 보내주겠다고 말했다. 그는 또한 중공이 신앙의 자유를 제창하고 있고 현재 티베트의 종교 활동이 회복 중에 있는데 이러한 종교정책이 계속 관철, 집행되기를 희망하였다.

덩잉차오는 이러한 의견들을 들은 후 자신들의 사업이 개혁되어야 하고 개혁이 없으면 전진할 수 없다고 하였다. 그러나 개혁은 역시 그 사정이 매우 복잡하게 얽혀 있어 어려움이 있음을 토로하였다. 그녀는 각 위원들이 자신의 의견을 작성하여 제안조에 제출함으로써 각 항목 별로 쉽게 처리될 수 있도록 해 주기를 바랐다. 그녀는 건의, 자문, 비판의 권한을 가진 정치협상회의가 매 3개월마다 모든 의원들의 제안이 해결됐는지 확인하고 재촉하여 이것들이 관료주의적으로 처리되지 못하도록 하겠다고 하였다. 그녀는 분할된 조를 통합하자는 마하이더 의원의 의견에 매우 적극적으로 찬성하며 올해는 이미 시간적 여유가 없어 불가능하지만 다음 해에는 반드시 그렇게 하겠다고 하였다. 그녀는 또한 다음 해 정치협상회의 역시 개혁이 이루어져야 하는데 그렇게 하려면 어떻게 해야 하는지 위원들이 많은 의견을 내주기를 희망하였다.

덩잉차오는 인민대표대회와 정치협상회의를 취재하기 위해 베이징에 온 26명의 홍콩·마카오 기자를 만났다. 그들은 홍콩·마카오 21개 언론사에서 왔는데 가장 나이가 많은 사람은 34살이고 가장 젊은 사람은 22

---

87   역주: 티베트족이 경의나 축하의 뜻으로 쓰는 흰색, 황색, 남색의 비단 수건.

살이었다. 덩잉차오는 그들에게 말했다. "여러분들은 하나같이 매우 젊습니다. 하지만 당신들의 활동은 매우 중요합니다. 수많은 독자들과 연결될 수 있기 때문입니다. 나는 당신들의 활동을 매우 부러워하고 있습니다." 그녀는 말했다. "언론보도는 매우 신속해야 해서 시간적 제약이 있습니다. 또한 실사구시적으로 해야 하고 시의적절해야 독자들에게 환영받을 수 있습니다."

덩잉차오는 그들의 요구에 호응하여 홍콩·마카오 청년들에게 다음과 같은 몇 마디의 말을 하였다. "나는 홍콩·마카오 청년 친구들에게 간절한 희망을 걸고 있고 그들이 조국을 열렬하게 사랑하고 국가의 주권에 대해 관심을 기울이며 공부를 열심히 하고 본업에 충실하여 홍콩·마카오의 번영과 안정을 유지하기 위해 새로운 공헌을 더 많이 그리고 더 훌륭하게 해 주기를 희망합니다."

중국의 평화통일 문제에 대해 언급하면서 그녀는 말했다. "조국의 통일은 조만간 반드시 실현될 것입니다. 타이완을 조국에 회귀시키는 사업을 당신들과 함께 하기를 희망합니다. 인민정치협상회의는 타이완의 국민당 인사가 대륙으로 들어와 시찰하는 것을 환영합니다. 당신들 역시 홍콩이라는 이점을 살려 이러한 의견을 그들에게 전해 주기 바랍니다."

덩잉차오의 사려 깊고 예리하며 친절한 태도에 이들 홍콩, 마카오기자, 특히 여성기자들은 큰 감동을 받았다. 그녀들은 홍콩과 마카오로 돌아가 보도하는 과정에서 자연스럽게 덩잉차오를 '덩 마마'로 불렀고, 또한 중국이 위대한 여성 지도자를 보유하고 있다는 사실에 대해 긍지를 느꼈다.

1985년 3월 25일, 전국정치협상회의 6기 3차회의가 곧 개막될 예정이었다. 3월 24일 오전 덩잉차오는 베이징호텔에 도착하여 저명한 작가이자 전국정치협상회의 부주석 바진(巴金)을 방문하였다.[88]

---

88 『인민일보』, 1985. 3. 25.

바진은 1982년 넘어져 다리를 다친 이후 3년 넘게 베이징에 오지 않았다. 1984년 설날, 덩잉차오는 상하이의 저명한 극작가 차오위(曹禺)에게 부탁하여 꽃을 들고 병원에 입원 중이던 바진을 찾아 위문토록 하였다. 11월 24일은 바진의 80세 생일이었다. 덩잉차오는 다시 상하이시위원회 지도동지에게 부탁하여 그에게 생일 케이크를 전하게 하였다. 이후 병에서 회복된 지 얼마 되지 않았지만 그는 베이징에서 열리는 이번 대회에 참석하기로 결심하였다.

덩잉차오는 관심 있게 그의 몸 상태에 대해 물으며 몸을 잘 챙겨 건강에 주의하라고 당부하면서 고견을 많이 들려주기를 부탁하였다. 그녀는 "당신이 보기에 옳지 않은 부분이 있으면 바로 비판하고 문제를 제기해야 합니다. 그래야 비로소 우리들의 사업이 제대로 완성될 수 있습니다"라고 말했다. 덩잉차오는 또한 그를 수행해 베이징에 함께 온 바진의 딸과 아들에게 아버지를 잘 보살피라고 거듭 당부하였다.

그녀는 또한 2층 회의실로 가 홍콩·마카오 위원을 만나 일일이 악수를 나누었다.[89] 그는 말했다. "정치협상회의는 애국통일전선조직입니다. 회의기간 동안 여러 사람의 의견을 모아 보다 큰 효과를 거둬야 하며 회의를 활력과 생기가 넘치게 만들어야 합니다. 우리는 대외개방정책을 실행하고 있습니다. 따라서 회의 역시 활기차게 진행되고 있으니 발언할 때에도 거두절미하고 곧장 본론으로 들어가도록 하시고 상투어나 쓸 데 없는 말은 삼가 주십시오" 홍콩·마카오 위원들은 덩잉차오의 이 발언에 대해 열렬한 박수로 화답했다.

덩잉차오는 홍콩·마카오 위원에게 내지의 4개 현대화건설과 홍콩문제 등에 대해 많은 의견을 발표해 주기를 청했다. 헤어질 때, 한 위원이 그녀의 손을 잡아끌며 격동적으로 "우리는 국모를 만나 뵙게 되어 너무 기쁩니다!"라고 말했다. 덩잉차오는 바로 그 말을 교정하며 "나는 국모

---

89   『인민일보』, 1985.3.25.

가 아닙니다. 중국 전체 여성이 바로 국모입니다!"라고 하였다. 위원들은 이 말을 듣고 모두 그녀를 우러러 탄복하며 웃기 시작하였다.

전국정치협상회의는 덩잉차오의 주재 아래 한 걸음 한 걸음 더욱 충실해져 갔다. 덩잉차오는 대회 발언의 수를 증가시켜 민주주의를 더 잘 일으켜 세우자고 주장하였다.

4월 8일 덩잉차오는 폐막회의에서 이번 대회 발언에 모두 발언, 서면 및 연합 발언을 포함하여 총 127명이 나서 과거 몇 차례 회의 때의 발언보다 수적으로 크게 증가하였다고 했다. 그녀는 위원들의 발언이 정곡을 찔렀으며, 경제를 진흥시키고 경제체제, 과학기술체제, 교육체제를 잘 개혁하기 위해 많은 좋은 의견과 건의가 제기됐으며 정치협상회의의 정치협상과 민주감독의 역할이 충분히 체현됐다고 긍정적으로 평가하였다.

덩잉차오는 강화를 통해 많은 위원들이 관심을 갖고 있는 문제에 대해 대답하였다. 그녀는 말했다. "소조 토론 가운데 많은 위원들은 사회에서 드러난 새로운 부정적 풍조에 대해 예리한 비평을 가하고 어떻게 이 문제들을 해결할 것인지에 대해 매우 좋은 의견을 개진하였습니다. 나는 개혁이 제대로 전진하고 있는 때에 이런 새로운 부정적 풍조가 출현했으며, 이들 문제에 대해 한편으로 우리들이 방심하지 말고 반드시 중시해야 함을 인정합니다. 또한 다른 한편으로 이것은 전진 가운데 나타나는 문제임을 알아야 하며 단지 우리가 깨어 있는 머리로써 제때에 바로 잡으면 이들 문제는 어렵지 않게 해결될 것이므로 결코 이로 인해 개혁을 진행하려는 우리의 결심이 동요되어서는 안 됩니다."

덩잉차오는 말했다. "많은 위원들이 현 선전사업의 일부 문제에 대해 비판적인 의견을 제시하였는데 중요한 것은 선전사업이 충분히 실사구시적으로 이루어지지 못했다는 의견이었습니다. 일부 선전 보도는 부적절하게 숫자를 앞세워 빠른 속도, 높은 지표를 지향하여 형식적인 내용으로 되어 있습니다. 이러한 허풍과 과장 그리고 형식주의는 우리의 현대화건설에 나쁜 영향을 줄 뿐입니다. 상품의 질량을 제고하고, 경제 효과를 높이며, 낭비 은폐에 반대하고, 근검절약에 힘쓰며, 각고의 노력으로 분투할 수 있도록 중점적으로 선전해야 합니다. 우리가 개혁을 실시하는 것은 중국 색깔이 묻어 있는 특유의 사회주의를 건립하기 위함입니다. 우리는 물질문명을 발전시킴과 동시에 정신문명의 발전도 중시해야 합니다. 전국 각 민족인민이 이상, 도덕, 문화, 기율을 갖도록 교육시켜야 하며, 특히 청소년이 원대한 이상을 수립하도록 교육하여 튼튼하게 성장할 수 있도록 도와야 합니다."

덩잉차오는 많은 위원들이 관심을 갖고 있는 교육문제에 대해 언급하였다. "우리나라 경제의 비약은 과학기술사업과 교육사업이 크게 발전할 수 있는지, 인재문제가 해결될 수 있는지에 달려 있습니다. 지금 우리들은 한편으로 인재가 적극적으로 재능을 충분히 발휘케 하고 지식인 정책 재평가를 충실하게 이행하며 지식인을 위해 구체적인 문제를 해결해야 합니다. 또한 다른 한편으로는 새로운 인재 양성에 관심을 쏟아야 합니다. 유치원, 초등학교에서부터 양질의 교육을 하며, 중등교육을 발전시키고, 대학교육의 질을 높여 인재를 배출해야 합니다."

덩잉차오는 시스템공학의 관점에서 정치협상회의가 종합 인재창고의 역할을 감당해야 한다고 창조적으로 말했다. "정치협상회의는 과학지식이 풍부하고 수준이 높으며 경험이 풍부한 많은 인재들을 소유하고 있는 종합적인 인재창고입니다. 이들 인재는 각자의 단위에서 각자의 역할을 수행하고 있지만 개별적이고 국부적인 역할만 수행하고 있습니다. 만약 정치협상회의라는 이 단체에서 모두가 적극적으로 참여하고 각 성원의 전문지식과 구체적인 실천을 조화시킨다면 발휘할 수 있는 역할은 더욱 커져 그 역할 전체가 발휘될 수 있게 될 것입니다." 그녀는 전국정치협상회의와 각급 정치협상회의가 이 문제에 더욱 많은 주의를 기울여 주기를 희망하였다.

1985년 9월 18일에서 23일까지 중국공산당은 전국대표회의를 거행하였고 '75'계획 제정 건의를 통과시켰다. 덩샤오핑은 정세와 개혁에 관한 중요 강화를 발표하였다. 덩잉차오는 예젠잉, 펑전, 녜룽전, 쉬샹첸(徐向前) 등 원로 혁명가들과 함께 중앙정치국 위원 재임을 자발적으로 사임하는 대신 비교적 젊고 새로운 동지들을 추가 선발하도록 하였다.

10월 4일에서 8일까지, 덩잉차오는 6기 전국정치협상회의 제10차 상임위원회 회의 소집을 주재하였다. 덩잉차오는 정치협상회의 위원에게 중국공산당 전국대표회의의 내용을 통보하였다. 그녀는 '75'계획에 대한 건의가 제7차 5개년계획 기간(1986-1990년)의 경제사업 방침과 방향 문제를 주로 해결하는 것이라 설명하였다. 그녀는 전국정치협상회의가 각 민주당파와 상공연합회를 지지하여 4개 현대화건설을 위한 방책을 수립하고 그들의 역량을 충분히 인식하여 더욱 큰 역할을 수행할 수 있도록 해주기를 희망하였다. 그녀는 또한 신구 간부의 협조와 교체 문제에 대해서도 언급하였다. "이번 중앙 지도기구의 조정 과정에서 원로 동지들이 자발적으로 솔선수범하여 물러섬으로써 지도간부의 종신제를 변화시키는 데에 매우 훌륭한 일보를 내딛었습니다. 신구 교체란 젊은 세대가 과거의 역할을 이은 것이지 단지 관리의 직무를 이어받은 것이 아닙니다. 전심전력을 다해 인민을 위해 봉사해야 하고 인민의 좋은 공복이 되어야 합니다."[90]

1986년 3월 23일에서 4월 11일까지 전국정치협상회의 제6기 4차회의가 베이징에서 거행되었다. 덩잉차오는 회의를 주재하고 강화를 발표하였다. 그녀는 1986년이 제7차 5개년계획의 첫 번째 해이니, 전국정치협상회의 위원이 '75'계획을 진지하게 토론하고 많은 의견과 건의를 제출하여 '75'계획 실현을 위한 방법을 제시해 달라고 말했다.[91]

그녀는 정치협상회의 소수민족조의 토론에 참가하여 그들의 의견을 청취하였다. 그녀는 전국 각 민족인민이 당 중앙의 통일적 지도 아래 더욱 긴밀하게 단결하여 '75'계획의 완성을 위해 함께 분투해 주기를 희망

---

90   『인민일보』, 1985.10.9.
91   『인민일보』, 1986.3.24.

하였다.[92]

덩잉차오는 여성자매들을 한시도 잊지 않았으며, 특별히 위엔왕러우(遠望樓)호텔을 찾아 정치협상회의 전국 여성조 위원들의 토론에 참가하였다. 여성위원들은 덩 다졔가 온 것을 보고 몰려나와 다투어 그녀의 손을 잡았다. 덩잉차오 역시 서둘러 그녀들의 안부를 묻고 이야기를 나누었다. 여성작가 차오밍(草明)은 일찍이 항전시기에 덩 다졔와 서로 알게 되었다. 덩 다졔는 어느 날 그녀에게 노동자 농민 병사 속으로 깊이 파고 들어가 인민을 위해 더욱 좋은 정신적 양식을 제공하라고 격려했었다. 그녀는 덩 다졔의 두 손을 꽉 잡고 안부를 물었다. 덩잉차오는 웃으며 말했다. "당신이 보내는 신작 『신주(神州)의 아들 딸』은 잘 받았어요 무슨 의견이 있으면 이후 다시 당신에게 연락하지요."[93]

흰 머리가 가득 한 롱수런(榮漱仁) 위원은 중국 상공업계의 저명한 롱(榮) 씨 가문의 한 사람이었다. 최근에 그는 몇 년 사이에 만든 친구들이 해외 여기저기에 포진해 있는 좋은 조건을 이용하여 적극적으로 기술, 설비, 투자를 끌어들여 많은 일을 하였다. 덩잉차오는 그녀에게 "당신의 생각은 매우 훌륭합니다. 당신을 만나게 되니 너무 기쁘군요. 당신은 줄곧 국가를 위해 헌신하였으니 축하할 만한 일입니다"라고 말했다. 롱수런은 덩 다졔의 칭찬을 받고 매우 기뻐했다.

덩잉차오는 이미 고인이 된 허룽 원수의 부인 셰밍(薛明)을 만났다. 그녀들은 서로 껴안고 또 악수를 나누며 매우 다정스런 모습을 보였다.

덩잉차오는 지속적으로 여성 배우에 대해 깊은 관심을 보였고 또 그녀들의 사정을 잘 이해 하였다. 그녀는 저명한 영화배우 천이(秦怡)를 만나 "영화 『뇌우(雷雨)』를 보았어요. 당신은 루마(魯媽) 역을 훌륭하게 소화했습니다"라고 말했다. 이 말로 듣고 천이는 마음속이 뜨거워지는 것을 느꼈다. 65세의 위란(于藍)은 당시 아동영화제작소 소장이라는 중책을 맡

---

92   『인민일보』, 1986.3.28.
93   『인민일보』, 1986.3.39.

고 있었다. 덩잉차오는 그녀에게 "현재 당신이 맡고 있는 업무는 억만 아동을 위한 봉사직으로 매우 중요합니다"라고 말했다. 위란은 계속 고개를 끄덕이며 덩 다졔가 자신의 일을 잘 이해하고 지지한다고 느꼈다.

덩잉차오가 여성위원들과 한 자리에 둘러 앉아 이야기하는 동안 탄성과 웃음소리가 회의장 전체에 크게 울려 퍼졌다. 덩잉차오는 말했다. "나는 이 자리에 함께 한 자매 대부분과 이미 여러 해 동안 알고 지내왔습니다. 오늘 내가 여기에 온 것은 우선 여러분 모두를 만나기 위함이고, 그 다음은 여러분 모두의 의견을 경청하기 위함입니다."

여성위원 가운데 많은 사람들은 교육업무를 담당하고 있었다. 그들은 전국인민대표회의가 곧 반포하게 될 『의무교육법』을 둘러싸고 저마다 열심히 의견을 개진하였다. 그녀들은 국가의 의무교육 실행을 지지하며 교사 자질 양성, 교육 경비, 취학 이전 교육 등의 문제에 대해 많은 건의를 하였다.

덩잉차오는 모든 의견에 동의하며 말했다. "교육은 인생의 근본이고 또한 민족 전체의 문화 소양을 향상시키는 중요한 수단입니다. 의무교육법의 실행은 공산당의 지도에 의지하고 사회 각 방면의 노력에 의지해야 할 뿐만 아니라 수많은 교육 활동가의 역할 수행에도 의지하여야 합니다." 그녀는 교육 활동가가 자신의 사업을 열정적으로 사랑하고 실제 행동을 통해 의무교육법 실시에 대한 사람들의 이해를 높여주기를 희망하였다.

덩잉차오는 웃으며 여성위원들에게 말했다. "나는 이미 82살이 되었습니다. 그러나 조금의 여력이라도 남아 있다면 그것을 다 쏟아 부을 것입니다. 비록 나는 지금 전문적으로 여성사업에 종사하고 있지 않지만 사회주의 중국의 여성으로서, 특히 공산당원으로서 나는 여전히 수많은 여성과 관계를 맺는 것을 나의 일로 삼아 진력을 다할 것입니다."

1987년 3월 정치협상회의 6기 5차회의가 곧 개최될 예정이었다. 그 해초 부르주아계급 자유화에 반대하는 정치사상투쟁이 전개되었다. 이러한 상황 속에서 덩잉차오는 "우리는 민주주의를 발양시켜 위원들에게 말하고 싶은 바를 다 하게 해야 한다"고 말했다.

1987년 3월 24일, 전국정치협상회의 6기 5차회의가 베이징에서 개막되었다. 덩잉차오는 개막식에서 연설을 통해 이번 회의는 경제가 안정되고 정치가 안정된 상황에서 소집되었다고 말하였다. 그녀는 이어 말하였다. "현재 '75'계획이 순조롭게 실시되고 있습니다. 우리는 어떻게 이처럼 좋은 정치, 경제 정세를 획득할 수 있었겠습니까? 첫째 11기 3중전회 이후의 노선, 방침과 각종 정책을 결연하고 정확하게 관철시켰고 경제건설을 중심으로 하여 4개 기본원칙[94]을 견지했으며, 개혁개방 노선을 견지하여 중국만의 특색을 지닌 사회주의를 건설하였기 때문입니다. 둘째, 전국 각 민족인민, 각 민주당파, 무당파 애국인사의 공동 노력에 힘입은 덕분입니다. 마음과 힘을 합하고 안정과 단결을 유지하는 데에 기인한 바 큽니다. 안정과 단결이 없었다면 그 어떤 것도 이뤄낼 수 없었고 심지어 퇴보했을 지도 모릅니다." 그녀는 전체 위원들이 공산당의 사업과 국가의 건설사업에 대해 솔직하게 비판과 건의를 제출해 주고 알고 있는 바를 모두 이야기하여 기탄없이 자기의 의견을 제기함으로써 이번 회의가 이전에 비해 더욱 성공적이고 훌륭하게 개최될 수 있기를 진정으로 희망하였다.[95]

이 정치협상회의는 덩잉차오가 주석을 맡아 주재하는 마지막 회의였다. 회의는 생동감 넘치고 활발하게 진행되었고 모든 위원들은 매우 만족스러워 했는데, 이는 덩잉차오의 지도사상과 분리될 수 없었다. 그녀는 말했다. "모두가 다 말을 하게 한다고 해서 하늘이 무너지지 않습니다. 사람들에게 재갈을 물려 예전처럼 할 말을 가슴에 담아두고 못하게

---

94 역주: 중국공산당의 사회주의 건설을 위한 네 가지 기본요구를 가리킨다. 첫째, 당의 기본노선을 견지하여야 한다, 둘째 계속 사상을 해방하고 실사구시하며 시대와 더불어 전진해야 한다, 셋째 계속 한마음으로 전력을 기울여 인민을 위해 봉사해야 한다, 넷째 민주주의중앙집권제를 견지해야 한다.

95 『인민일보』, 1987.3.25.

하여 잠자코 있다고 어느 날 불쑥 폭발하면 오히려 수습할 수 없습니다. 민주는 인민의 기본권리입니다. 공산당이 민주를 중시하자는 것을 두려워하겠습니까? 단지 우리의 손 안에 진리가 있다면 무엇이 두렵겠습니까?"

다년간의 풍부한 정치 경험을 통해 그녀는 고도로 숙련된 정치적 소양을 지니고 있었다. 어떠한 정치적 풍랑 속에서도 그녀는 태연하고 침착하며 여유 있게 대처하였다. 그녀는 정세의 발전적 변화에 잘 적응하고 시대의 조류에 맞춰 전진했을 뿐만 아니라 정확한 원칙을 일관되게 견지하여 함부로 그것을 방기하지 않았다. 이것이 곧 혁명가의 담력과 지모이며 정치가의 도량과 풍모인 것이다.

146. 정치협상회의 사업의 발전을 전면적으로 촉진시키다[96]

덩잉차오는 전국정치협상회의를 지도하고 정치협상회의 사업의 전면적 발전을 촉진시켰다. 6기 정치협상회의 부비서장 양정민(楊拯民 : 양후청(楊虎城)의 아들)의 말에 따르면 "덩 다제는 정치협상회의 사업을 분기시켰다."

덩잉차오는 일 년에 한 차례에 개최되는 정치협상회의 전국위원회 회의와 몇 차례의 정치협상회의 상임위원회를 정성스럽게 준비하였고 직접 그 회의를 주재하였으며 소조토론회에 참가하였다. 그녀는 주석사무회의를 개최하기로 하고 20여 명의 부주석, 비서장, 부비서장들과 정기적으로 함께 업무를 처리함으로써 정치협상회의의 집단지도체제를 건립하였다. 정치협상회의의 중요 업무는 이 주석회의를 통해 먼저 논의되었

---

[96] 6기 정치협상회의 비서장 저우샤오정(周紹錚)과 부비서장 펑유진(彭友今), 루핑(陸平), 양정민(楊拯民), 쑨톄칭(孫鐵青) 등은 덩잉차오가 6기 전국정치협상회의 사업을 주재했던 상황에 대해 소개하였다.

고 그 이후 상임위원회로 넘겨져 논의, 결정되었다.

그녀는 또한 정치협상회의의 일상 업무를 처리하는 비서장과 부비서장과의 좌담회를 개최하여 정치협상회의 개혁사업에 대해 의논하였다. 1984년 11월 6일 소집된 한 좌담회에서 덩잉차오는 정치협상기구 사업이 당연히 활기를 띠어야 한다면서 동지들 사이의 관계를 강화하고 정치협상회의 기구의 각 분과 동지들을 격려하여 널리 교우관계를 맺게 하고 위원들과 긴밀한 관계를 정립하여 개회 때만 서로 만나게 되는 일이 없도록 해야 한다고 주장하였다. 주석과 부주석 사이, 비서장과 부비서장 사이 그리고 상임위원회 위원들 사이의 관계는 밀접해져야 하며 일상적인 접촉을 통해 우의를 증진해야 한다고 하였다.

그리고 덩잉차오는 다음과 같이 말했다. "정치협상회의 상임위원회는 인민대표대회 상임위원회처럼 매년 3월에 한 차례씩 반드시 소집될 필요가 없습니다. 이렇게 많은 인원이 베이징에 올 경우 숙식 문제를 해결해야 하고 그를 지원하기 위하여 대규모의 인원이 필요합니다. 정치협상회의와 인민대표대회는 서로 다릅니다. 인민대표대회는 권력기관으로 입법 활동을 해야 하기 때문에 인민대표대회 상임위원회는 정기적으로 개회되어야 합니다. 정치협상회의 상임위원회는 주로 중앙과 국가의 중대한 정치문제에 대해 토론하는데 이는 필요에 따라 마련될 수 있습니다. 그리고 회의는 활발하게 진행되어 정치협상회의의 성격과 그 위원의 신분에 부합해야 합니다. 어떤 문제는 상임위원회에서 토론되어야 하지만 어떤 문제는 주석회의에서 논의해도 됩니다."

덩잉차오는 대외우호사업을 매우 중시하였다. 그녀는 정치협상회의 위원의 외국 방문에 대해 언급하였다. "단지 상임위원회에 서면 보고하는 것으로 그치지 말고 위원과 각 부(部), 위(委) 등 관련 부서가 참가하는 외국 방문 보고회를 개최하며, 그 규모를 좀 더 키워 더 많은 사람들이 상황을 알게 하여 사업을 더욱 활발하게 전개하도록 해야 합니다."

덩잉차오는 일관되게 선전사업을 중시하였다. "『인민정협보(人民政協

報)』는 한 명의 부주석이 주관하고 내용을 다양화시켜야 하며 자문을 위한 특별란을 만들어 정책문제에 대해 답해야 합니다. 발표된 기사는 정책과 연계되어야 하고, 정확한 사실에 근거해야 하며, 구체적인 인물의 역사적 사실에 대해 언급할 때에는 반드시 해당 인물의 확인을 거쳐야 합니다."

덩잉차오는 또한 이후 정치협상회의의 활동 상황에 대해 언급하였다. "현재의 정황과 밀접한 관련이 있는 부서와의 관계를 고려해야 하고 관련 부서와 상의해야 합니다. 정치협상회의의 선물 제공 방식도 개혁하여 절약 원칙에 부합하도록 해야 합니다. 위원, 상임위원회, 부주석 등이 병에 걸렸을 때 사람을 보내 위문해야 합니다. 이때 어떤 예물을 보낼지는 실제의 정황에 근거해야 합니다. 예컨대 어떤 사람이 응급구조를 받고 있어 제대로 먹을 수 없는데 먹을 것을 보내서야 되겠습니까?"

덩잉차오의 이 같은 의견을 통해 그녀가 어떠한 사상에 근거하여 정치협상회의 사업을 개척하고 강화하려고 하는 지 알 수 있다. 덩 다졔의 의견에 따라 비서장과 부비서장은 정치협상회의의 부주석 20여 명과 분담하여 관계를 맺었고, 정치협상기관의 간부는 정치협상회의 상임위원회 및 그 위원들과 관계를 맺었다. 정치협상회의 위원, 상임위원회, 부주석은 부인과 함께 정치협상회의 강당에 모여 시를 읊고 그림을 그렸으며 바둑을 두고 서예를 하였다. 또한 영화를 같이 보고 춤을 추며 서로 대화를 나누었다. 이를 통해 정치협상회의 위원들 사이의 관계는 더욱 돈독해졌다. 위원들의 활동은 다양하게 전개되었는데 위원들은 조직적으로 전국 각지를 참관, 방문하였고 전문적인 조사를 진행하였다. 많은 정치협상회의 위원은 전문적인 지식을 배워 소유하고 있었다. 그들은 기본 건설, 투자, 농업, 공업, 과학기술, 교육, 임금, 인구, 식량, 당풍(黨風) 등의 문제에 대해 각종의 전문적인 보고서를 제출했으며 국가건설을 추동하는 데에 있어 일정한 역할을 담당했다. 정치협상회의의 대외활동 역시 증가하여 과거에는 단지 수동적인 대응조직이었다면 이제는 그 한정

된 틀을 깨고 방문 외국의 수를 확대하였다. 정치협상회의는 또한 각국의 중국 주재 외교사절을 초청하여 그들에게 정치협상회의 사업을 소개함으로써 정치협상회의의 영향력을 확대하고 또 그에 대해 숙지하게 했다.

덩잉차오의 활동은 매우 세심하였다. 전국정치협상회의 부주석 화뤄겅(華羅庚)은 초청을 받아 일본을 방문하다 갑자기 사망하였다. 덩잉차오는 즉시 부비서장 양증민을 도쿄로 급파하여 모든 장례 절차를 처리토록 하였다. 정치협상회의 위원이자 국민당의 저명한 장군이었던 두위밍(杜聿明)의 부인이 홍콩에서 사망했을 때, 덩잉차오는 정치협상회의 부주석 청쓰위엔(程思遠)에게 부탁하여 서둘러 24시간 안에 홍콩으로 가 자신을 대신해 조문토록 하였다.

덩잉차오는 또한 정치협상회의의 역사 정리 사업에도 깊은 관심을 기울였다. 그녀는 정치협상회의 제4차 전국문사자료사업회의에서 중요한 강화를 발표하였다. "정치협상회의 사업은 크게 두 가지입니다. 하나는 활동성 사업입니다. 예컨대 정치협상회의는 전국위원회 회의와 상임위원회 회의를 거행하며 정치협상회의 내에는 몇 개의 위원회와 약간의 사업조가 있어 협상을 하거나 회의를 열어 토론, 결정합니다. 이 분야의 활동은 매우 많습니다. 정치협상회의에는 또 다른 방면의 활동이 있는데 그것은 정적인 사업입니다. 문사 자료 사업이 여기에 속합니다. 그러나 그것은 활동성 사업으로 발전될 수 있고 통일전선의 대상과 영향을 확대시킬 수 있으며 인민과 청년에 대해 애국주의 사상교육을 진행할 수 있습니다."

그녀는 정치협상회의 문사자료 모집 활동가들이 애국주의의 기치를 높이 들고 실사구시의 원칙을 견지하며 문사사업을 잘 진행하여 애국통일전선의 영향과 역할을 더 잘 발휘해 주기를 희망하였다.

덩잉차오는 정치협상회의 기관조직의 사업이 제대로 수립되고 진행될 수 있도록 매우 신경을 썼다. 1986년 6월 18일, 그녀는 전국정치협상회의의 전체 위원들과 회견하고 함께 단체사진을 찍은 뒤 대화를 나누

었다.[97]

그녀는 정치협상회의 기관조직 간부가 마르크스주의의 입장과 관점 및 방법을 이용하여 새로운 사물을 관찰하고 분석하여 당과 국가 및 각 민족인민 사업에 유익한 새로운 것이라면 마땅히 그것에 대해 적극적으로 지지할 수 있기를 희망하였다. 또한 당과 정부의 방침이나 정책을 비롯하여 결의 사항이나 지시를 학습하여 새로운 일이 변화, 발전하는 과정에서 부딪히는 문제를 해결하는 데 도움을 주어야 한다고 생각하였다. 그리고 객관세계의 개조와 동시에 자신의 주관세계를 개조할 때 항상 활동을 총 정리하여 자신의 어떤 부분이 개혁에 적합하지 않은 사상인지, 어떤 부분을 고쳐야 하는지 생각해 주기를 희망하였다.

덩잉차오는 정치협상회의 기관조직의 공산당원이 자신의 관료적 태도를 버리고 자발적으로 당외 인사와 접촉하여 정치협상회의의 특징을 살려야 한다고 생각했다. 정치협상회의의 특징은 "정치적으로 협상하고", "민주적으로 감독하며", "합작하여 함께 일을 처리하고", "널리 교우관계를 맺는 것"이었다. 따라서 그녀는 모든 동지들이 이 네 모토를 조직 개혁과 분위기를 일신을 위한 중요한 지도사상으로 삼아야 한다고 생각했다.

덩잉차오는 일부 동지들이 통일전선사업과 정치협상회의사업에 대해 명확하게 인식하지 못하고 있는 것을 겨냥하여 다음과 같이 말했다. "통일전선과 정치협상회의는 중국혁명의 실천 과정의 결과물입니다. 60여 년의 실천을 통해 통일전선이 잘 형성되어야 우리의 사업도 왕성하게 발전될 수 있음을 깨달았습니다. 통일전선이 분열되면 여러 부분에서 불리합니다. 건국부터 오늘에 이르기까지 인민정치협상회의는 끊임없이 발전되어 왔고, 점점 더 단결을 확대해 왔는데, 이는 확대를 두려워하지 않고 또 "섞이는 것"을 두려워하지 않았기 때문입니다. 통일전선은 중국

---

97 1986년 6월 18일 전국정치협상회의 기관 활동가들과의 회견에서 이루어진 덩잉차오의 강화 기록 원고 참조.

의 토양에서 생산, 발전된 것으로 다른 사람들의 희망에 따라 결정되지 않습니다. 바로 통일전선사업을 담당하는 우리 동지들이 믿음을 갖고 통일전선 실현이라는 임무를 위해 노력함과 동시에 꾸준히 선전 해석 활동을 전개하여 통일전선 사업에 대한 사람들의 인식을 제고시켜야 합니다. 이렇게 함으로써 우리는 통일전선사업의 새로운 국면을 개척할 수 있습니다."

덩잉차오는 모두가 분발하여 문제가 발생할 경우 조속히 처리하고, 강압적으로 일 처리를 하지 말며, 관료주의는 단호히 배격할 것을 요구하며 다음과 같이 말하였다. "전국정치협상회의 공산당원과 구성원들은 당외 인사와 우호적인 관계를 맺어 항상 당외 부주석이나 부비서장과 교류하고 유사시 그들과 상의하며 친구처럼 지내야 합니다. 그들과 배석했을 때 공무를 처리하듯 대하여 마치 여러분이 그들에게 무슨 지시라도 하는 것처럼 보여서는 안 됩니다. 사람들은 사소한 것조차 주의 깊게 살피기 마련입니다."

덩잉차오의 이 말은 전국정치협상회의 실무진, 특히 당원간부들에게 매우 커다란 교육적 효과가 있었고 또 큰 격려가 되었다. 그들은 덩 다제에게 반드시 그녀의 요구와 희망에 따라 정치협상회의기구를 개혁하고 실무진의 사상태도를 개혁하며 정치협상회의의 각종 임무를 더욱 훌륭하게 완성하겠다고 약속하였다.

또한 덩잉차오는 지방의 정치협상회의 건설에도 깊은 관심을 기울였다. 그녀는 외부지역을 시찰하고 또 거기에서 휴식을 취하면서 항상 지방정치협상회의 동지들과 만나 그들의 활동 상황에 대해 이해하고 그들의 의견과 요구를 청취했으며 지방정치협상회의 사업의 발전을 촉진시켰다.

지방정치협상회의 사업 발전을 촉진하기 위해 전국정치협상회의는 1986년 2월 베이징에서 지방정치협상회의 사업회의를 개최하였다. 덩잉차오는 직접 이 사업을 지도하였다. 1986년 2월 27일 그녀는 강화를 통해, 정치협상회의 사업의 활동 폭이 상당히 확대되어 당·정 지도기관의 사업에 대한 참모와 조수 역할을 수행할 뿐만 아니라, 국가 전체의 정치 생활과 발전에 대해 적극적인 영향을 끼칠 수 있게 되었다고 하였다. 그녀는 전국·지방정치협상회의 사업이 실천 과정에서 더욱 새로워지고 더욱 큰 성적을 올릴 수 있기를 희망하였다. 이번 회의에서 형성된 『지방정협회의기요(地方政協會議紀要)』는 중공중앙서기처의 비준을 거쳐 중공중앙사무소[98] 이름으로 문건을 발송하여 지방 각급 당위원회가 참조하여 집행하게 함으로써 지방정치협상회의 사업 발전을 더욱 촉진시켰다.

147. "당신들은 밝은 마음을 지니고 있습니다"

덩잉차오는 당과 국가의 지도책임을 맡아 외국을 방문할 경우를 제외하고는 베이징에서 중요한 정치활동에 참가하였다. 그녀는 자신의 나이가 7,80세의 고령임에도 상관없이 전국 각지를 시찰 참관하였는데 화동(華東), 중남(中南), 화북, 서남, 서북 및 연해개방특구 등을 두루 다녔다. 그녀는 각지의 당·정·군 지도자와 정치협상회의 책임자와 접촉했고 각계 대중과 옛 친구들과 회견하며 아름답고 감동적인 많은 일화를 남겼다.

1982년 가을, 덩잉차오는 당 12차 대표대회에 참가한 이후 몸이 매우 쇠약해졌다. 당 중앙은 그녀에게 상하이에서 휴식을 취하도록 조치하였다. 상하이에는 그녀의 오랜 친구들이 많이 살고 있었으나 그녀는 애써 그들을 일일이 만나려 하지 않았다. 하지만 극히 소수의 친구들 때문에

---

[98] 역주: 원문은 '판공청(辦公廳)'으로 일반 사무실보다 직급이 높고 규모가 큰 행정 부서, 행정 업무 기구를 가리킨다.

그녀의 마음이 흔들렸고, 결국 그녀들을 만나기로 결심하였다.

그녀는 국민혁명 실패 후 상하이에서 함께 공작했던 고참 노동자이며 고참 공산당원인 쉬다메이(徐大妹)를 만났다.[99] 쉬다메이는 어려서부터 성냥공장의 어린 노동자로 일을 하다 1925년 '5 · 30'운동에 참가하였으며, 같은 해 입당하였다. 1930년 쉬다메이는 중공 쟝쑤 성위원회 위원 겸 위원회 서기를 맡아 제사공장 대파업에 주도적으로 참가하였었다. 6기 4중전회 이후 쉬다메이는 왕밍(王明)의 좌경기회주의 노선에 반대하다 그의 참혹한 공격을 받았다. 왕밍의 처 멍칭주(孟慶澍)는 쉬다메이가 '리리싼(李立三)노선'을 추종했다면서 당적을 박탈하겠다고 선언하였다. 이후 쉬다메이는 당 조직과의 관계가 끊어진 채 그저 공장에서 일만 했었다. 신중국 수립 이후에도 그녀의 당적은 줄곧 회복되지 못했다. 당의 11기 3중전회는 쉬다메이에게 새로운 희망의 메시지를 전했다. 그녀는 존경하는 덩 다졔에게 편지를 보내어 자신의 당적 회복에 도움을 달라고 요청하였다. 덩잉차오는 그녀의 편지를 당중앙 조직부에 보내 처리토록 하였다.

이제 쉬다메이는 50여 년 동안 만나지 못하다가 덩 다졔를 호텔에서 만나자 울음을 참을 수가 없어 통곡하였다. 덩잉차오는 급히 그녀를 위로하였다. "다메이 동지, 최근에 동지께서 얼마나 많은 억울함을 당했는지 나는 잘 알고 있어요. 동지가 내게 보낸 편지는 이미 당중앙 조직부에 전달했으니 반드시 적절한 해결책이 마련될 것이라 믿습니다. 문화대혁명시기에 잘못 형사 처리된 사건들을 원상회복하는데 많은 노력을 기울여야 하는데 우선 그 문제부터 해결해야 합니다. 그리고 혁명역사의 과정에 남겨진 문제에 대해서도 점차 해결해야겠지요. 동지, 반드시 믿음과 인내심을 갖기 바랍니다."

덩잉차오는 다메이의 생활 형편에 대해 관심 있게 물었다. 다메이는 덩잉차오에게 전 남편은 이미 죽었고 1973년 문예활동가인 스링허(石凌

---

[99] 필자가 1987년 상하이의 쉬다메이를 방문했을 때 그녀는 1982년 상하이에서 덩잉차오와 만났던 상황에 대해 소개하였다.

鶴)와 재혼하였다고 하였다.

"스링허!" 덩잉차오는 흥분하여 말했다. "나도 그를 압니다. 항전시기 우한에서 그는 아동극단의 예술지도를 담당했었어요. 다메이 동지 내 대신 부군에게 안부 전해 주세요."

1984년 쉬다메이는 당적을 회복하여, 다시 1925년 입당한 영광스런 고참 당원이 되었다. 그녀는 덩 다제의 관심과 도움에 마음 깊이 감격하였다.

덩잉차오는 호텔에서 장시 근거지에서 활동할 때 잘 알고 지내던 홍구중앙병원 원장 푸롄장(傅連璋)의 부인 류츠푸(劉賜福)을 만났다. 덩잉차오의 기억 속에 줄곧 그녀가 자리하고 있었던 터라 특별히 사람을 보내 자동차로 그녀를 호텔까지 데려 오게 하였다.[100] 류츠푸는 덩잉차오를 보자 옛날처럼 다정하게 '만구(滿姑)'[101]라고 불렀다. 덩잉차오 역시 다정하게 그녀를 '츠푸 언니'라고 불렀다. 덩잉차오는 츠푸 언니의 건강과 생활 형편 등에 대해 관심 있게 물었다. 류츠푸는 웃으며 말했다. "만구, 제 나이를 벌써 87세라고 보지 말아요. 몸은 좋답니다. 만구, 당신은 제가 만든 삶은 돼지 혀 요리를 좋아했던 걸로 기억합니다. 언제 시간이 되면 우리 집에 와요. 제가 다시 만들어 줄 테니까요." 덩잉차오는 웃으며 말했다. "고마워요. 츠푸 언니. 저는 언니 보다 8,9살 아래지만 건강은 언니만 못해요. 츠푸 언니, 제가 보기에 언니는 100살까지 사는 데에 문제가 없어 보입니다. 반드시 100살까지 장수하여 제가 장수면을 먹을 수 있게 해줘요." 류츠푸는 기뻐하며 거듭 "모두 당신의 말씀 덕분입니다. 모두 당신의 말씀 덕분입니다"라고 말했다. 덩잉차오와 옛 혁명근거지의 이 평범한 두 여성은 정말 한 식구들처럼 더 없이 다정했다.

덩잉차오는 이미 고인이 된 저명한 정론가이자 구국회 '7군자' 가운데

---

[100] 필자가 상하이에서 류츠푸를 방문했을 때 그녀는 1982년 상하이에서 덩잉차오가 자신을 만났던 상황에 대해 기뻐하며 소개하였다.

[101] 역주: 이에 대해서는 제5장 35절 참조.

한 명인 쩌우다오펀(鄒韜奮)의 부인 선취전(沈粹縝)과 만났다.[102] 항전시기에 쩌우다오펀은 저우언라이와 가까이 지냈으며, 덩잉차오와 쩌우다오펀은 둘 다 국민참정회의 참정원으로서 "항전 견지", "단결 견지", "진보견지"를 위해 함께 싸웠다. 1941년 환난사변 이후 중공중앙남방국은 쩌우다오펀을 홍콩으로 보내 별도의 여론진지를 구축토록 조치하였다. 떠나기 전 쩌우다오펀과 선취전은 함께 쩡자옌(曾家巖)으로 찾아와 저우언라이와 덩잉차오에게 작별을 고했다. 1944년 쩌우다오펀은 불행하게도 세상을 떠났다. 건국 후 선취전은 상하이시여성연합회 부주임, 정치협상회의 위원을 역임했고, 쑹칭링이 창설한 아동복리기금회 비서실장을 오랫동안 맡았다. 최근 몇 년 동안 그녀는 건강이 좋지 못했다. 덩잉차오는 역시 사람을 보내 자동차로 그녀를 호텔로 데려오게 하였다. 나이 들어 다시 만난 옛 친구 둘은 서로 흉금을 털어 놓고 이야기를 하며 우의를 확인하였다. 덩잉차오는 선취전에게 말했다. "쩌우다오펀 선생이 죽은 뒤 당신은 홀몸으로 아이들을 훌륭한 성인으로 키웠습니다. 특히 큰 자제인 쟈화(家華 : 현재의 국무원 부총리[103])는 특출합니다. 마땅히 큰 기쁨이며 위안이 될 만한 일입니다."

덩잉차오는 또한 비서 자오웨이(趙緯)를 보내 여성작가 자오칭거(趙清閣)를 호텔로 불렀다. 자오칭거는 항전시기 희극 창작 활동에 종사하였고 신중국 수립 이후 많은 희극과 영화작품을 썼다. 저우 총리가 세상을 떠나자 그녀는 마음속에 근심과 불만이 가득하여 그를 추도하는 장시를 써서 믿을 만한 후배에게 베이징의 덩 다졔에게 전해 달라고 부탁하였다. '사인방'이 실각한 후 자오칭거는 뜻밖에 덩잉차오에게서 감사의 편

---

102 필자가 상하이 화산(華山)병원으로 선취전을 방문했을 때 그녀는 덩잉차오와 그녀 집안과의 교류 상황에 대해 이야기하였다.
103 역주 : 1926-현재. 1944년 화이난(淮南)에서 신사군(新四軍)에 참가하였고 1945년 중국공산당에 입당하였다. 당과 정부의 여러 요직을 거쳐 1991년 국무원부총리 겸 국가계획위원회 주임, 당조 서기에 임명되었다. 1998년 3월에는 전국인민대표대회상임위원회 부위원장에 당선되었다.

지를 받았다. 1979년과 1981년에 덩잉차오는 시화팅에서 도합 3번에 걸쳐 자오칭거를 만났으며, 그녀가 처한 상황에 대해 매우 가슴 아파했다. 여러 해 동안 그녀는 홀로 생활하며 모진 풍파를 겪으면서도 의연하게 창작 활동을 이어가고 있었다. 이번에 상하이를 방문한 덩잉차오는 다시 그녀를 호텔로 특별히 불러 함께 담소를 나누었다.[104]

그녀들은 응접실에서 고금의 문인들과 관련된 일화들에 대해 끊임없이 이야기를 나누었다. 그리고 그녀들의 친구였던 궈모뤄, 톈한(田漢), 위산(兪珊) 등에 대해 회고하였다. 그녀들은 위산이 총칭 난우(南渝)중등학교에서 『사랑탐모(四郎探母)』를 자선 공연할 때의 이야기도 나누었다. 그녀들은 궈모뤄가 쓴 연극 『무측천(武則天)』을 소재로 삼아 당(唐)나라 전성시기에 여성 인재를 어떻게 등용했는가에 대해 담소를 나눴다. 그녀들은 또한 1920년대 여성작가인 스핑메이(石平梅)와 혁명열사 가오쥔위(高君宇)의 연애에 얽힌 일화에 대해 이야기하기도 했다. 그녀들의 대화는 생기가 돌았고, 여유로웠으며, 거침이 없으면서도 자연스러웠다. 이때의 덩잉차오는 혁명가나 정치가의 엄숙함을 찾아 볼 수 없었다. 문예를 좋아하며, 역사적 사실에 해박한 그녀의 품격 가운데 준일하고 우아한 일면을 드러내기에 충분했다. 자오칭거는 자신의 감정을 억누르지 못하여 말했다.

"덩 다제, 만약 당신이 혁명가나 정치가가 아니라 문필가가 되었다면 분명히 걸출한 작가가 됐을 것입니다."

덩잉차오는 깊이 생각하며 말했다.

"청소년기에 나와 언라이 동지는 둘 다 문예나 연극을 매우 좋아 했었지요. 그 당시 우리는 직접 연극공연을 하기도 하고, 또 시를 짓기도 했습니다."

그 다음날 덩잉차오는 다시 사람을 보내 자오칭거에게 잘 눌려진 물푸레나무 꽃 두 송이와 활짝 핀 선홍색 월계꽃을 보냈다. 덩잉차오는 메

---

[104] 필자가 상하이에서 자오칭거를 방문했을 때 그녀는 자신에게 보여주었던 덩잉차오의 다정한 관심에 대해 상세하게 이야기하였다.

모용지에 다음과 같이 썼다. "물푸레나무 꽃은 이미 떨어졌으나 단풍잎은 아직 푸른빛입니다. 붉은 월계 한 다발을 보내니 비록 단풍은 아니나 잠시 그것을 대신할 수 있었으면 합니다." 시처럼 우아한 표현과 그에 녹아 있는 품위 있는 감정으로 인해 자오칭거는 크게 감동을 받았다.

덩잉차오는 홍챠오(虹橋) 구의 한 호텔에 머물고 있었다. 그곳은 시내에서 멀리 떨어져 있어 비교적 조용하였다. 그녀는 상하이에 휴식 차 왔기 때문에 처음부터 특별히 어떤 곳을 찾아볼 계획은 없었다. 그런데 그녀가 산책을 할 때 호텔 종업원이 우연히 그녀에게 호텔 근처에 한 맹인 아동학교가 있는데 운영이 아주 잘되고 있다고 귀띔해 주었다.

그 말을 들은 덩잉차오는 보고 싶어 조바심이 났다. 그녀는 한시도 청소년과 아동에 관심을 거둔 적이 없었다. 이제 맹인아동학교가 부근에 있다는 이야기를 듣고서는 아이들을 한 번 봐야겠다고 결심하였다.[105]

10월 13일 오전, 한 대의 승합차로 덩잉차오와 상하이시위원회 서기 천궈동(陳國棟), 시교육국장 등이 맹인아동학교에 도착하였다. 차 안에서 교육국 부국장은 덩잉차오에게 간단하게 맹인아동학교의 상황에 대해 보고하였다.

이 맹인아동학교에는 학생 119명에 40여 명의 교사가 있었다. 이들 교사들은 점자를 잘 다루었고, 맹인의 생활 특징에 대해서도 잘 이해하고 있었으며, 맹인의 교육 경험을 잘 헤아려 축적하고 있었다. 이 이야기를 들은 덩잉차오는 매우 만족스러워 했다.

덩잉차오가 맹인아동학교에 도착하자 교장 양메이잉(楊美英)과 당지부 서기 주만리(朱曼麗)가 마중을 나왔다. 덩잉차오는 그녀들에게 말했다.

"내가 이번에 상하이에 온 이래로 아무 곳도 방문하지 않았습니다. 그

---

105 필자는 1987년 상하이 맹인아동학교를 방문하였다. 교장 양메이잉(楊美英)은 1982년 10월 13일 덩잉차오가 맹인아동학교를 방문하여 맹인아동을 만났던 생생한 상황에 대해 소개하였다. 필자는 또한 맹인아동학교에서 이루어진 덩잉차오의 연설 녹음을 참고하였다.

러나 여러분의 학교가 아주 훌륭하게 운영된다는 이야기를 듣고 오늘 여러 선생님과 아동들을 한 번 보러 오게 됐습니다." 이 몇 마디의 말을 듣고 그녀들의 마음은 따뜻한 기운으로 가득 찼다.

덩잉차오는 교무실로 가서 수업을 준비하고 있던 교사들에게 말했다. "여러분의 일은 매우 중요하며 매우 의미가 있습니다. 맹인을 교육하는 사람은 능력이 뛰어남을 말함이니, 나는 그런 능력을 가진 여러분께 축하드립니다."

덩잉차오는 학교 부근의 안마치료실을 찾아 맹인교사 쑨촨이(孫傳義)와 뜨거운 악수를 나누었다. 1958년 이 학교를 졸업한 쑨촨이는 다년간의 학습을 통해 추나기술을 습득하여 현재 추나전문반 교사를 맡고 있으면서 동시에 치료를 원하는 외부 사람들에게 시술을 베풀어 큰 호응을 얻고 있었다. 덩잉차오는 친밀하게 그녀를 불렀다.

"쑨 여사, 당신은 훌륭히 성장하여 맹인아동을 위해 계속 봉사하면서 정상인들의 병도 잘 치료해 주는 전문가가 되었습니다. 맹인은 매우 민감한 귀와 손을 지녔기 때문에 안마를 배우는데 매우 적합합니다. 교사가 되려면 부단한 인내심과 끈질긴 근성을 지녀야 하지요. 교사와 의사의 역할을 동시에 수행하기란 그리 쉬운 일이 아닌데 당신은 놀라울 정도로 훌륭하게 감당하고 있군요" 쑨촨이는 덩잉차오의 열정적이고 고무적인 이야기를 듣고 감격하여 말을 제대로 하지 못했다. 다만 덩잉차오의 두 손을 꼭 쥔 채 깊게 패인 그녀의 눈에서는 두 줄기 뜨거운 눈물만 흘릴 뿐이었다.

대운동장에는 새파란 풀이 요처럼 깔려 있었다. 운동장 둘레로 빨간 달리아가 농염하게 줄지어 피어 있었다. 덩잉차오가 보아 하니 맹인아동들이 체육수업을 하는 중이었다. 방울이 달린 농구공을 쫓아다니는 그들은 매우 힘찼다.

상하이시교육위생위원회 사무실 부주임이 덩잉차오에게 맹인학교의 매년 교육 경비는 일반학교를 초과하며, 모든 맹인아동들은 기숙사에서 생활하며 공부하고 있고, 학교의 각종 설비 또한 일반학교에 비해 우수하다고 소개하였다. 덩잉차오는 이 이야기를 듣고 기뻐하며 "당신들은 온전한 아이들보다 더 많이 저들을 보살펴야 합니다"라고 말했다.

덩잉차오는 중학교 1학년 교실을 찾았다. 그곳은 국어 수업 중이었다. 교사는 후휘옌(胡慧燕) 학생에게 마오 주석의 시 「완계사(浣溪沙)・류야쯔(柳亞子) 선생과 함께」[106]를 암송하고 또 해석하게 하였다. 후휘옌은 유창하게 암송하고 또 정확하게 해석하였다. 덩잉차오는 그녀의 머리를 쓰다듬으며 매우 잘 했다고 칭찬해 주었다.

덩잉차오는 한 교실을 나와 또 다른 교실로 다니며 아이들이 수학, 지리 수업을 받는 모습을 자세히 살펴보았다.

그녀는 공작교실을 찾았다. 거기에는 목공예, 진흙공예를 할 수 있었는데 12명의 초등학교 5학년 학생들이 수업 중이었다. 덩잉차오는 학생들이 손으로 모형을 더듬어 진흙으로 빚어 만든 사자, 호랑이, 말, 곰, 사람 등의 조소를 손에 들고 자세히 본 뒤 학생들에게 말했다.

"여러분 정말 잘 만들었어요. 정말 비슷하네요. 여러분은 눈이 보이지 않고 우리는 정상이지만 우리는 여러분만큼 잘 만들지 못합니다." 맹인 학생들은 덩 할머니가 자신들을 이렇게 칭찬하는 것을 듣고 모두 입을 벌려 크게 웃기 시작하였다.

덩잉차오는 강당으로 들어가 학생들의 공연을 지켜보았다. 그들은 직접 창작한 『영빈곡(迎賓曲)』과 『쾌락원무곡(快樂圓舞曲)』을 연주했다. 은은하면서 경쾌한 음악이 그들의 손을 통해 능숙하게 연주되었는데, 그것은 그들의 마음에서 나오는 소리였다. 그들은 자신들의 불행을 완전히 뛰어넘어 다른 사람들에게 즐거움을 한껏 선사하였다. 아이들은 또한 이호(二

---

106 역주: 1950년 10월 3일 밤, 전국 각지의 소수민족대표가 중난하이에 모여 마오쩌둥과 함께 건국 1주년 기념공연행사를 관람하던 중 마오 주석이 흥취에 젖어 앞줄에 앉아 있던 류야쯔에게 사(詞)를 요청하자 그가 『완계사(浣溪沙)』를 지었으며, 이에 화답하여 지은 시. 원문은 다음과 같다. "長夜難明赤縣天, 百年魔怪舞翩躚, 人民五億不團圓. 一唱雄鷄天下白, 萬方樂奏有于闐, 詩人興會更無前."

胡)[107] 독주『광명행(光明行)』, 피아노 독주『목동단적(牧童短笛)』, 피아노와 손풍금 합주『즐거운 여행』,『행복한 어린 시절』, 여성 소합창『월광곡(月光曲)』, 그리고 여성 독창『조국이여, 당신은 우리의 어머니입니다!』등을 공연하였다. 초등학교 5학년생인 왕친(王琴)은 뜨거운 눈물을 머금고 다음과 같이 노래하였다.

> "나는 앞을 보지 못하는 아이입니다.
> 조국이여, 당신은 우리의 어머니입니다!
> 당신은 감미로운 젖으로 우리를 먹여 키우셨고,
> 황금빛 밝은 빛이 우리의 앞길을 밝게 비추었습니다."

이 노래는 모든 맹인아동들의 한결같은 마음의 표현이었다. 이 아이들은 이미 두 번에 걸친 일본 공연을 통해 일본인에게 매우 깊은 인상을 남긴 적이 있었다. 오늘 그들은 덩 할머니 앞에서 정성을 다하여 조국에 대한 자신들의 깊은 애정과 아름다운 생활에 대한 동경을 노래하였다.

덩잉차오는 맹인아동들의 노래와 악기 소리를 귀 기울여 들으며 아이들의 마음을 이해 하였다. 그들은 비록 불행한 인생으로 세상을 만났지만 당과 정부의 보호와 교육 아래 뜨겁게 조국과 자신의 생활을 사랑하며 행복한 미래를 향해 나아가고 있었다.

덩잉차오 주변에 몰려든 맹인아동들은 더할 수 없는 따뜻함을 느꼈다. 그들은 공통된 바람을 갖고 있었다. 그것은 자기들이 비록 덩 할머니를 볼 수 없지만 할머니의 목소리라도 들을 수 있다면 좋겠다는 것이었다.

덩잉차오는 아이들이 무엇을 원하는지 바로 알 수 있었다. 공연이 끝나자 덩잉차오는 바로 "내가 아이들에게 몇 마디 할까 합니다"라고 말했다. 근무자가 마이크를 가져오고 의자에 앉아 이야기할 수 있도록 준비

---

107 역주: 호금(胡琴)의 이종으로 현은 둘이고 음이 낮은 악기를 가리킨다.

하였다. 하지만 그녀는 무대 앞으로 나가 근무자가 준비한 의자를 치우고 선 채로 아이들에게 말했다.

"친애하는 학생 여러분, 여러분은 비록 내 얼굴을 볼 수 없지만 내 말은 잘 들리지요?"

"잘 들립니다!" 아이들은 신이 나 큰 소리로 대답했다.

"그렇다면, 이제 나는 여러분에게 몇 마디 하려 하는데, 괜찮지요?"

"좋아요, 좋아요!" 아이들은 작은 두 손으로 힘 있게 박수를 쳤다.

덩잉차오는 매우 친절하게 아이들에게 말했다.

"여러분은 예민한 귀와 기민한 두 손, 아름다운 목소리를 갖고 있어 이처럼 사람을 감동시키는 음악을 연주할 수 있습니다. 여러분이 이렇게 좋은 환경에서 공부하고 자랄 수 있게 된 것은 매우 행복한 일입니다. 이것은 앞선 혁명가들이 흘린 고귀한 피의 대가로 수립된 신중국이 있어 가능하다는 사실을 기억해야 합니다. 내가 현재 사는 곳에는 액자가 하나 걸려 있는데 거기에는 '무수한 선열의 머리와 그들의 선혈이 상하이의 진흙 속에 응결되어 승리의 길을 닦았다'라고 쓰여 있지요. 나는 그것을 보고 큰 감동을 받았습니다. 무수히 많은 열사들이 흘린 희생의 선혈을 자양분으로 삼아 우리들은 양성되었고 또 선생님들이 부지런히 여러분들을 가르쳤지요. 여러분은 우리보다 더 강해야 하고 이제 신세대는 이전 세대를 앞서 나가야 합니다. 예젠잉(葉劍英) 동지는 당 12대의 강화 가운데에서 '새끼 봉황이 늙은 봉황의 소리를 능가한다'라고 말했어요. 나는 여러분 또한 이처럼 이상, 도덕, 교양을 겸비하고 기율을 준수하는 사람이 되기를 희망합니다. 여러분은 비록 볼 수 없지만 여러분은 맑은 마음을 지니고 있습니다. 루쉰 선생은 길은 사람이 걸어가며 만드는 것이라 하였습니다. 행복의 길은 여러분 스스로 두 발로 걸어가고 두 손으로 아름다운 세계를 창조함으로써 열리게 됩니다. 여러분 가운데 일본에 다녀온 친구들도 있습니다. 그리고 많은 외국의 친구들이 여러분의 학교를 찾도록 여러분이 당당하게 우뚝 서고 인민을 위한 위대한 사업의 창조자가 되기를 희망하였습니다."

덩잉차오의 열정이 넘치고 또 힘 있는 말에 아이들은 흥분하여 열렬한 박수를 보냈다. 그들은 일생에서 그들에게 보낸 덩잉차오의 아름다운 축복과 희망을 잊을 수 없었다.

148. "타이(泰) 산에 올라 조국 산하의 장려함을 보다"

1984년 6월 덩잉차오는 전국정치협상회의 6기 2차회의를 주재한 뒤 산동의 타이안(泰安), 취푸(曲阜)로 가 오랜 세월 가보고 싶어 했던 타이 산을 보고 또 개혁 이후에 변모된 새로운 농촌을 방문하여 지방 정치협상회의의 사업 상황을 살펴보기로 결정했다.

웅장한 타이 산은 중화문명의 발상지이며 상징물 가운데 하나로서 원시시대에는 부락의 추장이 거기에서 기도하고 회맹(會盟)[108]한 이후부터 봉건제왕이 봉선(封禪)[109], 제천(祭天) 행사를 할 때까지 독특한 문화현상을 만들어 낸 곳이었다. 추장과 군주들은 타이 산의 제사를 빌어 자신의 통치 권위를 높였고, 그들의 제사로 인해 타이 산은 천하에 이름을 날렸다. 『사기(史記)』의 기록에 따르면 과거 타이 산에서 봉선의식을 거행한 위인은 72명에 이르렀다. 들건대, 복희(伏羲), 신농(神農), 황제(黃帝), 당요(唐堯), 우순(虞舜), 하우(夏禹), 상탕(商湯)에서 주 성왕(周成王)에 이르기까지 모두 타이 산에 올라 봉선하였다. 중국을 통일한 진시황 역시 거기에 올라 봉선하였으며 정상의 돌에 글을 새겼다. 다이(岱) 묘(廟)에는 아직도 이사(李斯)의 전각(篆刻)이 남아 있다. 뛰어난 재능과 원대한 계략을 지닌

---

108 역주: 제후와 제후가 만나서 서로 맹약을 맺는 것.
109 역주: 과거 제왕이 타이 산에서 천지에 제사지내는 전례.

한 무제(武帝)는 7차례나 타이 산에 올랐다. 중국의 유일한 여황제 측천무후(則天武后)는 외국사절 30여 명과 함께 타이 산에 올라 제사를 지냈다. 순행을 좋아 했던 청조의 건륭(乾隆) 황제는 11차례나 타이 산에 올랐고 다이(岱) 정상을 6차례 밟았다. 역대 문인과 지식인들은 훨씬 더 많이 타이 산에 올랐다. 현재 타이 산은 가슴을 활짝 열고 수많은 중국과 외국의 여행객을 맞이하고 있다.

80세의 고령인 덩잉차오는 타이 산에 오르기로 작정하였다. 6월 8일 타이안에 도착하였다. 9일 그녀는 타이 산기슭의 다이 묘를 참관했다. 다이 묘 정전(正殿) 가운데 정밀하고 아름다운 『동악출순도(東岳出巡圖)』가 그녀의 관심을 끌었다. 정원 가운데 있는 십 수 그루의 한백(漢柏)은 한 무제 때 심은 것으로 2천년이 넘는 세월의 풍상을 겪은 것으로 알려졌다. 그런데도 지금까지 여전히 꼿꼿하고 우람하게 서 있었다. 덩잉차오는 즐거운 마음으로 그 앞에서 기념사진을 찍었다.[110]

6월 10일 비가 그친 하늘은 이내 맑았고 공기는 매우 신선했다. 덩잉차오는 서쪽 길로 접어들어 차를 타고 산에 올랐다. 도중의 만난 산은 푸르렀고, 계곡은 아름다워 마치 그 모습이 한 폭의 그림 같았다. 덩잉차오는 차로 중톈(中天) 문 휴게실에 도착했다. 근무자가 그녀에게 지난 해 만들어진 케이블카에 대해 소개하였다. 케이블카는 일본에서 도입한 것으로, 1981년 7월 기공하여 1983년 8월 준공된 것이었다. 전체 길이는 2,078미터이고 고도차는 603미터, 한 번에 30명을 태울 수 있었는데, 중톈 문에서 남톈(南天) 문까지 12분이면 도착할 수 있었다.

덩잉차오는 신이 나 케이블카에 오르자 케이블카는 조용히 그녀와 수행원들을 태우고 아름다운 계곡을 날아올라 이내 남톈 문에 이르렀다.

---

110 필자는 1988년 5월 산동 타이안을 찾았다. 타이안 현 위원회 서기는 1984년 6월 덩잉차오가 타이 산에 올랐던 상황에 대해 소개하였다. 필자는 동시에 샤오웨이(肖威), 「여러 산들이 지극히 작게 보이다」, 『덩잉차오－한 위대한 여성』, 466-470쪽을 참조하였다.

덩이차오는 케이블카에서 내려 천천히 걸어갔다. 마침 일요일이서 타이 산에는 여행객들이 매우 많았다. 덩잉차오는 사람들이 자신을 알아볼 수 없게 여행객들 사이를 조용히 걸어갔다.

"봐요. 저 분은 덩 다제가 아닌가요?"

"맞아요. 덩 다제께서 오셨어요!"

여행객들은 놀라 서로에게 알렸다. 덩잉차오가 어디를 가든 사람들은 가던 길을 멈추고 자연스럽게 양쪽으로 늘어서서 미소를 지으며 그녀에게 인사를 하였다. 덩잉차오 역시 군중들에게 미소로 인사하였으며 또 직접 나서 한 부부와 대화를 나누었다. 남편은 해방군으로 덩잉차오에게 거수경례를 하였다. 덩잉차오는 그들과 악수를 하였고 언제 산에 올랐냐고 물었다. 그들은 "우리는 한밤중인 12시에 산에 올랐는데 산 정상에서 일출을 보기 위해 서둘러 준비했습니다"라고 대답했다. 덩잉차오는 웃으며 "일출은 보았나요?"라고 물었다. 그들은 웃으며 대답하였다. "네, 보았습니다. 이제 막 돌아가려 던 참입니다. 덩 다제의 건강과 장수를 기원드립니다."

덩잉차오는 어린아이가 산에 놀러 온 것을 보고 더욱 기뻐했다. "요즘 아이는 정말 행복합니다." 덩잉차오는 이렇게 말하면서 한 편으로 아이를 안고 있는 부모에게 안부 인사를 했다. 그녀는 아이의 작은 손을 끌어당기며 웃으며 몇 살인지 물었다. 아이의 엄마는 "두 살입니다"라고 대답하였다. 덩잉차오는 손을 뻗어 아이의 작은 얼굴을 쓰다듬으며 "나는 너보다 78살이 더 많단다!"라고 말했다. 아이의 부모는 급히 덩 다제에게 안부 인사를 하며 또 아이에게도 할머니에게 인사를 하라고 시켰다. 그러나 낯설어 하는 아이는 엄마 품으로 숨기만 할 뿐이어서 엄마는 매우 초조해 하였다. 덩잉차오는 자상하게 말했다. "원래 어린 아이는 낯선 사람에게 말을 하지 않는 법이니 억지로 시키지 말아요." 그녀는 이 가족과 손을 들어 작별을 고하고 페이윈(飛雲) 동(洞) 후면의 구름다리를 따라 앞으로 나아갔다.

덩잉차오는 유명한 난톈 문에 도착했다. 남톈 문은 타이 산의 제3산문 (山門)으로 싼톈(三天) 문이라고도 일컫는다. 원나라 중통(中統) 원년(1264년) 에 건립되었으니 이미 7백여 년이 넘었다. 덩잉차오가 고개를 들어 보니 문에는 '마공각(摩空閣)'이라는 커다란 3글자가 있었고 양측에는 "문이 열리니 하늘의 가장 높은 곳[111]이라. 싼톈(三天)[112]의 아름다운 경치를 우러러보며 걸었네. 계단이 가팔라 만개의 층이니 첸장(千嶂)의 기이한 경관 눈 아래 있네"라고 쓰인 대련이 있었다. 그곳에서 타이 산 정상까지는 그리 멀지 않았다. 산에 오르며 간간이 아래를 보니 산봉우리가 겹겹이 둘러쳤고 온통 푸르렀으며 장려한 산하가 눈에 가득 들어 왔다. 덩잉차오는 가던 길을 멈춰서 그들을 바라보니 저절로 마음이 확 트이고 기분은 상쾌해졌다. 대문에 들어서니 안에 크고 넓은 방이 있는데 지붕 위에는 새로이 철기와가 올려져 있었다. 이 건물은 1965년 보수되었고 중국의 저명한 문학가 궈모루가 쓴 '웨이랴오헌(未了軒)'이라는 글자가 보였다. 근무자는 덩잉차오에게 웨이랴오헌에서 잠시 쉬어 가기를 청하였다. 그런데 밖의 여행객들이 덩 다제가 왔다는 소식을 듣고 점점 더 몰려들어 하나같이 그녀를 한 번이라도 보고 싶어 했다. 정원에만 수백 명이 모여들었고, 산기슭이나 바위 위에도 사람들로 가득 찼다.

사람들이 이렇게 많이 모여 있는 것을 알게 된 덩잉차오는 휴식은 어렵다고 생각했다. 그녀는 웃으며 "사람들이 나를 보러 오게 해서는 안 되지요. 내가 가서 그들을 만나 보지요"라고 말했다.

그녀는 웨이랴오헌을 나섰다. 여행객들은 즉시 뜨거운 환영의 박수를 보냈다. 덩잉차오는 계단 위에 서서 손을 흔들며 인사를 하고 간단하면서 정열에 넘치는 즉흥 연설을 하였다.

---

111 역주: 원문은 '九霄'로 신소(神霄)·청소(青霄)·벽소(碧霄)·단소(丹霄)·경소(景霄)· 옥소(玉霄)·낭소(琅霄)·자소(紫霄)·태소(太霄)를 지칭함.
112 역주: 도교(道敎)에서 일컫는 청미천(淸微天)과 우여천(禹餘天), 대적천(大赤天)을 지칭함.

"동지 여러분. 오늘 우리는 이렇게 만날 기회를 매우 어렵게 얻었습니다. 오악지존(五岳之尊)[113]인 타이 산에 올라 이곳 난톈 문에서 여러분을 만나게 됩니다. 나는 이번 만남으로 우리 모두가 매우 기쁘며 영원히 이 만남을 기억하게 될 것이라고 믿습니다. 동지 여러분. 중화를 진흥시킵시다! 우리는 타이 산 등반 때보다 10배 이상의 의자와 열정을 갖고 부단히 노력하여 '4개 현대화' 실현을 이룩합시다. 우리의 손으로 새로운 중화와 사회주의 신중국을 창조합시다!"

덩잉차오의 즉흥 연설은 거센 파도와 같은 혁명적 격정과 강인한 혁명 의지로 충만했다. 사람들은 흥분하였고 박수 소리는 끊이지 않았다. 몇몇 여성 동지는 "덩 다제, 난톈 문을 배경으로 함께 사진을 찍어요" 하고 요구하였다. 덩잉차오가 웃으며 고개를 끄덕이자 군중들은 삽시간에 그녀를 에워싸고 즐겁게 마음으로 남천문에서의 기념사진을 찍었다. 앞줄은 거의 대부분 여성동지가 차지했는데, 그녀들은 흥분하여 말했다. "이번 타이 산 등정에서 매우 큰 수확을 올렸는데 그것은 덩 다제와 함께 사진을 찍은 것입니다."

덩잉차오는 케이블카를 타고 조용히 산 아래로 내려왔다. 타이 산에는 역대 명인의 기념 글이 있었다. 당일 오후 덩잉차오는 타이안(泰安) 현 위원회 동지의 요청에 따라 "타이 산에 올라 조국 산하의 장려함을 보다. 덩잉차오 1984년 6월 금년 나이 80세"라고 썼다. 현재 그녀의 글은 타이 산의 돌에 새겨져 산과 함께 잘 어우러져 빛을 발하고 있다.

타이 산을 등반한 덩잉차오는 개혁 이후의 농촌이 더욱 보고 싶어졌다.

6월 11일 오전, 그녀는 타이안 현 교구(郊區)[114] 싼리(三里) 장(莊) 대대를 찾았다. 대대 본부에서 지부서기는 덩잉차오에게 그곳 상황을 보고하였다. "대대에는 농업 경영 이외에 공업, 상업, 서비스업이 운영되고 있습

---

113 역주: 중국 역사상 5대 명산동쪽의 타이 산, 북쪽의 헝(恒) 산, 남쪽의 헝(衡) 산, 서쪽의 화(華) 산, 중앙의 쑹(嵩) 산 가운데 타이 산이 으뜸이라는 의미이다.
114 역주: 도시의 교외지역. 도시의 주위에 있으며 행정 관할 상으로는 도시에 속함.

니다. 공업 쪽으로는 저압개폐기공장, 용수철공장, 도료공장, 기본건설대가 있고, 상업 쪽으로는 백화점과 식당이 있습니다. 대대 인원의 평균 수입은 1,100여 위안입니다. 촌에는 새로 지붕을 올린 기와집들이 늘어섰고 각 가정에는 꽃과 나무가 무성한 정원이 있습니다."[115]

덩잉차오는 즐거운 마음으로 정원 안으로 들어섰다. 37세의 남자 주인 런쉐타이(任學泰)와 부인 그리고 두 딸이 문 앞에서 덩 다제를 맞아 주었다. 덩잉차오는 즐겁게 런 씨 부부와 악수를 나누며 인사를 하였다. 두 딸이 앞으로 나서며 덩잉차오의 손을 잡아끌어 집안으로 안내하였다.

덩잉차오가 보기에 집은 새로 지은 5칸 남향집이었다. 응접실에는 약간의 소파, 책장, 탁자, 라디오, 텔레비전 등이 잘 갖춰져 있었다. 그리고 천장에는 커다란 두 개의 선풍기가 매달려 있었다. 덩잉차오는 소파에 앉아 런쉐타이 가족의 수입 상황에 대해 자세하게 물었다. 런쉐타이는 자신이 기본건설대에서 근무하며 일 년 수입이 2천 위안이고 부인은 식당 종업원으로 근무하며 수입은 1,500위안이라고 하였다. 그는 이것이 당 11기 3중전회가 가져다 준 변화라고 하면서 1978년에는 1인당 1년 배분액이 겨우 100여 위안 정도에 불과했었다고 말했다.

덩잉차오는 그 집의 침실, 주방, 식당 등을 살펴보았다. 식당에는 냉장고가 있었고 집에 욕실이 갖춰져 있었으며 라디에이터가 설치되고 방마다 수도가 있었다. 덩잉차오는 웃으며 런쉐타이에게 말했다. "당신의 생활은 내가 보기에 도시 사람과 별 차이가 없습니다. 오히려 방은 도시에 비해 더 크고 넓네요." 그녀는 그들에게 4개 현대화를 위해 더 많은 공헌을 해 달라고 격려하였다.

덩잉차오는 흥분이 다 가시지 않은 채 다시 이웃한 다른 집으로 달려갔다. 그곳의 남자주인은 런쉐롱(任學龍)으로 런쉐타이의 동생이었다. 그

---

[115] 필자는 1988년 5월 산동 타이안 현 싼리 장을 방문하였다. 지부 서기와 촌민 런쉐롱(任學榮)과 런쉐롱(任學龍)은 1984년 6월 덩잉차오가 싼리 장을 찾았던 상황에 대해 소개하였다.

는 기본건설대에서 설계 업무를 담당하여 형보다 수입이 더 많았다. 그녀의 부인은 저압밸브공장 노동자였고 부부의 연 수입은 총 5천원 정도였다. 그들은 1남 1녀를 두었는데, 아들은 학교에 갔고 엄마는 일을 나가 딸과 뤈쉐롱만 덩잉차오를 맞이하였다. 런쉐롱의 집 역시 5칸 남향집이었으며, 살림은 형네와 그다지 차이가 없었다. 한 가지 다른 점은 정원에 오토바이 한 대가 있다는 점이었다. 정원에는 감탕나무가 있었고 몇 그루의 진달래꽃이 활짝 피어 있었으며 목련, 6월설(六月雪) 그리고 한 쌍의 연꽃이 피어 있었다. 덩잉차오는 정원을 쭉 둘러보며 감상하였다. 대대 책임자가 그녀에게 말했다. "생활은 모두 이전보다 훨씬 좋아졌습니다. 대부분 새로 집을 지었고, 사는 모습은 기본적으로 동일하며, 집안의 설비 역시 비슷합니다."

덩잉차오는 이 말을 듣고 기분이 좋아졌다. 그녀는 임 농촌에 가 보지 못한 것이 몇 년 이나 되었다. 당의 11기 3중전회 이후 농촌에서는 가정 전면청부제[聯産承包責任制]116를 실시하였으며, 또한 향진기업(鄕鎭企業)117을 발전시켜 이처럼 활기차게 발전하는 새로운 모습을 창출한 것이었다.

그녀는 타이안으로 돌아와 타이안 지구 농촌 전업호(專業戶)118 대표를 접견했다.119

부호(富戶)에 대한 당의 정책이 바뀌지 않을까 하는 전업호의 사상적

---

116 역주: 각 가정이 자영농을 하면서 농업 생산을 책임지는 제도. 1950년대 고급농업생산합작사 시기에 시작되어 문화대혁명 때 비판을 받아 중단되었다가 11기3중전회에서 다시 회복되어 발달하였다.

117 역주: 중국의 개혁개방운동에 따라 1978년부터 각 지역 특색에 맞게 육성되기 시작한 소규모 농촌기업. 개인이나 국가 소유가 아닌 주민 공동 소유의 집체소유제의 형식을 띤다. 자본주의적 경영체제를 도입하여 높은 생산성을 올리며 성공적으로 운영되고 있다.

118 역주: 특정 업종을 경영하는 농가를 지칭한다.

119 필자는 타이안에서 좌담회를 개최하였다. 여기에 참석한 왕위링(王玉玲), 우바오중(吳寶重), 리페이허(李培河), 왕쉬취안(王緒泉) 등은 1984년 6월 덩잉차오가 타이안에서 자신들과 좌담했던 상황에 대해 소개하였다. 필자는 또한 당시의 담화기록 원고를 참조하였다.

인 우려에 대해 덩잉차오는 다음과 같이 말했다. "당신들이 현재 수행하고 있는 것은 이전에 중국에서는 아무도 하지 않았던 일입니다. 당신들은 공산당의 지도 아래 35년을 생활하였습니다. 당신들은 압박에서 해방되었고, 또한 손해를 보았으며, 고생을 하였습니다. 우리 당 또한 착오를 범하기도 했고 손해를 보기도 했습니다. 그러나 우리의 교훈은 검토, 정리되었고 과거의 잘못은 분명하게 밝혀졌습니다. 이 세대의 우리들은 이제 다시 잘못을 저질러서는 안 되며, 우리들의 다음 세대도 다시 과거의 잘못을 되풀이하지 않도록 해야 합니다. 그러한 잘못을 다시는 범해서는 안 됩니다. 따라서 여러분은 안심하시기 바랍니다. 중앙의 부호정책은 변할 수 없습니다! 당신들은 굳건한 믿음을 갖고 사회주의의 길로 나아가야 하며, 그렇게 함으로써 사람이 사람을 착취하는 제도가 다시는 등장하지 않을 것입니다. 오늘 여러분을 이곳에 부른 것은 중앙의 새로운 정책을 집행하면서 어떤 성적을 얻었고 어떤 경험을 했으며 이후 어떻게 하고 싶은지 알아보기 위해서입니다. 내 말은 이제 끝났으니 당신들의 의견을 듣고 싶습니다. 나에게 하고픈 말이 있으면 무엇이든 하기 바랍니다. 우리는 한 가족이기 때문입니다."

이들 전업호 대표들은 덩잉차오의 말을 듣고 매우 기뻐하며 자신들의 상황에 대해 보고하기 시작했다. 왕위링은 자신의 집에서 산사(山楂)나무 묘목을 길러 5,6년 사이에 10만 위안 가량의 수입을 올렸다고 말했다. 덩잉차오는 웃으며 말했다. "이곳의 산사나무는 오랫동안 번성했지요. 우리 민족은 옛날부터 산사를 약품으로 여겨 왔으며 그것으로 소화기계통의 병을 치료할 수 있습니다. 하지만 그것은 단지 황하 일대에서만 재배해 왔습니다. 황하 이남은 어떤가요?" 지방위원회 서기 마중천(馬忠臣)은 "가능합니다. 창장유역에서도 재배할 수 있습니다"라고 대답하였다. 덩잉차오는 다시 왕위링에게 "당신들 주변에 산사나무 묘목을 심는 사람이 또 있습니까?"라고 물었다. 마종천은 "그녀는 이미 40여 호와 공동으로 산사나무 묘목 사업을 발전시키려고 준비하고 있습니다"라고 대답하였다.

채소 전업호인 우바오중은 자신을 비롯한 몇몇 집이 부유하게 된 상황에 대해 보고하였다. 지난 해 그는 열 집의 농민과 함께 16무의 땅에 오이를 심었으며, 또 무상으로 종자와 채소 모종을 제공하고 인내심을 갖고 기술을 전수했으며, 판매를 도와 년 수입 63,500위안, 일인당 평균 수입 1,000위안을 올렸다고 보고하였다. 금년에 그는 113호를 이끌었다. 수년 동안 전국 각지에서 그에게 오이 재배기술에 대해 자문을 얻고자 하는 사람이 있어 그는 무상으로 오이 종자를 우편으로 3,470여 차례나 보냈다고 한다.

덩잉차오는 이야기를 듣고 매우 만족해하며 다음과 같이 말했다. "당신은 매우 훌륭하게 행동했으며 그것은 또 사회주의사상에 부합합니다. 몇 년 후 수천 호, 수만 호가 부유해질 것이라 예상할 수 있는데 이는 정말 대단한 사업입니다. 당신은 일반적인 농민이 아닙니다. 당신은 오이 종자를 전파했을 뿐만 아니라 사회주의사상도 전파했기 때문입니다."

채석 운수 전업호인 왕쉬취안은 1983년 처음으로 생산 중단의 위기에 몰린 대대의 석재공장과 매년 손해를 보던 운수대(運輸隊)를 위탁받아 12명의 노동자를 고용하여 채석을 하고, 13명의 기사를 고용해 채석운반을 맡겼다고 보고하였다. 8개월 동안 그는 15,000위안의 순수익을 올려, 매 종업원 수입이 1,000위안에 이르렀으나 정책의 변화를 걱정하여 8개월이 지나서는 일을 중지하였다고 하였다. 1984년 1호 문건[120]이 하달된 이후 다시 자신이 생겨 석재가공과 운수업을 회복하였고, 석재분쇄기를 새로이 구입하고, 조립부품공장을 건립하여 취업 인원이 40명으로 증가하였다고 하였다.

---

[120] 역주: 중공중앙이 매년 발표하는 첫 번째 문건을 가리킨다. 그러나 현재는 농촌문제에 대한 중공중앙의 중시를 나타내는 고유명사처럼 되었다. 1982년에서 1986년까지 중공중앙은 농촌과 농민을 주제로 하는 중앙일호문건을 발표하여 농촌개혁과 농업발전의 구체적 방침을 제시하였다.

기계 가공업 전업호 리페이허는 1980년 10월 가정가공공장을 운영하여 현재 23명의 노동자, 23칸의 공장, 고정자산 3,500위안, 유동자금 15,000위안의 규모로 발전하였다고 보고하였다. 그리고 그는 금년에 보리를 수확하기 전 3년 6개월까지 총 수입 5만여 위안을 올렸으며 1983년 국가에 2,000위안의 세금을 납부하였고 1,600만 위안을 투자하였으며 대대 유치원을 열었고, 노동자 평균 임금은 1,000위안이라고 보고하였다.

덩잉차오는 이들 전업호의 상황을 듣고 매우 기뻐했다. 그녀는 열정적으로 말했다. "당신들의 상황을 들으며 나는 많은 것을 배웠고 현재 우리 당의 정책이 올바르다는 사실을 확인할 수 있었습니다. 당신들은 당의 정책을 집행하였고 당신들의 생활을 개선하고 당신들의 사상을 변화시켰습니다. 당신들은 부유해진 이후 어떤 이는 다른 사람들을 이끌어 함께 부유해졌고 또 어떤 이는 자신의 수입을 집단의 복리개선을 위해 사용했습니다. 이는 사상의 진보이며 사회주의 농민의 사상입니다. 우리는 최선을 다해 우리 당의 정책을 지속시켜 나가야 합니다. 상황에 따라 이리저리 바뀌서는 안 됩니다. 우리의 정책은 일관되어야 합니다. 여러분도 전혀 동요됨 없이 안심하고 계속 사업을 진행해야 합니다. 최근 당 중앙은 1984년 1호 문건을 발표하였는데 이는 1983년 1호 문건의 기초 위에서 더욱 발전된 것입니다. 당신들의 사상 역시 더 발전되어야 하고 사업 역시 발전되어야 합니다. 당신들은 타이 산 아래에 살고 있지 않나요? 당신들은 계속해서 고지에 올라야 합니다." 여기까지 말한 후 그녀는 일어서서 두 손을 들어 올려 큰 소리로 외쳤다. "우리들의 사업은 타이 산보다 더욱 높아야 합니다!"

덩잉차오의 강화는 현장에 있던 간부와 전업호 대표들을 전염시켰다. 그들은 분연히 떨쳐 일어나 반드시 굳건하게 농촌개혁사업을 쉼 없이 전진시킬 것이라고 덩 다제에게 약속하였다. 타이안 지방위원회와 시위원회는 덩잉차오의 타이 산 강화와 전업호 대표 접견 강화를 정리하였고, 지방위원회와 시위원회 전업호 대표대회를 개최하여 대표들에게 덩 다제의 강화를 전달하였다. 회의에서 대표들은 전 지역 농민들을 향해 당 11기 3중전회 정신의 지도 아래 전 지역의 농촌개혁과 경제건설을 더욱 공고히 발전, 지속시켜 나가고 착실하게 실천 가능한 조치를 제정하자고 제의하였다.

149. 취푸(曲阜) 현 정치협상회의와 전업호 대표를 친절하게 격려하다

1984년 6월 11일 오후, 덩잉차오는 공자의 고향 취푸를 찾았다. 그녀는 여행의 피로함에도 불구하고 차에서 내린 후 공부(孔府) 중쉬(忠恕) 당(堂)에서 취푸 현의 지도동지를 접견했다. 그녀는 현지도자들 가운데 유일한 여성동지인 푸홍위(傅洪雲)을 보고 특히 기뻐하며 그녀에게 활동하면서 겪는 곤란을 극복하고 활동을 계속해 나가 달라고 격려하였다.

6월 12일 오전, 덩잉차오는 즐거운 마음으로 공부를 참관하였다. 중국의 성인 공자(孔子)는 생전에 그 뜻을 이루지 못했지만 사후에 더욱 더 큰 존경과 영광을 얻었다. 역대 왕조는 그에게 각종 작위를 내려 주었고 그의 후손에게 대규모의 공부, 공묘(孔廟), 공림(孔林)을 건립해 주었다. 현존하는 공부는 명조가 1503년에 건립한 것으로 약 48,000평의 터에 총 9,463간이나 되는 방을 가졌다.[121]

덩잉차오는 공부 쳰상(前上) 방(房)에서 허우탕(後堂) 루(樓)까지 빠짐없이 참관하면서 어떤 지도자동지들이 이곳을 참관했었는지 물었다. 참관

---

[121] 필자는 1988년 5월 산동 취푸에 가 공부, 공묘, 공림을 참관하였다. 콩판인(孔繁銀)은 필자에게 1984년 6월 덩잉차오가 공부, 공묘, 공림을 참관했던 정황에 대해 소개하였다. 필자는 또한 당시의 담화기록 원고를 참고하였다.

을 수행한 취푸 현 문물보존회 부주임 콩판인은 마오 주석이 청년시절 다녀갔었고, 주 총사령관이 내전시기에 이곳에서 군사회의를 개최한 적이 있으며, 신중국 수립 이후 류샤오치 동지도 다녀갔지만 저우 총리는 다녀간 적이 없다고 대답하였다. 덩잉차오는 다시 현재 매일 참관하는 인원이 얼마나 되는지 물었다. 콩판인은 평균 2,3천 명이고 많을 경우 7,8천 명에 이른다고 대답하였다. 덩잉차오는 기뻐하며 잘 됐다고 하면서 공부를 인민의 품에 되돌려 주어 국내외 인사가 모두 참관, 유람할 수 있도록 해야 한다고 하였다. 그녀는 한 여성이 네댓 살쯤의 아이를 데리고 있는 것을 보고 아이의 이름이 무엇인지, 몇 살인지 아이 엄마에게 친절하게 물었다. 아이의 엄마는 덩잉차오를 알아보지 못하고 단지 자상한 늙은 할머니 정도로 여기며 즐겁게 대답하였다. 아이 역시 잘 알아보지 못하고 덩잉차오에게 계속 "할머니, 할머니!" 하고 불렀다. 덩잉차오는 기뻐하며 아이의 웃는 얼굴에 입을 맞췄다.

오후에 덩잉차오는 공부 허우화(後花) 원(園)을 유람하였다. 화원은 크지 않았지만 정교하게 꾸며져 있었다. 허우화 원에서 덩잉차오는 다시 한 살 난 아이를 안고 있는 젊은 엄마와 한담하면서 한편으로 통통한 아이의 부드러운 얼굴을 손으로 만졌다. 그녀는 이 젊은 여성이 산동의 농촌에서 왔음을 알고 매우 만족스러워 했다. 농민의 생활이 개선되어 이렇게 성인 공자의 집인 허우화 원에 놀러 올 수 있게 된 것이었다.

6월 13일 오전, 덩잉차오는 공묘를 참관하였다. 신중국 수립 이전 중국의 매우 많은 현성에는 공묘가 갖춰져 있었다. 그 중 취푸 공묘의 규모가 가장 컸으며 그 기세 또한 장대하였다. 다청(大成) 전(殿)과 베이징 황궁의 타이허(太和) 전(殿)이 하나의 전형이었다. 특히 다청 전을 둘러싼 18개의 용 조각으로 된 석주(石柱)는 중국 으뜸이라 할 만하였다. 덩잉차오는 이들 용 조각 석주를 자세하게 감상하면서 노동인민의 세심한 창조력에 감탄하였다. 그녀는 다청 전이 비교적 새롭게 채색되어 있는 것을 보고 언제 수리한 것인지 물었다. 참관을 수행한 콩판인은 1970년 저우 총리가 직접 126,000원의 예산을 승인하여 수선토록 하였다고 대답하였다. 덩잉차오는 그 이야기를 듣고 고개를 끄덕였다.

문화대혁명이 시작되고 얼마 되지 않아 홍위병은 '4구(舊)'[122]를 심하게 공격하여 파괴하였다. 베이징 홍위병 '5대 영수'[123] 가운데 한 명인 탄허우란(譚厚蘭)은 쟝칭, 캉성의 지지 아래 일군의 홍위병을 이끌고 산동 취푸로 와 공부, 공묘, 공림을 "짓이겨 놓겠다!"고 공언하였다. 당시 저우언라이는 매우 불안했었다. 그는 계속해 명령을 내려 공부, 공묘, 공림이 국무원이 반포한 국가 제1급 중점문물보호단위라고 선포하여 임의로 파괴하는 것을 결코 허락하지 않았다. 먹구름이 내리 누르고 있는 살벌한 시기였기 때문에 이렇게 하는 데에는 반드시 많은 용기를 필요로 하였다. 1970년 저우언라이는 공묘 다청 전 수리를 위한 지급을 허락하였는데 이것 역시 많은 용기와 식견 그리고 혜안을 필요로 했다.

덩잉차오는 또한 다청 전 내 공자상이 새로 설치되었음을 발견하였다. 참관을 수행한 지닝(濟寧) 시위원회 서기 자오영귀(趙永貴)는 원래의 공자상은 문화대혁명시기 탄허우란에게 처절하게 파괴되었다고 하였다. 1982년 11월 당중앙 총서기 후야오방이 산동 지닝을 시찰할 때 "공자상을 복원하여 관광에 도움을 주도록 하라"고 지시하였고, 지닝 시위원회는 이 지시에 따라 새롭게 조각상을 복원했다고 하였다.

이때 동지들은 덩 다졔에게 기념으로 사인을 부탁하였다. 덩잉차오는 흔쾌히 동의하였고 방명록에 "덩잉차오, 1984.6.13"이라고 쓰다 잠시 생각을 가다듬은 뒤 다시 이름 왼쪽에 "고위금용(古爲今用)"[124]이라는 4자를 큼지막하게 썼다. 이를 본 동지들은 모두 즐겁게 박수를 쳤다.

---

122 역주: 문화대혁명 초기에 혁명의 주요 목표로 내건 4개의 낡은 악을 가리킨다. 즉 '구사상', '구문화', '구풍속', '구습속'이 그것이다.
123 역주: 문화대혁명시기 활약한 베이징항공대학의 한아이징(韓愛晶), 베이징대학의 녜위안쯔(聶元梓), 칭화대학의 콰이타푸(蒯大富), 베이징사범대학의 탄허우란, 베이징지질학원의 왕다빈(王大賓) 등 5명을 가리킨다.
124 역주: "옛 것을 정리하여 좋은 점을 새로운 사회 발전에 이용한다"는 의미이다.

이날 오후 덩잉차오는 취푸현 정치협상회의 주석 리서우전(李守振)과 부주석 쉬서우장(徐壽嶂)을 면담했다. 처음에 그들이 매우 조심스러워 하자 덩잉차오는 웃으며 말했다.[125]

"우리는 동업자입니다. 여러분은 정치협상 업무에 대해 이야기해 주기 바랍니다. 여러분은 원래 어떤 일을 했지요?"

리서우전은 자신이 원래 상임 부현장이고, 쉬서우장은 교사연수학교 강사로서 현 구삼학사(九三學社) 책임자라고 대답하였다.

덩잉차오는 "나 역시 정치협상 업무에 관해서는 신참입니다. 편하게 말씀하시기 바랍니다."

리서우전은 덩잉차오에게 취푸현 6기 정치협상회의는 5월 27일 막 새롭게 인선을 마쳤는데 위원 154명 가운데 민주당파, 인민단체, 농업·삼림, 과학·기술, 교육, 위생, 문화, 예술, 종교, 체육, 소수민족 등 19개 방면을 포괄하고 있다고 보고하였다.

덩잉차오는 이야기를 듣고 고개를 끄덕이며 "보고 대로라면 대표성이 비교적 잘 갖춰진 셈입니다. 여러분은 언제 정치협상회의를 회복했나요?"

리서우전은 대답했다. "1979년에 정치협상회의 업무를 회복했습니다. 이번 회기 정치협상회의에서 새롭게 당선된 위원과 상임위원이 전체의 1/3을 차지하고 있습니다. 많은 사람들이 새롭게 정치협상 업무를 맡게 되어, 우리들은 정치협상회의 장정, 통일전선이론 기초지식 그리고 6기 전국정치협상회의 1차회의에서의 덩잉차오 주석의 보고 등을 조직적으로 공부하였습니다. 우리 모두는 공부하면서 활동하고 또 활동하면서 공부하여 학습과 활동을 겸하고 있습니다. 우리는 덩 주석께서 보고에서 말씀한 바와 같이 정치협상회의가 지닌 종합 인재보고로서의 역할을 발휘하여 원래 있던 종합적 성격의 6개 조직을 세분화하는 대신 비슷한 조

---

125 필자가 1988년 5월 취푸에 갔을 때 리서우진, 쉬서우장은 1984년 6월 덩잉차오가 자신들과 만났던 상황에 대해 상세하게 소개하였다. 필자는 또한 당시의 대화 기록 원고를 참조하였다.

직을 묶어 10개의 전문소조로 조정하였습니다."

덩잉차오는 말하였다. "그렇게 하면 조금 편할 것입니다. 전국정치협상회의는 3개 위원회와 15개 사업조를 두고 있습니다. 일부 사업의 경우 여러분에게는 없지만 그렇다고 반드시 꼭 대응하여 소조를 만들 필요는 없습니다."

덩잉차오는 취푸에 타이완 동포와 홍콩·마카오 동포 가족이 얼마나 살고 있는지 애정을 갖고 물었다.

리서우전은 취푸에 홍콩·마카오, 타이완 동포 가족이 540여 호가 있으며 그 가운데 타이완 동포 가족이 400여 호라고 대답하였다. 또한 자신들의 취푸 개방 조건을 이용하여 타이완, 홍콩·마카오 동포의 여행이 비교적 많으며 다양한 형식의 활동을 통해 그들에게 평화적인 중국 통일의 당위성을 홍보하고 있다고 하였다.

덩잉차오는 또 물었다. "취푸 출신으로 외국에 거주하는 화교는 몇 명이나 되며, 매년 취푸를 여행하는 외빈은 어느 정도이며, 국내 여행객은 또 얼마나 되나요?"

리서우전은 취푸현의 해외 화교 수는 수천 명에 이르고 미국, 필리핀, 동남아, 일본 등지에 분포되어 있으며, 매년 취푸를 찾는 외빈은 13,000여 명 정도이고, 국내 여행객은 150만 명 정도라고 대답하였다. 또한 지난 해 정치협상회의는 150여 개 단체를 접대했고 전국 500여 정치협상회의와 관계를 맺었으며 문서 자료와 정치협상회의 활동 상황과 관련한 정보를 교류한다고 하였다.

덩잉차오는 정책 재평가 상황에 대해서도 물었다. 리서우전은 정책 대평가 대상 5기 현정치협상회의 위원 20명 가운데 이미 18명의 문제는 해결됐고 2명의 위원은 아직 해결되지 않았다고 대답하였다.

"무슨 문제라도 있나요?" 덩잉차오는 관심을 갖고 물었다.

리서우전은 대답하였다. "건물 문제입니다. '10년 내란' 동안 부대가 콩가(孔家), 안가(顔家)의 집을 비교적 많이 점유하였습니다. 이 두 명의 위원 가운데 한 명은 콩 씨이고 다른 한 명은 안 씨인데, 모두 문화대혁명기간에 집이 점거당해 아직까지 해결되지 못하고 있습니다. 우리는 중앙, 성, 지(地), 현 정치협상위원 정책재평가 상황에 대해 확실하게 파악하고 조사하고 있습니다. 취푸에는 한 명의 전국정치협상회의 위원, 3명의 산동성정치협상회의 위원, 16명의 지닝(濟寧)시정치협상회의 위원이 있습니다. 우리는 금년 말까지 남은 모든 문제를 해결하기로 결정했습니다."

덩잉차오는 관심 있게 다시 물었다. "금년 말까지 해결한다고 했는데 가능한가요?"

리서우전은 매우 확실하게 대답했다. "현위원회의 결심은 매우 단호합니다. 현정부, 현정치협상회의와 현정치 법률 계통이 모두 인원을 선발하여 정책재평가반을 만들어 조목조목 처리할 것이기 때문에 연말까지 문제는 틀림없이 해결될 것입니다."

덩잉차오는 이 말을 듣고 기뻐하며 말했다. "관련 기관이 모두 행동에 나선다니 정책재평가는 틀림없겠군요. 지식인들에 대한 정책은 어떻게 제대로 실행되고 있습니까?"

쉬서우장은 다음과 같이 말했다. "5기 현정치협상회의 위원은 87명인데, 그 가운데 29명의 위원은 기술직으로 승진했고, 4명의 위원은 현지도그룹에 진입하여 부현장, 현인민대표상임위원회 부주임, 현정치협상회의 부주석을 맡았으며 4명의 위원은 국급(局級) 지도그룹에 들어갔습니다. 이번 기수 위원은 218명으로 늘어났는데 대학, 중등전문학교 졸업 정도의 교양 수준을 가진 자가 60%를 차지하며, 평균 연령은 48세이고 5개 위원회와 25개 사업 소조를 만들었습니다. 일반적으로 2개월 마다 한 차례씩 각 부문 사업에 대해 건의, 자문을 하고 협의를 진행합니다. 정치협상회의 위원은 현인민대표회의에 부지런히 참석하고 있으며 일년에 두 차례 사업 시찰과 조사를 진행하고 있습니다."

덩잉차오는 현급지도그룹에 진입한 위원 가운데 비당원동지가 있는지 다시 물었다.

리서우전은 지도그룹에 포함된 4명의 위원 가운데 3명이 비공산당원이라고 대답하였다.

덩잉차오는 당 내외동지 모두 차별 없이 평등하게 대해야 하며 재능에 따라 채용하여 당의 지식인정책을 전면적으로 실시해야 한다고 하면서, 활동 중 난관에 부딪힐 경우 언제라도 베이징의 전국정치협상회의를 방문해 도움을 청할 수 있고 또 편지로 연락을 취할 수도 있다고 알려주었다.

원래 규정된 보고 시간은 30분이었으나 이미 그 시간이 지나가 버렸다. 덩잉차오의 수행원이 시계를 보며 계속 리서우전에게 눈짓을 보냈다. 그러나 덩잉차오는 매우 깊은 관심을 가지고 잇달아 그들에게 질문하였다.

리서우전과 쉬서우장은 황송해 하면서 일어나 작별 인사를 하였다. 덩잉차오도 일어서서 그들을 전송하려 하였으나 그들은 계속 사양하였다. 덩잉차오는 "당신들은 나의 손님이니 반드시 전송해야 합니다"라고 말했다. 그녀는 문 밖 정원까지 따라 나와 전송하면서 가족들은 어떤 일을 하는지, 아이는 몇인지 등에 대해 계속 물었다. 이렇듯 가족처럼 화기애애한 분위기에 젖어 그들의 긴장은 눈 녹듯 사라졌다. 덩잉차오는 쉬서우장이 서예에 능하다는 사실을 알고 정원에서 그에게 말했다. "나도 서예를 좋아해 지금 매일 연습하고 있어요. 감상할 수 있도록 몇 자 부탁합니다."

6월 14일 오전, 덩잉차오는 공림을 유람하고 돌아오니 쉬서우장이 이미 6자로 된 글을 써서 보내왔다. 지닝 시위원회 서기 자오영귀(趙永貴)와 취푸 현위원회 서기 류푸톈(劉福田)도 찾아 왔다.

덩잉차오는 기뻐하며 "모두 함께 감상합시다"라고 말했다.

쉬서우장은 한 폭의 초서로 된 대련을 꺼내 카펫에 깐 뒤, 이것은 자신이 전국정치협상회의에 받치는 대련으로 "단결 분투를 잊지 말고 힘을 다해 중화를 진흥시키자"라는 내용이라고 설명하였다.

덩잉차오는 "매우 잘 쓴 글씨입니다. 베이징으로 돌아가 반드시 전국 정치협상회의에 전달하겠습니다"라고 말했다.

쉬서우장은 두 번째 초서 대련을 카펫에 깔고 다시 덩잉차오에게 말했다. "이것은 제가 경애하는 저우 총리를 생각하며 쓴 것으로 두보(杜甫)의 시를 고쳐 쓴 것입니다. 두보가 제갈량(諸葛亮)을 그리워하며 쓴 원래의 시는 '땅을 셋으로 나누는 계책으로 한 자락을 차지했고, 봉황의 뜻 천추만대 높은 하늘을 날았네.'126입니다. 제가 이를 고쳐 쓴 대련은 '천하를 도모하는 계책으로 세상을 아울렀고, 봉황의 뜻 천추만대 높은 하늘을 날았네.127'입니다. 이렇게 고치니 댓구가 서로 조화를 이루지 못했습니다. 그러나 중요한 것은 내용에 있기에 형식적인 부분은 미련을 버렸습니다. '병세(幷世)'란 저우 총리가 생전에 마오 주석과 함께 천하대사를 도모하는 것으로 해석할 수 있고 또한 총리가 다졔와 함께 혁명을 위해 노력하는 것으로 해석할 수 있습니다."

덩잉차오는 손을 내저으며 말했다. "다른 혁명가들도 있고 또 많은 동지들이 있습니다. "병세"는 마땅히 언라이 동지가 그들과 함께 국사를 논의하는 것으로 해석해야 합니다."

쉬서우장은 계속 고개를 끄덕였다. "다졔의 해석이 좋고 또 전면적입니다. '일우모(一羽毛)'는 제갈량의 깃털부채와 두건을 상징합니다. 저우 총리께서는 당연히 제갈량보다 더욱 위대하시니 그 명성이 만고(萬古)에 드높고 영원히 계속될 것입니다."

덩잉차오는 이 초서를 꼼꼼하게 감상하다가 물었다. "당신의 초서에는 전서(篆書)의 느낌도 나는데 혹시 전서체도 배웠나요?"

말이 끝나자마자 쉬서우장이 말했다. "네, 전서체를 배웠습니다. 덩 다졔께서는 안목이 대단하십니다. 무릇 서예를 하는 사람이라면 각종 서체

---

126 역주: 두보(杜甫)의 시 「옛일에 기대 회포를 읊다(詠懷古跡)」 5수 가운데 다섯 번째에 등장하는데 원문은 "三分割據紆籌策, 萬古雲霄一羽毛"이다.

127 역주: 본문은 "幷世籌策天下計, 萬古雲霄一羽毛"이다.

를 모두 연마해야 합니다."

그는 횡폭 서화를 하나를 꺼내 카펫에 깔았다. 그것은 전서체 구조의 예서(隸書)로 쓴 "송령학수(松齡鶴壽)"라는 큼직한 4글자로 된 것이었다. 그는 "이것은 경애하는 덩 다졔에게 드리는 것으로 소나무처럼 강건하고 학처럼 장수하기를 바라는 마음으로 쓴 것입니다"라고 말했다.

덩잉차오는 "감사합니다"라고 말했다.

쉬서우장은 곧장 다시 네 번째 초서를 펼쳐 보였는데 거기에는 "무엇을 알려고 먹는 것조차 잊고, 알고 나서는 즐거워 근심을 잊으니 늙는 것을 모르네"[128]고 쓰여 있었다. 쉬서우장은 "이것은 공자가 자로(子路)에게 한 말인데 이를 빌어 노 혁명가가 지닌 혁명적 낙관주의의 분투정신을 기념하고자 합니다."

덩잉차오는 이 말을 듣고 말했다. "좋네요 속히 이 말을 기억하도록 하지요"

쉬서우장은 다섯 번째 초서로 된 "분투(奮鬪)"라고 쓴 큰 글자를 꺼내 보이며 해석하였다.

"제가 이 두 글자를 쓴 것은 첫째 저우 총리께서 청년시절 중국의 비약을 희망했다는 데에서 그 의미를 취했고, 둘째 많은 일본 서예가들 역시 이 두 글자를 매우 좋아 하기 때문입니다."

덩잉차오는 웃으며 "보아하니 당신은 정말 초서를 좋아하는 군요"라고 말했다.

쉬서우장은 "초서로써 감정을 최대한 표현할 수 있기 때문이지요"라고 대답하였다.

덩잉차오는 "누구에게서 배웠나요?"라고 물었다.

쉬서우장은 "여러분들로부터 배워서 하나의 격식에 구애받지 않습니다"라고 대답하였다. 그는 다시 부채 하나를 꺼냈는데 거기에는 당나라

---

128   역주: 원문은 "發憤忘食, 樂以忘憂, 不知老之將至"이다.

왕유(王維)의 시 「산중에서 수재 배적에서 보내는 글(山中與裴秀才迪書)」이 행서로 쓰여 있었다. 쉬서우장의 행서는 구름이 지나는 듯 했고, 물이 흐르는 듯 했다. 이 부채의 글은 정교하고 아름다운 서예 소품으로서, 그는 여행의 기쁨을 더하는 의미로 덩 다제에게 선물로 주었다.

덩잉차오는 말했다. "당신이 통달한 글자체는 매우 많은 것 같군요 당신의 글자는 개성이 강해 이미 서체로 일가를 이룬 것 같으니 '쉬(徐)체'라고 불러도 될 것 같습니다."

쉬서우장은 노트와 만년필을 꺼내 덩잉차오에게 기념 서명을 부탁하였다. 덩잉차오는 "아이고! 내 글이 어찌 당신 것과 비교가 되겠어요? 오히려 당신에게 배워야 합니다"라고 말했다. 그녀는 노안 안경을 쓰고 노트 위에 "쉬서우장 동지 기념. 1984년 6월 14일. 덩잉차오가 금년 팔순에 취푸 공부에서"라고 썼다. 다 쓰고 나서 웃으며 "손이 말을 잘 안 듣네"라고 말했다.

쉬서우장은 자세히 덩잉차오가 쓴 글자를 보고 말했다. "다제의 글자는 기초가 아주 잘 갖춰져 있습니다. 제가 보니 다제의 글자 가운데 어떤 글자에는 저우 총리의 필의(筆意)가 느껴집니다. 동지의 '지(志)'는 총리가 쓰신 것과 매우 비슷합니다. 다제께서 오랫동안 총리와 함께 활동하시고 생활하시어 자신도 모르게 서로 영향을 주고받은 것 같습니다. 다제께서는 80의 고령에 이곳에 와 우리를 매우 흥분시키고 또 격동시켰습니다. 다제의 몸은 매우 건강해보이시는 평소에 태극권을 수련하거나 기공을 연마하시나요?"

덩잉차오는 말했다. "나는 하루도 빼놓지 않고 매일 신체를 단련하는데 바두안진(八段錦)¹²⁹을 수련합니다. 본래는 8단인데 내가 11단으로 발전시켜 각종 분파를 모두 흡수하였습니다. 당신은 서예에 있어 '쉬(徐)파'라면 나는 바두안진에 있어 일파를 이뤘으니 '덩(鄧)파'라 할 수 있습니

---

129 역주: 중국 고유의 건강증진을 위한 운동법, 체조.

다." 이렇게 말하자 모두는 웃기 시작하였다.

그녀는 다시 말했다. "당신이 내게 준 이 많은 글자는 문(文)이라 할 수 있습니다. 내가 여러분에게 무(武)를 전해 준다면 문무결합이 되는 것이지요." 이렇게 말하며 그녀는 두 손으로 합장하고 이어 두 팔을 허공을 향해 들어 올리고 왼쪽 다리도 동시에 들어올렸다. 그녀는 말을 하면서 동시에 몸을 움직여 몇 가지의 바두안진 자세를 취했고 다시 원래의 상태로 복원한 뒤 매우 침착하고 편안한 모습을 보였다. 이에 모두는 열렬하게 박수를 보냈다. 그녀는 웃으며 말했다.

"나의 정신은 맑습니다. 공산당원은 제대로 된 정신을 지녀야 합니다. 하늘도 땅도 두려워하지 않는 굳건함을 지녀야 하고 적 앞에서도 투옥이나 죽음을 두려워하지 않고 하늘을 떠받치고 땅 위에 우뚝 서야 합니다. 현재 나는 이 같은 강임함을 갖고 내 몸의 당뇨병, 고혈압, 심장병과 맞서고 있습니다. 당신들은 젊습니다. 당신들 역시 이처럼 강인한 의지와 패기를 갖고 노력하여 성과를 이룩해야 합니다."

어느덧 이야기하는 동안 한 시간이 흘렀다. 쉬서우장 일행은 급히 일어나 작별을 고했다. 덩잉차오는 문밖까지 그들을 전송하였다. 그들은 그녀를 부축하려 하였으나 그녀는 손을 저으며 사양했다. 그녀는 걸어가면서 쉬서우장에게 세심하게 부탁하였다. "첫째, 당신은 나를 대신해 현 정치협상회의 동지들에게 안부를 전해 주세요. 둘째, 구삼학사(九三學社)[130] 동지들에게 안부를 전하고, 셋째 당신 학교동지에게 안부를 전하며 또 당신 가족들에게도 안부를 전해줘요."

얼마나 세심하고 주도면밀한 덩잉차오의 모습인가! 쉬서우장은 깊은 감명을 받았다. 그는 덩 다졔가 역사의 풍운을 이기고 우뚝 일어선 인물

---

[130] 역주: 중국 8개 민주당파 정당 가운데 하나. 1944년 12월 설립. 형식으로 각종 국가 정책을 협의하는 과정에 참여하지만 실질적인 기능이나 역할 면에서 공산당의 지시를 따르는 형식적 존재로 알려져 있다. 당원 수는 약 6만 명이고 대부분 과학기술계나 의약계, 문화교육계 종사자로 구성되어 있다.

이지만 소박하고 겸손하며 항상 스스로를 수많은 대중 속에 위치시킴으로써 사람들이 그녀의 비범함을 제대로 알아 챌 수 없도록 만든다고 생각하였다. 또 그녀가 혁명사업에 대해 매우 중요한 책임을 지고 있으며 동지나 인민에 대해 커다란 관심을 갖고 있으며 후배도 매우 아끼고 사랑한다고 생각했다. 일개 현정치협상회의 부주석에게 이렇게 편하게 대화를 나눌 수 있다는 사실로 인해 사람들은 깊은 감명을 받았다!

이날 오후 덩잉차오는 지닝 시 전업호와 개체공상호(個體工商戶)[131] 좌담회에 참가하였다.[132]

버섯을 재배하는 전업호 장위링은 덩잉차오 곁에 앉았다. 덩잉차오는 그녀에게 나이가 어떻게 되는지, 몇 년 동안 버섯을 재배했는지 물었다. 장위링은 다음과 같이 대답하였다. "올해 43살이고 원래 농민이었으며 남편은 공소사(供銷社)[133]에서 일합니다. 1979년 닝양(寧陽) 현에서의 버섯재배 교육 영화를 보고 큰 관심이 일어 일부러 닝양으로 가 참관 학습을 하였습니다. 1981년 버섯 시험재배를 처음 실시하였으며, 이듬해 180제곱미터의 땅에 버섯 재배를 하였습니다. 1983년 2,100제곱미터로 재배면적을 늘려 6,000개의 버섯종자를 배양하였습니다. 1984년 25,000제곱미터의 땅에 20,000개의 종자를 배양하고 공소사와 연합조직을 만들어 1만 위안의 수입을 올렸습니다."

미용원을 경영하는 왕샹허는 좌담회에서 말했다. "저는 원래 공안원(公安員)이었는데 1961년 당의 호소에 호응하여 농촌으로 들어갔습니다. 부인이 이발을 할 수 있어 가족 모두 그것을 배웠고 그 기술로 대대(大隊)에서 돈을 벌어 가까스로 먹고 살았습니다. 1981년 영업허가증을 발부

---

131 역주: 개인 경영 상공업자를 지칭한다. 약칭하여 개체호라 한다.
132 필자는 취푸에서 좌담회를 개최하였는데 거기에서 장위링(張玉玲), 왕샹허(王祥鶴), 리쿠이하이(李魁海), 장밍지(張明濟) 등은 1984년 6월 덩잉차오가 소집한 좌담회의 정황에 대해 소개하였다.
133 역주: 생산도구와 소모품을 공급하고 제품을 판매하는 순수 상업활동 기구를 가리킨다.

받아 미용원을 개업하였습니다. 현재 연 수입이 6천 원이나 됩니다. 취 푸 현에는 8천여 개체호가 있는데 저는 취푸 현 개체협회 부회장을 맡고 있습니다."

덩잉차오는 그에게 하루 수입이 얼마나 되며 일하는데 힘들지 않은지 물었다.

왕샹허는 하루 수입은 20여 원이며 그다지 힘들지 않다고 대답하였다.

덩잉차오는 말했다. "서비스업은 매우 힘듭니다. 과거에는 사람들이 이발사를 무시하였습니다. 현재, 당신은 인민을 위해 봉사하며 우리 자 매들을 예쁘게 만들어 주어야 합니다. 너무 궁색해 보여서는 안 되는 것 입니다."

37세의 리쿼하이는 통닭구이 전업호였다. 그는 말했다. "저의 조부와 부친은 모두 철도노동자였습니다. 1961년 농촌으로 하방되어[134] 인민공 사 사원이 되었습니다. 저희는 회족(回族)인데, 1979년 시험을 한 번 해본 다는 생각으로 꽈배기를 튀겨 시장에 내다 팔아 수십 원을 벌었습니다. 후에 나는 산동 더(德) 주(州), 허난화(滑) 현 다오커우(道口) 향, 안휘 푸리 (符離) 집(集) 등 통닭구이를 파는 지방으로 가 몰래 방법을 배웠습니다. 1982년 쩌우(鄒) 현으로 돌아와 통닭구이를 만들어 팔아 1천여 위안을 벌 었습니다. 1983년 4천 위안을, 1984년에는 6천 위안을 벌었습니다. 나의 '후피(虎皮) 통닭구이'는 겉은 바삭하고 속은 향기로워 사람들의 입맛에 맞습니다. 신용을 최우선으로 삼아 원료를 구매할 때는 면밀히 살펴 죽 은 닭이나 병든 닭은 취급하지 않습니다. 하루에 3,40마리에서 100여 마 리의 닭을 매입합니다. 원래 통닭구이를 파는 집이 2,3곳 정도였는데 지 금은 3,40곳 이상으로 늘어났습니다.

---

134 역주: 당·정부·군간부들의 관료주의·종파주의·주관주의를 방지하고 지식인을 개조하며 국가기구를 간소화한다는 명분으로, 간부들을 농촌이나 공장으로 보내 노동에 종사하게 하고 고급 군간부를 사병과 같은 내무반에서 기거하며 생활하게 하는 간부정책으로 1957년 3월부터 실시되었다. 총 1,000만 명이 여기에 참가하였다.

덩잉차오는 "훌륭합니다. 전도가 아주 밝습니다"라고 그를 격려하였다.

식당을 경영하는 장밍지는 1982년 작은 식당을 열 당시만 해도 취푸 현에는 단지 식당이 3곳뿐이었지만 지금은 수십 개로 늘어나 경쟁이 매우 치열하다고 보고하였다. 재봉 전업호 콩상하이(孔祥海) 부부는 둘이 재봉가공을 하여 일 년에 3천여 위안의 수입을 올린다고 하였다.

좌담회의 열기는 매우 뜨거웠다. 전업호, 개체호 대표는 매우 신이 나 말했으며 덩잉차오는 흥미진진하게 들었다. 좌담회가 끝날 때 덩잉차오는 그들에게 말했다. "여러분에게 매우 유익한 공부를 할 수 있어서 감사드립니다. 우리 당은 지난 날 극좌노선의 진통을 겪었는데 이제 그것을 교훈 삼아 과거와 같은 잘못을 되풀이 하지 않을 것입니다. 여러분은 안심해도 됩니다. 당의 부민(富民) 정책은 영원히 바뀌지 않을 것입니다. 당신들은 사상에 구애받지 말고 봉사의 영역을 확대하여 더욱 많은 사람들을 인도하여 더불어 부유해지는 길로 달려가기 바랍니다."

덩잉차오는 산동을 시찰하면서 대중과 간부에 대한 관심의 일환으로 지방 정치협상회의 사업과 문물보호사업에 대해 관심을 기울였다. 특히 두 차례 전업호 대표를 만나 농촌개혁사업을 지지하고 추진했으며 문물보호사업을 추진하였다.

1984년 국무원은 취푸에 1,150만 위안의 지급을 승인하여 공부, 공묘, 공림 및 기타 고적을 수리토록 하였다. 9월에 취푸 현서기는 베이징의 덩 다졔를 방문하여 취푸 사업에 대한 덩 다졔의 관심과 지지에 대해 감사의 뜻을 표하면서 취푸에 공자연구기금회가 건립될 텐데 덩 다졔가 명예주석을 맡아달라고 부탁하였다. 덩잉차오는 자신은 공자에 대해 깊은 지식이 없다며 대신 구무(谷牧) 동지를 추천해 주었다. 그녀는 "나는 취푸 인민이 매우 그립습니다. 내 대신 취푸 인민에게 안부를 전해 주세요 그리고 나에게 글을 써 준 현정치협상회의 부주석에게도 안부를 전해 주기 바랍니다"라고 말했다. 이처럼 덩잉차오는 사람들에게 늘 꼼꼼하고 세심한 주의를 기울였는데 그 마음 씀씀이는 아주 미세한 데까지 이르렀다.

150. 옛 동창과 교우들과 즐겁게 한 자리에 모이다

열차가 화북평원 위를 질주하였다. 덩잉차오는 창가 좌석에 앉아 그 것을 바라보았다. 들판은 온통 푸르러 올해도 풍년일 것 같았다. 그녀의 마음도 덩달아 날아오르는 듯 했다. 그녀는 곧 자신이 청소년 시절 10여 년을 보냈던 제2의 고향 톈진에 도착할 예정이었다.

1984년 6월 15일 오후 그녀는 톈진에 도착했다.

17일 오전, 그녀는 저명한 산부인과 전문의 위아이펑(兪藹峰) 부부와 만났다. 1950년대 중반 덩잉차오의 갱년기 장애는 매우 심각하였었다. 린챠오즈(林巧稚), 위아이펑 두 산부인과 전문의의 정성스런 치료를 받아 그녀의 건강은 호전되었다. 덩잉차오는 그들의 도움에 매우 감격했었다. 하지만 린챠오즈는 불행하게도 이미 세상을 떠났다. 톈진에 도착하자 덩 잉차오는 우선 위아이펑 부부를 먼저 만났다. 그들의 업무와 생활에 대 해 자세히 물은 다음 건강에 유념하기를 당부하였다.

20일 오전, 덩잉차오는 이미 고인이 된 톈진의 애국교육가 마톈리(馬千 里)의 딸 마취관(馬翠官)을 면담했다. 마취관은 전에 다런(達仁)여자학교에 서 덩잉차오로부터 배웠던 학생이기도 했다. 마톈리는 저우언라이, 덩잉 차오의 스승이었고 또한 오사운동시기 함께 투쟁했던 전우로서 1930년 일찌감치 세상을 떠났다. 항전시기 충칭에서 덩잉차오와 저우언라이는 사핑파(沙坪壩)로 마톈리의 부인 장관스(張冠時)를 방문한 적이 있었다. 1959년에는 덩잉차오가 베이징에서 다시 '사모님'인 장관스를 예방하였 었다. 그리고 1983년 7월에는 마톈리의 아들 츄관(秋官), 딸 취관과 위관

(玉官)이 중난하이 시화팅으로 덩잉차오를 찾아온 적이 있었다. 이제 덩잉차오는 톈진에 도착하여 다시 마춰관과 만나기로 약속을 한 것이었다. 마춰관은 '덩 선생님'의 영향을 받아 평생 초등교육에 근무하였으며 지금은 벌써 퇴직한 상태였다. 그녀는 이미 덩잉차오에게 편지를 보내 자신이 『마톈리연보(馬千里年譜)』를 편집했고 「중화 진흥을 위해 투쟁한 마톈리의 일생」과 같은 글을 썼으며 마톈리 탄생 100주년(1985년 1월 22일)에 맞춰 책으로 출판하려고 준비하고 있다면서 덩잉차오에게 기념책자의 기념사를 부탁하였다.[135]

이 만남에서 덩잉차오는 말했다. "내게 보내 준 편지는 잘 받았어요. 나는 당신이 직접 아버지를 위해 기념집을 편찬하는 것에 대해 지지합니다. 반드시 기념사를 써주고 싶은데 마침 이번 톈진에 왔으니 그렇게 하지요." 그녀는 기념책자 편찬에 어떤 점이 힘든지 물었다. 마춰관은 자신이 써야 할 부분은 이미 썼고 부친의 옛 친구들에게 써달라고 부탁한 기념 글 역시 속속 도착하였으나 단지 아직까지 어떤 부서에서 승인을 받아야 하는지 모른다고 대답하였다. 그 말이 끝나자 바로 덩잉차오는 톈진시 정치협상회의 문사자료위원회에서 승인받을 수 있으며, 직접 인쇄비를 부담하면 아무 문제가 없다고 하였다. 덩잉차오의 지지를 얻은 마춰관은 비로서 안심할 수 있었다. 이윽고 덩잉차오는 기념책자를 위해 기념 서명을 했으며 또 「사우(師友) 마톈리 선생을 회고하며」라는 글을 집필하여 기념책자에 포함시켰다. 기념책자는 1985년 출판되었다. 마톈리 선생에 대한 덩잉차오의 애틋한 정에 마춰관 형제는 매우 감격하였다.

덩잉차오는 또한 여자사범학교 친구 천쉐룽(陳學榮)과 여자사범부속초등학교[136] 같은 반 급우 장광쉬(張廣煦)와 만났다. 1919년 천쉐룽은 여자

---

[135] 필자는 1987년 8월 톈진에 도착하여 마춰관을 찾았다. 그녀는 덩잉차오와 자신의 가족과의 교류 및 마톈리에 대한 회고 상황에 대해 소개하였다.

[136] 역주: 초등학교는 원문에 '고소(高小)'로 되어 있는데 초등학교 가운데 고학년으로 구성된 학교를 가리킨다.

사범부속초등학교에서 수학했으며 덩잉차오를 따라 오사애국운동에 적극적으로 참가했고 각오사의 '소사우(小社友)'였다. 천쒜롱은 이후 난카이 여자중등학교에 들어갔으며 졸업 후에는 베이핑여자대학에 진학했다. 그녀의 남편은 옌징(燕京)대학 교수였다. 항전시기 총칭에서 덩잉차오는 그녀와 만난 적이 있었다. 덩잉차오의 모친이 죽자 천쒜롱은 화환을 보내왔다. 1983년 천쒜롱은 세 아이를 데리고 시화팅으로 덩잉차오를 찾아왔었다. 이제 옛 친구를 다시 톈진에서 만나게 되니 그들은 매우 즐겁고 유쾌하였다.[137]

　장광쒜는 덩잉차오의 초등학교 같은 반 친구였다. 후에 즈리(直隷)제1여자사범에 진학하여 덩잉차오와 함께 오사운동에 참가하였다. 그녀들은 또한 함께 다런(達仁)여자학교의 교사가 되었고 함께 여성운동과 '5 · 30'운동에 참가하였다. 1925년 덩잉차오가 몰래 톈진을 떠날 때 장관쒜는 기차역까지 나와 그녀를 전송했다. 덩잉차오는 저우언라이와 결혼한 이후 둘이 함께 찍은 사진을 장광쒜에게 보내 주기도 하였다. 그녀들은 어린 시절부터 청소년 때까지 매우 절친한 친구였지만 이후 관계가 끊어졌다. 장광쒜는 계속 초등학교 교사로 근무하다가 퇴직 이후 가도(街道)사업을 맡아 처리했으며 1950년대, 1960년대에는 가도 여성대표회의 주임과 시 '삼팔홍기수(三八紅旗手)'[138]를 역임하였다.[139]

　덩잉차오는 차를 보내 장광쒜를 호텔까지 데려오게 하였다. 거의 60년 동안 만나 보지 못했던 옛 친구와 이제 만나게 되니 덩잉차오는 너무도 흥분되었다. 그녀는 여전히 다정하게 장광쒜를 어릴 적 이름인 '샤오광(小廣)'이라 불렀다. 장광쒜는 "텔레비전으로 너를 보면 나는 안심이 되었어. 볼 수 없을 때는 너의 건강에 무슨 문제라도 있는 게 아닌가 걱정

137　필자는 톈진에서 천쒜롱을 방문했다. 그녀는 덩잉차오와 자신과의 교유 상황에 대해 소개하였다.
138　역주: 중화전국부녀연합회가 4개 현대화에 기여한 여성에게 부여하는 칭호.
139　필자는 톈진의 장광쒜를 방문하였다. 그녀는 덩잉차오와 자신과의 교유 상황에 대해 소개하였다.

이 되었지"라고 말했다. 덩잉차오는 웃으며 "하지만 애석하게도 나는 너를 볼 수 없었어" 하고 말했다. 그녀는 장광쉬가 최근 몇 년 동안 계속해서 기층 여성사업을 하고 있다는 이야기를 듣고 흥분하여 말했다. "우리가 아직까지 같은 길을 걷고 있을 줄은 생각하지 못했는데. 샤오광, 요즘 너는 왜 내게 편지를 보내지 않았니?" 장광쉬는 솔직하게 말했다. "네가 국가 대사에 매우 바쁘다는 것을 알면서 내 사사로운 일로 너의 소중한 정력과 시간을 빼앗을 수 없었어." 덩잉차오는 감탄하여 "너는 여전히 과거의 '샤오광'이야. 항상 이렇듯 성실하고 겸손하며 일에 몰두하면서도 매사에 다른 사람을 배려하고 스스로는 겉으로 드러내지 않으니 얼마나 좋은 동지인지 몰라." 장광쉬는 노년에 매우 처량한 신세였다. 왜냐하면 남편이 일찍 세상을 떠났고 자녀 역시 곁에 없었기 때문이었다. 하지만 그녀는 묵묵히 참았고 어려운 상황에서도 사사로운 개인 생활의 사정을 앞세워 덩잉차오를 애태우게 하고 싶지 않았다.

덩잉차오는 더 많은 여자사범 친구들을 만나고 싶어 일부 교우대표와 만나기로 결정하였다.

6월 13일 오전, 덩잉차오는 일찍 홀 입구에서 기다리고 있었다. 그녀는 청년시절로 되돌아 온 듯 하여 매우 흥분된 상태였다. 교우들 가운데 어떤 이는 남편이 배석했고 또 어떤 이는 아들 또는 딸이 부축하여 덩잉차오를 만나러 왔다. 덩잉차오는 웃으며 "여러분을 환영합니다. 여러분을 환영합니다"라고 하였다.[140]

여든 살이 넘은 한 늙은 할머니가 덩잉차오 앞으로 몇 걸음 걸어 나와 그녀의 손을 꽉 잡았다. 소개를 맡은 동지가 그녀의 이름을 말하려 하자 그녀는 손을 내 저으며 큰 소리로 말했다. "내가 덩 다졔에게 직접 물어

---

140 필자는 톈진의 량슈천(梁岫塵), 마취관, 장광쉬, 천쉐룽과 톈진시여성연합 동지들을 방문하였다. 그녀들은 1984년 6월 13일 즈리제1여자사범 교우대표와 덩잉차오가 만났던 상황에 대해 소개하였다. 필자는 동시에 肖威,「매우 특별한 회견」,『덩잉차오, 한 위대한 여성』, 497-503쪽을 참조했다.

볼 테니 소개하지 말아요. 내가 누군지 알겠어요? 아직 날 알아보겠어요?" 말을 마치고 큰 소리로 웃었다.

덩잉차오도 웃으며 자세히 그녀의 용모를 살펴보았다. 그녀의 키는 그다지 크지 않았고 허리는 꼿꼿했으며 붉은 빛이 가득한 얼굴에 안경을 쓰고 있었다. 나이는 비록 80이 넘었지만 늙어 뼈가 앙상한 모습은 아니었다. 덩잉차오는 아무리 기억을 더듬어 보았지만 그녀의 이름을 기억해 낼 수 없었다. 그녀들이 헤어진 지 벌써 60여 년이 되었다. 헤어질 당시 십대의 소녀였고 지금은 모두 80이 넘은 노인이 되었으니 어떻게 알아볼 수 있겠는가? 더 이상 그녀는 참을 수가 없어 큰 소리로 "내가 량슈천(梁岫塵)이야!"라고 자신의 이름을 말했다. 원래 자유분방한 이 늙은이는 학교 친구 가운데 가장 나이가 많아 올해 84세였다. 그녀는 덩잉차오의 즈리여자사범 같은 반 친구였고 둘은 같은 방에서 함께 살았었다.

덩잉차오는 그녀의 이름을 듣고 깜짝 놀라 말했다. "니가 량슈천이구나, 내가 어떻게 너를 잊겠니? 너는 우리 반 우등생이었고 과거 대갓집 규수였으며 또 매우 교양 있고 아름다웠지. 우리가 헤어진 지 60여 년이 되었구나. 네가 너무 많이 변해 알아 볼 수가 없었어. 젊은 시절의 량슈천 같지 않네."

덩잉차오는 또한 80살 즈음 되는 남성동지와 악수를 하였다. 그는 난카이대학 명예 총창 리허린(李何林)으로 그의 부인이 즈리여자사범 동창이어서 오늘 부인을 따라온 것이었다. 덩잉차오는 "대환영입니다. 우리 동창회의 사위가 오신 것을 환영합니다."

이 이야기를 듣고 모두 한바탕 웃음을 터뜨리며 신이 나서 자리에 앉았다. 덩잉차오가 며칠 전에 만났던 장광쉬와 천쉐룽, 마춰관도 자리를 함께 했다.

덩잉차오는 열정적으로 옛 친구들에게 안부를 묻고, 옛 친구의 남편과 자녀들에게도 안부를 물었다. 그녀는 다음과 같이 말했다. "내가 1925년 톈진을 떠났으니 지금까지 근 60년이 되었고 그 사이 정권이 여러 번 바뀌었습니다. 그러나 나의 모교인 즈리제1여자사범을 한 번도 잊은 적이 없으며 친구들 또한 잊은 적이 없었습니다. 여러분 모두를 내 마음속에 간직하고 있었습니다. 오늘 나는 얼마나 기쁜지 모릅니다. 나와 같은 반 친구였던 량슈천을 만날 수 있어서 더욱 그렇습니다."

덩잉차오는 이어 말했다. "60년 전에는 여자사범을 졸업하면 그저 여자초등학교 교사가 될 수 있을 뿐이었습니다. 왜냐하면 남녀가 함께 공부할 수 없었기 때문입니다. 하지만 나는 오사운동 덕분에 베이징의 한 남자초등학교 교사가 될 수 있었고 같은 반 친구인 왕전루(王貞儒) 역시 마찬가지였습니다. 지금 사정은 그때와 많이 다릅니다. 이 자리에 함께 한 여러분은 여러 분야에서 활동하고 있으며, 각기 다른 직장에서 임무를 수행하며 저마다 공헌하고 있습니다. 신중국 수립 후 30여 년 동안 우리 당은 약간의 착오를 범했습니다. 특히 '10년 동란' 동안에는 하나같이 억울한 경우를 당했습니다. 그러나 우리 당은 스스로 일어나 당내의 반혁명집단을 분쇄하고 그들의 잘못된 노선에 대해 비판과 교정을 가할 수 있는 능력을 지녔습니다."

이어 덩잉차오는 말했다. "오늘 국가와 인민을 위해 봉사하는 여러분의 정신적인 각오가 이렇듯 훌륭한 것을 보니 나에게 용기를 주고 또 동시에 잘 해보라는 격려가 됩니다. 우리 모교는 제10회부터 제41회 졸업생까지 31년 동안 많은 인재를 배출했습니다. 모든 졸업생이 사회와 함께 전진했고 과거 여자사범의 애국주의 전통을 계승하였습니다. 과거 우리 여자사범의 친구들은 사회에서 여성이 압박받는다고 생각하여 학습하고 자립하려고 애썼으며 남녀평등, 혼인자유, 여성 해방 등의 구호를 제출하며 오사운동에 적극적으로 참가하였습니다. '4인방' 몰락을 통해 우리는 제2차 해방을 얻어냈습니다. 과거의 일은 이미 지나갔으며 우리는 앞을 향해 나아가야 합니다. 내가 말하고자 하는 것은 금전(金錢)의 '전(錢)'이 아니라 전진(前進)의 '전(前)'입니다. '돈(錢)을 향하여 보는 것'이 아니라 '앞(前)을 향해 보는 것'입니다."

덩잉차오의 마지막 해학적인 말에 참석자들은 모두 크게 웃었으며 회의장에는 유쾌하고 즐거운 분위기가 흘러넘쳤다.

여자사범학교 동창들은 대부분 교육사업에 종사하였고, 많은 사람들은 유아교육을 담당하였다. 동창회 회장 류쯔밍(劉孜銘)은 동창회 상황을 다음과 같이 소개하였다. "현재 동창은 총 447명이고 그 가운데 131명은 베이징에 거주하며 소수는 국외에 거주하고 있습니다. 동창들은 몇 가지 사업을 진행하고 있는데 첫째는 교사(校史) 편찬이고, 둘째는 유아교육사업 전개이며, 셋째는 유아교육 출판물 창간이고, 넷째는 탁아소와 유치원을 운영하여 유아교사의 자질 향상의 시험기지로 만드는 것입니다. 또한 청년교육에도 매우 큰 관심을 기울이고 있습니다."

덩잉차오는 여자사범동창들이 여생 동안 힘을 발휘하여 청소년과 아동교육을 위해 열심히 노력해 달라고 하면서 인민에 대한 그들의 봉사정신에 대해 높이 평가하였다. 그녀는 동창들에게 아무나 편하게 이야기하도록 하였다. 모든 참석자들은 나이가 가장 많은 량슈천이 먼저 말을 하도록 권했다. 량슈천은 기뻐하며 말을 하기 시작하였다.

"나보고 먼저 말을 하라니, 무슨 이야기를 하지? 내 마음속에 있는 말을 하도록 하지요. 나는 회의가 있다는 통지를 받고 잠시 청년시절을 회상했어요. 1982년으로 기억합니다. 시여성연합에서 내 집에 사람을 보내 조사를 한다고 했습니다. 아이구, 나는 깜짝 놀랐습니다. 문화대혁명 동안 항상 '외출조사'[141]였으니 나는 정말 걱정이 많았습니다. 그러나 그들은 '외출조사'가 아니라 나에게 오사운동에 관한 자료를 쓰라고 요청했습니다. 나는 비로소 안심했습니다. 그러나 나는 이리저리 생각했지만 감히 쓸 수가 없었어요. 그들은 계속 권하기만 했지 강요하지는 않았습니다. 사실, 그 당시 내 나이가 82세인데 무엇을 두려워하겠어요? 그들은

---

141 역주: 원문은 "외조(外調)"인데 "외출조사"를 간략하게 칭한 것으로 "내사(內査)"의 상대적 개념이다. 조사대상자의 외부단위 혹은 타성시인원에 대한 조사를 가리킨다.

계속 설득했고 나는 그 정성을 무시할 수 없어 요구를 받아들이기로 하였습니다. 나는 매일 새벽 4시에 일어나 글을 썼습니다. 나는 골똘히 생각하였고 기억이 잘못될까 몹시 걱정하였습니다. 나는 매일 매일 생각하고 매일 매일 쓰면서 그렇게 파고들어 갔습니다.

이 작업을 하고 나서부터 나의 딸은 내가 이전보다 훨씬 정신건강이 좋아진 것 같다고 했지요. 그날 류쯔밍(劉孜銘)이 찾아와 여자사범 동창회를 만든다고 하여 나는 더욱 기뻤고 재빨리 그녀에게 회비를 주었습니다. 작년 9월 시여성연합회는 다시 나를 문사관(文史館) 관원으로 추천했지요. 문사관의 문에 들어서자마자 나는 이것이 나의 집이구나 하고 느꼈습니다. 이후 나의 정신은 더욱 새로워졌고 어떤 공부 모임이건 모두 참가했습니다. 나이가 너무 많아 빨리 배울 수 없다고 나는 생각했지만 다른 사람들은 내가 젊어서 80여 세의 노인 같지 않고 그저 60여 세로 보인다고 하였습니다. 사람이란 일이 있어야 건강한 정신을 유지할 수 있을 뿐만 아니라 노쇠해지는 것을 막을 수 있으며 그것이 그 어떤 약보다도 효과가 좋다는 사실을 나는 깨달았습니다."

량슈천의 말을 들은 많은 옛 동창들은 기뻐하며 웃었다. 그녀들은 또한 공감을 표시하였다. 일부 동창들은 이어 교육개혁 문제와 유아교육 문제에 대해 이야기하였다.

덩잉차오는 말했다. "당 중앙은 이미 유아교육에 주의하고 있습니다. 왜냐하면 교육사업이 유아에서부터 시작되기 때문입니다. 나무를 기르는 데는 십 년이 필요하고 인재를 육성하는 데는 백 년이 필요하다고 했습니다. 우리 사업에는 반드시 훌륭한 계승자가 있어야 합니다. 그래야 국가가 변질되지 않으며 아시아 동방에서 우뚝 설 수 있고 중국식 사회주의국가를 만들 수 있습니다. 그리고 21세기가 되면 우리나라는 반드시 번영, 부강해질 수 있을 것입니다. 이러한 목표를 위해 반드시 우리는 더욱 단결하여 당의 지도 아래 새롭게 공헌하여야 합니다."

두 시간여의 시간이 빠르게 지나갔다. 덩잉차오는 같은 반 옛 친구 및 동창들과 헤어지기가 서운해 마지못해 작별 인사를 하였다. 그녀는 홀 입구에 서서 동창들과 일일이 인사를 나누었다. 좀처럼 얻기 어려운 즐거운 만남이었기에 그녀는 친구들과 헤어지는 것이 못내 아쉬웠다.

151. "내 생명이 단 하루라도 남아 있다면 나는 여성사업에 헌신할 것입니다"

덩잉차오는 줄곧 여성사업을 그녀의 평생 사업으로 삼아왔다.

6월 25일 오전, 그녀는 톈진시여성연합의 동지들을 호텔로 불러 환담하였다.[142] 톈진 시의 역대 여성연합 주임들이 모두 모였고 톈진시위원회 서기 천웨이다(陳偉達), 장자이왕(張再旺)도 왔다. 덩잉차오는 기뻐하며 시 위원회 서기 둘이 왔다는 사실은 톈진시 위원회가 여성사업을 매우 중시하고 있다는 방증이라고 하였다. 이것이 그녀의 활동이 지니는 특징이었다. 그녀는 항상 여성사업에 대한 당 위원회의 지도와 지지를 얻어내려고 노력했던 것이다.

덩잉차오는 말했다. "내가 여성연합 활동을 그만둔 지 벌써 10년이 다되어 갑니다. '10년 내란' 동안은 비켜서 있었지요 '10년 내란' 후 개최된 전국 4차 여성대표대회에서 나는 전국여성연합 주석을 겸하도록 추천 선발되었습니다. 하지만 작년에 있은 전국 5차 여성대표대회를 통해 나는 부담을 덜게 되어 명예주석 자리도 내놓았습니다. 그러나 오랜 세월 여성사업을 전개해 온 공산당원으로서 인구의 반을 차지하는 여성에

---

142 필자는 전 톈진시여성연합 부주임 가오칭친(高淸琴)을 방문하였고 그녀는 1984년 6월 25일 덩잉차오가 여성사업 좌담회를 개최했던 상황에 대해 소개하였다. 필자는 또한 당시 대화기록을 참조하였다.

대한 관심은 한시라도 놓을 수 없습니다. 오늘 시위원회 서기 천웨이다 동지와 장자이왕 동지가 이곳에 왔으니 시 위원회에 보고하는 것 같습니다."

37세의 톈진시 여성연합 주임 루펀옌(盧奮燕)은 원래 대학을 졸업한 기술 간부였고 또 귀국 화교로서 매우 열성적이고 창조적인 정신을 지녔다. 그녀는 부주임 가오칭친(高淸琴), 자오옌전(趙艶珍)과 함께 덩 다제와 톈진시위원회 서기에게 최근 몇 년 동안의 여성사업에 대해 재치 있게 보고하였다.

그 가운데 한 가지는 루안(灤) 하(河) 수로공사[143]와 관련된 것이었다. 톈진시 여성연합은 위문단을 조직하여 해방군을 4차례 위문하였다. 그녀들은 전시의 여성, 아동, 노인을 동원하여 각종 휴대용 반짇고리, 수가 놓인 손수건, 식품 등 위문품을 만들었다. 여성연합은 깃발을 들고 징과 북을 울리며 위풍당당하게 트럭 20여 대 분량의 위문품을 갖고 공사 현장을 찾았다. 해방군은 모두 평균 4개씩의 위문품을 받았다. 본래 부대의 시공에는 많은 난관이 있었다. 토사 붕괴가 일어나 2,30여 명이 사망하였고 전사들의 사기는 땅에 떨어졌다. 톈진 인민을 대표하여 여성들이 공사현장을 찾아 위문함으로써 사기를 크게 진작시켰다. 전사들은 각오를 새로이 다잡아 톈진 인민이 달콤한 물을 마실 수 있도록 생명을 바쳐도 아깝지 않다고 이구동성으로 말했다.

여기까지 듣고 덩잉차오는 기뻐하며 말했다. "여러분들이 보여준 행동은 과거 근거지의 여성연합이 여성을 동원하여 군화와 휴대용 반짇고리를 만들어 팔로군과 해방군을 지원했던 것과 매우 유사하군요."

루펀옌은 웃으며 "우리가 그렇게 한 것은 본래 해방구의 여성연합 사업에서 배운 것입니다"라고 말했다. 그녀는 이어 형사 범죄를 엄격하게 공격하는 활동 가운데 톈진시 여성연합이 또한 각계 여성을 광범하게

---

143 역주: 루안 하의 물을 톈진에 끌어 들이는 공사로서 1983년 8월 11일 준공되었다.

동원하여 우수 치안 담당 부서에 표창기와 표창장을 보내고 하층 여성 대표위원회를 동원하여 각 파출소의 경찰과 그들의 가족을 위문토록 하였다고 보고하였다. 이 또한 경찰과 수많은 거주민과의 관계를 긴밀하게 만들어 치안기능을 촉진시키는 것으로 모두 당 위원회가 중심적인 역할을 하고 여성연합이 보조 역할을 한 것이라고 하였다.

텐진시여성연합은 여성과 아동 사업을 더욱 중시하였다. 텐진 시 여성노동자는 100만이 넘어(신중국 수립 초기에는 단지 2만여 명에 불과했다), 전체 노동자의 40%를 차지하였다. 그녀들은 여성노동자들 사이에서 '삼팔홍기수'와 '삼팔홍기단체' 활동을 광범하게 전개하여 생산 활동에 여성의 일정한 역할 수행을 강조하였다. 그녀들은 주민들 사이에 '5호가정(五好家庭)'[144] 활동을 전개하고 35만호의 '5호가정'을 주민들과 함께 판정하여 좋은 가풍으로써 사회기풍이 호전되도록 힘썼다. 그녀들은 여성·아동 권리이익을 보호하는 고문 그룹과 아동건강 자문그룹을 만들어 여성, 아동, 노인의 합법적 권익을 보호하였다. 그녀들은 매년 여성·아동용품 전시판매회와 아동서적 전시판매회를 주관하여 여성, 아동을 위해 좋은 용품과 정신적 자양분을 제공하였다. 여성연합은 또한 각계에서 2,370만 위안을 모금하여 아동활동센터를 확대 건립하였다. 여성연합은 또한 가도에서 1천여 개의 가정탁아소를 운영하였고 거기에 더해 기관과 기업도 8천여 개소의 탁아소와 유아원을 운영하여 시 구역 내 아동의 취학률이 이미 96%에 이르렀다. 이는 수많은 여성이 사회노동에 참가하는 데 불편함이 없도록 근심거리를 없애 준 덕분이었다. 여성연합은 또한 시위원회와 함께 취업 대기 청년 26만여 명에게 일자리를 제공해 주었는데,

---

[144] 역주: 다섯 가지 뛰어난 점을 가진 가정을 가리킨다. 그 다섯 가지란 정치사상, 생산계획 달성, '삼팔작풍(三八作風)', 생산관리, 생활관리가 뛰어난 것을 가리킨다. 또한 '삼팔작풍'이란 중국인민해방군의 행동준칙으로 '삼'이란 첫째, 확고하고 정확한 정치적 방향, 둘째 고난을 참는 검소한 작업태도, 셋째 민활하고 기동적인 전략 전술을 가리키고, '八'이란 '단결(團結)', '긴장(緊張)', '엄숙(嚴肅)', '활발(活潑)' 등의 여덟 글자에 함축된 내용을 가리킨다.

이는 사회 안정을 유지하는 데 매우 중요한 일이었다. 그녀들은 또한 교육국과 협조하여 초등학생의 학교 급식문제를 해결하였는데 이것은 아동의 신체 발전에 매우 좋은 영향을 끼쳤다.

덩잉차오는 이 같은 보고를 듣고 매우 기뻐하며 말했다. "당신들의 여성사업은 새로운 발전을 이룩했습니다. 당위원회의 중심사업에 매우 부합할 뿐만 아니라 여성, 아동의 절박한 이익을 보호 유지하고 여성과 아동을 위해 매우 구체적이고 좋은 일을 했습니다. 나는 나의 생명이 단 하루만 남아 있어도 여성사업을 위해 헌신할 것이라고 말한 적이 있습니다. 여러분은 계속 애써 주시면 앞길은 탄탄대로입니다. 여러분은 자신들이 활동 영역에서 확고하게 버티고 서서 21세기와 4개 현대화 실현을 향해 계속 전진해 주기를 바랍니다."

7월 1일, 그녀는 톈진시여성연합을 위해 기념의 글을 남겼다.

"기개가 있고 패기가 넘치며 재능과 지혜가 넘치고 창조적 정신을 지녀야 국면이 새롭게 변화될 수 있으며 더욱 새로운 창조가 이뤄질 수 있습니다. 1984년 6월 25일 톈진시여성연합 좌담회에 참가한 후 가슴 가득 기쁨이 차고 넘쳐 톈진시여성연합 동지들에게 이 글을 주어 축하합니다. 1984년 7월 1일 덩잉차오"

덩잉차오가 이 글을 톈진시여성연합에 주자 여성연합 동지들은 매우 기뻐하며 흥분에 가득 찬 모습을 보였다. 그녀들은 즉시 톈진시여성연합 7기 5차 집행위원회와 시 전체 여성들에게 이 소식을 널리 전했다. 수많은 톈진여성들은 이 모든 것이 자신들에 대한 경애하는 덩 다제의 격려이자 표창이라고 여겼다. 그녀들은 덩 다제가 비록 80여 세의 고령으로 중공중앙정치국 위원과 전국정치협상회의 주석을 맡고 있지만 그녀의 마음은 변함없이 수많은 여성들의 마음과 끈끈하게 연결되어 있음을 새삼 깊이 깨달았다.

7월 9일 덩잉차오는 호텔에서 쉬밍(許明), 뤄윈(羅雲), 장루(張露) 등 3명의 옛 동지와 만났다. 쉬밍은 국공내전시기 기중(冀中)구역 여성연합 주임을 맡았고 뤄원과 장루는 국공내전 이후 텐진시 제1, 제2기 여성연합 주임을 맡았다. 둘은 모두 덩잉차오의 옛 부하였다. 쉬밍의 남편 왕캉즈(王元之), 장루의 남편 완샤오탕(萬曉塘)은 텐진시위원회의 지도자로서 문화대혁명시기 박해를 받아 사망하였다.[145]

덩잉차오은 자상하게 그녀들의 일과 가정 그리고 건강상태에 대해 물었다. 그녀는 말했다. "여러분은 매우 힘든 시기를 보냈습니다. 문화대혁명 기간 동안 매우 엄중한 탄압을 받았지만 여러분은 굳건히 잘 견뎌냈습니다. 그리고 지금도 훌륭하게 활동하고 있습니다. 당신들의 정신적 각오가 이렇듯 좋은 것을 보니 정말 기쁩니다."

덩 다제의 친절한 말을 듣고 셋 모두 뜨거운 눈물을 흘리며 자신들에 대한 그녀의 관심과 격려에 감사하였다.

덩잉차오는 또 말했다. "이것은 내가 마땅히 해야 할 일입니다. 나는 여성사업을 하는 사람이고 나도 여성입니다. 따라서 나는 여성에 대해 더 깊은 관심을 가져야 하며 그들을 더 잘 이해해야 하는데 이것이 곧 나의 책임입니다."

그녀들은 덩잉차오에게 현재 각급 지도층에 여성간부의 비율이 상대적으로 낮은데, 심지어 1950년대보다도 낮다고 말했다.

덩잉차오는 다음과 같이 말했다. "이 문제는 수많은 동지들이 이번 기구 개혁 과정에서 제출한 문제입니다. 이 문제에 대해 나에게는 나름의 생각이 있습니다. 역사적으로 보면 중국 여성의 사회적 지위는 남성과 비교하여 많은 차별이 있었습니다. 신중국 수립 이후 많은 여성동지들이 매우 열심히 활동하였지만 여전히 일부 사람들은 경시하였습니다. 이처럼 여성 경시 풍조는 오랜 기간 동안 존속했습니다. 현재 우리 당은 여성간부를 중시하고 여성간부의 발탁도 크게 늘려 여성간부의 총수가 신

---

145 필자는 텐진에서 뤄원, 장루를, 베이징에서 쉬밍을 방문했다. 그녀들은 1984년 7월 9일 덩잉차오와 자신들이 만났던 상황에 대해 소개하였다. 필자는 또한 당시의 대화 기록 원고를 참조하였다.

중국 수립 초기에 비해 몇 배가 증가하였습니다. 그러나 지위가 높아질수록 여성간부의 비율은 낮아 탑 모양을 하고 있습니다. 여성간부의 발탁도 소홀한 측면이 있는 것 같습니다. 그러나 이러한 탑 모양의 구조는 중국의 상황이나 중국 여성의 사회적 지위와 객관적 발전 법칙에 완전히 부합합니다. 우리는 중국의 실제 상황에 기초하여 이 문제를 바라봐야 합니다. 여성은 생리적으로 반드시 한계가 있습니다. 여성은 아이를 낳아야 하고 아이를 양육하기 위해 많은 정력을 기울여야 하며 노년이 되면 갱년기도 겪어야 합니다. 이들은 활동과 사업 발전에 영향을 끼칠 수 있습니다. 그러나 이것들은 여성의 약점이라 할 수 없고 여성의 특징이라고 해야 합니다. 이 문제에 대해서 우리는 확실하고 전면적으로 인식해야 합니다. 내가 보기에 각급 당위원회는 모두 여성간부를 배양하고 발탁하는 데에 주의를 기울여야 하며 신국면을 창조할 능력을 소유한 여성간부가 있다면 반드시 그녀를 발탁해야 합니다. 여러분은 어떤 여성간부가 어떤 직무에 적합한지 주의 깊게 살펴 당위원회와 관련 지도기관에 적극적으로 건의해야 합니다. 이것은 매우 중요한 일입니다. 여성간부 역시 열심히 그리고 안심하고 여성사업을 전개해야 합니다. 만약 여성간부 자신이 여성사업을 무시하여 그것을 하려 하지 않는다면 우리가 어떻게 다른 사람에게 그것을 중시하라고 말할 수 있겠습니까? 우리 여성은 이 점을 반드시 자각하여야 하며 또 그렇게 되기 위해 특별히 노력해야 합니다.”

그녀들은 여성과 아동의 합법적 권익 보호 문제에 대해서도 이야기하였다. 덩잉차오는 톈진시인민대표대회 정치법률위원회에서 일하는 장루(張露)에게 말했다. “당신은 법률 관련 업무를 담당하고 있으니 법률 방면에서 여성과 아동의 권익을 보호해야 합니다.” 장루는 “우리는 시위원회와 연합하여 여성과 아동의 합법적 권익 보호 법규를 제정하려고 준비하고 있습니다”라고 대답했다.

덩잉차오는 다음과 같이 말했다. “당신은 현재 그 방면에서 근무하고 있으며 직책도 있고 또 권한도 갖고 있습니다. 그러나 당신은 난관에 부딪치는 것을 걱정하지 말고 잘 감당해 내야 합니다. 난관을 만나더라도 이겨내야 하며, 법률을 굳세게 지켜 나가고 곤란을 두려워 말며 상대를 설득해야만 합니다." 말이 여기까지 이르자 덩잉차오는 한숨을 내쉬었다. "우리나라는 매우 넓어 각 지역에서 여성과 아동을 학대하는 일이 종종 발생하고 있습니다. 당신은 상상하지 못할 것입니다."

톈진시인민대표대회 상임위원회 부주임 쉬밍은 "작년에 톈진시인민대표대회 상임위원회가 여성·영아보호 결의를 했습니다"라고 말했다.

덩잉차오는 깊이 탄식하였다. "과거의 습속은 수천 년 동안 계속되어 매우 깊숙이 영향을 미치고 있습니다. 여자아이를 낳아 사위를 맞는 것에 대해 일반인들은 달갑게 생각하지 않습니다. 오히려 어떻게 사위를 데려올 수 있냐고 하면서 반드시 아들을 낳아 며느리를 데려와야 한다고 합니다. 따라서 여성·아동사업을 열심히 지속해야 하고 또한 끊임없이 선전하여 사람들의 사고를 바꿔 놓아야 합니다. 나는 이런 책임을 생명이 다할 때까지 계속할 것이라고 말한 바 있습니다. 나는 이후 현직에서 물러날 테지만 이 책임은 방기하지 않을 것입니다. 왜냐하면 나는 여성공산당원이기 때문입니다."

쉬밍은 깊은 존경의 마음을 갖고 말했다. "이러한 부분에 대해서 우리는 반드시 덩 다제에게 배워야 합니다. 비록 여성사업 직무에서 물러난다고 해도 이와 같이 여성동지와 여성사업에 관심을 기울여야 합니다."

덩잉차오는 말했다. "여러분은 모두 수십 년 전에 입당하여 활동해 온 고참 공산당원으로 항전 초기 근거지에서 활동하였습니다. 나는 쉬밍와 뤄원이 진찰기(晋察冀)에서, 장루는 진기노예(晋冀魯豫)에서 활동한 것으로 알고 있습니다. 당은 우리를 교육시켰고 우리를 양성했으며 투쟁 가운데 우리가 성장할 수 있도록 배려하였습니다. 우리는 먼 곳을 바라봐야 합니다. 우리는 가슴을 더욱 크게 열어야 합니다. 우리의 책임을 낙관적으로 인식하고 인민에 봉사하기 위해 평생을 노력해야 합니다."

쉬밍, 뤄윈, 장로는 덩 다제에게 작별 인사를 하였다. 덩 다제는 당과 국가의 지도자였지만 여전히 여성사업을 항상 잊지 않았다. 이런 모습은 그녀들이 평생 보고 배울 만한 가치가 있다.

152. 톈진시정치협상회의 활동을 시찰하고 추동하였다

덩잉차오는 전국정치협상회의 주석이었기 때문에 톈진에 도착한 이후 자연스럽게 톈진시정치협상회의 활동을 시찰하고자 하였다. 그런데 그녀는 자기 나름의 활동 방식이 있었다. 6월 26일 오전, 그녀는 먼저 1984년 2월 직전에 사망한 전국정치협상회의 부주석, 전국상공연합 부주석 저우수타오(周叔弢)의 부인 쭤다오위(左道腴)를 찾아 위문하였다. 그녀 역시 톈진시정치협상회의 위원이었다.[146]

쭤다오위는 일찍부터 집 문 앞에서 기다렸다. 덩잉차오가 차에서 내리자 쭤다오위는 곧장 다가가 덩잉차오의 손을 끌어당기며 감동하여 말했다. "덩 다제, 제가 마땅히 찾아 봬야 하는데……." 원래 시의 관련부서에서는 덩잉차오가 쭤다오위를 보려 한다는 소식을 접하고 그녀를 호텔로 보내려고 준비했었으나 덩잉차오가 만류하며 반드시 자신이 직접 방문하겠다고 하였다.

덩잉차오는 응접실로 들어서서 쭤다오위에게 말했다. "본래 저우수타오 동지가 세상을 떠난 뒤에 내가 응당 직접 부인을 찾아 인사를 했어야 했습니다. 하지만 업무를 중지할 수 없어 다른 동지를 보냈는데 이제 당신께 사과드립니다. 저우수타오 동지는 높은 애국심을 소유한 분으로 그

---

146 필자는 1987년 톈진의 쭤다오위를 방문하였다. 그녀는 1984년 5월 덩잉차오가 자신의 집으로 찾아왔던 상황에 대해 소개하였다.

는 장수청(張書誠) 선생과 함께 국가에 많은 것을 기부하였습니다. 이러한 애국정신은 돈으로 환산할 수 없는 것입니다. 그의 죽음은 국가의 중대한 손실입니다."

이 말을 듣고 쭤다오위는 감동하여 눈물을 흘렸다. 그녀는 말했다. "수타오가 병 중일 때 덩 다제는 두 번이나 사람을 시켜 꽃을 보내고 문병을 하셨는데, 수타오는 그때 정신이 또렷해 당신에게 매우 감사했습니다. 수타오가 죽은 뒤 당 중앙 역시 그를 매우 높이 평가하였는데 저는 그에 대해 매우 감사하고 있습니다."

덩잉차오는 위로하며 말했다. "저우 선생은 이미 타개하셨습니다. 당신은 너무 슬퍼해 해서는 안 됩니다. 너무 비통해 하면 죽은 사람에게도 도움이 되지 않을 뿐만 아니라 자신의 건강에도 좋지 않습니다. 하물며 저우 선생은 94세까지 사셨고 사후에 이렇듯 커다란 영예를 얻고 계시지 않습니까?"

덩잉차오는 실내를 돌아보고는 벽에 저우수타오의 생전 모습이 담긴 커다란 사진을 발견하였다. 사진 속의 그는 백발이 성성한데 만면에 웃음을 띤 채 조용하고 편안한 모습이었다. 쭤다오위는 말했다. "이것은 수타오가 생전에 가장 좋아했던 사진입니다. 작년 6월 베이징의 전국정치협상회의 6기 1차회의 때 찍은 것입니다."

덩잉차오는 말했다. "저우 선생의 죽음은 아마도 이 회의에서의 과로와 관련이 있는 듯합니다. 회의가 끝나자 저우 선생은 나를 찾아와 '덩 주석 당신에게 휴가를 청하고자 합니다. 다음 번 회의 때엔 참가할 수 없을 것 같습니다'라고 말했습니다. 그것이 우리의 마지막 만남이 될 줄은 상상도 하지 못했습니다. 아마도 그는 당시에 이미 죽음을 예감했던 것 같습니다."

쭤다오위는 "당시 그의 다리는 이미 부어올랐고 집으로 돌아온 후 혈변을 보았지만 그래도 올해 2월까지 죽음을 지연시켜 왔습니다"라고 말했다.

덩잉차오는 특별히 쮀다오위의 건강에 관심을 갖고 있었는데 그녀가 심장병을 앓고 있다는 이야기를 듣고 위로하며 말했다. "마음을 편하게 갖도록 해요. 심장병은 두려워 할 것이 없어요. 심장병은 대부분 '장수병'입니다." 이렇게 말하자 주의의 동지들이 모두 웃었다.

쮀다오위는 덩잉차오와 일상적인 이야기를 나누며 "덩 다졔, 당신은 어디 사람인가요?"하고 물었다.

덩잉차오는 웃으며 말했다. "나의 본적은 허난이지만 광시에서 태어났고 6살에 톈진으로 이사하여 십 수 년을 살았으니 반쯤은 톈진사람이라 할 수 있지요." 톈진의 동지들은 이 이야기를 듣고 매우 기뻐했다.

쮀다오위 역시 "덩 다졔, 1956년 나는 베이징에서 당신과 만난 적이 있습니다"라고 말했다.

덩잉차오는 잠시 생각하더니 말했다. "그때는 사회주의 개조의 시기로 공사 합영을 경축했던 때이지요. 당신들 상공업자 가족들의 공연은 매우 훌륭하여 지금까지 나는 당신들의 이름을 기억하고 있습니다. 상하이의 롱수런(榮漱仁), 톈진의 당신, 그리고 베이징의 푸안슈(浦安修) ……."

덩잉차오는 계속해서 쮀다오위에게 부탁하였다. "어려운 일이 있으면 즉시 건의해 주시고, 시위원회 서기를 찾으며, 시정치협상회의 주석과 부주석을 찾도록 하세요. 당신에게 10명의 자녀가 있는데 매우 효성스럽다고 하니 안심이 되는군요"

이때 쮀다오위의 한 손자 저우치완(周啓萬)이 달려와 공손하게 "덩 할머니!" 하고 불렀다. 덩잉차오는 그의 손을 잡고 "할머니를 잘 돌봐드려라" 하고 부탁하였다.

덩잉차오는 또 쮀다오위에게 말했다. "며칠 있다 베이징으로 기분 전환을 할 겸 놀러 오세요. 내게 전화를 주면 당신을 우리 집으로 모시도록 하지요." 쮀다오위는 눈에 눈물을 머금은 채 덩잉차오를 부축하여 문밖까지 걸어 나와 함께 기념사진을 찍었다.

호텔로 돌아오는 길에 덩잉차오는 시위원회 서기 장짜이왕(張再旺)에게 말했다. "저우 선생은 1982년 자식과 손자들에게 유언으로 부탁하기를 자신의 유골을 바다에 뿌려 고기밥이 되게 하여 자손들의 누가 되지 않도록 하고 소장하고 있는 문화재 모두를 국가에 헌납하도록 하였습니다. 이것은 결코 쉬운 일이 아닙니다. 현재 어떤 사람들은 자손을 위해 유산을 남기고 싶어 합니다. 저우 선생의 정신은 크게 칭송할 만합니다." 장짜이왕은 말했다. "저우 선생이 타개한 뒤 신문에 그의 유언과 생애 사적이 발표되어, 시는 물론 전국에 커다란 반향을 일으켰습니다." 덩잉차오는 고개를 끄덕이며 말했다. "애국민주인사의 선진사상과 사적에 대해서 우리는 반드시 널리 알려야 하는데 이것 역시 정신문명 건설의 일부분입니다."

6월 27일 오전, 덩잉차오는 호텔에서 톈진시정치협상회의상임위원회 위원들과 만났다. 덩잉차오는 말했다. "오늘 이 자리에 참석한 일부는 오랜 친구들입니다. 특히 링미엔즈(凌勉之) 위원은 오사운동 때 우리와 함께 애국투쟁을 한 전우이며 또한 각오사 성원이기도 합니다. 톈진각계연합회가 조사를 받고 봉쇄되었을 당시 총 20명의 대표와 함께 구류되었고, 후에 다시 저우언라이, 궈룽전(郭隆眞) 등과 함께 반년 동안 수감되었었는데 투쟁을 통해 마침내 무죄 석방되었습니다. 이 이야기는 60여 년 전의 일입니다. 당시 우리 모두는 너무 젊어 단지 애국하고 구국하는 것만 알았고, 구사회와 구세력에 대해 혁명해야 한다고만 생각했습니다. 당시의 사상은 매우 단순하여 스스로 한 명의 중국인으로서 마땅히 '천하의 흥망은 필부에게 달려 있다'고 생각했습니다. 오늘 그를 만나게 되니 매우 기쁩니다. 또한 부주석 캉톈췬(伉鐵傷)이 있습니다. 언라이 동지는 그의 부친 캉나이루(伉乃如) 선생과 절친한 친구 사이였습니다. 항전시기 우리는 총칭에서 서로 왕래하였습니다." 덩잉차오는 환난사변 이후 그녀가 자신의 기념품을 캉톈췬 부부에게 주어 보존하게 했던 사실을 잊을 수가 없었다.[147]

덩잉차오는 말했다. "오늘, 전국정치협상회의에 대한 톈진시정치협상회의 동지의 의견을 듣고 우리들 당 전체에 대해 어떤 의견이 있는지 그리고 정책재평가에 대한 의견도 듣고자 합니다. 이것은 우리 모두가 큰 관심을 갖고 있는 문제입니다. '10년 내란' 동안 모두는 억울함을 당했고 또 손해를 봤습니다. 여러분이 소중하게 보관하며 좋아했던 것들을 당시 홍위병에게 전부 빼앗겼습니다. 이제 이것들을 되돌려 주어야 합니다. 어떤 것들은 아직 있지만 어떤 것들은 찾을 수 없습니다. 듣건대 몰수된 것들에 대한 정리가 진행 중에 있으며 그 중에 일부는 몰수당한 주인에게 찾아 주었다고 합니다. 또한 건물 문제가 있습니다. 내가 이번에 톈진에 와서 들은 가장 기분 좋고 기쁜 소식은 톈진시위원회가 건물문제를 해결하기로 결정했다는 것입니다. 재평가의 대상이 되는 건물의 총면적이 1백만 제곱미터가 된다고 합니다. 리두완환(李端還) 시장이 나에게 말하기를 자신이 결심하여 2년 이내에 개인주택 문제를 확실하고 완전하게 해결하겠다고 보증했습니다. 얼마나 좋은 소식입니다. 모두 안심해도 좋습니다."

덩잉차오는 또 말했다. "전국인민대표대회 6기 2차회의는 잇달아 14개 도시를 개방하기로 결정했는데 톈진도 그 가운데 하나입니다. 나는 여기에 매우 큰 희망을 걸고 있습니다. 반드시 톈진이 매우 좋은 개방도시가 될 것이라고 믿습니다. 비록 우리 모두 몸은 늙었지만 우리의 혁명적 청춘과 가슴속의 웅장한 이상과 포부는 늙지 않을 것이며 혁명적 낙관정신도 시들지 않을 것입니다."

혁명적 열정과 민주정신으로 충만한 덩잉차오의 연설에 톈진시정치협상회의 상임위원들은 모두 크게 고무되었다. 그들은 이어 발언하였다. 덩잉차오는 진지하게 그들의 의견을 청취하고 자신의 능력이 닿는 데까지 힘써 해결하도록 노력하겠다는 뜻을 표시하였다.

6월 28일 오전, 덩잉차오는 톈진의 전국정치협상회의 위원과 만났다.

---

147   1984년 6월 27일 톈진시정치협상회의상임위원회 좌담회에서 한 덩잉차오의 발언 기록 원고 참조.

어떤 위원은 톈진에서 저우 총리의 기념관 건립 문제와 문화대혁명 기간 동안 몇 사람에 의해 점거당한 난카이 운동장 해결 문제를 건의하였다.[148]

덩잉차오는 말했다. "나는 비록 정치협상회의 주석이고 정치국위원이지만, 나 역시 조직의 원칙에 따라 일을 처리하지 않을 수 없습니다. 나는 천웨이다(陳偉達) 서기에게 이 문제를 제기했습니다. 그는 시위원회가 이미 난카이대학 운동장 문제 해결을 결정했다고 이야기하였습니다. 언라이 동지 기념관 문제의 경우 나는 언라이 동지가 죽은 뒤 지금까지 그에 관한 어떠한 일에도 일체 관여하지 않았음을 동지 여러분께 말할 수 있습니다. 언라이 동지는 당의 지도자이기 때문에 그에 관한 일은 당 중앙이 결정할 것이지 나 개인이 결정할 수 있는 것이 아닙니다. 베이징에 있는 언라이기념실에도 나는 가본 적이 없는데 언제 시간이 나면 한 번 가볼 예정입니다. 우리가 살아 있는 사람들을 위한 일도 매일 매일 제대로 하지 못하는데 죽은 사람을 위한 일은 좀 천천히 해도 무방하다고 나는 항상 생각했습니다. 언라이 동지가 죽은 뒤 그의 고향에서는 옛집을 정비하겠다고 하였지만 나는 동의하지 않았습니다. 왜냐하면 그것이 언라이의 생각이기 때문입니다. 나는 기념관이나 옛집을 지을 필요가 없다고 생각합니다. 적어도 우리 둘은 그럴 필요가 없습니다. 그러나 현지의 당위원회가 하겠다고 나서서 나는 반대 의견을 제시했지만 결국 짓게 되었으며 나 역시 그에 따를 수밖에 없었습니다. 따라서 여러분은 나를 이해하고 또 양해 주기 바랍니다."

덩 다제의 이렇듯 자제하고 또 겸손해 하는 품성에 위원들은 크게 감동을 받았다. 이날 또 다른 작은 일이 발생하였다.

톈진시정치협상회의 주석은 위원 멍원지(孟文際)를 덩잉차오에게 소개하며 그가 원래 톈진 헝더리(亨得利) 시계점 사장이라고 하였다. 덩잉차오

---

[148] 1984년 6월 28일 톈진전국정치협상회의위원 좌담회에서 이루어진 덩잉차오의 강화 기록 원고 참조.

는 기뻐하며 자신이 차고 있던 시계를 멍원지에게 보여주며 "당신이 보기에 이 시계는 얼마나 된 것 같나요?" 하고 물었다.

멍원지가 고개를 숙여 들여다보니 덩 다제가 작은 초침이 달리고 아랍어 자모의 문자판으로 된 원형 시계를 차고 있었는데 이런 시계는 50년 전에 생산된 상품이 갖는 특징이었다. 그는 "이 시계는 50년이나 된 것입니다"라고 대답하였다.

덩잉차오는 이 사장의 풍부한 업무 경험에 대해 높이 평가하면서 만족스럽게 고개를 끄덕이며 "비슷합니다"라고 말했다.

멍원지는 매우 감동하였다. 그는 덩잉차오 같이 중국 내외에 커다란 명성을 떨친 당과 국가의 지도자가 50년이나 된 옛날 시계를 차고 있으리라고는 생각하지 못했다. 이것이 진정 힘들게 투쟁하는 공산당의 본모습이었다. 그는 또한 존경하는 저우 총리가 신중국 수립 이후 상하이 상표의 시계를 줄곧 차고 다녔다는 사실을 떠올렸다. 그는 저우 총리와 덩 다제가 진정 우리가 배워야 할 모범이라고 거듭 감탄하였다.

7월 2일 덩잉차오는 문화대혁명 기간 중 몰수당한 물자를 정리하는 곳에 도착하였다. 와서 보니 홀 안에는 많은 자기, 서화, 의복, 옥기 등이 쌓여 있었고 많은 사람들이 오가며 물건 확인과 인수 작업을 하고 있었다. 톈진시의 한 동지는 덩잉차오에게 다음과 같이 보고하였다. "비교적 좋은 물건 58,000건 가운데 3만 건은 이미 본인에게 돌려주어 창고에는 2만여 건이 남아 있습니다. 몰수된 물건마다 사연이 매우 복잡하여 어떤 것은 주인을 찾지 못했고 또 어떤 사람은 자기 물건을 찾지 못했습니다. 시정부는 90여 명의 인원을 집중적으로 배치하여 작업을 진행하고 있으며 정치협상회의는 상담조직을 만들어 몰수물자 정리 작업을 돕고 있습니다. 현재 정리 작업을 철저하게 진행하고 있고 국경일[149] 이전에 일을 마치려고 열중하고 있습니다."[150]

---

149   역주 : 1949년 10월 1일 베이징 톈안문에서 중화인민공화국 중앙 인민정부가 수립되었기 때문에 이날이 국경일로 정해졌다.

덩잉차오는 표구가 되어 있지 않는 치바이스(齊白石)의 한 폭 그림이 아직 주인에게 인도되지 않은 채로 있는 것을 보았다. 그녀는 또한 어떤 이가 근대 화가 런바이녠(任伯年)의 그림을 찾아 가며 그것이 자기 할아버지의 소장품으로 이제 찾게 되어 당과 지도자의 관심에 감사한다고 말하는 것을 보았다.

근무자들은 또한 덩잉차오에게 그녀의 옛 동창 량슈천이 4폭의 그림을 찾아 갔다는 사실을 알려 주었다. 또한 루쉰 선생이 리지예(李霽野)에게 보내는 몇 통의 편지가 폐지 더미 가운데에서 발견하여 이미 리지예 선생에게 돌려주었다고 하였다. 홀 안에 잘 정리되어 진열된 4천여 건의 서화는 주인에게 인도될 준비를 하고 있었다. 중국 고유의 전통 회화 대가 장다첸(張大千)의 산수화는 톈진의 소장가가 소유했던 것으로 이미 주인이 확인되어 수령해 갈 준비 중에 있었다.

덩잉차오는 걸어가면서 보고 또 듣기도 했다. 그녀는 말했다. "오늘 와 참관해 보니 '4인방'의 죄행을 보는 것과 같습니다. 일은 그들이 저질러 놓고 현재 당과 정부가 인민에 대한 상환 작업을 책임지고 있습니다. 당신들의 업무량은 매우 많고 또 힘듭니다. 그런데도 매우 진지하게 업무에 임하고 있습니다. 시작을 잘 했으니 끝마무리도 계속 잘 해 주기 바랍니다."

7월 9일 오전, 덩잉차오는 톈진시정치협상회의 기구에 도착하여 모든 근무자를 만나 모두에게 공산당에 대해 많은 의견을 제시해 달라고 열렬하면서도 진지하게 부탁하였다. 그녀는 말하였다. "이번 당 정리는 결코 1957년 정풍 때와 같은 그런 착오를 다시 범하지 않을 것입니다. 그때 우리 당에 의견을 제시한 사람들에 대해서는 '죄명을 덮어 씌웠습니다.' 이것은 잘못된 것입니다. 우리 당이 건국 35년 동안 이러한 착오만 범한 것은 아닙니다. 그밖에도 '대약진'이 있었고 더욱 심하기로는 '10년

---

150   1984년 7월 2일 문화대혁명 기간 중 몰수된 물자에 대한 정리를 담당한 톈진 시 부서에서 이루어진 덩잉차오의 강화 녹음 참고.

동란'이 있었습니다. 그 기간 동안 매우 많은 동지를 다치게 했고 또 비당원이지만 매우 좋은 친구들을 다수 다치게 했습니다. 우리는 이미 그로부터 많은 교훈을 얻었습니다. 이제 정치협상회의 사업과 결합하여 하고 싶은 말을 마음껏 다하시기 바랍니다. 우리는 서로 마음을 나누고 진실한 말을 해야 합니다."[151]

정치협상회의 기구에서 20여 년 동안 일한 중년 여성동지인 장샤(張霞)가 기회가 되면 다른 지방정치협상회의 기관 근무자들과 활동 경험을 교류했으면 좋겠다고 하였다.

이에 대해 덩잉차오는 다음과 같이 말했다. "매우 좋은 의견입니다. 나는 최근 취푸에 갔었는데 취푸 정치협상회의 동지 또한 현재 시, 현급 정치협상회의 활동 경험이 공유되어야 한다고 말했습니다. 이런 요구는 각지의 정치협상회의 동지들의 공통된 생각임을 알 수 있습니다. 나는 주석사업회의에서 이 의견을 제출하여 지방정치협상회의 활동 경험 교류회를 개최토록 해보겠습니다."

이후 얼마 되지 않아 지방정치협상회의 경험 교류회가 과연 베이징에서 개최되었다. 동지들은 덩 다제가 정말 남의 권고를 잘 받아들인다고 말했다.

153. 당의 생일을 경축하고 일생의 소원을 달성하다

1984년 6월 30일 덩잉차오는 전국인민대표대회 상임위원회 위원장 펑전(彭眞)과 함께 톈진시당원 간부의 당 탄생 63주년 경축 보고회에 참가

---

151   1984년 7월 9일 톈진정치협상회의 기관에서 이루어진 덩잉차오의 연설 녹음 참고.

하였다. 덩잉차오는 매우 감동하였다. 1925년 초 그녀는 톈진에서 비밀리에 중국공산당에 가입하였다. 그 당시 전국적으로 당원은 겨우 900여 명에 불과하였다. 현재 당원은 이미 4천여 만 명으로 늘어났고 톈진에만 당원이 40만 명이나 되었다. 보고회에 참석한 당원 대표만 1,200명이었다. 이것은 매우 놀라운 변화였다.

평전 동지의 보고가 끝나자 덩잉차오는 열렬한 박수 속에서 원기가 넘치는 모습으로 연설을 하였다. "나는 약 60여 년 전에 톈진에서 입당했습니다. 60여 년 동안 많은 동지들이 희생당했지만 나는 요행히 살아남았습니다. 한편으로 기쁘기도 하지만 동시에 더욱 막중한 책임감을 느낍니다. 반드시 각오를 더욱 새롭게 하고 당성을 더욱 강화하여 재당(在黨) 연수가 1년 늘어날 때마다 당성(黨性)도 그만큼 더 늘려야 한다고 생각합니다. 당시 우리가 입당할 때 당이 막 건립되어 갓난애 같았고 투쟁경험도 없었습니다. 나 또한 매우 단순하여 당시 프롤레타리아트계급 혁명과 전 인류의 해방을 위해 끝까지 투쟁하고 당의 기율을 엄히 준수하며 당의 사업을 받아들이고 영원해 당을 배반하지 않겠다고 생각했습니다. 이 60여 년 동안의 일들은 아직도 머릿속에 생생히 남아 있습니다. 당은 위대하고 영광스러우며 정확합니다. 하지만 '10년 내란' 동안 엄청난 파괴를 당했습니다. 현재 당내에는 많은 기밀이 있지만 다른 사람들이 매우 쉽게 그것을 얻을 수 있습니다. 대외적으로 개방하고 문호를 열때 오히려 경계심을 높여 당과 국가의 기밀을 지킬 수 있도록 만전을 기해야 합니다."

덩잉차오는 신중국 수립 이후 2차례 톈진에 왔는데 톈진이 이전과는 매우 달리 새로운 모습으로 바뀐 것 같다고 말했다. 이렇게 새로운 모습으로 변모하는 것은 당연히 기쁜 일이지만 성적이 좋다고 교만해서는 안 되며, 승리 속에서 깨어 있는 정신을 유지해야 하니 '새로운 모습'에도 흐린 물과 사각(死角)지대는 있기 마련이라고 했다. 그녀는 격정적으로 말했다. "톈진은 나의 제2고향입니다. 톈진에는 40여만 명의 공산당원과 800만의 시민이 있습니다. 나는 당신들이 기쁜 소식을 자주 전해 주기를 간절하게 기대합니다."

덩 다졔의 열정 넘치는 연설에 우레와 같은 박수 소리로 화답했다.

그날 밤, 덩잉차오는 신변 근무자, 호텔 종업원, 톈진 경호원 등이 연합하여 개최한 매우 특별한 파티에 참가하여 당의 생일을 경축하였다.

파티의 프로그램은 다채롭고 풍부하였다. 덩잉차오는 이를 보고 매우 기뻤다. 그녀는 일어나 홀 중앙으로 걸어 나가 말했다. "이제 내 차례가 되었군요. 내가 이번에 톈진에 와 보니 모두들 하나같이 매우 잘 대해 주었는데 오늘은 또한 이렇게 함께 파티를 열었습니다. 나는 노래 한 곡조로 동지들에 대한 내 감사의 마음과 당의 생일에 대한 내 감정을 표현하겠습니다. 홍군이 25,000리의 장정을 통해 산시(陝西) 북부에 도착한 후 얼마 동안 전열을 정비하였습니다. 그 다음 동쪽으로 황하를 건너 항일 전선에 도착한 후 일본놈들을 격퇴시켰던 것을 기억합니다. 당시 모든 사람은 동쪽으로 원정하는 홍군을 환송하는 노래를 불렀습니다. 그것은 산시 북부 민요조를 이용해 만든 노래로 가사는 새롭게 쓴 것입니다. 몇 단락으로 이루어졌지만 그 중 일부만 지금 기억하고 있습니다."

그녀는 목을 가다듬고 거의 반세기 지난 홍군의 노래를 감동적으로 불렀다.

"구름은 많아 별빛을 가리고, 셀 수 없는 산들은 이리저리 어지럽게 뻗어 있네.

황하 위로 민족의 영웅들이 건너간다.

주먹을 문지르고 손을 비벼대며 그 기개 드높다.

우리는 항일군이라네!"

80이나 된 덩잉차오의 목소리는 당연히 젊은 시절처럼 그렇게 맑고 깨끗하지는 않았다. 그러나 그녀는 진지했고 가사는 분명했다. 그리고 당시 홍군전사가 두려움 없이 온갖 어려움을 뚫고 항일전선으로 달려가는 그 격앙된 기개와 사기를 감동적으로 표현하였다. 이러한 노래를 들을 수 있게 된 근무자들은 너나 할 것 없이 매우 뜨겁게 박수를 쳤다.

덩잉차오는 웃으면서 모두 같이 노래하자고 말했다.

베이징, 톈진의 여성근무자들은 함께 영화 『간링(甘嶺)에 올라』에 삽입된 노래 "대하(大河)의 큰 파도"를 불렀다.

마지막에는 모두 일어나 덩잉차오를 빙 둘러쌌다. 덩잉차오는 가운데 일어나서 모든 사람과 함께 "사회주의가 좋아"라는 노래를 소리 높여 불렀다.

이것은 진정 잊기 힘든 당 생일 경축 파티였다. 덩잉차오는 홍군의 과거 전통을 계승하였고 어려운 전투생활의 막간이나 각종 기념일에 지도간부와 전사들과 함께 항상 노래하고 춤을 췄으며 군중과 밀접한 관계를 맺으며 전사들의 사기를 북돋웠다. 신중국 수립 이후 문예오락 활동이 많아지게 되면서 이런 형식은 드물어졌다. 톈진 호텔종업원들은 지금까지도 이 날의 파티를 좀처럼 잊을 수가 없었다.

근무자 왕신(王欣)은 당시 한 달 동안 줄곧 덩잉차오의 신변 업무를 담당하였다.[152] 그녀는 덩잉차오의 생활이 매우 검소했다는 사실을 잊을 수 없었다. 덩잉차오는 호텔의 비단무늬 침구는 일체 사용하지 않았다. 그녀는 직접 갖고 온 오래된 모포와 너무 빨아 하얗게 변한 오래 된 수건이불을 사용하였다. 그 모포는 1946년 난징 메이위안신춘(梅園新村)에서 활동할 때 산 것인데 원래는 하늘색이었으나 거의 40년이나 사용하여 완전히 탈색되었을 뿐만 아니라 모포의 털도 거의 다 빠져 있었다. 호텔의 새 수건이나 비누도 그녀는 사용하지 않았다. 그녀는 직접 가져온 쓰던 수건과 반쪽 비누를 사용하였다. 왕신은 그녀에게 화장지를 접어주자 종이가 너무 많아서 싫다며 왕신에게 둘로 나누라고 하였다. 왕신은 웃

---

[152] 필자는 톈진에서 왕신을 방문했다. 그녀는 1984년 6월에서 7월 사이 덩잉차오가 호텔에서 자신을 사상적으로 도와주었던 상황에 대해 감격하며 소개하였다.

으며 "덩 할머니, 이 휴지를 좀 아낀다고 무슨 소용이 있겠습니까?" 하고 말했다. 덩잉차오는 깜짝 놀라며 말했다. "왕신! 모든 사람이 조금씩만 아껴도 전국적으로 얼마나 많이 아낄 수 있겠어요? 또한 사람들이 저마다 헤프게 쓴다면 전국적으로 또 얼마나 많이 낭비하겠어요?" 이야기를 들으며 왕신은 연신 고개를 끄덕였다.

왕신은 이른 새벽 덩잉차오와 동행하여 산책을 하였다. 덩잉차오는 모르는 사이에 왕신에게 사상지도를 하였다. 그녀는 왕신이 일에 대한 열정은 높지만 성격이 비교적 여린 것을 깨달았다. 그녀는 서슴지 않고 물었다. "왕신, 당신은 항상 훌쩍거리며 울지요?" 왕신은 얼굴을 붉히며 작은 소리로 "네, 일이 조금 뜻대로 되지 않으면 저는 바로 울곤 합니다."

덩잉차오는 산책을 하면서 왕신에게 말했다.

"왕신, 당신은 알고 있나요? 외국의 한 철학가가 한 명언인데 '여자여, 그대 이름은 약자이다!'라고 했어요. 나는 이 말에 매우 반대합니다. 여인이 왜 약자입니까? 이것은 계급사회가 만든 것입니다. 원시공산주의사회시대 여인은 결코 나약하지 않았습니다. 주체적으로 집안일을 맡아 처리했을 뿐만 아니라 모계사회도 있었습니다. 계급사회에 들어서서 통치권, 재산권이 모두 남자의 손아귀에 들어갔습니다. 수천 년 동안 통치를 받으며 노예처럼 산 여성은 분명 약점을 갖게 되었고 툭하면 바로 울게 되었습니다. 나는 여성이 우는 것을 가장 싫어합니다. 운다고 무슨 소용이 있지요? 운다고 자신의 운명을 바꿀 수 있습니까? 나의 어머니는 어려서부터 내게 울지 말라고 교육을 시켰습니다. 여성은 독립해야 하고 스스로 강해져야 하며 꿋꿋하게 싸워 나가면서 언제나 우는 소리를 내서는 안 됩니다. 훌쩍거리면 다른 사람들로부터 무시만 당할 뿐이고 또 그것은 여성이 약하다는 징표입니다. 언라이 동지가 세상을 떠난 후 나는 매우 비통하였지만 겨우 3번만 울었을 뿐입니다. 운다고 해서 그를 살아 돌아오게 할 수 없는 일이지요. 나는 반드시 비통함을 참아내고 결연하게 생활해 나가야 했습니다. 왕신, 나는 당신이 생활과 일에서 더욱 굳건해지기 바라고 다소 어려움이 있더라도 훌쩍거리며 울지 않기를 바랍니다."

덩잉차오의 이 의미심장한 말에 왕신은 크게 감동을 받았다. 덩잉차오는 그녀에게 실제적으로 역사유물론에 대한 강의를 한 것이었다. 그녀는 덩잉차오를 본받아서 이제부터는 절대로 눈물을 흘리지 않고 살아가겠다고 다짐하였다. 과연 이후부터 다른 사람들은 원래 여린 성격의 이 아가씨가 훌쩍대는 것을 거의 보지 못했다. 그녀는 원기왕성하게 활동하였고 항상 웃으며 말했다. 곤란한 경우를 만나도 다시 울지 않았다. 그녀는 강인해졌으며 공산당 입당을 신청하였다. 이것은 덩잉차오가 직접 가르친 결과였다. 왕신은 덩잉차오의 몸에서 당의 찬란한 빛을 보았고 당의 역량을 보았으며, 덩잉차오와 사심 없이 희생할 줄 아는 많은 공산당원을 양성해낸 위대하고 영광스러우며 정확무오한 중국공산당에 완전하게 참가해야 한다고 느꼈다.

덩잉차오는 이번 톈진 방문에서 또 하나의 희망을 보았다. 그것은 저우언라이가 세상을 떠난 후 많은 어려움을 극복하고 자신에게 솜저고리를 보내 준 톈진 홍챠오(紅橋) 구(區) 피복2공장의 73명 젊은 노동자들을 한 번 만나보는 것이었다. 덩잉차오는 최근 몇 해 동안 늘 그들을 만나고 싶었다.

이 73명의 젊은 노동자들 가운데 상당수는 이미 피복공장을 떠나 톈진시의 여기저기 다른 직장으로 옮겨 갔다. 그러나 덩잉차오가 그들을 만나고 싶어 하자 톈진시 의전부서는 서둘러 그들을 찾아냈다. 불행하게 병으로 사망한 한 명과 병에 걸린 한 명을 제외하고 과거 덩잉차오에게 솜저고리를 보내 주었던 71명의 여성노동자 모두 한 곳에 모였다.

7월 4일 오전, 그녀들은 각자 명절 때 입는 화려한 옷차림으로 치장하고 아주 기쁜 마음으로 항상 보고 싶어 했던 덩잉차오를 만나러 왔다.[153]

---

153 필자는 1987년 9월 톈진에서 홍챠오취 복장2공장 여성노동자를 방문하였다. 그녀들은 1984년 7월 덩잉차오가 자신들을 만났던 상황에 대해 소개하였다. 또한 필자는

덩잉차오 역시 매우 흥분되어 걸음이 빨라졌다. 여성노동자들은 일제히 일어섰다. 덩잉차오는 천천히 걸으며 한 사람 한 사람씩 웃으며 그녀들과 악수를 나누었다. 수행했던 사람이 그녀에게 "이제 그만하면 됐습니다. 이렇게 많은 사람들과 일일이 다 악수할 필요는 없습니다"라고 권했다. "아닙니다" 하고 덩잉차오는 분명하게 말했다. "8년 전 이들 모두 정성껏 나를 위해 솜옷을 만들었으니 오늘 나는 이들 한 명 한 명의 손을 잡고 감사의 마음을 표시해야 합니다." 이것이 바로 덩잉차오의 품격이었다. 대중이 그녀에게 해준 일 하나하나를 태산보다도 중히 여겼던 것이다.

그녀는 과연 71명 여성노동자들의 손을 차례차례 빠짐없이 잡았다. 여성노동자들은 매우 감동하여 악수를 나누면서 한편으로 눈물을 흘렸다. 덩잉차오는 급히 말했다. "오늘 우리가 이렇게 만나니 너무 기쁩니다. 그러니 아무도 눈물을 흘려서는 안 됩니다."

여성노동자들은 눈물을 재빨리 닦고 큰 소리로 웃기 시작하였다.

덩잉차오는 깊은 감정에 젖어 말을 시작하였다. "여러분은 8년 전에 나에게 두터운 정으로 가득 찬 매우 소중한 솜저고리를 보내 주었습니다. 비록 당시에 우리는 서로 만나보지 못했지만 우리들의 마음은 서로 통했습니다. 지난 8년 동안 나는 만약 톈진에 가게 되어 시간이 허락한다면 반드시 여러분을 만나 감사의 마음을 전해야 한다고 늘 생각했습니다. 여러분이 한 땀 한 땀 나를 위해 만들어 준 솜저고리는 그 어려웠던 세월 나에게 최고의 따뜻함, 극도의 안위 그리고 지극한 감동을 주었습니다. 다시 한 번 여러분께 감사드립니다."

"덩 마마, 옷은 잘 맞던가요?" 한 여성노동자가 다정하게 물었다.

덩잉차오는 웃으며 말했다. "내 수치를 알 수 없어 여러분 매우 힘들었지요. 약간 커서 재봉사에게 수선토록 했습니다. 나는 이 솜저고리를

당시의 발언 녹음을 참고하였다.

입고 역사적 의의가 있는 당11기 3중전회에 출석했습니다. 또한 그 옷을 입고 많은 외빈들을 만나고 우리 당 중앙의 지도자 동지를 만났으며 기회가 있을 때마다 그들에게 옷에 대해 몇 마디 이야기를 들려주거나 그들에게 옷의 내력에 대해 알려주었습니다. 나는 많은 딸들을 두었다고 생각하며 또 그것을 매우 자랑스럽게 생각합니다. 특히 여러분은 노동자 동지입니다. 노동자동지가 나에게 옷을 만들어 주었다는 사실은 두터운 계급 감정에서 비롯된 것입니다."

깊은 정이 서려 있는 덩잉차오의 이 말을 듣고 이들 순박한 여성노동자들은 크게 감동을 받았다. 덩잉차오는 유쾌한 기분으로 말했다.

"오늘, 여러분이 입은 옷은 매우 아름답습니다. 어떤 동지는 진홍색 옷을 입었는데 이것은 마땅합니다. 나의 신변업무를 담당하는 동지 역시 나에게 '진홍색 옷을 입으시지요. 전에 닉슨 부인이나 카터 부인 역시 모두 붉은색 옷을 입지 않았던가요?' 하고 말했습니다. 나는 이렇게 대답했습니다. '나는 그녀들과 비교할 수 없지요. 그녀들은 우리 사회에 살고 있지 않습니다. 내가 붉은 옷을 입는다면 사람들이 이상하게 생각할 것입니다. 사회가 다르면 생활 습관 역시 다른 것입니다.' 그러나 여러분처럼 젊은 사람들은 붉은색 옷을 입을 수 있습니다. 왜냐하면 여러분이 살고 있는 시대는 우리들의 과거와 다르기 때문입니다. 나는 어른이 되었을 때 여러분들처럼 그렇게 화려한 옷을 입어본 적이 없습니다. 학생 때에는 항상 흰색 홑저고리에 검은색 치마를 입었지요."

여성노동자들은 이 이야기를 듣고 모두 웃었다. 덩잉차오는 애정을 쏟아 일과 생활 그리고 가정형편에 대해 일일이 물었다. 그리고 모두가 건강에 주의하고 열심히 공부하며 맡은 바 직무에 충실하여 조국의 현대화건설을 위해 공헌하고 톈진 인민을 위해 더욱 더 봉사해 주기를 희망하였다. 그리고 덩잉차오는 "시의 모든 자매들을 오늘 여러분이 한 것처럼 아름답게 가꿔 달라"고 웃으며 말했다.

이때 여성노동자들은 자신들이 덩잉차오에게 주려고 준비한 톈진 특유의 간식을 꺼냈다. 얼뒤엔(耳朵眼) 튀김[154], 찹쌀떡, 꽈배기, 전병(煎餠), 과일, 오향(五香)누에콩 등이 찻탁자 위에 가득했다. 덩잉차오는 "나는 원래 누구에게든지 예물을 받지 않았습니다"라고 말했다. 여성노동자들은 제각기 수다스럽게 떠들며 말했다. "우리들은 다른 사람들과 다릅니다. 이것은 딸들의 작은 마음입니다. 우리는 다졔께서 톈진에서 십 수 년 동안 생활한 것을 알고 있습니다. 그래서 이들 간식을 대해 반드시 잘 알 것이라고 생각합니다." 덩잉차오는 그녀들의 정성을 무시할 수 없어 한두 개의 간식을 맛보았다.

즐거운 모임은 빠르게 지나가고 곧 헤어지게 되었다. 덩잉차오는 붓을 들어 기념의 글을 썼다. "오늘의 청년은 중국 특유의 사회주의 건설에 일정한 성과를 내되 훌륭하게 해내야 하며 크게 이룩해야 한다." 이것은 덩잉차오가 이들 청년 여성노동자에 대해 거는 기대일 뿐만 아니라 전국 청년들에게 거는 간절한 희망이었다.

덩잉차오는 베이징으로 돌아왔다. 8월 22일은 그녀와 동갑인 덩샤오핑 동지의 80세 생일이었다. 그녀는 샤오핑 동지와 30년대 초 상하이에서 서로 알게 된 이후 지금까지 50여 년 동안 우의를 다져 왔다. 1950년대에 함께 중난하이에 거주할 때 두 집안은 수시로 왕래하였었다. '4인방'이 몰락한 이후 덩잉차오는 정치국에 진입했고 그녀는 덩샤오핑과 더욱 친밀한 관계를 유지하였다. 8월 22일 덩잉차오는 덩샤오핑에게 보내는 친필 편지를 썼다.

"샤오핑 동지에게. 대단히 기쁜 당신의 80회 생일을 맞이하여 저는 충심으로 당신에게 열렬한 축하와 숭고한 경의를 표하는 바입니다. 당신의 장수와 건강을 축원하며 우리 당과 국내 건설 그리고 국제 활동을 지도하는 과정에서 더욱 커다란 족적을 남기시기를 축원합니다. 이제 생일케이크를 하나 보내 축하의 뜻을 표합니다. 아울러 당신의 모든 가족에게도

---

154   역주: 톈진의 3대 대표 음식 가운데 하나로 찹쌀 피를 입히고 팥과 설탕으로 만든 소를 넣어 참기름으로 튀겨낸 간식이다.

축하드립니다. 건강과 장수를 경축합니다! 덩잉차오 1984년 8월 22일."

덩샤오핑은 덩 다졔의 편지와 케이크를 받고 그녀에게 감사의 뜻을 표시했다. 온갖 시련을 다 겪은 두 혁명가는 정치적으로 매우 엄숙했지만 일상생활에서는 이렇게 정취가 풍부했다. 그들의 몸에서는 혁명성과 인간미가 서로 조화롭게 통일되어 체현되었던 것이다.

154. 샤먼(廈門)을 방문하여 멀리 진먼(金門)을 바라보며 진먼 동포를 향해 안부 인사를 전하다

덩잉차오는 개혁개방사업과 타이완의 중국 귀속 및 중국의 평화통일의 대업에 깊은 관심을 기울였다.

1984년 11월 21일, 그녀는 민항기를 이용하여 푸졘 연해 개방도시 샤먼에 도착하였다. 당시 그녀는 중공중앙정치국 위원이며 전국정치협상회의 주석이었다. 동지들이 그녀에게 전용기를 마련해 주었지만 그녀는 그것을 정중하게 거절하였다. 그녀는 많은 승객들과 똑같이 민항기에 올랐다. 비행기에서 내릴 때 많은 승격들이 덩 다졔를 알아보고 그녀를 향해 웃으며 안부를 물었다. 그녀도 비행기 앞에서 뒤로 이동하며 승객들을 향해 웃으면서 손을 흔들어 인사를 하였으며, 비행기 승무원과 기념사진도 찍었다. 그리고 그들에게 "나를 샤먼까지 데려다 주어 감사합니다"라고 말했다.

11월 23일, 덩잉차오는 샤먼에 새로 건립된 동두(東渡) 항과 후리(湖里) 가공구역을 기쁜 마음으로 참관하였다.

이날 바람이 매우 세게 불어 동지들은 80세 고령의 덩 다졔가 차에서 내리지 말고 차 안에서 참관하는 것이 좋겠다고 권유했지만 덩잉차오는 꼭 내려서 봐야 한다고 고집했다.[155]

덩잉차오는 컨테이너 부두를 참관했다. 마침 컨테이너를 실어 나르고 있었는데 높은 크레인이 배에서 화물을 부두로 하역하고 있었다. 부두 책임자는 덩잉차오에게 이것은 일본에서 수입한 크레인으로 현재 1년에 18,000개의 컨테이너를 수출하고 있다고 보고하였다. 덩잉차오는 이야기를 듣고 고개를 끄덕이며 "수량만 중시해서는 안 됩니다. 질을 확실히 해야 합니다"라고 말했다.

노동자들이 덩 다졔가 온 것을 보고 그녀를 둘러쌌다. 덩잉차오는 그들에게 말했다. "고생들이 많습니다. 여러분들은 열심히 일을 해야 합니다. 이곳에서 진먼(金門)이 매우 가까워 그들과 경쟁해야 하기 때문입니다." 그녀는 노동자들에게 수입이 얼마나 되냐고 물었고 노동자들은 월 평균 200위안에서 300위안 정도 된다고 대답하였다. 덩잉차오는 웃으며 "적지 않습니다. 당신들 시장보다 많습니다"라고 말했다. 그녀는 몇몇 여성노동자들과 함께 부두에서 기념사진을 찍고 그녀들을 격려하며 "훌륭합니다. 여성동지가 부두노동자가 된다는 것은 쉬운 일이 아닙니다"라고 말했다.

그녀는 또한 후리 가공구역을 참관하였다.

그날 오후 덩잉차오는 호텔에서 샤먼시위원회와 시정부 지도간부들과 만났다. 시장 쩌우얼쥔(鄒爾均)은 덩 다졔에게 샤먼의 상황에 대해 보고하였다.[156] "샤먼은 항구도시이면서 유명한 화교의 고향입니다. 푸젠성에는 700만 명의 화교가 있는데 모두 샤먼을 통해 외국으로 나갔습니다. 샤먼 출신 27만 화교가 외국에 흩어져 살고 있습니다. 샤먼은 또한

---

155 필자는 1987년 샤먼에 가서 동두 항과 후리 가공구역을 살펴보았다. 또한 아쉐치(阿雪琦)를 만났는데 그녀는1984년 11월 덩잉차오가 샤먼을 시찰했던 상황에 대해 소개하였다.

156 필자는 샤먼에서 쩌우얼쥔을 찾았다. 그는 1984년 11월 덩잉차오가 샤먼을 시찰했던 상황에 대해 소개하였다.

문화의 도시로서 7개의 전문대학과 대학이 있으며 시내에 고등교육기관이 이미 보급되어 7만여 명의 성인이 교육을 받고 있습니다. 노동자의 문화적 소양도 비교적 높습니다. 샤먼의 교통 여건도 좋아 철로, 공로, 항공, 해운이 사통팔달입니다. 신중국 수립 이후 해안선 방어 전선에 위치해 있기 때문에 경제발전이 더디게 진행되었습니다. 하지만 당의 11기 3중전회 이후 개혁개방이 이루어짐에 따라 경제가 눈에 띄게 발전하여 1983년 시 전체의 농공업 생산 가치는 20억 위안에 달했고 1990년에는 50억, 20세기 말에는 203억 위안에 도달할 전망입니다."

덩잉차오는 이 보고를 듣고 매우 기뻐하였다. 그녀는 말했다. "1925년, 그러니까 지금으로부터 약 60년 전에 나는 상하이에서 기선을 타고 광저우로 가던 길에 샤먼에 들러 한 나절 부두에 정박한 적이 있었습니다. 나는 부두에 내려 여기저기 다녀 보았습니다. 당시 부두에는 계단이 매우 많았고 길가의 가로등이 매우 어두웠으며 노면은 울퉁불퉁했습니다. 정말 오래 전의 일입니다. 이후 나는 줄곧 남해에 접해 있는 이 항구도시를 그리워했습니다. 샤먼의 조건은 매우 좋습니다. 해외 화교 또한 많습니다. 여러분들이 착실하게 개혁개방 사업을 해 주기를 희망합니다."

덩잉차오는 또 말했다. "최근 3개월 동안 나는 항상 미열이 있어 당 중앙은 나에게 휴식을 취하라고 권고했고 나 또한 진심으로 그렇게 해야 한다고 생각하고 있습니다. 이곳에서 동지들로부터 배우는 학생이 되니 시야가 트이고 지식이 늘었습니다. 당신들의 앞길은 원대하며 세상은 매우 넓습니다. 샤먼에 도착한 이후 나는 줄곧 흥분상태에 빠져 있습니다. 샤먼은 타이완사업의 제일선에 위치해 있고 그 사업은 성과가 있습니다. 나와 여러분은 동지이며 또한 함께 타이완사업을 하는 동업자입니다. 동지에다 동업자이며 더욱 친밀해진 관계[157]이니 그만큼 서로에 대한 책임도 더욱 무겁습니다."

---

[157] 역주: 원문은 "親上加親"인데, 본래 인척 사이인데 또 혼인을 맺는 관계를 의미한다. 즉 친밀했던 관계가 더욱더 가까워지는 것을 뜻한다.

샤먼은 진먼에서 매우 가까웠기 때문에 덩잉차오는 그곳을 직접 시찰해보기로 결심했다.

11월 25일 오후, 덩잉차오는 윈딩옌(雲頂巖) 관측소에 도착하였다. 관측소는 산 위에 있었고 오르는 계단이 매우 가팔랐다. 동지들은 나무판자를 계단에 깔고 덩잉차오에게 휠체어를 이용하여 올라가기를 요청하였다. 덩잉차오는 완강히 거부하고 몸소 한 걸음 한 걸음 계단을 걸어 정상에 올랐다.[158]

덩잉차오는 관측소에 올라 모래로 만든 모형 지형 앞에 서서 관측소 소장이 바다 건너 멀리 보이는 진먼의 모습에 대해 소개하는 것을 들었다. 다진먼(大金門)과 샤먼의 쟈오위(角嶼)의 거리는 2.5킬로미터가 되지 않았다. 국민당은 진먼에 5개 사단을 주둔시켜 2년에 한번 방어 임무를 교대하며 그곳을 돌아가며 주둔 방어하고 있었다. 그리고 진먼에는 61,000여 명의 주민이 거주하고 있었다.

덩잉차오는 40배율 망원경 앞에 서서 렌즈에 눈을 대고 자세하게 바다 건너 보이는 다진먼(大金門) 도를 관찰하였다. 그녀는 진먼 도의 수목, 집, 공원, 작은 호수를 보았고 큰 길과 길 위를 달리는 자동차를 보았다. 그녀는 다음과 같이 중얼거렸다. "친애하는 진먼 동포 여러분, 나는 이곳에서 여러분에게 안부를 묻고 또 인사를 드립니다! 하지만 빠른 시일 내에 우리가 함께 단결하기를 원합니다!"

현장에 있던 동지들은 바다 하나를 사이에 둔 진먼 동포에 대한 덩 다졔의 깊은 애정에 감동을 받았다.

덩잉차오는 방송센터에 도착하여 문에 들어서며 "페이페이(菲菲)는 어디에 있나요?" 하고 물었다. 이때 52세의 여성 군관 천페이페이(陳菲菲)는 급히 앞으로 나서며 덩 다졔에게 경례를 하였다.[159] 덩잉차오는 그녀의

---

158 필자는 1987년 샤먼에 도착했고 또한 윈딩옌 관측소를 찾았다. 관측소 소장 쑤광난(蘇廣南)은 1984년 덩잉차오가 윈딩옌을 시찰했던 상황에 대해 소개하였다.

159 필자는 샤먼에서 천페이페이를 방문하였다. 그녀는 1984년 11월 덩잉차오가 그녀를

손을 잡아당기며 말했다. "당신은 타이완의 많은 군인들이 당신을 알고 있다는 사실을 알고 있나요?"

천페이페이는 1950년 15살에 입대한 후 1950년대 중반 방송센터에 근무한 이래 벌써 30여 년 동안이나 그 일을 계속하고 있었다. 따라서 타이완의 많은 진먼 주둔 국민당 관리와 군인들은 모두 그녀의 목소리를 잘 알고 있었다.

덩잉차오는 방송을 한 번 들어보고자 하였다. 천페이페이가 방송기기를 작동하자 『조국을 노래하자』라는 웅장한 시작곡이 흘러 나왔다. 그녀는 덩잉차오에게 원래 시작곡이 『해방군행진곡』이었으나 적대적인 정서가 너무 강하다고 판단해 나중에 『조국을 노래하자』로 바꿨다고 말했다. 그녀는 푸젠 남부 방언으로 방송을 시작하였다. "진먼의 군민 동포 여러분, 국민당 관리 군인 형제 여러분……."

덩잉차오는 잠시 듣더니 "시작곡을 해협 양안의 골육의 정을 노래하는 곡으로 바꾸는 것이 더 좋지 않을까요?" 하고 말했다. 그녀는 이어 말했다. "국민당 관리 군인은 윤번제로 진먼에 주둔하니 당신의 방송을 돌아가며 들을 수 있을 것입니다. 그들이 교대할 때 방송을 통해 몇 마디를 추가하여 그들이 타이완으로 돌아가 친척과 만나도록 환송할 수 있지요. 그들이 올 때에는 다시 그들에게 안부 인사를 전하며 우리의 타이완 방침과 정책 그리고 대륙의 실제 상황을 선전하고 그들과의 우호와 단결을 강조해야 합니다. 설이나 명절이 되면 경쾌한 노래를 많이 방송하여 고향을 그리는 그들의 우울한 정서를 해소시켜야 하고요. 여름에는 더위를 피하는 지식에 대해 알려주고 태풍이 오는 계절에는 기상소식을 자주 방송해야 합니다. 사람들은 이처럼 실용적인 지식에 대해 듣기 좋아합니다. 또한 그들에 대한 우리들의 관심을 표현해야 합니다."

덩잉차오는 또 말했다. "여러분의 활동은 매우 중요합니다. 최근 대륙

___

만났던 상황에 대해 말해 주었다.

으로 귀순한 국민당 비행사 리다웨이(李大維)는 자신이 1981년에서 1982년 사이에 진먼에서 주둔 방어 근무를 할 때 이곳에서 흘러나오는 방송을 들으며 몰래 녹음했고 또 그것을 가지고 타이완으로 돌아가 친구들에게 몰래 전해 주었다고 하였습니다. 그 역시 우리 방송을 듣고 놀라운 생각의 변화를 가져 왔다고 했습니다. 여러분의 방송은 정곡을 찔러야 하고 대상의 심리를 확실하게 파악하여 그들로 하여금 마음으로 감복하고 또 말로서도 탄복하게 만들어야 합니다. 감정에 호소하고 이성적으로 설득해야지 강압적이어서는 안 됩니다. 해안을 따라 설치된 여러분의 방송장비를 통해 진먼과 타이완은 물론 홍콩에서도 방송을 청취할 수 있습니다. 당신들의 활동은 전국 3대 임무 가운데 하나인 조국통일과 직접 연관되어 있습니다."

방송센터장은 덩잉차오에게 보고하면서 무의식중에 지난날 상투적으로 쓰던 표현을 사용하며 말을 하였다. "우리는 '적이 점령하고 있는 도서' 진먼과 바다 하나의 거리를 두고 있으며 '적의 방송센터에 대한' 주요 임무는……" 덩잉차오는 이를 듣자마자 그의 말투가 잘못됐다고 생각하여 참지 못하고 바로 그의 말을 끊었다. "동지, 당신은 틀렸습니다. 현재는 1980년대입니다. 우리는 평화적인 조국통일을 추구해야 합니다. 진먼을 다시 '적이 점령한 도서'라고 불러서는 안 됩니다. 여러분은 마땅히 '해협의 소리 방송센터'라고 칭해야 하며 '적'이라는 호칭은 거둬들여야 합니다."[160]

센터장은 얼굴이 붉어진 채 긴장하여 말을 제대로 잇지 못했으며 속으로 어떻게 하다 이런 말실수를 하게 됐는지 헤아려 보았다. 그는 매우 괴로운 듯 식은땀을 흘렸다. 덩잉차오는 웃으며 그들을 위로하였다. "그리 긴장할 것까진 없습니다. 대체로 과거의 습관을 한꺼번에 바꾸는 것

---

160 필자는 샤먼에서 왕스취안(王世全)을 방문했다. 그는 1984년 11월 25일 덩잉차오가 방송센터 동지들과 만났던 상황에 대해 소개하였다. 필자는 또한 당시 담화기록을 참고하였다.

은 쉽지 않습니다. 이제부터라도 주의하여 바꾸면 됩니다. 다시 천천히 말해 보세요."

센터장은 땀을 닦고 말을 계속하였다. "방송센터는 설립 운영된 지 이미 30여 년이 되었습니다. 매일 5시간 방송을 하는데 매번 방송 원고는 매우 간단합니다. 그저 100자에서 200자 정도입니다. 그래서 진먼에서 한 번에 바로 청취할 수 있도록 했습니다. 그리고 중요한 내용은 2,3차례 반복해서 방송하였습니다. 올해 9월 15일에서 10월 15일까지는 건국 35주년 기념의 일환으로 30일 동안 전국 각성의 개황에 대해 소개하였습니다. 우리가 포격을 중지한 이래 진먼 측의 교란 행위도 많이 줄어들었습니다."

덩잉차오는 샤먼시 타이완사업사무실의 동지들을 만나보고 싶었다. 샤먼시 타이완사업사무실은 외진 곳의 작은 건물에 자리하고 있었다. 덩 다제가 직접 위층으로 올라가야 했다. 전체 20여 명의 동지들은 미안해하면서 일제히 그녀를 맞이하였다.[161]

덩잉차오는 기뻐하며 말했다. "나는 일찍부터 타이완사업의 최전선에 있는 샤먼을 방문하여 진먼을 꼭 한 번 보고 싶었습니다. 과연 이제 와서 보게 되니 매우 기쁩니다. 당신들은 모두 나의 스승이며 또 그렇기 때문에 나는 여러분에게서 배워야 합니다. 여러분은 이곳 상황에 대해 자세히 알려주시고, 또 일을 하면서 겪는 문제나 어려움을 어떻게 해결하는지 들려주시기 바랍니다."

갑작스런 질문에 20여 명의 동지들은 갑자기 당황해 하며 덩 다제가 자신들에게 이렇게 어려운 문제를 낼 것이라고 전혀 예측하지 못한 표정을 지었다. 모두 한 순간 무슨 말을 해야 좋을지 어리둥절했다.

덩잉차오는 웃으며 말했다. "여러분은 왜 이렇게 침묵하고 있나요? 타이완 동포를 만나서도 이렇게 조용할 것인가요?"

---

161 필자는 샤먼에서 쩡위빙(曾予氷)을 방문하였다. 그는 1984년 11월 덩잉차오가 자신들을 만났던 상황에 대해 소개하였다. 필자는 또한 당시의 발언 녹음을 참고하였다.

샤먼시 타이완사업사무실 부주임 겸 의전실 실장 쩡위빙(曾子氷)이 발언하였다. "국경을 넘어 친척을 만나는 우리들의 수속이 너무 복잡합니다. 국경을 넘으려면 성의 유관부서로부터 허락을 얻어야 하는데 그것이 제 때에 이루어지지 않습니다. 일부 타이완동포들은 홍콩에서 매우 오랫동안 기다려야 합니다. 하지만 타이완동포가 홍콩에서 머무를 수 있는 시간은 단지 14일에 불과하며 그나마 여행단은 6일만 머물 수 있습니다. 따라서 상당수의 타이완동포는 친척을 제 때에 만날 수 없으며 어떤 이는 고작 몇 시간만 상봉할 수 있을 따름입니다. 또 어떤 이는 비행장으로 달려가 잠깐 얼굴만 보는 경우도 있습니다."

덩잉차오는 그 말을 듣고 의아해 하며 그런 실태를 상부에 보고하고 바로 잡아달라고 건의하지 않았느냐고 물었다. 이에 이미 건의하였지만 잘 해결되지 않았다는 대답이 돌아왔다.

덩잉차오는 말했다. "당 중앙은 신국면을 타개해야 한다고 이미 분명하게 규정한 바 있습니다. 적합하지 않은 과거의 규정은 수정되어야 하는데 아직 몇몇은 과거의 뒤떨어진 방식을 그대로 고수하는 경우가 있습니다. 정책과 규정은 때와 장소에 따라 적절하게 제정되어야 하며 시대에 뒤떨어질 경우 수정되어야 합니다."

쩡위빙은 타이완의 일부 어선이 찾아와 소규모의 교역을 진행하고 있는데 상품 공급원 문제가 제대로 해결되지 않는다고 하면서 그들은 중국 약재를 원하지만 늘 공급이 충분하지 않다고 보고하였다.

덩잉차오는 말했다. "과거 해방구와 국민당통치구 사이에서도 교역이 이루어진 바가 있습니다. 현재 타이완 동포가 직접 찾아오는 곳이 바로 샤먼이니 반드시 방법을 강구해 그들의 요구를 충족시켜야 합니다. 절대 그들을 헛걸음치게 해서는 안 됩니다. 내지의 자원이 풍부하니 방법을 강구하여 적절히 대처할 수 있을 것입니다. 상품 공급원이 없는 것이 아니라 일부 동지들이 소규모 교역은 할 만한 가치가 없다고 판단하여 적극적으로 상품 공급원 개발을 하지 않기 때문입니다. 이 문제와 관련하여 연관 부서 역시 각종 규제를 어느 정도는 풀어야 합니다. 중앙타이완 사업소조는 당 중앙 타이완사업의 참모이며 조수입니다. 구체적인 활동 은 각 부분에 귀속되어 처리되지만 일부 사업은 서로 다투는 것처럼 보 이기도 합니다. 그러나 이렇게 다투는 것을 두려워해서는 안 됩니다. 공 산당원은 강인한 당성을 지녀야 하며 무릇 당의 방침을 집행하려고 노 력해야 하며 난관에 부딪치는 것을 두려워해서는 안 됩니다."

덩잉차오는 또 물었다. "선전 활동은 어떻게 하고 있습니까? 우리의 9 개항 건의에 대해 타이완동포는 이해하고 있습니까? 정성공(鄭成功)[162]은 중화민족의 영웅입니다. 그는 17세기 부대를 이끌고 외국 침략자를 몰아 내고 타이완을 수복했습니다. 정성공의 영웅적 사적을 소개하는 책자를 만들어 타이완 동포에게 보내 주고 그들에게 샤먼에 건립된 정성공기념 관을 참관토록 요청할 필요가 있습니다."

의전실 실장은 대답하였다. "이미 타이완에서 온 어민을 조직적으로 참관시켰고 그들에게 관련 녹화물도 보여주었습니다. 로스앤젤레스 올 림픽에서 중국 여자배구팀이 우승한 녹화영상물을 이미 몇몇 어선의 타 이완 동포들은 보았습니다. 우리는 그들과 친구가 되어 그들에게 상륙하 여 대륙의 모습을 보게 하였습니다. 그들은 '백문불여일견(百聞不如一見)' 이라 하면서 대륙의 생활수준이 비록 그다지 높지는 않지만 먹을 것과 입을 것은 훌륭하다고 하였습니다. 그리고 일부 해안의 어촌마을의 집들 은 자기들의 것에 비해 더 좋다고 하였습니다."

덩잉차오는 말했다. "우리는 반드시 그들의 안전한 귀환을 보증해야 합니다. 또한 그들이 '9개항'의 건의에 대해 알고 있는지, 어떤 부분에 찬성하는지, 그리고 어떤 부분이 충분치 못한지에 대해 물어봐야 합니

---

162 역주 : 1624-1662. 청나라에 저항하여 명나라 부흥운동을 전개한 인물. 일본에서 출생 했으며 명 태조 주원장(朱元璋)의 후손이자 남명정권의 당왕(唐王) 융무제(隆武帝) 로부터 주(朱)씨 성을 하사받아 국성아(國姓爺)로도 알려져 있다. 또한 그는 타이완 에서 네덜란드 세력을 물리친 공로로 중국 역사의 영웅으로 추앙받고 있다.

다. 선전을 할 경우 방법을 연구해야 하는데 방송센터의 시작곡으로 반드시 『오성홍기가 바람에 휘날리네』를 선정할 필요는 없습니다."

방송센터 센터장은 이미 『해협 양안의 정』으로 바꾸어 방송하고 있습니다"라고 대답하였다.

덩잉차오는 이 이야기를 듣고 고개를 끄덕이며 말했다. "아주 잘한 일입니다. 선전사업을 하는데 무뚝뚝한 태도로 해서는 안 되며 팔고(八股)[163] 교조의 방식으로 해서도 안 됩니다. 그들은 동포이며 손님입니다. 그들에게 '9개항' 가운데 단지 1개항만이 국민당과 담판할 문제이고 나머지 8개항은 모두 타이완 동포의 이익을 포괄하고 있다고 설명해야 합니다. 그들에게 가슴 가득 열정을 갖고 만면에 웃음을 띠며 아름답고 친근한 말투로 대화를 건네야 합니다. 늙은이들에게 '아공'(阿公)[164], '아포(阿婆)'[165]라 하고 그보다 좀 젊으면 '아거'(阿哥)[166], '아졔'(阿姐)[167]라고 호칭해야 합니다. 그들을 존중하고 또 그들에게 관심을 기울여야 합니다."

덩잉차오는 말했다. "여러분들은 다시 또 문화대혁명과 같은 일이 한 차례 더 발생하면 어떻게 하나 마음속으로 염려할 필요가 없습니다. 우리 당은 잘못된 역사를 결코 다시 반복하지 않을 것임을 믿어야 합니다. 여러분들은 타이완동포 접대 사업을 하는 데 두려워하지 말고 위험을 무릅써야 합니다. 위험이 담보되지 않는 혁명은 없습니다. 그 위험을 회피해서는 안 됩니다. 새로운 성과를 내는 일도 마찬가지입니다. 위험을 각오해야 합니다. 혁명의 선열들을 생각하기 바랍니다. 난간에 봉착하더라도 물러서지 마십시오. 잊지 말고 당 중앙에 호소하십시오. 그렇지 않으면 자기 자신을 의지해야 합니다. 개방정책에 맞추어 인식을 바꾸고,

---

[163] 역주: 명청 양대에서 과거의 답안용으로 채택된 특별한 형식의 문체로서 내용이 없는 형식적이고 무미건조한 문장이나 태도를 가리킨다.
[164] 역주: 나이든 남자에 대한 존칭. 어르신네, 영감님.
[165] 역주: 나이든 여자에 대한 존칭.
[166] 역주: 친근한 연장자를 부르는 칭호.
[167] 역주: 손위의 젊은 여자를 친근하게 부르는 칭호. 누님, 언니.

더욱 신뢰하며, 어려움에 당당하게 맞서 용감하게 끝까지 싸워 나가야 합니다. 나는 15살에 선전원이 되어 지금까지 공산당의 선전원으로 활동하고 있습니다. 이 분야에 관한 한 나는 여러분과 충분히 경쟁할 수 있습니다. 다시 만날 때 우리들이 얼마만큼의 성과를 올렸는지 비교해 보도록 합시다. 잘 할 수 있겠지요?"

덩 다제의 발언에는 열정적인 격려도 있었고 또 정곡을 찌르는 비평도 있었다. 이를 들은 샤먼시 타이완사무실 동지들은 진심으로 감동하면서 이후 더욱 담대하게 타이완동포사업을 해나가리라 다짐하였다.

155. 정성공을 회고하고 천쟈경(陳嘉庚), 린챠오즈(林巧稚)를 다시 생각하다

구랑위(鼓浪嶼)는 루(鷺) 강에 우뚝 솟은 아름다운 작은 섬으로 샤먼 시의 유명한 관광지였다. 덩잉차오는 그곳을 한 번 둘러보려고 준비하였다. 샤먼 주둔 부대의 동지가 그녀를 위한 전용선을 준비해 뒀지만 그녀는 완강히 거절하였다.

11월 27일 오전, 덩잉차오는 많은 승객들과 함께 기선을 타고 섬으로 건너갔다. 배안의 승객들은 덩 다제를 알아보고 누가 시키지도 않았는데 두 줄로 나란히 서서 그녀를 열렬하게 환영하였다. 덩잉차오 역시 미소를 지으며 그들에게 손을 들어 인사하였다. 기자들이 급히 그녀의 사진을 찍자 그녀는 "항상 나만 찍지 말고 저 사람들도 찍으세요" 하고 말했다.

기선이 구랑위를 한 바퀴 도는 동안 덩잉차오는 배 위에서 루 강의 수려한 풍경을 음미하였다. 강물은 넘실거렸고 하늘의 하얀 구름은 강에 비춰 갖가지 모양을 만들어 냈으며 흰색 갈매기는 강 위를 유유히 선회하다 날아올랐다. 덩잉차오는 공무의 짐을 잠시 내려놓고 바다 위에 펼쳐진 자연의 아름다운 풍광을 마음껏 감상하였다.

구랑위는 걸어서 유람할 수 있는 명승지인데 경내에 차량 운행은 금지였다. 샤먼시 동지는 덩잉차오가 이미 80세의 고령임을 고려하여 그녀가 섬에서 이용할 수 있도록 차량을 준비해 두었다. 그러나 그녀는 바로 사양하고 천천히 걸어 구랑위를 산책하였다. 섬엔 꽃과 나무가 가득했다. 이미 11월이 되었지만 꽃들은 비단처럼 아름다워서 보는 이로 하여금 마음이 트이고 기분을 유쾌하게 하였다.

그녀는 르광옌(日光巖)에 도착하였다. 그녀의 참관을 수행한 샤먼시 부시장 커쉐치(柯學琦)는 르광옌 위에는 돌을 쌓아 만든 성문이 있는데 그곳은 민족영웅 정성공이 과거에 병사를 훈련했던 조련장이며 그 맞은편에 그의 조각상이 있다고 소개하였다. 덩잉차오는 르광옌 아래에 서서 정성공의 웅장한 영웅적인 모습을 바라보며 가슴이 뭉클해졌다. 그녀는 초등학교에서 공부할 때 민족영웅 정성공이 네덜란드 침략자를 몰아내고 타이완을 수복한 영웅적인 업적에 대해 배운 적이 있었다. 그리고 그녀는 어제 호텔에서 정성공의 타이완 수복과 관련된 생동감 넘치는 많은 자료와 그의 시들을 이미 본 터였다. 그 가운데 영웅적인 기개가 넘치는 다음과 같은 시가 있었다. "단지 위에 하늘만이 있을 뿐 더불어 나란히 할 산은 없네. 머리를 들어 보니 붉은 해가 떠 있고 고개를 돌려보니 흰 구름만 발아래에 있네." 또한 타이완 수복 이후 쓴 다음과 같은 시도 있었다. "황무지를 개간하고 네덜란드도 몰아낸 지 십 년 만에 비로소 생기를 회복했네. 전횡(田橫)에게 아직 3천의 객(客)[168]이 남아 온갖 고

---

168 역주: 전횡(?-B.C. 202)은 진(秦) 말기의 인물로서 형인 전담(田儋), 전영(田榮)과 함께 진에 반기를 들고 제(齊)를 다시 일으켰다. 한(漢)의 유방(劉邦)이 천하를 평정하자 빈객(賓客) 5백여 명과 섬에 숨어 살다가, 유방의 부름을 받고 뤄양(洛陽)으로 가던 중에 자결하였다. 그의 죽음을 들은 빈객 500명도 모두 자결을 하여 '전횡오백사(田橫五百士)'라 하여 후대 그 의기가 높이 숭앙되었다.

생을 전전하느라 차마 떠나지 못하네." 이제 덩잉차오는 정성공의 조련장을 찾아 그가 지난날 샤먼을 출발하여 부대를 이끌고 바다를 건너 타이완을 수복할 때 겪었던 여러 어려움을 떠올렸다. 또한 타이완이라는 보배와 같은 섬이 다시 적에게 50년 동안 지배를 받은 것과[169] 비록 중국에 귀속된다고 해도 여러 이유로 아직까지 대륙과 멀리 떨어져 해외에서 고립되어 있음을 떠올렸다. 그녀는 커쉐치에게 말했다. "여러분은 정성공의 사적에 대해 더욱 많이 알려야 합니다. 그는 중화민족의 영웅이며 샤먼 인민의 자랑입니다."

덩잉차오는 천천히 걸어 위위안(毓園)에 도착하였다. 중국의 저명한 산부인과 전문의 린챠오즈(林巧稚)는 1901년 구랑위에서 태어났다. 그녀는 자신의 일생을 산부인과 사업에 바쳤고 덩잉차오와는 우의를 매우 돈독히 다졌었다. 린챠오즈가 세상을 떠난 후 샤먼시 인민은 구랑위에 위위안을 건립하여 그녀를 기념하였다.[170]

위위안은 소박하고 자연스러웠으며 소나무, 대나무, 난 등이 각각 은은한 향기를 뿜어내고 있었다. 정원에는 한백옥(漢白玉)[171]으로 된 린챠오즈의 조각상이 우뚝 서 있었다. 덩잉차오가 자세히 살펴보니, 흰색의 의사 가운을 입은 린챠오즈가 양손을 맞잡고 있는데 마치 언제라도 병자를 위해 몸을 검사하거나 수술을 하려고 준비하고 있는 듯했으며, 미간에는 병자에 대한 관심과 자애가 충만한 듯 보였다. 덩잉차오는 그것을 보며 이어 말했다. "정말 너무 비슷합니다. 너무 닮았어요. 그녀의 손은 항상 저렇게 놓여 있었지요. 린챠오즈의 의술은 정말 훌륭했습니다. 그녀는 여성과 아동의 건강을 위해 일생을 바쳤으며 평생 독신으로 지냈

---

169 역주: 타이완이 청일전쟁 이후 1895년에서 1945년까지 일본에 의해 지배되었던 사실을 가리킨다.

170 필자가 구랑위를 방문했을 때 위위안 관리원은 덩잉차오가 1984년 11월 위위안을 찾아 린챠오즈를 조문했던 상황에 대해 소개하였다.

171 역주: 허베이 팡산(房山) 현에서 나는 아름다운 흰 돌로 궁전 건축이나 조각의 장식재로 쓰인다.

지요 우리 당에 대한 그녀의 애정은 매우 두터웠으며 우리는 오랜 친구였습니다. 나는 그녀와 함께 사진을 한 장 찍고 싶네요" 이렇게 말하며 그녀는 린챠오즈의 조각상에 엄숙히 서서 기념사진을 찍었다. 그녀는 조각상에 순백색 꽃으로 된 화환을 바치고 애도의 글로 "위대한 애국주의자이며 저명한 산부인과 전문의 린챠오즈 교수, 그 이름이 천추에 길이 빛날 것입니다. 덩잉차오가 삼가 바칩니다"라고 썼다. 그녀는 린챠오즈의 조각상 앞에서 묵념으로 애도를 표하고 깊이 허리를 한 번 숙여 깊고 두터운 정의를 표했다.

이때 한 미국 여행객이 3명의 아이를 데리고 위위안을 유람하고 있었다. 그들은 덩잉차오가 왔다는 소식을 들었다. 세 아이는 덩잉차오의 곁으로 달려와 익숙하지 않은 중국어로 "덩 할머니 안녕하세요!" 하고 인사를 건넸다.

덩잉차오는 기뻐하며 웃으면서 영어로 그들에게 "얘들아, 안녕!" 하고 답례를 한 뒤 그들에게 중국어를 할 줄 아느냐고 물었다. 아이들은 웃으며 조금은 알아들을 수 있다고 대답했다.

린챠오즈를 기념하기 위해 덩잉차오는 수행원과 함께 위위안에 두 그루의 남양(南洋) 삼나무를 심었다. 미국의 세 아이들도 그녀와 함께 나무를 심었다. 지금까지 이 두 그루의 남양 삼나무는 무성하게 자라 린챠오즈의 조각상과 함께 관광객들에게 덩잉차오가 중국여성과 아동을 대표하여 이 산부인과 전문가를 그리워하며 감격했다는 사실을 묵묵히 알려주고 있다.

11월 30일 오전, 덩잉차오는 샤먼 부근의 지메이(集美) 진을 찾아 저명한 애국화교 지도자 천쟈겅의 묘지를 참배하였다. 일찍이 항전시기 덩잉차오는 그를 알았고 그의 애국정신에 매우 감탄하였다. 천쟈겅은 일찍부터 고향에 돈을 기부하여 학교를 세웠다. 그는 샤먼대학, 지메이중등학교, 항해(航海)학교 등을 건립했지만 정작 자신의 생활은 매우 검소했다. 덩잉차오가 지메이 진에 가서 보니 궁전식의 건물이 우뚝 서있는 것이 눈에 들어왔다. 그것은 바로 지메이중등학교였다. 덩잉차오는 웃으며 아마도 이것은 중국에서 가장 아름다운 중등학교일 것이라고 말했다.[172]

덩잉차오는 천쟈경의 묘를 찾았다. 그녀는 석묘를 한 바퀴 둘러본 뒤 화환을 바치고 다음과 같은 애도의 글을 남겼다. "위대한 애국주의자, 화교 지도자이자의 모범인 천쟈경 선생, 그 명성은 영원히 지속될 것입니다. 덩잉차오가 삼가 바칩니다." 그녀는 묘 앞에서 엄숙하게 깊이 허리 숙여 3차례 절을 하였다. 그녀는 또한 귀래당(歸來堂)을 찾았다. 귀래당은 신중국 수립 이후 저우 총리가 제안하여 천쟈경을 위해 건립한 것이었다. 그녀는 천쟈경의 동상 앞에서 경의를 표하였다. 그녀는 천쟈경 선생이 조국을 열렬히 사랑했으며 세계를 가슴에 품었는데 이는 화교의 모범이라고 하였다.

호텔로 돌아와 덩잉차오는 경호원에게 물었다. "내가 린챠오즈 상을 향해서는 한 번 허리 굽혀 절했고 천쟈경 묘에서는 3번 절했는데 여러분은 왜 그렇게 했는지 아세요?" 경호원들은 대답을 하지 못했다. 이에 덩잉차오는 말했다. "의사 린챠오즈는 나의 절친한 친구이며 좋은 친구이기 때문에 나는 그에게 한 번 절을 하여 그에 대한 그리움을 표시한 것입니다. 하지만 천쟈경은 저명한 화교의 지도자이기 때문에 나는 그에게 3번 절을 하여 지극한 존중의 마음을 표시했습니다." 경호원은 비로소 분명히 깨달았고 덩 다제가 이렇게까지 세심하고 주도면밀하게 마음을 쓰는 줄 미처 생각하지 못했다. 이런 주도면밀함은 주변 사람들이 진정 배우기 힘들고 따라 하기 힘든 것이었다.

---

[172] 필자가 지메이 진의 천쟈경 묘를 방문했을 때 관리인은 덩잉차오가 천쟈경의 묘를 참배했던 상황에 대해 소개하였다.

156. 여성시장의 마음을 간파하다

덩잉차오는 평생을 여성과 아동사업을 위해 헌신하였으며 어느 곳을 가든지 가능한 한 늘 아이들과 여성연합 간부들에게 관심을 쏟았다.

11월 25일 오후, 그녀는 윈딩옌(雲頂巖)에서 돌아온 뒤 휴식도 취하지 않은 채 바로 샤먼 시 화교유치원을 찾았다. 이 유치원에서는 화교와 화교가족의 아이들이 교육받고 있었는데 그 규모가 비교적 커 522 명의 천진난만하고 생기발랄한 화교 자녀들이 행복하게 생활하고 있었다.[173]

그들을 보려고 덩잉차오가 온다는 소식이 알려지자 유치원생들과 교사들은 모두 대운동장에 모여 그녀를 환영하였다. 그녀가 오자, 아이들은 신이 나 앞으로 달려 나가 환영하며 열렬히 "덩 할머니, 덩 할머니!" 하고 불렀으며, 그녀에게 꽃을 선물하였다. 몇몇 상급반의 어린 친구들은 그녀를 부축하였고 하급반의 안나(安娜)는 손을 뻗어 덩잉차오를 껴안으려고 하였다. 그러자 덩잉차오는 바로 손에 들고 있던 꽃을 내려놓고 안나를 껴안아 그녀의 작은 볼에 입맞춤을 하였다. 사진기자들은 이 감동적인 장면을 놓칠세라 앞 다투어 카메라 셔터를 눌러 댔다.

정원에서 아이들은 덩잉차오를 위해 준비한 여러 가지 공연을 보여주었다. 그들은 타이완 고산족(高山族)[174] 복장을 하고 「고산정(高山情)」이라는 춤을 췄다. 그들은 또한 작은 기모노를 입고 일본 춤 「벚꽃」을 췄다. 이어서 그들은 꽃으로 만든 작은 모자를 쓰고 꽃무늬가 수놓인 비단치마를 입고 신장(新疆)의 춤 「나의 조국은 너무 아름다워」를 표현하였다.

---

173 필자가 샤먼화교유치원을 방문했을 때 유치원 책임자는 1984년 11월 25일 덩잉차오가 유치원을 참관했던 상황에 대해 소개하였다. 또한 필자는 샤먼시방송국에서 촬영한 텔레비전 다큐멘터리를 보았다.

174 역주: 한족, 네덜란드인, 스페인인에 앞서 17세기 이전 타이완 거주한 원주민족 혹은 토착민족을 가리킨다. 언어는 오스트로네시아족에 속한다. 총 인구는 약 40만 명에 이른다.

덩잉차오는 아이들 사이에 앉아 즐거운 마음으로 아이들의 공연을 감상하였다. 공연이 끝나자 아이들은 박수로써 덩잉차오가 한 마디 해 주기를 원했다. 덩잉차오는 일어나 큰 소리로 말했다. "친애하는 어린 친구 여러분. 여러분은 조국의 미래이며 꽃입니다. 여러분이 방금 우리들의 조국을 너무도 아름답게 표현하였습니다. 이제, 내가 여러분께 한 번 물어보겠는데, 우리 조국의 이름은 무엇이지요?"

"중화인민공화국입니다." 아이들은 일제히 큰 소리로 대답하였다.

"우리는 현재 어떤 제도를 실행하고 있나요?"

아이들이 대답하지 못하자 교사가 그들을 대표하여 대답하였다.

"사회주의제도입니다."

덩잉차오는 웃으며 말했다. "지금 대답하지 못한다는 사실은 중요한 것이 아닙니다. 여러분은 선생님께 물어보면 됩니다. 우리는 사회주의 국가이며 중국식 사회주의국가를 건립하고 있습니다. 우리들의 조국은 점점 더 좋아지고 있습니다. 여러분 역시 하루하루 자라 모범학생이 되기 바랍니다.[175] 나는 여러분에 비해 나이가 매우 많지요. 푸젠 말로 할머니를 뭐라고 하지요?" 교사가 푸젠 말로 "라오아포(老阿婆)!" 라고 대답했다.

덩잉차오는 웃으며 계속했다. "나는 라오아포이며 내 나이 벌써 80이 되었답니다. 8자 뒤에 0자를 붙이면 얼마가 되나요?"

"80입니다." 일부 상급반 아이들이 큰 소리로 대답했다.

이에 덩잉차오는 말했다. "여러분은 가장 어린 경우 3살이고 제일 큰 아이도 6살이 되지 않습니다. 만약 내가 80살이라는 숫자에서 0자를 떼어내면 8살이 될 텐데 그러면 여러분의 언니가 될 수 있겠네요" 아이들은 덩잉차오의 이같이 재미있는 이야기를 들으며 일제히 웃기 시작하였다.

덩잉차오는 또 말했다. "여러분이 내게 아름다운 꽃을 준 것에 대해

---

175 역주: 본문에는 '삼호학생(三好學生)'인데 신체, 학습, 활동 세 분야가 모두 좋은 학생을 가리킨다.

고맙게 생각합니다. 나에게 준 이 아름다운 꽃과 아름다운 정은 영원히 내 마음속에 살아 있을 거예요. 지금 나는 이 꽃을 여러분을 위해 수고하신 원장, 교사, 아주머니에게 주려고 하는데 괜찮지요?"

"좋아요, 좋아요!" 아이들은 큰 소리로 대답하며 일제히 환호하였다. 덩잉차오는 꽃을 교사에게 주면서 자기와 함께 사진을 찍자고 손짓하여 불렀다. 20여 명의 교사들은 기뻐하며 덩잉차오를 빼곡히 둘러싸고 함께 사진을 찍었다.

수업 시작을 알리는 종소리가 울리자 아이들은 각자 교실로 작은 새들 같이 달려 들어갔다. 덩잉차오도 두 개 반의 수업을 참관하였다.

그녀가 유치원을 떠날 때 시간이 5시가 다 되었기 때문에 많은 가장들이 유치원 입구에서 아이들을 기다리고 있었다. 그들은 덩 다제를 발견하고 그녀에게 뜨거운 박수를 보냈다. 덩잉차오 역시 웃으며 그들과 악수를 나누고 손을 흔들며 "동지 여러분 안녕하세요, 동지 여러분 안녕하세요!" 하고 계속 소리쳤다. 이 모습은 많은 사람들에게 큰 감동을 자아냈다. 어떤 순간에도 덩잉차오는 대중을 상대할 때 늘 열정이 넘치며 자연스러워 그들과 하나가 되었다.

11월 30일 오전, 그녀는 지메이 진에서 돌아와 다시 샤먼시의 퇴직간부들과 친밀한 회견을 가졌다. 많은 노 동지들이 덩잉차오를 보자 뜨거운 눈물을 흘렸다. 그들을 감동시킨 것은 수없이 많은 지방의 노 간부들이 일단 퇴직하면 "찬밥 신세가 되기" 마련인데, 덩 다제는 샤먼에 와 특별히 그들을 잊지 않고 만나려 했다는 점이었다. 보자마자 덩잉차오는 친근하고 또 재밌게 그들에게 말했다. "자리를 함께 한 분들 가운데 어떤 이는 나보다 나이가 많으니 내가 여러분의 막내 동생이 될 것이고 또 어떤 이는 나보다 어리니 내가 여러분의 언니가 될 것입니다. 오늘 여러분을 이렇게 찾아뵙게 되었습니다." 그녀는 당 중앙의 개혁을 옹호하여 지도간부 종신제를 폐지하고 퇴직제도를 실시해야 한다고 하면서, 현직에서 물러나도 자신들의 혁명 의지는 절대 쇠퇴하지 않을 것이고 능력

이 닿는 데까지 작은 여력까지 발휘해야 한다고 하였다.[176]

덩잉차오는 샤먼을 떠나기 바로 전인 12월 1일 시정치협상회의 조직 기관에 도착하여 샤먼시정치협상회의와 시여성연합 간부와 회견하였다. 그녀는 시정치협상회의 위원이며 샤먼시화교연합회 주석 옌위웨(顔雨岳)를 만났다. 그의 나이는 이미 83세였고 진먼 사람으로 푸젠성 진먼친목회 회장을 맡고 있었다. 덩잉차오는 특별히 그에게 안부 인사를 하였다. 여성연합회 간부 가운데에는 80여 세의 펑비위(馮碧玉)가 있었는데 그녀는 지하당 시절 가입한 고참 동지였다. 덩잉차오는 그녀와 악수를 나누며 그녀의 건강을 축원하였다.[177]

덩잉차오는 한 손으로 샤먼시정치협상회의 주석 스런허(施仁鶴)을 잡아당기고 또 다른 손으로는 샤먼시여성연합 주임 예야웨이(葉亞偉)를 잡아당기며 말했다. "이리들 와요. 우리 같이 사진을 찍읍시다. 이후 여성연합은 정치협상회의와의 관계를 강화하여 서로 화합하고 화교와 타이완동포에 대한 사업을 협력하여 잘 해 나가야 합니다. 샤먼에는 27만 명의 화교가 있으며, 또 샤먼은 경제특구일 뿐만 아니라 통일조국의 중요한 문호입니다. 샤먼은 타이완과 바다를 사이에 두고 서로 마주하고 있습니다. 샤먼시여성연합은 조국 통일의 대업을 위해서 중요한 역할을 감당해야 합니다. 여성통일전선사업을 훌륭하게 수행할 수 있도록 주의하고 국내외 여성, 해외교포, 타이완과 각 민주당파 여성들과의 단결 사업을 잘 추진해야 합니다. 이는 특구 건설과 외자 유치를 위한 중계역할을 수행하게 될 것입니다."

예야웨이는 "다졔께서는 안심하시기 바랍니다. 우리는 반드시 당신의 지시에 따라 일을 처리하겠습니다"라고 말했다.

말이 끝나자 덩잉차오 곧바로 "지시라고 할 것까지 없습니다. 나는 여

---

[176] 1984년 11월 30일 샤먼 덩잉차오가 퇴직간부와 만났을 때 했던 발언 녹음 참고.
[177] 필자는 예야웨이(葉亞偉)를 방문했는데 그녀는 덩잉차오가 샤먼시정치협상회의와 시여성연합간부와 만났던 상황에 대해 소개하였다.

러분과 의견을 교환한 것일 뿐입니다."

수십 년 동안 대중과 함께 호흡하고 공동운명의 길을 걸어 왔던 덩잉차오는 교조주의적 태도를 통렬하게 배격했었다. 그 때문에 그녀는 의견을 제시할 때 줄곧 '지시'라는 두 글자를 사용하지 않았었다. 그녀는 항상 자신을 대중 속에 두고 다른 사람들과 의논하고 의견을 교환하는 태도를 취하면서 높은 자리에 앉아 시행을 명령하는 관료적인 말투나 태도를 반대했었다. 그녀는 또한 시종 개인에 대한 사상개조 활동을 게을리 하지 않았다.

그녀는 최근 며칠 동안 하루도 빠짐없이 자신의 참관 방문을 수행해 온 샤먼 시 부시장 커쉐치에게 말했다. "나의 참관 방문을 수행하느라 정말 고생이 많았습니다. 부시장하고만 단 둘이 이야기를 하고 싶은데 내게 시간을 좀 내줄 수 있습니까?"

커쉐치는 이 이야기를 듣고 마음속으로 충격을 받았다. 원래 49세의 커쉐치는 싱가포르에서 출생하였고 1959년 중국으로 돌아와 대학에 입학하고 푸젠 임학원(林學院)을 졸업하였으며 1961년 입당하였다. 그녀는 본래 고무를 전공했지만 '해외 거주자와의 관계'[178]라는 멍에를 짊어졌기 때문에 기밀 기술과 관련된 고무 사업에 종사할 수 없었다. 문화대혁명 기간 중 그녀는 많은 고통을 겪었다. 1974년 그녀는 샤먼시화교업무 사무실에서 근무하도록 배치되었다. 1983년 그녀는 외사, 화교업무, 여행업무를 담당하는 샤먼 시 부시장으로 선출되었다. 다년간의 '좌'적 편향 때문에 그녀는 마음속에 여전히 공포가 남아 있어 매사에서 남의 눈에 띄는 것을 두려워했다. 그녀는 부시장이 되려 하지 않았고 대회에서 한 마디 말을 할 때면 부끄러워 얼굴이 붉어지고 가슴이 뛰곤 했다. 그녀가 가정을 제대로 돌볼 수 없게 되자 아이들은 농담으로 그녀에게 "빨리 부시장에서 물러나기"를 기원했다.

---

178 역주 : 원문은 '해외관계(海外關係)'이다. 특히 친족 관계에 대해 쓰는데 문화대혁명 기간 중에 이러한 관계를 가진 사람을 간첩 따위의 혐의로 박해한 예가 많았다.

그녀는 마음속 깊이 저우 총리와 덩 다졔를 숭배하고 존경해 왔다. 덩 다졔가 샤먼을 방문한다는 소식을 접하고 그녀는 다졔를 매우 만나고 싶어 했으나 감히 속내를 드러낼 수 없었다. 시위원회 서기가 그녀에게 덩 다졔의 참관을 수행하라고 통지했을 때 그녀는 거의 뛸 듯이 기뻐했다.

이 며칠 동안 그녀는 덩 다졔를 수행하여 새롭게 수리한 부두, 구랑위, 지메이 진 그리고 화교유치원 등을 참관했고 그 과정에서 덩잉차오는 항상 함께 사진을 찍자고 그녀를 끌어당겼다. 그녀는 한 두 번 함께 사진을 찍고는 바로 피했다. 덩잉차오는 이상하게 여기며 "여 부시장은 어디 있나요? 사진을 찍을 때면 그녀는 계속 어디로 숨어 나만 혼자 있게 만드네" 하고 말했다. 덩 다졔가 이렇게까지 이야기했지만 커쉐치는 여전히 피하며 자신이 "카메라 렌즈의 중심에 있지" 않으려 했다.

정치적으로 매우 감각이 뛰어난 덩잉차오는 여 부시장의 마음을 알아챘다. 이 때문에 샤먼을 떠나기 전 그녀는 특별히 커쉐치와 대화를 나누기로 마음을 먹었던 것이었다.

덩잉차오는 커쉐치의 경력과 가정에 대해 물으며 그녀가 애국화교이며 일찍 입당했고 패기가 넘친다고 칭찬하였다. 덩잉차오는 본론으로 들어가 말했다. "당신은 샤먼 시의 유일한 여성 부시장입니다. 중국에서 매우 많은 여성들이 노동에 참가하고 각종 활동에 참가하지만 이런저런 이유로 지도자의 직책을 담당하는 동지는 아직도 비교적 적습니다. 나는 여성동지가 지도적 역할을 수행하는 동안(기타 전문적인 역할을 수행할 때와 마찬가지로) 엄청난 스트레스를 받을 뿐만 아니라 남성동지에 비해 몇 배의 노력을 기울여야 하고 때로는 가정생활을 일부 희생해야 한다는 사실을 알고 있습니다. 사업과 가정의 모순을 어떻게 잘 처리해야 하는가는 사명감이 강한 많은 여성동지들의 문제입니다. 그러나 이것은 결코 적대적인 모순이 아닙니다. 핵심은 가족 특히 남편의 양해와 지지를 얻는 것입니다. 나는 당신이 화교이고 과거 '좌' 편향의 영향 아래에서 많은 억울함을 겪었으며 아직 마음속에 두려움이 남아 있어 대담하게 활동하지 못하고 있다는 사실을 알고 있습니다. 나는 당신이 당의 방침과 정책을 진지하게 학습하기만 한다면, 우리들의 개혁 개방 방침이 절대 바뀌지 않을 것이고 경제건설을 중심으로 하는 방침이 절대 바뀔 수 없으며 우리는 결코 오던 길을 되돌아가 '계급투쟁을 최고의 가치'로 삼는 방식을 되풀이 하지 않을 것임을 이해할 수 있을 것입니다. 당신은 아직 젊고 몸도 건강하며 문화 수준 역시 높습니다. 또한 부시장으로서 책임 역시 매우 무겁고 또 영광스러운 것입니다. 사상적인 멍에를 벗어 던지고 우려를 떨쳐 버리며 대담하게 활동하여, 여성과 화교를 위해 영광을 쟁취하고 당신에 대한 샤먼 인민의 기대를 저버리지 말며 여성과 아동 사업에 대해 더 많은 관심을 기울이기를 희망합니다."

이 같은 덩 다제의 말은 구구절절 커쉐치의 마음에 와 닿았다. 커쉐치는 고개를 떨구고 말을 하지 못했다. 덩잉차오는 남편이 어디에서 근무하냐고 묻고는 그를 한 번 보고 싶다고 했다.

덩잉차오가 떠나는 날, 샤먼시위원회, 시정부, 시인민대표대회, 시정치협상회의의 간부가 모두 나와 환송하였다. 덩잉차오는 특별히 "여 부시장의 부군은 어디 있나요?" 하고 물었다. 커쉐치의 남편 셰화(謝華)는 급히 덩 다제 앞으로 나섰다. 덩잉차오는 웃으며 그에게 "당신은 왜 나를 만나러 오지 않았나요?" 하고 물었다. 셰화는 미안해하면서 웃었다. 덩잉차오는 친절하게 커쉐치와 셰화에게 함께 사진을 찍자며 끌어 당겼고 셰화에게는 "커쉐치의 활동을 지지해야 합니다"라고 정중하게 부탁하였다. 또 웃으며 그에게 말했다. "「15일의 달빛」이란 노래를 부를 수 있나요? 이후 여 부시장이 더욱 훌륭하게 활동하게 된다면 그 공로의 반은 당신에게 돌아갈 것입니다." 이 말을 들은 셰화와 커쉐치 모두 웃었고 그들은 여성간부의 성장에 대해 다제가 매우 큰 관심을 기울이고 있음을 깨달았다.

덩잉차오가 떠난 후 사람들은 커쉐치가 매우 빠르게 변화하는 것을 보았다. 그녀는 원기가 넘쳐 났으며 매우 적극적이고 활동적으로 일을 하였다. 그녀는 본연의 업무는 완벽하게 처리했을 뿐만 아니라 샤먼 시의 여성기업가와 여성지식인을 모아 친목회를 만들어 정기적으로 강좌를 개최하여 경험을 교류함으로써 특구에서의 여성의 지위와 역할을 향상시켰다. 그녀는 덩 다제 등 많은 혁명선배가 개척한 길을 따라 전진하기로 결심했던 것이었다.

157. 선전(深圳)과 주하이(珠海) 경제특구를 참관하고 개혁 개방을 지지하다

선전은 원래 홍콩에 이웃한 가난하고 작은 광동 성 바오안(寶安) 현이었다. 당의 11기 3중전회 이후 1979년 이곳에 경제특구가 만들어지면서부터 놀랄 만한 성장을 이룩하였다.

1984년 12월 6일 덩잉차오는 선전에 도착하였다. 그녀는 경제특구 건설에 대한 당내의 일부 이견에도 불구하고 당 중앙의 이 결정이 정확했음을 실천으로 증명하게 될 것이라고 믿었다. 1984년 1월 덩샤오핑은 선전을 시찰하면서 선전을 위한 다음과 같은 기념 글을 남겼다. "선전의 발전과 경험은 경제특구 건립이라는 우리의 정책이 정확했음을 증명하였다." 덩샤오핑은 베이징으로 돌아온 이후 덩 다제를 만나 기회가 있으면 선전을 한 번 살펴보라고 권했고 특히 그녀에게 선전의 위민(漁民) 촌을 살펴보라고 하였다.

덩잉차오는 선전에 도착하여 몇 년 전 황량했던 어촌이 이제 고층건물이 빽빽이 들어서고 녹음이 우거졌으며 넓은 가로가 정비되고 기계소리가 우렁찬 곳으로 변했음을 목격했다. 그녀는 우선 덩샤오핑 동지가 말한 위민 촌을 살펴보기로 하였다.

12월 7일 덩잉차오는 자동차를 타고 선전 대로에 우뚝 솟은 빌딩숲과 번화한 상가를 지나 서남쪽 방향으로 돌아 위민 촌으로 진입하였다. 그녀는 길가에 꽃과 나무가 무성하고 선전천이 마을을 끼고 완만하게 굽이쳐 흘러가는 것을 보았다. 강 건너편이 바로 홍콩이었다. 양어장 곳곳에는 푸른 나무의 그림자가 드리워져 있었고 꽃과 나무 사이로 별장식의 작은 가옥들이 줄지어 조화를 이루고 있었다. 그녀는 자신이 요양소에 온 것이 아닌지 눈을 의심하며 눈앞의 모습이 설마 어촌일 것이라고는 생각하지 못했다.

위민촌의 당 지부 서기, 전국인민대표대회 대표, 농공노동모범인 우바이썬(吳柏森)은 일찍부터 대문 앞에 나와 서서 덩잉차오를 영접하였다.[179]

덩잉차오는 도착하자마자 광동 어로 우바이썬에게 "샤오핑 동지가 나에게 위민 촌을 한 번 살펴보라고 했는데 오늘 정말 오게 됐군요"라고 말했다. 우바이썬은 덩 다졔가 광동 어를 할 줄은 예상하지 못했다. 그는 덩 다졔를 열렬하게 환영하며 그녀를 집안으로 부축해 들어갔다. 덩잉차오는 1925년 광동에서 활동할 때 광동 어를 배웠으며 거의 60년이 지났지만 여전히 그것을 기억하고 있었다.

덩잉차오가 보니 그곳은 그녀가 여름에 봤던 산동 타이안(泰安) 농민 가정보다 더 부유했다. 그곳은 별장식의 2층집이었다. 집에는 작은 화원이 하나 있었고 1층엔 타일로 바닥을 깔았으며 응접실에는 고급 소파, 오디오 세트, 가구 세트가 갖춰졌고 또한 피아노가 놓여 있었다. 우바이썬은 덩 다졔에게 그것이 손자가 연습하는 피아노라고 일러 주었다. 덩잉차오는 웃으며 "오늘의 중국농민 가정에도 피아노가 갖춰져 있을 것이라고는 상상도 못했습니다"라고 말했다.

62살의 우바이썬과 덩잉차오는 커다란 벨벳 소파에 함께 앉았다. 그

---

179 필자는 1987년 선전 어촌을 방문하였다. 우바이썬은 1984년 12월 7일 덩잉차오가 어촌을 참관했던 상황에 대해 소개하였다. 또한 필자는 당시의 녹음을 청취하였다.

는 "덩 다졔에게 보고합니다"라고 입을 열었다. 덩잉차오는 즉시 광동 어로 말을 끊고 "우 동지, 보고라는 말은 하지 마세요 우리 그저 편하게 이야기하도록 해요"라고 말했다. 그녀는 동지들에게 항상 이렇게 친절하 게 대했고 절대 관료적인 말투나 태도를 보이지 않았다.

우바이썬의 광동 어는 당연히 유창했다. 그는 다음과 같이 말했다. "위민 촌에는 39호, 151명이 거주하고 있는데 그 가운데 노동력이 있는 사람은 80명입니다. 총 34,000평의 양어장을 운영하고 홍콩 부근에 21000평의 양어장이 또 있습니다. 11기 3중전회 이전에는 한 명의 노동 수입이 월 30위안 정도였으며, 1960년대와 문화대혁명 기간 중에 홍콩으 로 달아난 사람이 20명이었습니다. 현재 한 명당 월수입은 500위안입니 다. 1976년 1인당 평균 연 수입이 530위안이었으나 1983년에는 3,056위 안이며 호당 평균 수입은 13,000위안입니다. 촌에서는 어업 이외에 플라 스틱공장, 보석가공공장, 가구공장, 쇠못공장을 운영하고 그밖에 차량과 선박을 이용한 운수사업체와 식당이 있으며 현재 7층 공업용 건물이 건 설 중에 있습니다. 39호의 주민은 35동의 별장식 건물에 살고 있는데 평 균 한 가구당 4명이 거주하며 1인당 평균 거주면적이 40제곱미터입니다."

덩잉차오는 이를 듣고는 "우와! 당신들의 주거 조건이 베이징 부장인 1급 간부를 따라잡겠군요!"라고 말했다.

우바이썬, 이 늙은 어민의 주름 가득한 얼굴엔 웃음꽃이 가득했다. 그 는 전국 각지, 멀리 신장, 시짱, 랴오닝, 산시, 윈난, 쓰촨 등 많은 성과 시의 사람들이 이곳을 찾아 참관했고 미국, 일본, 영국, 멕시코, 인도, 이 집트, 가봉, 폴란드 등의 친구와 유엔 관리들이 이곳을 참관했다고 했다. 작년 멕시코 기자와 경제학자는 위민 촌이 밀수로 부유하게 된 것이 아 닌지 의심하기도 했다. 우바이썬은 말했다. "제가 대대 장부를 그들에게 가져다주었는데 그들은 3시간 동안이나 꼼꼼하게 조사했습니다. 그러나 모든 항목의 수입 지출이 분명했기 때문에 그들은 이곳의 농민이 정당한 생산 활동을 통해 재산을 모았다는 사실을 인정할 수밖에 없었습니다."

여기까지 이야기를 듣더니 덩잉차오는 우바이썬의 손을 툭 치며 광동 말로 친절하게 말했다. "우 동지, 참 잘했습니다. 현재 세계의 많은 나라들이 우리 중국의 상황과 정책을 이해하지 못하고 있는데 당신은 사실로써, 특히 당신들의 장부를 가져다 그들을 설득시켰으니 아주 잘한 일입니다."

우바이썬은 또한 덩 다졔에게 다음과 같이 보고하였다. "금년 1월 25일 덩샤오핑 동지 일가족이 모두 왔습니다. 11기 3중전회 전에는 농민이 달걀 하나도 제대로 살 수 없을 만큼 손발이 묶인 채 가난에 시달릴 수밖에 없었지만, 당의 부민(富民)정책 덕분에 농민은 가난에서 벗어날 수 있었습니다. 전에 홍콩으로 도주했던 20명이 귀국하겠으니 허락해 달라고 요청해 왔습니다. 그러나 곧장 허락해주지 않았습니다. 그들이 진정한 사상적 각성을 이루고 난 뒤에야 비로소 귀국을 허락하였습니다. 샤오핑 동지의 딸이 당시 샤오핑 동지에게 전국이 위민 촌의 수준에 도달하려면 시간이 얼마나 더 걸리겠냐고 묻자 샤오핑 동지는 잠시 생각하더니 중국에 인구가 많고 농민도 많으며 발전 또한 불균형적으로 이루어지기 때문에 100년은 걸릴 것 같다고 대답하였습니다. 하지만 참관을 수행하던 선전시장은 정책을 제대로 수행하면 아마 50년 정도면 가능할 것 같다고 대답했습니다."

덩잉차오는 이상의 말을 들으며 계속해 고개를 끄덕였다. 그녀는 노인과 아동의 형편에 대해 관심 있게 물었다. 우바이썬은 그곳 어민은 60세에 현업에서 물러나는데 집에 자녀가 있을 경우 대대가 일인당 매월 60위안의 퇴직금을 지급하며 의료비는 무료이고 연말에는 보너스도 있다고 하였다. 또한 그는 대대가 유치원에서 대학까지의 학비 전액을 아이들에게 지급한다고 하면서 실내의 피아노를 가리키며 많은 사람들이 피아노나 전자오르간을 구입하여 자녀들에게 어려서부터 좋은 교육을 받게 한다고 하였다.

덩잉차오는 이야기를 듣고 기분 좋게 웃으며 우바이썬에게 말했다.

"우 동지, 훌륭합니다. 지금은 연 수입을 통틀어 1만 위안을 벌어들이는 가정이 있지만 향후에는 연 수입이 1만 위안이 되는 개인이 나와 노동자 모두 1인당 수입이 1만 위안이 되는 시대가 올 것입니다."

우바이썬은 진지하게 말했다. "지금의 상황이 지속될 경우 5년 후 노동자 1인당 수입이 1만 위안에 도달하게 될 것임을 다졔께 약속할 수 있습니다. 올해 위민 촌은 홍콩 상인과 합자하여 15층 규모의 고급호텔을 신축하려고 하는데 위민 촌이 6천만 위안을 투자하여 연내에 완공하여 영업을 개시하려고 준비 중입니다. 우리가 현재 건설 중인 7층짜리 공업빌딩은 곧 준공될 예정이며 또 몇 개의 공장이 건립될 것입니다. 따라서 다졔께서는 안심하시기 바랍니다. 우리는 1989년까지 다졔의 요구를 반드시 실현시킬 것입니다."

덩잉차오는 중국 농민 모드가 위민 촌과 같은 수준으로 발전할 수 있다면 좋겠다고 감탄하였다.

당일 오후 그녀는 선전시위원회·시정부 빌딩에 도착하였다. 그녀는 정원 가운데 우뚝 솟은 '황무지를 개간하는 소'라는 청동상을 보았다. 고개를 숙이고 열심히 노력하며 빠르게 전진하는 이 소의 생동감 넘치는 모습에 그녀는 매우 큰 관심을 가졌다. 그녀는 '황무지를 개간하는 소' 청동상 앞에서 시위원회, 시정부의 지도간부들과 함께 기념사진을 찍었다. 시장은 이 소가 선전의 정신적 상징이라고 그녀에게 소개하며 선전인은 황무지를 개간하는 소의 정신으로 황량한 개펄에 현대화된 도시를 건설했다고 하였다. 그는 덩 다졔에게 1979년 공업 생산액이 6천만 위안이었지만 1983년에는 7억 2천만 위안으로 5년 사이에 12배의 증가를 보였고, 5년 동안 선전의 건축 면적이 341만 제곱미터이며, 그 가운데 주택 면적이 154만 제곱미터라고 소개하였다.[180]

덩잉차오는 이 같은 소개를 듣고 선전경제특구의 성과를 긍정적으로

---

[180] 1991년 선전공업 총생산액은 271억 5천만 위안으로 1979년에 비해 452배 증가하였다.

평가하였다. 그리고 그들에게 겸허하며 예의 바른 태도로 더 많은 사람들과 단결하고 더 많은 외국자본과 기술을 끌어 들여 특구를 더욱 훌륭하게 발전시켜 주기를 희망하였다.

덩잉차오는 선전공업전람관을 참관하였다. 그녀는 그곳에서 전자, 기계, 방직, 경공업, 화공, 건축재료 등 없는 게 없을 정도로 모든 것이 잘 갖춰져 있는 훌륭한 생산품들을 보았다.

덩잉차오는 전람관 책임자 리수칭(李淑卿)이 이미 고인이 된 예팅(葉挺) 장군의 넷째 아들 예화밍(葉華明)의 부인이라는 사실을 알고서 바로 물었다. "당신은 언제 이곳에 왔지요? 화밍은 현재 어떤 일을 하고 있나요?" 리수칭은 대답하였다. "화밍은 1983년 6월 어느 날 신문에서 선전시가 간부를 초빙한다는 광고를 보고 응모하여 11월에 초빙되어 왔습니다. 그는 현재 선전 과학센터의 주임인데 출장 중입니다."

덩잉차오는 동호(東湖) 유람구와 동호 저수지를 관람하였다. 이 저수지의 저수량은 3천여 만 입방미터이고 그 가운데 20%의 물은 홍콩으로 공급되고 있었다.

덩잉차오는 화리(華利) 전자유한회사를 참관하였다. 그곳은 컬러텔레비전을 생산하는 합자회사였다. 사장 황궈제(黃國杰)는 덩 다졔에게 회사는 필리핀 화교와 합자하여 1983년 건립되었으며 1984년 6월 조업을 개시하여 채 반년도 되기 전에 2만 대의 컬러텔레비전을 생산하였으며 1년 총생산이 5만대에 이르렀다고 하였다. 또한 공장에는 노동자 480여 명이 있는데 그 가운데 65%는 젊은 여성노동자로서 광저우, 메이(梅) 현, 휘양(惠陽) 등지에서 모집되었으며, 대부분의 상품은 국내에서 소비되나 일부는 외국으로 수출된다고 하였다.[181]

여 부사장 리시(李希)는 덩 다졔를 부축하여 생산라인을 참관시켰다. 덩잉차오는 생산라인에 있는 대부분이 18,9세의 소녀들임을 알았다. 그

---

181 필자는 황궈제, 리시(李希), 슝샤오메이(熊小梅)를 방문했는데 그들은 1984년 12월 덩잉차오가 화리전자유한회사를 방문했던 상황을 소개하였다.

녀는 삽선반(揷線班) 앞으로 가 반장 슝샤오메이(熊小梅)에게 "언제 입사했나요? 어디에서 왔지요" 하고 물었다. 19세의 슝샤오메이는 "올 4월 16일에 메이 현에서 왔습니다"라고 대답하였다. 덩잉차오는 관심 있게 "이곳의 작업에 익숙해졌나요?" 하고 다시 물었다. 샤오메이는 "호적[182]도 옮겨졌고 이제 일도 익숙해졌습니다"라고 활짝 웃으며 대답하였다. 수행하던 기자는 그 순간을 놓치지 않고 이 감동적인 장면을 카메라 렌즈에 담았으며, 사진은 "마치 자상한 엄마와 같다"라는 제목으로 발표되어 전국사진촬영대회에서 2등상을 수상했다.

12월 15일 덩잉차오는 주하이(珠海)에 도착하였다. 그곳 역시 경제특구로서 마카오와 인접한 곳이었다. 덩잉차오는 시 전체의 건물이 산과 바다를 끼고 있어 분위기가 신선하다 생각하며 해안 도로를 따라 녹음이 우거지고 곳곳에 조각상들이 설치되어 있는 것을 보았다. 그 가운데 진주를 들고 있는 한 어촌 소녀상이 그녀의 눈길을 끌었다. 참관을 수행하던 시위원회 서기 방바오(方苞)는 그녀에게 주하이에서는 과거에 진주가 많이 생산됐고 진주를 채취하는 소녀는 주하이시의 상징이라고 소개하였다. 그는 주하이가 원래 작은 어항이어서 선전에 비해 늦게 개방됐기 때문에 이제 막 발전하기 시작했다고 하였다.

덩잉차오는 주하이 시위원회, 시정부, 시인민대표대회, 시정치협상회의, 시기율검사위원회의 간부들을 접견했다. 그 자리에서 그녀는 이렇게 말했다. "오늘 주하이에 와 보니 시가 깨끗하고 건축물이 산과 바다의 지형을 잘 이용하여 특별한 분위기를 연출하고 있습니다. 시위원회 서기 방바오는 내게 산업 발전 상황에 대해 들려주었습니다. 이러한 발전 속도를 고려해 볼 때 여러분은 당 중앙이 제기한 증가 목표의 두 배를 조기에 달성할 수 있을 것입니다. 12기 2중전회의 결의에 따르면 도시 경

---

182 역주: 원문은 후커우(戸口). 중국정부는 1950년대 말 호구제도를 만들어 전국민을 농민과 도시민으로 구분하여 거주 이전의 자유를 금지하여 원칙적으로 농민의 도시 이주를 막았다.

제는 더욱 개혁 개방되어야 하는데 연안 경제특구의 건설은 아주 좋은 모범이 됨과 동시에 창구의 역할을 수행해야 합니다. 당신들이 중앙의 방침에 따라 실사구시적으로 발전해 나가기를 희망합니다. 주하이는 앞으로 남해의 명주(明珠)가 되어 사방을 환히 비추게 될 것입니다!"[183]

덩 다졔의 열정적인 말에 주하이시의 간부들은 매우 크게 고무되었다.

일관되게 여성사업에 관심을 기울여 왔던 덩 다졔는 주하이시 간부 30여 명이 하나같이 남성동지임을 확인하고는 참을 수 없어 한 마디 하였다. "주하이시의 중요한 5개 단체[184] 가운데 여성동지는 한 명도 없군요! 내가 다음에 올 때 이러한 상황이 바뀌었으면 좋겠습니다." 시위원회 서기 방바오는 그녀에게 "다졔께서 다음에 오실 때 여성동지가 반드시 간부그룹에 포함되도록 하겠습니다"라고 약속하였다.

1985년 12월 덩잉차오는 다시 주하이를 찾았다. 그녀는 주하이시 지도 간부 가운데 여전히 여성동지가 없음을 알았다. 시위원회 서기 방바오는 급히 덩 다졔에게 설명하였다. "이미 여성동지 한 명을 선발했으나 지금 중앙당교(中央黨校)에서 연수 중에 있어 아직까지 현직에 배치되지 못한 것이니 다졔께서 안심하기 바랍니다. 내년에 다시 주하이에 방문하신다면 반드시 그녀를 볼 수 있을 것입니다." 덩잉차오는 탄식하며 말했다. "여기뿐만 아니라 전국의 상황도 비슷한데 여성동지를 발탁하는 것이 정말 어렵군요! 나 역시 여러분들에게 여성간부를 특별히 봐 달라는 것이 아닙니다. 재능도 없으면서 끼어들어 머리 숫자만 채울 수는 없는 일이니까요."

며칠이 지나 주하이에서 회의를 개최한 국무원 부총리 천무화(陳慕華) 와 중국인민은행 부은행장 취징(邱晴)이 덩 다졔가 주하이에 있다는 소식

---

[183] 필자는 주하이 시 시장 량광다(梁廣大)를 방문했는데 그는 덩잉차오가 주하이 시를 방문했던 상황에 대해 소개하였다. 필자는 또한 덩잉차오가 주하이에서 했던 발언 녹음을 참고하였다.

[184] 역주: 바로 위에 있는 주하이 시위원회, 시정부, 시인민대표대회, 시정치협상회의, 시기율검사위원회 등 5개 분야 간부를 가리킨다.

을 듣고 서둘러 그녀를 찾아 왔다. 천무화는 덩 다졔에게 최근 여성동지들이 각 분야에서 중요한 역할을 수행하고 있다고 보고하였다. 특히 은행계통의 업무에서 여성동지가 반에 가까운 수를 점하며 많은 여성동지가 지도 역할을 담당하고 있는데, 예컨대 취징 같은 동지는 현재 중국인민은행 부은행장을 맡고 있다고 하였다. 덩잉차오는 이 이야기를 듣고 기뻐하며 "여성동지는 문제없습니다. 각 분야에서 남성동지에 비해 능력이 떨어지지 않습니다"라고 말했다. 이어 그녀는 강한 어투로 말했다. "여성동지는 근면하고 힘써 노력해야 하며 다른 사람들로부터 여성동지가 쓸데없는 소리나 이러쿵저러쿵하면서 대부분 일은 제대로 하지 못한다는 이야기를 들어서는 안 됩니다." 그녀는 취징을 격려하며 "당신들 은행계통에는 많은 여성동지들이 있습니다. 당신들은 더 훌륭하게 일을 하여 국가건설에 대해 더욱 중요한 역할을 해 주기 바랍니다"라고 하였다. 이에 취징은 "저는 돌아가 다졔께서 저희들에게 요구하신 바를 여성동지들에게 반드시 전달할 것이며 저희들은 반드시 다졔의 말씀대로 행하겠습니다"라고 대답하였다. 덩잉차오는 웃으며 "너무 좋군요 나는 너무 기쁩니다. 당신은 나를 대신하여 함께 일하는 모든 여성동지들에게 안부를 전해 주기 바랍니다"라고 하였다.[185]

그녀는 또한 자리에 함께 한 남성동지를 향해 재미있게 말했다. "당신들 남성동지는 여성동지의 일을 도와주어야 하고 그녀들을 도와 어려운 문제를 해결해야지 그녀들을 무시해서는 안 됩니다. 여성동지는 문제없습니다. 각 분야에서 남성동지에 비해 능력이 떨어지지 않습니다." 그녀는 다시 그들을 처음 만났을 때 했던 말을 반복하였다.

덩잉차오는 본래 같은 말을 거의 반복하지 않았다. 그런데 이날 그녀는 반복하여 "여성 동지는 문제없습니다. 각 방면에서 남성동지에 비해 떨어지지 않습니다"라는 말을 반복하였는데 이는 진솔한 감정에서

---

[185] 1984년 12월 덩잉차오가 주하이에서 천무화, 취징을 만났을 때 했던 발언 녹음 참고.

우러난 표현이었다. 그녀는 여성동지가 지도적인 위치로 올라가는 것이 매우 어렵다는 사실을 알고 있었다. 어떤 분야에서는 이래서 안 되고 또 저래서 안 된다고 트집을 잡았다. 비록 그녀는 높은 지위에 있고 여성사업을 이미 주관하고 있지 않았지만 그녀는 계속해서 여성간부에 대해 깊은 관심을 기울였고 그녀들에게 간절한 기대를 걸고 있었다. 그녀는 역사유물주의자로서 문제를 실사구시적으로 고려하였다. 그녀는 남녀의 완전한 평등을 이루려면 많은 시간이 걸려야 하고 매우 긴 험로를 걸어가야 한다는 사실을 알고 있었다. 하지만 그녀는 살면서 그저 조금의 힘이라도 남아 있는 동안 여성사업에 관심을 기울였고 여성간부에 대해 관심을 가졌으며 여성들이 더욱 빠르고 크게 성장하기를 희망하였다.

158. 취상(翠亨) 촌에서 쑨원의 옛집을 참배하고 옛 전우와 열사의 자녀를 만나다

광동 성 중산(中山) 현 취상 촌은 위대한 중국민주혁명의 선구자·쑨원의 고향이다. 1984년 12월 4일 덩잉차오는 취상 촌에 도착하여 쑨원의 옛집을 참배하였다. 옛집은 1892년 탄샹산(檀香山)에서 귀국한 후 쑨원이 직접 설계하여 지은 것으로 그는 여기에서 4년 동안 살았었다.

덩잉차오는 차에서 내려 천천히 쑨원의 옛집 대문 앞으로 걸어갔다. 주위엔 수목이 가득했으며 길은 넓고 평탄했다. 대문 앞에 있는 '쑨중산 고거(孫中山故居)'라는 편액은 쑹칭링이 1962년 쓴 것이었고 쑨원이 쓴 "천하위공(天下爲公)"[186]이라는 4글자도 보였다. 덩잉차오는 존경의 마음

---

186   역주: 쑨원이 즐겨 사용한 성어. "온 세상은 개인의 것이 아닌 일반 국민의 것"이라

을 갖고 그의 옛집으로 들어갔다. 그녀가 보니 이 집은 붉은 색 동향의 3칸 이층집으로 1층은 거실 하나와 두 개의 방으로 이루어져 있었다. 거실에는 쑨원 선생이 직접 꾸민 탁자, 의자, 다기가 있었으며 탁자에는 1890년대에 매우 유행했지만 지금은 이미 골동품이 된 2개의 석유램프가 놓여 있었다. 거실 북쪽은 쑨원 선생의 침실로 나무 침대가 놓여 있었는데 그 위에 멍석이 깔려 있었다. 그가 임시 대총통이었을 때 입었던 인(人)자 모양의 거친 털외투가 실내에 진열되어 있었다. 2층 서재에서 기념관 근무자는 덩잉차오에게 20여 세의 청년 쑨원이 「이홍장(李鴻章)에게 올리는 글」을 쓴 후부터 열정에 가득 차 국가와 민족을 위해 투쟁하는 삶을 살기 시작하였다고 소개하였다. 덩잉차오는 이 이야기를 들으며 자주 고개를 끄덕이며 말했다. "이홍장이 어떻게 그의 말을 귀담아 들을 수 있었겠어요? 내가 알기로는 쑨원 선생은 이를 계기로 봉건관료들이 주장하는 유신변법의 개량주의에 의지하겠다는 환상을 포기하고 청조를 타도하고 민주공화정을 실행하겠다는 혁명적 노선으로 나아가게 되었습니다." 기념관의 근무자는 "아! 이 분야에 관한 덩 다제의 역사적 이해는 우리보다 월등히 뛰어나십니다"라고 말했다. 덩잉차오는 웃으며 말했다. "그것은 당연합니다. 당시에 나는 아직 출생 전이었지만 태어났을 때에는 여전히 부패한 청조의 시대였습니다. 초등학교, 중등학교 때에 나는 쑨원 선생의 혁명사적에 대해 알게 되었지요."[187]

덩잉차오가 정원에 들어서 보니 거기에는 매우 무성하게 자란 오미자 나무가 한 그루 있었다. 기념관 관리자는 그녀에게 이 나무는 쑨원 선생이 1883년 탄샹산에서 귀국했을 때 가져와 직접 심은 것으로 그 꽃으로 차를 만들어 먹을 수 있다고 소개하였다. 덩잉차오가 그 나무를 자세히 살펴보니 100여 년은 됨직한데 여전히 매우 무성하게 자라고 있었다.

는 뜻이다.

187 필자는 1987년 취샹 촌을 방문했다. 쑨원의 옛집 관리자는 1984년 12월 덩잉차오가 쑨원의 옛집을 참관했던 상황에 대해 소개하였다.

그녀가 휴게실에 도착하니 기념관 직원은 그녀에게 오미자 꽃으로 만든 차를 가져다주었다. 그녀가 두어 모금 마시니 맑고 향기로운 냄새가 코를 자극하며 독특한 맛을 자아냈다. 기념관의 관장은 또 그녀에게 쑨원의 연설 녹음을 한 번 들어보라고 권했다. 덩잉차오는 매우 신경 써서 들으며 이따금 고개를 끄덕였다. 그리고 말했다. "나는 쑨원 선생을 뵙고 그의 연설을 들은 적이 있는데 바로 이 목소리였습니다."

기념관 관장은 덩잉차오에게 신중국 수립 이전에 그의 옛집은 이미 폐가가 되어 버려 집은 무너져 내리고 주위엔 잡초만 무성했는데, 신중국 수립 이후 인민정부가 옛집을 30여 차례에 걸쳐 차례 수리하고 각종 보호시설을 마련하였다고 보고하였다. 또한 그는 쑨원 선생과 관련된 자료 1,230여 건을 널리 구해 전시하고 있으며, 그 동안 100만 명이 넘는 국내외 인사들이 옛집을 관람했다고 하였다. 덩잉차오는 기념관 근무자의 노고에 치하하고 그들에게 가치 있는 이 일을 더 잘 할 수 있도록 힘써 달라고 격려하였다.

덩잉차오는 쑨원의 동상 앞에 꽃바구니를 바쳤다.

덩잉차오는 광저우에 도착하였다. 이튿날 그녀는 국민혁명시기 그녀와 함께 국민당 광동성당부 여성부에서 활동했던 옛 전우 장완화(張婉華)를 만났다. 1925년 11월 그녀들은 함께 산터우(汕頭), 메이 현으로 가서 여성운동을 전개한 바 있었다. 장완화의 남편 홍젠슝(洪劍雄)은 황푸군관학교의 첫 학생이며 공산당원으로서 일찍이 저우언라이가 지도하는 두 차례의 동정(東征)에 참가하였고 이후 북벌전쟁 과정에서 불행하여 병사하였다. 국민혁명 실패 이후 장완화는 줄곧 초등학교 교사로 근무하다가 이제 퇴직한 상태였다.[188]

덩잉차오는 그녀와 거의 60년 동안 만나지 못했었다.

덩잉차오는 차를 보내 장완화를 호텔로 데려오게 하였다. 그녀는 장

---

[188] 필자는 광저우에서 장완화를 방문하였다. 그녀는 1984년 12월 덩잉차오가 광저우에서 자신과 만났던 상황에 대해 소개하였다.

완화의 머리가 완전히 백발이고 등도 굽은 것을 보고 손을 잡아끌며 광동 어로 다정하게 말했다. "완화, 아직 나를 기억하나요?" 덩잉차오는 자세하게 장완화의 생활에 대해 물었다. 정부에서 이미 그녀에게 열사유족증을 발급하고 매월 수십 위안의 보조금을 지급하고 있다는 사실을 알고서 고개를 끄덕이며 "더 일찍이 이렇게 했어야 했어요"라고 말했다. 그녀는 장완화에게 "이제 사상에서 좀 자유로워져서 명랑하게 생활하도록 해요"라고 하였다. 그녀는 "대중들은 혁명을 위해 공헌한 사람을 잊어서는 안 됩니다"라고 말하였다. 덩 다제의 다정한 말을 듣고 장완화는 감격하여 눈물을 흘렸다.

덩잉차오는 오랜 동안 만나지 못한 '8번째 동생' 좡둥샤오(莊東曉)[189]를 사무치게 그리워하였다. 그리하여 사람을 보내 찾도록 노력한 끝에 드디어 이틀 만에 그를 찾아냈다. 덩잉차오는 급히 차를 보내 그녀를 호텔로 데려오게 하였다.

외투 차림의 덩잉차오는 호텔 정원에서 '여덟째 동생'을 기다렸다. 2,30년 동안이나 만날 수 없었던 그녀를 이제 덩잉차오가 다시 만나 보니 작고 깜찍했던 '8번째 동생'은 어디 가고 없고 얼굴엔 주름이 가득하고 머리는 백발로 뒤덮인 노인네가 되어 있었다. 덩잉차오는 좡둥샤오의 손을 꽉 쥐고 다정하게 "여덟째 동생, 어떻게 이렇게 늙어 버렸나요?" 하고 말했다. 좡둥샤오는 깊이 탄식하며 "나이가 먹었으니 자연히 늙을 수밖에요" 하고 말했다.

덩잉차오는 또한 좡둥샤오의 옷을 어루만지며 농담으로 말했다. "여덟째 동생, 내가 보니 입고 있는 옷이 지금 유행하고 있는 것 같은데요?" 좡둥샤오는 커피색 골덴 외투를 입고 있었는데 이미 십 수 년이나 된 것이었다. 그녀는 덩잉차오를 붙잡고 방안으로 들어가면서 말했다. "다섯째 언니, 아직도 저를 놀리시나요? 7,80세 노인이 무슨 유행을 쫓겠어요?"

---

[189] 필자는 광주에서 좡둥샤오를 방문하였다. 그녀는 1984년 12월 덩잉차오가 자신과 만났던 상황에 대해 이야기하였다.

덩잉차오는 외투를 벗고 쫑동샤오를 소파 위에 끌어 앉히고 그녀의 근황에 대해 소상히 물었다. 쫑동샤오는 덩잉차오에게 문화대혁명 기간 동안 엄청난 공격을 당했지만 자신은 모두 견뎌 냈으며 1984년 새롭게 입당했다고 말했다. 덩잉차오는 기뻐하며 말했다. "여덟째 동생, 내가 벌써부터 새로 입당하라고 권했지요. 일부 문제는 이제 차차 해결하면 됩니다. 여덟째 동생, 당의 품으로 돌아온 것을 축하해요. 당신은 시련을 이겨낸 것입니다." 쫑동샤오는 쓴웃음을 지으며 말했다. "다섯째 언니, 당신은 그래도 축하를 하시는군요. 저는 울고 싶은데." 덩잉차오는 계속 그녀를 위로하며 매사를 너그럽고 넉넉하게 생각하라고 일러주었다. 쫑동샤오는 말했다. "조직부의 동지도 역시 말하더군요. 두 가지 일을 나눠서 처리해야 하는데, 우선 새로 입당한 뒤 당적 회복 문제는 차차 다시 해결하자고요. 다섯째 언니, 저는 1950년대에 언니 말을 듣지 않은 것을 후회해요. 또 다시 긴 시간을 흘려보내고 말았거든요." 덩잉차오는 그녀에게 최근의 생활은 어떠했는지 물었다. 쫑동샤오는 1932년에 이미 성위원회 선전부장을 맡은 바 있어 지금은 정청장급(正廳長級) 대우를 받고 있으며 광동성 사회과학원 철학연구소에서 근무하고 있다고 했다.

덩잉차오는 요양 중이서 의사가 그녀에게 단지 20분 동안만 대화를 나누라고 시간을 제한하였다. 그러나 그녀는 자신도 모르게 쫑동샤오와 한 시간이 넘게 이야기를 나누게 되었다. 쫑동샤오가 몸을 일으켜 작별을 고했다. 그러자 덩잉차오가 외투를 입고 그녀를 전송하려 하였다. 이에 쫑동샤오가 극구 말렸다. 세월은 흘렀고 세상은 변했다. 과거에는 전우였지만 이제 그 지위에 있어 엄청난 차이가 있는 것이었다. 하지만 덩잉차오는 지난날과 다름없이 옛 전우를 대했고 이런 따뜻한 정에 쫑동샤오는 다시 한 번 진정으로 감격하였다. 1985년 그녀의 당적은 마침내 회복되어 1926년 입당한 고참당원으로서의 자격을 다시 얻게 되었다. 그녀는 서둘러 자신에게 관심을 기울여 준 '다섯째 언니'에게 편지로 이 사실을 알렸다.

1985년의 새해가 빠르게 다가왔다. 덩잉차오는 장차이전(張采眞) 열사의 딸 밍밍(明明)과 아들 샤오톄(小鐵) 가족을 모두 호텔로 초대해 신년을 함께 맞이하기로 하였다.[190]

덩잉차오가 상하이에서 당중앙직속기관 총지부 서기를 맡고 있을 때 장차이전은 총지부 위원이었다. 1930년 장차이전은 우한에서 활동하다 불행하게 희생당했다. 그때 그의 나이는 불과 25살이었다. 당시 밍밍은 한 살 반이었고 샤오톄는 복중에 있었다. 샤오톄가 태어나자 아이 엄마 쑤차이(蘇才)는 덩잉차오에게 아이의 사진을 보냈고 덩잉차오는 곧장 답장을 보내 "톄라는 아이의 이름은 정말 좋습니다. 톄, 톄가 우리의 한을 풀어주기를 바라며 또 그렇게 할 수 있도록 아이를 잘 교육시켜주기를 바랍니다"라고 하였다. 밍밍과 샤오톄는 광동의 외할머니 집으로 보내져 양육되었다. 1938년 덩잉차오는 광저우로 가는 길에 그들이 살고 있던 도시로 직접 찾아가 그들을 껴안고 입 맞추며 매우 큰 정을 베풀었다. 1948년 덩잉차오는 다시 지하당동지에게 부탁하여 그녀의 집을 찾아가 안부를 전하고 쑤차이에게 어떤 어려움이 있는지 낱낱이 알아본 뒤 가능한 한 모두 해결해 주도록 당부하였다. 밍밍과 샤오톄는 이어 혁명사업에 참가하였다. 그들이 매번 베이징에 올 때마다 덩잉차오는 항상 시간을 내어 그들과 만났고 친절하게 그들에게 말했다. "찾아온 너희와 이렇게 만나는 것이 내 생활의 일부분이란다." 얼마 전에 밍밍은 베이징에서 덩잉차오와 만나고 헤어질 때 "정말 정이 깊어져 할 말이 얼마나 많은지 몰라요, 정이 깊어져 할 말이 많아졌어요!"라고 거듭 말했다. 목숨을 바친 열사의 아이들에 대해 덩잉차오는 한 명 한 명 자신의 아이들로 여기며 깊은 관심과 사랑을 쏟았다.

이번에 광저우에 올 때도 그녀는 며칠 전에 미리 비서를 시켜 친구들에게 보낼 맛있는 선물 가운데 일부를 "아이들에게 주어야 합니다"라면

---

190 밍밍, 샤오톄, 「덩 마마는 우리와 함께 신년을 맞이하였다」, 『덩잉차오, 한 위대한 여성』, 504-506쪽 참조.

서 남겨 두게 했다. 그날 그녀는 또 비서에게 "밍밍과 샤오톄에게 전화하여 그들이 제일 좋아하는 음식이 무엇인지 물어보세요. 이번 식단은 내가 직접 주문할 것입니다"라고 하였다.

그들이 오자 덩잉차오는 기분이 너무 좋았다. 밍밍의 남편과 샤오톄의 부인을 보자 그녀는 다정하게 웃으며 "이번에는 사위와 며느리를 볼 수 있게 되었군요"라고 말했다. 그녀는 친구들에게 과일과 사탕을 꺼내 접대하면서 그들의 일과 생활과 대학을 다니는 그들의 자녀들에 대해 애틋한 관심을 갖고 물었다. "여러분의 부모님은 어렵고 힘든 시대에 태어나 어려서부터 이곳저곳을 떠돌아다니며 고생을 참 많이 하였지요. 여러분은 지금 매우 행복합니다. 노력을 배가하여 공부해야 하며 학업을 이룬 후에야 비로소 조국과 인민을 위해 봉사할 수 있습니다. 여러분은 지나친 응석받이로 자라나서는 안 되며 부모에게 효도하고 공경하는 법을 배워야 합니다."

풍성한 식탁을 앞에 두고 덩잉차오는 흥겹게 술잔을 들고 말했다. "여러분 두 가족의 백년해로와 행복한 생활을 축원합니다." 밍밍과 샤오톄 역시 잔을 들어 덩잉차오의 건강과 장수를 기원하였다.

덩잉차오는 매우 안타까워하며 말했다. "여러분 부친은 너무도 일찍 희생되었습니다. 그의 희생을 생각할 때마다 나는 항상 괴롭고 슬픕니다. 그러나 여러분 모두 이렇게 훌륭히 성장하여 전도가 유망한 것을 보니 나 역시 여러분의 부친을 위해서 기쁘게 생각합니다."

그녀는 많은 열사의 자녀에 관심을 기울였고 그들이 건강하게 성장하는지 지켜봤으며 그들과 즐겁게 만났다. 이것은 분명히 그녀 삶에서 매우 중요한 한 부분이었으며, 이를 통해 그녀는 가장 커다란 기쁨과 위안을 얻을 수 있었다.

덩잉차오는 광저우에서 광동성위원회, 광저우시위원회, 광동성 일부 지방위원회 동지들과 회견하였다. 그녀는 약 60년 전에 자신이 광동에서 활동했는데 그 당시 광저우는 국공 양당이 합작하여 함께 국민혁명의 도화선을 당긴 발생지였다고 하였다. 그리고 이번에 다시 광동에서 와 선전, 주하이 경제특구를 보니 매우 흥분되며, 1980년대가 중국이 3번째 로 비약하는 시대가 될 것임을 분명히 느꼈다고 말했다. 그녀는 또 말했 다. "광동은 중국의 남쪽 대문으로 지리적으로 홍콩과 인접하여 있으며 바다를 사이에 두고 타이완과 마주하고 있습니다. 중국 대륙을 찾는 수 많은 외국 인사들은 모두 광동이라는 이 대문을 통해 들어옵니다. 광동 은 중국의 통일, 타이완의 대륙 귀환 쟁취라는 위대한 임무를 수행함에 있어 매우 중요한 역할을 감당해야 합니다."[191]

그녀는 광동성·광주시정치협상회의 동지들과 회견하고 광동성·광 주시정치협상회의 사업이 매우 훌륭한 성과를 거둔 것에 대해 높이 평 가하였다. 그녀는 말했다. "여러분은 통일전선사업과 친구들과 널리 교 류하기에 매우 유리한 조건을 갖고 있습니다. 광동은 일찍 개방됐을 뿐 만 아니라 경제특구에 더하여 주(珠) 강의 삼각주가 있어 내왕하는 외국 친구와 홍콩·마카오동포가 점점 더 늘어나고 있으니 여러분은 그들과 널리 교우관계를 맺기 바랍니다. 친구를 사귈 때는 지속적인 유대 관계 가 중요하며, 시간이 지날수록 폭넓게 교유하고 또 더욱 깊은 정으로 대 해야 합니다. 찾아오는 친구를 접대할 때에는 연회를 베풀고 환송해야 할 뿐만 아니라 모든 면에서 그들의 요구를 만족시켜야 합니다. 광동의 교포가 가장 많으니 화교 사업 역시 매우 중요합니다." 덩잉차오는 또한 정책재평가 문제에 대해서도 언급하였다. "정치적으로 사건을 공평하게 처리하는 것[平反]은 주택이나 물품 반환보다 더 중요합니다. 반드시 우선 적으로 확실히 해결해야 합니다. 전국정치협상회의는 몇 차례 사람을 파 견해 각지방당위원회와 협력하여 정책재평가를 확실하게 하도록 하였습 니다. 한 명에 대한 재평가가 전체의 국면에 영향을 끼치게 됩니다. 더욱 노력을 기울여야 하며 당위원회에 힘을 빌려 문제를 해결해야 합니

---

[191] 1984년 12월 덩잉차오가 광주에서 성위원회, 시위원회, 지방위원회 동지들과 회견했을 때 한 발언 기록 원고 참조.

다."[192]

159. 화교사업과 여성지식인에 대해 깊은 관심을 갖다

1985년 7월 어느 한 여름에 덩잉차오는 유명한 해안도시 다롄에서 더위를 식히며 휴식을 취하고 있었다.

다롄은 그녀에게 익숙한 도시였다. 1928년에 그녀는 저우언라이와 함께 모스크바에서 개최되는 중국공산당 제6차 대표대회에 참석하는 길에 잠시 다롄에 들렀었다. 저우언라이는 일본 해상경찰에 의해 구금되었으나 다행히 고도의 기민함을 발휘하여 잘 대처하였다. 당시 그녀는 일본인이 운영하는 다허(大和)호텔에서 매우 초조하게 보냈던 적이 있었다.[193]

1951년 여름 저우언라이는 과도한 업무로 매우 지쳐 있었다. 마오 주석은 그에게 베이징을 떠나 휴식을 취하라고 명령했다. 그때 덩잉차오 역시 건강이 좋지 않아 저우언라이를 수행하여 다롄에서 함께 요양했었다. 그때 그들은 평생 얻을 수 없었던 며칠간의 달콤한 휴식시간을 보냈다. 낮에는 저우언라이가 간부회의를 소집하여 다롄과 동북지방의 사업 상황을 파악하느라 바빴지만 새벽이나 한밤중에는 두 사람이 나란히 해변을 거닐거나 바위에 앉아 일렁이는 파도를 감상할 수 있었다.

이제 다시 34년이 흘러 다롄은 이미 개방도시가 되었고 새로 건축된 건물도 매우 많았다. 그녀는 조개껍질 세공품 공장과 세탁기 공장을 참관했다. 그리고 다롄조선소에서 만든, 당시로는 중국 최대인 69,000톤 유

---

192 1984년 12월 덩잉차오가 광동성·광저우시정치협상회의 위원을 만났을 때 했던 발언 녹음 참고.
193 역주: 이에 대해서는 제5장 27절 참조.

조선 진수식에 참가하여 기념 테이프를 끊었다.

그녀는 다롄 시 당정 지도간부와 회견했고 다롄시정치협상회의 6기 4
차회의도 참가하였다. 그녀는 회의에서 다음과 같은 3가지 희망사항을
제시하였다. "첫째, 정치협상회의 위원에게 항상 당과 정부의 문건을 충
분히 볼 수 있도록 제공하여 그들이 상황을 잘 파악할 수 있도록 해야
합니다. 정치협상회의 위원이 '지정(知情)'하고 '출력(出力)'하도록 해야 합
니다. '지정'이란 그들이 상황을 이해하게 하는 것이고, '출력'은 정치협
상회의 위원과 관련 인재를 잘 선발하여 그들이 그 역할을 더욱 잘 수행
할 수 있게 만드는 것입니다. 둘째, '정치적으로 협상하고' '민주적으로
감독하며' '합작하여 함께 일을 추진하고' '널리 교우관계를 맺고' 또
'자기 수양을 한다'는 좋은 전통을 드높여야 합니다. 셋째, 다롄시정치협
상회의 동지들은 전국협상회의와 『인민정협보(人民政協報)』에 많은 의견
을 제출해 주기 바랍니다."[194]

덩잉차오는 다롄 시의 자연조건이 매우 좋을 뿐만 아니라 바다, 육지,
항공교통이 편리하며 외국 친구와의 교류도 많아 국제 통일전선 사업을
하기에 매우 적합하다고 하였다. 그는 항구 공업도시의 장점을 모두 잘
살려주기를 희망하였다. 그녀는 다음과 같이 말했다. "다롄은 개방도시
로서 어떤 나라의 친구를 접대하더라도 새로운 중국 특유의 사회주의의
면모와 새로운 기상을 표현하여 그들이 우리를 진정으로 이해할 수 있
게 해야 합니다. 그들과 교류하는 가운데 우리들 역시 그들을 이해해야
합니다. 이해할 수 없는 부분은 다른 사람들에게 물어서 배워야 합니다.
그리고 사람들과 교류하는 기법을 귀히 여겨 매번 교류할 때마다 얻는
것이 있어야 합니다. 이렇게 하여 하루하루, 다달이 그것이 쌓여 간다면
우리 사업의 성과 역시 점점 더 커질 것입니다."

덩잉차오의 이 말에 다롄 시 정치협상회의 위원들은 큰 깨달음을 얻

---

[194] 1985년 7월 덩잉차오가 다롄시정치협상회의6기4차회의에서 한 발언 녹음 참고.

었다.

덩잉차오는 방취다오(棒錘島)호텔에서 다롄의 정책재평가 상황을 조사하고 있던 정치협상회의 화교그룹 회원이자 정치협상회의 상임위원인 쫭밍리(莊明理)와 정치협상회의 위원 펑광한(彭光涵), 정정런(鄭正仁) 등과 회견하였다. 쫭밍리는 덩잉차오에게 조사 상황에 대해 보고하였다. 덩잉차오는 다음과 같이 말했다. "반드시 화교사업을 잘해야 합니다. 화교사업을 제대로 하면 국외에도 영향을 미칠 뿐만 아니라 국내에도 중요한 작용을 하게 될 것입니다." 그녀는 쫭밍리에게 베이징으로 돌아가 화교사업과 관련된 전문적인 보고서를 작성하라고 하였다.[195]

쫭밍리는 일부 부대가 아직까지 화교의 집을 점거한 채 반환하지 않고 있다고 하였다. 이를 듣고 덩잉차오는 부대에 이 일의 중요성을 분명히 알려 그들의 주의를 환기시키고 반드시 당의 정책을 즉시 집행하도록 해야 한다고 하였다.

쫭밍리는 또한 과거 해외에서 귀국하여 항일전에 참가했던 화교가 문화대혁명 기간 중에 억울한 누명을 뒤집어쓴 적이 있는데 그 중 일부는 아직까지 잘못이 시정되지 않은 채 있다고 하였다. 덩잉차오는 이 문제를 매우 무겁게 생각하였다. 그녀는 다음과 같이 말했다. "정책 재평가는 한 개인 마다 구체적으로 분명하게 실시되어야 합니다. 기본적으로는 해결됐다고 말하거나 완전히 해결했다는 식으로 가볍게 말해서는 더욱 안 됩니다."

덩잉차오는 쫭밍리에게 외국에 나가 교포를 만나본 적이 있는지 물었다. 쫭밍리는 신중국 수립 이후 외국에 나간 적은 없고 단지 홍콩을 가봤을 뿐이라고 대답했다.

이에 대해 덩잉차오는 다음과 같이 말했다. "여러분들은 곧 다가올 중추절을 이용해 소그룹으로 국외의 화교를 한 번 살펴보는 것이 좋을 것

---

[195] 1985년 7월 덩잉차오가 쫭밍리, 펑광한, 정정런과의 회견에서 했던 담화 기록 원고 참조.

같습니다. 그들과 이런 저런 일상사에 대해 이야기하다 보면 그들에게 조국의 따뜻한 마음을 느끼게 할 수 있을 것입니다. 나이 든 화교일수록 조국에 대한 깊은 애정을 갖고 있을 것입니다. 화교는 8월 중추절과 설날을 매우 중요하게 생각합니다. 여러분은 그들에게 월병을 선물하거나 화집이나 풍경사진을 선물할 수도 있습니다. 여러분은 외국으로 몸소 나가 수많은 화교교포를 만나야 하지 그들이 중국의 화교사무소나 정치협상회의를 찾아 와 문제를 해결하도록 해서는 안 됩니다. 사업은 활기차게 진행해야 하며 창조적이어야 하고 대담해야 합니다."

덩잉차오는 또 말했다. "화교 사업을 전개할 때 서로 다른 대상일 경우 그에 걸맞은 서로 다른 활동을 펼쳐야 비로소 그들을 더욱 잘 단결시킬 수 있습니다. 들건대 저명한 화교 천쟈경 선생의 조카가 귀국할 것이라 하던데 접대에 소홀함이 없어야 할 것입니다. 샤먼 지메이 진에 귀라이당(歸來堂)이 있는데 그를 그곳에 머물도록 조치하는 것이 가장 좋을 것 같습니다. 그러면 그도 기뻐할 것입니다."

정치협상회의 화교그룹의 위원들은 말했다. "덩 주석의 말을 들으니 우리의 활동에 믿음직한 버팀목을 얻은 것 같고, 화교사업 또한 새로운 국면을 반드시 타개할 수 있을 것 같습니다."

덩잉차오는 어디를 가든 여성사업을 잊은 적이 없었다.

그녀는 다롄에서 여성 지식인과 여성연합간부 좌담회를 개최하고 그녀들의 의견과 요구를 경청하며 다음과 같이 말했다.[196]

"여성동지의 권리의 획득 여부는 자신의 분투에 결과에 달려 있습니다. 여성연합은 늘 여성의 중요성을 인정받지 못한다거나 여성간부의 발탁이 충분하지 않다고 건의합니다. 이 문제는 두 가지 측면에서 바라봐야 합니다. 하나는 신중국 수립 이후 헌법은 모든 방면에서 남녀는 평등한 권리를 갖는다고 규정하고 있습니다. 다른 하나는 인민이 부여한 우

---

196 1985년 7월 덩잉차오가 다롄에서 열린 여성지식인, 여성연합간부 좌담회에서 했던 발언 녹음 참고.

리들의 권리는 스스로의 분투에 의해 그 실현을 촉진시킬 수 있다는 것입니다. 우선 보기에 여성간부가 차지하는 비율이 낮은데, 여기에는 역사적, 현실적으로 여러 원인이 있습니다. 여러분 가운데 많은 사람이 전문가이며 전문 기술을 배웠습니다. 여러분은 스스로 아끼고 사랑하며 스스로를 중시하고 노력을 배가해야 합니다. 전진하는 과정에서 어려움에 봉착하더라도 고개를 숙여서는 안 되며 어려움을 만났다고 울어서도 안 됩니다. 나는 어려서부터 여성들의 그런 모습을 보이는 것에 대해 단호히 배격했습니다."

덩잉차오는 과거 '좌' 편향 시절에 펼쳤던 지식인에 대한 그릇된 정책을 지금 바로잡고 있는 중이라고 말했다. 그녀는 말했다. "문화대혁명 때 지식인을 '처우라오쥬(臭老九)'[197]라고 칭하며 공격하고 차별했습니다. 왜 그랬을까요? 우리들 가운데 몇몇 동지들은 우리들의 조사(祖師) 마르크스가 위대한 지식인이라는 사실을 잊은 것입니다. 우리 당이 건립될 때에도 몇몇 지식인이 발기했으며 이후 점차 노동자 농민을 발동시킨 것 아닙니까? 국민혁명이 실패로 끝나자 일부 지식인이 동요하여 당을 떠났습니다. 이에 '유성분론(唯成分論)'[198]이 대두되면서 지식인은 믿을 만한 인물이 못되니 노동자에게 의지해야 한다고 생각하게 됐습니다. 공산당 제6차대회에서 선출된 중앙위원 가운데 2/3가 노동자였습니다. 노동자가 모두 우수하다거나 선천적으로 혁명적이라고 말할 수는 없습니다. 후에 당이 농촌에서 활동을 전개할 때 수많은 농민당원이 성장하여 등장하게 되는데 이때도 다시 지식인은 무시되었습니다. 1957년 반우파투쟁에서 지식인은 엄청난 충격에 휩싸였습니다." 덩잉차오는 이어 말했다. "'유성분론'은 극단적인 착오입니다. 모든 노동자와 농민이 다 좋다

---

197 역주: 문화대혁명 기간 중에 지식에 대해 쓰는 명칭으로 아홉 번째로 냄새나는 놈이라는 뜻.
198 역주: 출신 계급성분에 의하여 모든 것을 결정하는 사고방식. 문화대혁명 기간에 특히 성행하였다.

고 말할 수 없습니다. 그들 역시 결점이 있고 개조되어야 하며 학습해야 합니다." 그녀는 자신이 전국정치협상회의에서 지식인 정책 재평가를 확실하게 해야 한다고 제의했으며 이 문제에 특별히 중점을 두어 해결될 때까지 계속 노력해 왔다고 말했다. 그녀는 또한 어떤 문제가 아직 해결되지 않았냐고 묻고는 기탄없이 일어나 자기에게 알려달라고 했다.

몇몇 여성동지들이 일어나 발언했는데 하나같이 남녀 모두에게 동등하게 주택을 배분해 달라고 요청했다.

덩잉차오는 말했다. "남성에게 주택을 배분하면서 여성에게 주지 않는 것은 수천 년 동안 지속되어온 남존여비, 봉건사상의 반영입니다. 여러분은 용기를 갖고 그것을 쟁취해야 합니다. 여성은 스스로를 경시해서는 안 됩니다. 모든 여성은 정정당당하게 머리를 곧추세우고 여성 차별은 헌법이 여성에게 부여한 권리를 위반하는 것이니 반드시 타파해야 한다고 말해야 합니다. 관건은 우리 자신의 노력에 있습니다!"

덩 다졔의 말은 다롄 시 여성 지식인과 여성 간부들에게 큰 격려가 되었다. 그녀들은, 혁명과 독립을 견지하고 영원히 분발하는 덩 다졔가 진취적인 정신을 소유한 전국여성의 찬란한 모범이라고 생각하였다.

160. 산성(山城) 총칭에 되돌아오다

1985년 10월 덩잉차오는 비행기로 그녀가 40여 년 전 생사를 넘나들며 전투를 벌였던 산성 총칭에 날아왔다. 그곳에 오기 전 그녀는 인사를 통해 총칭 시 당정 지도동지들이 비행장으로 나와 그녀를 영접하지 말라고 부탁했다. 이것은 그녀의 일관된 주장으로 지방의 책임자동지들이 갖는 영접과 환송 부담을 줄이기 위함이었다.

비행기에서 내리자마자 그녀는 중앙고문위원회 위원 탄치룽(譚啓龍), 총칭시위원회 서기 이자 시정부 주석 랴오보캉(廖伯康), 시장 샤오양(肖秧)이 모두 와 있는 것을 보고서 바로 말했다. "여러분은 모두 어떻게 나왔나요?" 랴오보캉이 웃으며 "저는 이 지방의 토지신[199]인데 어떻게 덩 다제를 찾아뵙지 않을 수 있겠습니까?" 덩잉차오는 이 이야기를 듣고 웃음을 참을 수 없었다.

항일전쟁 시기 덩 다제와 함께 활동했던 옛 동지들은 그녀가 온다는 소식을 듣고 모두 호텔로 그녀를 보러 찾아 왔다. 그들 중에는 저우언라이의 경호부관 랴오치캉(廖其康), 아동극단 단원 장잉(張鶯), 홍옌(紅巖)초대소 소장 양시간(楊希干), 신화일보 기자 루밍(魯明) 그리고 당시의 지하당 당원 류룽화(劉隆華), 간루(甘露), 린멍(林蒙), 구웨이잉(賈唯英), 왕위광(王宇光) 등의 동지가 있었다.[200]

덩잉차오는 익숙하기도 하고 또 분명 낯설기도 한 얼굴들을 일일이 살펴보았다. 과거 그들 대부분은 20여 세의 청년이었는데 이제 6,70세의 노인이 되어 있었다.

덩잉차오는 랴오치캉에게 말했다. "샤오랴오! 당신은 여전히 그때와 같이 말을 할 때는 소곤거리는 군요. 당신은 그때 군복을 바꿔 입지 않겠다고 하면서 훌쩍거리던 일을 아직 기억하고 있나요?"

랴오치캉은 이 이야기를 듣고 마음속이 뜨거워지는 것을 느끼며 급히 말했다. "다제, 당시 저는 젊었고 사태를 제대로 파악하지 못했으며 통일전선이 뭔지도 잘 이해하지 못했지요. 총리와 다제께서 저를 직접 지도해주셨지요."

류룽화가 1938년 총칭에서 지하공작을 수행할 때 18살의 처녀였는데

---

199 역주 : 원문은 '토지(土地)'이다. 마을 수호신을 가리키는데 자신이 그 지방을 모두 지키고 관장한다는 농담조의 말이다.
200 필자는 1987년 12월 총칭에서 랴오치캉, 장잉, 양시간, 류룽화, 간루, 린멍 등의 동지를 방문하였다. 그들은 1985년 10월 덩잉차오가 총칭에서 그들과 만났던 상황에 대해 즐겁게 소개하였다.

이미 여러 차례 덩잉차오와 조직적인 관계를 맺게 되었다. 신중국 수립 이후 그녀는 공업 일선에서 활동하였다. 1978년 그녀는 충칭시 부시장을 맡았고, 1985년 임기를 마치고 시정부 고문이 되었다. 덩잉차오는 그녀에게 "당신은 매우 능력이 있습니다. 일을 매우 잘한다고 들었습니다"라고 말했다. 류롱화는 급히 "그렇게 잘하는 것은 아닙니다"라고 대답했다. 덩잉차오는 "지나치게 겸손해 할 필요 없어요. 잘한다면 좋은 것입니다. 실사구시적으로 해야지요."

1938년 덩잉차오는 우한에서 장잉을 알게 되었다. 당시 그녀는 14살의 어린 소녀였다. 이후 충칭에서 와서도 항상 만났는데 신중국 수립 이후 그녀는 문예사업에 지속적으로 종사하였다. 이제 덩잉차오는 장잉에게 말했다. "장잉, 어떻게 이렇게 늙어 버렸나요? 어렸을 때는 정말 아름다운 소녀였는데!" 장잉은 웃으며 말했다. "아이, 덩 마마, 벌써 40여 년의 세월이 흘렀다는 사실을 생각해보세요. 지금 저는 이미 61살이 되었답니다. 어떻게 할머니가 되지 않을 수 있겠어요?"

덩잉차오는 양시간의 손을 잡고 말했다. "라오 양, 과거 우리의 홍옌에서의 생활은 정말 힘들었지요?" 양시간은 말했다. "그렇고말고요. 그때 우리의 식사비는 1개월에 법폐(法幣) 3위안이었지요.(당시 1은원(銀元)은 법폐로 환산하면 4위안(元) 5쟈오(角)가 되었다) 마오 주석께서 충칭에 와 우리가 하루 종일 먹는 것이 나물이나 콩인 것을 보고 우리의 식사가 옌안보다 못하다면서 식사비를 5위안 6쟈오로 증액시켰지요. 저는 저우 부주석께서 너무 힘들게 일을 하고 매일 조금만 자는 것을 보고 이른 새벽에 달걀을 늘려 2개를 드렸습니다. 그는 병든 동지들은 무엇을 먹느냐고 물었고 저는 매일 반 파운드의 우유와 두 개의 달걀, 한 달에 고기 4근을 먹는다고 대답했습니다. 저우 부주석은 이에 응하지 않았습니다. 그래서 저는 부주석은 상관할 필요가 없으며 식사는 제가 다 알아서 조치할 것이라고 했습니다. 그랬더니 저우 부주석은 화를 내며 자기에게 상관하지 말라고 하는데 그렇다면 저보고 일반인으로 되돌아가게 하겠다고 하였습니다. 콩위안(孔源) 동지가 그때 행정과장이었는데 저를 응원하며 제가 한 일이 옳다고 하면서 저우 부주석의 몸을 상하게 할 수는 없다고 하였습니다. 매월 지출 장부는 동라오(董老)[201]께서 검사하셨습니다. 한 번은 6쟈오(角)가 장부에 누락된 적이 있었는데 동라오는 회의에서 이 문제에 대해 자기비판을 하고 당 중앙에 반성문을 써 보냈습니다. 신중국 수립 이후 저는 베이징에 가 동라오를 뵙고 그 일에 대해 이야기한 적이 있습니다."

덩잉차오는 이야기를 들으며 깊이 탄식하였다. "그 일을 나도 기억하고 있습니다. 그때 단지 6쟈오라는 돈 때문에 동라오가 자기비판을 하였지요. 현재 어떤 사람은 국가의 자산을 수만 위안, 수십만 위안, 수백만 위안, 수천만 위안을 낭비하고도 개의치 않는데 말입니다!"

덩잉차오는 모두에게 어떻게 지내냐고 물었다. 그들은 대부분 이미 퇴직하고 중공중앙남방국 당사를 함께 편찬하고 있다고 대답했다. 덩잉차오는 당사를 쓸 때 반드시 실사구적인 태도로 성공한 부분도 써야 하고 실패한 부분도 써야 하며 경험과 교훈도 함께 써야 하고 공산당을 중심에 두고 써야 하지만 각 민주당파와 당외 인사가 우리와 함께 분투했던 내용도 써야 한다고 말했다.

총칭시위원회 서기 겸 정치협상회의 주석 랴오보캉(廖伯康)이 덩 다제를 만나러 왔다. 덩잉차오는 그에게 말했다. "당신은 시위원회 서기 겸 시정치협상회의 주석으로서 정치협상회의사업을 직접 실천하면서 총칭시위원회가 정치협상회의 사업에 대해 매우 중시하고 있다고 설명하였습니다. 총칭은 정치협상회의의 발상지이며 통일전선의 영광스런 전통과 기초가 있으니 정치협상회의 사업이 더 잘 이뤄질 수 있기를 희망합니다. 정치협상회의는 인재가 한 데 모이는 곳이고 시위원회는 정기적으로 정치협상회의와 대사를 협의하여 정치협상회의의 인재가 지니는 장

---

201   역주: 동비우(董必武)를 가리킨다.

점을 충분히 발휘하게 할 수 있습니다. 정치협상회의를 '요양원'이나 '휴양소'로 만들지 말고 '정치협상', '민주감독', '합작공사(合作共事)'의 방침을 진지하게 관철시켜야 합니다." 덩잉차오는 정치협상회의 기관조직에서 활동하는 동지들이 열심히 공부하고 소질을 향상시키며 사업 분위기를 쇄신하기를 희망하였는데 그럴 때에야 비로소 통일전선사업이 더 좋은 열매를 맺을 수 있다고 하였다.[202]

덩잉차오는 과거의 정치협상회의와 현재의 개혁 개방에 대해 이야기하였다. 그녀는 랴오보캉에게 "당신의 부인은 누구지요? 한 번 볼 수 있나요?"라고 물었다. 랴오보캉은 급히 말했다. "신중국 수립 이전에 만난 중앙(中央)대학 학우인데 그녀 역시 지하당원이었습니다. 그녀도 다졔를 한 번 보고 싶어 하지만 다졔에게 누가 될까 걱정하고 있습니다." 덩잉차오는 "빨리 그녀에게 오라고 하세요"라고 말했다.

랴오보캉의 부인 뤄전(羅楨)도 문화대혁명시기에 '반동'으로 공격을 받아 큰 곤경에 빠진 적이 있었다. 1976년 1월 9일 그녀는 저우 총리가 서거했다는 소식을 듣고 매우 비통해 하며 그 마음을 담아 은밀하게 쓴 장문의 추도시가 있으나 아직까지 공개하지는 않았다. 이제 그녀는 격정에 찬 심정으로 이 장문의 시를 질 좋은 노트에 꼼꼼하게 다시 적어 직접 덩 다졔에게 주며 다음과 같이 말했다. "40여 년 전 이미 이른 시기에 총칭에서 다졔를 알게 됐습니다." 덩잉차오는 시가 적힌 책자를 받아 들고 "고마워요. 고마워. 곁에 두고 찬찬히 보도록 하지요."[203]

총칭의 10월 날씨는 덥지도 않고 춥지도 않았다. 따사로운 햇빛이 우저우(渝州)호텔의 푸른 잔디에 내려앉았다. 덩잉차오는 천천히 가로수 길을 걸었다. 그녀를 수행하여 함께 산책을 하던 총칭시정치협상회의 부비

---

202 필자는 1987년 12월 총칭에서 랴오보캉을 방문했는데 그는 덩잉차오가 1985년 10월 총칭에 와 정치협상회의 사업에 대해 시찰하고 관심을 기울였던 상황에 대해 상세하게 소개하였다.

203 필자는 총칭에서 뤄전(羅楨)을 방문했는데 그녀는 덩잉차오와 만났던 상황에 대해 이야기하였다.

서장 후베이치(胡北淇)와 1940년대 총칭에서의 전투 생활에 대해 이야기하다가 당시 공산당을 지원한 산성 인민과 민주인사를 떠올렸다. 후베이치는 저명한 민주인사이며 전국정치협상회의 부주석 후쯔앙(胡子昻)의 조카였다. 당시 그는 중학생 신분으로 애국민주운동에 참가하였었다. 샤오창커우(校場口)사건 때에는 국민당특무대에 의해 구타를 당하여 부상을 입은 민주인사 스푸량(施復亮)을 힘들여 구출하기도 하였다. 이제 그는 덩다졔로부터 그때의 일들을 듣게 되니 더욱 큰 친밀감을 느끼게 되었다. 덩잉차오는 말했다. "후쯔앙 동지는 당시 우리들과 협력했고 현재까지 협력을 지속하고 있으니 당의 진정한 친구라고 해도 손색이 없습니다. 주쉐판(朱學范) 동지가 지도하는 '노동자협회'는 어려운 조건 속에서도 정치, 경제적으로 변구(邊區)의 노동조합을 지원했습니다. 덩파(鄧發) 동지는 그들의 도움으로 출국하여 세계노동조합대회에 참석할 수 있었습니다. 그밖에도 이런 친구들은 매우 많은데 정말 흔한 일은 아니지요!" 그녀는 후베이치로부터 총칭시정치협상회의의 사업 상황을 듣고 파악한 후 정치협상회의 위원 가운데 여성 위원이 얼마나 되는지 물었다. 그리고 시정치협상회의가 여성 위원의 역할을 충분히 발휘해 주기를 희망하였다.[204]

덩잉차오는 웅장한 양장(兩江)대교와 이제 막 건립된 뉴쟈오퉈(牛角沱) 입체교를 관람한 뒤 총칭 시에서 일어나고 있는 거대한 변화를 매우 기뻐하였다. 그녀는 총칭이 산성(山城)이기 때문에 집을 나서면 바로 언덕을 오르내려야 했으며 과거에는 공용버스가 매우 적었지만 이제 교통이 많이 편리해졌다고 말했다. 총칭시인민대회당에 와서 덩잉차오는 건너편의 본래 국민정부 소재지였던 구정치협상회의 소재지를 오랫동안 응시하였다. 그녀는 옆에 있는 동지에게 말했다. "신정치협상회의는 구정치협상회의의 기초 위에 건립되었지요. 우리 당이 제출한 '오래 동안 공존하고 서로 감독하며 진심을 터놓고 대하며 영욕을 함께 한다.'는 방침

---

204 필자는 총칭에서 후베이치를 방문하였는데 그는 1985년 10월 덩잉차오가 총칭에 도착하여 정치협상회의 사업에 관심을 기울였던 상황에 대해 소개하였다.

은 과거 역사 경험의 총결산입니다. 우리는 진지하게 이를 이해하고 또 진지하게 집행해야 합니다."

덩잉차오는 쩡쟈옌(曾家巖) 50호를 찾았다. 과거 그곳은 작은 골목에 자리하고 있었다. 골목 입구나 골목 안의 담배가게, 신발 수선집, 좌판 어디에건 특무대가 진을 치고 감시하고 있었으며 자동차는 골목 입구까지만 들어올 수 있었다. 현재 작은 골목은 이미 철거되고 자동차는 '저우 공관' 문 앞까지 바로 들어올 수 있었다. 그곳은 이미 기념관으로 사용되고 있었다.

덩잉차오는 차에서 내려 대문을 지나 좌측 응접실로 들어서며 말했다. "여기는 응접실입니다. 우리는 이곳에서 각 방면의 유명 인사들을 만났습니다." 그녀는 뒤쪽 마당으로 걸어가 마당 가운데에 있는 방공호를 가리키며 말했다. "저곳에는 작은 굴이 하나 있는데 문건을 보존하는 '보험상자'인 셈입니다. 방공호 옆에는 작은 문이 있는데 그 문을 나서면 쟈링(嘉陵) 강으로 직접 연결되는 작은 길이 있습니다. 과거 지하당의 일부 동지들은 '저우 공관'으로 와 공작 보고를 한 뒤 다시 이 작은 문을 통해 밖으로 나갔습니다. 방공호에 바로 붙어 있는 방은 본래 언라이와 나의 사무실 겸 침실입니다. 1940년 일본 비행기의 폭격으로 그 방이 폭파되어 우리는 이층으로 이사했지요." 현재 방은 원래의 상태대로 복구되었고 그 안에는 그들이 당시 사용하던 간단한 가구들이 진열되어 있었다.[205]

덩잉차오는 모퉁이를 돌아 작은 식당으로 들어섰다. 그녀는 말했다. "우리는 이곳에서 항상 민주인사를 초대해 식사를 했습니다. 언라이 동지는 또한 주방에 들어가 훙샤오쯔터우(紅燒獅子頭)를 만들어 그들에게 대접했습니다. 당시 고기를 먹기란 쉽지 않았는데 우리는 그들에게 와서

---

[205] 필자는 1987년 12월 충칭 쩡쟈옌기념관을 참관하였다. 기념관 책임자는 1985년 10월 덩잉차오가 기념관을 찾았던 상황에 대해 소개하였다. 필자는 또한 당시 덩잉차오의 발언 기록 원고를 참고하였다.

'목구멍의 때를 벗겨 내어' 궁핍한 생활에서 잠시 벗어나 상황에 대한 협의를 잘 해보자고 청했습니다."

식당 옆이 바로 화장실이었다. 덩잉차오는 웃으며 "당시에는 그다지 신경 쓰지 않았지요 식당이 화장실과 붙어 있었어요"라고 말했다. 그녀는 마당 동쪽의 높은 담을 가리키며 말했다. "담 저편이 경찰국입니다. 환난사변 이후 경찰국 사람들은 하루도 빼지 않고 매일 이쪽 담을 향해 큰 소리로 욕을 해대며 우리를 쫓아내려 하였습니다. 그러나 우리는 일부러 더 떠나지 않은 채 이곳에 그냥 눌러 앉았습니다. 마지막 두 마디를 덩잉차오는 본고장 쓰촨 말로 했는데 수행하던 쓰촨 동지들은 이 말을 듣고 모두 웃음을 터뜨리고 말았다. 덩 다제는 총칭을 40여 년 동안 떠나 있었지만 쓰촨 말을 그때까지 잊지 않고 구사했던 것이다.

덩잉차오는 회의실로 들어섰다. 그녀는 말했다. "이 방은 비교적 넓은데 원래는 동라오가 거주했습니다. 동라오가 옌안으로 돌아간 뒤 우리는 이곳을 회의실로 사용하였습니다." 그녀는 등나무의자에 앉아 미소를 지으며 모두에게 말했다. "이제 나는 이곳에서 일어났던 재미있는 일화 몇 가지를 여러분에게 들려 드리겠습니다. 어느 날 새벽 우리는 문 앞에서 이제 막 태어난 갓난아이를 발견하였는데 데리고 있을지 말지를 놓고 매우 심각한 논쟁이 벌어졌습니다. 아이를 데리고 있자는 의견이 다수였습니다. 그러나 이곳에서 공작하던 대부분의 여성동지들이 아직 미혼이었기 때문에 어떻게 아이를 돌보는지 경험이 전혀 없었습니다. 하지만 그녀들은 열심히 아이에게 옷을 만들어 주고 또 바지를 만들어 주는 등 매우 노력하였습니다. 애석하게도 아이는 너무 쇠약하였고 또 당시에는 지금과 같이 좋은 양육조건이 갖춰져 있지 못했습니다. 2,3주가 지나 아이는 죽었고 몇몇 여성동지는 모두 울음을 터뜨렸습니다."

한 동지가 이야기를 듣고 말했다. "살았다면 좋았을 텐데. 만약 살았다면 아마 수십 살은 되었을 것입니다."

덩잉차오는 탄식하며 말했다. "맞습니다. 당시 국민당통치구에서는 영아를 내다 버리는 일이 부지기수였지요! 우리는 또한 작은 개 한 마리를 키운 적이 있었습니다. 사람들은 개의 이름을 페틴[206]이라 붙였지요. 페틴은 제2차세계대전 때 프랑스 매국정부 수반의 이름입니다. 이 개는 말을 매우 잘 들어서 나갈 때나 들어올 때 항상 우리와 함께 했습니다. 하루는 아마도 그럴 가능성이 매우 높은데 국민당특무대가 페틴의 발을 부러뜨렸습니다. 치료를 해도 잘 낳지 않는 거예요. 어떤 동지는 이렇게 된 바에야 차라리 개를 잡아먹자고 했습니다. 조금이나마 생활 형편을 개선해 보자는 뜻이었어요. 당시 생활이 너무 힘들어 한 달에 고작 한 번이라도 고기를 먹을 수 있다는 보장이 없었지요. 언라이는 이에 반대하면서 페틴이 여러분들을 위해 얼마나 많은 일을 하였고 또 여러분은 그를 얼마나 좋아했는데 무슨 이유로 개 다리를 잘 고치려 주려 하지 않고 오히려 잡아먹으려 하냐고 따졌습니다. 당시 두 파로 갈렸었는데 그는 소수파에 속했지요. 개고기를 먹자는 쪽이 다수였습니다. 어느 날 식사 시간에 탁자 위에 맛있는 냄새가 가득한 고기 한 주발이 올라왔습니다. 언라이는 그것이 무엇이냐 물었고 개고기라는 얘기를 듣자 화를 내며 수저를 내려놓고 먹지 않았습니다. 그러나 대부분의 동지들은 며칠 동안 고기 맛을 보지 못한 터라 신이 나서 그것을 먹었습니다."

덩잉차오는 이어 말했다. "이 집에서 우리는 대자보를 발행하고 또 토론회를 개최하였지요. 한 번은 공산당원의 연애관에 대해 토론한 적도 있었습니다. 어떤 사람은 동시에 몇몇 사람과 교제할 수 있다고 하였는데, 나는 친구 사이로 사귈 수는 있지만 여러 명과 동시에 연애를 할 수는 없다고 말했지요. 우리는 배수주의(杯水主義)[207]에 반대하며 친구로 사

---

[206] 역주: 1856-1951. Henri Philippe Petain. 프랑스 육군장군, 정치가, 프랑스 비씨정권의 수반. 제1차세계대전 시기 프랑스총사령관을 맡아 독일과 대적하며 민족의 영웅으로 등장하기도 하였다. 그러나 1940년 프랑스 총리 때 독일에 투항했기 때문에 처벌 받았다.

[207] 역주: 러시아에서 생겨난 성도덕 관념에 관한 말로서 공산주의사회에서 성적 욕구를 만족시키는 것이 한 잔 물을 마시는 것과 같다는 생각을 가리킨다.

걸 때 감정이 지나치게 깊어지는 것을 경계해야 합니다. 필요한 참고서를 보듯 한 권을 읽고 또 다른 한 권을 읽듯 해서는 안 되는 것입니다. 당시 어떤 여성동지가 산란한 감정 상태를 보였는데 우리는 왜 그러냐고 물으며 그렇게 하면 괴롭게 고민만 하게 될 뿐이라고 하였답니다. 당시 우리는 이곳에서 긴장된 공작을 진행하며 힘들고 고된 생활을 해야 했지만 동시에 생활에서 오는 정취도 충만했었지요."

덩잉차오는 또 말했다. "당시 우리는 단지 이 건물 1층과 3층을 빌렸을 뿐이었습니다. 2층에서는 두 명의 국민당원과 두 명의 칭화대학 졸업생이 거주했지요. 그 외에 또 류야오장(劉瑤章)이라는 사람이 있었는데 그는 이전 부줘이(傅作義)[208]의 부하였고 현재는 수리부(水利部)의 전문인원이며 전국정치협상회의 위원입니다. 2층에는 전시여성봉사단이 있었는데 이 봉사단은 당시 총칭 시장 허야오쭈(賀耀祖)의 부인 니페이쥔(倪斐君)과 공산당원 장치판(張啓凡), 황징원(黃靜汶)이 지도하였습니다. 이전에 어떤 사람이 2층에는 모두 국민당특무가 거주했다고 함부로 글을 썼는데 이는 사실과 다릅니다."

덩잉차오는 또한 허샹닝(何香凝)의 사위 리샤오석(李少石) 동지의 죽음에 대해 이야기하였다. "당시 조사를 통해 명확히 밝혀진 대로 국민당 부상자의 과실상해에 의한 것으로 모두 우발적인 사고였습니다. 그러나 어떤 사람은 회고록을 통해 그가 국민당 특무대에 의해 암살당한 것이며 또한 그가 언라이를 대신해 희생당한 것이라고 하였는데 이것은 사실이 아닙니다. 회고록을 쓸 때 반드시 사실에 근거해야 합니다. 당사 연구는 더욱 신중하고 엄밀해야 하는데, 응당 그럴 것이라고 판단하여 어떤 가설이나 추론을 해서는 안 됩니다."

덩잉차오는 또 웃으며 말했다. "이제 여러분에게 언라이가 보였던 추

---

[208] 역주 : 1895-1974. 1949년 화북 총사령관으로 적대하고 있던 중공군에 항복하고 베이징의 평화적 점령을 보장한 국민당 측 군인. 신중국 건립 이후 국방위원회 부주석을 역임했다.

태를 하나 들려드리겠습니다. 어느 날 그는 소련 대사관의 연회에 참가하였는데 밤 12시가 넘어도 돌아오지 않았습니다. 당시 규정에 따르면 밤에 밖에 나가면 반드시 12시 전에 돌아와야 하는데 돌아오지 못할 경우 문제가 발생한 것으로 간주될 수 있었습니다. 우리는 모두 매우 걱정을 하며 사람들을 입구로 보내 한참을 기다리게 했습니다. 나중에 차가 돌아왔는데 경호원 동지는 그가 너무 술에 취해 차안에서 자고 있다고 하였습니다. 그날 밤 나는 너무 화가 나서 '그가 과음으로 취했으니 차안에서 자게 그대로 내버려 두세요.' 하고 말했습니다. 그러나 동지들은 어떻게 그렇게 할 수 있겠냐면서 모두 그를 부축하여 방안으로 데리고 들어왔지요 다음날 나는 아주 매섭게 그를 비판하였습니다. 그는 전날 소련이 반파시스트 전쟁에서 승리했다는 기쁜 소식을 접했고 소련 동지가 계속 그에게 건배를 권했으며 자신도 너무 기쁜 나머지 취했다고 하면서 이후 절대 이런 실수를 하지 않겠다고 약속했답니다. 그는 후에 당의 생활회의에서 자아비판을 다시 하였지요. 신중국 수립 이후 그는 매우 많은 연회에 참가했지만 한 번도 취할 정도로 마신 적이 없습니다. 그는 그때의 교훈을 진정으로 받아들였던 것이지요"

수행하던 쓰촨 동지가 말했다. "총리께서 흔치 않은 소식에 너무 기뻐서 한 번 술에 취했거늘 다제께서는 정말 그렇게까지 심하게 하셨나요? 그를 너무 냉정하고 모질게 비판하신 것은 아닌가요?"

덩잉차오는 엄숙하게 말했다. "당의 기율은 개개인 모두가 준수해야 하며 언라이 역시 예외가 아닙니다. 특히 그 당시 상황에서는 조금이라도 조심하지 않으면 예상치 못한 일이 발생할 수 있었지요"

모두는 덩 다제가 말하는 유머 넘치면서도 의미 있는 과거 이야기를 들으면서 이제까지 들어보지 못한 것이라 여기며 거기에서 깊은 교훈과 유익함을 얻었다.

덩잉차오는 그렇게 그리워했던 홍옌 촌을 찾았다. 그녀는 차에서 내려 높이 자란 황각수(黃桷樹) 앞으로 가 수행하던 동지에게 말했다. "전에는 이 길에 치자나무들이 줄지어 서있었으며, 꽃이 필 때면 향기가 아주 좋았는데 애석하게도 지금이 없어졌네요."[209]

그녀는 홍옌 촌의 주인 라오궈모(饒國模)가 거주한 작은 건물 앞에 도착하였다. 그녀는 말했다. "나는 이 건물 1층 방에서 요양했었습니다. 나의 모친과 언라이의 부친은 이층과 일층에서 살았었지요." 그녀는 참관을 안내하던 충칭시 당사사무실의 왕밍상(王明湘) 동지에게 "안내 표지판의 내용을 읽어줄래요" 하고 말했다.

왕밍상은 라오궈모 주택 앞의 안내판의 내용을 읽어 주었는데 그 내용이 매우 간단하였다. 홍옌 촌이 원래 라오궈모가 운영하는 '다요우(大有)농장'이었는데 팔로군 주충칭사무소가 사용할 수 있도록 자진하여 빌려주었다고 되어 있었다. 덩잉차오는 주의 깊게 듣고 고개를 저으며 말했다. "너무 간단합니다. 여러분은 당시 우리가 어떤 상황에 처해 있었는지 그리고 그녀가 어떻게 우리에게 집을 마련해 주었는지에 대해 알고 있어야 합니다. 라오궈모가 없었다면 우리는 발붙일 곳조차 없었을 것입니다. 여러분들이 이렇게 간단히 기록한다면 당시의 역사를 제대로 안내할 수 없을 것입니다. 나는 다시 고쳐 쓸 것을 여러분에게 건의하는 바입니다."

그녀는 거기에 서서 감격에 벅차 물기 묻은 목소리로 말을 이어갔다. "당시 우리는 라오궈모를 류 타이타이(劉太太)라고 불렀지요. 그녀는 비상한 애국심과 민족감정을 지닌 여성이었습니다. 그녀의 남편은 큰 탄광 사장이었고 그녀는 그와 사이가 좋지 않아 이혼을 하였지요. 그녀의 동생은 황화강(黃華岡) 42열사[210] 가운데 한 명이었고 그녀의 두 아들과 한

---

209 필자는 1987년 12월 충칭 홍옌을 방문했는데 기념관 책임자는 1985년 10월 덩잉차오가 홍옌을 다시 찾았던 정황에 대해 소개하였다. 필자는 또한 당시 담화기록 원고를 참고하였다.

210 역주 : 신해혁명 직전 1911년 4월 27일 동맹회 일파가 광저우에서 일으킨 반청 무장 폭동. 황싱(黃興) 등은 지방관청을 습격했으나 실패하고 패주하였다. 하지만 국내 각 계층에 충격을 주었고 혁명의 기운을 높였으나 동맹회의 희생도 막대하여 이후

명의 딸은 모두 공산당원이었습니다. 그녀는 동생과 자식들의 영향을 받아 진보적인 사상을 갖게 되었습니다. 우리 팔로군사무소가 지팡졔(機房街)에 세 들어 있던 집이 일본비행기 폭격에 폭파되었을 때 그녀는 다요우 농장의 건축부지를 우리에게 빌려주어 집을 지을 수 있도록 했습니다. 한 푼의 집세도 받지 않았으며 우리의 생로병사와 관계된 일상생활 모든 것을 관리해 주었습니다. 우리들의 탁아소, 초대소 그리고 큰 길에 면한 연락소도 모두 그녀의 집이었고, 그녀가 거주하던 작은 집은 우리 비밀당원이 홍옌으로 오면 접선하던 곳 가운데 하나였지요. 샤오롱칸(小龍坎)에는 수십 리에 달하는 배나무 과수원이 있었는데 그녀는 그것도 우리에게 병자들을 위한 요양소로 쓰게 하였습니다. 우리 동지가 세상을 떠나게 되면 그녀는 묘지도 제공해 주었습니다. 그 뿐만 아니라 1941년 환난사변 이후 국민당이 우리에게 군인 급료와 지급품을 끊어버린 적이 있었습니다. 그로 인해 우리는 매우 어려운 지경에 빠져 먹는 것조차 힘이 들었습니다. 라오궈모는 은행에서 돈을 찾아 와서 우리에게 십 수만 위안을 빌려주었고, 심지어는 다른 사람에게서 돈을 꾸어 우리에게 빌려주기도 했습니다. 이와 같이 우리가 곤궁에 처했을 때 그녀가 우리에게 도움을 제공한다는 것은 결코 쉬운 일이 아닙니다. 그 일로 신중국 수립 이후 그녀는 전국정치협상회의 위원이 되었고 베이징에 도착한 이후 나는 몇 차례 그녀를 만났습니다. 1960년 그녀는 세상을 떠났지만 우리는 영원히 그녀를 기억해야 합니다."

덩잉차오는 감동적인 라오궈모의 수많은 사적에 대해 단숨에 이야기하였고, 총칭당사사무소의 동지는 바삐 그것을 따라 적어 그녀의 주택 앞에 있는 안내판의 내용을 가능한 빨리 수정할 수 있도록 준비하였다.

덩잉차오는 사무소 건물 앞의 돌계단을 올라가며 2층에서 두드러진 작은 방을 가리키며 말했다. "나는 언라이와 저 방에서 거주했습니다.

혁명에 대한 지도성을 약화시켰다. 이때 희생당한 42명을 가리켜 '황화강 42열사'라 칭한다.

여러분은 이미 알려진 나와 언라이가 함께 찍은 사진을 보지 않았나요? 언라이는 헬멧을 썼고 나는 작업복을 입었지요. 그날 방공호 밖에 폭탄이 하나 떨어져 방공호 안의 흙이 그 충격에 와르르 무너져 내렸고 많은 동지들이 놀라 쓰러졌습니다. 적기가 돌아간 후 나는 언라이와 방공호 앞에서 사진을 한 장 찍었습니다. 그것은 너희가 아무리 미친 듯이 폭격을 가해도 우리는 이곳에서 계속 전투를 할 것이며 폭격이 두려워 이곳을 떠나지 않을 것임을 상징하는 사진입니다."

덩잉차오는 사무실 일층으로 들어가 통로에 앉아 휴식을 취하였다. 그녀는 말했다. "1960년에 총칭으로 온 내가 이곳에서 와서 보니 우리 침상의 이불이 공단으로 씌워져 있었는데, 그 당시 어떻게 공단으로 이불피를 만들 수 있었겠어요? 당시에 우리가 사용한 것은 모두 무명천이었지요. 당시 혁명투쟁은 격렬했고 생활은 매우 곤궁했답니다. 본래 물자는 충분하지 않았고 다른 많은 물건도 보존되지 못했습니다. 응당히 그럴 것이라 판단하여 잘못 처리해서는 안 됩니다. 가능한 한 역사의 본모습에 충실해야 하고 그럴 때에야 비로소 후대 사람들에게 깊은 교훈을 제공할 수 있습니다."

홍옌 강당에 도착한 그녀는 기념관을 위해 "홍옌의 정신은 영원히 그 빛을 발할 것이다!"라는 기념문을 썼다.

덩잉차오는 자리를 옮겨 홍옌 공동묘지로 향했다. 시정부 부비서장 후베이치는 우측편의 산비탈을 가리키며 말했다. "저쪽에는 원래 탁아소가 있었는데 지금은 다체께서 보내 준 벚나무 묘목이 자라고 있습니다." 덩잉차오는 "벚나무는 잘 자라고 있나요?" 하고 물었다. 후베이치는 "잘 자랍니다. 모두 70여 그루입니다"라고 대답하였다. 덩잉차오는 다시 말했다. "당신들은 안내할 때 내가 보내 준 것이라고 말해서는 안 됩니다. 일본의 전 수상 다나카 가쿠에이(田中角榮) 보내 준 것이라고 말해야 합니다."

덩잉차오는 랴오궈모묘 앞에 와 그토록 그리워하던 이 애국 여성에게 헌화하였다.

덩잉차오는 훙옌 공동묘지에 도착하였다. 그곳에는 그녀의 어머니 양전더(楊振德)와 저우언라이의 부친 저우이닝(周貽能), 그리고 리샤오스(李少石) 등 11명의 유골이 안장되어 있었다. 덩잉차오는 좁게 난 무덤 사잇길을 따라 천천히 한 바퀴 돈 후 한백옥(漢白玉)으로 된 부조 위에 헌화하였다.

다음 날 그녀는 충칭을 떠날 예정이었다. 그녀는 시위원회 서기 랴오보캉의 부인 뤄전(羅楨)이 그녀에게 준 저우언라이를 추도하는 장문의 시를 떠올렸다. 그녀는 돋보기안경을 쓰고 자세히 읽어 보았다.

> "아침 햇살은 아직 밝기 전 겨울 새벽, 산성(山城)에는 안개 자욱하네.
> 무선전파를 타고 들려오는 떨리는 목소리에 실려,
> 불행한 소식이 날아들었네.
> 내 귀를 믿을 수 없었다네, 내가 잘못 들은 것이 아닐까?
> 그럴 리가 없어, 위대한 이름 저우언라이에게 죽음이란 단어는 어울리지 않아.
> 집배원은 애끓는 심정을 담아
> 검은 색으로 장식된 일간신문을 내 손에 전해 줬지.
> 내 눈을 믿을 수 없어, 내가 잘못 본 것일 거야.
> 그럴 리 없어, 위대한 이름 저우언라이에게 죽음이란 단어는 어울리지 않아!
> 슬픔은 차디찬 잿빛 하늘에서 떠날 줄 모른 채 배회하고
> 내 가슴은 먹먹한데 눈물은 하염없네.
> 내가 혁명을 알던 바로 그날,
> 나는 알았네, 위대한 이름 저우언라이를.
> 반동통치의 캄캄한 시대에,
> 진리를 추구했던 수많은 이들 가운데,
> 혁명을 알던 바로 그날, 나는 알았네, 위대한 이름 저우언라이를.
> 그럴 리 없어, 위대한 이름 저우언라이,
> 그럴 리 없어, 죽음이란 단어는 어울리지 않아……."

장문의 시는 1946년 봄 충칭 사핑파(沙坪埧) 중앙(中央)대학에서 수학하던 지하당원 뤄전과 동급생들이 저우언라이의 뛰어난 강연을 들었던 사실을 서술하고 있었다. 또 시는 뤄전이 진보적인 일부 동급생들과 함께 '사냥개'의 눈을 피해 몰래 훙옌 산 아래로 간 사실과 쩡쟈옌으로 간 일, 훙옌 촌과 쩡쟈옌의 등불을 바라보던 일들을 묘사하고 있었다. 또한 저우언라이의 지도 아래 전투를 전개했던 수많은 지하당원들이 저우언라이에 대해 품고 있는 무한한 그리움과 애도의 뜻을 그리고 있었다. 시의 마지막은 이러했다. "위대한 이름-저우언라이, 살아 있으리, 영원히 우리들 마음속에 살아 있으리!"

덩잉차오는 보고 또 보니, 시에 스며있는 진지한 감정과 "그럴 리가 없어, 위대한 이름 저우언라이에게 죽음이란 단어는 어울리지 않아"라고 반복되는 부분이 그녀의 마음에 신선한 충격으로 다가왔다. 그녀는 펜을 들어 뤄전에게 직접 편지를 썼다.

"뤄전 동지에게 : 수십 년 전에 당신은 나를 알았고 수십 년 후에 나는 당신을 보게 되니 너무도 기뻤습니다. 만남은 비록 짧았지만 그토록 깊은 인상은 영원히 지워지지 않을 것입니다.

나는 사자를 위한 당신의 추도시를 읽고 깊은 감동을 받았습니다. 죽은 사람은 어쩔 도리가 없습니다. 당신이 시에서 썼듯이 그가 죽을 리 없다고 해도 결국엔 죽은 것이며 다시 소생할 수 없습니다. 중요한 것은 살아 있는 우리들이 꿋꿋하게 투쟁을 이어나가고 전심전력으로 인민을 위해 봉사하는 것입니다. 나의 이러한 격려가 당신에게는 사자에 대한 가장 좋은 기념으로 남을 수 있기를 바랍니다.

내일 새벽이면 충칭을 떠나니 이제 곧 헤어지게 됐군요. 짧은 서신으로 내 뜻을 전합니다. 지면은 짧으나 정은 너무도 깊어 하고픈 말을 못다 합니다. 당신과 랴오보캉 동지 모두 잘 지내고 건강하기 바랍니다. 굳은 악수를! 덩잉차오 1985.10.14."

밤에 전송하러 온 랴오보캉에게 덩잉차오는 편지를 주며 대신 뤄전에게 전해 달라고 하였다. 랴오보캉은 덩 다졔가 뤄전의 시를 보고 일부러 그녀에게 편지를 썼을 것이라고 생각했다. 그는 공손하게 편지를 받아 들고 두 손으로 덩 다졔의 손을 꼬옥 쥐고는 감정이 북받쳐 말했다. "다 졔, 제가 뤄전 동지를 대신해 당신에게 감사드립니다." 그는 덩 다졔에 게 충칭 교외 거러(歌樂) 산에는 1949년 11월 27일 중미합작소(中美合作所) 에서 특무대에 의해 살해된 200여 열사가 매장되어 있다고 보고하였다. 또한 그는 신중국 수립 이후 거러산열사공원묘지가 건립되었는데 덩샤 오핑 동지가 열사공원을 기념하여 글을 써주었다면서, 1981년 가을 충칭 시 청소년들이 열사들의 조각상을 건립하자고 제안하여 곧 준공될 터인 데 덩 다졔가 기념문을 하나 써 달라고 부탁했다.

덩잉차오는 고개를 끄덕이며 "아이들의 제의는 매우 훌륭합니다. 나 도 적극 지지합니다. 돌아가서 심사숙고하여 글을 쓴 후 당신에게 보내 주겠습니다."

1986년 11월 말 랴오보캉은 덩잉차오가 쓴 문채가 빼어난 거러 산 열 사의 조각 군상 기념 글을 받았다.

"위대하도다, 선구자여. 거러 산에 피를 뿌려 신주(神州)[211]를 비추네. 건국 이래 선열의 공을 느끼고 선열의 의리를 품으며 참배하고 성묘하 는 자 그 왕래가 영원히 끊이지 않으리.

1981년 가을, 산성(山城)의 소년들이 기금을 모아 열사의 조각 군상을 건립하여 오래도록 현창하자고 제안하였네. 시위원회 시정부가 그 일을 기꺼이 돕고 국내외 모든 이가 서로 도와 크게 일으키니 수 년 만에 준 공이 이뤄졌구나.

그 의기는 반석처럼 견고하며 사람들 사이에서 그 명성 혁혁하다. 바 라건대 영웅적인 풍모가 재현되고 호기가 영원히 남겨 보존되기를. 이로 써 후대 사람들을 북돋아 웅대한 뜻을 펼쳐 새롭게 나아가도록 촉진하

---

[211] 역주: 중국을 가리킨다.

고 서둘러 전진할 수 있도록 하였네. 이에 융성한 예를 갖춰 건립하며 삼가 그 대략을 기술하여 돌에 새겨 남긴다. 덩잉차오 1986년 11월 27일.”

현재 거러산열사공원묘지의 웅장한 열사 조각 군상 앞의 자색 부석(浮石)에는 금색으로 된 덩잉차오의 열사 조각 군상 기념문이 새겨져 있다. 이것은 덩잉차오가 총칭 인민, 특히 청소년에게 준 최고의 선물로써 총칭인민의 전진을 영원히 격려하고 있다.

161. 이창(宜昌)에서 거저우(葛洲) 댐을 참관하다

1985년 10월 15일 덩잉차오는 총칭을 떠나 보통 양쯔강 운항여객선 ‘장한(江漢) 56호’를 타고 양쯔 강 싼샤(三峽)를 따라 16일 이창 시에 도착하였다. 원래 동지들은 그녀를 위해 전용 기선을 마련했으나 그녀는 단호히 거절하고 많은 승객들과 함께 ‘장한 56호’ 여객선에 승선하였다.

그녀는 여객선에서 양쯔 강 싼샤의 웅장하고 아름다운 경치를 흠뻑 감상하였고 선장과 선원들과 다정하게 대화를 나누며 그들의 일상에 대해 자세하게 물어보았다.

10월 16일 오후 ‘장한 56호’ 여객선은 이창 항 5부두로 천천히 들어왔다. 덩 다졔가 온다는 소식을 들은 수천 명의 군중들은 자진하여 사방에서부터 부두로 바삐 나와 덩잉차오의 방문을 환영하며 기다리고 있었다. 중공 후베이성위원회, 성정치협상회의, 이창지방위원회, 시위원회의 책임자동지들이 부두에서 잔교로 쓰는 배 위에 올라 덩 다졔를 환영하였다. 덩잉차오가 부두에 오르니 수천 명의 군중이 자연스럽게 양쪽으로 도열하여 서서 열렬하게 박수를 치며 환영하였다. 덩잉차오 역시 기뻐하며 환영하는 군중들을 향해 연신 손을 흔들며 인사를 하였다.

17일 오전, 덩잉차오는 새로 건설한 거저우 댐 수력발전소에 도착하였다. 전동모형실에서 거저우 댐 엔지니어국 국장 자오카이우(趙開五)는 그녀에게 거저우 댐 수력발전 공정의 시공과 발전 상황에 대해 보고하였다. 자오카이우는 마오 주석과 저우 총리가 1970년 거저우 댐 착공을 비준했으니 그들이 거저우댐 공정의 기초자라고 보고했다. 덩잉차오는 이 말을 듣고 계속 고개를 끄덕였다.[212]

자오카이우는 거저우 댐이 양쯔강 지류에서 첫 번째 댐으로 100만 제곱킬로미터에 달하는 유역을 통제할 수 있으며, 건립된 두 곳의 발전소에 설치된 총 21대의 수력 터빈을 통해 271만 5천 킬로와트의 전기를 생산한 바 있는데, 전부 완공되면 발전량이 연 157억 킬로와트에 이르게 되며, 운항거리 또한 100여 킬로미터가 개선된다고 하였다. 그리고 이미 일련의 조치를 통해 진흙 방지 문제가 비교적 양호하게 해결되었다고 보고하였다.

덩잉차오는 관심을 갖고 "그렇다면 장래에 싼샤(三峽)에 댐이 건설되면 모래 배출과 진흙 방지 문제는 해결될 수 있는 것인가요?" 하고 물었다.

자오카이우는 "잘 해결될 것입니다. 일부 전문가들이 연구를 진행하고 있는데 이미 몇 번의 모의시험을 했습니다"라고 대답하였다. 덩잉차오는 바로 이어 "그들의 의견은 어떻습니까?"라고 물었다.

자오카이우는 "시험을 해 본 결과 문제는 모두 해결될 수 있습니다"라고 대답하였다.

덩잉차오는 "음! 음!" 하며 만족스러워 하고 비교적 안심하는 듯 했다.

자오카이우는 커저우 댐에는 3개의 선박 운항용 수문이 있는데 1호, 2호 수문으로는 1만 톤급 대형선박이 통행할 수 있으며 3호 수문으로는 3천 톤 이하의 여객선이 통과할 수 있다고 소개하였다. 또한 댐 위에는

---

212 필자는 1988년 거저우 댐 수력발전소를 방문하였다. 자오카이우는 1985년 10월 덩잉 차오가 거저우 댐 수력발전소를 시찰했던 상황에 대해 소개하였다. 필자는 또한 당시의 대화 기록 원고를 참고하였다.

철로, 도로가 설치되어 양쯔 강 중·하류의 항구와 직접 연결된다고도 하였다.

자오카이우는 이어 1985년 9월 말까지 거저우 댐에서는 220억 킬로와트의 전력을 생산하여 14억 위안에 달하는 자금을 회수할 수 있게 된다고 하였고, 전체 공정에 48억 4,800만 위안이 투자되는데 1989년 마지막 발전기가 건립되면 투자금 모두가 회수될 수 있을 것이라고 보고하였다.

덩잉차오는 이야기를 듣고 계속 좋다고 하였지만 다시 의문을 제기하였다.

"어떤 외국 친구들은 중국이 이런 대규모 댐을 건설하면서 엄청난 돈과 인력을 투입하고 있지만 침적토 같은 문제를 야기할 뿐만 아니라 장차 선박 운항에도 문제가 생길 수 있는데 왜 핵발전소를 건립하지 않느냐고 합니다."

자오카이우는 대답하였다. "핵발전소 역시 비용이 만만치 않습니다. 우리나라는 수력 자원이 매우 풍부하지만 고작 5%만 사용하고 있습니다. 1%의 수력자원을 더 개발할 수 있다면 4백만 킬로와트의 전력을 생산할 수 있는데, 그것은 1천만 톤의 석탄을 채굴하여 사용한 결과와 맞먹습니다. 따라서 저는 굽이쳐 동쪽으로 흐르는 양쯔 강이 곧 석탄이며 석유라고 생각합니다. 우리들은 빨리 수력발전을 개발할 수 있기를 희망합니다. 수력발전소는 건설하는 데 한 번에 좀 큰 투자가 이루어져야 하고 공기가 약간 길지만 이 점을 제외하고는 모든 면에서 우수합니다."

덩잉차오는 "이곳을 관람한 외국인은 얼마나 되나요?"

자오카이우는 "매년 1만여 명에 이릅니다"라고 대답하였다.

덩잉차우는 또 물었다. "그들은 어떤 견해를 제시하던가요?"

자오카이우는 대답했다. "최근 미국 개간사무국과 영국의 일부 전문가들이 방문하였는데 평가가 매우 좋았습니다. 특히 퇴적물 처리가 제대로 되었다며 매우 만족스러워 했습니다."

보고를 다 듣고 난 덩잉차오는 말했다. "위대한 공정을 소개해 주어 매우 감사합니다. 여러분은 남은 일부 문제를 잘 해결하여 장차 건설의 한 모범이 되었으면 하는 바람입니다."

곧이어 덩잉차오는 2,606미터나 되는 긴 댐과 27개의 갑문을 통해 물이 방류되는 장관을 보았으며 싼(三) 강 진흙 방지보와 다(大) 강 발전소 시공 현장을 둘러보았다. 그녀는 전체 공사 규모가 엄청나다는 사실을 알고서 조국 건설에 대한 자긍심을 진심으로 느꼈다.

17일 오후, 이창 시 공안국 부국장 쩡지취안(曾繼全)은 덩 다졔에게 이창 아동공원내의 교통안전 교육오락실 사진첩을 보여주며 건설 상황에 대해 보고하였다. "본래 이 아동공원은 참신하고 독특한데, 공원 내에 작은 도로와 철로, 각종 교통설비 그리고 전국 중요 명소의 모형이 갖춰져 있습니다. 어린 친구들은 공원 정문 앞에서 2명의 아동 모양 로봇의 환영을 받아 기차를 타고 "전국을 주유하며" 베이징의 톈안먼, 만리장성, 산하이관(山海關), 상하이의 와이탄(外灘), 광저우의 바이윈(白雲)호텔, 시솽반나(西雙版納)의 코끼리, 톈(天) 산의 독수리 그리고 타이완의 아리(阿里) 산, 르웨탄(日月潭) 등등을 볼 수 있습니다. 어린 친구들은 공원을 구경하면서 애국주의 형상교육(形象教育)과 교통안전교육을 받습니다."²¹³

덩잉차오는 사진첩을 받아 들고 한 쪽씩 자세하게 아동공원 교육오락실의 사진을 살펴보았다. 그녀는 공원 정문 앞에서 남녀 아동 복장을 한 두 로봇 사진을 보고 큰 흥미를 갖고 "이 로봇은 어디에서 만든 것인가요?"라고 물었다. 쩡지취옌은 대답하였다. "이창 701공장에서 제조한 것으로 이 두 로봇은 말도 할 수 있을 뿐만 아니라 손을 들어 환영인사도 할 수 있으며 또한 눈을 깜박거릴 수 있기 때문에 어린 친구들이 매우 좋아합니다."

쩡지취안은 덩 다졔에게 이창은 교통의 요지이며 신흥 공업도시로서 신속하게 건설이 이루어졌으며 매년 차량과 행인이 매우 빠르게 증가하

---

213 필자는 이창 시 아동공원을 방문하였다. 쩡지취안은 또한 1985년 10월 덩잉차오가 자신과 만났고 아동공원을 위해 기념 글을 썼던 상황에 대해 소개하였다.

여 교통사고도 적지 않게 발생한다고 보고하였다. 따라서 이창시위원회와 시정부는 1982년 2월 아동공원 내에 교통안전 오락실을 건설하여 아이들을 대상으로 교통안전교육을 실시하고 있으며 각계로부터 155만 위안을 모금하여 8개월 만에 완성, 지금은 많은 관광객이 다녀간다고 하였다.

덩잉차오는 이 이야기를 듣고 매우 기뻐하며 말했다. "하나의 도시에서 조국의 아름다운 강산과 전국의 주요 건축물을 공원 내에 조성하고 또 각종 교통설비를 갖추었군요. 차지하는 면적이 넓지 않고 비용 역시 크게 들지 않으면서도 아동에 대해 애국주의와 교통안전 교육을 시킬 수 있을 뿐만 아니라 청장년에게도 교육 효과가 크겠습니다. 이것은 독창적인 기획으로 여러분은 아동을 위해 좋은 일을 한 것입니다."

덩잉차오는 이창에서 단지 며칠 동안만 머물렀을 뿐인데 이창시민들에게 깊은 인상을 남겼다. 특히 그녀의 검소하고 청렴한 생활태도는 사람들에게 흥미진진한 이야깃거리가 되었다.

그녀가 이창에 도착한 날 이창지방위원회, 시위원회의 지도동지들은 이번이 덩 다제의 첫 번째 이창 시찰임을 알고 연회를 준비하여 그녀를 환영하려고 하였다. 덩잉차오는 이 사실을 알고 경호원들을 시켜 그들에게 "연회는 필요 없습니다. 다제께서는 언제나 일부러 자리를 만들어 환영하는 것을 바라지 않습니다"라고 말했다.[214]

호텔 종업원은 덩 다제가 가져온 나무 상자 안에 4개의 식품 비닐봉지가 있는데 거기에는 조, 옥수수가루, 녹두, 홍두 등 잡곡이 나뉘어져 있는 것을 발견하였다. 그녀들은 이것이 무엇에 쓰이는 것들인지 잘 몰랐다. 다제의 전담간호사는 그녀들에게 덩잉차오가 이들 잡곡을 좋아하여 출장 때에도 가지고 다니면서 수시로 먹는다고 알려 주었다. 이야기를 듣고 종업원 아가씨들은 비로소 분명하게 깨닫게 되었다.

식사시간에 호텔종업원은 법랑쟁반만을 덩잉차오 방으로 갖고 들어

214 필자는 이창호텔 근무자를 방문했는데 그들은 이창에서 보여주었던 덩잉차오의 모습에 대해 소개하였다.

갔다. 쟁반에는 작은 배추 한 접시, 작은 강낭콩 한 접시, 장으로 간을 맞춘 작은 오이 한 접시, 삭힌 두부 반 조각, 조죽 한 사발, 작은 만두 2개가 있었다. 종업원이 음식을 식탁 위에 내려놓으려고 하자 덩잉차오는 황급히 말했다. "음식을 쟁반에 그냥 두세요. 식탁 위에 내려놓아 쓸데없이 식탁보를 더럽히지 말고." 그녀는 다른 음식을 먹다 바로 강낭콩 한 토막을 집어 쟁반 위에 놓고 젓가락으로 까서 집어 먹었다.[215]

식사를 마친 뒤 덩잉차오는 삭힌 두부가 매우 맛있다면서 어디서 만든 것이냐고 물었다. 종업원은 이창 시에서 생산된 것이라고 대답하였다. 덩잉차오는 "나에게 작은 단지 하나만 사 줘요. 그리고 이 일로 간부를 귀찮게 하지 말도록 하세요." 그녀는 비서에게 "돈을 지급하지 않은 물건은 받지 마세요"라고 말했다. 그녀의 부탁대로 근무자는 돈을 지급하고 삭힌 작은 두부 한 단지를 사서 베이징으로 가지고 갔다.

17일 거저우 댐을 참관한 뒤 덩잉차오는 매우 피로했다. 호텔종업원은 덩잉차오에게 함께 사진을 찍자고 청했다. 그녀는 그들을 실망시키고 싶지 않았기 때문에 흔쾌히 동의했다. 사진사가 사진을 찍으려고 준비하던 그때 비서 자오웨이(趙煒)는 종업원 샤오추이(小崔)와 샤오쟝(小姜)이 아직 오지 않았다고 말했다. 덩잉차오는 급히 경호원을 시켜 그녀들을 찾아오게 하였다. 샤오추이와 샤오쟝이 서둘러 달려오자 덩잉차오는 그녀들의 손을 잡아끌며 말했다. "사랑하는 후베이의 두 아가씨, 여러분의 보살핌에 감사합니다." 이때 덩잉차오의 빙에 난방설비를 설치한 전기기술자 샤오우(小伍) 역시 소식을 듣고 서둘러 왔다. 덩잉차오는 기뻐하며 말했다. "젊은 전기기술자, 빨리 이쪽으로 와 함께 찍어요." 이창지방위원회, 시위원회의 지도동지 역시 덩 다제와 함께 기념촬영을 하고 싶어했다. 자오웨이는 그들에게 "여러분 지도간부들은 사진 찍을 기회가 많으니 옆으로 서도록 하세요"라고 말했다. 덩잉차오도 바로 "맞습니다.

---

[215] 역주: 접시 위의 다른 강낭콩을 더럽히지 않으려는 의도로 보인다. 덩잉차오의 검소함을 잘 보여주는 대목이라고 할 수 있겠다.

맞아요. 간부가 아닌 두 사람을 앞으로 나오게 하여 먼저 사진을 찍읍시다." 사진사의 플래시가 터졌고 덩잉차오 좌우 양쪽에는 전기기사 샤오우와 종업원 샤오추이가 각각 서 있었다. 그리고 그들은 덩잉차오에 바싹 붙어 너무도 즐겁게 웃고 있었다.

162. 50년 만에 시안을 다시 찾다

1986년 5월 24일, 82세 고령의 덩잉차오는 시안을 방문하였다. 시안은 중국의 과거 역사에서도 유명한 성이었고 또한 현대사에서도 유명한 시안사변이 발생한 곳이었다. 1937년 4,5월 사이에 덩잉차오는 처음으로 시안을 찾았었다. 1986년이 되었으니 거의 반세기 이전의 일이었다. 그 사이에 중국은 경천동지할 만큼 큰 변화가 일어났고 고성(古城) 시안에서도 거대한 변화가 일어났다.[216]

그녀는 치셴(七賢) 장(莊) 팔로군시안주재사무소 기념관을 찾았다. 관장 황치량(黃啓良)은 한 노인을 데리고 와 덩 다제에게 소개시켰다. "다제, 이 사람은 황진유(黃金友)입니다. 바로 녠와(年娃)이지요. 총칭 홍옌촌에서 경비를 섰고 시안에서는 총리의 차를 몰았던 바로 그 사람입니다."

황진유는 덩 다제의 손을 잡아당기며 말했다. "덩 다제, 안녕하셨어요? 저를 기억하시겠어요?"

덩잉차오는 황진유의 손을 잡아당기며 자세히 그를 살펴보았다. "녠와, 녠와, 생각이 납니다. 당신은 원래 황지유(黃幾友)였는데 언라이가 진

---

216 필자는 1987년 11월 시안의 팔로군시안주재사무소기념관을 찾았다. 황치량(黃啓良)은 1986년 5월 덩잉차오가 기념관을 찾았던 상황에 대해 소개하였다. 필자는 또한 당시의 대화기록 원고를 참조하였다.

유로 바꿔 불렀지요. 올해 몇 살이 되나요?"

황진유는 헤헤 웃으며 "이미 70살이 되었습니다"라고 대답했다.

덩잉차오는 웃으며 말했다. "건강해 보이는데요."

덩잉차오는 대청으로 들어서며 오른쪽 접대실을 가리켜 말했다.

"나는 이곳이 아주 익숙합니다. 과거 옌안으로 온 지하당원을 조직적으로 재배치하던 곳이었습니다. 나는 1938년 대략 1만여 명의 청년들이 이곳을 통해 옌안으로 왔던 것으로 알고 있습니다."

정원을 지나 그녀는 당시 저우언라이와 함께 거주했던 방에 이르렀다. 방은 매우 작아 8,9제곱미터에 불과했으며 2인용 나무 침상 하나, 서랍 세 개 달린 탁자, 의자 두 개, 작은 책장 하나, 세면대 하나가 빼곡히 놓여 있어 비좁았다. 덩잉차오는 당시의 정경을 회고하였다. "우리가 매우 낡고 좁은 침상에서 잤던 것으로 기억합니다. 날이 더우면 두 사람이 함께 살을 부비며 자기가 너무 힘들어 언라이는 그냥 바닥에서 잤어요." 그녀는 벽에 걸려 있는 사진 한 장을 보았다. 그녀는 짧은 소매의 치파오를 입고 등나무 의자에 앉아 있었고 저우언라이는 군복을 입고 그녀 곁에 서 있었다. 이것은 1937년 가을 그곳에서 찍은 사진이었다. 세월은 너무도 빨라 거의 50년이 지나가 버렸다.

이제 그녀가 다시 등나무의자에 앉아 있으니 기념관 관장이 그녀에게 기념 사인을 부탁하였다. 덩잉차오는 방명록에 "덩잉차오, 1986.5.26"이라고 썼다. 그리고 한 번 생각하더니 다시 "50년 만에 다시 찾아오다. 혁명전통을 크게 일으키고 근검하고 소박한 태도를 견지하자. 나이 82세"라는 몇 마디의 말을 적었다.

그녀는 동비우와 리보취(林栢渠)가 거주했던 방을 둘러보면서 그들이 앉았던 의자를 어루만지며 이미 세상을 떠난 지 오래된 두 노인을 회상하였다.

덩잉차오는 접견실에서 휴식을 취하며 1943년 저우언라이와 자신이 남방국 100여 명 동지들을 이끌고 충칭에서 시안을 경유, 옌안으로 돌아갔던 경위에 대해 이야기하였다. 그녀는 다음과 같이 말했다. "이번에 시안에 돌아와 우리들이 투쟁했던 모습과 생활했던 모습을 보았습니다. 또 기념할 만한 의의가 있는 팔로군기념관도 보았으며 이곳에서 여러분이 혁명의 역사를 알리고 혁명적 전통을 크게 일으키고 있는 모습을 보았습니다. 당신들의 사업이 점점 더 잘 진행될 수 있기를 기원합니다. 그당시 어렵고 힘든 투쟁에서 현재 이와 같은 아름다운 강산에 중국식 사회주의를 건립하기까지 그 과정에서 살아남은 우리들 모두는 매우 큰 행복과 만족을 느끼고 있습니다. 어떤 동지들은 시안에서 희생을 당했습니다. 특히 쉬옌샤푸(宣俠福) 동지는 이곳에서 지하공작을 하다 결국 체포되어 끝까지 석방되지 못하고 살해되었습니다. 그것은 우리들의 과거 투쟁입니다. 현재의 투쟁과 과거의 투쟁은 다르지만 계속해서 각고의 투쟁을 전개해 나가야 합니다."

덩잉차오는 예젠잉 동지가 쓰던 방을 둘러보았다. 방 중간에 예젠잉 원수가 1979년 팔로군시안주재사무소 기념관을 참관했을 때 쓴 한 편의 시가 걸려 있는 것을 보았다. "시안에서 쟝졔스를 강하게 밀어붙여 위기 국면을 바꾸었네.[217] 국공 내전에서 전환하여 항일전을 이루자는 시를 읊었지. 건물은 의연한데 이미 절반의 사람들은 가고 없고, 작은 창가엔 풍설만 세차게 날린다." 그녀는 조용히 "건물은 의연한데 절반의 사람들은 가고 없고, 작은 창가엔 풍설만 세차게 날린다"는 구절을 읊으며 시안사변 문제 해결에 참가했던 많은 사람들이 이미 세상을 떠났음을 애석해 했다.

덩잉차오가 중간의 정원으로 나오자 참관하던 많은 사람들이 그녀를 둘러쌌다. 덩잉차오는 재미있게 "여러분이 이렇게 나를 보러 모두 나오면 정작 나는 참관을 못하지요"라고 말했다. 이 이야기를 듣고 모두 웃음을 터뜨렸다. 덩잉차오는 작은 방을 가리키며 "당시 나는 이 방에서

---

[217] 역주: 1936년 12월의 시안사변을 가리킨다.

거주했습니다"라고 말했다. 어떤 사람이 그녀에게 그 방 앞에서 기념사진을 찍자고 제의하자 그녀는 거기에 단정하게 서서 50년 만에 다시 찾은 모습을 사진으로 남겼다.

5월 27일 덩잉차오는 세계적으로 명성이 높은 병마용(兵馬俑)과 막 출토된 동거마(銅車馬)를 관람하였다. 관장은 진시황(秦始皇)의 무덤 면적이 56제곱킬로미터이고 내궁 면적이 2제곱킬로미터라고 소개하였다. 또한 그는 1호갱이 12,600제곱미터인데 겨우 2,000제곱미터 발굴에 1천여 개의 병마용이 출토되었는데 전부 발굴하면 사람과 똑같은 모습의 크고 작은 병마용이 6천여 개에 이를 것이라고 하였다.

1950년대 중난하이 국무원 기밀처에서 근무하던 왕수전(王淑珍)과 남편 쑨궈핑(孫國屛)이 나란히 밤에 덩 다제를 만나러 왔다.[218] 왕수전은 1950년 국무원 기밀처로 배속받아 근무하였다. 그녀는 어느 해 국무원 기관 여성동지들이 '3·8'절 행사를 준비하면서 덩 다제에게 격려사를 요청했던 사실을 잊을 수 없었다. 덩 다제는 여성동지들에게 열심히 학습하고 재능을 증진시키며 근무를 잘하라고 격려하였다. 그녀는 특히 기밀처 여성동지들이 너무 젊은데 성급하게 연애하려 하지 말고 일과 연애, 결혼과의 관계를 분명하게 처리해야 한다고 하였다. 그녀는 다음과 같이 말했다. "언라이 동지는 생활에 있어 나를 번거롭게 한 적이 없었고 나 또한 그의 일을 방해한 적이 없답니다." 그녀는 자신과 저우언라이가 함께 한 생활 가운데 서로 존경하고 사랑했던 생생한 사실을 사례로 삼아 모두를 격려하였다. 왕수전은 중난하이에서 맞았던 어느 중추절에 덩 다제가 직접 기관의 동지들에게 월병(月餠)을 갖다 주어 모두 즐겁게 명절을 보냈던 사실을 잊을 수 없었다. 덩잉차오는 왕수전, 쑨궈핑의 업무와 생활에 대해 묻고는 그들에게 자신의 위치에서 열심히 일 해 달라고 격려하였다.

---

[218] 필자는 시안에서 왕수전을 방문했다. 그녀는 1986년 5월 덩잉차오가 시안에서 자기들 부부와 만났던 상황에 대해 흥분하며 소개해 주었다.

다음 날 오후, 덩잉차오는 산시(陝西)성위원회를 찾아 산시 성과 시안 시의 당정지도간부를 비롯한 일부 퇴직간부들과 접견하였다. 정원에는 붉은색 접이식 의자들이 이미 가지런히 자리하고 있었고 중간에는 안락한 검은색 등받이의자가 놓여 있었는데 덩 다제를 위해 특별히 준비한 것들이었다.[219]

덩잉차오가 마이크로버스를 타고 그곳에 도착하였다. 그녀는 소박한 차림에 자상한 모습으로 동지들 사이에 이르렀다. 기념촬영이 시작되었을 때 그녀는 자신을 위해 특별히 준비된 안락의자를 보고 기분이 언짢아 손을 내저으며 다른 사람들과 똑같은 의자를 요구했다. 근무자들이 안락의자를 치우고 접이식 의자로 바꾸자 그녀는 비로소 웃으며 앉았다. 잠시 정원에서는 다시 한 번 열렬한 박수소리가 울려 퍼졌다. 일부 늙은 동지들은 덩 다제가 저우 총리와 똑같이 언제 어디에서나 조금의 특권도 원하지 않는다며 절로 감탄했다. 비록 잠시 앉는 의자였지만 다른 사람들과 달리하기를 원하지 않았던 것이었다. 그들은 만약 모든 지도간부가 덩 다제와 같을 수 있다면 '특권화'의 문제는 조기에 해결될 수 있었을 것이라고 여겼다.

열렬한 박수 속에서 덩잉차오는 즉석에서 연설을 하였다. "이번에 시안에 와서 보니 너무나 많이 변해서 매우 기쁩니다. 지난 날 시안은 황토지대에 위치하여 화초라고는 구경할 수 없었습니다. 그러나 지금 시안은 매우 잘 단장되어, 도로 양쪽에는 다양한 높이의 건물들이 늘어섰고 녹색 가로수 길과 각종 화초가 조화를 이뤄 아름다움을 더하고 있습니다. 이렇듯 시안이 번성하게 발전하는 모습을 보니 너무 흥분됩니다. 시안의 역사를 돌이켜 보면 시안에서 근무하는 동지들은 마땅히 자부심을 가져야 합니다. 시안은 역사상 많은 왕조의 수도였고 우리나라의 유명한 고도입니다. 시안은 또한 우리 당 중앙이 건립한 항일민족통일전선의 전

219 1986년 5월 29일 자 『섬서일보(陝西日報)』 보도와 덩잉차오가 산시성 당정지도간부와 퇴직 간부 대표에게 했던 발언 기록 원고 참조.

초기지였으며 항일민족통일전선은 시안을 기점으로 시작하였으니 시안을 우리의 전진을 고무시키는 힘으로 삼아야 합니다."

덩잉차오는 늙은 간부는 물론 청·장년간부들도 모두 학습하여 강인한 간부대오를 건립해야 한다고 강조하여 말했다. "노 동지들은 노년에 접어든 이후에도 당성(黨性) 검증을 받아야 합니다. 제2선은 우리 노 간부들이 서야 할 위치입니다. 이 위치에서 자신의 책임을 끝까지 다하는 것은 쉽지 않습니다. 우리 노 동지들이 마지막으로 당과 인민을 위해 헌신해야 할 책임은 열정을 듬뿍 담아 청·장년 간부를 돕고 다음 세대를 잘 양성하여 우리 공산주의 사업이 계승될 수 있도록 하는 것입니다. 청·장년 간부는 정력이 넘쳐 나고 비교적 두뇌 회전도 빨라 넘치는 열정으로 일을 하는데 노 간부는 그들에게서 배워야 합니다. 그들 역시 노 간부로부터 배우고 노 간부를 존중하는 가운데 신임을 얻어야 합니다. 노 간부와 청·장년 간부는 서로 존중하고 배우며 권장하여 우리들 간부대오를 더욱 더 강하게 만들어 중국 특색의 사회주의 건설이라는 중임을 짊어져 나가도록 해야 합니다."

덩잉차오는 또한 민주주의를 크게 진작시키는 문제에 대해 이야기하였다. "우리들의 간부와 군중을 격려하여 용감하게 발언하게 하고 민주주의를 고양시키며 의견을 제시하도록 해야 합니다. 또한 용감하게 자아비평을 하고 또 용감하게 다른 사람의 비평을 받아들이도록 해야 합니다. 마오 주석께서 말씀하셨듯이 사람들이 매일 세수를 하는데 우리는 항상 다른 사람이 우리가 세수하는 것을 돕도록 해야 합니다. 민주주의가 제대로 발휘되기에는 일부 지방에서는 여전히 쉽지 않습니다. 일부 사람들은 지나치게 부담스러워 하고 다른 의견을 들으려 하지 않으며 또 반대 의견에 대해서는 더욱 들으려 하지 않습니다." 그녀는 모두가 "우리의 민주주의 발전에 영향을 주는 부담감을 떨쳐 버리고 가볍게 전진하도록 노력"하기를 희망하였다.

덩잉차오의 이 강화는 매우 분명하면서도 정곡을 찌르는 것이었다.

그 말은 신문지상에 발표되었으며, 그에 감화를 받은 산시 성의 많은 간부들은 크게 고무되어 스스로를 계발에 힘을 쏟았다. 그리고 덩 다제가 자신들의 마음속에 있는 말을 대신해 주었다며 감사했다.

덩 다제는 흔들림 없이 세심하게 일 처리를 하였고 다른 사람에 대해 깊은 관심을 보였다. 그녀는 수행 비서를 시켜 섬감녕근거지를 개척했던 홍군 장군 고 류즈단(劉志丹)의 부인과 저명한 애국장군 양후청(楊虎城)의 부인을 특별히 찾아보게 하였고, 양후청의 장녀 양정잉(楊拯英)을 만났다.

덩잉차오는 시안이 당 전성시기의 수도로서 과거 일본이 여러 차례 유학생을 창안(長安, 즉 현재의 시안)으로 파견하여 중국의 선진 문화를 배워갔음을 알고 있었다. 저명한 아베노 나카마로(阿倍仲麻呂, 중국이름 조경(晁卿))은 중국에서 53년 동안 살다 중국에서 죽었다. 다른 한 명의 유명한 학승(學僧) 공해(空海)는 770년 일본의 제17차 견당사(遣唐使)를 따라 중국에 와 창안의 칭룽(青龍) 사에서 대승파(大乘派) 밀종(密宗) 제7대 선사(禪師) 혜과(惠果)를 스승으로 삼았다. 혜과가 죽은 뒤 그는 밀종 제8대 선사가 되었다. 공해는 일본으로 돌아간 뒤 진언종(眞言宗)[220]을 창립하였고 또 다른 한 명의 당나라 유학생과 함께 한자의 초서와 편방(偏旁)을 모방하여 함께 일본문자를 창제하였다. 일본 역사에서 공해가 차지하는 위치는 매우 높으며 그가 창립한 진언종은 현재 약 1천만 명의 신도를 보유하고 있다.

시안시의 동지는 덩잉차오에게 칭룽 사는 일찍 폐기되었지만 1982년 공해의 고향에서 1억 엔을 지원받아 칭룽 사 옛터에 공해 기념비와 당 건축물을 모방한 건물을 건립했다고 보고하였다.

덩잉차오는 중·일 우호와 관련된 이 아름다운 이야기를 듣고 매우

---

[220] 역주: 법신(法身)으로서의 대일여래(大日如來)의 자내증(自內證)을 개현하는 것을 종지(宗旨)로 한다. 『대일경(大日經)』, 『금강정경(金剛頂經)』을 소의(所依)로 하여 헤이안시대(平安時代)에 크게 발전하였으며, 이 종파는 즉신성불(卽身成佛)을 주장함과 동시에, 한편으로는 현세이익을 추구하는 데에 그 특색이 있다.

큰 흥미를 느꼈다. 그녀는 수행원을 줄여 일행을 간단히 꾸려 칭룽 사를 찾아 공해 기념비에 참배하였다.

덩잉차오는 어디를 가든 장소를 막론하고 항상 여성과 아동에 대한 관심을 잊지 않았다. 6월 1일 그녀는 곧 베이징으로 돌아갈 예정이었는데 비행기에 오르기 전 산시 성 여성간부와 접견하였고 또 이제 막 완공된 시안 청소년회관을 급히 찾아가 개막식을 주재하였다. 그녀는 시안과 산시의 청소년이 열심히 공부하고 건강하게 성장할 것을 축원하였다.

163. "나에게 직업을 선택하라고 하면 여전히 교사를 택할 것입니다"

1986년 3월 덩잉차오는 허베이사범대학교 총장 리멍싱(李夢醒)의 편지와 『허베이사범대학간사(河北師範大學簡史)』(초고)를 받았다. 그는 편지에서 허베이사범대학의 전신이 즈리제1여자사범학교, 즉 덩 다제의 모교라고 하면서 그녀가 교사(校史) 가운데 즈리제1여자사범과 관련된 부분을 검토해줄 것과 6월 13일 허베이사범대학 성립 80주년 개교기념일 행사에 참석해줄 것을 요청하였다.

즈리제1여자사범은 신중국 수립 이전 남녀공학인 허베이사범으로 바뀌었고, 신중국 수립 이후 허베이사범대학으로 승격되면서 학교 소재지를 허베이성 성도인 스쟈좡(石家莊)에 두 게 되었다. 덩잉차오는 그동안 몇 차례 톈진을 방문하였지만 그의 모교를 찾을 수 없었다. 왜냐하면 모교 소재지는 이제 미술학원으로 바뀌었기 때문이었다. 그녀는 모교를 매우 그리워하였다. 그녀는 교사(校史) 초고를 자세하게 살펴보고 자신이 경험한 관련 부분에 대해 일부를 수정하는 한편 스쟈좡으로 가 모교의 80주년 기념행사에 참가하기로 결정하였다.

6월 12일 오후, 덩잉차오는 스쟈좡에 도착하여 곧장 허베이성위원회와 허베이사범대학 책임자 동지들을 만났다. 그녀는 허베이사범대학 총장 리밍싱에게 말했다. "나는 총장께서 내게 편지와 함께 교사 자료를 보내 주어 내가 모교를 찾을 수 있게 해 준 것에 대해 매우 감사드립니다. 이번에 늙은 교우의 신분으로 모교 개교기념행사에 참가하게 됐는데 이는 내가 오랫동안 바라던 것입니다."[221]

덩잉차오가 즈리제1여자사범에서 공부할 때는 전교생과 직원을 모두 합해 단지 400명에 불과했다. 그녀는 현재 학교 구성원의 수가 얼마나 되는지 물었다. 리밍싱은 교직원, 대학본과생, 전문대학생 그리고 야간대학생, 통신학교 학생을 포함해 1만 명에 이른다고 대답했다. 덩잉차오는 웃으며 말했다. "거의 25배가 증가했군요. 정말 놀라운 변화입니다."

리 총장은 옛 교우인 덩잉차오에게 80년 동안 학교는 조국을 위해 2만 명의 교사와 전문기술 간부를 길러냈다고 보고하였다. 덩잉차오는 학생들은 졸업한 후 교사가 되고 싶어 하는지 애정을 갖고 물었다. 리 총장은 입학 시 1/3의 학생들은 교사가 되기를 원하지 않지만 교육을 통해 대부분의 학생들이 교사직을 수행하고 싶어 한다고 하면서 학생 대부분은 허베이 성 사람들이고 졸업 후 허베이 성내의 각 현 중등교사로 분산, 배치된다고 말했다.

덩잉차오는 또한 학생과 교사의 생활에 대해 물었다. 리 총장은 모든 학생이 장학금을 받고 있으며 식사는 훌륭하다고 하면서 교사의 생활 환경도 개선되었지만 주거 공간이 턱없이 부족하다고 대답했다. 덩잉차오는 현재 국민경제가 어렵지만 당 중앙이 교육을 중시하고 있어 교육 경비가 매년 증가하고 있으니 교사들의 생활도 점차 개선될 것이라고

---

[221] 필자는 1988년 스쟈좡으로 가 허베이사범대학 총장 리밍싱을 방문했다. 그는 1986년 6월 12일 덩잉차오가 모교 개교기념행사에 참가했던 상황에 대해 소개하였다.

하였다.

　리 총장과 당위원회 서기 쏭수다이(宋書岱)는 덩 다졔에게 개교기념행사에서 연설을 해줄 것을 청했다. 덩잉차오는 진지하게 말했다. "나도 무슨 말을 해야 할지 생각해 보았습니다. 여러분이 보기에 내가 어떤 내용의 말을 할 것 같나요?" 리 총장은 말했다. "가장 좋기는 다졔께서 교육, 특히 사범교육과 관련된 지시를 해주시는 것입니다."

　덩잉차오는 황급히 손을 내저으며 "지시라니요. 가당치도 않습니다. 중앙의 동지들은 매우 큰 관심을 갖고 여러 차례에 걸쳐 교육, 특히 사범교육의 발전 문제에 대해 언급했습니다. 내가 말하고 싶은 핵심은 학생들이 안심하고 교육사업을 전개하라는 것입니다." 리 총장은 서둘러 말했다. "너무 좋습니다. 이 문제는 우리가 항상 학생들에게 하는 사상활동의 중점 내용과 일치합니다."

　6월 13일 오전 9시, 옅은 회색 외투를 입은 덩잉차오는 허베이 체육관에 도착하여 허베이사범대학 1만여 명의 학생과 교우대표들과 함께 모교 개교 80주년 기념행사를 즐겁게 보냈다. 한 여학생이 덩잉차오에게 꽃 한 다발을 전해 주었다. 덩잉차오는 꽃을 받아 높이 들고는 큰 소리로 외쳤다. "나는 이 꽃을 친애하는 나의 모교에 바치고자 합니다!" 그러자 온 체육관이 떠나갈 듯이 우레와 같은 박수소리가 울려 퍼졌다.

　덩잉차오는 열렬한 박수소리를 받으며 연설을 시작하였다. "나는 한 명의 사범대학 교우로서 매우 영광스럽게 생각합니다. 나는 이번에 특별히 그렇게 오랫동안 바라고 바라던 모교의 개교기념행사에 참가하기 위해 서둘러 왔습니다. 1920년에 나는 사범학교를 졸업한 후 5년 동안 초등학교 교사를 했습니다. 이후 비록 교사직은 떠났지만 교육사업을 늘 사랑했습니다. 교육은 인간을 잘 빚어내는 활동입니다. 나는 줄곧 그것을 잊은 적이 없습니다. 만약 나에게 직업을 다시 선택하라고 하면 나는 여전히 교사직을 선택할 것입니다!" 그녀의 말은 다시 한 번 행사장 전체에 폭풍우 같은 박수소리를 이끌어 내었다.[222]

덩잉차오는 이어 말했다. "사범대학을 졸업한 학생은 교사가 되어야 하는데 이는 국가와 인민을 위해 유익한 사업입니다. 나는 동창생 여러분들이 사범교육에 대한 인식을 더욱 강화하고 자기가 사범학교에서 공부하고 있다는 사실을 더욱 영광스럽게 여기기를 희망합니다. 여러분은 지금 비록 학생이지만 졸업을 하면 교사가 될 것입니다. 교사가 될 사람은 이상, 도덕, 교양을 지녀야 하고 기율을 지켜야 하며 또한 전심전력으로 교육사업을 위해 봉사하고 인민을 위해 봉사해야 합니다."

덩잉차오는 또 말했다. "과거에는 사범교육을 그다지 중시하지 않았습니다. 그러나 우리는 현재 사범학교를 중시하고 있고 또 사범교육을 발전시킬 것입니다. 작년에 당 중앙은 이미 「교육체제개혁에 관한 결정」을 통과시켰고 몇몇 중앙의 지도자동지들이 교육문제에 대해 언급한 바 있습니다. 나는 모두가 현실 동떨어지지 않으며, 중앙의 결정이나 몇몇 지도자들의 중요 발언과 정신을 진지하게 집행하여 교육역량을 부단히 개혁하고 향상시키기를 희망합니다. 여러분은 현재 학생이므로 무엇보다 중요한 것은 어떻게 공부하여 교사가 되느냐 하는 것입니다. 여러분은 국가가 배양하는 가장 희망적인 인재 가운데 하나입니다. 우리는 인재를 많이 배양해야 하는데 우선 교육 인재가 필요합니다. 사범학교는 교육인재를 배양하는 곳입니다. 비록 여러분은 아직 학생 신분이지만 여러분은 항상 자신들이 장차 다른 사람의 교사, 즉 스승이 될 것이라는 사실을 명심해야 합니다. 교사의 직책은 대단히 어렵고도 힘들지만 또한 영광스러운 자리이며 교사라는 호칭은 숭고하며 또 신비한 것입니다. 여러분은 반드시 진지하게 각고의 노력을 기울여 어떻게 하면 자격이 충분한 한 명의 교사가 될 수 있는지 잘 터득해야 합니다." 마지막으로 그녀는 모두에게 충심으로 "열심히 배우고, 건강하며, 훌륭하게 일하여 교육사업에 더욱 눈부신 공헌을 이룩하기 바랍니다!"라고 축원하였다.

---

222 1986년 6월 13일 덩잉차오가 허베이사범대학 개교 80주년 기념대회에서 했던 연설 기록 원고 참고.

덩잉차오의 연설은 박수소리 때문에 갑자기 중단되었다. 전교생과 교직원은 덩잉차오의 간곡한 가르침을 통해 당과 국가가 교육 사업을 얼마나 중시하고 있는지 그리고 교사에 대해 얼마나 깊은 애정을 갖고 있는지 알 수 있었다.

대회장의 학예회가 정식으로 시작되자 덩잉차오는 조용히 자리에서 일어나 차로 사범대학 경내를 둘러보았다. 그녀는 깊은 감회에 젖은 채 교실과 기숙사, 도서관을 하나하나 바라보며 감탄하였다. "지금의 교육 조건은 과거에 비해 월등히 좋아졌을 것입니다. 비록 국가경제가 어려워 부족한 것이 다소 불만이지만, 장차 잘되리라는 희망은 큽니다."

허베이사범대학을 떠나 그녀는 다시 차로 허베이 열사공원묘지를 찾았다. 그녀는 국제주의 전사 베쑨, 아뒤화(阿棣華) 묘 앞과 에드워드(愛德華) 박사 기념비 앞에서 헌화하였다. 그녀는 오랫동안 그들의 이름을 응시하며 허리를 깊이 숙여 절하여 애도를 표했다. 그녀는 열사묘를 둘러보며 그들의 일생 동안의 행적을 소개한 글을 자세히 읽어보았다. 열사공원묘지 책임자는 덩 다졔에게 매년 수많은 청소년들이 찾아와 성묘하는데 최근 몇 년 동안에는 더 많은 외국친구들이 찾아와 헌화하고 있다고 알려주었다. 특히 캐나다 친구들은 매년 베쑨의 묘를 찾아 성묘한다고 하였다.[223]

덩잉차오는 이야기를 들으며 계속 고개를 끄덕였다. 그리고 말했다. "위대한 국제주의 전사 베쑨, 아뒤화가 당신들이 관리하는 이곳에 안장되어 있다는 것은 당신들에게 영광입니다. 반드시 그들의 공원묘지를 잘 보호하고 그들의 행적을 잘 알려야 합니다."

6월 13일 오후, 덩잉차오는 베이징으로 돌아갈 준비를 하였다. 그녀는 허베이사범대학에 근무하는 영국 국적의 여교사 루시 부르스가 간절하게 자신을 만나고 싶어 한다는 이야기를 듣고는 지체 없이 그녀와 만나

---

[223] 필자는 스자좡 허베이 열사공원묘지를 찾았다. 관리 책임자는 1986년 6월 13일 덩잉차오가 열사공원묘지를 방문했던 상황에 대해 소개하였다.

기로 하였다. 학교 당국은 바로 사람을 보내 루시에게 이 사실을 통지했으나 뜻밖에도 그녀는 마침 외출을 한 터라 학교에 없었다. 그녀를 찾았지만 이미 시간은 흘러 오후 4시 40분이 되어 덩잉차오와 만나기로 약속한 시간이 겨우 10분밖에 남지 않았다. 게다가 자동차 정체가 매우 심해 루시가 서둘러 호텔에 도착했을 때에는 이미 덩잉차오의 차가 막 떠난 뒤였다. 덩잉차오는 계속 루시를 기다렸으나 떠나지 않으면 기차시간에 대지 못할 수 있었다. 루시는 곧장 차로 다시 기차역으로 달려가 통역과 함께 덩 다제의 기차 객실에 올랐다. 덩잉차오는 기차 객실 입구에서 기다리고 있었다.[224]

루시는 덩잉차오를 보자마자 바로 앞으로 나서며 그녀를 껴안았다. 덩잉차오는 루시의 손을 잡고 부드럽게 "우리의 교육 사업을 위해 당신이 보여준 공헌에 감사합니다"라고 말했다. 루시는 감정이 복받쳐 말했다. "저는 열렬하게 중국을 사랑합니다. 나는 저우 총리를 가장 숭배하고 존경하며 당신 역시 그러합니다." 덩잉차오는 짬을 내어 루시와 함께 기차 객실에서 기념촬영을 하였다.

열차가 막 출발하려고 하자 루시는 이별을 매우 아쉬워하면서 기차에서 내렸다. 그녀는 플랫폼에 서서 덩잉차오를 향해 계속해서 손을 흔들었고, 덩잉차오 역시 객실 창가에 서서 루시와 환송 나온 동지들을 향해 거듭 손을 흔들며 작별인사를 하였다. 기차가 천천히 움직이자 루시는 손을 흔들면서 열차를 따라 앞으로 달리기 시작했다.

학교로 돌아오는 길에 평소 냉정하던 루시는 매우 흥분하며 말했다. "그녀와의 만남이 내가 중국에서 생활한 5년 동안 가장 행복하고 위대한 순간이며 가장 잊기 힘든 순간입니다. 나는 이번에 느꼈던 감상을 글로 써서 영국민들에게 꼭 알리도록 하겠습니다."

덩 다제는 자신이 일생 동안 수많은 국내외 인사를 만났지만 스쟈좡

---

224 허베이사범대학 총장 리멍싱은 이러한 상황에 대해 소개하였다.

에서의 짧은 체류와 영국 여교사와의 잠간 동안의 만남이 평소 그렇게 냉정하던 자신의 마음속에 이렇듯 큰 파장을 몰고 올 줄은 미처 생각하지 못했을 것이다.

164. 긴장된 활동을 보여주는 한 통계표

덩잉차오는 시화팅에서 근무하던 동지들을 늘 생각하였다. 그녀는 한 명 한 명 그들을 다 만날 수 없었기 때문에 모두에게 연락하여 같은 날 시화청에서 만나기로 약속하였다.

1983년 4월 13일 시화팅 정원에 해당화와 정향이 만개하고 복숭아와 오얏이 아름다운 자태를 드러내어 사람들의 마음을 사로잡았다. 시화청에서 근무했던 동지들과 일부 가족들은 기쁜 마음으로 익숙한 시화청을 찾아 그토록 오랫동안 보고 싶어 하던 덩 다제를 만났다.

그들 중에는 총리사무실 주임, 부주임, 비서, 의사, 간호원, 경호원, 요리사 등이 포함되어 있었다. 그 중 소수의 동지들은 항전시기 저우언라이 곁에서 근무하였지만 대부분은 1950년대, 1960년대 시화팅에서 근무한 이들이었다. 당시에는 모두 18,9세의 총각이거나 처녀였는데 이제 대부분 50줄을 넘어섰다. 그들은 총리와 다제가 그들의 일과 학습, 생활에 대해 가족처럼 관심을 갖고 돌봐 주었던 사실을 잊을 수가 없었다. 그들이 결혼할 때 덩 다제는 결혼식에 참가하였다. 그들의 아이가 태어났을 때에 덩 다제는 암탉과 붉은색 사탕을 갖고 와 산모와 아이를 보살펴 보았다. 그들이 일을 할 때나 사상적으로 문제에 봉착하게 되면 덩 다제는 그들과 무릎을 맞대고 다정하게 대화를 나누며, 쉽게 해결되지 않던 사상적인 어려움을 해소해 주었다. 그들이 경제적으로 곤란을 겪고 있을 때 덩 다졔는 계속해서 자신의 월급 중 일부를 떼어 그들에게 보태 주었다. 그들이 시화팅을 떠날 때면 덩 다졔는 그들에게 "열심히 공부해야 하며 기회가 되면 시화팅으로 돌아와 만납시다. 이곳이 바로 여러분의 집이니까요"라고 신신당부하였다. 시화청에서의 근무와 생활은 그들의 일생 가운데 겪었던 가장 아름다운 세월이었으며, 총리와 다졔는 때로는 엄격한 교사로, 한편으로는 자애로운 부모처럼 세세한 곳까지 모두 관심을 기울이며 그들을 사랑하고 보호하며 도와주었다. 이제 그들은 다시 집으로 돌아온 것이었다.

덩잉차오는 한 사람도 빠짐없이 친밀한 악수를 나누었으며 얼굴을 찬찬히 살펴보고 이름을 부르며 "나는 정말 여러분이 보고 싶었어요"라고 이야기하였다.[225]

그녀는 모두에게 앉아 차를 마시라고 권하며 그들과 이야기를 나누기 시작하였다. 그녀는 말했다. "오늘 이렇게 시화팅에서 함께 모이는 것은 나와 자리한 동지들의 오래된 바램이었습니다. 지금을 택한 것은 우선 저의 건강이 회복되기 시작했기 때문이고, 둘째 시화팅의 정원에 막 복숭아, 오얏, 정향, 해당화가 만개하는 계절이기 때문입니다. 비록 시화팅에 근무한 시기는 서로 다르지만 동지들을 함께 초대하였으니 여러분은 마음껏 꽃을 감상하며 차를 즐기시기 바랍니다."

또한 덩잉차오는 깊은 비애에 젖어 말을 이었다. "우리들 가운데 이미 몇몇 동지는 영원히 우리의 곁을 떠났습니다. 그들을 기념하려면 우리는 몸소 실천하며 열심히 노력하여 일도 게을리 해서는 안 됩니다. 여러 해 동안 동지들이 나에게 보여준 관심에 나는 마땅히 감사의 뜻을 표해야 합니다. 나는 동지들이 언라이 동지나 시화팅에 대한 그리움을 잘 이해하고 있습니다. 나는 또한 여러분의 심정을 알고 있습니다. 여러분은 신문보도를 통해 나의 활동이 너무 많은 것을 보고 내가 지치지나 않을까

225 1983년 4월 13일 덩잉차오가 시화팅 근무자들과 만났을 때 했던 대화 기록 원고 참고.

걱정합니다. 또한 활동이 적으면 내가 무슨 병에 걸리지 않았는지 염려합니다. 나를 찾아보고 싶지만 혹시 내가 바쁘지나 않을까 걱정하며 또 나의 휴식을 방해할까 염려합니다. 나는 동지들에 못지않게 여러분을 몹시 그리워했으며 너무나 만나고 싶었습니다. 그러나 건강과 정력 그리고 근무시간의 제약 때문에 마음먹은 대로 할 수 없었습니다. 그러다 오늘 이렇게 모두 만나게 되니 몇 년 동안의 숙원이 해결된 셈입니다. 나는 올해 나이가 79살이니 곧 80살이 됩니다. 이제 만날 기회가 그렇게 많지는 않을 것입니다……."

총리사무실 주임이었던 퉁샤오펑(銅小鵬)이 큰 소리로 외쳤다. "다졔께서 90세가 될 때 우리는 다시 오겠습니다!" 모두 뜨거운 박수를 보냈다.

덩 다졔는 웃으며 말했다. "만약 내가 정말 아흔까지 산다면 그때 나는 여러분들을 일부러 초청하지는 않을 테니 여러분들이 알아서 스스로 오도록 하세요." 다졔의 이 말을 듣고 모든 참석자들은 더 열렬하게 박수를 쳤다.

덩잉차오는 모두가 그녀의 건강에 관심을 갖고 있다는 사실을 알고서 그들에게 자신의 건강 상태에 대해 들려주었다. "1980년 프랑스를 방문하고 돌아와 집에서 넘어졌는데 우측 어깨뼈가 부러졌고 좌측 슬개골 역시 골절을 당해 73일 동안이나 병원 신세를 졌습니다. 1981년 7월 다시 넘어져 허리를 다쳤습니다. 1981년 말 담낭과 담도에서 결석이 발견되었습니다. 의사는 수술을 주저하며 나이가 너무 많고 관상동맥경화성 심장병이 있어 수술대를 무사히 내려오지 못할지도 모른다고 걱정했습니다. 나는 의사들에게 우리같이 요행히 살아남은 사람들은 생사의 문제에 대해 그렇게 집착하지 않으니 여러분은 안심하고 대담하게 수술에 임해 달라고 말했습니다. 수술을 통해 5개의 결석을 적출했습니다. 담낭병에서 비롯된 증상을 모두 제거했습니다. 그러나 작년 8월 9월 공산당 12대가 막 개최되려 할 즈음에 나의 심장병이 다시 발작할 줄을 어떻게 알았겠어요? 나는 '12대'가 끝날 때까지 병 치료를 미뤘습니다. 12월 심한 감기에 걸려 병원에 입원했는데 10일 낮 10일 밤 동안 고열이 계속되었고 합병증이 발생했습니다. 중앙의 지도동지와 내 경호원들 모두 마음이 조급해졌지만 나는 태연하게 대처했습니다. 의사는 국내외의 각종 항균제를 사용했지만 소용이 없었는데 결국 국내에서 제조한 보통약으로 고열은 퇴치되었습니다. 퇴원 이후 지금의 내 몸 상태를 보면 수면이나 식사에는 전혀 문제가 없습니다. 나는 신체를 단련하기 위해 매우 신경을 쓰고 있습니다. 식사 전후에는 반드시 산책을 하며 매일 보건체조를 열심히 하고 있습니다. 각종 기능이 모두 회복 중에 있는데 주요하게는 '고된 훈련[苦煉]'에 의지하지 바이화(白樺)의 『고련(苦戀)』이 아닙니다!"

덩 다졔가 말한 마지막의 재미있는 구절을 듣고 모두 웃기 시작하였다.

덩잉차오는 이어 지난 몇 년간의 활동 상황에 대해 이야기하였다.

"10년의 문화대혁명기간 동안 나는 정치의 중심에서 비켜나 있어서 그저 소일하는 사람들처럼 보였지만 실제 삶은 결코 유유자적하지 않았습니다. 극도로 긴장되고 복잡하며 엄청난 고통의 10년을 보냈습니다. 사인방이 몰락한 이후 당 중앙은 나를 사업을 부여하였습니다. 1977년부터 지금까지 약 6년 동안 내가 수행한 사업을 통계 수자로 표시하면 대략 다음과 같습니다."

이때 덩 다졔의 비서 자오웨이(趙煒)가 5년 동안의 덩 다졔의 활동 내역을 기록한 통계 수자표를 읽어 주었다.

	1977년	1978년	1979년	1980년	1981년	소계
중앙회의	54	34	38	41	35	202
인대회의		40	30	입원	17	87
기타회의	64	68	88	13	51	284
외빈접대	107	77	113	44	31	372
동지접견	125	110	133	74	92	534
동지방문	27	15		20		62
가족접견	25	21	9	3	13	71
총계	402	365	411	195	239	1,612

*[인대회의]는 인민대표대회를 가리키고 [동지접견]은 찾아온 동지를 만난 경우를 가리킨다.

함께 자리에 한 동지들은 이들 통계 수치를 듣고 매우 놀랐다. 설사 젊고 기력이 왕성한 사람이라 하더라도 이러한 활동량을 감당하기에는 힘에 매우 벅찰 텐데, 하물며 이미 70세를 넘은 허약하고 병든 노인이야 말해 무엇 하리?

　　덩 다제가 다시 웃으며 계속하는 말을 그들은 그저 들을 뿐이었다. "1977년에서 1980년까지 나는 미얀마, 스리랑카, 이란, 캄보디아, 일본, 북한, 태국, 프랑스, 유럽의회를 방문했습니다. 방문 시 적을 경우 5,6일, 많으면 십 수 일이 걸렸으니 적지 않은 시간을 보낸 셈입니다. 1980년에서 1982년까지 총 192일 동안 병원에 입원했습니다. 통계표는 단지 회의 참가와 대담한 시간만을 보여주고 있는데 그 외에 문건을 보고 결재를 하거나 원고를 집필하는 등의 활동도 하였습니다."

　　덩잉차오는 말했다. "외빈과의 회견은 매우 피곤한 업무입니다. 만나기 전에 수많은 관련 자료를 검토해야 하고 정곡을 찌르는 말을 하기 위해 준비를 철저히 해야 합니다. 단지 만나기만 할 경우에도 한 시간여의 시간이 걸리고 연회까지 더한다면 3,4시간이 소요될 수 있지요. 여러분이 텔레비전을 통해 보는 것은 그저 2,3분 정도에 불과하지만 실제로는 엄청난 힘이 드는 활동입니다. 현재 우리가 여기에서 하는 것처럼 어디에도 구애받지 않고 자유롭게 이야기할 수 있겠어요?"

　　그녀는 친절하게 말했다. "여러 해 동안 동지들이 나를 보고 싶어도 만날 수 없었지요. 그리하여 오늘 이렇게 실제 상황을 많이 들려주었는데 단순한 설명이지만 여러분이 널리 양해해 주기 바래요. 나는 자신의 활동에 대해 그다지 만족해하지 않습니다. 그 때문에 작년 1월 정식으로 중앙에 보고서를 써 나의 퇴직을 허가해 달라고 신청했습니다. 하지만 중앙은 비준하지 않았습니다. 공산당원으로서 나는 당의 이러한 결정에 복종해야 했고 의연히 나라를 위해 온 힘을 다하고 죽음으로 그 일을 끝맺으려 합니다."

　　퉁샤오핑이 끼어들었다. "우리 다제께서 이미 연세가 많아 연로한데 이렇게 많은 일을 하셨습니다. 특히 타이완 사업에 매우 많은 노력을 기울이셨지요."

덩 다제는 모두에게 두 가지의 바람을 제시하였다. 첫째, 신체 단련에 주의하고 열심히 활동하며 근면하게 학습하고 개혁의 촉진제가 되어야 한다는 것이다. 둘째는 모든 동지의 가족이 건강하고 화목하고 행복하기를 기원한다는 내용이었다. 또한 그녀는 참석하지 못한 가족들에게 자신의 안부 인사를 전해 달라고 모두에게 요청하였다.

덩잉차오는 수행원들에게 늘 세심한 관심을 기울였을 뿐만 아니라 외부 시찰 시 호텔 근무자들에게도 한결같이 매우 친절하게 대했다. 1984년 그녀는 다롄 방취다오(棒錘島)호텔에 머물 때 그녀의 생활을 돌보아 준 근무자들과 1개월 정도를 함께 보내며 서로 흉금을 터놓고 허물없이 지내기도 했다.

1985년 11월 덩잉차오가 광둥 주하이의 스징(石景)산장에서 18일 동안 머물 때 식당과 객실의 종업원과 매우 친하게 지냈다. 이들 십여 명의 아가씨들은 대부분 다롄이나 푸순(撫順)에서 왔는데 직무와 관련된 엄격한 훈련을 받아 미소 띤 봉사의 태도로 손님을 세심하고 정성스럽게 접대하였다. 그녀들은 한 목소리로 "덩 할머니!"라고 불렀는데 그 목소리가 매우 다정스러웠으며 보살핌 또한 매우 섬세했다. 덩잉차오는 항상 그녀들에게 관심을 기울였다. 그리하여 그들에게 일을 소중히 여기며 너무 일찍 결혼하지 말도록 당부했다. 그리고 관광 사업은 크게 발전할 것이며 개혁 개방에 힘입어 새롭고도 매우 다양한 지식을 수용해야 하니 그녀들이 열심히 학습해 주기를 바랐다. 아울러 호텔은 외부와 연결된 창구로서 많은 외국 여행객과 타이완, 홍콩, 마카오 동포들이 먼저 호텔의 봉사를 통해 사회주의 신중국을 바라보게 될 것이니, 그녀들이 조국의 영예를 떨쳐 주기를 희망하였다. 덩잉차오는 떠나기 전에 호텔종업원과 함께 친목회를 열었다. 아가씨들은 덩 할머니에게 「당은 친애하는 어머니다」, 「15일의 달빛」, 「군항의 밤」을 불러 주었고, 또 덩 할머니가 특별히 좋아하는 「홍후(洪湖)의 물이 넘실되네」와 「전우를 보내며」를 불렀다. 아가씨들이 웃음소리와 노랫소리는 봄날의 작은 새들처럼 소란스럽고, 즐겁고, 유쾌했다. 덩잉차오는 흥에 겨워 그들에게 박수를 보내기도 하고, 때로는 노랫소리에 맞춰 가볍게 흥얼거리기도 했다.

이후 덩잉차오는 광저우에서 병에 걸렸다. 이 소식을 전해들은 10명의 아가씨들은 사장에게 자신들이 덩 할머니를 꼭 만나 뵈어야 한다며 졸라댔다. 그녀들은 서둘러 광저우로 갔으나 덩잉차오는 비행기를 타고 베이징으로 곧 돌아가야 할 상황이었다. 아가씨들은 서둘러 급히 비행장으로 갔다. 덩잉차오는 이들 아가씨들을 보고 기뻐하며 웃었다. 그녀는 일일이 이름을 부르며 그녀들의 손을 잡고 열심히 근무해 줄 것을 당부하였다.

165. "한 번 맺은 우정은 평생 변치 않았다"

덩잉차오는 평생 올바른 인간이 되게 만드는 사상적 지도 활동에 뛰어났으며 널리 친구를 사귀였고 우정을 특히 귀하게 여겨 한 번 맺은 우의는 무겁게 지켰다.

1984년 어느 날, 그녀는 『인민일보』에 실린, 이미 고인이 된 작가 쉬대산(許地山)의 부인 저우쓰쑹(周俟松)을 소개하는 기사와 사진을 보았다. 그 기사는 저우쓰쑹이 즈리제1여자사범과 베이징사범대학을 졸업한 후 계속 중등학교 교사로 재직하였으며, 1956년 전국 문화교육분야 선진활동가 대표대회에 참가한 바 있고, 지금은 이미 84세의 고령임에도 의무유치원에서 영어를 가르치고 있다고 소개하였다. 덩잉차오는 붓을 들어 저우쓰쑹에게 다음과 같이 편지를 썼다.

"저우쓰쑹 선배께 : 저는 『인민일보』를 통해 선배의 사진을 보았습니다. 나이 든 증거인 흰 머리를 제외하면 젊었을 때의 모습이 완연하여 너무 기뻤습니다. 선배의 이름과 모습을 아직도 저는 선명하게 기억하고 있으며 또한 과거의 많은 동창들에 대해서도 잊지 않고 있습니다. 저는 선배의 두 자매를 기억하는데 그 중 한 명의 이름이 저우밍셴(周銘洗)이었는데, 언니인지 동생인지는 분명하지 않군요. 제 기억이 맞나요? 저는 과거 신문에서 부군이신 쉬디산 선생이 홍콩에서 사망했다는 소식을 접하고 선배께서 그의 부인임을 안 뒤 바로 연락을 취하려고 했었습니다. 하지만 선배는 홍콩에 있었고 나는 총칭에 있었기 때문에 별 다른 성과가 없었답니다. 이제 선배께서 건강하게 교육사업을 계속하고 있다니 저는 정말 감격스럽고 기쁘며 안심이 됩니다. 1956년 선배는 베이징에서 열린 선진활동가 대회에 참석해 저우언라이 동지를 만났다고 하던데 왜 그때 저에게 알리지 않았나요? 정말 이해할 수 없어요. 그 때문에 애석하게도 서로 만날 수 있는 기회를 잃어버리고 말았습니다. 선배는 저보다 4살이나 많은데 아직까지 여가시간을 이용해 영어를 가르치고 있다고 들었습니다. 그러나 건강에 특히 유념하시어 일과 휴식을 적당히 안배하셨으면 좋겠습니다. 저 역시 늙고 쇠약한 병자이지만 당연히 선배에게서 배워야 하겠습니다. 할 말은 많지만 이만 줄입니다. 건강과 장수를 축원합니다. 후배 덩잉차오 드림. 1984.4.13."

난징에 거주하는 퇴직 중등학교 교사 저우쓰쑹은 덩잉차오의 이 같은 다정다감한 편지를 받자 큰 감동을 받았다. 사실 1956년 그녀가 베이징에서 문화교육분야 선진활동가대회에 참가하여 저우 총리를 보았을 때 자신이 덩잉차오의 동창임을 밝히려고 하였다. 하지만 자신은 평범한 중등교사이고 덩잉차오는 업무가 매우 바쁘다는 사실을 다시 떠올리고는 그녀를 성가시게 할 수 없다고 판단하여 목까지 올라온 말을 거둬들였다. 지금 생각해 보니 참으로 후회스러웠다. 그녀는 즉시 덩잉차오에게 답장을 보냈다. 이를 계기로 그녀들의 서신왕래가 시작되었다.

1986년 9월, 자신 부친의 친구이자 저명한 민주인사 천수통(陳叔通) 옹의 110주년 탄신기념회를 맞이하여 저우쓰쫑은 베이징에 도착했다. 그녀는 이번에는 기필코 덩잉차오를 한 번 만나보고 싶었다.[226]

덩잉차오는 차를 보내 저우쓰쫑 모녀를 시화팅까지 모셔오게 하였다.

보자마자 저우쓰쫑은 '경애하는 덩 다졔'라고 불렀다. 덩잉차오는 급히 말했다. "선배는 저보다 나이가 많으시니 응당 제가 선배를 다졔라고 해야 맞지요" 저우쓰쫑은 "당신은 인민이 경모하는 혁명의 노 선배입니다"라고 말했다. 덩잉차오는 겸손하게 말했다. "저에 대한 선배의 평가는 너무 과합니다. 저는 그저 인민을 위해 봉사하는 한 사람에 지나지 않습니다."

60여 년 동안이나 떨어져 지낸 두 늙은 동창은 즐겁게 지난 추억을 나눴다.

저우쓰쫑이 말했다. "저는 1916년 동생 저우밍셴과 함께 즈리제1여자사범에 입학했는데 덩 다졔에 비해 한 급 낮았지요. 당시 다졔는 우리 자매보다 비록 나이는 어렸지만 항상 후배들을 돌보아 주었어요. 당시 톈진에서는 늘 홍수를 달고 있었고, 한 번 홍수라도 나면 어김없이 전차가 끊겼습니다. 그러면 수많은 통학생들이 집에 갈 수가 없었으며 학교도 별 도움을 주지 않았습니다. 그때 다졔는 용감히 나서 우리를 학교에 거주하는 동창들의 기숙사에 머물도록 조치하였습니다. 어려서부터 통일전선사업을 할 줄 알았던 것이지요"

덩잉차오는 이 이야기를 듣고 웃었다. "그 당시에는 통일전선이라는 말은 없었어요. 그때 저는 학생회에서 일을 하였으니 대중과의 단결이라고 말할 수 있겠군요"

저우쓰쫑은 덩잉차오가 당시 학교간행물에 차이어(蔡鍔) 장군의 죽음을 기리는 추도사를 발표하여 학우들을 크게 계발시켰던 사실을 기억해

---

226 필자는 1987년 9월 난징의 저우쓰쫑을 방문하였다. 그녀는 덩잉차오와 자신과의 왕래 상황에 대해 이야기하였다.

냈다. 덩잉차오는 그 말을 듣고 놀라며 말했다. "사실인가요? 정작 저는 그런 글을 썼는지 전혀 기억나지 않는데요." 저우쓰쏭은 말했다. "당신은 기억하지 못해도 저는 분명하게 기억할 수 있답니다. 당신은 평생 동안 아주 많은 글을 썼으니 아마도 어려서 쓴 글을 제대로 기억하지 못하는 모양입니다."

덩잉차오는 또 1956년 왜 자기를 만나러 오지 않았냐고 물었다. 저우쓰쏭은 쑥스러워 하며 말했다. "저는 그저 매우 평범하게 살다 보니 특별하게 큰일을 한 것도 없는데 다체를 귀찮게 만들 것 같아 부끄러웠습니다." 덩잉차오는 손을 내저으며 말했다. "아이, 선배는 어려운 교육계에서 50여 년 동안 온갖 노력을 정성껏 기울였고 천하에 제자가 가득한데 이것보다 큰 사업이 어디 있겠습니까? 저는 정말 더 일찍 만나 뵀었어야 했습니다."

덩잉차오는 저우쓰쏭의 생활에 대해 물었다. 저우쓰쏭은 대답하였다. "1971년 퇴직한 후 집에서 십여 명의 초등학생에게 외국어를 계속 가르쳤고 유치원 상급반에서도 외국어를 가르치면서 역사, 지리 상식도 함께 가르쳤습니다. 4개 현대화를 실현하려면 외국어를 모르면 안 되지요. 저는 아이들에게 외국어의 기초를 심어 주었는데 아이와 부모들로부터 좋은 반응을 얻었습니다." 덩잉차오는 "선배는 저보다 4살이 많은데 여전히 학생을 가르치고 있으니 저는 정말 감탄했습니다. 저는 비록 늙고 병약하지만 선배에게서 배워야 합니다."

덩잉차오는 또한 저우쓰쏭의 동생 저우밍셴에 대해 물었다. 저우쓰쏭은 말했다. "밍셴은 올해 83살입니다. 신중국 수립 이전에 미국으로 유학을 간 후 그곳 대학에서 학생을 가르치고 있는데 아직까지 미혼입니다. 그녀는 노자철학과 당시(唐詩)를 번역하였고 번역문 뒤에 그림으로 그 뜻을 설명하여 독자로부터 좋은 반응을 얻었습니다." 덩잉차오는 감탄하였다. "그녀는 독신으로 살면서 자유롭고 기개가 넘치는군요. 만약 귀국하면 꼭 초대하여 대화를 나누고 싶습니다."

10월 친척을 찾아 귀국한 저우밍셴이 베이징에 도착하였다. 덩잉차오는 그녀와 만나 친밀하게 이야기를 나누었다. 또 그녀에게 영문판『저우언라이전략(周恩來傳略)』,『중국인민정치협상회의의 역정(中國人民政治協商會議的歷程)』그리고 선홍색 장미를 선물로 주었다. 저우밍셴은 미국으로 돌아간 후 자신이 덩잉차오와 만났던 장면과 관광한 모습을 슬라이드로 만들어 미국민과 미국 거주 화교를 상대로 널리 자랑하였다.

전국여성운동사료모집회에서 덩잉차오는 오랜 동안 만나지 못한 각오사 사원 관이원(管易文)과 천샤오천(諶小岑)을 만났다. 그들은 이미 90세의 노인이었고 모두 국무원 참사관(參事官)으로 일하고 있었다. 덩잉차오는 감개무량한 마음으로 그들에게 말했다. "과거 각오사의 사원 중 아직 살아 있는 사람은 그다지 많지 않습니다. 하지만 당신들은 아직 건재하니 당시 학생운동과 여성운동을 위해 정확한 사료들을 제공할 수 있을 것입니다." 그녀는 그들이 편안한 노년을 보내고 힘이 닿는 범위 내에서 일을 할 수 있기를 축원하였다.

1987년 6월 21일 덩잉차오는 국민혁명 시기의 옛 전우 우즈즈(伍治之)를 집으로 초대해 이야기를 나누었다. 우즈즈는 1925년 사회주의청년단에 가입하였고 같은 해 입당하였다. 1925년 가을 저우언라이가 참가한 동정군(東征軍)이 산터우(汕頭)를 장악하자 덩잉차오는 11월 산터우로 가 국민당 차오메이(朝梅) 특별위원회 위원으로 활동했는데 그때 우즈즈를 알게 되어 조직에서 함께 활동하였다. 덩잉차오는 차오산(朝汕) 일대에서 여성운동을 전개하며 여성운동의 열성일꾼이던 우원란(吳文蘭), 차이추인(蔡楚吟) 등을 키웠다. 덩잉차오는 차이추인의 집에서 좌담회를 열었고 그녀는 입당하여 후에 우즈즈와 결혼하였다. 국민혁명 실패 이후 우즈즈 부부는 태국에 머물었다.[227]

1940년 그들은 태국에서 총칭으로 돌아와 저우언라이와 덩잉차오를

---

227 필자는 1987년 베이징의 우즈즈를 방문했다. 그는 흥겹게 자기 가족과 덩잉차오와의 교류 상황에 대해 설명하였다.

만났다. 그들은 남방국 화교조(華僑組)에서 근무했다. 저우언라이와 덩잉차오는 옌안으로 돌아가는 동지를 시켜 그들의 아들 차이청(蔡誠)을 데려가 학습하게 하였다. 1941년 환남사변 이후 우즈즈, 차이추인은 홍콩으로 장소를 옮겨 공작을 계속하였다. 1949년 그들은 베이징으로 돌아와 중난하이 시화팅에서 저우언라이와 덩잉차오를 만났다. 그들은 이후 푸젠 성 취안저우(泉州) 화챠오(華僑)대학에서 근무하였다. 우즈즈는 상임 부총장(총장은 허샹닝이었다)을 맡았고 차이추인은 당위원회 서기를 맡았다. 문화대혁명기에 차이추인은 불행하게도 박해를 받아 사망하였다.

이제 82세의 우즈즈는 아들 차이청, 며느리, 손자, 증손 등 4대의 가족을 데리고 덩 다제를 만나러 왔다. 그들이 응접실에 들어서자 우즈즈는 큰 소리로 외쳤다. "다제, 우리 가족 4대가 당신을 뵈러 왔습니다." 덩잉차오는 기뻐하며 "당신의 4대는 나의 4대이기도 하지요"라고 말했다. 그녀는 우즈즈의 6살 증손을 자신의 곁에 앉히고 계속해서 사탕과 과일을 먹으라고 주었다.

우즈즈는 "다제를 뵈니 정말 행복합니다"라고 말했다. 덩잉차오는 이에 "나 역시 행복합니다. 단지 언라이와 추인이 함께 자리하지 못해 아쉽지만요"라고 하였다. 우즈즈는 덩 다제가 상심할 것을 걱정해 급히 화제를 바꾸었다.

"다제, 1926년 가을 제가 양스훈(楊石魂) 동지와 함께 산터우 와룽(臥龍)호텔에서 당신을 만났던 것을 기억하시나요? 당시 당신은 매우 젊고 활달했으며 열정이 넘쳤습니다. 총리께서는 그때 나이 26,7에 불과했었지요 늘 너무 바빠 수염을 깎을 시간조차 없어 얼굴 전체에 수염이 가득했고 우리는 그를 '수염 어르신'이라고 불렀습니다. 그때 당신들은 결혼한 지 얼마 되지 않은 때였습니다. 제가 보니 '수염 어르신'은 흔들의자에 앉아 있었고 당신은 그 뒤에 서서 수시로 손가락으로 그의 머리를 빗겨주거나 장난스럽게 그의 수염을 쓰다듬고 있었지요 우리는 함께 크게 웃으며 진정 한 가족처럼 따뜻한 정을 느꼈습니다. 당신은 그때 산터우도처에서 강연을 하였는데 그때 패기가 얼마나 넘쳐 났는지요 당신과 '수염 어르신' 그리고 펑파이(彭湃)는 모두 하나같이 유명한 연설가였고 군중을 끌어들이는 힘이 대단했습니다. 추인은 원래 중등학생이었을 뿐이었는데 당신의 직접적인 도움으로 혁명에 참가했습니다. 차이청 이 아이는 총리와 당신의 관심 덕분에 12살에 옌안으로 가 공부할 수 있었습니다."

덩잉차오는 우즈즈의 이 생동감 넘치는 회고를 매우 흥미롭게 들었다. 그녀는 말했다. "즈즈, 당신의 기억력은 정말 대단하군요 60여 년 전의 일을 이렇게 분명하게 기억하고 있다니." 차이청은 당시 사법부 제1부부장(중공중앙 위원이며 사법부 부장[228])이며 당 13대 대표이기도 하였다. 덩잉차오는 차이청에게 말했다. "당신이 현재 맡고 있는 책임은 무겁습니다. 자만하지 말고 신중하게 맡은 일에 최선을 다해 길러준 당과 인민의 기대를 어긋나지 않아야 합니다. 그래야 당신의 어머니도 저 세상에서 웃을 수 있지요"

우즈즈의 손자는 해방군신문 편집을 맡고 있었다. 덩잉차오는 그에게 말했다. "여론사업은 매우 중요합니다. 당의 기본노선과 당의 좋은 전통을 진지하게 선전하여 당보(黨報)와 인민대중과의 관계를 강화시켜야 합니다."

덩잉차오는 또한 우즈즈의 6살 된 증손에게 말했다. "너는 아빠와 엄마는 물론 할아버지와 증조할아버지의 말을 잘 들어야 한다. 그리고 열심히 공부하여 매일 매일 발전하고 장래 혁명 사업을 이어받을 준비를 해야 한단다." 아이는 그녀의 말을 다 알아 듣지도 못하면서 이 할머니가 증조할아버지, 할아버지, 아빠 그리고 자기와 매우 친밀하다고 느끼며 작은 두 눈을 계속 깜빡이며 다 알아 들었다는 듯이 연신 고개를 끄덕였다. 이러한 모습 때문에 덩잉차오와 우즈즈 일가 4 세대 사람들은

---

[228]   역주 : 차이청(1927-2009)은 1988년에서 1993년까지 사법부 부장, 당조서기(黨組書記)를, 1990년에서 1993년까지 중공중앙정법위원회 위원을 역임하였다.

모두 웃음을 터뜨렸다.

헤어질 때 덩잉차오는 큰 누나가 동생에게 대하듯 우즈즈와 껴안고 작별인사를 하였다.

국민혁명 실패 후 덩잉차오는 언라이와 함께 백색공포 아래에서 상하이 지하공작을 계속하였다. 동지들로부터 '슝(熊) 사장'이라고 불리던 슝진딩(熊瑾玎)은 당중앙비서처의 회계였는데 그의 집에서 정치국상임위원회가 항상 열렸다. 신중국 수립 이후 덩잉차오는 항상 그의 집안사람들과 교류하였다. 1966년 새해 첫날 슝진딩의 80세 생일이었다. 저우언라이와 덩잉차오는 함께 그의 집으로 찾아가 축수하였다. 1973년 슝진딩이 병으로 세상을 떠나자 덩잉차오는 서둘러 그의 집을 방문하여 그의 부인 주두안서우(朱端綬)를 위로하였다. 1981년 주두안서우가 병으로 병원에 입원했을 때에 덩잉차오도 병원에 입원 중이었는데 그녀를 보자 농담으로 "안주인께서는 여전히 꽃과 같이 아름답군요"라고 말했다.

25,000리 장정은 덩잉차오의 일생 가운데 잊기 힘든 경험이었다. 1986년 4월 17일 오후, 덩잉차오는 차를 보내 과거 장정 때 간부휴양연대 연대장을 맡았던 허우정(侯政)을 시화팅으로 초청했다.

덩잉차오는 두 손을 뻗어 허우정의 손을 꽉 쥐며 다정하게 말했다. "허우정 동지, 옌안에서 헤어진 이후 나는 계속 당신의 소식을 수소문했으나 도무지 알 수 없었어요. 원래 당신은 베이징에서 근무했다는데 이제야 비로소 이렇게 만나게 되는군요." 허우정은 웃으며 말했다. "다제께서 관심을 보여주셔서 감사합니다. 사실, 저는 이전부터 늘 당신을 보았습니다."[229]

덩잉차오는 이상하게 느꼈다. 허우정은 그에 대해 설명하였다. "저는 전국정치협상회의 3,4,5기 위원이었습니다. 회의가 열렸을 때 다제께서는 단상 위에 있었고 저는 그 아래에 있었습니다. 저는 다제가 건강하신

---

[229] 허우정, 「덩 다제는 나와 함께 장정을 회고하다」, 『덩잉차오, 한 위대한 여성』, 160-164쪽 참조.

모습을 올려다보며 마음속으로 기뻤습니다. 그러나 쑥스러워 단상으로 올라가 다제께 인사를 드릴 수가 없었습니다."

덩잉차오는 그를 나무라며 말했다. "당신은 더 일찍이 나를 찾았어야 했습니다. 어떻게 우리 사이에 그런 격식을 찾을 수 있어요?" 그녀는 진중하고 조용히 말했다. "우리는 이제 모두 늙었습니다. 나는 올해 82세로 당신보다 6살이 더 많지요. 당신도 76세나 되었지요. 장정을 할 때 당신은 키도 크고 건장했으며 둥근 얼굴에 체구가 우람했던 것으로 기억하는데, 이제 보니 늙은이가 되었습니다."

그들은 화제를 바꾸어 장정 때의 중앙 종대(縱隊)[230] 간부휴양연대에 관한 이야기를 나눴다. 덩잉차오는 말했다. "특수연대라는 이 이름은 잘 지은 것 같아요. 내 기억으로는 동비우가 지은 것으로 알고 있는데 정말 상황에 딱 들어맞았어요. 이런 연대는 중국 홍군에서 하나뿐이었지요."

허우정은 웃으며 말했다. "다제, 중국 홍군 내에서 유일할 뿐만 아니라 세계 군대역사상 아마도 유일할 것입니다. 연대에는 어린이와 노인은 물론 남성동지와 여성동지도 있었으며 산모와 부상병도 있었습니다. 노인으로는 당의 창시자인 동비우 동지와 쉬터리(徐特立), 셰줴자이(謝覺哉)가 있었지요. 30명의 홍일방면군(紅一方面軍) 참가 장정 여성홍군 가운데 24명이 이 연대에 소속되었습니다. 300여 명이 그렇게 어렵고 힘든 조건에서 장정을 마칠 수 있었다는 것은 정말 대단한 일이었지요!"

덩잉차오는 고개를 끄덕이며 깊이 감격하여 말했다. "맞아요. 장정을 완수한 것은 정말 어려운 일이었어요. 우리는 모두 요행히 살아남은 사람들입니다. 당신이 맡았던 연대장 직책도 매우 힘들고 부담스러운 자리였습니다. 당신은 정말 큰 고생을 하였지요. 휴양연대에서 머물렀던 옛 동지들은 당신을 잊을 수 없을 것입니다."

허우정은 진심으로 말했다. "당시에는 동비우, 덩 다제 등 고참 동지

---

230 역주: 국공내전 때의 중국인민해방군의 편제 가운데 하나로 군단에 상당한다.

들로부터 수시로 구체적인 지도와 도움을 받아 일처리를 했습니다. 저우 부주석께서는 연대가 창설될 때부터 쉬지 않고 관심을 보여주셨고 항상 우리가 많은 어려움을 해결할 수 있도록 도와 주셨습니다."

덩잉차오는 웃으며 "당연하지요. 그 분야의 일은 그의 책임이었으니 까요"라고 말했다.

허우정도 웃으며 말했다. "저우 부주석께서 임무교대 시 저에게 당부 하셨던 말이 기억납니다. '당신이 맡은 연대장의 책임은 결코 가볍지 않 습니다. 고참 동지는 당의 소중한 재산입니다. 만약 한 명이라도 손실이 나면 당신의 머리를 잘라버릴 것입니다'라고 하셨지요."

덩잉차오는 이 이야기를 듣고 급히 말했다. "그런 처벌은 너무 심했네 요, 너무 심했어요. 당시 상황이 그렇게 위험했는데 어찌 단 한 명의 희 생도 없으리라고 보증할 수 있겠어요?"

허우정은 신이 나 말했다. "다행히 마르크스가 보우하사 휴양연대의 고참 동지들은 한 명의 손실도 없이 전부 안전하게 산시 북부에 도착할 수 있었습니다."

덩잉차오는 말했다. "올해는 장정 승리 50주년이 되는 해입니다. 장정 의 정신을 널리 알려 4개 현대화 건설을 촉진해야 합니다. 우리는 장정 을 성공적으로 마쳤는데 지금 돌이켜 보면 정말 불가사의한 일이었습니 다. 한 걸음 한 걸음 나아가 마침내 25,000리를 행군하였지요. 전방에는 적으로 진로가 가로막혔고 후방에는 추격부대가 따랐으며 설산(雪山)과 초지(草地)를 넘어야 했으니 정말 힘들었지요! 당시 나는 30살로 젊어서 버텨낼 수 있었습니다."

덩잉차오는 장정 중 겪었던 고난에 대해 큰 흥미를 갖고 회상하였다. 허우정은 장정 중 5명의 여성홍군이 아이들 낳았는데 당시에는 아이를 데리고 갈 수 없는 상황이었기 때문에 가슴 아파하며 애를 버릴 수밖에 없었던 사실에 대해 언급했다. 그는 괴로워하며 말했다. "신중국 수립 이후 몇몇 다계들이 저를 보더니 그 아이들을 찾아야겠다고, 그들이 어디에서 태어났는지 기억해 달라고 했지요 그녀들이 가서 찾아봤지만 한 명도 찾을 수가 없습니다."

덩잉차오는 고개를 흔들며 탄식했다. "어떻게 찾겠어요? 허쯔전(賀子珍)과 천휘칭(陳慧淸)이 모두 여자아이를 낳았었는데 나는 그들에게 '쌍펑(雙鳳)'이라는 이름을 지어준 적이 있습니다. 나중에 찾기 좋으라고 그랬던 것으로 기억합니다. 하지만 너무도 긴 세월이 흘렀기 때문에 정말 찾기가 어려울 것입니다." 당연히 그녀는 이들 아이들이 모두 살아 있기를 소망했다. 이런 저런 생각에 빠져 그녀는 정신이 다소 복잡한 상태로 말을 이어갔다. "그 아이들이 지금까지 살아 있다면 벌써 50세 남짓 되었을 것입니다."

허우정은 일어나 작별을 고했다. 덩잉차오는 외투를 입고 장정을 함께 한 전우를 정원을 지나 대문 밖까지 배웅하며 또 당부했다. "부디 건강하고, 다시 만날 수 있기를 바래요"

1983년 11월 6일 덩잉차오는 시산(西山) 평민요양원의 동료 환자였던 천룽(陳溶)을 만났다. 원래 천룽은 『베이징만보(北京晚報)』에 연재된 「리즈판 부인」를 보고 「시산평민요양원에 관하여」라는 글을 써서 같은 신문에 발표하였다. 덩잉차오는 이 글을 보고 동료 환자 천룽이 생각나 차를 보내 그녀를 시화청으로 모셔오게 하였다.

덩잉차오는 천룽을 보고 웃으며 물었다. "당신이 보기에 내가 여진히 리즈판 부인[231]처럼 보이나요?" 그녀는 천룽을 자세히 보고 말했다. "여전히 예전 모습 그대로네요 하지만 살이 좀 붙었고 늙었군요 아니, 아직 그렇게 많이 늙지는 않았어요" 이렇게 말하고 그녀는 천룽과 함께 웃었다.[232]

덩잉차오는 천룽에게 기회가 되면 과거의 동료 환자들과 만나자고 하면서 매우 즐거울 것이라고 하였다. 그녀는 또한 천룽이 당시 하늘색 상

---

231 역주: '리즈판 부인'에 대해서는 제5장 38절 참조.
232 1983년 11월 6일 덩잉차오와 천룽의 대화 기록 녹음 참고.

의와 치마를 입었던 것을 기억해냈다. 1973년 그녀는 특별히 시산 요양원을 찾았고 그곳에 일부 건물들이 새로 건축된 것을 발견하였다. 천룽은 덩 다제에게 물었다. "중일전쟁 발발 이후 신체가 크고 건장한 남성 동지가 급히 다제를 찾아왔었는데 나중에 생각해 보니 그가 '리즈판 선생'이 아닐까 하는 생각이 들었습니다." 덩잉차오는 웃으며 말했다. "언라이 동지는 당시 시안에 있었지요. 그때 나를 찾아온 사람은 난한천(南漢宸) 동지였습니다. 그는 나에게 빨리 베이핑(北平)을 떠나라고 통지했었지요."

덩잉차오는 천룽의 개인사에 대해 관심 있게 물었다. 천룽은 부친인 천타오(陳濤)가 일찍 일본에 유학하여 게이요(慶應)대학을 졸업하였으며 1926년 입당하여 황푸군관학교 제5기 정치교관을 지냈고 난창봉기에 참가하였으며 후에 동북지방에서 만주성위원회를 조직했다고 대답하였다. 나중에 부친은 베이핑으로 옮겨 와 폐병에 걸린 중학생 천룽을 평민요양원에 보내 치료를 받게 했으며 현재 부친은 『일한사전(日漢辭典)』 주편을 맡고 있다고 했다. 그리고 자신은 1946년 해방구로 이주하여 1949년부터 지금까지 인민은행에서 근무하고 있다고 하였다.

덩잉차오는 시산평민요양원의 근무자들과 동료 환자들에 대해 깊은 관심을 보였다. 그녀는 천룽에게 신중국 수립 이후 요양원의 의사 셰(謝)를 만난 적이 있다고 알려 주었다. 덩잉차오의 기억력은 매우 좋아 그녀는 요양원의 동료 환자였던 다왕(大王) 아가씨, 샤오왕(小王) 아가씨, 샤오뤄(小羅) 등과 노동자 라오모(老莫) 등을 기억했다.

천룽은 자신이 시산평민요양원에서 찍은 사진을 가지고 왔다. 덩잉차오는 자세하게 사진 속의 동료 환자들을 확인하였다. 천룽은 말했다. "다제, 당시에는 왜 다제께서 저희들과 함께 사진 찍기를 그토록 거부하는지 도무지 알 수 없었습니다." 덩잉차오는 "내 신분이 함부로 노출되어서는 안 되기 때문이지요"라고 설명했다.

대화를 나누며 덩잉차오는 여러 차례 말했다. "샤오천, 당신은 더 일찍 나에게 연락을 했어야 했어요" 천룽은 말했다. "신중국 수립 이후 저는 기록영화에서 다졔를 확인할 수 있었지요. 당시 저는 단지 보통 간부에 불과했는데 어떻게 함부로 다졔를 귀찮게 할 수 있었겠어요?" 덩잉차오는 말했다. "우리는 동료 환자가 아니었던가요? 한 번 친구가 되면 평생 그 친구 관계를 유지함이 마땅한데 어떻게 귀찮게 한다는 말이 나올 수 있어요?"

천룽이 작별 인사를 하자 덩잉차오는 문 입구까지 따라 나와 뜨겁게 환송하였다. 천룽이 고개를 돌려 바라보니 그녀는 변함없이 친절하고 부드러웠다. 그녀는 여전히 46년 전의 '리즈판 부인' 그대로였고 요양원 사람들이 좋아하고 존경하는 '리 부인'이 틀림없었다.

166. 홍옌(紅巖)의 정경이 다시 눈앞에 떠오르다

항일전쟁 시기 덩잉차오와 저우언라이는 국민당 통치 하의 우한과 총칭에서 전투를 함께 하였고, 극단적인 어려움 속에서 당의 항일통일전선 정책을 모범적으로 집행하였으며 항전과 진보 그리고 단결 투쟁을 계속 이어갔다. 많은 전우와 동지들은 덩잉차오의 마음속에 남아 있었고 기회가 있을 때마다 항상 그들을 만나고자 하였다.

사인방이 몰락한 이후 덩잉차오는 시화팅에서 총칭 남방국에서 함께 활동했던 룽가오탕(榮高棠)과 관핑(管平) 부부를 만났다.

룽가오탕과 관핑은 러메이(樂妹)[233]를 데리고 십 수 년 동안 만나지 못했던 덩잉차오를 보러 왔다. 재난을 겪은 뒤에 다시 만나니 많은 혹독한

---

233 역주: 이들에 대해서는 제6장 58절 참조.

시련들이 불현듯 상기되었다. 당시 홍옌의 모습들이 마치 눈앞에 떠오르는 듯했다. 그때 덩잉차오는 샤오러톈(小樂天)을 안고 사진을 한 장 찍었는데 저우언라이는 거기에 "다러톈(大樂天)과 샤오러톈(小樂天), 히히하하 하루 종일 즐겁네. 샤오러톈을 하루만 못 봐도 보고파 안달이 난 다러톈(大樂天). 사이러톈(賽樂天)이 쓰다"라는 기념 글을 남겼다. 덩잉차오는 저절로 감상에 젖어 "당신들도 알고 있듯이 샤오러톈과 사이러톈은 이미 우리 곁에 없습니다. 우리 '러씨 가족' 가운데 2명이 세상을 떠난 것이지요"라고 말했다. 그녀의 이 말은 롱가오탕, 관펑의 가슴 속에 끝없이 비애를 불러 일으켰다. 관펑은 참지 못하고 울음을 터뜨렸다. 강인한 성격의 덩잉차오가 오히려 그녀를 위로하였다. 롱가오탕은 이때 화제를 돌릴 생각으로 말했다. "다제, 당신의 목소리는 크고 우렁차며 힘이 넘칩니다. 연설할 때 보면 과거 총칭에 있을 때에 비해 조금도 뒤지지 않는군요" 덩잉차오는 웃으며 해학적으로 말했다. "연설은 나의 특기라고 할 수 있어요 여러분은 내가 15살 때 이미 강연단 대장이었다는 사실을 잊으면 안 됩니다."

　항전시기 덩잉차오가 직접 지도한 궈졘(郭建)은 능력 있는 여성동지였다. 그녀는 사인방 몰락 이후 교통부 부부장을 맡았다. 그 후 몇 년이 지난 1980년대 초 그녀는 간부 연령의 하향 조정에 대한 당 중앙의 호소에 호응하여 스스로 2선 후퇴를 요구함과 동시에 중년 여성 전문간부 정광디(鄭光迪, 저명한 여기자 양강(楊剛)의 딸, 1950년대 소련에 유학했다)를 부부장으로 적극 추천했다. 그녀는 이러한 사실을 덩잉차오에게 알렸고 덩잉차오는 그것을 매우 높이 평가하였다.[234]

　1984년 남편이 세상을 떠나자 그녀는 매우 슬퍼했다. 이러던 중 그녀는 덩 다제가 특별히 인편으로 보내온 친필 편지를 받았다.

234　필자는 베이징의 궈졘을 방문하였는데 그녀는 덩잉차오와 자신과의 교류 상황에 대해 이야기하였다.

"친애하는 궈젠 동지에게 : 죽은 자는 이미 떠나갔고 다시 살아 돌아올 수 없습니다. 하지만 산 자는 아주 잘 살아가야만 합니다.

공동의 숭고한 이상을 위해, 우리들의 공동 혁명사업 및 시대가 부여한 우리의 임무를 위해, 다행히 살아남은 자는 죽은 자의 책임까지 다해야 하고 계속 더 잘 싸워나갈 수 있도록 스스로를 다그쳐야 합니다. 나는 당신이 받았을 엄청난 충격과 비통함에 대해 아주 슬기롭게 대처해 나갈 것이고 또 견디어 낼 수 있을 것이라고 알고 있고 또 그렇게 믿습니다. 너무 상심하지 말고 건강 헤치지 않게 조심하시기 바랍니다.

당신은 청·장년 여성간부를 발탁하기 위해 노력하고 있는데 이는 정말 좋은 일이고 매우 올바른 것입니다. 이러한 당신의 노력이 충분히 실현될 있기를 희망합니다.

내가 매우 빨리 당신과 알고 지냈는데 1930년대 말로 기억됩니다. 하지만 만난 기회는 그다지 많지는 않았지요. 그러나 우리는 당의 지도 아래 함께 투쟁하였고 지금까지 40여 년 동안 함께 한 전우로서의 정은 정말 소중한 것입니다. 붓으로 마음을 다 전하지 못함이 안타까우나 이에 특별히 위로의 말을 전하니 굳게 마주 잡은 손, 하나이기를 원합니다. 덩잉차오, 1984.4.4."

덩 다제의 이 같은 친필 편지를 받고 궈젠은 큰 위로를 받았다. 그녀에 대한 덩 다제의 깊은 정과 두터운 마음은 편지에 온통 가득했고 덩 다제는 그녀에 대해 너무도 잘 이해하고 있었다. 궈젠은 비통함을 털고 일어나 의연히 일에 열중하게 되었다. 그녀의 추천도 성공적으로 처리되어 정광디는 얼마 되지 않아 교통부 부부장을 맡게 되었다. 덩잉차오는 이 사실을 알고 기뻐했다.

덩잉차오는 항전시기 비밀공작을 하던 공산당원 선안나(沈安娜)를 1938년에 알게 되었고 신중국 수립 이후에도 서로 왕래하였다. 하지만 문화대혁명시기 그녀들은 십여 년 동안 서로 만날 수 없었다.

1979년 12월과 1983년 7월 덩잉차오는 선안나와 그녀의 남편 화밍즈

(華明之)를 두 차례 만났다.[235]

그들이 시화팅 응접실로 들어설 때 선안나는 속으로 십여 년 동안이나 만나지 못했는데 덩 다졔가 여전히 자기를 알아볼 수 있을지 걱정이 되었다. 덩잉차오는 그녀를 보자마자 바로 말했다. "나는 당신을 기억합니다. 그것도 아주 잘 기억해요" 안나는 찬찬히 덩잉차오를 보며 말했다. "다졔, 십 수 년 간이나 뵙지 못했는데 하나도 늙지 않았네요. 저는 텔레비전에서 외빈을 접대하며 길을 침착하게 걷는 다졔의 모습을 본 적이 있는데 오늘 뵈니 얼굴의 혈색이 좋습니다." 덩잉차오는 웃으며 말했다. "늙기는 늙었지요. 그것은 자연의 법칙인걸요. 그러나 나의 정신은 늙지 않았으며 여전히 인민을 위해 봉사해야 합니다. 나는 현재 신체를 단련하여 이전처럼 그렇게 허약하거나 살이 찌지 않았어요. 나는 내가 건강해야 하는 것은 개인을 위해서가 아니라 당을 위해 더 많이 활동해야 하기 때문이고 여러분이 나에 대해 관심을 갖고 그리워하고 있다는 사실을 알고 있기 때문입니다. 나도 당신들이 매우 보고 싶었지요. 오늘 당신들이 이렇게 오니 너무 기쁩니다." 선안나는 말했다. "우리 모두는 다졔께 매우 깊은 관심을 갖고 있으며 보고 싶어 했습니다. 제가 처음으로 다졔를 뵌 것은 우한이었던 것으로 기억하는데 다졔께서는 뤄수장(羅叔章), 뤄충(羅瓊)과 약속하여 왕루치(汪汝琪) 동지 집에서 함께 대화하던 때였지요." 덩잉차오는 바로 말했다. "맞아요, 맞아! 그때 당신은 매우 젊었고 아주 멋있었지요. 나는 당신에게 계속 비밀공작을 수행하라고 통지했던 것으로 기억합니다." 덩잉차오는 선안나와 화밍즈(華明之)가 지하공작 시기의 비밀공작 활동 경험을 진지하게 종합 정리하여 청·장년 간부가 혁명정신과 각고의 분투정신을 계승해나갈 수 있도록 도움을 주라고 격려하였다.

덩잉차오는 항상 열사의 자녀를 기억하고 관심을 기울였다.

---

235 필자는 베이징에서 선안나를 만났다. 그녀는 1979년, 1983년 덩잉차오를 찾아 만났던 상황에 대해 소개하였다.

1983년 9월 전국여성제5차대표대회가 개최되었다. 대회에 참가한 쓰촨성여성연합 주임 처이잉(車毅英)은 1946년 중미합작소(中美合作所)에서 희생당한 쓰촨성군사위원회 위원 처야오셴(車耀先)의 딸로서 덩 마마를 만나고 싶어 했다. 덩잉차오는 처이잉에게 연락하여 동생 처스잉(車時英)과 함께 찾아오라고 하였다.[236] 처이잉은 1960년대 초 청두시여성연합 부주임을 맡았다. 덩잉차오가 청두에 왔을 때 그녀는 덩잉차오를 청두시여성연합으로 안내했으나 자신이 처야오셴의 딸이라는 사실은 말하지 않았다. 그녀는 열사의 자녀가 더욱 겸손해야 하며 자신의 노력으로 싸워 나가야지 부친의 비호에 의지해서는 안 된다고 생각했기 때문이었다.

현재, 처이잉과 동생 처스잉은 함께 덩 마마를 만나러 왔었다. 덩잉차오는 한 명 한 명 손으로 잡으면서 기쁜 미소를 지으며 말했다. "오늘 마침내 두 자매를 볼 수 있게 되었군요. 이잉, 본래 당신은 일찍이 청두에서 나를 본 적이 있는데 왜 처야오셴의 딸이란 사실을 밝히지 않았나요? 타이완 대표가 타이완 청에서 나를 만나기 위해 기다리고 있어 오늘은 오랜 시간 이야기를 나눌 시간적 여유가 없네요. 우선 함께 기념사진이나 찍읍시다." 덩잉차오는 중간에 서서 처이잉, 처스잉과 즐겁게 기념사진을 찍었다.

덩잉차오는 열사의 딸을 대할 때 자신의 딸을 대하는 것과 똑같이 그렇게 친밀했다.

---

236 필자는 1988년 1월 청두에서 처이잉을 방문하였다. 그녀는 자기 자매에 대해 덩잉차오가 관심을 기울였던 정황에 대해 이야기하였다.

167. "나는 이제 증조할머니가 되었군요"

아동극단은 항일전생시기 중국공산당이 조직 지도한 청소년 진보문예단체로서 당시 포탄이 빗발치는 상황에서 항전사업을 위한 특수한 공헌을 하였다. 저우언라이와 덩잉차오 모두 이 아동극단에 매우 큰 관심을 기울였고 그들에게 많은 지원을 제공하였다.

아이들은 투쟁하는 과정에서 성장하여 각자의 위치에서 점차 활동의 중심인물이 되었다. 그 가운데 많은 이들이 계속 저우언라이, 덩잉차오와 관계를 유지하였다.

문화대혁명 기간 동안 아동극단의 동지는 소위 '역사문제'로 인해 엄청난 고통을 받았으며 어떤 사람은 11기 3중전회 이후가 되어서야 비로소 완전하게 복권되었다. 본래 아동극단 단장이었던 우신자(吳新稼)는 이 낭보를 경애하는 덩 마마에게 보고하였다. 덩잉차오는 이 사실을 알고서 매우 기뻐했다. 그녀는 또한 아동극단 단원 천모(陳模, 본명은 푸청모(傅承謨))가 아동극단의 활동을 배경으로 쓴 작품 『기화(奇花)』를 받았다. 이에 그녀는 더욱 감정이 격해져 그들에게 보내는 편지를 두 장의 편지지에 거침없이 써내려갔다.

"푸청모(천모) 동지와 우거거(哥哥 : 신자)에게 : 나는 매우 기쁜 마음으로 이 편지를 보냅니다. 지난날 부르던 호칭대로 오늘 지면에서 다시 부르니 친밀감이 더 밀려오네요 40여 년 전 항전시기에 우한에서 여러분-귀엽고 사랑스런 아동극단을 만나 혁명적 우의를 맺은 이래 잊은 적이 없었으며 당신의 성장과 일 그리고 생활 형편이 늘 궁금했습니다. 지금도 내 곁에는 우리가 함께 한커우(漢口) 팔로군사무소에서 찍은 편지가 있습니다.

40년 동안 여러분은 포탄이 빗발치는 시대를 지나 여러 분야로 나뉘어 공부하고 일하며 성장했고 마지막에 '십년 동란'의 굉장한 시험을 견뎌냈습니다. 여러분은 각종 단련을 통해 성장했고 대부분은 저마다의 분야에서 성과를 올렸고 결실을 맺었습니다. 여러분은 자신이 선택한 투쟁의 길을 외면하지 않았으며 당과 인민 그리고 늙은 혁명전사의 희망을 저버리지 않았습니다.

난 우거거의 편지를 통해 과거문제가 완전하고 분명하게 해결되어 업무 배치를 기다리고 있다는 반가운 소식을 전해 받고 너무 기뻤습니다. 또한『중국청년보(中國靑年報)』를 통해 천모의 작품『기화』가 출판되었다는 기사를 접하고 마음 깊이 감격했고 흥분됐었지요 내가 막 그 책을 구입하려던 차에 천모 동지가 보내 준『기화』를 받았으니 감사의 마음을 전합니다.

여러분 아동극단의 어린이들은 비록 이제 성인이 되었으나, 나는 여전히 혈육의 정으로 여러분을 대하고자 합니다. 여러분 가운데 많은 사람들은 베이징에 오는 장잉을 통해 편지로 나를 만나고 싶다 했는데 나인들 어찌 여러분과 만나고 싶지 않았겠어요! 하지만 여러 사정으로 만날 수가 없었습니다. 내 생각으로는 꼭 장잉 동지가 베이징에 올 때 만나려 하지 말고 가능한 시간에 천모 동지를 통해 베이징에 있는 동지들만이라도 모임을 먼저 주선하여 그때 흉금을 터놓고 마음껏 이야기할 수 있었으면 좋겠어요 우거거가 업무에 복귀했는지도 궁금하군요.

바쁜 와중에 잠시 짬을 내 이렇게 글로써 여러분들에게 나의 그리움을 전합니다. 그리고 부디 4개 현대화 사업에 더욱 공헌해 주기를 바라는 나의 간절한 희망을 여러분에게 전합니다. 이에 특별히 굳은 악수를 청합니다! 내 대신 베이징에서 활동하는 아동극단의 동지들이나 친구들에게 안부를 전해 주세요. 당신들의 늙은 친구 덩잉차오가. 1980.3.31.”

천모와 우신쟈는 덩 마마의 깊은 정이 담긴 장문의 편지를 받고 매우 감격하고 흥분하였다. 그들은 서둘러 이 기쁜 소식을 베이징에서 활동하는 아동극단 동지들에게 알렸다. 몇 번의 연락을 거쳐 덩잉차오는 4월 20일 오후 4시에 그들을 만나기로 결정하였다.

때는 늦봄이었고 가랑비가 부슬부슬 내렸다. 이전에 베이징에서 활동했던 아동극단 단원 21명은 비를 무릅쓰고 중난하이 시화팅을 방문하였다. 줄기차게 내리던 가랑비가 점차 잦아들더니 하늘이 맑아지기 시작했다. 커피색 모직 외투를 입은 덩잉차오는 일찌감치 정원에서 차분하게 그들을 기다리고 있었다. 21명의 동지 모두가 덩잉차오 곁으로 모여들었다. 여성단원 위전(于眞)은 덩잉차오의 품에 안겨 감격의 눈물을 흘리기 시작했다. 덩잉차오는 자애롭게 그녀의 머리를 쓰다듬으며 말했다. "울지 말아요, 샤오 위전, 다시 만나 정말 기쁘군요!" 위전의 나이 이미 60여 세였으나 덩잉차오가 여전히 자신을 '샤오 위전'이라고 부르자 울음을 그치고 웃지 않을 수 없었다.

덩잉차오는 아동극단 동지들을 뜨겁게 환영하며 시화팅으로 안내하여 그들에게 언라이가 그곳에서 25년을 살았고 자신도 이미 30년 동안이나 살고 있다고 소개하였다. 그녀는 고개를 들고 손가락으로 만개한 해당화를 가리키며 "이 꽃은 언라이가 가장 좋아했던 해당화입니다. 금년 봄에 추워 꽃이 좀 늦기는 했지만 매우 많이 피었어요."

동지들은 그녀가 가리키는 곳으로 갸 보니 해당화나무에 화려한 분홍색 꽃이 만개하여 매우 요염한 자태를 드러내고 있었다. 해당화나무 곁에는 새하얀 꽃을 드리운 배나무와 분홍색으로 치장한 복숭아나무가 있어 그 모습이 매우 그윽하며 고상하였다. 덩잉차오는 아동극단의 동지들과 함께 정원에서 행복한 기념사진을 찍었다.

그들이 넓고 소박한 접견실로 들어서자 덩잉차오는 차와 사탕과 땅콩을 일일이 권하며 그들과 다정하게 대화를 나누었다.

우신쟈는 덩 마마에게 보고하였다. "아동극단이 만들어진 후 5년 동안 참가한 아동은 107명에 이르고, 그 가운데 9명의 동지가 이미 세상을 떠났습니다. 어떤 이는 항일전쟁 기간에 희생되었고 어떤 이는 일본의 비행기 폭격으로 목숨을 잃었으며 어떤 이는 병사하였습니다. 또 어떤 이는 문화대혁명기간 중에 사인방 일파의 박해로 사망하였습니다. 그러나 단 한 명도 그들과 행동을 같이 하지 않았습니다."

덩잉차오는 이 이야기에 매우 기뻤고 또 위안을 받았다. 그녀는 물었다. "함께 자리한 여러분 가운데 당원은 얼마나 되나요, 손을 한 번 들어볼래요." 자리한 21명 가운데 20명이 일제히 손을 들었다.

덩잉차오는 자상하게 말했다. "좋습니다, 여러분 가운데 절대다수가 당원이군요. 아동극단 단원들은 이미 성장했고 키도 훌쩍 커졌습니다. 당신들은 항일전쟁과 해방전쟁을 통해 단련을 받았고 신중국 수립 이후 각자의 위치에서 많은 일을 하였습니다. 문화대혁명기간 동안 여러분 가운데 많은 사람들이 우리와 연루되었습니다. 어떤 사람들은 항적연극대(抗敵演劇隊)와 항적선전대, 아동극단을 빌미로 언라이를 괴롭혔습니다. 이들 단체는 모두 언라이가 지도한 것들이었지요. 그들은 이 단체들을 '반혁명별동대'라고 몰아 세웠습니다. 하지만 여러분은 조금도 굴하지 않았으며, 또 그 때문에 나는 너무 기쁩니다. 여러분에 대한 나의 사랑을 어찌 말로 다 표현할 수 있겠습니까?"

이처럼 애정이 충만한 덩잉차오의 말에 이들은 깊은 감동을 받았다. 덩잉차오는 또 흥분해서 말했다. "천모와 우거거가 나에게 편지를 보내주어 내가 답장을 했어요. 그 편지는 감정에 복받쳐 쓴 것입니다. 편지를 보내고 나서 다시 우거거에게 전화를 했지요. 그 이후부터 하루도 빼지 않고 일기예보를 들었답니다. 계속 봄비가 내렸지만 다행히 21일 오후에는 날씨가 맑을 것이라는 예보를 듣고 여러분에게 오늘 만나자고 한 것이지요. 나는 여러분에게 만개한 해당화를 마음껏 감상하게 하고 맑은 날을 이용해 함께 기념사진을 찍고 싶었습니다. 하지만 오늘 아침에 빗줄기가 보이더니 오후에 다시 비가 내리게 될 줄은 몰랐어요. 그래서 정말 조바심이 났습니다. 그런데 신기하게도 여러분이 오니 바로 태양이 고개를 내밀었어요." 여기까지 말을 한 덩잉차오는 자신도 모르게 웃었고, 이를 들은 모두도 크게 웃었다. 웃는 와중에 한 동지가 "하늘이 정말 도왔습니다"라고 말했다.

덩잉차오는 자신이 문화대혁명기간 중에 겪었던 몇몇 사건에 대해 말했다. 특히 저우언라가 세상을 떠난 뒤 사인방이 당권 찬탈을 위해 광분하던 때에 자신은 언제라도 체포될 수 있었다고 말했다. 그때 그녀는 비서 자오웨이에게 다음과 같이 말했었다. "그들이 나를 체포하게 내버려 두세요. 당신은 그저 나를 위해 단 한 가지만 하면 됩니다. 그것은 당 조직에 사실을 보고하는 것입니다." 그녀는 이처럼 미리 마음의 준비를 하고 있었는데 사인방은 때를 놓쳐 실패하였고 모두 실각하였다. 모두는 이 이야기를 듣는 동안 덩잉차오가 걱정되어 손에 땀을 쥐었다. 그녀는 화제를 바꾸어 다시 물었다. "여러분은 당의 11기 3중전회, 4중전회, 5중전회에 대해 어떻게 생각하나요?" 동지들은 회의가 전당과 전국민의 희망을 대변하고 있으며 자신들 모두 그것을 적극적으로 지지하고 옹호한다고 대답하였다.

어떤 동지는 저우 총리가 세상을 떠난 뒤 하나같이 비통해 하였으며 총리의 사상이나 품격은 사람들의 마음속에 진정으로 깊게 새겨져 있다고 하였다. 덩잉차오는 천천히 말했다. "언라이 동지는 모든 일에 한결같이 각고의 노력을 쏟았지요. 그는 늘 하루 십 수 시간을 긴장의 끈을 놓지 않고 업무에 매달렸습니다. 그가 너무 피곤해 보여 나는 정원에서 산책을 하라고 권했습니다. 그는 항상 규칙을 준수했고 자신에 대해 매우 엄격했습니다. 마지막 순간에 그는 사무실의 비서를 고작 2.5명으로 줄였습니다. 여러분은 고통에 굴하지 않고, 검소하며, 기율을 준수하는 그의 정신을 배워야 합니다."

이 말을 마치자 덩잉차오는 일어나 응접실 가운데 놓인 작은 탁자 앞으로 가 잘 만들어진 삼각 유리함을 들고 왔다. 함에는 맑은 물이 가득했는데 그 안에는 수십 개의 매끄러운 자홍색 우화석(雨花石)이 담겨져 있었다. 덩잉차오는 모두에게 말했다. "이들 우화석은 난징 위화타이(南京雨花臺) 초등학교 학생들이 나에게 보내 준 것입니다. 지난 날 언라이와 내가 난징에 오면 항상 위화다이에서 희생당한 선열을 그들이 추도한다는 사실을 알았어요. 그들은 80개의 우화석을 골라 언라이의 80회 생일

날 나에게 보내주었습니다. 그리고 그들은 언라이가 매년 한 살씩 나이를 먹을 때마다 돌 하나씩을 보내주겠다고 약속했어요. 현재 함에는 82개의 우화석이 있습니다."

덩잉차오의 이야기를 들은 그들은 작은 함 정면에 새겨진 4구절의 시를 보았다. "작고 작은 우화석, 하나하나에 애정을 담았습니다. 덩 할머니에게 바치니 저우 할아버지가 그립습니다." 이를 본 모두의 심정에 감동이 밀려왔다.

덩잉차오는 다시 장방형의 유리함을 가져 왔다. 거기에는 영롱한 5색 우화석이 담겨져 있었다. 그것은 난징 위화타이 중등학교 교사와 학생들이 덩잉차오에게 보내 준 것으로 함 외부에는 두 행의 시구가 새겨져 있었다. "정성스러운 마음 우화석에 담아 보내 총리의 귀갓길을 아름답게 깔고 싶네."

덩잉차오는 말했다. "'총리의 귀갓길을 아름답게 깔고 싶네.' 이것은 언라이 동지가 살아서 돌아오기를 바란다는 의미입니다. 그러나 죽은 사람이 어떻게 다시 살아 돌아올 수 있겠어요? 도저히 불가능한 일이지요." 덩잉차오의 목소리는 잦아들었고 많은 동지들은 낮은 목소리로 흐느끼기 시작했다. 방안의 공기가 매우 무거워졌다. 덩잉차오는 그들을 보며 다시 목소리를 높여 말했다. "우리가 죽은 자를 기념하는 가장 좋은 방법은 그들의 사업을 계승하여 그들이 남긴 짐을 짊어지고 나가는 것입니다."

동지들은 모두 덩잉차오가 바로 그것을 실천하고 있다는 사실을 알고 있었다. 사인방이 실각한 이후 그녀는 당과 국가의 지도 직무를 담당하며 무거운 짐을 짊어지고 나갔다. 계속 청소년사업에 종사해 온 천무(陳模)는 덩 마마에게 말했다. "우리는 다제의 건강과 장수를 기원합니다. 그것은 우리들과 수많은 청소년들에게 하나의 행복입니다." 덩잉차오는 웃으며 말했다. "개인의 역할은 한계가 있습니다. 우리의 당은 현재 집단지도를 강조하고 있으며 집단의 지혜에 의지하고 있습니다. 내가 살아 있어 여러분이 행복하다고요? 아닙니다. 행복은 여러분 스스로의 힘으로 창조해 나가야 합니다. 나는 늙었고 기력도 쇠했습니다. 사업은 여러분의 힘으로 해야 합니다. '4개 현대화[237]'는 젊은이의 힘으로 건설해야 합니다. 건설을 하려면 전문적인 지식이 있어야 하고 또 그것을 끊임없이 발전시켜야 합니다. 나는 여러분이 열심히 학습하며 혁명을 계속하여 '4개 현대화'를 위해 더 많은 공헌을 하기 바랍니다."

헤어질 때 덩잉차오는 모두를 정원에서 전송했는데 어떤 여성동지는 그녀를 껴안고 울기도 했다. 덩잉차오는 말했다. "나는 언라이 동지와 나에 대한 여러분의 애정이 매우 두텁다는 사실을 알고 있습니다. 우리는 이제 더 열심히 활동하도록 합시다." 그녀는 몸을 돌려 우신쟈에게 말했다. "우거거(哥哥)! 당신에게 임무 하나를 주겠어요. 돌아가면 아동극단 단원이었던 사람들과 그들의 배우자 및 자녀들의 명단과 주소를 내게 보내줘요. 기회가 되면 그들을 한 번 만나보고 싶군요." 우쟈신은 꼭 그렇게 하겠다고 대답했다.

1948년 8월 중국희극작가협회가 베이징에서 아동극단사료수집연구회를 개최하였다. 아동극단 단원이었던 80여 명이 각지에서 베이징에 속속 도착했다. 그들은 덩잉차오가 만나보고 싶다는 연락을 기쁜 마음으로 받았다. 8월 13일 오전, 그들과 20여 명의 가족을 포함하여 총 1백여 명은 중난하이 화이런탕(懷仁堂)에 도착하였다. 덩잉차오는 만면에 웃음을 띠고 그들에게 다가가 즐겁게 악수를 나누며 안부 인사를 나눴다. "동지들 안녕하세요!" 모두는 일제히 "덩 마마, 안녕하세요!" 하고 환호하였다. 덩잉차오는 기념촬영을 마친 후 모두에게 화이런탕의 넓고 밝은 안채로 들어가자고 하였다. 모두가 앉자 그녀는 그들 가운데 7,8세 아이들과 십

---

237 역주: 1978년 덩샤오핑의 등장 이후 농업, 공업, 과학기술, 국방 등 4개 분야에 걸친 현대화를 가리킨다. '사인방' 몰락 직후 화궈펑은 마오쩌둥의 정책을 옹호하고 그의 지시를 준수해야 한다는 양개범시론(兩個凡是論)을 내세워 그의 노선을 지지했지만 덩샤오핑은 실사구시를 내세우고 "실천은 진리를 평가하는 표준"이라는 반론으로 화궈펑 세력을 제거하고 현대화를 추진하였다.

대들이 있는 것을 보고 웃으며 말했다. "40여 년 전 우리가 우한에서 만났을 때 여러분은 오늘 이 아이들만 했지요. 오늘 만나니 당신들을 아이라고 부를 수 없겠군요. 성인친구라고 해야겠어요. 오늘 여러분에게는 이미 아이들이 있고 또 어떤 사람은 손자가 있네요. 과거 여러분은 혁명의 제2세대였지만 현재 이미 제3세대, 제4세대가 생겨났고 나 역시 여러분과 함께 격상되었으니 증조할머니가 되었습니다!" 덩잉차오가 이렇게 친절하고 또 재미있게 이야기하자 모두 큰 소리로 웃었다. 방안 가득 웃음소리와 열렬한 박수소리가 한 데 뒤엉켰다.

덩잉차오는 감정에 들떠 말했다. "오늘 우리의 만남은 어렵사리 이루어졌습니다. 내 마음은 희열로 충만해 있습니다. 비록 우리는 많은 고생을 하였지만 자긍심을 가져야 합니다. 왜냐하면 우리는 줄곧 조국의 부강을 위해 열심히 싸워왔기 때문입니다. 나는 오늘의 만남에서 오는 희열의 눈물을 우리의 전진을 위한 동력으로 승화되기를 원하는데, 나도 예외는 아닙니다. 우한에서 우리가 만났을 때 나는 아직 젊어 중년 즈음이었는데 이제 벌써 80이 되었습니다. 40여 년 동안 우리의 앞선 세대 혁명가들 가운데 상당수가 줄줄이 세상을 떠났지만 나는 아직까지 살아남아 여러분들과 함께 인민을 위해 봉사하고 있습니다. 오늘 나는 너무 기쁩니다. 왜냐하면 우리 노년, 중년, 청년, 유년 등 4대가 오늘 이 자리에 함께 모였기 때문입니다. 여러분이 시험을 견뎌낸 세대임은 실천적으로 증명되고 있습니다. 여러분은 이제 다시 시련을 이겨낼 제3대, 제4대를 키워내야 합니다."

덩잉차오는 말했다. "사인방이 타도된 뒤 7년이 지났습니다. 우리는 정신적으로 더욱 분발하고 더 열심히 노력해야 합니다. 국가와 인민 그리고 새로운 세대와 그리고 이 다음 세대를 위해 과거보다 더욱 결연히 노력하여 '4개 현대화'를 위해 공헌해야 합니다. 16년이 지나면 21세기로 접어듭니다. 특히 제4세대는 건강, 사상, 지혜, 과학지식 및 각종 조건을 잘 준비하여 21세기를 맞이해야 합니다. 아동극단은 엄청난 민족의 재난 속에서 성장하였습니다. 이제 과거의 웅대한 포부를 가슴에 새기고 국가와 세계 그리고 미래를 향해 열심히 노력하고 싸워 나가야 합니다."

덩잉차오는 열정이 넘치며 호탕한 말로 모두를 새로운 세계로 이끌었고 모두가 미래를 향해 사고하고 학습하며 분투할 것을 요구하였다. 특히 제3세대와 제4세대 교육을 제대로 할 것을 요청하였다. 그녀는 간절하게 말했다. "아이들을 잘 교육시켜 우리들 사업을 이어갈 믿을 만한 인재로 만들어야 합니다. 아이들을 교육시킨다는 것은 결코 쉬운 일이 아닙니다. 가정은 교육의 첫걸음입니다. 한 번 물어볼까요, 여러분은 아이들을 편애한 적이 있나요? (어떤 동지가 있다고 대답했다.) 있다면 그것은 잘못된 것이지요. 왜냐하면 부모가 편애의 마음을 갖고서는 결코 아이들에게 좋은 교육을 할 수 없습니다. 내가 다시 여러분께 묻겠습니다. 아이들이 여러분과 같기를 원합니까? (더 많은 동지들이 그렇다고 대답했다.) 이 역시 잘못된 것입니다. 아이에게는 아이의 세상이 있지요. 그들에게 문제를 더 넓게 더 많이 사고하라고 해야지 절대 아이에게 그들이 원하지 않는 일을 하도록 강요해서는 안 됩니다. 예를 하나 들지요. 어떤 아이의 엄마가 아이에게 나와 악수하도록 시켰는데 아이는 원하지 않았지요. 원하지 않는다면 강제로 하게 할 필요가 없지요. 내가 그 아이를 위해 강단에서 내려가 내 손을 거둬들이며 '괜찮아. 내가 너를 존중하니 악수하지 말자'라고 말했더니 아이가 웃더군요." 이 이야기를 들은 모두는 웃었다.

덩잉차오는 웃으며 이야기를 계속하였다. "지금 말을 하는 나의 지위가 이미 격상되었습니다. 즉 증조할머니의 신분으로 말하고 있습니다. (모두 크게 웃었다.) 또한 주의해야 할 것은 아이가 먹고 싶어 하지 않는 것을 강제로 먹여서는 안 된다는 것입니다. 이것은 그에게 매우 큰 고통을 줄 수 있습니다. 또한 자녀 교육은 일치된 방침이 있어야 하는데 한 명은 엄한 아빠가 되고 한 명은 자애로운 엄마가 되어 어쩔 수 없이 아이가 따르게 해서는 안 됩니다."

덩잉차오는 또한 당 정리와 개혁이라는 큰일에 대해 언급하며 모두가 당내의 좋지 않은 풍조와 관료주의에 대해 투쟁하고 자신의 조직에서 개혁의 촉진세력이 되어주기를 희망하였다.

덩잉차오의 발언이 끝난 뒤 아동극단 소속이었던 80여 명의 단원이 일제히 일어나 아동극단 단가를 소리 높여 불렀다. "하하! 보아라, 우리는 한 무리 어린 건달들, 하하! 보아라, 우리는 한 무리 어린 주인들. 우리는 고난 속에서 성장했고 우리는 포화 아래에서 성장했네. 선생님이 없다고 두려워하지 않으며 부모를 그리워하지 않네. 우리 자신만을 의지해 학습하고 활동하려 애쓰지! 아이들아 일어나라, 아이들아 일어나라! 이 항전의 위대한 시대, 우리들의 신세계를 창조하자!" 덩잉차오 역시 기뻐하며 일어나 소리쳤다. "여러분은 이제 이미 어린 건달들이 아닙니다. 이미 자녀도 있고 또 손자도 있습니다." 회의장 가득 커다란 박수소리와 웃음소리가 폭발하였다. 과거 9살이었던 두 소년 단원이었지만 이제 시안교통대학 부교수가 된 장웨이(張慰)와 도시건설부 부국장 겸 총엔지니어가 된 페이리(裴黎)가 덩잉차오에게 자신들의 학습과 활동 상황에 대해 보고하였다. 덩잉차오는 이야기를 들으며 매우 기뻐하며 말했다. "보아하니, 여러분은 이미 다음 세대의 교육에 매진하고 있으니 안심이 됩니다. 제3세대와 제4세대에 대한 혁명전통 교육을 확실히 하는 것이 너무 중요합니다."

제3세대와 제4세대의 아이들이 한꺼번에 몰려와 덩잉차오에게 꽃을 주며 손을 잡고 포옹을 하였다. 몇몇 어린 제4세대 아이들은 아예 그녀를 껴안고 입을 맞췄다. 덩잉차오는 너무도 즐거워 웃다 울음이 날 지경이 되었다. 화이런탕 안의 행복하게 웃는 얼굴들에 감격의 눈물이 맺혔다. 덩잉차오에게도 이 날은 너무도 유쾌하고 행복한 하루였다.

168. 당 밖의 옛날 친구에 대해 관심을 기울이다

덩잉차오는 중국공산당과 합작했던 일부 당외 민주인사들에 대해서
도 여일하게 세심히 보살폈다.

장즈중(張治中) 장군은 중국공산당과 오랫동안 교류해온 옛 친구였다.
일찍이 1925년 저우언라이와 덩잉차오는 그와 서로 알게 되었고 신중국
수립 이후에도 친밀한 관계를 계속 유지하였다. 장즈중은 신경성 통풍에
걸려 고생했었는데 늙어서는 하루가 멀다시피 발병하였다. 저우언라이
와 덩잉차오는 항상 건강에 좋은 약품을 그에게 보내 건강을 챙겨주었
다. 문화대혁명시기 홍위병이 그의 집을 수색한 뒤 몰수해 버렸다. 장즈
중은 베이다이허(北戴河)에서의 요양을 마치고 막 돌아와 문에 들어서자
마자 홍위병이 "너는 누구냐?"고 물었다. 장즈중은 격분하여 말했다. "마
오 주석에게 가서 물어봐!" 저우언라이는 즉시 차를 보내 그를 해방군총
사령부 병원에 입원시켜 보호하였다. 1969년 장즈중이 세상을 떠나자 저
우언라이는 그의 영결식에 참가하였다.[238]

덩잉차오는 장즈중의 여러 딸들에게 큰 관심을 기울였다. 1979년 장
즈중의 셋째 딸인 장쑤추(張素初)가 미국으로 건너가 30년 동안 중단하였
던 학업을 계속하고자 하였다. 덩잉차오는 그녀와 언니 장쑤워(張素我)를
만나 격려하며 학업을 마치면 귀국하라고 권하였다. 1980년 장쑤워는 전
국정치협상회의 위원으로 보충되었고 회의가 열릴 때면 항상 덩잉차오
를 볼 수 있게 되었다. 덩잉차오는 그녀를 보면 항상 웃으며 안부를 물
었다. 또한 장쑤워가 담석증에 걸렸다는 소식을 듣고 비서 자오웨이를
보내 문병하게 하였다. 그리고 그녀에게 빨리 의사의 검사를 받으라고

---

[238] 위잔방(余湛邦), 「덩잉차오와 장즈중의 교류」, 장쑤워(張素我), 「나의 인상 가운데
저우 백모(伯母)」 참조. 또한 필자는 장쑤어를 방문했는데 그녀는 자기 일가에 대한
덩잉차오의 관심에 대해 이야기하였다.

하면서 반드시 수술을 받아야 하는 상황이면 주저하지 말라고 하였다. 또한 그녀에게 건강에 좋은 귀중한 식품을 보내 그녀의 건강을 챙겨주었다.[239]

덩잉차오는 매우 바쁜 와중에도 『장즈중회고록(張治中回憶錄)』의 서문을 썼다. 그녀는 "원바이(文白) 선생[240]은 우리 당과 오랫동안 관계를 맺어온 절친한 친구입니다"라고 높이 평가하면서 그가 "변함없이 쑨원 선생의 3대 정책[241]을 고수하였고 국민당 쪽에서 국공합작을 계속한 대표적인 인물입니다"라고 하였다. 그녀가 쓴 이 서문은 장즈중 가족에게 매우 큰 위안이 되었으며, 많은 애국민주인사를 고무시켰다.

또 다른 유명 애국민주인사 류야쯔(柳亞子)는 쟝쑤 우쟝(吳江) 현 리리(黎里) 진에 거주했었는데, 해당 지방정부가 류야쯔기념관을 건립하고 그의 조각상을 세웠다. 우쟝 현위원회는 류야쯔의 딸 류우페이(柳無非)에게 부탁하여 덩잉차오에게 기념관을 기념하는 글을 써달라고 청했다. 또한 한 동지가 『류야즈선집(柳亞子選集)』을 편집한 후 류우페이에게 부탁하여 덩잉차오의 서명을 받아달라고 청하였다. 류우페이는 덩잉차오가 업무에 바쁘다는 사실을 알고 진정 그녀를 성가시게 하고 싶지 않았다. 그러나 그녀는 덩 다졔를 경모하는 모두의 마음을 이해할 수 있었기에 부탁의 글을 쓸 수밖에 없었다. 그런데 부탁을 받은 덩잉차오는 시원스럽게 허락하고 서둘러 그것을 써주었다.[242]

1987년 5월 28일은 류야쯔 탄생 100주년 기념일이었다. 덩잉차오는 특별히 「류야쯔 선생을 그리워하다」라는 헌사를 썼다. 기념사에서 그녀는 다음과 같이 평가하였다. "류야쯔 선생은 저명한 애국주의자이면서

---

239 상동.
240 역주: 원바이는 장즈중의 자이며 그의 본명은 번야오(本堯)이다.
241 역주: 제1차 국공합작시기 쑨원이 주장했던 '연소(聯蘇)', '용공(容共)', '농공부조(農工扶助)'의 세 가지 정책을 가리킨다.
242 필자는 류우페이를 방문했고 그녀는 자신의 일가에 대한 덩잉차오의 관심에 대해 이야기하였다.

시인이었습니다. 특히 감격스럽고 잊기 힘든 일은 그가 제1차 국공합작에 참가한 국민당 지도자 가운데 한 명이라는 사실입니다." "류 선생은 제1차 국공합작이 분열된 이후 줄곧 장졔스와 국민당 당정기관의 직책을 맡지 않거나 어떠한 활동도 하지 않는 소극적 저항의 방법을 선택했습니다. 그러나 우리 당의 각종 항일주장을 지지하며 우리 당의 오랜 친구가 되었습니다." 글에서 그녀는 1949년 초 류야쯔가 해방구에 왔다 창저우(滄州)로 가는 열차에서 자신과 만나 시를 지어주었던 일[243]을 회고하며 매우 친밀하게 둘의 관계를 묘사했다. 덩 다졔의 류야쯔에 대한 존중과 그의 전 가족에 대한 관심으로 인해 류우지(柳無忌) 오누이는 매우 감격하였다.

항전 초기 저우언라이와 함께 국민당 군사위원회 정치부 부주임을 맡았던 황치샹(黃琪翔)과 그의 부인 궈슈이(郭秀儀)는 저우언라이, 덩잉차오와 꽤 깊은 우정을 나누었다. 신중국 수립 이후 황치샹은 국가체육운동위원회 부주임을 맡았으며 두 집안은 수시로 왕래하였다.

1957년 황치샹은 '우파'로 잘못 분류되었다. 1966년 문화대혁명이 시작된 후 황치샹은 심각한 고통을 당했다. 집이 몰수당한 후 농공민주당의 기숙사 내 한 작은 방으로 황망히 쫓겨나, 그곳에 머물면서 계속 잔혹한 박해와 고초를 당해야 했다. 어쩔 수 없는 상황에서 황치샹은 저우 총리에게 구조의 편지를 보냈다. 그러나 당시 '조반파'의 감시 아래 황치샹이 외부로 편지를 보내는 것, 특히 중난하이로 편지를 보내는 것은 매우 큰 위험을 감수해야 했다. 극히 위험한 상황에서 궈슈이는 덩 다졔를 생각해냈다. 그녀는 우체국으로 가 덩 다졔에게 "저의 편지를 대신 총리께 전해 주기 바랍니다"라고 메모에 써 보냈다. 덩잉차오는 편지와 메모를 받고 즉시 저우언라이에게 주었다. 저우 총리는 급히 서둘러 사람을 파견해 황치샹의 상황을 파악하고 그에게 머물 곳을 마련해 주었다. 그

---

243   역주 : 이에 대해서는 제8장 81절 참고.

해 12월 황치상은 병세 매우 위중하여 그만 세상을 떠나고 말았다.[244]

'사인방'이 실각한 후 황치상에 대한 잘못된 '우파' 분류 사건은 바로 시정되었다. 귀슈이는 전국정치협상회의 상임위원회, 농공민주당 중앙상임위원회, 전국여성연합 집행위원회 위원이 되었다. 1984년 귀슈이는 덩잉차오에게 편지를 보내 그녀가 거주하던 본가가 여전히 점거된 채 그대로 있다면서 반환해줄 것을 요청하였다. 덩잉차오는 즉시 관련 부서에 지시하여 확실하게 처리하라고 지시하였다. 이후 덩잉차오는 몇 차례 회의에서 귀슈이를 볼 때마다 친절하게 "집 문제는 해결됐나요?" 하고 물었다. 덩잉차오는 집이 이미 귀슈이에게 반환되었다는 소식을 접하고 매우 기뻐하며 사람을 시켜 그녀에게 정교한 탁자보와 아름다운 작은 양모 카펫을 보내어 새집으로 이사할 때 쓰게 하였다. 귀슈이는 집을 돌려받은 후 애국통일전선사업에 더 많은 공헌을 해야겠다고 다짐한 끝에 집을 전국정치협상회의에 헌납하였다. 그녀는 덩 다제가 보내 준 선물을 소중하게 계속 간직하였다.

1985년 봄, 귀슈이는 미국에 거주하는 전 국민당 고위장군 리한훈(李漢魂)의 부인 우쥐팡(吳菊芳)의 초청으로 미국을 방문하게 되었다. 출발하기 전 덩잉차오는 차를 보내 귀슈이를 중난하이 시화팅으로 초청하여 그녀에게 약간의 음식물과 책을 선물로 주었다. 그리고 우쥐팡에게 선물을 전해 달라고 부탁하였다. 1938년 덩잉차오가 쑹칭링과 함께 광저우에서 항일활동을 전개할 때 우쥐팡을 만난 적이 있었다. 덩잉차오는 이제 선물을 보냄으로써 과거의 우정을 잊지 않고 있다는 사실을 자연스럽게 드러냈다. 귀슈이가 귀국할 때 우쥐팡 역시 덩잉차오에게 선물을 전해 달라고 부탁하면서 덩 다제의 안부를 묻고 축원을 하기도 했다.

덩잉차오는 당 밖 친구들을 진실 되고 섬세하며 스스럼없이 대해 마치 자라는 초목에게 적절히 내리는 비처럼 한 방울 한 방울 사람들의 마

---

244 필자는 귀슈이를 방문했는데 그녀는 덩잉차오가 자신의 가족들에게 보여준 관심과 보살핌에 대해 상세하게 소개하였다.

음속에 스며들었다.

　귀슈이는 이러한 덩 다졔의 모습에 크게 감격하였으며, 또 저우 총리
를 그리워했다. 그러나 그 무엇으로도 그들을 경모하는 자신의 감격스런
감정을 다 표현할 수는 없었다. 그런데 그녀는 문화대혁명기간 동안 홍
위병에게 손을 다쳐 제대로 그림을 그릴 수 없었다. 그러나 그녀는 덩
다졔를 생각하며 부상당한 손으로 힘들게 붓을 잡고 한 폭의 작은 그림
을 그려 경애하는 덩 다졔에게 보냈다. 그 그림에는 아름답고 화려한 해
당화와 작약이 사모함을 상징하는 단풍과 어우러져 있었다. 귀슈이는
1954년 저우 총리가 제네바 회의에 참가했을 때 덩 다졔와 해당화와 단
풍, 작약을 서로 주고받았던 사실[245]을 알고 있었던 것이다. 지금 그녀는
그것들을 그림에 담아 두 위대한 혁명가와 그의 아내 사이의 끝없이 깊
은 정을 뜨겁게 찬송하였다. 귀슈이는 저명한 서예가 황먀오쯔(黃苗子)에
게 청하여 그림에 시를 한 수 적게 하였다. "작약은 단심(丹心)이고 단풍
은 붉다네, 불같은 해당화는 봄과 조화를 이루네. 이 꽃과 잎사귀에 담긴
무한한 정 만인의 마음속에 녹아들었네." 덩잉차오는 이 그림을 받아들
고 매우 기뻐하며 바로 응접실에 걸어 두었다.

　옛사람이 이르기를 복숭아꽃을 던지니 배꽃으로 화답한다고 하였다.
덩잉차오가 친구들을 이렇듯 진실로 대하니 친구들 또한 자연스럽게 다
함없는 지극한 정성으로 그녀에게 보답하였던 것이었다.

245　역주: 이에 대해서는 제8장 98절 참조.

169. 작가의 지기(知己)이자 지음(知音)이었다

덩잉차오는 어려서부터 문예를 좋아했으며 평생 동안 문예계 인사를 매우 존중하고 애호하였다.

1978년 제3차 전국문학예술작가 대표대회가 개최되기 전, 덩잉차오는 원래 당내에서 문예사업을 주관하던 노작가 샤옌(夏衍)과 양한성(陽翰笙)을 특별히 초대해 식사를 함께 하였다. 덩잉차오는 항전 초기에 그들과 서로 알고 지냈으니 오랜 세월을 사귄 친구 사이였다. 문예계는 문화대혁명의 중점 분야였고 샤옌과 양한성은 그 기간 동안 잔혹한 박해를 받아 신체적으로 심각한 손상을 입었다. 샤옌은 여전히 목발에 의지해야 했다. 덩잉차오는 이를 보고 서둘러 그를 부축해 앉히고는 그에게 말했다. "당신이 언라이 동지에게 전해 달라던 편지는 내가 잘 전달했어요."[246]

1966년 12월 샤옌은 문화부의 '조반파'에 의해 다훙먼(大紅門)의 작은 병원에 갇혔었는데 갈아입을 옷조차 없었다. 그는 저우 총리에게 보내는 편지를 몰래 써 한 간부에게 덩 다제를 거쳐 총리에게 전해줄 것을 부탁했다. 편지에는 그의 가족에게 의복과 생활용품을 보내달라는 부탁이 적혀 있었다. 덩잉차오는 이 편지를 받아 바로 저우언라이에게 전해 주었다. 이제 덩잉차오는 샤옌에게 설명하였다. "당시 언라이의 상황에 대해서는 여러분도 알고 있을 것입니다. 그 역시 여러분을 도울 수 있는 방법이 그다지 많지 않았습니다. 언라이 휘하에서 활동한 사람치고 비난을 받지 않는 사람이 없었으니까요." 샤옌은 서둘러 말했다. "다제, 우리는 알고 있습니다. 린뱌오와 장칭 일당이 필사적으로 우리를 공격한 이유는 '항장(項莊)이 검무를 춘 의도는 패공(沛公)에 있다'는 고사[247]같은 것입니

---

246 필자는 샤옌을 방문했고 그는 덩잉차오의 자신과 문예계 인사와의 교류 상황에 대해 이야기하였다.

247 역주: 사마천(司馬遷)의 『사기(史記)』 「항우본기(項羽本紀)」에 나오는 것으로 유방

다. 그들은 전적으로 총리를 겨냥해 공격한 것이지요. 덩 다제, 우리는 여전히 당신에게 감사드립니다. 총리께서 세상을 떠나셨을 때 저는 총리 영결식을 알리는 부고장을 받았지만 당시 당적이 아직 회복되지 않은 상태였습니다."

덩잉차오는 고개를 끄덕이며 쓴 웃음을 지었다. "당시 내가 할 수 있는 일은 고작 그 정도였습니다. 언라이가 세상을 떠난 뒤 나 역시 언제 체포될지 몰라 대비하고 있었는데 다행히 그들은 실패하여 바로 실각하고 말았지요." 샤옌과 양한성은 동시에 말했다. "다제께서 정말 위험했 군요. 우리는 모두 당신 때문에 손에 땀을 쥐며 걱정하였습니다." 덩잉 차오는 웃으며 말했다. "나는 이렇게 잘 지내고 있지 않나요?" 그녀는 샤 옌과 양한성에게 꼭 치료를 받고 몸조리를 잘하라고 당부했다. 특히 자 기를 대신하여 문예대표대회에 참가한 문예계 신구 동료들에게 안부를 전해 달라고 부탁했다.

1984년 5월 16일 문예계의 저명한 인사 샤옌, 양한성, 허징즈(賀敬之), 펑무(馮牧), 저우웨이즈(周巍峙), 류허우성(劉厚生), 자오쉰(趙尋), 왕쿤(王昆), 스위(石羽), 펑쯔(鳳子) 등은 덩잉차오를 댜오위타이(釣魚臺) 양위안자이(養 源齋) 파티에 초대하였다. 모두는 덩 다제가 당과 국가의 지도적 책무를 맡고 있으면서 여전히 문예계와 친밀한 관계를 유지해준 것에 대해 감 사했다.

덩잉차오는 말했다. "여러분은 모두 나의 오래된 옛 친구들입니다. 듣 기 좋은 말만 하려고 하지 말아요. 나에 대한 어떤 의견이라도 몹시 듣 고 싶으니 말씀해주시기 바랍니다." 일순간 모두 어리둥절해서 아무도 말을 꺼내지 못했다.

덩잉차오는 웃으며 샤옌에게 말했다. "모두 쑥스러워 말을 못하는 것 같군요. '샤공(夏公)', 당신은 원래 필봉이 예리하고 재치가 넘치며 언라

(劉邦)을 죽이기 위해 항장(項莊)이 검무를 추었다는 내용인데 여기서는 유방은 곧 저우언라이를 가리킨다.

이나 나와도 아주 막역한 사이니 먼저 말문을 열어 보세요."

샤옌은 덩 다졔가 자기를 지목해 의견을 제시하라고 할 줄은 미처 몰랐다. 그래서 그는 정말 난처해졌다. 다행히도 그는 남들에 비해 기지가 뛰어났기 때문에 바로 화제를 바꾸어 재미있는 이야기 하나를 하였다. 그는 웃으며 말했다. "덩 다졔께서 우리에게 의견을 제시하라고 하는데 우리 모두에게는 특별히 제기할 만한 의견이 없습니다. 다졔는 총리와 마찬가지로 1940년대 총칭에서부터 우리 모두를 여러모로 보살펴 주었습니다. 함께 자리한 사람들 가운데 총리와 다졔의 보살핌을 받지 않은 사람이 어디에 있나요? 또 특별히 제기할 만한 의견이 뭐가 있겠어요? 좋습니다. 저는 이제 여러분께 총리에 관한 이야기를 하나 할까 하는데 이것은 제가 직접 경험한 일입니다. 또한 저는 총리의 오래된 부하였기 때문에 평소 그와 적당한 농담도 하곤 했습니다."

모두는 '샤공'이 경륜이 풍부하고 고사에 능하다는 사실을 알고 있었고 또 그것이 존경하는 총리와 관련된 것이었기에 정신을 집중하고 열심히 들었다. 샤옌은 실감나게 말하기 시작했다. "때는 1950년대, 제가 상하이에서 베이징 문화부로 업무 배치를 받은 지 얼마 되지 않은 때였습니다. 한 번은 외국문예계 대표단이 중국을 방문했습니다. 문화부가 연회를 준비하여 그들을 초대하면서 총리에게도 참석을 요청했습니다. 만약 다른 사람이 총리였다면 아마도 연회가 시작되기 5분 전에야 도착했을 것입니다. 그러나 여러분도 잘 알고 있듯이 우리의 훌륭한 총리께서는 연회가 시작되기 30분 전이면 도착하십니다. 그는 준비 작업이 제대로 됐는지 살펴보시고, 또 우리에게 찾아와 연회에 참석하는 외빈에 대한 간단한 정보를 물어봅니다. 우리는 당시 농담으로 말했습니다. '동지들, 여러분은 어떻게 해야 사업이 '주도면밀하게[周到]' 되는지 아나요? '저우다오(周到)', '저우다오', 즉 저우 총리가 오셔야 사업이 '주도면밀하게' 됩니다.' 현장의 동지들은 이 이야기를 듣고 모두 큰 소리로 웃었습니다. 총리께서는 엄숙하게 나를 힐끗 보시더니 '함부로 말하지 말아요'

라고 하셨습니다. 저는 이 일을 가슴 속에 2,30년 동안이나 묻어두고 있었는데, 오늘 덩 다제께서 마침 이 자리에 함께 하신 기회를 빌어 여러분에게 공개하니, 모든 사람이 이 이야기로 식사에 흥이 돋기를 바랍니다."

함께 자리한 동지들은 이를 듣고 과연 통쾌하게 웃기 시작하였다. 모두는 '샤공'이 정말 재치 있게 말을 잘한다고 크게 칭찬하면서 "저우다오", "저우다오"라는 짧은 두 마디 말로 존경하는 저우 총리의 업무 방식을 생생하게 묘사해냈다고 하였다.

덩잉차오 역시 그 이야기를 듣고 참을 수 없어 웃음을 터뜨렸다. 그녀는 샤옌에게 말했다. "오직 당신에게만 그러한 재주가 있으며, 또 언라이와는 격의 없는 사이였으니 찰나의 순간에도 상황에 맞게 기지 넘치는 말로 감정을 잘 표현할 수 있었던 것이지요. 그런데 당신은 언라이가 왜 당신을 힐끗 보며 함부로 말하지 말라고 했는지 아세요?" 샤옌은 웃으며 말했다. "다제, 저는 분명히 알고 있습니다. 총리께서는 명성이 높아질수록 다른 사람의 시기와 공격을 많이 받게 됨을 걱정하신 것입니다." 덩잉차오는 고개를 끄덕이며 "샤공, 그런데 당신은 아직 나에 대한 의견을 말하지 않았습니다."

샤옌은 정말 난처했다. 생각이 치밀한 그는 덩 다제가 높은 지위에 있지만 더욱 겸손하며, 정치협상 사업을 주재하고, 일관되게 민주를 주창하였기 때문에 그녀가 진정으로 모두의 의견을 듣고 싶어 한다고 생각하였다. 생각이 여기에 미치자 샤옌은 천천히 말했다. "꼭 제가 말해야 한다면 그저 한 마디 드리겠습니다. 제가 느끼기에 덩 다제께서는 기율성을 지나치게 강조하시는 것 같습니다."

동석한 동지들은 이 이야기를 듣고 어떤 반응도 할 수 없었다. 하지만 덩잉차오는 이야기를 듣고 마음속으로 분명히 깨달았다. 샤옌은 문화대혁명기간에도 그녀가 기율을 준수했다고 말한 것이었다. 그녀는, 자신의 행위는 단지 당과 인민, 그리고 역사에 대해서만 책임을 지는 것으로 모든 사람의 양해를 얻을 수는 없다고 생각했다. 저우언라이조차 당시 단지 치욕을 참아가면서 중대한 임무를 수행하지 않았던가? 생각이 여기에 미치자 그녀는 담담하게 말했다. "'샤공', 나에게 불만이나 잘못된 점에 대한 의견을 제기하라고 했지 어디 칭찬을 하라고 했나요? 저는 장점이 그다지 많지 않은 사람인데, 그저 내세울 수 있는 장점은 바로 기율을 일관되게 충실히 지키는 것입니다."

이 말을 들은 샤옌 역시 그녀의 고통스런 마음을 이해 하였다. 수십 년 동안 요동치는 정치적 풍파를 겪으면서도 저우언라이와 덩잉차오는 시종일관 당에 우뚝 버티고 서서 쓰러지지 않았다. 또한 그들의 재능과 지혜는 다른 사람들을 능가했을 뿐만 아니라 고상한 품성을 소유했으며 당과 인민에게 무한한 충성을 바쳤으며 국내외에 드높은 명망을 얻었다. 그러나 그들은 매사에 매우 신중했으며 언제 어디에서나 기율을 준수했다. 생각이 여기까지 미치자 그는 급히 말했다. "다제의 말씀이 지극히 옳습니다. 본래 당신에 대해 특별히 제기할 만한 의견이 없었는데 저에게 강제하시기에 단지 다제의 이 같은 장점을 끄집어내어 얼버무리려 했을 뿐입니다." 이렇게 말하자 모두는 다시 웃기 시작하였다. 덩잉차오 역시 웃으며 말했다. "샤공, 나는 당신에게 탄복할 수밖에 없네요 언라이가 과거 당신을 그렇게 소중히 여겼던 것이 이상한 일이 아니지요"

이번 모임을 통해 문예계 동지들은 덩 다제가 세상을 떠난 저우언라이를 대신하여 계속 문예계 사업을 하고 있다는 사실을 분명히 느꼈다.

저명한 번역가 차오징화(曹靖華)도 그러한 생각을 갖고 있었다. 그는 1920년 중국사회주의청년단에 참가하여 1921년 소련으로 건너가 유학하고 국민혁명시기 국민정부 군사고문이었던 카륜 장군의 통역을 맡은 적이 있었다. 국민혁명이 실패한 후 소련으로 건너가 다수의 소련 문학 명저를 번역하였는데, 루쉰과의 교분 또한 매우 깊었었다. 1937년 중국으로 돌아온 후 총칭에서 저우언라이와 덩잉차오를 만나 서로 알고 지냈으며, 그들은 그의 학식과 품격을 매우 존중하였다. 환난사변이 일어나자 저우언라이는 차오징화에게 여비를 주어 급히 소개(疏開)할 것을 권했다. 차오징화는 당의 경제적 사정도 매우 어려우니 그 돈을 받을 수 없다고 말했다. 저우언라이는 서둘러 말했다. "징화 동지, 지금이 어떤 시국입니까? 당신은 아직도 그렇게 서생의 티를 벗지 못했나요?" 신중국 수립 이후 차오징화는 중소우호협회 부회장과 베이징대학 러시아어과 주임을 맡아 교육, 학술, 그리고 문화교류 사업에 안심하고 종사할 수 있었다.[248]

문화대혁명기간 동안 차오징화는 집을 압수당하고 '조반파'에 연행됐었다. 그의 딸은 덩잉차오에게 편지를 보내 총리에게 이 사실을 전해 달라고 요청해야만 했다. 저우 총리의 개입으로 차오징화는 비로소 집으로 돌아올 수 있었다. 그는 항상 자녀들에게 말했다. "만약 총리와 덩 다졔께서 보살펴 도움을 주지 않았다면 우리 집안은 사라졌을 것이다." 그는 총리와 덩 다졔의 도움에 대해 매우 감격스러워 했다.

1981년 2월 덩잉차오는 차를 보내 차오징화를 중난하이 시화팅으로 불러 헤어진 이후의 일들에 대해 흉금을 털어 놓고 이야기하며 우정을 다졌다. 3월 덩잉차오는 또한 차오징화와 그의 딸 차오쑤링(曹蘇玲)을 시화팅으로 불러 함께 기념사진을 찍고 그에게 『저우언라이선집』을 선물로 주었다.

1981년 12월부터 1983년 7월까지 차오징화는 심장병에다 골절상까지 당해 병원에 입원하여 치료를 받았다. 덩잉차오는 비서 자오웨이를 여러 차례 병원으로 보내 문병하였고 그에게 해당화, 정향, 작약, 과엽련(瓜葉蓮), 국화 등을 선물로 보냈다.

1981년 12월 덩잉차오는 병원에 입원하여 담결석 제거 수술을 받았다. 1982년 1월 6일 그녀는 퇴원하기 전 일부러 차오징화의 병실로 찾아가 그에게 안심하고 요양하라며 문병을 했다.

차오징화는 자신에 대한 덩 다졔의 관심에 크게 감격하였다. 1982년 7

248 필자는 베이징에서 차오징화의 딸 차오쑤링(曹蘇玲)을 방문하였다. 그녀는 덩잉차오가 차오징화를 존중하고 관심을 기울였던 상황에 대해 상세하게 소개하였다.

월 그는 덩 다졔에게 편지를 보내 총리와 덩 다졔에 대한 그의 그리움과 감격을 표현하였다. 덩잉차오는 그의 편지를 받고 그 날로 바로 친필 답신을 했다.

"차오징화 동지에게 : 오랜만에 안부 인사를 전합니다. 자주 보고 싶었습니다. 일전에 당신의 심장병이 이미 다 나아 퇴원할 수 있게 되었다는 소식을 접하고 매우 기쁘고 안심이 되었습니다. 오늘 당신의 친필 편지를 받으니 너무 기쁩니다. 필력으로 보건대 매우 건강해 보입니다. 다만 골절상은 잘 다스려 속히 낫기를 바랍니다.

편지에서 언라이 동지와 나에 대해 지나치게 칭송하는 것 같아 마음이 심히 불편합니다. 너무 마음에 담아 두지 않았으면 좋겠습니다.

당신은 강직한 고참 동지입니다. 자신이 늙고 병약하다고 너무 비관하지 않기를 바랍니다. 당신의 강인한 믿음으로 계속 싸워 나간다면 반드시 건강하게 장수할 수 있을 것입니다. 쾌유를 빕니다. 덩잉차오. 1982.7.31."

차오징화는 덩 다졔의 편지를 받고 매우 큰 감동을 받았다.

1983년 10월 13일 베이징 대학에서 차오징화의 문화교육사업 종사 60주년 기념식이 거행되었다. 덩잉차오는 비서 자오마오펑(趙茂峰)을 보내 대신 기념식에 참석케 하였고 그녀가 직접 쓴 축하편지와 화려한 꽃바구니를 보냈다. 자오마오펑은 기념식에서 덩잉차오의 축하편지를 읽었다.

"차오징화 동지에게 : 오늘은 당신이 교육과 문화 사업에 투신하여 놀라운 공헌을 한 지 60주년이 되는 날입니다. 이에 지체 없이 특별한 편지를 보내 열렬히 축하하는 바입니다. 아울러 꽃바구니에 축하의 정성을 담아 보냅니다. 직접 참가하여 축하드리지 못함을 널리 양해바랍니다. 건강과 장수를 축원합니다! 덩잉차오. 1983.10.13."

회의장에는 열렬한 박수소리가 울려 퍼졌다. 차오징화는 감격하여 눈에 눈물이 고였다.

1987년 5월 7일은 차오징화의 90회 생일이었다. 베이징 대학은 차오징화학술토론회를 개최하였다. 덩잉차오는 또한 비서 자오웨이를 통해 친필 축하편지와 꽃바구니를 보냈다. 자오웨이 회의장에서 다시 덩잉차오의 축하편지를 읽었다.

"징화 동지에게 : 당신의 90세 탄신을 기념하여 학술토론회가 개최된다는 소식을 들으니 너무도 기쁩니다. 당신에게 충심으로 축하를 전하는 바입니다.

1920년대부터 당신은 혁명에 투신했고 백색공포 하에서 개인의 안위는 돌보지 않고 우리나라의 신문학사업을 위해 커다란 노력을 경주하였습니다. 당신의 문학 활동은 항상 우리나라의 혁명사업과 긴밀히 결합되었습니다. 혁명전쟁시기에 당신이 번역한 소련 혁명 문학작품은 무수한 젊은이들을 혁명의 길로 인도하였습니다.

당신의 생활은 검소하며, 당신은 겸허하고 신중합니다. 당신이 우리나라의 교육사업과 문학사업에 바친 탁월한 공헌에 대해 국민들은 영원히 기억할 것입니다. 이에 당신의 건강과 장수를 삼가 축원합니다. 덩잉차오. 1987.5.7."

덩잉차오는 이 편지 하나로써 차오징화의 혁명적 일생을 개괄했을 뿐만 아니라 높이 평가하여 함께 자리한 노작가와 번역가들에게 깊은 감동을 주었다. 그들은 덩 다제의 편지가 차오징화에 대한 격려이고 존중일 뿐만 아니라 문화교육 사업에 대한 그녀의 관심과 격려를 표현한 것임을 알았다.

90세 고령의 차오징화는 자연히 더욱 크게 감동을 받았다.

1987년 6월에 접어들자 그는 점차 몸을 지탱할 수 없게 되었다. 한밤에 그는 딸 쑤링을 깨워 당부했다. "너는 덩 마마에게 편지로, 총리와 그녀가 우리 가족에게 보여준 깊은 관심에 내가 매우 감사해 한다고 전해

라. 그리고 세상을 하직할 즈음에 내가 덩 마마를 매우 보고 싶어 했지만 다시 찾아 볼 수 없었다고 그녀에게 전해야 한다. 너희 저우 백부와 덩 마마가 우리에게 보여준 관심과 격려는 너희들 가슴속에 영원히 기억해 두어야 한다." 부친이 병중에 했던 이 말을 차오쑤링은 눈물을 흘리면서 기억해 두었다.

9월 11일 차오징화는 세상을 떠났다. 그날 덩잉차오는 비서 자오웨이를 그의 집으로 보내 위로의 뜻을 표시했다.

9월 22일 덩잉차오는 바바오(八寶) 산 공동묘지에서 열린 차오징화 영결식에 참석하였다. 차오징화의 자녀들은 83세 고령의 덩잉차오가 영결식에 참가한 것이 매우 걱정되었다. 덩잉차오는 말했다. "내가 당연히 와야지요. 당신의 부친께서는 수십 년 동안 혁명을 위해 많은 일을 하셨지요. 그가 위중해 나를 다시 찾아 올 수 없었을 때 나 역시 발병하여 남을 돌볼 겨를이 없어 매우 미안하게 생각하고 있습니다."

차오쑤링은 덩잉차오에게 차오징화의 병이 위중했을 때 했던 말을 전했다. 덩잉차오는 그 말을 듣고 감동하여 말했다. "당신의 부친은 정말 지극히 성실한 분입니다. 당신들은 그분의 성품을 잘 배워야 합니다."

저명한 극작가 차오위(曹禺)는 일찍이 1938년에 저우언라이와 덩잉차오를 알게 되었다. 덩잉차오는 중국여행극단이 연출한 『일출(日出)』을 보고 그에게 깊이 끌려 저우언라이를 데리고 가 같이 봤다. 이후 차오위의 연극작품이라면 그들은 거의 다 보았다. 신중국 수립 이후 차오위는 베이징 인민예술극원 원장을 맡았다. 저우언라이와 덩잉차오는 인민예술극원의 연극을 늘 보았으며 또한 그들의 설 파티에 참가하기도 했다. 덩잉차오는 차오위에게 말했다. "언라이가 업무 때문에 매우 피곤하지만 그는 쉬려고 하지 않습니다. 당신이 몇몇 문예계 친구들을 동행하여 우리 집으로 와 그와 한담하며 그의 긴장을 풀어 주면 좋겠습니다." 차오위는 일부 연극배우와 약속하여 총리의 집을 방문하였다. 덩잉차오의 이처럼 진정어린 초대에 힘입어 저우 총리도 문예계의 상황을 상당히 이해할 수 있게 되었다.

덩잉차오는 저우언라이가 게 요리를 좋아한다는 것을 알고 있었다. 한 번은 그녀가 게를 사서 차오위와 일부 문예계 친구들을 초청해 함께 먹었다. 저우언라이는 그날 너무 기분이 좋아 프랑스제 명주 한 병을 가져 왔다. 그것은 나폴레옹이 조세핀에게 준 것인데 스탈린이 자기에 다시 주었다며, 이제 문예계 친구들과 함께 나눠 마시며 즐기고자 한다고 하였다. 이와 같이 깊고 두터운 우의를 차오위는 평생 잊을 수가 없었다.

차오위는 덩 다계가 한 명의 혁명가이자 정치가일 뿐만 아니라 저우 총리의 현명한 내조자라는 사실에 매우 감탄하였다. 그는 저우 총리가 자신에게 했던 말을 분명하게 기억하였다. "우리 저우 집안은 대가족으로 친척이 많아 성가신 일이 매우 많은데 그녀가 나를 대신해 모든 요리를 하여 내가 전혀 걱정을 하지 않아도 되게 합니다. 그 덕분에 나는 모든 정력을 업무에 집중할 수 있으며 뒷걱정을 전부 없앨 수 있습니다." 차오위는 많은 현대여성이 항상 바깥일과 가정일을 제대로 처리하지 못하는 것을 목격했다. 어떤 여성은 사업에 뛰어나지만 가정생활은 오히려 엉망이었다. 어떤 여성은 현모양처이지만 업무는 그저 그랬다. 그러나 덩 다계는 업무나 가정 양쪽 다 모두 완벽하게 처리했기 때문에 차오위는 감탄해마지 않았다. 사람들을 관찰하고 분석하는 데에 뛰어난 차오위는 덩 다계가 성격적으로 혁명성이 매우 강할 뿐만 아니라 여성의 온유함과 현숙함을 동시에 갖춰 강함과 부드러움이 조화를 잘 이루고 있는데 그것은 매우 힘든 일이라고 생각했다.

차오위가 저명한 경극배우 리위루(李玉茹)와 결혼할 때 덩잉차오는 그들에게 훌륭한 다기세트와 그녀가 젊은 시절 연기했던 『신문기자』라는 연극 스틸을 보내주었다. 차오위는 이를 매우 진귀하다고 생각해 지금까지 소장하고 있다.

1988년 덩잉차오가 전국정치협상회의 주석 자리에서 물러났을 때 차오위는 그녀에게 편지를 보내 경의를 표하며 "봄 난초와 가을 국화[249]와 같고, 청춘이 항상 머무는 다제! 그 이름에 부끄럽지 않습니다"라고 하였다. 덩잉차오는 이를 보고 매우 큰 감동을 받았다.

1990년 10월은 차오위가 연극 활동에 종사한 지 65주년이 되는 때였다. 덩잉차오는 그에게 편지를 보내 축하하였다.

"친애하는 노 전우이자 존경하는 차오위 동지에게 : 오늘은 당신이 연극에 종사한 지 65주년이 되는 날이군요. 나는 당신에게 열렬히 축하의 뜻을 전하고 아울러 숭고한 경의를 표하는 바입니다. 이것은 비단 개인의 영광일 뿐만 아니라 문예계와 연극계의 영광입니다.

당신은 청년시절부터 재능이 출중했던 극작가였지요. 수십 년 동안 군중과 그들의 생활 속으로 깊이 들어가 심혈을 기울였으며, 열심히 애쓴 예술적 노동을 통해 시대의 인물을 묘사함으로써 나와 수많은 관중들에게 깊은 인상을 남겼습니다. 당신의 창작은 풍성한 열매를 맺었는데 이는 당신의 작품이 혁명성, 인민성, 고도의 예술성을 갖췄음을 의미하는 것으로 중국문화의 둘도 없는 보배라 할 수 있습니다.

우리가 서로 알고 지낸 지 벌써 수십 년이 되었습니다. 처음 알게 될 때 당신의 창작이 교량역할을 하였지요. 내가 처음 당신의 『일출』을 보았을 때 나는 매료되었습니다. 항전 초기에 나는 당신이 연출한 모든 연극을 시간만 허락되면 빠지지 않고 보았습니다. 나는 당신의 충실한 관객이었습니다. 수십 년이 지난 일인데 기억할수록 더욱 새롭군요. 나는 젊었을 때 고인이 된 언라이 동지와 함께 연극을 열렬하게 사랑했고 작은 시도도 해 보았습니다. 이것은 우리 둘의 공통된 취미였지요. 비록 지금 나는 이미 늙었지만 연극을 여전히 사랑하며 깊은 관심을 갖고 있는데 이제 연극을 볼 수 없게 되어 매우 유감스럽습니다. 당신의 예술적 성취를 축원함과 동시에 연극계에 더 훌륭한 작품을 생산하여 국민을 위해 봉사할 수 있기를 축원합니다. 마지막으로 당신의 건강과 장수를 기

---

249 역주 : "춘란추국(春蘭秋菊)"으로 철에 따라 제각기 특색을 갖고 있으며 시절에 맞는 사물을 가리킨다.

원합니다. 덩잉차오. 1990년 10월 25일.”

차오위는 이 편지를 보고 크게 감동을 받았다. 그는 덩 다졔가 확실히 문예계와 연극계의 지기(知己)이며 지음(知音)이라고 느꼈다. 이러한 지기이며 지음이었기 때문에 문예계와 연극계의 수많은 인사들은 그녀를 뼈에 사무치게 기억하여 평생 잊지 못하였다. 그리고 더욱 분발 전진하여 사회주의 조국의 문학예술을 번영시키기 위해 새로운 공헌을 해야겠다고 다짐하였다.

덩잉차오는 청·장년작가들에 대해서도 매우 커다란 관심을 기울였다. 그녀는 전국 우수 중편소설, 보고문학, 신시(新詩) 수상 작가 다과회에 참석하여 수상 작가들을 열렬히 축하하였다. 그녀는 그들이 수상한 이후 성적으로 교만하지 말며, 좌절할 일이 있어도 용기를 잃지 말며, 계속해서 용감하게 창작활동을 할 것이며, 성실하게 수정하여 더욱 많은 그리고 더욱 훌륭한 작품을 열심히 생산해 중국의 각 민족인민을 위해 공헌해 주기를 희망하였다. 그녀는 그들이 인민을 위해 봉사하고 사회주의를 위해 봉사하며 백화제방(百花齊放), 백가쟁명(百家爭鳴)의 방침을 지속적으로 추구하여 문예계에 백화제방의 시대를 열어주기를 희망했다. 그녀는 말했다. “함께 자리한 여러분 가운데에 소설가도 있고 문학가도 있으며 시인이나 아동문학가도 있습니다. 그러나 다시 조금 보완하고 싶은데, 이들 ‘가(家)’에 다시 ‘혁명가’를 추가해야 합니다.”

청·장년작가들에 대한 덩 다졔의 간절한 기대는 그들의 나아갈 방향을 바로잡는 것이었다. 그들은 이 노 혁명가의 뜨거운 마음을 온전히 느끼며 영원히 시대와 함께 전진하였다.

170. "한 조각 맑고 깨끗한 마음[冰心]을 옥병에 담다"

저명한 여류작가 빙신(冰心)은 덩잉차오의 옛 친구였다. 그 둘은 취향이 고상하여 꽃을 매우 좋아하였다. 1985년 5월 18일 오전, 덩잉차오와 빙신은 약속이나 한 듯이 베이팡웨지(北方月季)회사의 웨지위안(月季園)을 찾아 월계꽃을 함께 감상하였다.[250]

"나는 정말 당신이 보고 싶었어요. 늘 염려되기도 하고 보고 싶기도 했지요." 덩잉차오는 차에서 내리자마 만면에 웃음을 머금고 화려하게 핀 작약을 빙신에게 주며 말했다. "이 꽃은 우리 집 정원에 핀 것입니다. 당신의 86세 생일을 축하합니다. 당신은 매우 건강해 보여 좋아요. 86세처럼 보이지 않아요. 항상 꽃처럼 생기발랄하기를 희망합니다."

빙신은 뜨겁게 덩잉차오의 손을 잡으며 말했다. "당신은 너무 바쁜 분이고 저는 하릴없이 노는 사람인데. 정말 감사합니다."

덩잉차오는 빙신에게 말했다. "나는 당신에게 정말 감탄하고 있습니다. 당신은 인민과 아동을 위해 수많은 작품을 썼습니다. 당신은 지금도 끊임없이 글을 써 인민을 위해 봉사하고 있잖아요" 빙신은 급히 "과찬이십니다"라고 말했다. 덩잉차오는 웃으며 말했다. "정말입니다. 과장이 아니에요. 공산당원은 거짓말을 못합니다."

덩잉차오와 빙신, 꽃을 사랑하는 두 노인은 나란히 느린 걸음으로 산책을 하며 정원을 가득 메운 형형색색의 화려한 월계화를 감상하였다.

덩잉차오는 계속 말했다. "정말 좋군요, 너무 좋아요! 이렇게 아름다운 꽃을 보니 마음이 활짝 열리고 기분이 상쾌해집니다!" 그녀는 황금색 월계나무 한 그루를 보고 신이 나 빙신에게 말했다. "나는 이 '황허핑(黃和平)'이 가장 좋아요. 1950년대 우리 집 정원에도 몇 그루 심었었는데 그

---

[250] 필자는 빙신을 방문했는데 그녀는 1980년대 덩잉차오와의 교류 상황에 대해 즐겁게 이야기하였다.

때에는 꽃이 매우 컸었는데 지금은 작습니다. 아마 전문적으로 관리하는 사람이 없어서 그런 가 봐요."

참관을 수행하던 국방과학공업위원회 정치위원 우샤오쭈(吳紹祖)는 덩잉차오에게 말했다. "이곳은 원래 레이다시험장으로 여기저기 잡초가 무성했었는데 지금 큰 화원으로 바뀌었습니다." 덩잉차오는 말을 반복했다. "좋네요. 잘 된 일입니다. 이 화원도 군사시설을 민간으로 전용한 한 사례이겠군요."

우샤오쭈는 또 말했다. "작년, 미국주중국대사관의 무관이 웨지위안을 참관하고는 많이 좋아했습니다." 그 이야기를 듣고 덩잉차오는 칭찬하며 말했다. "너무 좋습니다. 우리는 꽃을 이용해 서로 간의 감정을 연결하고 우의를 증가시켜야 합니다. 무관뿐만 아니라 다른 친구들도 초대하여 꽃을 감상하게 하세요."

덩잉차오가 유쾌한 꽃 감상을 마치고 막 차에 오르려 하는데 빙신이 빙그레 웃으며 한 떨기 월계화를 바치며 말했다. "이것은 베이팡웨지회사에서 저에게 준 것인데 지금 당신에게 드립니다. 당신의 건강과 장수를 축원합니다." 덩잉차오는 꽃을 받아들고 거듭 감사의 말을 했다. "감사합니다. 감사해요! 돌아가 이 꽃을 보면 꽃을 사랑하는 옛 친구를 떠올릴 수 있겠군요."

빙신은 귀가 후 덩잉차오가 자기에 준 작약을 응접실의 저우 총리 초상 앞에 놓인 고풍스럽고 소박한 꽃병에 꽂아 두었다. 그녀는 묵묵히 총리의 초상을 보며 말했다. "이것은 당신의 집 정원에서 핀 꽃인데 이제 당신의 면전에 바칩니다. 오늘 저는 당신의 가슴에 영원히 새겨져 있는 덩 다제를 만났습니다. 그녀의 건강은 아주 좋으니 안심하세요."

1986년 봄이 다시 찾아 왔다. 덩잉차오는 다시 베이팡웨지회사 웨지위안에서 꽃을 감상했지만 이번엔 빙신을 보지 못했다. 덩잉차오는 그녀가 보고 싶어 그녀의 집으로 찾아가 보기로 하였다.

빙신은 덩 다제가 자신을 만나러 온다는 소식을 접하고 놀랐지만 기

뺐다. 그녀는 덩 다졔가 일층 집에 살아 낮은 층에 익숙하다는 사실을 알고서 자신의 집이 2층이기 때문에 그녀가 이층으로 걸어 오르려면 매우 힘들 것이라고 생각했다. 빙신은 보조기를 의지하고 서서 덩잉차오가 계단 입구에서 두 근무자의 부축을 받고 한 걸음 한 걸음 천천히 이층으로 올라오는 것을 보았다. 빙신은 마음으로 정말 미안하여 한 걸음씩 계속 올라오는 그녀에게 말했다. "천천히 올라오세요, 천천히 걸어요."

덩잉차오는 소박하고 우아한 빙신의 응접실에 들어섰다. 그녀는 좌측 벽에 유명한 화가 우쭤런(吳作人)의 그림이 걸려 있는 것을 보았다. 거기에는 팬더곰이 대나무를 품고 있는 모습이 그려져 있었는데 매우 천진난만해 보였다. 곁에는 량치차오(梁啓超)가 쓴 대련[251]이 있었다. "세상 일 아무리 변화무쌍하여도 마음은 이미 정해졌다네.[252] 가슴속엔 산과 바다 같은 큰 뜻 있어 자유로이 꿈속을 날아다니네."[253] 대련 아래에는 "빙심(冰心)[254]여사가 정암(定庵)[255] 시구를 모아 써주길 요구하였다. 양계초(梁啓超)"라고 쓰여 있었다. 이것은 반세기도 더 된 작품이었다. 오른쪽 벽에는 저우언라이의 유화 초상이 걸려 있었고 초상 앞에는 작은 향로와 문죽(文竹)[256], 그리고 우아한 화병이 놓여 있었는데 화병에는 아름다운 작약이 꽂혀 있었다.

덩잉차오는 활짝 핀 월계꽃 바구니를 빙신에 주었는데 그녀는 매우

---

251 역주: 아래의 대련은 빙신이 미국 유학할 때 사촌오빠 류팡위옌(劉放園)이 량치차오에게 부탁하여 쓴 것이다.
252 역주: 원문은 "世事滄桑心事定"인데 청대 저명한 시인 공자진(龔自珍)의 『기해잡시(己亥雜詩)』의 제149수 "只將愧汗濕萊衣, 悔及堂皇歲月違, 世事滄桑心事定, 此生一跌莫全非."에서 인용한 것이다.
253 역주: 원문은 "胸中海岳夢中飛"인데 이 역기 『기해잡시』 제33수 "少慕顔曾管樂非, 胸中海岳夢中飛, 近來不信長安隘, 城曲深藏此布衣."에서 인용한 것이다.
254 역주: 1900-1999. 본명은 사완옥(謝婉瑩). 필명 빙심(冰心). 현대의 저명한 시인, 작가, 번역가, 아동문학가. 중국민주촉진회중앙명예주석, 중국문련부주석, 중국작가협회명예주석 등 역임.
255 역주: 공자진(1792-1841)의 호.
256 역주: 백합과에 속하는 화초. 학명은 플루모수스 아스파라거스이다.

감동하였다. 며칠 전 덩잉차오는 비서를 시켜 그녀의 정원에서 핀 작약을 보낸 적이 있었다. 빙신이 그것에 대해 이야기를 꺼내자 덩잉차오는 유감의 뜻을 나타내었다. "며칠 전 꽃을 보내면서 너무 바빠 제 때에 편지도 쓰지 못했네요. 나는 당신이 꽃을 매우 좋아한다고 알고 있습니다."

빙신은 또 말했다. "맞습니다. 저는 다제의 정원에서 활짝 핀 그 작약을 총리께 바쳤습니다." 빙신은 그렇게 하는 것이 그녀의 오래된 습관이라고 덩잉차오에게 귀띔해 주었다. 그녀는 언제나 자신이 좋아하는 꽃을 영원히 잊을 수 없는 저우 총리에게 바치는데 자신이 좋아하는 화병에 담아 총리의 초상 앞에 두었다.

덩잉차오는 이 이야기를 듣고 천천히 몸을 일으켜 저우언라이의 초상 앞으로 걸어가 묵묵히 한참을 깊은 상념에 잠겼다.

그녀는 1976년 저우언라이가 세상을 떠난 뒤 많은 동지들이 그들의 집에 저우 총리의 초상을 걸어 놓았다는 사실을 알고 있었다. 그러나 지금은 이미 1986년, 언라이가 죽은 지 벌써 10년이 흘렀다. 너무도 저명한 중국의 작가 빙신이 자기 집에 아직도 언라이 초상을 모셔 두고 헌화를 하고 있다는 사실은 언라이를 향한 너무나 깊고 두터운 정을 반영하는 것이라 하겠다.

잠시 후에 빙신은 덩 다제에게 자신이 오늘 웨지위안으로 꽃구경을 가지 못한 것은 다리가 불편한 것도 있지만, 더 큰 이유는 『중국중학생 우수작문선(中國中學生優秀作文選)』의 서문을 서둘러 써야 했기 때문이라고 말했다. 덩잉차오는 듣고 기뻐하며 말했다. "네, 좋은 일입니다. 당신은 정말 늙을수록 더욱 강해집니다. 당신은 작년보다 올해 훨씬 더 건강해 보이고 혈색도 좋아 보입니다. 나는 『인민일보』에서 당신의 사진을 보고 '빙신은 늙지 않고 맑고 깨끗한 마음(冰心) 한 조각을 옥병에 담아 두었다'고 말했답니다." 덩잉차오의 이처럼 주옥같은 표현에 빙신은 물론 함께 자리한 모든 사람들이 유쾌하게 웃었다.

덩잉차오는 또한 빙신에게 말했다. "당신은 낙관주의자입니다. 내 생각에 당신은 젊은 시절부터 어린 독자들과 함께 하기를 좋아했던 것 같습니다. 당신의 「어린 독자에게 보낸다」를 나는 1920년대 베이징, 톈진에서 초등학교 교사로 있을 때 읽었는데 아주 강한 인상을 받았습니다.

빙신은 겸손하게 말했다. "그것은 이미 오래된 과거의 일입니다. 무척 바쁘실 텐데 이렇게 저를 찾아와 주시니 정말 너무 미안합니다."

80세가 넘은 두 혁명가와 작가는 때론 뜨겁게 때론 다정하게 이야기를 나누었다. 꽃과 글, 그리고 지난 일과 청년 교육 등이 화제였다. 시간은 어느덧 흘러 점심시간이 지나버렸다.

빙신은 그녀에게 점심을 같이 하자고 권했다. 덩잉차오는 웃으며 말했다. "오늘은 우리가 예고도 없이 찾아 왔으니 다음에 올 때 식사합시다. 그때는 하루 일찍 미리 알려주겠습니다."

빙신이 말했다. "오늘 우리는 사전에 당신이 오실 것을 알지 못했지요. 일찍 알았다면 좋았을 텐데. 저는 당신이 오리라고는 전혀 생각하지 못했습니다." 덩잉차오는 웃으며 말했다. "나는 당신을 귀찮게 하는 게 싫었거든요."

헤어질 때 그녀들은 굳게 악수를 나누며 서로를 축복했다.

덩잉차오는 아래층으로 발걸음을 옮기면서 계속 말을 이어갔다. "아직 못한 말이 너무도 많으니 다음에 만나 계속 이야기합시다."

빙신은 보조기를 의지하고 계단 입구에서 내내 서서 덩잉차오가 한 걸음씩 계단을 내려간 뒤 건물을 나서 차를 타고 가는 것까지 지켜보았다. 방으로 돌아온 빙신은 오랫동안 마음을 안정시킬 수 없었다. 그녀는 덩 다제가 진정 넓은 마음의 소유자이며 사상적으로 매우 치밀하고 감정적으로 매우 섬세한 여성이라고 생각했다. 그녀의 사상이나 감정은 그녀의 일과 사업 그리고 그녀와 접촉한 사람들에게서 우러나온 것이라고 생각했다. 또한 그녀는 사람들을 가장 잘 이해하고 그들에게 진심어린 관심을 기울이며 또 그들을 동정하여 자신의 크고 넓은 사랑과 정을 쏟아 붓는 위대한 여성이라고 생각했다.

덩잉차오는 여성이 훌륭한 인재로 성장하는 것이 어렵다는 사실을 잘 알고 있어 자신의 분야에서 좋은 성과를 낸 여성작가, 여성과학자, 여성 연기자, 여성의사 등에 대해 특별한 관심을 기울였다.

그녀가 여성작가 자오칭거(趙淸閣)를 만났을 때였다. 자오칭거는 빙신이 덩 다졔에게 전해 달라고 부탁한 말을 들려주었다. 그 내용은 해외에 오래 동안 거주하고 있는 여성작가 링수화(凌叔華)가 귀국하여 정착하고 싶어 하는데 그녀의 바람대로 조치가 있었으면 좋겠다는 것이었다. 덩잉차오는 링수화를 알고 있었다. 그녀 역시 즈리제1여자사범 졸업생으로 1920-30년대에 빙신, 루인(廬隱), 스핑메이(石評梅) 등 여성작가들과 함께 명성을 날리던 작가였다. 후에 남편 천위안(陳源)과 해외로 이주했었는데, 남편은 이미 세상을 떠났다. 그녀는 딸과 함께 런던에서 살고 있었는데 만년이 처량했다. 문화대혁명기간에 잠시 귀국한 링수화는 관광을 하면서 덩잉차오와 만난 적이 있었다. 덩잉차오는 이제 그녀가 귀국하여 정착하고 싶어 한다는 이야기를 듣고 매우 기뻐하며 말했다. "몇 년 전 그녀가 귀국하여 정착하고 싶다 했을 때 우리도 환영의 뜻을 나타낸 바 있었지만 돌아오지 않았지요. 그런데 이제 돌아오겠다니 정말 잘 됐습니다." 덩잉차오는 이렇게 말하며 비서 자오웨이에게 말했다. "국무원 해외동포사무실에 이 사실을 알려 처리하도록 하세요. 국내의 거주 조건이 그다지 좋지 않은데도 그녀가 돌아오겠답니다. 그녀는 이전에 애국적인 여성작가였습니다. 그러니 그녀의 주거 문제를 최대한 잘 처리하여 국내에서 즐겁고 편안한 여생을 보내면서 조국과 국민을 위해 계속 글을 쓸 수 있도록 해야 합니다. 그녀의 조속한 귀국을 환영합니다. 그녀뿐만 아니라 해외에 거주하는 모든 동포가 조국의 품으로 귀국하는 것을 환영합니다."

링수화는 귀국하여 병을 치료했으나 1990년 베이징에서 병으로 사망하였다. 덩잉차오는 비서 자오웨이를 보내 영결식에 참석하게 하였다.

1981년 초봄, 중국 문단의 거성이 떨어졌다. 마오둔(茅盾)이 사망한 것이었다. 덩잉차오는 마오둔의 영결식과 추도식에 참가하였다. 지난 몇 년 동안 그녀는 궈모루, 라오서(老舍), 톈한(田漢)의 추도식에도 참석했었다. 작가에 대한 덩잉차오의 애정이 남달랐기 때문이다.

일찍이 국민혁명시기에 덩잉차오는 여성작가 바이웨이(白薇)를 알았다. 항전 초기 바이웨이는 일본에서 돌아왔고 우한에서 저우언라이와 덩잉차오를 만나 당 조직 활동을 했다. 1945년 마오 주석도 충칭에서 바이웨이를 만났었다. 1949년 바이웨이는 후난(湖南)국민당군정인원 봉기에서 일정한 역할을 수행하였다.[257] 신중국 수립 이후 그녀는 제1차 문인대표대회에 참석하였다. 나중엔 늙고 쇠약해져서 많은 이들이 점차 그녀를 잊었지만 덩잉차오는 그녀를 잊지 않았다. 덩잉차오는 작가협회 서기처 서기 주쯔치(朱子奇)에게 바이웨이가 평생 수많은 고난을 겪었지만 추호도 흔들림 없이 강경하고 정직하게 당과 함께 하였다고 말했다. 또한 역사는 단절되어서는 안 되며 노 작가를 포함해 인민을 위해 공헌한 모든 사람을 잊어서는 안 된다고 했다. 마땅히 그들을 존중하고 관심을 기울여 청년세대가 그들을 이해하고 그들을 따라 배우게 해야 한다고 하였다. 덩잉차오는 바이웨이가 늙고 병약해졌다는 소식을 듣고 주쯔치에게 자신을 대신해 그녀를 방문하여 어떤 곤란에 처해 있는지 살펴보고 해결할 수 있도록 최대한 도움을 주라고 하였다.[258]

주쯔치는 93세 고령의 바이웨이를 찾아 그녀에 대한 덩 다제의 관심과 안부를 전했다. 그가 바이웨이의 형편을 살펴보니 조그만 방에 고작 침상과 작은 탁자, 의자 하나가 전부였다. 바이웨이는 덩 다제가 관심을 갖고 자기의 안부를 물었다는 이야기를 듣자 감격하여 눈물을 흘렸다.

---

257 역주: 이상은 1945년 마오쩌둥이 충칭담판에 나섰을 때 바이웨이를 만났는데 그녀가 딩링(丁玲)과 함께 자신과 같은 후난이 고향인 여류작가임을 기억한다고 인사했던 내용과 1949년 그녀가 중국공산당이 지도하는 상남(湘南)유격사령부 제3대대에 참가, 선전활동을 전개했던 사실을 가리킨다.
258 필자는 주쯔치를 방문했다. 그는 여성작가 바이웨이에 대한 덩잉차오의 관심을 소개하였다.

그녀는 후난의 옛집으로 돌아가고 싶다고 말했다. 주쯔치가 이를 덩 다제에게 보고하였다. 덩잉차오는 그녀의 바람을 들어주는 것이 마땅하다고 생각했다.

덩잉차오의 관심과 지지 덕분에 관련 기관은 노년의 여성작가 바이웨이를 고향인 후난으로 돌아갈 수 있게 조치하여 그녀가 편안하게 생을 마감할 수 있게 하였다.

171. 옌안 노전우의 모임

1988년 3월 5일은 저우언라이의 90세 생일이었다. 그해 초, 옛날에 옌안문예회에서 활동하는 동지들은 저우언라이와 문예가와의 두터운 정을 생각하며 특별히 혁명 역사가들의 초상화에 조예가 깊은 중앙미술학원 리치(李琦) 교수에게 부탁하여 저우언라이 초상화를 부탁하고, 저명한 시인 아이칭(艾靑)에게 기념시를 짓게 하여 덩 다제에게 보내려고 준비하였다. 리치는 저우언라이의 사진 수천 장을 뒤지며 고민하여 한 달 동안 그린 40여 장의 초상화 가운데 그나마 만족스러운 한 장을 골라 3월 5일 덩 다제에게 보냈다.

덩잉차오는 초상화를 받아 들고 한참동안 바라보았다. 3월 29일 그녀는 리치와 옌안문예학회의 옛 동지 아이칭, 구위엔(古元), 우쉐(吳雪), 천밍(陳明)을 집으로 초대하였다.[259]

옌안에 있을 때 덩잉차오는 그들과 만난 적이 있었다. 오늘 그녀는 옛 친구들을 보니 오랫동안 헤어졌던 친척을 다시 만나기라도 한 것처럼

---

[259] 1988년 3월 29일 덩잉차오가 아이칭, 리치, 구위엔, 우쉐, 천밍과 만났을 때 했던 대화 기록 원고 참조.

감격하여 말했다. "우리는 수십 년 동안 알고 지낸 친구인데 모두 베이징에 살면서도 한 번 만나기가 이렇게 힘들었습니다. 정말 가까운 곳이지요." 그러나 덩잉차오는 다시 정중하게 "나는 항상 여러분이 보고 싶었습니다"라고 밝혔다.

덩잉차오는 그들이 자리에 앉자 우쉐를 보며 말했다. "당신이 옌안에서 주연한 연극 『강제로 장정(壯丁)을 징집하다』는 나에게 매우 깊은 인상을 남겼습니다. 나는 이 연극이 매우 중요한 역사적 의미를 지니고 있기 때문에 오늘날에도 사람들이 보게 하여 당시 국민당이 어떻게 장정을 강제로 징집하여 우리를 향해 진공했는지 깨닫게 해야 한다고 생각합니다." 우쉐는 덩 다제에게 작년 마오 주석의 「옌안문예강좌회에서의 강화」 발표 45주년을 기념하여 이 연극이 상연되었음을 알려 주었다. 덩잉차오는 우스갯소리로 "그때 나는 정보가 꽉 막혀 있었지요"라고 말했다. 그녀는 비록 84세였지만 기억력은 매우 좋았다. 그녀는 우쉐에게 물었다. "당신들의 연극에서 셋째 형수 역을 맡았던 여성배우는 레이핑(雷平)이지요?" 우쉐는 "맞습니다"라고 대답했다. "청년예술극단에 아직 있나요?" "아직 있습니다."

이때 딩링(丁玲)의 남편 천밍이 보태어 말했다. "작년 『강제로 장정을 징집하다』를 공연할 때 그녀도 무대에 올라 셋째 형수 역을 맡아 연기했습니다. 전체 연극은 기본적으로 원래의 배역에 따랐고 단지 보장(保長)[260]왕을 연기했던 천거(陳戈) 동지만 세상을 떠났습니다."

덩잉차오는 말했다. "이제 내가 극장에 가서 연극을 관람하기에는 다소 무리입니다. 나이가 너무 많아 오래 앉아 있기가 힘들며 청력과 시력도 좋지 않아요." 그녀 바로 곁에 앉아 있던 아이칭이 말을 끊으며 끼어들었다. "어제 방송에서 다제의 목소리를 들었는데 말씀도 아주 좋았고

---

[260] 역주: 전통시대 중국의 향촌 통제 제도. 향촌 사회를 호 단위로 보(保)-대보(大保)-도보(都保) 단위로 묶어 유민의 발생을 방지하고 각종 조세 납부를 독려하는 조직으로 활용하였다. 보의 우두머리를 보장이라 하였다.

힘도 넘쳤습니다. 진정, '늙은 천리마가 마구간에 누워 있으나 여전히 천리를 달리고 싶어 한다'라는 말을 떠올리게 했습니다."

"공산당원이라면 마땅히 그래야 합니다." 덩잉차오는 자신감에 충만하여 말했다. "지금 우리는 오늘의 화제, 즉 리치 동지가 그린 저우언라이 동지 초상화에 대해 이야기해야 합니다." 그녀는 정중하게 리치에게 말했다. "나는 우선 당신께 감사드립니다."

서로 대화를 나누며 사람들은 덩 다제를 따라 응접실 중앙에 놓여 있는 저우언라이 초상화 앞으로 가 그림을 보았다. 그림에는 어떤 군더더기도 없이 생전에 사람들에게 익숙한 저우언라이의 늠름한 모습만 있었는데 왼손으로 오른쪽 팔을 껴안고, 얼굴엔 온화한 미소를 짓고 있었으며 반짝이는 눈에는 깊은 애정을 담아 자기 앞에 선 이들을 주시하고 있었다. 그림은 간결했고 터치는 세련됐으며 묘사는 매우 생생했다. 오른쪽 귀퉁이에는 "인민의 가슴 속에 영원히 살아 있으리"라는 헌사가 적혀 있었다.

덩잉차오가 말했다. "나는 이 그림을 아주 많이 보았습니다. 여러분들이 올 것이기 때문에 나는 그것을 이곳으로 옮겨놓고 매일 드나들 때마다 보았지요. 나는 그림이 매우 훌륭하다고 생각합니다. 어떤 부분이 그럴까요? 언라이의 표정이나 자세의 특징을 화가는 몇 가지 터치와 선으로 잘 묘사했습니다."

마치 초등학생이 교사의 채점 답안을 기다리듯 불안해하던 리치는 덩 다제의 이런 평가를 듣고 마음속에서 큰 걱정거리가 사라진 것처럼 안심이 되었고 또 매우 큰 감동을 받았다.

이어, 덩 다제는 이 그림 가운데 저우언라이의 눈썹과 입을 묘사한 부분에 미흡한 부분이 있다고 지적했다. 그러나 덩잉차오는 시원스럽게 웃으며 말했다. "그러나 결점이 장점을 가릴 수는 없지요. 그것은 작은 결점이며 나만 알아챌 수 있는 것입니다. 만약 내가 찾아낼 수 없다면 언라이에게 미안하고 또 나 스스로에게도 미안하지요. 왜냐하면 나는 결국 그와 조석으로 수십 년간을 함께 하였으니까요"

초상화를 본 뒤 덩잉차오는 관심을 갖고 아이칭에게 물었다. "최근 몇 년 동안 당신은 시를 얼마나 썼나요?" 아이칭은 대답했다. "저는 오늘 두 권의 시집을 가져 왔는데 다졔의 가르침을 부탁드립니다. 그 가운데 「청명절에 부슬부슬 비가 내리네」는 총리를 추도하며 쓴 것입니다."

덩잉차오는 시집을 받아들고 "감사합니다"라고 말했다. 몸을 돌려 천밍에게 물었다. "딩링 동지가 세상을 떠난 뒤 당신은 그녀를 위해 어떤 일을 했나요?"

천밍은 자신이 정리한 딩링의 유고 『난징(南京)회고록』과 『베이다황(北大荒)²⁶¹회고록』을 덩 다졔에게 주며 말했다. "이것은 그녀가 세상을 떠난 뒤 제가 정리한 것입니다. 뒤의 것은 완성하지 못한 채 그녀는 그만 세상을 뜨고 말았지요."

덩잉차오는 딩링의 유저를 받고서 천밍에게 말했다. "나는 그녀에게 천천히 하라고 했는데 그녀는 너무 빨리 가버렸습니다. 그녀를 어느 날 만났더니 자기가 혈당이 높다고 하면서 매일 인슐린 주사를 맞는다고 하더군요. 그 후 나는 늘 그녀가 걱정되었습니다. 당뇨병으로 고생하면서도 작업을 소홀히 하지 않았군요." 덩잉차오의 이 말에 천밍은 딩링을 깊이 그리워하게 되었다. 그는 "맞습니다, 그녀는 틀림없이 많이 피로했을 것입니다"라고 중얼거렸다.

덩잉차오는 천천히 말했다. "사람은 반드시 죽습니다. 다행히 살아남은 우리들은 낙관적인 생각을 갖고 계속해서 당과 인민을 위해 봉사해야 합니다."

옛 전우를 다시 만나게 되니, 덩잉차오는 지난 기억을 떠올리게 되었다.

덩잉차오는 아이칭에게 말했다. "아이칭 동지, 내가 당신을 처음 본

---

261 역주: 원래는 헤이룽쟝 성 넌(嫩) 강 유역, 헤이룽쟝 성 북부 싼쟝(三江) 평원 등의 광대한 황무지를 가리킴. 지금의 중국의 주요 곡식 생산지의 하나이다.

것은 1939년 옌안에서였던 것으로 기억하는데 그때 아이쓰치(艾思奇) 동지, 저우양(周楊) 동지도 함께 있었지요."

아이칭은 연신 고개를 끄덕였다. 그는 저우언라이가 직접 자신을 옌안으로 가도록 지도했음을 떠올렸다. 그는 원래 타오싱즈(陶行知)가 운영하는 위차이(育才)학교에서 문학과 명예주임을 맡고 있었다. 저우언라이가 위차이학교에서 강연을 하면서 "아치칭 선생과 같은 시인이 우리가 있는 곳으로 온다면 안심하고 작품을 쓸 수 있을 것이고 생활 문제도 격정할 필요가 없을 것입니다"라고 말했다. 저우언라이의 말을 듣고 아이칭은 옌안으로 가기로 결심하였다.

저우언라이의 관심과 교육을 받은 사람은 아이칭뿐만 아니었다. 저명한 좌익작가 펑나이차오(馮乃超) 일가는 우한과 충칭에서 여러 번 저우언라이와 덩잉차오의 도움을 받았다. 수십 년이 흘러 펑나이차오의 딸인 중앙미술학원 펑전(馮眞) 교수는 아직도 그 일들에 대해 분명히 기억하고 있었다. 그녀는 자신의 남편 리치가 덩 다제의 초청을 받아 간다는 소식을 듣고 덩 다제에게 직접 감사의 말을 전해 달라고 그에게 신신당부하며 부친의 선집을 그녀에게 기념으로 전해 달라고 부탁하였다.

덩잉차오는 리치로부터 『펑나이차오(馮乃超)선집』을 받고서 유머 넘치게 말했다. "당신은 펑나이차오의 사위였는데도 그 사실을 오늘에서야 말하는군요? 내게 더 일찍 알려줬어야 했어요." 그녀는 모두에게 말했다. "오늘 여러분들은 나에게 너무도 훌륭하고 소중한 정신적 재산을 갖다주었습니다. 꼭 열심히 읽겠습니다. 나와 함께 옌안에서 전투하고 생활했던 우리 동지들이 모두 매우 크고 깊은 우의를 지니고 있음을 알고 있습니다."

우쉐(吳雪)가 말했다. "저우 총리가 세상을 떠나신 뒤 몇 년 동안 다제께서는 그가 다하지 못한 많은 사업을 사실 고스란히 이어받았습니다."

덩잉차오는 말했다. "그것은 내가 마땅히 해야 하는 것입니다. '10년 동란' 동안 나는 핵심 업무에서 비켜나 있었습니다. 당연히 나는 지난 몇 년 동안 잃어버린 시간과 사업을 보상하기 위해 노력해야만 했습니다."

천밍은 "우리는 다졔에게서 그런 모습을 잘 배워야 하겠습니다"라고 말했다.

덩잉차오는 웃으며 말했다. "우리는 서로에게서 배우고 서로 경쟁합시다. 나는 비록 늙었으나 여전히 여러분의 작은 후원자가 되기를 희망합니다."

사람들을 상대함에 있어 늘 주도면밀하고 섬세한 덩잉차오는 저명한 판화가 구위안(古元)이 계속 말이 없자 다정하게 그에게 말했다. "구위안 동지, 항전승리 후 당신의 판화가 총칭에서 전시된 적이 있는데 그때 언라이와 내가 당신의 선전원이 되었었지요"

구위안은 혁명근거지의 신생활을 묘사한 그의 판화작품을 저우언라이가 총칭으로 가져가 전시하여 전 총칭에 충격을 주었던 사실을 당연히 잊을 수 없었다. 국화대사(國畵大師) 쉬페이훙(徐悲鴻)은 전시회를 보고 난 후 그가 '중국예술계의 탁월한 천재'라고 칭찬하기도 했다.

구위안은 덩 다졔에게 일찍이 저우 총리가 자신의 판화작품을 미국 친구에게 보낸 적이 있었으며 이후 그들이 다시 그것을 돌려주어 현재 중국혁명역사박물관에 전시되어 있다고 알려 주었다.

덩잉차오는 이 이야기를 듣고 고개를 끄덕이며 "좋습니다. 이것은 매우 기념할 만한 의의가 있습니다"라고 말했다.

어느덧 한 시간이 흘렀다. 모두는 덩 다졔의 건강에 해를 끼칠까 걱정하며 못내 아쉽지만 그녀에게 작별 인사를 하였다.

떠나기 전에 모두는 리치가 심혈을 기울여 그린 저우언라이의 초상화 앞에서 기념 촬영을 하였다.

172. 문예계에 '백화제방'의 봄날이 왔음을 보다

덩잉차오는 배우의 사상이나 일 그리고 생활에 대해 늘 관심을 기울여왔었다. 문화대혁명이 일어나기 전에 그녀와 저우언라이는 항상 일부 배우들과 문예계 인사를 중난하이로 초대하였다. 많은 저명배우들은 시화팅에서 보낸 행복했던 시간을 잊을 수가 없었다.

'10년 동란' 동안 덩잉차오는 거의 세상과 단절되었고 자신이 사랑하고 관심을 가졌던 배우들과도 만날 수 없었다. 그녀는 진정으로 그들을 그리워하였다.

'사인방'이 실각한 이후 저명한 연극 영화배우인 장뤄팡(張瑞芳)이 당 제11차대회 대표로 베이징에 오게 되자 서둘러 중난하이 시화팅의 덩잉차오를 찾아 왔다. 덩잉차오는 그녀의 집안 사정과 모든 가족에 대해 일일이 소상하게 물었다. "당신 어머니의 묘소는 어떻게 됐나요?" 덩잉차오가 물었다.[262]

장뤄팡의 모친은 위대한 혁명의 어머니였으며 자녀도 모두 공산당원이었다. 그녀는 일관되게 당의 지하공작을 엄호했으며 후에 자진하여 해방구로 찾아왔다. 1969년에 세상을 떠난 그녀는 바바오(八寶) 산 열사공원묘지에 안장되었다. 저우언라이는 '롄웨이(連偉) 동지의 묘'라는 묘비명을 써주었다. 덩잉차오의 질문을 듣고 장뤄팡은 "묘는 아주 좋습니다. 별 일 없습니다"라고 대답했다. 덩잉차오는 말했다. "그것은 아마도 바바오 산에 안치되었고 언라이가 서명을 하지 않았기 때문일 것입니다. 웨이스(維世)의 어머니(런뤼(任銳), 역시 혁명의 어머니) 묘는 완안(萬安) 공동묘지에 있었는데 언라이의 기념사와 서명이 있어 결국 파괴되고 말았습니다."

---

262 필자는 상하이의 장뤄팡을 방문했다. 그녀는 다년간에 걸친 덩잉차오와의 교류 상황에 대해 이야기하였다.

장뤼팡은 덩잉차오에게 자신이 영화 『대하(大河)는 세차게 흐른다』를 찍고 있는데 거기에 저우 총리의 모습이 등장한다고 알려 주었다. 덩잉차오는 몇 번이나 고개를 가로저으며 불만을 표시했다. 장뤼팡이 말했다. "영화 속에 총리가 등장하지 않으면 총리를 열렬히 그리워하는 사람들에게 미안한 일입니다." 그러나 덩잉차오는 반대하였다. "당신들은 자신들의 입장을 대변하지만 나는 내 말을 하고자 합니다. 언라이는 일관되게 다른 사람이 자신을 선전하는 것에 반대했음을 나는 잘 알고 있습니다."

1986년 여름, 덩잉차오는 다롄에서 휴식을 취하였다. 장뤼팡과 남편이 마침 다롄에 있었기 때문에 그녀에게 편지를 보내 매우 보고 싶다고 했다. 덩잉차오는 바로 그들을 만나 다음과 같이 말했다. "방문객을 사절해서는 안 되지요. 당신은 당연히 나를 만나야 합니다. 당신은 상하이시 정치협상회의 부주석이지 않습니까?"

헤어질 때 덩잉차오는 장뤼팡에게 상하이로 돌아갈 때 자신을 대신해 전국정치협상회의 부주석 파진(巴金)과 류징지(劉靖基)를 찾아가 안부를 전하고 더욱 몸조심하라는 말을 전해 달라고 당부했다.

1987년 장뤼팡은 베이징 회의에 참석한 후 다시 덩 다졔를 방문했다. 그때 덩잉차오는 그녀에게 파진에게는 꽃을, 자오칭거(趙清閣)에게 해당화를 전해 달라고 부탁했다. 장뤼팡은 항상 사람들에게 말했다. "공산당원은 마땅히 인정미가 넘쳐야 하고 타인에게 최대한의 관심을 기울이고 자상해야 하는데 이런 점에서 덩 다졔야말로 모범적인 공산당원입니다."

또 다른 저명 배우 위란(于藍)은 유선암(乳線癌)으로 입원하여 수술을 받았다. 덩잉차오는 의사 장쭤량(張左良)에게 과일과 그녀의 친필 편지를 갖고 가 문병을 하게 하였다. 편지는 다음과 같았다.[263]

"친애하는 위란 동지에게: 나는 당신이 베이징으로 출장온 뒤 만날

---

[263] 필자는 위란을 방문했는데 그녀는 덩잉차오가 자신에게 보여주었던 관심과 격려에 대해 이야기하였다.

수 있기를 몹시 희망했지요. 그런데 뜻밖에 나는 북한에서 베이징으로 돌아온 후 당신이 입원하여 수술을 받았다는 소식을 접하고 무척 걱정이 되었습니다. 나는 당신의 병도 걱정입니다만 당신이 그 병에 적절히 대처할 수 있는지가 더 걱정입니다. 당신은 질병에 무릎을 꿇었나요? 아니면 강인한 혁명의지와 낙관주의 정신으로 그것에 싸워 이겼나요? 나는 당신이 예술생활 속에서 단련되고 또 혁명과 개인생활을 거치며 시험을 거쳤기 때문에 마땅히 후자의 입장과 태도를 취했을 것이라고 믿습니다. 질병 치료에 집중하여 빠른 시간 내에 완쾌되어 퇴원하기를 바랍니다. 그때 만나 서로의 진정을 털어놓고 이야기합시다.

나는 북한을 방문하기 전에 텔레비전에서 『혁명가정』을 시청하며 여자주인공이 어떻게 굳세게 투쟁을 해나가는지를 보았습니다. 후에 또 신문을 통해 타오청(陶承)[264]이 독자에게 보내는 시와 그녀의 사진을 보고 저렇게 강인하고 낙관적일 수 있는가 하며 크게 감동을 받고 고무되고 또 위안을 받았지요. 당신 또한 질병과의 투쟁 속에서 나에게 그러한 기쁨과 위안을 주기바랍니다.

이제 의사 장쭤량에게 나를 대신하여 당신을 문병하고 친밀한 위로의 말을 전해 달라고 부탁했습니다. 부디 질병에 결연하고 강인하게 투쟁하여 승리를 획득하기를 바랍니다. 그럼 이만 줄입니다. 만사형통할 것이라는 축원을 보냅니다. 1979.6.4. 웨이스(維世)가 마마라고 부르는 사람이 씁니다. 별도로 약간의 과일을 보내니 받아주기 바랍니다."

위란은 덩 다제가 깊고 두터운 정을 담아 직접 쓴 편지를 보고, 특히 '웨이스가 마마라고 부르는 사람'이라는 편지의 서명을 보고 눈물을 참지 못하였다. 위란은 저명한 여성 연극연출가 쑨웨이스가 덩 다제의 특

---

[264] 역주 : 1893-1986. 1948년 중국공산당 가입. 신중국 건립 이후 정무원, 내무부, 최고인민법원 등에서 근무하였다. 『나의 일가(我的一家)』를 저술하였는데 600만 부 이상이 팔리는 베스트셀러가 되었다. 그것은 이후 『혁명가정』으로 영화화되어 혁명교육용 교재로 활용되었다.

별한 사랑을 받았고 웨이스가 그녀를 '마마'라고 불렀으며 웨이스는 문화대혁명 중에 불행하게 박해를 받고 사망했다는 사실을 알고 있었다. 덩 다졔는 스스로 '웨이스의 마마'라고 불렀는데 이를 통해 지금까지 그녀를 매우 그리워하고 있었다는 것과, 어머니의 마음으로 위란에게 관심을 갖고 있었음을 알 수 있다.

덩 다졔의 관심과 교육을 받고 위란은 질병과 끝까지 싸워 이겼다. 1981년 그녀는 아동영화제작소 소장이 되었고 덩 다졔에게 제작소 이름을 기념으로 써달라고 요청했다. 덩잉차오는 막 병에서 회복한 터라 아직 손이 약간 떨렸지만 몇 번의 연습을 거친 후 진심을 담아 '중국아동영화제작소'라는 글을 큼지막하게 써서 보냈다. 다졔는 아동문예 사업에 대한 자신의 강한 열정을 그 글에 쏟아 부었다.

저명한 월극(越劇)²⁶⁵ 배우 위안쉐펀(袁雪芬)은 저우언라이와 덩잉차오로부터 여러 방면의 관심과 보살핌을 받았고 그들에 대한 정이 매우 깊었다. 문화대혁명 이후 위안쉐펀은 중난하이 시화팅을 찾아와 저우언라이의 초상을 보자마자 바로 울기 시작했다. 의지가 굳센 덩잉차오는 계속해서 그를 위로하며 말했다. "쉐펀, 우리는 마르크스 레닌주의자입니다. 죽은 사람이 운다고 다시 살아나지 않지요. 같이 이야기를 나누자고 오라 했는데 이렇게 울기만 하면 어떻게 대화를 할 수 있겠어요?" 덩 다졔의 이 말을 듣고 위안쉐펀은 억지로 눈물을 멈추고 다졔에게 그녀가 문화대혁명기간에 겪었던 일들을 낱낱이 말했다. 덩잉차오는 이를 듣고 말했다. "그런 가혹한 시련을 겪으면서 오히려 당신은 더 굳세고 강해진 것 같군요. 언라이는 생전에 위안쉐펀이 비관적인 성격을 지녔다고 항상 걱정했는데 이제 보니 강인해져 비관적 요소를 걸어냈으니 정말 나는 기쁘고 안심이 되는군요."²⁶⁶

---

265 역주: 저장성 성(嵊) 현이 발원지로 그 지방 민가에서 발전해 이루어진 지방극.
266 필자는 위엔쉐펀을 방문했는데 그는 덩잉차오와 자신과의 오랜 교류 상황에 대해 상세하게 소개하였다.

덩잉차오는 위안쉐펀에게 알렸다. "나는 텔레비전에서 당신이 연기한 『샹린싸오(祥林嫂)』를 보았는데 당신은 예술적으로 전에 보다 내면의 깊이가 더하고 또 성숙해져 샹린싸오[267]라는 옛 중국 농촌여성의 비극적 운명을 아주 적절하게 연기했더군요" 그녀는 위안쉐펀이 자신의 예술적으로 성취한 경험을 잘 정리하여 젊은 배우들에게 소중한 정신적 자산으로 남겨주라고 격려하였다.

덩잉차오는 저명한 월극(粵劇)[268] 배우 홍셴뉘(紅線女)에 대해 지속적으로 깊은 관심을 기울였다. 1984년 말 덩잉차오는 광저우에 갔다. 이때 홍셴뉘의 남편 화산(華山)은 병이 위중했고 유일한 딸 홍홍(紅紅) 또한 대륙을 떠나 타이완으로 건너갔다. 홍셴뉘는 마음이 매우 무겁고 고통스러웠다.[269] 덩잉차오는 홍셴뉘를 호텔에서 만나 온 정성을 다해 위로했다. "나는 당신의 상심이 매우 크다는 사실을 알고 있어요. 당신은 매우 냉정하고도 침착하게 대처해야 합니다. 딸의 일은 당신과 상관이 없어요. 이후 그녀가 돌아오면 환영해야 합니다." 홍셴뉘는 목이 메여 말했다. "다제, 딸의 일은 그렇게 처리할 수 없습니다. 저는 그 아이와의 관계를 이제 완전히 끊어버릴 것입니다."

덩잉차오는 엄숙하게 말했다. "당신은 공산당원입니다. 당의 정책을 이해하고 집행해야 합니다. 해협 양안에는 이미 적대관계가 존재하지 않습니다. 사업을 계속하면서 홍홍이 장차 돌아오면 환영해야 합니다. 인간의 사상은 변할 수 있으며 해협 양안의 관계 역시 변할 수 있는 것이지요. 당신은 딸의 일을 너무 심각하게 받아들일 필요는 없습니다. 남편의 병이 위중하니 적절하게 대처해야 합니다. 언라이가 세상을 떠난 뒤

---

267 역주: 루쉰의 소설 『축복(祝福)』에 나오는 한 인물. 전통 중국의 선량하고 소박하나 강인한 의지를 소유한 전형적인 여성. 『샹린싸오』는 이 소설을 영화화한 것이다.
268 역주: 광동성 지방극의 하나. 광저우 말로 공연하며 곡조는 '피황(皮黃)'과 '방자(梆子)' 따위에서 발전되었고 약간의 민간음악도 흡수했다.
269 필자는 홍셴뉘를 방문했는데, 그녀는 가장 고통스런 순간에 덩잉차오가 자신에게 관심을 보이고 지지해준 상황에 대해 이야기하였다.

나는 다만 3번 울었습니다. 그가 나를 떠났지만 나는 계속 활동을 했고 일이 있으면 제때에 그것을 처리했지요. 한 명의 당원으로서 당과 인민의 사업을 중심에 두고 최대한 자신의 비통함을 자제해야 합니다. 당신은 월극 공연을 위해 해야 할 일이 너무도 많으니 반드시 생각을 넓게 가져야 합니다.

이렇듯 덩 다제의 열정이 담긴 관심의 말을 듣고 홍셴뉘는 그녀의 가장 고통스런 순간에 큰 힘을 얻고 격려를 받았다.

1985년 홍셴뉘는 베이징에서 열린 제6기 인민대표대회에 참가하였다가 휴게실에서 덩 다제를 만났다. 홍셴뉘는 관심을 갖고 그녀의 건강에 대해 물었다. 덩잉차오는 웃으며 "나는 현재까지 좋습니다"라고 대답했다. 홍셴뉘는 헤어지기 아쉬워하며 그녀에게 말했다. "다제, 얼마간 당신 곁에 머물며 보살피게 해 주세요, 어떠세요?" 덩잉차오는 바로 대답했다. "그것은 안 됩니다. 하지만 나에 대한 당신의 관심과 호의만큼은 감사히 받겠습니다. 예술사업 방면에서 부단히 성공하는 당신의 모습을 보는 것이 나에게는 가장 큰 위안이 됩니다."

덩잉차오는 청·장년 배우에게도 큰 관심을 보였다. 1979년 11월 15일 그녀는 베이징의 문인대표대회에 참석한 배우 가운데 저우 총리의 역을 연기한 4명의 배우 왕톄청(王鐵成), 정스허(鄭世和), 쉬핑(徐平), 류파루(劉法魯)를 집에 초대하였다. 그녀는 이 배우들의 희망을 알고 있었다. 총리가 생전에 일하고 생활했던 곳을 한 번 보는 것은 그를 예술적으로 형상화하는 데 매우 중요했다.[270]

4명의 배우가 시화팅에 도착했을 때 덩잉차오는 이미 문에 의지해 기다리고 있었다. 그들 모두는 이미 나이가 40이 넘었지만 70여세의 덩잉차오를 '덩 마마'라 불렀다. 덩잉차오는 급히 악수를 하며 말했다. "나를 '덩 마마'라고 부르지 말아요. '덩잉차오 동지'라고 부르면 됩니다." 이어

---

[270] 1979년 11월 15일 덩잉차오가 왕톄청, 정스허, 쉬핑, 류파루를 만났을 때 했던 발언 녹음 참고.

그녀는 『8월 1일 폭풍』, 『시안사변』, 『신문팔이 아이』, 『난창(南昌)기의』 등에 대한 소감을 피력했다. "연극하는 사람으로서 역사와 예술의 사이의 진실을 어떻게 다루어야 할지에 대해 이해해야 합니다. 그리고 배우로서 자신의 예술적 표현 수준을 높이기 위해 각고의 노력을 기울여야 합니다. 과거 톈진에서 공부할 때 언라이와 나는 연극을 매우 좋아 했고 또 직접 공연한 적도 있었지요 그때는 남녀가 함께 무대에 올라 공연할 수 없었어요 따라서 언라이는 여성 역을 맡았고 나는 남성 역을 연기했지요. 우리는 공연할 때 언라이에게 연출을 부탁했는데 우리들에 대한 그의 요구는 매우 엄격했습니다." 그녀는 그들에게 예술 활동을 몸소 행하는 가운데에서 탐색하라고 격려하면서 연극 중에 일부 사실과 다른 점이 있다고 지적하였다. 그녀는 말했다. "전 세대 혁명가를 찬양하려는 당신들의 마음은 칭찬받아 마땅하지만 그것이 역사적 진실과 부합해야 합니다. 동시에 언라이 동지의 공적에 대해서는 역사와 인민이 결정해야 할 일이지 우리가 그를 위한답시고 조금이라도 보태서는 안 됩니다." 그녀는 저우 총리 배역을 위해 잘 소화하는데 도움이 될 만한 소중한 이야기를 많이 들려주었다. 그녀는 말했다. "언라이 동지의 동작은 온건하고 민첩하며 표정과 태도는 시원스럽고 대범하며 말은 장중하여 힘이 있습니다. 언라이 동지의 눈썹 분장은 잘 할 수 있지만 눈 부분은 가장 표현하기 어렵습니다."

덩잉차오는 4명의 배우를 데리고 자신과 저우언라이가 살던 곳을 즐겁게 구경시키고 저우 총리가 어떤 곳에서 손님을 맞이했고 어떤 곳에서 일을 처리했으며 어떤 곳에서 식사를 했는지 어떤 곳을 산책하고 어떤 곳에서 휴식을 취했는지 소개하면서 자연스럽게 총리 생활의 세세한 부분을 설명하였다. 이것은 총리 역을 맡아 연기하는 배우들에게는 매우 소중한 경험이었다. 헤어질 때 덩잉차오는 다시 그들 모두에게 총리를 그리면서 쓴 5권의 간행물을 주었는데 모두 그녀가 자신의 돈으로 구입한 것들이었다. 그녀는 그들이 예술분야에서 날로 성숙하고 무대에서 더욱 풍부한 형상을 창조해 주기를 간절하게 희구하였다.

덩잉차오는 월극(越劇)을 매우 좋아하였다. 1984년 9월 덩잉차오는 시화팅에서 저장 '샤오바이화(小百花)' 월극단의 모든 배우와 그들의 교사를 접견하였다. 이 극단의 배우는 모두 문화대혁명 이후 양성되었고 평균 연령이 20세에 불과했지만 연기가 섬세하고 빼어나 홍콩에서 공연했을 때에는 커다란 반향을 불러일으켰다. 덩잉차오는 텔레비전을 통해 절자회(折子戲)[271] 공연을 보고 그들의 연기에 푹 빠졌다. 그녀들이 베이징으로 공연을 오자 덩잉차오는 그녀들을 중난하이로 초대하였다.[272]

아가씨들은 흥분되어 시화팅으로 들어섰다. 덩잉차오는 미소로 인사를 건네며 앉으라고 권한 뒤 비서를 불러 말했다. "저들에게 뜨거운 차를 주도록 하세요. 찬 것은 목에 좋지 않으니." 그녀는 배우들을 매우 사랑했다. 아가씨들은 달콤한 목소리로 일제히 "덩 할머니, 감사합니다"라고 말했다.

덩잉차오는 말했다. "나는 월극을 매우 좋아하는 관중입니다. 텔레비전을 통해 당신들이 공연하는 절자회를 보고 매우 흥분됐고 또 즐거웠지요. 나는 월극을 이어갈 사람이 있다는 것을 확인했습니다. 당신들은 청출어람이라 앞 세대보다 우수합니다. 여러분의 노래 가락은 빼어나고, 목청도 좋으며, 발음도 분명하여 관중이 확실하게 알아들을 수 있습니다. 그리고 들으면 들을수록 더 좋아집니다. 당신들의 공연이 홍콩과 전국에 큰 충격을 주어 내심 크게 기뻐하고 있습니다. 앞선 세대의 사람으로서 어떤 방면에서든 인민에 대한 사업이 새로운 발전을 하고 있는 모습을 본다는 것은 매우 기쁜 일입니다. 여러분의 연기는 매우 우아하며 몸동작이 매우 아름다울 뿐만 아니라 수수(水袖)[273]를 흩날리는 모습은

---

271 역주: 여러 막으로 구성된 중국 전통극에서 가장 이채롭거나 관객들이 좋아하는 한 막만 독립적으로 연출하는 극.
272 1984년 9월 덩잉차오가 '샤오바이화' 월극단 배우와 만났을 때 했던 대화녹음 참고.
273 역주: 중국 전통극이나 무용에서 연기자가 입은 옷의 소매 끝에 붙어 있는 흰 명주로 만든 긴 덧소매.

옛날 배우 뺨칠 정도입니다."

이때 극단의 동지는 덩 다제에게 다음과 같이 소개하였다. "'샤오바이화' 월극단의 젊은 배우들의 몸동작은 곤극(崑劇)[274]과 경극 선생들로부터 배운 것입니다. 그리고 극단에서는 연극 선생을 초청하여 그녀들에게 표현예술을, 그리고 음악학원 교사에게 부탁하여 발성을 각각 가르치고 있습니다. 곡조는 월극 10여 개 유파 스승에게 부탁하여 배우고 있는데, 예컨대 판뤼쥐안(范瑞娟), 푸취안샹(傅全香) 같은 이들이 항저우로 와 그녀들을 가르쳤습니다. 극단 내의 중요 스승인 진바오화(金寶花)는 전국인민대표대회 대표로서 머리에서 발끝까지 세심하게 그녀들을 지도했습니다."

덩잉차오는 이 이야기를 듣고 진바오화에게 말했다. "당신이 심혈을 기울인 결과가 좋습니다. 그녀들의 연기는 좋습니다. 당신이 잘 가르쳤고요." 그녀는 이어서 말했다.

"여러분의 무대 장치와 복장 모두 매우 아름답습니다. 한 극단의 공연은 배우도 잘해야 하지만 연출, 편집, 음악, 무대 장치, 조명 등이 조화를 잘 이루어야 합니다. 무대 뒤에서 공연을 돕는 사람들은 모두 무명의 영웅이지요. 나는 여러분을 통해 무대 뒤에서 수고하는 동지들에게 감사의 뜻을 전하고자 합니다."

아가씨들은 이 이야기를 듣고 열렬하게 박수를 쳤다.

단장은 또한 덩 다제에게 극단의 주요 배우와 그들의 배우 유파(流派), 즉 위안 파(위안쉐펀), 판 파(판뤼쥐안), 쉬 파(쉬위란(徐玉蘭)), 푸 파(푸취안샹), 치 파(치야셴(戚雅仙)) 등등에 대해 소개하였다. 덩잉차오는 웃으며 말했다. "나는 여러분을 가르친 스승을 모두 알고 있습니다. 그리고 그녀들을 이미 만났었는데 1950년대 관중이었던 나를 대신해 그녀들에게 안부를 전해주세요. 여러분이 연기를 잘하는 것은 그녀들이 잘 가르쳤기 때문이지요."

---

274 역주: 원대 쟝쑤 성 쿤산(昆山) 현에서 발생. 명대 위량보(魏良輔) 등의 개혁을 거쳐 각지로 유전되면서 특히 흥성하여 명대에서 청대 중엽에 이르기까지 주요 희곡의 하나가 되었다.

덩잉차오는 또한 정치적인 각도에서 그녀들의 활동에 대해 평가하였다. "나는 당신들이 홍콩에서 공연한 사진과 보고를 봤습니다. 여러분은 사실 대규모로 친구와 교제하는 통일전선사업을 전개한 것이지요." 그녀는 웃으며 말했다. "1920년대에 나 역시 여러분들처럼 젊은 아가씨였을 때부터 통일전선사업을 했으니 지금까지 계산하면 거의 60여 년이 넘었습니다. 나는 여러분이 홍콩에서 여러분의 무대예술을 통해 많은 친구들과 사귀고 영향력을 확대하는 것을 보고 매우 기뻤습니다. 여러분 단장의 소개를 통해 홍콩과 타이완에 살고 있던 일부 동포들이 속속 홍콩에서 상하이로 건너와 여러분의 공연을 보았고 또 이번에 수십 명이 베이징에 와 여러분의 공연을 보았다고 들었습니다. 이것은 정말 잘 된 일이지요. 여러분같이 젊은 사람들이 이렇듯 예술적인 성과를 내어 대륙 정국의 안정과 경제 번영을 가져올 수 있다는 사실을 똑똑히 보세요. 마지막으로 한 가지 의견이 있는데, 여러분의 공연에는 전통시대극이 비교적 많은데 신시대의 월극을 편성하여 우리나라의 진보와 사회의 발전을 반영할 수는 없을지 한 번 고려해보기 바랍니다."

단장은 배우를 대표하여 덩 다제의 적극적이며 정확한 지적에 매우 감사하였다. 아가씨들은 덩 할머니에게 『루대회(樓臺會)』, 『단교(斷橋)』, 『금산전고(金山戰鼓)』, 『대옥장화(黛玉葬花)』, 『보옥곡령(寶玉哭靈)』 등 월극 중 일부분을 불러주었다. 덩잉차오는 흥미진진하게 귀 기울여 들었다.

그녀는 아가씨들에게 말했다. "언라이 동지와 나는 월극 영화 『홍루몽(紅樓夢)』을 매우 좋아했어요. 그가 입원했을 때 늘 『보옥곡령』 녹음을 즐겨 들었지요. 그는 대사를 거의 다 외웠는데 여러분이 지금 막 부른 그대로입니다. '린메이메이(林妹妹), 내가 늦었군요. 진위량(金玉良)이 나를 속였기에 린메이메이의 혼백이 떠나가 하늘을 원망하네 …… 린메이메이, 린메이메이. 지금처럼 자꾸만 불러 재촉해도 불러올 수 없네. 하늘로 올라도 땅속으로 들어가도 찾을 수가 없네 ……' 여러분이 보기에도 내가 거의 다 외우고 있는 것 같지 않나요? 정말 힘든 일인데."

덩잉차오는 이렇게 열정적으로 '샤오바이화' 월극단을 격려했다. 그것은 이들 젊은 배우에게서 사회주의 문예와 희곡에 "백화가 만발한" 봄날이 임했을 보았기 때문이다.

173. "나는 지금 적막하다고 느낄 시간이 없어요"

덩잉차오는 자신이 평생 당의 선전원이었으며 지칠 줄 모르고 국내외 각계인사에게 당의 방침과 정책을 선전하여 사람들의 마음속에 깊이 심어 주고 실천하게 했다고 말했다. 이 점에서 그녀는 언론계 종사자와 공통점이 있었다. 그녀는 언론계를 포함한 선전사업을 한결 같이 중시했고 언론계 인사와 폭넓게 교류하였다.

1984년 5월 22일 덩잉차오는 중난하이 시화팅에서 옛 언론계에서 종사한 정치협상회의위원인 자오차오거우(趙超構)와 루이(陸詒)와 만났다. 1940년대에 처음 그들을 안 이후 그녀는 계속 그들과의 우애를 다져 왔었다.[275]

그녀는 그들의 가정과 건강 상태를 포함하여 일상사에 대해 묻기도 하고 하루도 거르지 말고 운동을 하여 건강을 유지해야 한다고 강조하였다. 그녀는 자신에 대해 다음과 같이 말했다. "이 몇 년 동안 나의 생활은 '바쁘고', '피로하며', '병이 들었다'는 세 마디로 개괄할 수 있는데 이러한 상황이 계속 반복되었지요" 자오차오커우와 루이는 이 말을 듣고 매우 걱정이 되어 덩 다계에게 더욱 건강에 유의해 달라고 간절하게 요청하였다. 그녀는 손을 이리저리 내저으며 말했다. "여러분에게 내 속

---

275 루이, 「언론출판계의 지기(知己)」, 『덩잉차오, 한 위대한 여성』, 248-288쪽 참조.

마음을 털어 놓겠습니다. 내게는 아직 짐이 남아 있습니다. 그것은 당이 나에게 부여한 일을 잘하지 못했다는 사실이고 그 때문에 항상 불안을 느끼게 됩니다."

집안 일상사를 이야기하다 대화는 처음의 주제로 돌아왔다. 덩잉차오는 그들에게 이번 정치협상회의 6기 2차회의에 대해 어떤 견해를 가지고 있는지 물었다. 자오차오거우는 신중국 수립 초기 전국정치협상회의 위원이 되었고 후에 몇 차례 전국인민대표대회 대표를 역임했으며 이번에 정치협상회의 상임위원으로 위촉되어 마치 "친정집에 돌아온 것" 같아 매우 기쁘다고 말했다. 그리고 마침 언론출판조에 소속되었는데 다행히 옛 동료들이 매우 많아 하고 싶은 말은 무엇이든지 다하며 지내고 있다고 하였다. 루이는 작년에도 자기 조 사람들의 사상이 비교적 개방적이어서 자유롭게 의견을 개진할 수 있었는데 올해는 작년보다 더 더욱 거리낌 없이 말할 수 있다고 했다. 그리고 그는 지식인 문제에 대해 언급하면서 그들과 많은 공통점을 찾아냈고 그를 통해 일체감을 느끼게 되었다고 하였다. 그는 "우리 조에는 당원과 비당원 사이에 간극은 없습니다"라고 강조하였다.

덩잉차오는 경청하면서 계속 고개를 끄덕였다. 그녀는 상하이시 정책 재평가위원회의 실천 상황에 대해 물었다. 루이는 사실대로 보고하면서 상하이시 정치협상회의가 각 구, 현으로 깊이 들어가 정책 재평가 상황을 점검하고 있으며 일정한 성과가 있다고 했다. 하지만 그는 걸림돌과 골칫거리가 있는데 방해물은 주로 '좌'편향적인 사상에서 오고 골칫거리는 집 문제라고 하였다.

덩잉차오는 깊은 관심을 표명하며 그들에게 작년 가을 정신오염에 대한 반대와 억제 운동이 전개됐는데 그 과정에서 비판을 받지 않았냐고 물었다. 자오차오거우는 "이번에 상하이에서는 비교적 안정되어 불안하지 않았습니다"라고 대답했다. 루이도 웃으며 "평온하여 별일 없었습니다"라고 했다. 덩잉차오 역시 웃으며 말했다. "그거 다행이군요. 이제 다시는 그런 운동을 벌릴 수 없을 것입니다. 이 점에 관한 한 여러분은 당 중앙이 확고한 결심과 신뢰를 갖고 있다는 사실을 믿어야 합니다."

자오차오거우는 이어 말했다. "재작년 제가 「강동(江東)의 자제는 여전히 존재한다」라는 잡문을 썼는데 그 주제는 '사인방'의 잔여 세력이 벌일 소동에 대해 모두가 예의주시하여 경계심을 늦춰서는 안 된다는 것이었습니다. 글이 신문에 발표되자 뜻밖에 어떤 사람이 저에게 전화로 위협을 했습니다."

덩잉차오는 매우 주의 깊게 이야기를 듣고 단호하게 말했다. "그런 사건이 발생하다니 뜻밖의 일이군요. 정당(整黨)이란 당에 혼입되어 있는 '사인방'의 잔여세력을 제거하는 것으로 당연히 당내의 부정한 기풍을 정리하는 것입니다. 당을 잘 정돈해야만 우리는 비로소 인민을 두텁게 결속시켜 경제건설을 중심으로 하는 각종 임무들을 완성할 수 있습니다."

자오차오거우와 루이는 덩잉차오가 힘들어 할 것을 걱정하여 몸을 일으켜 작별을 고했다. 덩잉차오는 상하이에서 출판된 『신문기자』라는 책을 한 권 꺼내 루이의 손에 쥐어주며 말했다. "이 책에는 내가 쓴 기념문이 실려 있어요. 잘 쓴 것은 아니지만, 내가 쓴 몇 구절은 내 폐부에 있는 말이니 두 노 기자께서 일고보고 잘못을 바로잡아 줘요"

자오차오거우와 루이는 다음과 같은 덩 다제의 기념문을 보았다. "신문기자와 언론계에 종사하는 인사들은 언론 사업을 잘 수행해야 합니다. 또한 그를 위해 반드시 4개항의 기본원칙[276]을 견지해야 합니다. 그리고 눈, 손, 머리, 붓의 사용과 조화시켜 현실에 있는 그대로 신문에 반영해야 하고 문풍(文風) 개혁을 게을리 하지 말아야 합니다."

루이는 말했다. "다제의 글은 정곡을 찔렀고 우리에게 친절한 가르침

---

[276] 역주: 1979년 덩샤오핑의 강화 가운데에서 제시됨. 첫째 사회주의 노선을 반드시 견지하고 둘째, 인민민주전정을 반드시 견지하며 셋째 공산당의 영도를 반드시 견지하고 넷째, 마르크스 레닌주의, 마오쩌둥 사상을 반드시 견지한다. 이것은 또한 4개 현대화 실현의 기본 전제라고 하였다.

을 주고 있습니다. 이 출판물은 상하이시 신문협회가 주관하여 편찬한 것으로 자오차오거우가 명예회장입니다." 자오차오거우가 이어 말했다. "저는 그저 이름만 걸어놓은 것에 불과합니다." 덩잉차오는 루이게 "당신은 현재 어떤 일을 하고 있나요?" 하고 물었다. 루이는 말했다. "저는 전에 신문기자에서 지금 구문기자(舊聞記者)로 바뀌었습니다. 시정치협상회의를 위해 문사자료 정리 사업을 하고 있으며 또 상하이시 기자협회 고문을 맡고 있습니다. 그 역시 이름만 걸쳐둔 것입니다."

덩잉차오는 그들의 말 속에 담겨 있는 숨은 뜻[277]을 파악하고는 바로 동의하지 않는다는 의사를 표시했다. "당신들 둘은 모두 이름만 걸어놓았다고 하는데 그것은 옳지 않습니다. 명예회장과 고문 역시 책임이 있는 자리이니 최선을 다해 직무를 수행할 때 비로소 성과가 있을 것입니다."

정치협상회의 부주석이었던 덩잉차오는 다시 그들에게 의견을 구했다. "대회 폐막식 때 한 차례 연설을 해야 하는데 여러분이 좋은 의견을 좀 들려주면 좋겠네요. 오늘날 사람들이 가장 관심 있어 하는 문제가 무엇인가요? 또한 그들에게 어떤 말을 해줘야 하나요?"

이러한 덩잉차오의 겸허함에 두 노 기자는 약간 군색해졌다. 자오차오커우는 잠시 생각한 뒤 말했다. "모두가 가장 관심을 갖는 것은 역시 과거 당의 각종 정책에 대해 얼마나 진지하게 재조정하느냐는 문제이며 특히 지식인 정책에 대한 재평가입니다. 다제께서 다시 한 번 지식인을 위한 발언을 하여 그들의 의욕을 북돋아주시기 바랍니다."

덩잉차오는 고개를 끄덕였다. 그리고 그들에게 정치협상회의 언론출판조원들에게 자신의 구두 인사를 전해 주고 자기를 대신해 조(組) 전체에도 안부인사를 전해 달라고 부탁했다. 그녀는 또한 루이게 쉬잉(徐盈) 동지에게 안부를 전하고 또 쉬잉의 부인이며 저명한 여기자인 펑쯔강(彭子岡)에게도 안부를 전해 달라고 했다.

---

277 역주: 원문은 "弦外之音"인데 직역하면 "현을 뜯고 난후의 여운"을 가리키는데 말 속에 숨은 다른 뜻이 있음을 가리킨다.

덩잉차오는 1938년 우한에서 펑쯔강을 알았으며 그녀의 재능, 담력, 식견을 매우 높이 평가했다. 쯔강은 국민당통치구에서 국민당반동통치를 폭로하는 글을 다수 썼는데 그 필봉이 매우 예리했고 독자에게 끼친 영향력이 매우 컸다. 1957년 쯔펑과 쉬잉은 모두의 잘못으로 '우파'로 몰렸다. 그러나 그들은 저우 총리와 덩잉차오의 관심 속에서 하방 노동을 앞당겨 끝내고 베이징으로 돌아와 활동하게 되었다.[278]

문화대혁명기간 동안 쉬잉과 쯔강은 온갖 고통을 겪으며 강제로 퇴직당해 가도(街道)로 내려왔다. 문화대혁명 이후 쉬잉은 업무에 복귀했으나 쯔펑은 중병에 시달렸다. 그리하여 덩잉차오는 쉬잉을 보자 관심 있게 쯔펑의 병세에 대해 물었던 것이었다. 쉬잉은 말했다. "쯔강은 본래 다리가 불편했는데 문화대혁명기간 동안 강제 노역을 해야 했습니다. 그래서 어떤 때는 심지어 기어 다녀야 했습니다. '사인방'이 실각한 이후 그녀는 곧장 원래 편집 책임을 맡고 있었던 잡지 『여행가(旅行家)』로 복직되었습니다. 한 번은 그녀가 원고 모집 건으로 시쟈오(西郊)에 가다 혼잡한 버스 안에서 떠밀려 엎어졌고 뒤이어 뇌출혈로 쓰러졌는데 다시는 일어설 수 없게 되었지요." 덩잉차오는 이 이야기를 듣고 매우 힘들어하며 말했다. "후방 지역에서 몇 명의 여기자가 양성되었으나 이미 죽은 사람도 있고 또 불구가 된 사람도 있군요!" 덩잉차오는 중의연구원의 저명한 의사를 쯔강의 집으로 보내 그녀를 진찰하고 치료토록 하였다. 그리고 덩잉차오는 직접 시화팅 정원에 만개한 작약을 따 인편으로 보내주어 중병으로 인한 적막함을 위로해 주었다. 병상의 쯔강은 덩 다제가 보낸 순결한 작약을 응시하며 자기도 모르게 처연히 눈물을 흘렸다. 그녀는 혼자 안간힘을 쓰며 일어나 사랑하는 손녀와 함께 화병의 작약을 배경으로 사진을 찍어 1987년 세상을 떠날 때까지 자신의 침상 머리에 계속 걸어두고 함께 했다.

---

278 쉬청베이(徐城北), 「순결한 작약 꽃」, 『덩잉차오, 한 위대한 여성』, 333-337.

덩잉차오는 널리 새 친구를 사귀는데 뛰어난 재주가 있었다. 그리고 옛 친구를 더욱 잊지 않았다. 1985년 5월 8일, 그녀는 1940년대 충칭, 난징, 상하이에서 중공대표단을 취재했던 노 신문기자를 만나기로 약속했다. 그녀는 과거 『중앙일보(中央日報)』 기자 주슈린(祝修林), 주헝링(朱恒齡)이 여전히 언론계에 종사하고 있다는 사실을 알고 미소를 지으며 고개를 끄덕이면서 기쁨을 표시하였다.[279]

모두가 자리에 앉자 덩잉차오는 말했다. "40년 전 우리는 국민당정부의 수도 난징에서 서로 만났는데 이제 인민공화국의 수도에서 만나게 되니 너무 기쁩니다."

그녀는 휘 둘러보니 과거 젊은 청년이 이제 호호백발이 되었고 이전의 젊은 아가씨는 이제 얼굴 가득 주름이 잡힌 할머니가 되어 있었다. 그녀는 감격하여 말했다. "이제 보니 하나같이 늙었군요. 그러나 우리의 사상정신은 늙을 수 없지요. 평화로운 환경에서 우리의 작업정신은 영원히 전쟁시대의 열정을 유지해야 합니다."

덩잉차오는 현재 언론사업에 대해 이야기하였다. 그녀는 말했다. "최근 신문 잡지에 1955년 언라이가 나에게 보낸 편지가 발표되었는데, 거기에는 이렇게 쓰여 있습니다. '문장(文仗)도 무장(武仗)과 같이 위험한 것이니 아무런 준비도 없이 전쟁을 할 수 없습니다……' 언론사업은 바로 문장인 것입니다. 어떻게 하면 이 문장도 잘 할 수 있을지 충분히 연구해볼 가치가 있습니다." 그녀는 솔직히 일부 언론보도가 적절하지 않다고 비판하였다. 특히 대중을 대상으로 하지도 않을 뿐만 아니라 형식적이고 무미건조한 문체가 매우 많으며 글이 건조하여 생동감이 없다고 하였다. 예컨대 일부 외교 활동에서 외빈과의 대화가 매우 잘 이루어져 서로 잘 융합됐고 분위기 역시 활기가 넘쳤는데, 이와 관련된 언론보도는 단지 "친밀하고 우호적인 분위기 속에서"라고만 적혀 있고 "활기가

---

[279] 가오편(高汾), 「늙은 신문기자의 회고」, 『덩잉차오, 한 위대한 여성』, 300-305쪽 참조.

넘치다"라는 표현은 하지도 않았습니다. 그리고 그녀는 전통 있는 일부 신문들에 대해서 비교하였다. 그녀는 『단결보(團結報)』 책임자 가운데 한 명인 주슈린(祝修林)에게 말했다. "당신들의 신문은 『인민정협보(人民政協報)』보다 생동감 넘치고 활발합니다. 그들은 당신들에게서 배워야 합니다."

대화 도중 전 총칭 『중앙일보(中央日報)』 기자였고 미국 국적의 학자인 자오하오성(趙浩生)이 들어왔다. 그는 늦어 미안하다고 덩 다졔에게 사과하고 허난 사투리로 다졔에게 안부를 물었다. 덩잉차오는 그에게 말했다. "언라이 동지가 세상을 떠난 뒤 당신은 조전을 보내 주었는데 오늘 그에 대한 감사 표시를 할 수 있게 되었네요. 당신이 몇 차례 귀국한 사실을 나는 알고 있고 당신이 쓴 글은 이미 읽어 봤지요. 당신들은 양안 관계 문제에 비교적 관심이 많고 외교적인 부문도 비교적 잘 알고 있습니다." 여기까지 말하고 나서 그녀는 재미있게 말했다. "오늘은 내가 거꾸로 기자가 되어 여러분에게 두 가지 문제에 대해 질문을 하겠습니다. 먼저, 중국에 대한 당신들의 인상은 어떠한가요? 둘째, 타이완문제를 어떻게 해결해야 할까요? 당신들의 고견을 듣고 싶군요."

화제는 타이완문제에서 지식인문제로 전환되었다. 자오하오성은 해외 화교 가운데 대략 10만 명 정도의 과학 기술자가 있는데 그들 중 상당수가 대기업에서 근무하고 있으며 또 많은 사람들이 중국을 위해 일을 하고 싶어 한다고 하면서 중국 내에서 확실하게 이루어지고 있는 지식인정책 재평가 작업이 그들에게 좋은 영향을 미칠 수 있다고 하였다.

덩잉차오는 말했다. "여러분의 의견은 매우 중요합니다. 당 중앙은 현재 큰 힘을 기울여 지식인 정책에 대한 재평가 작업을 확실하게 추진하고 있습니다. 그러나 하부에서 사상이나 행동이 일치하지 않아 많은 정책이 구체적으로 재평가되지 못하고 있습니다. 현재 문화대혁명의 빚은 거의 상환됐습니다. 단지 건물 문제가 아직 완전하게 해결되지 못했지요. 거주자가 버티고 있어 집주인이 입주하지 못하는 경우도 있어 별도의 집을 지을 수밖에 없는 실정입니다." 대화가 여기에 이르자 그녀의 어조는 약간 경직되었다. "처리해야 할 문제가 산더미처럼 쌓였지만 우리는 평화적인 건설을 해야 할 뿐만 아니라 세상사에 대해 정의를 집행하고 공정하게 말해야 합니다. 사정이 너무 복잡하고 많아 힘이 들어 숨이 턱턱 막힐 지경이 되어도 모두의 도움과 양해를 얻을 수 있기를 희망합니다.

현재 일부 사람들은 당이 이전의 기풍과 다르며 과거처럼 그렇게 친밀하게 대중과 연결되지 못하는 것 같다고 생각합니다. 여기에는 주관적인 요인이 있지만 객관적인 요소도 있습니다. 이전 총칭과 난징에서는 활동 무대가 바로 쩡쟈옌(曾家巖), 메이위엔신춘(梅園新村)이었지만 이제는 국면이 커지고 사정 또한 많아져 사람들이 눈코 뜰 새 없이 바빠 우왕좌왕 할 때가 있습니다. 옌안시대와 같이 거주지도 한 곳에 모여 있지 않습니다. 전에 나는 마오 주석을 보고 싶으면 문만 두들기고 들어가면 바로 볼 수 있었습니다. 그밖에도 우리는 자연적인 법칙을 받아들이지 않을 수 없지요. 늙으면 마음으로는 많은 일을 하고 싶지만 기력이 따르지 못합니다. 작년 정치협상회의가 개최되었을 때 나는 필사적으로 싸우면서 여러 조로 달려가 참가하고 싶었지만 그러지 못했습니다."

덩 다졔는 계속해서 말했다. "내가 정치협상회의 주석에 임명되었을 때 그 부담은 이만저만이 아니었습니다. 3년 전 나는 퇴직을 요청했습니다. 퇴직 후 모범적인 공산당원으로 그 역할을 수행하고 싶었습니다. 그러나 중앙은 동의해 주지 않고, '아직 때가 되지 않았다.'는 한 마디 말만 달랑 남겼습니다. 나는 있는 힘을 다해 일선에 나설 수밖에 없었지요. 많은 사람들이 나의 처지를 이해해 주었습니다. 내가 나이가 많고 건강 또한 좋지 않다는 것을 걱정해 나를 만나 보겠다는 의견을 감히 제기하기를 주저했습니다. 그러나 사실 나도 모두를 매우 보고 싶어 합니다. 그러니 여러분은 최대한 요청을 하세요. 보고 안 보고는 내가 결정할 일이니까요." 이 말을 듣고 모두는 웃었다.

자리에 함께 한 사람들은 모두 신문기자였는데 모두 다졔에게 회고록을 쓸 계획이 없냐고 관심어린 질문을 했다. 덩 다제는 손을 내저으며 말했다. "주어진 일만도 산더미여서 하루 종일 바삐 처리해도 다 못할 지경인데 회고할 시간이 어디에 있겠어요?"

그녀는 또한 모두에게 매우 의미 있는 일을 들려주었다. "언젠가 한 일본 친구가 나와 집안의 일상사에 대해 이야기하다 집에 또 누가 있냐고 물었지요. 나는 자녀가 없다고 대답했어요. 그는 외롭지 않냐고 물었습니다. 나는 현재 외로움을 느낄 시간이 없다고 대답했지요. 정말 그 말은 외교적 수사가 아니었습니다."

덩잉차오의 말은 모두 사실이었다. 그녀의 일정은 매우 빡빡하게 짜여 있어 그녀는 정말 고독함을 느낄 시간적 여유가 없었다.

174. 일을 원만히 해결하고 처음부터 끝까지 한결같이 잘했다

1987년 덩잉차오는 전국정치협상회의 6기 5차회의를 주재하였다. 1988년 전국정치협상회의와 전국인민대표대회가 동시에 바로 임기 만료에 따른 교체 선거를 거행할 예정이었다. 덩잉차오는 완전히 현직에서 물러나 다시 전국정치협상회의 주석을 맡지 않겠다고 결심했다. 그러나 그녀는 마지막 1년이 남은 정치협상회의 업무는 확실하게 끝까지 책임을 졌다. 그녀는 임기 만료에 따른 여러 준비 작업을 착실하고 주도면밀하게 했다. 특히 정치협상회의에서 일상화 된 민주적인 감독의 경험에 대해 정리하고 나아가 그에 상응하는 법률 제도를 제정해야 함을 강조하였다.

덩잉차오는 지방정치협상회의 사업을 매우 중시하였다. 그녀의 관심과 촉구 아래 전국의 각 성, 시, 자치구 그리고 2천여 현에는 정치협상회의 조직이 건립되거나 새롭게 정비되었으며 각급 정치협상회의 위원수도 416,000여 명으로 증가하였다. 1987년 6월 20일 그녀는 지방정치협상회의 사업조 대표와 회견하며 그들에게 더욱 정치협상회의사업을 잘 진행하라고 격려하였다.

11월 25일 그녀는 각 성, 자치구, 직할시 정치협상회의 주석좌담회에 출석하였다. 지방정치협상회의 역시 임기가 곧 만료될 예정이었는데 덩잉차오는 그들에게 세밀한 사상교육을 하였다. 그녀는 말했다. "내년 성급 정치협상회의 임기가 만료될 텐데 일부 지도자들은 나이 때문에 차기 정치협상회의에서 지도적인 역할을 다시 수행할 수 없을 것입니다. 그러나 사람이 물러난다고 해서 경험까지 갖고 갈 수는 없지요. 그것은 다음 세대로 전달되어야 합니다."[280]

덩잉차오는 말했다. "사람들은 반드시 늙습니다. 이것은 누구도 바꿀 수 없는 자연의 법칙이지요. 하지만 사람의 사상은 늙지 않을 수 있습니다. 현직에서 물러난다고 해서 혁명이 끝난 것은 결코 아닙니다. 우리는 오랫동안 살아야 하고 오랫동안 학습해야 하며 또 오랫동안 혁명해야 합니다." 그녀는 모두에게 두 가지의 바람을 제시하였다. "첫째, 정치협상회의는 이후에도 여전히 여러분의 집입니다. 사람이 권좌에서 물러난다고 그를 무시해서는 안 됩니다.[281] 여러분은 이후 항상 정치협상회의 사업에 대해 관심을 기울이고 지지해야 하며 새롭게 성장하는 동지들을 도와야 합니다. 둘째, 모두 건강에 유의하기 바랍니다. 건강은 최대의 '본전'으로 그 어떤 것보다 중요합니다."

---

280 1987년 11월 25일 덩잉차오가 각성, 자치구, 직할시 정치협상회의 주석좌담회에서 한 발언 기록 원고 참고.
281 역주: 원문은 "人走了, 茶沒有凉"이다. 이 말은 본래 "人走茶凉"에서 변형된 것으로 경극 『沙家浜』에서 유래했는데 권력의 부침에 따른 인심 세태의 변화를 일컫는 말이다.

덩잉차오는 마지막으로 아름다운 시 두 구절을 이용하여 자신의 발언을 결론지었다. "옛 사람의 시에는 이런 부분이 있습니다. '석양은 한없이 아름답지만 그저 황혼의 짧은 순간일 뿐이라네.'[282] 그러나 이것은 너무 소극적입니다. 그래서 이제 나는 그것을 이렇게 바꾸었습니다. '석양은 한없이 아름답고 그 아름다운 정경은 황혼에 있네." 이를 여러분에게 주니 모두 함께 힘을 냅시다."

평생 남을 잘 격려했던 덩잉차오는 그의 만년에도 여전히 이렇듯 치열한 감정과 아름다운 말로써 곧 2선으로 물러나게 될 옛 동지들을 격려하였던 것이었다.

전국정치협상회의 6기 23차 주석회의에서 덩잉차오는 최근 몇 년 동안 정치협상회의 위원과 기타 유명인사 정책에 대한 재평가 사업이 매우 잘 됐다고 종합 평가하고 이를 6기 정치협상회의의 주요 사업의 하나로 삼음으로써 차기 정치협상회의에 참고가 되게 하였다.

그녀는 안건 제안 방식을 개선해야 한다고 강조하여 말했다. "안건 제안은 정치협상회의 위원들이 정치에 참여하고 논의하는 중요한 형식입니다. 그러니 다음 회의에 인계하여 다시 제출하도록 기다릴 필요가 없습니다. 위원들이 수시로 제안을 하면 우리는 수시로 처리해야 하며 처리할 수 없는 사안이면 유관기관에 문의하여 우리가 답변을 받아내야 합니다. 그런 다음 우리는 제안한 사람에게 통지하면 되는데 반드시 대회에서만 집중적으로 제안할 필요는 없습니다. 위원들은 정부 사업, 정치협상회의의 사업 및 사회 각 방면에 대해 의견이 있으면 건의하기 바랍니다. 수시로 제출하여 그것을 전국정치협상회의로 보내야 합니다."[283]

정치협상회의 비서장 저우사오정(周紹錚)은 말했다. "우리는 덩 다졔의

---

282 역주: 원문은 당 이상은(李商隱)의 『등악유원(登樂游原)』으로 "向晚意不適, 驅車登古原, 夕陽無限好, 只是近黃昏." 저무는 태양이 황혼의 짧은 순간에 너무 아름답다는 것을 표현한 것으로 성당(盛唐)의 시기를 지나 몰락해 가는 당 왕조를 비유한 시이기도 하다.
283 덩잉차오가 전국6기정치협상회의 제23차주석회의에서 했던 발언기록 원고 참조.

의견을 존중하며 정치협상회의 위원은 수시로 의견을 제안할 수 있고 건의할 수 있으며 그리고 안건을 제기할 수 있습니다. 여러분이 안건을 제시해오면 우리는 성심성의껏 노력하여 그에 대한 결과를 얻어낼 것입니다."

덩잉차오는 웃기 시작했다. "그렇게 하면 좋지요. 그렇게 하면 정치협상회의 위원들의 적극성을 충분히 자극하고 발휘할 수 있겠군요. 그럼으로써 그들은 알고 있는 것이나 말하고 싶은 것을 다 이야기하여 우리들의 사업을 감독하고 개선하는데 매우 유익할 것입니다. 우리들 6기 정치협상회의는 곧 임기가 만료되지만 정책 재평가 사업 이외에 제안위원회가 제기된 처리 방식의 개선안에 대한 의견을 적절히 제출해줄 것을 건의합니다. 이것도 우리 사업의 매우 중요한 종합적 정리라 할 수 있습니다."

덩잉차오가 6기 정치협상회의 활동을 주재하는 동안 위원들의 제안 활동은 매우 개선되었다. 기본적으로 적절한 시기에 처리되었으며 적절한 답변을 얻어 내기도 했는데 이것은 정치협상회의 위원들이 정치에 참가하고 논의하고자 하는 적극성을 크게 진작시켰다.

덩잉차오는 항상 여성과 여성사업에 관심을 기울였다. 1987년 10월 6일 그녀는 정치협상회의 여성조의 중추절 다과회에 참석하였다. 이들 여성 정치협상회의 위원들 가운데 적지 않은 사람들이 1920년대와 1930년대에 덩잉차오와 함께 전투를 했던 전우들이었다. 그들은 덩 다제를 보자 너무도 기뻤다. 덩잉차오 역시 그녀들을 보자 매우 기뻤다. 그녀는 그녀들 가운데 상당수가 자기처럼 남편과 사별했다는 것을 알고 그녀들의 근심 걱정을 날려버리고 기분 전환을 시켜주고 싶었다.[284]

덩잉차오는 말했다. "중추절은 전통적 풍습에 따르면 집안 식구들이 함께 모여 단란하게 보내는 명절입니다. 우리나라에는 이런 옛말이 있지요 '중추절이 가까워지면 달은 유난히 밝게 빛나는데 늘 맞는 명절이건

---

284 1987년 10월 6일 덩잉차오가 전국정치협상회 여성조 다과회에서 했던 발언기록 원고 참조.

만 가족에 대한 그리움은 더욱 커지네.' 중추절이 되니 우리는 가족이 더욱 보고 싶어집니다. 하지만 매우 불행하게도 우리가 그리는 가족들 가운데 일부는 이미 우리 곁을 떠나고 말았으니 우리가 재삼 그들을 그리워한들 무슨 의미가 있겠습니까? 그보다 더욱 의의가 있는 것은 우리가 전국 10억의 인민을 그리워하며 10억 인민의 의식주 문제를 생각하는 것입니다. 동시에 우리는 조국의 변경을 지키는 해방군 장병을 생각해야 합니다. 왜냐하면 그들은 지금 상당히 힘든 조건에서 조국의 안녕과 인민의 행복을 지키고 있기 때문입니다. 우리들은 그들을 그리워해야 하고 그들이 건강하기를 기원하고 그들의 사업이 더 큰 성과를 올릴 수 있기를 희망해야 합니다. 우리는 또한 해협 저 쪽의 타이완동포를 생각하며 양안 동포가 빠른 시간 내에 함께 중추절을 보낼 수 있기를 기원해야 합니다. 우리가 이런 마음을 가진다면 오늘 우리의 만남은 한층 그 격이 높아질 것입니다. 그저 이 자리에 함께 한 사람들의 만남과 모임에만 국한시킬 것이 아니라 정신적으로 전 국민들을 하나로 모아 그들을 생각하고 그들을 그리워해야 합니다. 또한 당연히 나는 여러분 모두가 명절을 즐겁게 보내고 건강하기를 기원합니다."

함께 자리한 여성정치협상위원들은 덩 다졔의 진정어린 말을 듣고 열렬하게 박수를 쳤다. 그녀들은 덩 다졔의 정신적 경지가 자신들보다 한층 높아 자신들의 편협한 감정의 테두리에서 벗어날 수 있도록 유도하여 전 국민과 하나로 결합시키는 데에 뛰어난 능력을 가진 것에 감탄하였다. 또한 그녀의 말은 이렇듯 이치에 들어맞아 듣는 이로 하여금 한 번 들으면 잊을 수 없게 만든다고 높이 평가했다.

또한 덩 다졔의 배려로 1988년 2월 10일 전국정치협상회의는 이미 고인이 된 베이징의 정치협상회의위원 및 유명인사들의 부인, 예컨대 사오리쯔(邵力子)의 부인 푸쉐원(傅學文), 푸쭤이(傅作義)의 부인 류윈성(劉雲生), 장즈중(張治中)의 딸 장쑤워(張素我), 황치샹(黃琪翔)의 부인 궈슈이(郭秀儀) 등을 초대하여 정치협상회의 강당 2층에서 춘절 다과회를 거행하였다.

덩 다제는 미색 얇은 나사 상의를 입었고 그밖에 미색과 갈색이 섞인 양모 조끼를 걸쳤으며 짙은 남색 비단 목도리를 했다. 거기에는 1백여 개 서로 다른 모양의 '수(壽)' 자 무늬가 들어 있었다. 그녀의 얼굴은 윤이 나고 혈색이 좋았다. 그녀는 홀로 천천히 걸어 나왔다. 열 개의 둥근 탁자에 둘러앉아 있던 부인들이 모두 일어났다.[285]

덩잉차오는 열정적으로 말했다. "여러 여사님과 큰 언니들, 늘 너무 보고 싶었습니다. 여러분 역시 나를 그리워하고 나에게 관심을 기울였을 것으로 생각합니다." 그녀는 계속했다. "오늘 나는 전국정치협상회의 주석과 제2기 전국정치협상회의 주석 저우언라이의 부인이라는 이중의 신분으로 이 모임에 참가했습니다. 이 때문에 여러분에게 하는 발언이 훨씬 정겹습니다."

그녀는 연설 중 의의가 매우 큰 문제에 대해 언급했다. "나는 우리에게 '과부'라는 딱지를 붙이는 것에 반대합니다. 이것은 봉건사상의 유물로 마치 우리에게 독립적인 인격이 없는 것처럼 보입니다. 과거 여성은 집에서는 아버지를, 출가해서는 남편과 아들을 각각 따랐으며 남편이 죽은 뒤엔 '과부'라고 불렀습니다. 이제 우리는 모두 자신의 인격은 물론 능력과 재능이 있으니 이러한 호칭을 스스로 던져 버려야 합니다. 외국 기자는 항상 나를 '저우언라이의 과부 덩잉차오'라고 부릅니다. 말이 나온 김에 한 마디 덧붙이면, 국내 기자의 경우 그렇게는 잘 부르지 않습니다. 저우언라이 동지는 이미 세상을 떠났으며 나는 곧 나일 뿐이며 나는 내 일도 있습니다. 부인이 죽은 남성동지들을 가리켜 왜 '과부(寡夫)'라고 하지 않습니까? 나는 '가족'이 '과부'보다 더 좋은 호칭이라고 생각합니다. 여성동지는 남성동지의 '가족'이고 남성동지는 똑같이 여성동지의 '가족'이니 이러한 호칭은 남녀평등을 잘 체현합니다."

자리에 같이 한 여성동지들은 덩 다제의 이 말을 듣고 매우 뜨거운 박

수를 쳤다. 그녀들은 덩 다졔가 자신들이 생각하고 있는 마음속의 말을 대신해 준 것에 감사하였다. 84세의 고령인 덩 다졔가 여성의 평등과 해방을 확고히 하기 위해 싸웠으며 현재까지 혁명의 패기와 고도의 정치적 감각을 잃지 않고 사회의 구습과 봉건잔재사상을 깨부수기 위해 지칠 줄 모르고 투쟁하고 있다는 사실에 대해 경탄을 금치 못했다. 명칭은 사소한 문제이지만 덩 다졔는 여성의 독립적 인격과 지위를 유지하고 보호하기 위해 이의를 제기했던 것이었다. 이는 그녀의 숭고한 정신세계와 독립적인 성향을 반영하고 있다.

덩잉차오는 또한 철저한 유물주의자의 태도로써 자신의 생사관에 대해 이야기하였다. "중국의 옛말에 '죽은 자는 죽어 이미 어쩔 수 없으나, 산자는 어떻게 견딜 수 있을까!'[286]라는 말이 있습니다. 나는 첫 번째 구절에는 매우 찬성합니다. 사람이 죽으면 두 눈이 감기고 심장도 뛰지 않을 뿐만 아니라 아무 것도 알 수 없지요. 적확하게 '끝난 것'입니다. '산자는 어떻게 견딜 수 있을까!'라는 말은 맞는 말일까요? 생로병사는 그 누구에게도 예외는 없으며 아무도 거기에서 도망갈 수 없습니다. 우리는 마르크스주의적 유물주의 관점에서 생사문제를 바라봐야 합니다. 죽은 자는 다시 소생할 수 없으니 산 자는 난감해 하지 말고 더욱 강인하게 살아가야 합니다. 우리의 혁명정신은 쇠약하거나 노쇠해질 수 없으니 더욱 더 열심히 인민을 위해 봉사하고 자녀 교육에 힘써야 하며 우리 국가의 영광스런 사업을 위해 더욱 열심히 싸워 나가야 합니다." 덩잉차오는 강조하였다. "생사문제를 철저하게 파악하고 낙관주의적 자세로 우리의 일생을 대처하면 사상이 확 트여 눈앞이 환해질 것입니다."

이것은 덩 다졔의 가슴 깊숙이 묻어둔 말이었고 자신의 진실된 모습이기도 했다. 저우언라이가 죽은 뒤 그녀는 비통함을 억제하려고 최대한 노력하였고 힘 있게 떨쳐 일어나 그들이 함께 애써 왔던 사업을 이어받

---

[286] 역주: 원문은 "死者已矣, 生者何堪!"인데 그 의미는 본래 "죽은 자는 죽어 아무 것도 모르지만 살아남은 자는 이별의 고통을 어떻게든 받아들여야 한다"는 의미이다.

았다. 전국정치협상회의에서 그녀는 초지일관 자신의 직무를 성실히 수행했으며 아주 원만하게 업무를 처리하였다.

1988년 3월 1일에서 8일까지 덩잉차오는 전국정치협상회의 상임위원회 제17차 회의 소집을 주재하였다. 이것은 6기 전국정치협상회의 상임위원회의 마지막 회의였다. 이 회의에서 전국정치협상회의 제7기 전국위원회 제1차 회의를 소집한다는 결정이 통과됐고 7기 1차 회의의 주요 의사일정이 제시되었다. 또한 6기 위원회 상임위원회의 사업보고를 논의를 거쳐 통과시켰고 7기 전국정치협상회의 참가 조직, 위원 정원 그리고 위원 인선을 협상을 통해 결정했으며 정치협상회의 7기 전국위원회를 위한 준비 작업을 충실히 하였다. 그리고 덩잉차오의 발의에 따라 전국 7기 인민대표대회에 곧 제출되어 심의하게 될 정부사업보고(초안)를 정치협상회의 상임위원회가 제출받아 토론하였다. 이것은 당과 정부가 정치협상회의 사업을 그 만큼 중시하고 있다는 표시였다. 정치협상회의 상임위원회 위원들은 감정이 매우 고조되어 다수의 긍정적 의견과 건의를 진지하게 제시하여 진일보한 정치협상과 민주적인 감독의 역할을 수행하였다.

3월 8일 덩잉차오는 전국정치협상회의 상임위원회에서 말했다. "나는 일부 상임위원과 함께 사임함으로써 비교적 젊은 동지들에게 우리의 사업을 이어받게 할 것입니다. 이는 정치협상회의 사업의 지속적인 발전에 매우 유익할 것이며 또한 우리의 건강에도 도움이 됩니다. 우리의 나이가 비록 많긴 하지만 우리의 사상은 절대 노화될 수 없습니다." 여기까지 말하고 그녀는 큰 소리로 조조(曹操)의 유명한 시를 읊었다. "늙은 천리마가 마구간에 누워 있으나 여전히 천 리를 달리고 싶어 하며, 열사(烈士)[287]는 늙어도 장대한 포부는 가시지 않네." 그리고 또한 송대의 대시인 소식(蘇軾)의 시 가운데 일부를 다음과 같이 읊었다. "누가 인생이 다

---

[287] 역주 : 여기에서는 과거 공업(功業)을 세우는 데 뜻을 둔 사람을 가리킨다.

시 젊어질 수 없다고 했나요? 문 앞의 흐르는 물은 여전히 서쪽으로 흐르거늘." 그녀는 강한 어조로 말했다. "옛 사람은 늙은 말에 먹이를 주거나 문 앞에 흐르는 물을 보면서 큰 뜻을 세웠습니다. 중화 진흥을 스스로의 임무로 여기는 우리 노 동지들도 혁명적 패기를 유지하여 우리나라의 사회주의 현대화건설을 위해 미약하나마 여력을 다해야 합니다." 그녀는 퇴직하는 동지들이 계속해서 정치협상회의 사업에 대해 관심을 갖고 지지해줄 것을 희망했다. 또한 차기 정치협상회의는 물러나는 동지들과 일정한 관계를 계속 유지하고 일부 보고회와 위원 활동에 그들을 참가시켜 정치협상회의 사업에 대한 그들의 지지를 계속 얻기를 희망하였다.[288]

이처럼 덩 다제의 감정이 온전히 실린 발언에 전국정치협상회의 상임위원들, 특히 곧 퇴임하게 될 상임위원들은 충심으로 기꺼이 순종하였다. 국가, 인민, 친구들에게 덩잉차오는 깊고 넓은 정을 품고 있으며 또한 책임 있는 자세를 보여주었다고 느꼈다. 상임위원회가 폐막된 이후 덩 다제는 곧 물러나게 될 정치협상회의 상임위원회 위원들과 함께 특별히 기념촬영을 하였다. 그들은 감동에 겨워 눈물을 펑펑 흘리며 덩 다제를 에워싸고서는 이별의 아쉬운 감정을 한껏 토로하였다.

3월 23일 오후 덩잉차오는 정치협상회의 제7기 전국위원회 제11차 회의 예비회의를 주재하였다. 휴게실에서 그녀는 곧 7기 전국정치협상회의 주석을 맡게 될 리셴녠(李先念)을 만났다. 그녀는 친밀하게 그의 손을 잡고 함께 회의장으로 들어섰다.

그녀가 주석단에 오르자 회의장에는 온통 뜨거운 박수소리가 끊이지 않고 한동안 계속되었다. 2천여 명의 위원들은 이와 같이 열렬한 박수로써 그녀가 6기 전국정치협상회의 사업을 5년 동안 수행하면서 이룩한 위대한 성과와 그녀의 고된 노력에 감사의 뜻을 표시했다.

---

288 1988년 3월 8일 전국정치협상회의 상임위원회에서 덩잉차오가 한 발언기록 원고 참고.

예비회의가 끝난 뒤, 덩잉차오는 조용히 말했다. "우리의 6기 전국 정치협상회의 상임위원회 임무는 이로써 끝을 맺습니다. 나는 새로이 당선된 7기 전국협상회의 위원들을 열렬히 환영하고 제7기 전국상임위원회 제1차 회의가 순조롭게 개최되어 성공하기를 기원합니다." 그녀는 또한 힘주어 말했다. "제7기 전국정치협상회의 사업이 제6기에 비해 더욱 잘 진행되기를 축원합니다."[289]

그녀는 소리 높여 말했다. "우리는 이제 물러갑니다. 동지들 잘 있어요!"

이때 회의장에는 더욱 열렬한 박수소리가 한참동안 울려 퍼졌다. 전체 위원들은 질서 정연하게 모두 일어서서 존경하는, 그리고 헤어지기 아쉬운 눈빛으로 경애하는 덩 다졔가 조용히 주석단 아래로 걸어 내려가는 모습을 바라보았다. 그녀가 모두에게 몇 번이나 손을 흔들어 작별을 고하는 모습을 바라보았다. 모두 절도 있고 힘찬 박수를 쳤으며 박수소리로 덩 다졔에 대한 자신들의 존경과 열렬한 사랑이 표현될 수 있기를 희망했다. 많은 위원들이 눈물을 흘렸다. 그들은 덩 다졔가 정치협상회의 사업을 진행한 지난 5년 동안 그녀가 민주주의를 널리 진작시켰으며 위원들을 매우 존중하였고, 그들이 적극적으로 사업에 임하도록 자극하여 중국 고유의 민주적인 정치 환경을 이룩하는 데 인민정치협상회의가 그 역할을 극대화할 수 있게 된 것을 잊을 수 없었다. 그들은 덩 다졔가 80여 세의 고령에도 불구하고 각 지방정치협상회의 사업을 시찰하고 전국 지방정치협상회의 건설 사업을 추진했음을 잊을 수 없었다. 그들은 또한 덩 다졔가 직접 지방정치협상회의 소조 토론회에 참가하고 많은 정치협상회의 위원을 만나거나 모든 사람과 평등하고 솔직하게 건국대계(建國大計)에 대해 상의한 것을 잊을 수 없었다.

전국정치협상회의 7기 1차회의에서 다수의 위원들은 마지막 결의안으로 6기 정치협상회의의 공적과 헌신에 대해 반드시 기록으로 남길 것

289　『인민일보(人民日報)』, 1988.3.24.

을 제안했다. 이 안건은 만장일치로 통과되었다.

덩 다졔는 이 사실을 접하자 그런 방식의 결의에 대해 강한 거부감을 드러냈다. 그녀는 자신이 늙고 병들어 많은 일을 제대로 하지 못했으며 대신 부주석과 상임위원회, 위원들이 한 것이라고 계속해서 주장했다. 주석단은 그녀와 이 문제에 대해 여러 번 상의했으나 그녀는 계속 완강하게 버텼다. 전국정치협상회의 7기 1차 회의가 폐막될 때 정치협상회의 주석 리셴녠은 저간의 사정에 대해 설명한 뒤 덩 다졔의 의견을 존중하여 공손하게 그것을 따르는 것이 좋겠다고 말했다.

전국정치협상회의 7기 1차 회의가 통과시킨 결의안 가운데에는 전국 6기 정치협상회의 의 업적에 대해 높이 긍정하고 평가했지만 덩 다졔의 이름을 특별히 언급하지는 않았다. 이것은 당연히 덩 다졔가 겸손하게 극구 사양한 결과였다. 그러나 말로 기념하는 것보다 마음으로 새기는 것이 더 중요했다. 그녀가 지도한 6기 정치협상회의의 업적은 많은 사람들의 마음속에 각인되었다. 이 몇 년 동안 전국정치협상회의와 통일전선 사업의 영향력은 매우 높았으며 그것은 모든 사실들이 잘 입증하고 있다. 이처럼 그녀의 겸허한 마음은 지도자로서의 마지막 활동에서 물러나는 바로 그때에 많은 사람들이 잊을 수 없을 만큼 훌륭한 마침표를 찍게 했다.

175. 비록 몸은 시화팅에 있으나 눈은 전 중국을 바라보았고 마음은 전 세계에 두었다

1988년 3월 덩잉차오는 영광스럽게 그리고 조용히 전국정치협상회의 주석 자리에서 물러났다. 이미 1985년 9월, 그녀는 자발적으로 당중앙정치국 위원직에서 물러났다. 1987년 10월 당 제13차 대표대회에서 그녀는 다시 중앙위원직에서 물러났다. 1945년 '7대'에서 중앙후보위원에 당선된 이래 그녀는 1956년 '8대'에서 중앙위원에 당선됐고, 이어 '9대', '10대', '11대', '12대'를 거치며 당 중앙 지도기구에서 42년 동안 중앙위원(후보중앙위원을 포함)을 역임했으며 1978년부터 1985년까지 7년 동안 정치국 위원을 맡았다. 이것은 중국공산당의 여성간부로서는 극히 드문 일로서 중국과 세계여성운동사에 있어서 놀랍고 눈부신 사건이었다.

덩잉차오는 비록 당 중앙 지도기구에서 이미 물러났지만, 전당, 전국인민은 여전히 평생을 중국인민의 해방과 행복을 위해 투쟁한 노 혁명가를 매우 존경하였다.

1988년 춘절이 곧 다가올 무렵이었다. 2월 14일 중공중앙정치국상임위원회, 국무원대리총리 리펑(李鵬)이 특별히 시화팅으로 찾아와 덩 마마에게 신년 인사를 하였다. 덩잉차오는 일찍이 항전 초기 자신이 청두에서 충칭으로 그리고 다시 옌안으로 보내 공부를 시킨 혁명열사의 자식이 이제 당과 국가를 이끄는 중임을 맡고 있는 것을 보고 너무 기뻤다. 리펑은 공손하게 그녀의 손을 잡고 말했다. "저는 당 중앙, 국무원을 대표하여 새해인사를 드립니다. 다졔의 건강과 장수를 기원합니다. 다졔께서는 중국혁명과 사회주의 건설의 놀라운 발전을 위해 굉장한 공헌을 하였습니다. 우리는 다졔께 감사드립니다." 덩잉차오는 웃으며 말했다. "그것은 내가 마땅히 해야 할 일이었습니다. 공산당원의 한 명으로서 마땅히 해야 할 공헌은 끝이 없습니다. 성적을 조금 냈다고 해서 한없이 자만해서는 안 되지요."[290]

덩잉차오는 리펑에게 간절하게 말했다. "나는 이제 늙고 병든 몸으로 미력이나마 인민을 위해 봉사하려 합니다. 그러나 나에게 남은 가장 중

---

290 『인민일보』, 1988.2.15.

요한 임무는 여러분들을 보호하고 활동을 지지하는 것입니다." 리펑도 간절하게 말했다. "우리들에 대한 덩 다제의 관심과 지지에 감사드립니다. 다제께서 보시기에 우리가 완전하지 못하여 부족한 부분이 조금이라도 있다면 엄한 질정을 바랍니다." 덩잉차오는 시원스럽게 말했다. "그 점은 포기할 수 없는 나의 책임입니다." 그녀는 여러 차례 리펑에게 당부하였다. "당신은 당과 인민을 책임져야 하는 무거운 임무를 어깨에 짊어지고 있습니다. 반드시 겸손하고 신중하여 교만하지 말고 맡은 바 업무를 더욱 잘 추진해야 합니다."

1988년 2월 17일 0시, 용의 해를 알리는 종소리가 울려 퍼졌다. 덩잉차오는 중앙텔레비전 방송국 프로그램에 출현하여 만면에 웃음을 머금고 전 국민을 향해 신년 축하인사를 하였다. "올 신년 명절을 맞이하여 저는 중국 노인 중 한 명의 신분으로 전국의 각 민족과 국민, 그리고 타이완 동포, 홍콩·마카오 동포, 해외교포들에게 인사를 드립니다. 용은 예로부터 중화의 상징이며 상서로움의 상징입니다. 저는 여러분의 온 집안이 즐겁고 건강하며 행복하기를 기원하며 학습과 사업에 있어 새로운 발전과 더 큰 성과가 있기를 바랍니다."[291]

텔레비전 앞에 둘러 앉아 춘절 저녁 오락프로그램을 보고 있던 수많은 덩잉차오의 옛 친구, 옛 부하들은 화면을 통해 덩 다제의 자애로운 모습을 보면서 그녀의 춘절 축사까지 들으니 차고 넘치는 기쁨을 금치 못했다. 그들은 정말로 달려 나가 덩 다제에게 안녕하시냐고 소리를 지르고 싶었다. 덩 다제는 중국의 한 노인 신분으로 전국 각 민족과 국민, 홍콩·마카오, 타이완 동포 및 해외교포에게 새해 인사를 함으로써 모두에게 친밀감을 배가시켰다.

1988년 3월 5일은 저우언라이의 90세 생일이었다. 생전에 저우언라이는 생일을 특별히 챙기지 않았었다. 저우언라이와 덩잉차오는 본래 개인

---

291 『인민일보』, 1988.2.17.

의 위신과 권위를 높이기 위해 특별히 그 사적을 비석에 새기거나 전기로써 칭송하는 것을 바라지 않았다. 그러나 저우언라이의 고상한 품격과 놀라운 공적은 이미 10억 국민의 마음속에 깊이 아로새겨져 있었다.

3월 3일 오전, 베이징에 거주하는 저명 화가 20여 명은 마오 주석 기념관 영화실에 함께 모였다. 그들은 깨끗한 선지 위에 붓으로 저우 총리에 대한 무한한 그리움을 채색해 나갔다.

덩잉차오는 영화실에 도착하여 화가들과 일일이 악수를 하며 안부 인사를 나눴고 함께 기념촬영을 하였다. 라오서(老舍)의 부인 후셰칭(胡絜青)은 병중의 몸을 이끌고 와 그림에 동참했다. 덩잉차오는 그녀의 손을 잡고 다정하게 그녀의 건강을 챙겼으며, 반드시 건강에 유의할 것은 신신당부하였다. 덩잉차오는 또한 국화대사(國畫大師) 우쭤런(吳作人)에게 얼마 전 벨기에 정부가 그에게 '왕관급 명예훈장'을 수여하겠다고 발표한 것에 대해 축하하였다. 88세의 고령인 인민대표대회 상임위원회 부위원장 추투난(楚圖南)은 현장에 있던 화가들 가운데 가장 나이가 많았는데 덩잉차오는 그의 건강과 안부를 물었다. 덩잉차오는 모두에게 서화 옴니버스 형식으로 저우언라이 동지의 탄생을 축하하는 것은 매우 의미가 있다고 하면서 모두가 성심성의껏 애써 준 것에 대해 감사를 표한 뒤 화가들과 함께 그들의 아름다운 작품을 감상하였다.[292]

3월 4일 제1차 저우언라이학술토론회가 베이징인민대회당에서 개막되었다. 전국 각지에서 모인 이론계, 사학계 및 관련 분야의 500여 인사가 개막식에 참석했다. 사람들은 "저우언라이를 학습하고 저우언라이를 연구한다"는 주제로 자신의 일생을 중국민에게 바친 이 역사적인 위인을 기념하였다. 덩잉차오는 회의에 참석하여 많은 동지들과 다정하게 악수를 나누며 뜨거운 애정으로 그들의 안부를 일일이 물었다. 모두는 덩 다졔에게 저우 총리에 대한 자신들의 간절한 그리움을 표시하며 충심으

---

292 『인민일보』, 1988.3.4.

로 그녀의 건강과 장수를 축원하였다.[293]

덩잉차오는 자신이 주재한 6기 정치협상회의 사업을 매끄럽게 마무리하였다. 이제 그녀는 대외우호협회 명예회장, 중국인구복리기금회 명예회장 등의 사업 이외에 다른 당내외의 간부직을 모두 사임하였다. 그러나 비록 그녀의 몸은 시화팅에 있으나 눈은 전 중국을 보았고 마음은 전 세계에 있었다.

중국을 방문한 많은 외빈은 비록 덩잉차오가 이미 나이가 많고 지도자의 위치에서 물러난 것을 알고 있었지만 그녀에 대한 높은 존경심 때문에 여전히 그녀를 만나고 싶어 했다. 덩잉차오는 건강이 허락하는 한 많은 외국 친구들을 만났다.

1988년 5월 18일, 덩잉차오는 캉커칭(康克淸)과 함께 일본여성중국방문대표단과 회견했다. 덩잉차오는 중·일 여성 사이의 우의가 만대에 이어 발전하기를 축원하였다.

8월 26일 덩잉차오는 시화팅에서 일본 수상 다케시타 노보루(竹下登)의 중국 방문에 동행한 부인 다케시타 나오코(竹下直子)와 딸을 접대하였다. 덩잉차오는 중·일 우호 협력 관계의 발전을 위해 공헌한 다케시타 노보루 수상의 업적을 높이 평가하였다. 아울러 딸이 동행한 것에 대해 크게 환영하였다. 그녀는 말했다. "일본의 젊은 세대가 중국으로 많이 와서 중국의 상황을 이해하는 것은 양국민이 자손대대로 우호관계를 유지해야 한다는 바람에 부합합니다."

9월 30일 덩잉차오는 시화팅에서 미국 서부석유회사 사장 하머 박사와 회견하였다. 하머 박사는 미국과 소련과의 무역을 가장 먼저 개척한 사람이며 또한 미국과 중국과의 합작을 통해 대규모의 핑쉬(平朔) 노천탄광을 개발한 사람이었다. 덩잉차오는 하머에게 말했다. "당신은 중국민의 친구이며 중국 경제건설의 협력자입니다." 덩잉차오는 중국 경제건

---

[293] 『인민일보』, 1988.3.5.

설, 특히 에너지원 공업 발전에 대한 하머 박사의 지원과 협력에 대해 높이 평가하였다. 90세 고령의 하머는 덩잉차오에게 말했다. "저는 저우언라이를 매우 존경하는데 그는 세계에서 보기 드문 위인 가운데 한 분입니다."

10월 1일 중국인민의 옛 친구 황문환(黃文歡)[294]이 시화팅으로 덩잉차오를 찾아와 그녀에게 국경절 축하인사를 하였다. 덩잉차오는 그가 중국과 베트남 국민 사이의 우의 발전을 위해 애쓴 공헌을 높이 평가하였다.

1989년과 1990년 덩잉차오는 중난하이 시화팅에서 파키스탄 총리 베나지르 부토, 태국 총리 차티차이 춘하반과 그 부인, 미국 전 대통령 닉슨과 그의 부인, 파키스탄 인민당 당수 루스라트 부토, 일본 소가(創價)학회 명예회장 이케다 다이사쿠(池田大作), 일본 자민당 전 부총재 가네마루 신(金丸信), 일본 경제계 거물급 인사 오카자키 헤이타로(岡崎平太郎)의 부인 등 각국의 친구들을 만났고 그들과 함께 친밀하고 우호적인 대화를 나누었다. 1991년 11월 7일 덩잉차오는 또한 병원에서 캄보디아 전국위원회 주석 시하누크 국왕과 그 부인의 방문을 받고, 그들에게 캄보디아 문제가 정치적으로 모두 해결된 것에 대해 열렬하게 축하하고 중국과 캄보디아 사이의 우의가 계속 발전해나가기를 충심으로 기원하였다. 비록 덩잉차오는 지도적 위치에서 이미 물러났지만 풍부한 정치적 경험, 탁월한 외교적 재능, 숭고한 명망을 바탕으로 여전히 중국국민과 각 나라 국민의 우호적 관계를 맺는데 일조함으로써 외교적 발전을 촉진시켰다.

덩잉차오는 국내 정세에 대해서 당연히 더 많은 관심을 기울였다.

중국의 개혁개방과 경제건설은 커다란 성과를 올렸고 도시와 농촌의 생활은 현저하게 개선되었다. 이 때문에 덩잉차오는 매우 기뻤다.

---

[294] 역주: 1905-1991. 베트남민주공화당의 지도 인물. 베트남 의안(義安) 성 출생. 1926년 호지명(胡志明)이 중국에서 건립한 혁명훈련반에 참가했고 이후 베트남청년혁명동지회에 가입하였다. 1930년 인도차이나공산당에 가입했다.

건국 40주년, 오사운동 발생 70주년인 1989년이 밝았다. 5월 4일 덩잉차오는 당정 지도간부들과 함께 인민대회당에서 거행된 오사운동 70주년 기념대회에 참석하였다. 오사운동에 직접 참가한 사람으로서 그녀는 70년 동안 상전벽해의 엄청난 변화를 경험했고 동방에 우뚝 선 사회주의 중국의 모습을 보면서 이 모든 것은 정말 이루기 힘든 일이라고 느꼈다.

이날 중앙방송국은 전국 청년에게 전하는 덩잉차오의 담화를 방송했다. "오늘날 중국청년이 오사의 혁명 전통과 애국주의 전통을 계승하여 민주와 과학정신을 드높이고······ 눈앞의 성과에 자만하지 말며, 고난 속에서 낙담하거나 위축되지 말고 자신을 단련시켜 이상과 의지와 힘을 지닌 강인한 사람으로 거듭 나기를 희망합니다." 그녀는 청년에게 간절하게 말했다. "개혁을 정리 정돈하고 또 심화시켜야 할 시기에 여러분은 사회주의 조국 건설을 위해 당연히 해야 할 임무를 수행하여 역사의 찬란한 장을 펼쳐 나가기를 희망합니다."

그 해 봄과 여름 사이에 베이징을 비롯한 전국의 일부 대도시에서 정치적인 격랑[295]이 일었다.

당 중앙, 국무원은 긴급조치를 취하기로 결정, 베이징 지역에 계엄을 선포하고 해방군을 베이징에 파견하여 질서를 유지하였다.

5월 23일 『인민일보』는 덩잉차오가 수도 학생과 시민에게 보내는 공개편지를 발표했다.

"친애하는 학생, 시민들께 : 며칠 동안 나는 각 방면에서 오는 전보, 편지, 전화를 계속 받았습니다. 그들은 베이징시에서 일어난 상황과 그와 관련된 자신들의 희망을 나에게 알려 주었습니다. 나 역시 지난 한 달 가까운 시기에 베이징에서 일어난 사태에 대해 깊은 관심을 갖고 바라보고 있으며 또한 매우 걱정하고 있습니다. 나는 누구도 이러한 국면이 다시 계속되기를 바라지 않을 것이며, 모두 안정과 단결을 바라고 있다

---

[295]　주 : 톈안먼(天安門)사건을 지칭함.

고 생각합니다. 요 며칠 동안 사회에는 유언비어가 난무하며, 그 중에 나와 관련된 것도 역시 많았지만 모두 그것을 믿지 마시기를 바랍니다.

나는 한 명의 공산당원으로서 아이들에 대해 깊은 애정을 갖고 살아왔습니다. 그들이 커서 조국과 인민을 위해 공헌하고 사랑하며 조국건설에 필요한 유용한 인재로 성장하기를 희망해왔습니다.

나는 베이징의 한 시민으로서 모두 이들과 함께 수도의 안정과 영예를 자발적으로 지켜야 할 책임을 갖고 있습니다.

친애하는 학생, 시민 여러분. 나는 여러분이 당과 인민정부 그리고 인민해방군을 신뢰하기를 간절하게 희망합니다. 이번에 해방군이 명령을 받아 베이징에 주둔하는 것은 수도의 안녕과 질서를 유지하고 모두가 정상적으로 일을 하고 학습하며 생활할 수 있는 환경을 보증하기 위한 것입니다. 나는 수많은 학생, 시민들이 그들을 힘껏 지지해 주기를 희망합니다.

많은 학생들이 가능한 한 빨리 학교로 돌아가 정상적인 학교생활을 회복해 주기를 희망합니다.

나는 여러분이 반드시 고도의 애국심과 책임감을 갖고 당과 정부 및 인민해방군을 도와 수도의 정상적인 질서를 회복시키려는 그들의 임무가 성공적으로 완성될 수 있으리라고 믿습니다." 편지의 마지막에는 덩잉차오의 친필 사인이 있었다.

당과 국가가 힘들고 중요한 순간에 처해 있을 때 덩잉차오는 다시 한 번 프롤레타리아계급의 노 혁명가로서 결연한 입장을 보여주었던 것이다. 1989년 동유럽에서 발생한 비상사태를 맞이하여 그녀는 첨예하고 복잡한 국내외 정세를 더욱 예의주시하면서 더욱 분명하게 자신의 신념을 다지게 되었다. 그것은 국제정세의 변화가 아무리 극심해도 신중국은 변함없이 꿋꿋하게 맞서[296] 반드시 중국 고유의 사회주의 건설이라는 길을

---

296 역주: 원문은 "砥柱中流"인데 황하 가운데 지주(砥柱)산을 가리키는데 즉 황하의 세찬 물살 속에서도 변함없이 우뚝 서 있다고 해서 나온 말이다.

따라 결연히 나아가야 한다는 것이었다.

덩잉차오는 중국의 평화통일 대업에 큰 관심을 기울였다.

1990년 5월 30일 그녀는 타이완에서 40여 년 동안 은거하고 있는 장쉐량(張學良) 장군에게 특별히 전보를 보내 그의 90세 생일을 축하였다. 그녀의 전보는 매우 깊은 애정을 담고 있었다.

"한칭(漢卿) 선생[297]께 : 선생의 90세 생일을 맞이하여 덩잉차오는 특별히 전보로써 깊고 깊은 축하 인사를 드립니다.

지난 54년 전 선생께서는 천진하며 거짓 없는 애국의 마음을 갖고 민족의 운명과 국가의 앞날에 대해 관심을 기울였습니다. 외국으로부터 치욕을 당하고 또 국제 정세 역시 위태로운 상황에서 의연히 국공합작을 촉진시켜 전면적인 항전을 실현시켰습니다. 타이완으로 간 이후 오랫동안 공정치 못한 대우를 받으면서도 의연히 영리에 뜻을 두지 않고 오로지 나라 걱정하여 국민들로부터 존경을 받았습니다. 살아생전 언라이는 선생을 회상할 때마다 늘 선생께서는 영원히 변하지 않을 공신(功臣)이라고 하였지요. 근대 중국에 끼친 선생의 특별한 공헌에 대해 국민은 영원히 잊지 않을 것입니다.

다행인 것은 근년에 양안 사이의 교류가 날로 증가하여 오랫동안 유지되어 왔던 분단의 상황은 이미 끝났다는 사실입니다. 선생께서 과거 분투하고 희생하셨던 조국의 통일과 중화의 진흥이라는 대업이 멀지 않아 반드시 이루어질 것입니다. 선생께서도 분명히 기쁨과 위안으로 삼으실 수 있을 것입니다.

저는 동년배의 친구들과 함께 멀리서 선생의 장수와 건강을 축원하며 부디 몸을 잘 보존하시어 우리가 다시 한 자리에 모여 먼저 가신 이들의 뜻을 새길 수 있기를 바랍니다.

당신의 부인 자오(趙) 여사께도 안부 인사를 전합니다. 덩잉차오 1990

---

[297] 역주 : 한칭은 장쉐량(1901-2001)의 자. 그의 호는 이안(毅庵).

년 5월 30일.”

장쉐량 장군은 이 전보를 받아 보았다. 그는 일본 방송국 기자와 대담 중 저우언라이에 대해 언급하면서 “첫 대면에서 오랜 친구처럼 편안했고” “이야기하는 동안 서로 매우 의기투합했다”고 하면서 그에 대해 경탄했다고 말했다. 그리고 그의 부인 덩잉차오도 매우 존경한다고 하였다. 덩잉차오의 진정어린 전보에 장쉐량 장군은 따스한 우호의 정을 느꼈던 것이다.

덩잉차오가 장쉐량 장군에게 보낸 전보에서 언급했듯이 “양안 사이의 교류가 날로 증가하여 오랫동안 유지되어 왔던 분단의 상황은 이미 끝났다.” 1987년 11월 타이완이 민간인에게 대륙의 친척 방문을 허락한 이후부터 1992년까지 대륙을 찾은 타이완동포의 수는 이미 연인원 400만을 돌파했다. 해협 양안의 교류와 왕래는 경제, 무역, 체육, 문화 등의 영역까지 확대되었다.

덩잉차오는 중앙타이완사업회의가 결정한 방침과 중앙타이완사무실 책임자가 발표한 담화에 대해 적극적으로 찬성하며 국공 양당이 가능한 한 빨리 접촉하고 담판하여 양안의 대등한 소통을 강화시켜 나가기를 희망하였다. 그녀는 충심으로 자신이 살아 있는 동안 중국의 평화적 통일을 볼 수 있기를 염원하였다.

176. 눈을 미래로 돌리다

덩 다졔는 소년 아동에 대한 깊은 관심을 한 순간도 놓은 적이 없었다. 아이들을 지극히 사랑했으며 앞날의 중국의 희망을 그들에게 걸었다.

늘 바빴던 지도자의 자리에서 물러난 이래 그녀는 비교적 한가한 시간을 많이 갖게 되었다. 그녀는 베이징시 총원(崇文) 구에서 만난 고아 5명을 떠올렸다. 당시는 1960년대 초였다. 베이징 총원 구의 석탄공장에 근무하던 한 노동자 부부가 연이어 사망하면서 5명의 아이가 고아가 되었다. 맏이인 저우통산(周同山)은 15살이고 막내인 저우통이(周同義)는 이제 막 3살이었다. 총원 구 인민정부는 매월 그들에게 생활비를 주었고 이웃사람들이 돌아가며 그들에게 식사를 마련해 주었다. 가도(街道)[298]사무소는 그들의 옷을 세탁해주거나 수선해 주었고 학교와 유치원의 교사 및 친구 부모들은 그들을 자신의 아이들과 같이 여겨 생활과 공부를 돌보아 주었다. 매년 새해 첫날이나 춘절에는 여러 집에서 아이들을 자기 집으로 다투듯이 데려가 명절을 함께 보냈다. "고아이지만 외롭지 않다"는 사회주의 대가정의 따뜻함이 체현되었다. 저명한 작가 빙신은 그들을 만나 뒤 한 편의 산문「우리의 다섯 아이들」을 썼다. 만담예술 대가인 허우바오린(侯寶林)과 저명한 영화배우 셰톈(謝添), 톈화(田華) 등은 그들의 집 뜰에서 공연을 하기도 했다. 5명의 고아는 전사회의 관심과 온정을 받았다.[299]

덩잉차오는 이들의 사연을 들었다. 1964년 8월 17일 그녀는 차를 보내 다섯 아이들을 인민대회당으로 데려오게 하였다. 덩잉차오는 그들을 보자 막내 통이를 껴안고 아이들에게 "생활이 어떠냐?"고 물었다. 다섯 명의 아이들은 일제히 "아주 좋습니다, 너무 좋아요" 하고 대답했다. 덩잉차오는 통이를 껴안고 앞으로 걸어가며 물었다. "너는 유치원에서 잘 먹고 지내니?" "아주 잘 먹습니다"라고 5살의 통이는 천진난만하게 말했다. "오늘 점심에 아주머니가 저희에게 고기만두를 해주셨어요." 이 말에 모두는 웃었다. 덩잉차오는 또한 그들에게 물었다. "공부는 어떤가

---

298 역주: 도시의 행정단위. '구(區)' 아래의 작은 행정단위.
299 필자는 저우통산, 저우통칭(周同慶), 저우통라이(周同來), 저우통이를 방문했고 그들은 자신들에게 덩잉차오가 관심을 쏟은 상황에 대해 소개하였다.

요?" 셋째 통라이(同來)가 큰 소리로 대답했다. "저는 산수에서 백점을 받았습니다." 덩잉차오가 웃으며 "100점을 맞았다고 자만하면 안 돼요. 앞으로도 계속 노력해야 합니다."

그들은 신장팅(新疆廳)으로 들어서서 베이징주재 외교사절의 아이들과 어울려 놀았다. 덩잉차오는 아이들의 사정을 이야기하자 어린 외국친구들이 이를 듣고 일제히 그들을 둘러싸고 인사를 하였다.

친목회가 끝난 뒤 덩잉차오는 자애롭게 그들에게 말했다. "여러분의 일을 당 중앙이 이미 알고 있습니다. 마오 주석도 깊은 관심을 갖고 계시고 총리도 여러분의 안부를 물었습니다. 여러분은 당과 전국 인민의 기대를 저버리지 말고 열심히 공부하고 신체 단련에도 주의하기 바랍니다. 곤란한 문제가 생기면 언제라도 나를 찾으세요." 5명의 아이들은 그녀의 이 이야기를 듣고 매우 흥분하였다. 만이 저우통산은 형제자매를 대표하여 큰 소리로 말했다. "당 중앙에 감사드립니다. 마오 주석께 감사드립니다. 총리와 덩 마마께도 감사드립니다. 우리는 열심히 공부하여 장차 어른이 되면 인민을 위해 봉사할 것을 약속드립니다."

20여 년의 흘렀다. 이 5명의 아이들은 어떻게 되었을까? 2년 전에 덩잉차오는 이들 저우 형제자매의 편지를 받은 적이 있었다. 편지에는 그들의 상황에 대해 다음과 같이 적어 놓았다. 첫째 저오통산은 현재 베이징 전력공급국 부국장이고 둘째 저우통칭(周同慶 : 여)은 베이징시 위원회 사무실에서 근무하며, 셋째 저우통라이는 베이징시 농장국(農場局)에서 근무하고 있으며, 넷째 저우통허(周同賀, 여)는 중국프랑스대사관 상무처 2등비서이며, 다섯째 저우통이는 베이징 전력공급국의 기사가 되어 있었다. 그리고 막내를 제외한 4명 모두 공산당원이었고 5형제는 모두 결혼을 하여 아이를 낳았다. 덩잉차오는 편지를 보고 매우 기뻤다. 5명의 아이들이 이제 건강하게 성장하였기 때문이었다. 그녀는 그들을 한 번 만나보고 싶었다.

1988년 중추절이 목전에 온 때였다. 덩잉차오는 특별히 저우 집안의 다섯 형제자매, 그들의 배우자, 아이들을 모두 중난하이 시화팅으로 초대하여 중국의 전통 명절을 함께 보내기로 하였다.

저우 집안의 다섯 형제자매와 그들의 배우자 그리고 6명의 아이들을 합해 총 16명이 즐거운 마음으로 덩 마마, 덩 할머니를 보러 시화팅을 방문했다.[300]

덩잉차오는 그들이 매우 기뻐하는 것을 보면서 그들과 함께 정원에서 기념촬영을 하고 응접실로 들어와 앉으라고 권했다. 그녀는 저우 집안의 형제자매에게 말했다. "어제는 날씨가 좋지 않아 오늘 여러분이 비에 젖을지도 모른다고 정말 많이 걱정했지요. 그런데 오늘 아침 일기예보를 듣고 비로소 안심을 했습니다." 그녀는 쟁반 위에 가득 쌓인 월병을 가리키며 말했다. "이것은 특별히 여러분들에게 주려고 대추소를 넣어 만든 월병입니다. 우리 함께 중추절을 즐기도록 해요."

저우 집안 형제자매들 역시 온 가족이 함께 모이는 것을 상징하는 중추절 월병을 덩잉차오에게 주었다. 그들의 아이들은 자기들이 직접 그린 전통 회화와 직접 만든 수공예품을 덩잉차오에게 주었다. 덩잉차오는 그들의 작은 얼굴에 입을 맞추며 말했다. "20여 년 전 나는 여러분의 삼촌과 이모를 본 적이 있었는데 지금의 여러분만큼 그렇게 크지 않았지요." 그녀는 또한 자상하게 저우 집안 형제자매에게 말했다. "여러분은 전도가 유망하고 패기가 있는 아이들로서 학습과 일에 매진하여 여러분에 대한 당과 인민의 기대를 저버리지 않았습니다. 여러분은 다른 아이들과 달리 당과 인민이 직접 키웠지요. 그러니 여러분은 보통의 아이들보다 더욱 당과 조국, 인민을 사랑하고 조국의 4개 현대화건설을 위해 더욱 커다란 공헌을 해야 합니다."

덩잉차오가 가슴속에는 당연히 이 5명의 고아만 있는 것은 아니었다. 그녀는 마음속으로 전중국의 아이들을 생각하고 있었다.

---

300 저우 씨 형제는 필자에게 덩잉차오가 자신들과 함께 중추절을 즐겁게 보냈던 상황에 대해 이야기하였다.

1989년 6월 1일은 국제아동절 40주년 기념일이었다. 5월 31일 덩잉차오는 전국소년선봉대원에게 편지를 보냈다. 편지에는 미래 세대에 대한 노 혁명가의 간절한 소망이 담겨 있었다. "나는 줄곧 중국의 모든 아이들에게 관심을 기울여 왔고, 여러분이 당과 인민의 친밀한 관심 속에 건강하게 성장하여 사회주의, 공산주의 사업의 계승자가 되기를 바랍니다.

오늘의 소년선봉대원은 두 세기에 걸쳐 있는 세대로서 중국 고유의 사회주의 현대화국가를 건설하려는 희망이 여러분에게 달려 있습니다. 오늘도 여러분의 할아버지 할머니 세대는 여전히 책임을 다하려고 온힘을 쏟아 여러분을 위해 민족 진흥의 길을 개척하고 있습니다. 그러나 여러분이 내일 부담해야 할 임무는 더욱 위대하고 더욱 복잡합니다. 조국과 인민은 여러분에게 이전 선배들에 비해 더욱 많은 지식을 습득하고 더욱 고상한 품격을 유지하며 더욱 격렬한 각고의 분투정신과 더욱 문명적인 행동 습관을 요구합니다. 따라서 여러분은 지금부터 시간을 아껴 소년선봉대 조직에서 자신의 실력과 소질을 제고시키고 자신의 정신적 경지를 발전시켜 자신을 현대화된 조국건설을 위한 예비대로 성장시켜야 합니다.

이 기회를 이용해 나는 다시 한 번 전 사회가 다음 시대의 성장, 특히 그들의 사상적 품격과 건강 증진에 대해 더 깊은 관심을 기울일 것을 희망합니다. 자연의 법칙을 위배할 수 없기 때문입니다. 다시 수십 년이 흐른 뒤 우리들 사업이 계속될 수 있을지 여부, 우리의 이상이 실현될 수 있을 지 여부는 현재 붉은 목도리[홍링진(紅領巾)]를 목에 두른 이 아이들에 의해 결정됩니다. 따라서 나는 홍링진사업을 호소하며, 사회주의사업의 앞날에 진정 관심이 있는 모든 사람들의 관심과 지지, 이해를 바랍니다.

1990년 '6 · 1' 아동절이 눈 앞에 다가오자, 덩잉차오는 '열심히 공부하여 21세기의 새 주인이 되자'라는 주제로 전국의 소년들에게 의의 깊은 편지를 썼다.

"1990년대의 첫 번째 '6 · 1' 아동절이 되었습니다. 나는 여러분에게 즐거운 명절이 되기 바란다는 축하의 말을 전합니다. 여러분은 1990년대가 무엇을 의미하는지 생각해 본 적이 있는지 모르겠군요. 이것은 우리나라가 위대한 사업과 함께 새로운 세기, 새로운 시대에 곧 진입하게 된다는 사실을 의미합니다. 지난 것을 이어받아 미래를 창조해 나가고 앞사람의 일을 계승 발전시켜야 합니다. 여러분 세대는 마침 시대가 바뀌는 전환점의 위치에 있으며 여러분은 자신의 아름다운 청춘 시기를 이용하여 공화국의 오늘과 미래를 연결시켜야 하는데 여러분이 21세기의 주인으로 맡은 바 책임은 무겁고 갈 길은 아직도 멉니다.[301]"

그렇다면 21세기의 주인은 어떠한 소질과 품격을 갖춰야 할까요? 여러분은 장차 어떠한 준비를 하여 여러분의 새 시대를 맞이하여야 할까요? 나는 여러분이 이제부터 이러한 문제에 대해 충분히 사고해 주기를 부탁드립니다. 80여 년의 인생을 살았고 중국혁명과 함께 고난을 같이한 나 역시 여러분을 도와 함께 생각해보고 싶습니다."

덩잉차오는 자랑스럽게 아이들에게 알렸다. "우리 공산당원의 사업은 인류 역사상 가장 위대한 사업입니다. 우리들의 사업은 반드시 한 세대에서 다음 한 세대로 이어지는 각고의 노력을 필요로 합니다. 나는 금세기 이래 민족의 해방과 국가의 독립, 그리고 인민의 행복을 위해 피 흘리며 충성을 다해 투쟁한 선구자와 나와 함께 어깨를 나란히 하며 투쟁했던 무수한 전우들을 회상합니다. 그러면서 나는 우리들 세대의 사람들이 의연하게 추구하고자 했던 희망을 떠올려봅니다. 다음 세대의 고난을 피하기 위해서라면 우리는 감옥살이를 마다하지 않을 것입니다."

덩잉차오는 간절하게 호소하였다. "어린이 여러분. 중국의 미래는 여러분에게 달려 있습니다. 당과 인민은 여러분을 길러냈고 또 여러분에게 희망을 걸고 있습니다. 여러분은 반드시 혁명사업의 계승자가 되어야 하며 '항상 준비하여 공산주의 사업을 위해 분투해야 합니다!'"

---

301   역주: 원문은 "임중도원(任重道遠)"인데 『論語 · 泰伯』에서 인용한 것이다.

이 편지는 혁명의 전도와 중국의 미래를 지금 무럭무럭 자라나는 아이들에게 맡기겠다는 덩잉차오의 만년의 희망을 진실 되고 생동감 있게 반영한 것이었다. 그녀는 거듭 소년영웅 라이닝(賴寧)을 따라 배우자고 제안하였다. 라이닝에게서 그녀는 중화민족의 무수한 지사와 인자(仁者)가 계승되고 있고 영웅적인 헌신의 정신이 지속되고 있음을 보았다. 그리고 희생당한 수많은 열사의 그림자를 보았으며 중국의 미래와 희망을 보았다.

그녀는 라이닝에 관한 자료를 자세히 살폈다.

라이닝은 쓰촨성 스몐(石棉) 현에서 출생하여 어려서부터 공부하기를 무척 좋아하였다. 초등학교 3학년 때 그는 쓰촨 성 홍링진독서대회에서 1등상을 받았다. 그는 또한 쓰촨 야안(雅安)지구 소년아동회화대회에서 2등상과 스몐 현 소년서예대회에서 1등상을 획득하기도 했다. 그는 성적도 뛰어났을 뿐만 아니라 조국과 사회에 대해서도 관심이 많았다. 일부 아이들은 커서 군관이나 당 간부가 되기를 희망했지만 그는 오히려 커서 리쓰광(李四光)과 같은 지질학자가 되어 더욱 많은 지하자원을 찾아내 조국에 공헌하겠다고 했다. 스몐 현은 산악지역이어서 수시로 산불이 났다. 그는 초등학교 때 세 차례나 산에 올라 어른들과 함께 불을 껐다. 1988년 3월 13일 오후, 현 부근 산에서 전선이 끊기는 바람에 큰 불이 났다. 14세의 라이닝은 친구들과 함께 산에 올라 불을 끄다 불행하게도 영웅적인 죽음을 맞이하였다. 1989년 공산주의청년단 중앙과 국가교육위원회는 그에게 '소년영웅'의 칭호를 부여하여 전국 각 민족소년선봉대가 그를 따라 배우라고 호소하였다.

1990년 10월 13일은 중국 1억 3천만 소년선봉대의 건립 40주년이 되는 기념일이었다. 10월 12일 오전, '전국 10대 우수소년선봉대원' 가운데 9명의 우수소년선봉대원이 시화팅으로 덩 할머니를 찾아왔다.

"덩 할머니, 안녕하세요" 아이들은 봄날의 어린 제비처럼 생기발랄하게 덩 할머니를 향해 몰려들었다. "여러분, 안녕!" 86세 고령의 덩잉차오는 아이들의 천진스러운 작은 얼굴을 바라보며 매우 즐거워 얼굴에 웃음이 가득했다.

9살에 초등학교를 졸업하고 3개 외국어에 능통한 푸젠 장저우(漳州) 시 소년선봉대원 우옌(吳燕)이 덩 할머니에게 홍링진을 메어 주었다. 9살에 국가발명특허를 획득한 저장 동양(東陽) 현 소년선봉대원 우차오(吳超)는 덩 할머니에게 한 움큼의 꽃을 선사했다. 덩잉차오는 두 팔을 잃고도 열심히 공부한 쓰촨 난쟝(南江) 현의 어린 여자아이 청지(成洁)가 너무도 귀여워 그를 꼭 안아 주었다. 그리고 너무 기뻐서 엄지손가락을 치며 세우고 말했다. "너에게서 배워야지, 손발이 정상인 사람들은 모두 너를 따라 배워야 한다."

'10대 우수소년선봉대원' 가운데 유일한 결석자는 소년영웅 라이닝이었다. 덩잉차오는 라이닝의 부모와 스승의 손을 꼭 잡고 다정하게 말했다. "여러분들에게 감사합니다. 여러분은 국가를 위해 라이닝과 같이 좋은 아이, 그토록 대단한 소년영웅을 기르고 교육시켰습니다. 그 아이가 오늘 이 자리에 올 수 없어 나는 너무도 슬프고 가슴이 아픕니다. 그는 비록 세상을 떠났지만 그의 사적은 대대로 전해져 영원히 사라지지 않을 것입니다."

덩잉차오는 금메달을 9명의 아이들과 라이닝의 부모에게 주었다. 그녀는 아이들에게 말했다. "나는 비록 늙었지만 사상은 여전히 혁명적 청춘을 유지하고 있지요. 86세의 늙은 할머니인 나는 여러분과 함께 전진하고 싶고 또 함께 공산당을 따라 나아가고 싶답니다! 여러분이 우리를 뛰어 넘기를 바랍니다. 국가의 미래는 여러분이 나서 창조하고 개척하는 것이지요!"

9쌍의 맑은 눈이 자상한 덩 할머니를 집중했고 그들은 9개의 천진난만한 마음에 덩 할머니의 이처럼 의미심장한 말을 고이 새겼다. 그들은 이제 살아가는 동안 어떤 풍랑을 만나더라도 굴하지 않고 85세의 노 혁명가가 그들에게 들려준 말을 잊지 않고 기억할 것이다.

덩잉차오는 라이닝과 같은 좋은 아이를 잃은 것은 국가의 큰 손실이라며 매우 안타까워했다. 그리고 라이닝과 같은 훌륭한 아이가 등장한 것은 국가의 희망이라고 생각했다. 그녀는 「라이닝을 배우자」라는 글을 써서 1990년 10월 14일 『인민일보』에 발표하였다.

덩잉차오는 글에서 이렇게 강조하였다. "우리들의 사업은 위대하지만 대단히 어렵고 힘듭니다. 현대화된 사회주의 강국을 건설하기 위해서는 국민의 마음이 하나가 되어 오래 동안 의연하게 고통스러운 싸움을 해야 합니다. 이러한 분투는 세대를 이어온 혁명가와 건설가가 완성해야 합니다. 따라서 계승자인 청소년 세대의 소질, 특히 그들의 사상과 품격의 수준을 높이는 것은 우리 사회의 발전을 위해 매우 중요한 전략이어야 합니다."

그리고 덩잉차오는 다음과 같은 말로 정곡을 찔렀다. "개혁과 건설 과정에서 불가피하게 여러 가지 어려운 문제에 봉착했을 때, 우리는 청소년들을 잘 교육시켜 원대한 이상을 가지게 하고, 성실하게 분투하며, 수없이 꺾여도 결코 굴하지 않도록 해야 합니다. 대외 개방 과정에서 어쩔 수 없이 그릇된 사조가 만연하게 되었을 때, 우리는 청소년을 교육시켜 4개항의 기본원칙을 이해시키고 옳고 그름을 명확히 판단케 하며, 정확한 정치적 방향을 확립하도록 도와야 합니다. 사회주의 생산 경제를 발전시키는 과정에서 다소 부패현상이 나타날 수도 있습니다. 그때 우리는 청소년을 교육시켜 도덕 수준을 고양시키고, 자본주의의 부패사상이 침투하는 것을 막으며, 사회적으로 의의 있고 정의로운 인생의 가치를 추구할 수 있도록 해야 합니다. 금세기도 이제 단지 10년밖에 남지 않았습니다. 우리는 무엇보다 청소년세대의 교육을 잘 시켜 학습에 매진하고, 각고의 노력으로 깊이 연구하며, 모든 부분에서 충분한 준비를 갖춰 신세기에 걸 맞는 창조자와 건설가가 되도록 해야 합니다."

덩잉차오는 희망에 가득 차 말했다. "라이닝은 새로운 세대를 대표하는 소년입니다. 그는 우리들의 청소년 세대가 희망이 있다는 사실을 증명했고 또한 우리 사업의 미래가 매우 희망적이라는 사실을 증명했습니다."

아이들에게 관심을 갖고 청소년의 사상교육에 애정을 기울이는 것은 곧 조국의 미래에 대한 관심이며, 이것은 덩잉차오가 말년에 가장 역점을 둔 사안이었다.

177. 평생 여성과 여성사업에 관심을 기울이다

덩잉차오는 평생 중국 여성과 여성사업에 관심을 기울였다. 1988년 8월 27일 그녀는 전국여성연합 5기 6차 집행위원회에 참가했던 대표 모두와 다년 간 여성사업에 종사했던 옛 동지들을 만났다. 그녀는 친밀하고 재미있게 그녀들에게 말했다. "여성사업을 같이 했던 나의 동료, 자매 여러분! 여성사업에서 이룬 여러분의 새로운 성취에 대해 열렬하게 축하합니다. 나는 퇴직한 한 명의 공산당원으로서 그리고 또한 한 명의 여성으로서, 중국의 여성·아동사업에 대한 관심을 한 순간도 놓지 않았으며, 또 그것이 매우 영광스럽고 위대하며 의의가 큰 사업이라는 믿음은 영원히 변치 않을 것입니다. 여성사업은 늘 시대의 발전이나 개혁의 심화와 더불어 성장해왔습니다. 여러분이 더욱 분발하여 여성사업을 위해 영광스러운 새 장을 열어가기를 축원합니다."[302]

9월 1일 덩잉차오는 중앙의 지도자들과 함께 중국여성 제6차 대표대회 개막식에 참가하였다. 회의가 개회되기 전에 그녀는 덩샤오핑 등 지도자들과 함께 1,200여 명의 여성대표들 앞에 나와 그들의 성대한 모임을 축하하고 그들과 함께 기념촬영을 하였다.

---

[302] 필자는 이 회견에 참가하여 덩잉차오의 친근한 발언을 들었다.

1989년 3월 7일 수도 여성대표는 인민대회당에서 '3·8'국제노동여성절과 전국여성연합창립 40주년을 경축하는 대회를 개최하고 30년 동안 여성사업을 전개한 노 동지에게 명예증서와 기념메달을 수여하였다. 국가주석 양상쿤(楊尙昆)은 직접 차이창, 덩잉차오 등 여성사업의 걸출한 지도자들에게 증서와 기념메달을 주었다. 하지만 둘은 모두 병으로 입원 중이었기 때문에 캉커칭이 대신 받았다.

덩잉차오는 여성의 상황에 대해 줄곧 관심을 기울여왔다. 그녀는 다음과 같은 변화를 즐거운 마음으로 바라보았다. "전국인민대표대회의 여성대표는 1954년 제1기 대회 때 전체의 11.9%였으나 1988년 7기 인민대표대회 때에는 21.34%가 되었고, 인민대표대회 여성상임위원은 1954년 5%에서 1988년 11.6%로 증가하였다. 전국정치협상회의 여성위원도 1949년 제1기 정치협상회의 때 총수의 6.6%에서 1988년 7기 정치협상회의 때 13.6%로 증가하였다. 각급 정치기구 가운데 여성은 지도적인 역할을 수행하였다. 신중국 수립 이래 7명의 여성이 전국인민대표대회상임위원회 부위원장을 맡았다. 국가급 지도인물로는 1992년 현재 천무화(陳暮華), 레이지충(雷洁琼), 첸정잉(錢正英) 등 3명의 여성동지가 있다. 국무원 각부의 여성 정·부부장은 1950년대 7명에서 1980년대 14명으로 증가했다. 여성 정·부성장으로 13명이 있다. 많은 지방에는 모두 여성 전원(專員)[303], 여성 주장(州長), 여성 시장, 여성 현장, 여성 정·부시장 등 총 250여 명이 있다. 중국 여성간부는 현재 이미 965만여 명에 이르러 간부 총수 가운데 30%를 차지하여 1951년에 비해 64배의 증가를 보였다. 여성노동자는 5,100만 명으로 총 노동자 수 가운데 37%를 차지하여 건국 초기에 비해 75배 증가하였다. 도시와 농촌의 여성 취업률은 82%에 이른다. 농촌에서 1억여 명의 여성이 도급경영책임제 하에서 운영되는 토지나 상품 경제 영역에서 활약하고 있다. 2,100만여 명의 집단화되지 않은

---

[303] 역주: 성, 자치구의 인민위원회가 파견한 전구(專區)의 책임자.

개인노동자 가운데 여성은 24%를 차지하였다. 개혁개방 이래 전국에는 또한 대규모의 우수한 여성 공장장, 여성 사장이 출현하였다. 과학기술 전선에서는 63명의 여성이 국가급 전문가로 활동하고 있으며, 25명의 여성과학자는 '중국과학원학부위원'이라는 칭호를 얻었다. 1990년 전국의 재학 여대생은 689,000여 명으로 대학생 총수의 33.7%를, 재학 중인 여성 박사과정생은 1천여 명, 여성 석사과정생은 18,000여 명에 이르렀다. 인민해방군에는 5명의 여성장군이 있고 외국주재 외교관 몇 명의 여성 대사가 있다."

이상과 같은 성과는 중국의 수많은 여성들이 중국공산당의 지도 아래 각고의 투쟁으로 얻어 낸 결과이며, 그런 결과는 당연히 여성운동에 앞장을 선 덩잉차오와 많은 여성들이 수십 년 동안 펼친 고된 노력의 대가였다. 하지만 중국은 여전히 경제, 문화, 과학, 교육 분야에 있어 저개발국가이기 때문에 여성운동에 여전히 많은 문제와 어려움을 노정하고 있으며, 또 이것들은 장기적인 노력을 기울여야 비로소 차차 해결될 수 있다.

1990년 3월 5일 전국정치협상회의 여성위원, 각 민주당파 여성위원, 수도 각계 여성대표들이 즐겁게 한 자리에 모여 '3·8'국제노동여성절 80주년을 기념하였다. 덩잉차오는 몸이 좋지 않아 집회에 참가할 수 없었다. 그러나 자매들에 대한 그녀의 관심은 깊어 기념대회를 위해 의미 깊은 축사를 보냈다.

덩잉차오는 축사를 통해 사회주의만이 여성해방을 담보할 수 있는데, 이는 온갖 세상사를 겪으면서도 불굴의 정신으로 분투하는 중국여성이 택한 역사적 선택이며 이미 중국여성운동사는 이를 잘 입증하고 있다고 하였다. 그녀는 수많은 여성이 사회 발전과 여성운동 발전의 법칙을 인식하여 중국공산당의 지도 아래 계속 흔들림 없이 사회주의의 길로 매진해야 한다고 호소하였다. 그녀는 또한 각급 인민정부의 여성위원, 각 민주당파의 자매들도 국정 방침과 국가의 대사와 관련된 협의에 적극적으로 참가하여 민주적인 감독 활동을 잘 해 주기를 바랐다. 아울러 사회주의 현대화 건설과 개혁 개방의 위대한 성과를 공고히 하고 또 발전시키기 위해, 그리고 중화의 진흥과 조국 통일을 위해 더욱 많이 힘 써주기를 희망하였다.

3월 6일, 제6차 전국여성대표대회에서 전국여성연합 주석으로 선출된 천무화(陳慕華)와 전국여성연합에서 일상 업무를 담당하는 서기처 서기는 중난하이 시화팅으로 덩 다제를 방문하여 '3·8'절 축하인사를 건네고 그녀의 건강과 장수를 축원하였다. 덩잉차오는 천무화의 손을 잡고 말했다. "나의 건강에 대해 쏟아 주시는 동지들의 깊은 관심에 감사드립니다. 나 역시 모두를 매우 보고 싶어요. 동지들이 나를 보고 싶어 하는 것보다 더 나는 동지들이 보고 싶어요." 그녀는 전국여성연합의 동지와 전국여성간부 및 각 민족자매들에게 기념일 축하인사를 전해 달라고 부탁했다.

그녀는 그녀들에게 더욱 강하게 단결하여 사회주의노선을 굳건히 유지하며 수많은 여성들에게 잠재된 역량을 발굴하여 중국 특유의 사회주의 건설을 위해 공헌해야 한다고 했다. 그녀는 정중하게 말했다. "나는 비록 일선에서 물러났지만 여전히 여성사업에 관심이 많으며 여러분들과 함께 계속해서 분투해 나가기를 희망합니다."

1991년 '3·8'절 전날 밤 전국여성연합 주석 천무화는 몇몇 부주석과 함께 시화팅으로 덩 다제를 찾아와 여성연합 사업에 대해 보고하였다. 덩잉차오는 즐거운 마음으로 그녀들에게 전국과 각국 자매들에게 기념일 축하 인사를 대신 전해 달라고 부탁하면서 또한 흥겹게 그녀들과 자신이 일관되게 지켜온 마르크스여성관에 대해 이야기하였다. 덩잉차오는 여성이 해방되려면 남성과 대립 관계를 형성해서는 안 되며 여성운동을 사회 전체 해방운동 속에 위치시키고 당의 중심사업과 결합시켜야 한다고 하였다. 그녀는 이제 수많은 여성을 개혁 개방과 중국 고유의 사회주의사업 건설에 참여시켜 여성의 역량을 충분히 발휘케 하며 그러한 실천 가운데에서 여성의 지위를 높여야 한다고 하였다. 또한 덩잉차오는 여성사업의 환경이 과거에 비해 많이 좋아졌으며 사회 전반에 걸쳐 각

양각색의 직업에 여성이 종사하고 있는데 활동 반경을 넓혀 노동자, 상인, 학생, 군인 등 모든 방면에서 여성사업을 잘 수행해야 한다고 말했다.

'3·8'절 당일 덩잉차오는 전국정치협상회의 여성·청년위원회의 요청에 따라 시화팅에서 10명의 청·장년여성과학기술자 대표와 회견하였다. 그날, 베이징에는 서설이 어지럽게 내렸다. 덩잉차오는 매우 흥분하여 말했다. "여성들의 명절날 온 천지에 눈이 내리니 이 보다 더 좋은 축하가 없습니다." 그녀는 신이 나 청·장년여성과학자들에게 '3·8'절의 역사에 대해 이야기하고 그녀들이 4개 현대화건설과 개혁개방을 위해 열심히 일해 달라고 열정적으로 격려했다. 청·장년여성과학기술자는 서로 앞을 다투어 덩 다졔에게 자신의 성과와 활동에 대해 보고했다. 덩잉차오는 연신 고개를 끄덕이며 그녀들을 칭찬하였다. 27세의 대학강사 왕홍옌(王紅燕)은 "덩 할머니!" 하고 불렀다. 덩 다졔는 웃으며 그녀의 말에 끼어들었다. "당신은 내 나이를 너무 올려 부르는군요. 아직은 나를 덩 다졔라 불러줘요." 시화팅에는 명절의 즐거운 웃음소리로 가득했다. 그리고 지식과 인재를 존중하는 한 노 프롤레타리아혁명가의 진술한 감정과 나이 많은 선배를 존중하는 청·장년과학기술자의 따뜻한 정이 그 자리에 가득 감돌았다.

1992년 '3·8'절에 덩잉차오는 병으로 입원 중이었지만 여성사업을 잊지 않고 마음에 새기고 있었다. 그녀는 비서 자오웨이가 그 해 전국정치협상회의 여성청년위원회 위원들이 각 민주당파 중앙여성위원회 위원들과 함께 베이징시의 외각에 있는 핑구(平谷) 현으로 가 농촌자매들과 함께 '3·8'여성절을 보내게 된다는 보고를 받고 매우 기뻐했다. 그녀는 즉시 전국농촌자매들에게 열정 넘치는 편지를 써 우선 핑구현 여성의 '3·8절'기념식에서 읽게 한 후 그것을 신문지상에 발표토록 하였다. 덩잉차오는 이 편지에서 전국농촌자매들이 개혁의 최전선에 서서 개혁 개방과 발전을 위해 거대한 공헌을 한 것에 대해 찬양하였다. 그녀는 전국의 수많은 농촌여성들이 개혁 개방의 큰 흐름 속에서 중요한 역할을 감당해 주기를 간절하게 희망하였다. 그녀의 편지는 전국농촌여성에게 매우 큰 격려가 되었다. 핑구현 농촌자매들은 매우 흥분되었으며, 핑구현의 개혁 개방을 위해 더 큰 역량을 발휘하고 사업을 새로운 단계로 끌어올리겠다고 다짐하였다. 전국정치협상회의 여성위원들은 핑구에서 대중들과 함께 '3·8'절을 보내고 또 참관 방문을 통해 생동감 넘치는 교육을 받았다.

전국정치협상회의 부주석 첸정잉(錢正英)은 병원을 찾아 덩 다제를 문병하면서 그녀에게 이번 활동 상황에 대해 보고하였다. 의사들은 면회시간을 엄격하게 제한하였다. 첸정잉이 보고를 막 끝내자 비서 자오웨이가 그녀의 한 손을 슬그머니 잡아끌며 빨리 병실을 떠나달라는 암시를 보냈다. 그러나 덩 다제는 오히려 그녀의 다른 손을 당기며 간절하게 부탁하였다. "정치협상회의는 여성사업을 추진하는 데에 있어 가장 좋은 진지입니다. 지난 날 내가 정치협상회의 사업을 전개할 때에는 이런 방향의 사업을 돌볼 틈이 없었지요. 여러분은 이 진지를 잘 활용하여 여성사업을 전개하기 바랍니다." 이것이 존경스런 덩잉차오가 중병에 걸렸을 때 여성사업에 대해 했던 마지막 부탁이었고, 또한 "내 호흡이 정지되지 않는 한 나는 여성사업에 대해 계속 관심을 갖겠다"라는 그녀의 평소 주장을 생동감 있게 체현한 것이었다.

중국여성사업의 걸출한 지도자 덩잉차오의 마음은 영원히 전국의 수많은 여성과 연결되어 있었다.

178. 중국민의 마음속에 영원히 살아 있다

지금까지 우리들은 덩잉차오의 족적을 따라 그녀의 생애 동안의 길고 긴 전투 일지를 힘겹게 여행했다. 마치 20세기에 펼쳐진 무수한 시련에 맞선, 눈부시게 아름답고 감동적인 중국 혁명과 건설 장면들을 담은 한 편의 파노라마를 보는 것 같았다. 또한 옛 공화국과 젊은 공화국이 가시 덤불을 헤치고 용맹하게 전진하는 모습을 보았으며, 일군의 혁명가와 건설가가 자신도 돌보지 않고 희생하며 용감하게 전진하는 모습을 보았다. 덩잉차오는 그런 사람들과 더불어 활약하였고 인생의 최고봉을 향해 부단히 등반하였다.

덩잉차오는 한 순간도 전진의 발걸음을 멈춘 적이 없었다. 그것은 말년에 이르러서도 마찬가지였다. 그녀는 사상적으로나 감정적으로 의연히 평생 동안 분투한 중국혁명과 건설사업에 대해 치열하게 관심을 기울였고 비할 데 없는 열렬한 애정으로 당과 인민의 사업을 중시하였다.

1991년 7월은 중국공산당 창당 70주년이 되는 때였다. 70년 전 중국공산당이 상하이에서 처음 건립됐을 때에는 전국에서 고작 몇 개의 공산주의소조와 매우 적은 수십 명의 공산당원만이 존재했을 뿐이었다. 그때의 중국은 열강에 의해 분할되고 봉건군벌에 의해 유린당하는 반봉건·반식민지국가였다. 젊은 중국공산당은 역사의 무대에 등장하여 국가 독립, 민족 해방, 인민 행복을 위해 영웅적이고 용맹스럽게 전투를 전개하였다. 공산당은 수많은 중국인민을 단결, 조직, 지도하여 낡고 부패한 암흑의 구중국을 타도하고 사회주의 신중국을 건립하였다. 70년이 흘러 이제 중국공산당은 4,800만의 당원을 가진 전세계에서 가장 큰 프롤레타리아정당이 되었다. 중국 역시 경제적으로 눈부시게 성장하였고 정치적으로 매우 중요한 동방의 대국으로 세계의 모든 민족 위에 우뚝 섰다. 국제 정세가 매우 요동치는 변화무쌍한 오늘의 세계에서 중국은 중국 고유의 사회주의노선을 따라 큰 걸음으로 성큼성큼 전진하고 있다.

1991년 '7·1'절 전날 밤,『중국영재(中國英才)』화보사와 중앙방송국은 인물 연속극『영재풍화록(英才風華錄)』을 제작하여 당의 70주년을 기념하려고 준비하였다. 그들은『영재풍화록』제1편에 덩 다제가 출연해 주기를 간청하였다.

덩 다졔 나이 이미 87세의 고령이었다. 그러나 당 창건 70주년을 경축하고, 전국민 특히 수많은 청소년과 아동에게 애국주의와 공산주의사상을 교육시키기 위해 자신의 힘들었던 아동시절과 영웅적으로 투쟁했던 젊은 시절의 생활을 담은 텔레비전 다큐멘터리를 제작하는 데에 흔쾌히 동의했다.

1991년 7월 2일 밤, 수억 중국 국민들은 기쁜 마음으로 텔레비전 화면을 통해 경애하는 덩 다졔의 자애로운 얼굴을 보았고 또 그녀의 친절하고 격정적인 말을 들을 수 있었다.

"올해는 중국공산당 창당 70주년이 되는 해입니다. 입당한 지 66년이되는 한 명의 늙은 혁명전사로서 내 심정은 큰 감동과 흥분으로 휩싸여있습니다. 이제 전국 국민 특히 수많은 청소년과 아동들에게 내 마음에묻어둔 말을 하려 합니다.

우리 세대는 수십 년 동안 힘들게 투쟁하여 중화민족의 진흥을 위한길을 열었습니다. 그러나 여러분들이 부담해야 할 임무는 더욱 웅대하고또 더 힘이 듭니다. 현대화된 사회주의 강국을 건설하기 위해, 그리고 공산주의의 위대한 이상을 실현하기 위해 한 세대 한 세대 뒤를 이어 혁명가와 건설가가 계속 장기적이며 결연한 전투를 전개해야 합니다. 여러분이 자신의 아름다운 청춘기를 이용하여 공화국의 오늘과 내일을 이어나가 주기를 희망합니다.

나는 이미 80여 년의 삶을 보내는 동안 중국혁명과 고난과 역경을 같이 했으며 나의 심장은 여러분들과 함께 뛰고 있습니다. 여러분에게 충실한 오늘이 있기를 바라며 아울러 찬란한 내일을 만들어낼 수 있기를더욱 바랍니다."

국민들은 격동적인 감정에 휩싸여 덩잉차오가 힘겹게 유랑하던 어린시절을 보았고, 80여 년 전의 고난의 시대를 보았으며, 총명하며 공부하길 좋아하고, 애국과 보국(報國)의 뜻을 지닌 소녀 덩잉차오를 보았다. 또한 그들은 오사운동에서 용맹하게 투쟁하던 덩잉차오를 보았고 그녀가 혁명투쟁 과정에서 저우언라이와 서로 이해하고 사랑하는 모습을 보았다. 그녀가 혹독한 투쟁의 시기를 통해 어떻게 단련되고 마르크스주의에 대한 굳건한 신념을 수립하였는지, 그리고 한 명의 애국청년에서 위대하고 웅장하며 아름다운 공산주의 사업에 헌신하는 프롤레타리아혁명가이자 여성운동의 걸출한 지도자로 성장해갔는지를 생생히 보았다.

전국 국민 특히 수많은 청소년과 아동들은 이 프로그램을 통해 구체적이며 생동감 넘치는 애국주의와 공산주의사상에 대해 교육을 받았다. 이것은 조국과 인민에 대한 덩잉차오의 특별한 공헌이었다.

1991년 7월 27일 덩잉차오는 여러 질병이 한꺼번에 발병하여 위중했기 때문에 어쩔 수 없이 42년 동안 거주했던 중난하이 시화팅을 떠나 베이징 병원에 입원하여 치료를 받아야 했다.

덩잉차오는 강인한 의지력으로 병마와 싸우며 오로지 당의 사업만을 생각하였다.

중공중앙 총서기 쟝쩌민(江澤民), 국무원 총리 리펑(李鵬)이 병원을 찾아 그녀를 위문하였다. 그녀는 "이렇게 찾아 주시니 감사합니다. 여러분은 업무에 매우 바쁘시니 이제부터는 찾아오지 않아도 됩니다"라고 하였다. 그녀는 쟝쩌민 서기에게 말했다. "우리는 모두 공산당원이고 각자 맡은 바 직무가 있습니다. 당신에게는 큰 짐이 부여되어 있으니 당을 제대로 건설해야 하고 홍수 방제와 구제활동도 전개해야 합니다." 리펑은 당시 중동 6개국을 막 방문하고 돌아온 길이었다. 덩잉차오는 친절하게 그의 방문 성과에 대해 묻고 그의 설명을 듣자 기뻐하며 말했다. "당신이 외국 방문 시 했던 연설은 방송을 통해 이미 들었지요 이번 방문은 중국 국민과 중동 6개국 국민의 우의를 증진시켰으며 매우 성공적이었습니다."

병이 위중했지만 덩잉차오는 병실에 누워있으면서도 고집스럽게 방송을 계속 청취했으며 비서들을 시켜 신문과 중요 문건을 읽도록 하였다. 덩잉차오는 덩샤오핑 동지가 1992년 초 남방을 순시하며 발표한 중요담화[304]를 듣고 흥분하여 비서 자오웨이를 병상으로 오게 하여 담화 내용을 한 번 두 번 거듭 읽게 하였다. 덩잉차오는 그 담화를 듣고 흥분하여 말했다. "샤오핑 동지가 훌륭한 발언을 하였군요 이는 중요한 시점에 우리나라의 개혁개방 사업이 다시 한 번 앞으로 큰 걸음을 내딛게 한 것으로 새로운 단계의 경제건설을 위해 의의가 매우 큽니다."

당의 71주년 기념일이 눈앞에 다가왔을 때 입당한 지 67년이나 되어 몸이 이미 극도로 허약해진 덩잉차오는 6월 28일자 『중화영재』 잡지에 「당의 생일을 경축하며 개혁개방을 더욱 가속화하자」라는 글을 발표하였는데 그 글은 7월 1일자 『인민일보』에도 발표되었다.

덩잉차오는 중국혁명과 건설의 경험을 총정리하였으며, 국제정세의 극심한 변화를 자세히 살펴 다음과 같은 의미심장한 글을 남겼다. "역사는 중국공산당이 없었다면 신중국은 불가능했으며, 중국공산당이 없었다면 사회주의 중국의 번영과 발전도 없다는 사실을 설득력 있게 증명하고 있습니다. 세계정세가 격변하는 오늘날, 우리나라는 정치는 물론 사회와 인심 또한 안정되어 사회주의사업이 날로 성장하고 있습니다. 이러한 국면을 얻기란 쉽지 않은 일이니 우리는 더욱 더 소중히 여겨야 합니다.

당의 11기 3중전회 이후 당과 국가사업의 중점은 경제건설을 중심으로 하는 현대화 건설로 옮겨졌는데 이는 중국 역사에 있어 매우 큰 의의를 지닌 전환입니다. 현재, 전국의 각 계 각층의 국민은 모두 덩샤오핑 동지의 남순강화와 중공중앙정치국 전체회의 정신을 진지하게 관철하고 있으며 전당, 전국 각 민족인민은 개혁 개방의 보폭을 더욱 빠르게 하고 있습니다. 우리는 가능한 한 빨리 우리들의 위대한 사회주의조국을 더욱

---

304 역주 : 남순강화(南巡講話)를 가리킨다. 1989년 톈안먼사건과 1991년 소비에트 연방의 붕괴로 덩샤오핑의 개혁개방정책이 좌절의 위기에 빠지자, 그는 1992년 1월 18일부터 2월 22일까지 우한, 선전, 주하이, 상하이 등 남방을 시찰하고 개혁개방을 강화화자는 주장의 담화를 발표하였다.

왕성하게 건설·발전시켜야 합니다."

덩잉차오는 전체 공산당원이 당 중앙의 지도를 받아 각 전선과 각자의 직책에서 공산당원의 선봉적이고 모범적인 역할을 충분히 발휘하고, 당의 '하나의 중심과 두 가지의 기본 점'[305]이라는 기본노선을 견지하며, 나아가 개혁을 심화시키고 개방을 확대하고, 사회주의 현대화강국 건설을 위해 노력 분투해 주기를 간절하게 희망하였다.

중국혁명의 앞날을 전망하며 덩잉차오는 선견지명을 갖고 늙은 선배세대의 프롤레타리아계급 혁명가가 개창한 혁명사업에 대해 자격을 갖춘 1,100만 후배들이 계승 발전시켜 나가야 한다고 정중하게 제의하였다. 또 그녀는 새로운 정세 아래에서 더욱 빨리 사회주의 사업 계승자를 선발·배양해야 하는데 이것이 역사의 전진적 발전과 사회의 부단한 전진을 위해 필수라고 하였다.

이상은 덩잉차오가 전당과 전국의 각 민족인민에게 남기는 정치적 유언이었다.

당과 인민의 사업에 대해 덩 다졔는 지극한 관심을 기울였고 태산보다 더 무겁게 대했다. 그럼에도 불구하고 정작 자신과 사후의 일에 대해서는 극히 무관심하여 얻고자 하는 것이 하나도 없었다.

오랫동안 이런저런 질병에 시달려 온 덩잉차오는 이미 1978년 7월 1일 심사숙고하여 중공중앙에 편지 한 통을 써 보냈다.

"중공중앙 앞 : 저는 1924년 톈진에서 만들어진 공산주의청년단의 첫 번째 단원입니다. 1925년 3월 톈진시위원회가 저를 당원으로 전환시키기로 결정하여 중국공산당 정식당원이 되었습니다.

사람은 반드시 죽게 되어 있습니다. 저의 사후 처리에 대해 중앙에 아래와 같이 요구하니 허락해 주기를 간절히 요청합니다.

① 시신은 해부 후 화장할 것.

---

305 역주 : '하나의 중심'은 경제건설을 중심으로 한다는 의미이고, '두 가지의 기본 점'은 4개항의 기본 원칙 견지와 개혁 개방의 견지를 각각 의미한다.

② 뼛가루는 남기지 말고 뿌릴 것. 이것은 1956년 화장하기로 결정한 후 저와 언라이 동지가 결정한 것입니다.

③ 영결식을 거행하지 말 것.

④ 추도회를 개최하지 말 것.

⑤ 이들 요구를 공포하는 것으로 저의 사망 소식을 대신할 것. 저는 인민을 위한 공산당원의 봉사는 무한하다고 여기기 때문에 수행해야 할 사업과 직무도 모두 당과 인민이 결정해야 한다고 생각합니다."

1982년 6월 17일 정치국위원 겸 중앙기율검사위원회 제2서기를 맡고 있던 덩잉차오는 이 편지의 내용을 다시 한 번 반복하여 쓰고 당시의 정세에 맞게 다음과 같은 내용을 새로 추가하였다.

"① 제가 거주하고 있는 집은 본래 저우언라이와 함께 살던 것으로 모든 인민의 소유이니 마땅히 공공목적으로 사용되어야 합니다. 절대 무슨 고거(故居)나 기념관 등으로 써서는 안 됩니다. 그것은 저와 저우언라이 동지가 생전에 반대했던 것입니다.

② 저우언라이 동지의 친척과 질녀와 관련하여 당 조직이나 관련 분야 지도자 및 동지들에게 요구합니다. 저우언라이 동지의 친인척이라는 이유나 저우언라이 동지에 대한 감정을 앞세워 조직의 원칙과 기율에 어겨가면서까지 그들을 배려하거나 안배해서는 안 됩니다. 이는 저우언라이 동지가 생전에 일관되게 견지했던 태도로 저 역시 확실하게 지지합니다. 또한 이렇게 하는 것이 당의 기풍을 바로 잡는 데 매우 유익합니다. 저의 경우 가까운 친척은 없습니다. 다만 먼 조카가 하나 있을 뿐인데 그는 맡은 바 책임과 의무를 충실히 이행하고 있으며, 저와의 관계를 이용하여 어떤 요구나 배려를 제기한 적이 없었습니다. 이상 두 가지를 함께 공포해 주기 바랍니다. 덩잉차오 1982년 6월 17일 다시 씁니다."

덩잉차오는 철저한 유물주의자이며 사심이 없는 공산당원이었다. 몇 년 전 중앙인민방송국에서 '안락사'와 관련된 토론을 벌였을 때 덩잉차오는 방송국에 편지를 보내 '안락사'를 지지한 바가 있다. 그 이유는 불치병을 앓고 있는 환자의 고통을 없애줄 수 있을 뿐만 아니라 소중한 다수의 의료진과 간호 인력 및 물자를 절약할 수 있다고 판단했기 때문이다. 이제 그녀는 중병에 걸려 병원에 입원하게 되었고 여러 차례 의사에게 다음과 같이 말했다. "나는 더 이상 일을 할 수 없으며 살아 있는 것 자체가 하나의 부담이니 여러분은 나를 '안락사'시켜주기 바랍니다." 당 중앙은 당연히 마음에서 우러나는 그녀의 요구를 이해할 수 있었지만 그렇다고 결코 허락할 수는 없었다. 그녀가 하루라도 더 살아 있다면 그만큼 당을 위해 힘을 보태는 것이라 믿었기 때문이다.

덩잉차오는 비록 중병에 걸려 몸은 힘들었지만 마음은 끊임없이 동지들과 친구들의 걱정으로 가득했다. 쉐이멍치(帥孟奇)의 95세 생일에 그녀는 비서를 보내 축하인사를 하였다. 캉커칭(康克淸)이 중병에 걸렸을 때 덩잉차오는 비서를 시켜 그녀를 문병하여 위로케 했다. 베이징 병원에 함께 입원하고 있던 첸즈광(錢之光)에게는 류양(劉昻) 동지에 부탁하여 자신의 병 상태에 대해 설명하게 하였다. 전국정치협상회의 부주석 자오푸추(趙朴初) 역시 베이징 병원에 입원하고 있었는데 덩잉차오는 몇 차례 사람을 보내 문안하도록 하였다. 전국정치협상회의 상임위원 양정민(楊拯民, 애국장군 고 양후청의 아들)이 병원에 입원했다는 소식을 접했을 때에도 덩잉차오는 비서를 보내 위문하였다. 양정민이 퇴원한 후 자신을 찾아왔을 때에도 그녀는 자신에 대한 이야기하는 하지 않고 오히려 심장병을 심하게 앓고 있던 양정민의 건강을 걱정하며 각별히 주의하라고 신신당부하였다.

그녀는 항상 병원 의사나 비서 혹은 경호원들에게 "여러분은 내 곁을 지킬 필요가 없습니다. 다른 동지들에게 더 많은 관심을 쏟으세요"라고 말했다.

7월 5일 두 명의 간호사가 자신의 곁을 지키고 있는 것을 본 그녀는 마음이 그다지 편치 않았다. 그녀는 간호사의 손을 꽉 쥐고 말했다. "이렇게 많은 사람들이 곁에서 나를 돌봐주니 마음의 부담이 매우 큽니다.

정말 여러분들에게 감사드립니다."

1992년 7월 11일 6시 55분 위대한 프롤레타리아계급 혁명가, 정치가, 저명한 사회운동가, 결연한 마르크스주의자, 당과 국가의 탁월한 지도자, 중국여성운동의 선구자이며 걸출한 지도자, 전 중공중앙정치국위원, 전국인민대표대회상임위원회 부위원장, 전국정치협상회의 주석이었던 덩잉차오는 인민을 위해 파란만장한 전투를 벌이면서 온 힘을 다해 바쳤던 그녀의 일생에 마침내 마침표를 찍고 베이징 병원에서 영면에 들었다. 향년 88세였다.

중공중앙, 전국인민대표대회상임위원회, 국무원, 전국정치협상회의의 공동 성명으로 침통한 부고를 발표함과 동시에 덩잉차오가 생전에 중공중앙에 보냈던 편지를 공포하였다.

전국의 각 민족인민과 해외의 우호인사들은 이 부음을 듣고 큰 비통함에 빠져들었다. 덩잉차오의 수많은 노 전우와 부하들은 목 놓아 통곡했다. 룽이런(榮毅仁), 주쉐판(朱學范), 옌지츠(嚴濟慈), 마포이 아왕지그메[306], 아이신줴뤄 푸졔(愛新覺羅 傅杰)[307] 등 당외의 친구들도 모두 뜨거운 눈물을 흘렸다. 덩 다졔의 넓고 사심 없는 도량은 그들로 하여금 평생 그녀를 잊을 수 없게 만들었다.

자오푸추는 병든 몸으로 덩 다졔를 애도하는 만시(輓詩)를 썼다. "일찍부터 이산(移山)의 큰 뜻을 품고 지혜와 용기로 험난함과 좌절을 헤쳐 나왔네. 장정 때 눈 덮인 민(岷)산에서 싸웠고 웅변으로 악한을 물리쳤도다 …… 공이 이루어져 어진 재상을 보필할 수 있었지만 빛을 감추고 쉽게 드러내지 않았네.[308] 상서로운 구름은 햇살의 밝음을 더해 주고 아름다

---

306 역주: Ngapoi Ngawang Jigme. 1910년 출생. 시장(西藏) 라싸인. 전국정치협상회의 부주석을 역임.
307 역주: 1907-1994. 청조의 마지막 황제 푸이(溥儀)의 둘째 동생. 어려서부터 총명하여 여러 차례 일본 유학을 하였고 귀국하여 군직(軍職)을 맡았다. 신중국 수립 이후 개조, 사면을 거쳐 정치협상회의 문사자료연구위원회 전문위원으로 임명됐고 전국인민대표대회 상임위원회 위원, 전국인민대표회의 민족위원회 부주임 등을 맡았다.

운 비단은 곤룡포를 도와 어우러진다. 정치협상회의를 주재함에 이르러서는 덕이 주밀하되 이(利) 또한 두루 미치네. 밝게 빛나는 16자(字)[309]여, 팔해(八海)에 홍기가 펄럭이네. 만년토록 평안하고 고요함이 돋보여 시계추마냥 말이 없네. 하지만 때가 된 이후라야 한 번 말하니 깊이 사람의 폐부를 파고들었지 …… 시화팅의 태평화(太平花), 해마다 주는 것을 받았네. 나에게 늙더라도 잊지 말라 당부하니, 평화의 북을 온힘을 다해 쳤다네 …… 온화한 말 속에서 깊은 자애로움이 보이고, 남은 영정은 천년토록 보존되리라. 지난 일을 돌이켜 생각할 수 있을까? 점점 더욱 마음이 쓰리고 아파오네. 나 한 사람의 슬픔에 그치는 것이 아니라 천하사람 모두 자애로운 어머니를 잃게 되었네." 이 시는 덩 다졔가 보낸 혁명의 일생과 자오푸추의 교제를 간결하게 진술하였고, 그녀에 대한 수많은 친구들의 무한한 경모와 하염없는 애도의 마음을 표현하였다.

다롄여성연합회 주임회의에 참석한 각 성시여성연합회 주임들은 눈물 속에 좌담회를 개최하여 덩 다졔를 모범으로 삼아 여성사업을 훌륭하게 수행해 나가겠다는 의지를 표명하였다. 전국정치협상회의와 전국여성연합회의 노 동지들 역시 좌담회를 개최하여 덩 다졔의 혁혁한 공로와 그녀의 숭고한 품성을 기렸다.

수많은 간부와 인민들은 신문을 통해 덩 다졔가 당 중앙에 보낸 편지를 보고 그녀가 당풍을 바로잡는 모범이라고 한 목소리로 칭송하였다. 중공중앙조직부 조직국장 위윈야오(虞雲耀)는 격한 감정에 휩싸여 말했다. "무엇이 철저한 유물주의정신인가? 무엇이 공산당원의 강인한 당성인가? 무엇이 전심전력으로 인민을 위해 봉사하는 숭고한 정신인가? 덩 다졔의 편지가 가장 생동감 넘치는 교재이며 가장 현실감 있는 대답입니다."

---

308 역주 : 저우언라이에 대한 내조를 의미한다.
309 역주 : 정치협상회의와 공산당의 관계를 상징적으로 보여주는 "長期共存, 相互監督, 肝膽相照, 榮辱與共" 16자를 가리킨다.

저명한 노시인 짱커자(臧克家)는 덩 다졔가 당 중앙에 보낸 편지를 읽고 감탄하여 바로 「사람의 마음을 감동시킨 유언」이라는 글을 썼다. 그는 글에서 "덩 다졔는 지위가 높음에도 거들먹거리지 않았으며 마음속으로 오로지 국민만을 생각하여 자신을 돌보지 않았습니다. 소박하고 순진하며 맑고 투명하여 바닥이 훤히 보이는 물 같았습니다." "저 7가지 유언은 수많은 말보다 더 우리를 감동시킵니다. 그것은 금자탑입니다. 우리들에게 높은 곳을 향해 나아도록 고무합니다. 그것은 거울입니다. 우리 모두, 특히 지도자 동지로 하여금 자신을 비춰 보게 만듭니다. 그것은 오염제거제입니다. 티끌과 먼지를 깨끗이 씻어 줍니다. 그것은 천만금으로도 바꿀 수 없으니, 만대에 전해질 잠언입니다……."

장례를 간소하게 치러달라는 덩잉차오의 유언에 따라 시화팅에 그녀의 초상만을 내걸어 각계 인사들이 우러러볼 수 있게 했다. 그녀의 초상 앞에 이목을 끄는 꽃바구니가 놓여 있었는데 거기에는 "다졔 덩잉차오 고이 잠드소서. 장쉐량과 자오이디(趙一荻)가 심심한 애도를 표합니다"라고 쓰여 있었다. 이 꽃바구니는 멀리 타이완의 장쉐량 부부가 덩잉차오의 부음을 접하고 특별히 질녀 장뤼헝(張閭衡)에게 부탁하여 보낸 것이었다. 재작년 장쉐량의 90세 생일 때 덩잉차오는 축전을 보낸 바 있었고 장쉐량은 이에 대해 크게 감동했었다. 그들은 텔레비전을 통해 덩 다졔의 사망 소식을 접한 뒤 그녀를 매우 그리워하여 특별히 질녀에게 전화를 걸어 대신 헌화하며 깊은 추도의 마음을 표시하도록 하였다.

덩잉차오는 생전에 중국의 통일문제에 대해 매우 깊은 관심을 기울였다. 후츄위안(胡秋原)을 명예단장으로 하는 타이완 중국통일연맹 대륙방문단 단원들이 특별히 시화팅을 찾아 그녀를 조문하였다. 88세의 후츄위안은 1988년 처음으로 대륙을 찾았는데 덩잉차오는 그때 그와 친밀하게 만나 중국의 평화통일문제에 대해 기탄없이 대화를 나누었다. 이제, 후츄위안과 부인 징유루(敬幼如)는 덩잉차오에게 바치는 만련(挽聯)에 다음과 같이 썼다. "통일을 기대하며 북상하여 각별한 대화를 나눈 지 벌써

4년이 되었네, 위대한 여성으로 그 공업(公共)은 천 년 동안 계속되리라.”

덩잉차오의 죽음은 국제적으로 커다란 반향을 불러일으켰다.

덩잉차오는 생전에 일본 친구들과 오래 동안 우호적 교류를 맺어왔다. 덩잉차오의 부음을 듣고 일본공명당 전 위원 다케이리 요시카츠(竹入義勝), 1957년 중국을 방문하여 저우언라이 총리와 회견했던 일본 신제작좌(新制作座) 극단 단장 사나야마 미호(眞山美保), 교토 아라시야마(嵐山) 저우총리시비건설위원회 실행위원장 요시무라 마고사부로(吉村孫三郎)의 딸 요시무라 게이코(吉村啓子) 일가, 민간대사로 칭해지며 중・일 우호를 위해 많은 일을 한 사이온지 긴카즈(西園寺公一)의 대표 미나미무라 시로(南村志郎), 중국인민의 옛 친구 오카자키 가헤이타(岡崎嘉平太)의 아들 오카자키 아키라(岡崎彬), 일본 전 외상 소다 스나오(園田直) 부인 소다 덴코코(園田天光光)의 대표 마츠타니 호시마루(松谷天星丸) 등은 특별히 베이징 중난하이 시화팅을 방문하여 침통한 마음으로 덩잉차오를 추도하였다. 그들은 반드시 덩잉차오의 염원을 실천하여 대대로 중・일 우호관계를 발전시키기 위해 노력할 것이라는 뜻을 표시하였다.

일본 각계의 유명인사와 도쿄 화교 대표 역시 일본주재 중국대사관에 설치된 빈소를 찾아 조문하였다.

북한, 일본, 미얀마, 파키스탄, 캄보디아, 베트남, 이집트, 팔레스타인 등의 지도자와 단체 및 해외 화교, 화인 및 수많은 유명 인사들은 앞 다투어 조전으로 위대한 여성 덩잉차오를 침통한 마음으로 추도하였다.

7월 17일 덩잉차오의 유해는 바바오(八寶山) 산 혁명공원묘지에서 화장될 예정이었다. 쟝쩌민, 양상쿤(楊尙昆), 리펑, 완리(萬里), 챠오스(喬石), 야오이린(姚依林), 쏭핑(宋平), 리뤼환(李瑞環) 등 당과 국가 지도자들은 서둘러 베이징병원으로 와 경애하는 덩 다졔를 송별하였다. 덩잉차오는 꽃과 푸른 측백나무 덤불 사이에 편안하게 누워 있었고 시신 위에는 선홍색 중국공산당 당기로 덮여 있었다. 당 전체와 전국 각 민족인민에게서 마음으로부터 추앙을 받던 이 노 혁명가는 30여 년 전에 봉제한 검은색 구식 양복을 입고 있었으며 어깨에는 수 년 동안 사용했던 명주로 된 스카프를 두르고 있었다. 덩잉차오의 일생은 힘들고 고달프고 또 소박했었는데 세상을 떠나는 마지막 순간에도 그녀의 이 검소한 복장은 보는 이로 하여금 큰 감동을 주었다.

리펑, 원쟈바오(溫家寶), 천무화(陳慕華), 홍쉐즈(洪學智) 등 동지와 덩잉차오의 비서 및 경호원들은 비통한 심정으로 덩 다졔의 시신을 바바오 산 혁명공원묘지로 옮겨 화장하였다.

베이징 병원에서 바바오 산에 이르는 18킬로미터의 긴 대로 양편에는 경애하는 덩 다졔의 마지막 가는 모습을 보기 위해 이른 새벽부터 인산인해를 이뤘다. 그 가운데에는 노동자, 간부, 학생, 시민도 있었고 노인, 중년, 청년, 여성, 아이들도 있었다. 그들은 묵묵히 창안졔(長安街) 양편에 나눠 서서 영구차가 천천히 서쪽으로 가는 모습을 눈으로 전송하였으며 여기저기서 흐느끼는 소리가 흘러나왔다. 이러한 정경은 16년 전 십리 길에 백만의 시민이 나와 저우 총리를 전송함으로써 사람들을 감동시켰던 그 모습과 매우 흡사하였다. 저우언라이와 덩잉차오, 두 위대한 프롤레타리아 혁명가는 전 생애를 인민에게 바쳤고 인민은 이렇게 감동적인 방식으로 자신들의 비통한 마음을 표시하였다. 영구차가 공주펀(公主墳) 입구에 도착하자 사람들이 하나같이 일어섰다. 군중들 사이에서 비집고 나온 몇몇의 젊은 여성들은 일제히 "덩 할머니, 당신은 영원히 우리들의 마음속에 살아 있을 것입니다"라고 외쳤다.

바바오 산 혁명공원묘지에서 덩잉차오와 생전에 친하게 지냈던 사람들과 조직 간부 대표들이 서둘러 달려와 경애하는 덩 다졔에게 마지막 작별인사를 하였다.

덩잉차오의 시신은 화장되었다. 그녀의 유골은 1976년 저우언라이의 유골을 담았던 동일한 유골함에 담겨졌다. 이 역시 덩 다졔가 생전에 부탁한 것으로 새로운 유골함을 살 필요가 없다는 것이었다. 1976년 1월 저우 총리가 세상을 떠났을 때 그녀는 말했다. "여러분은 이 유골함을 잘 보관해 두었다가 내가 죽으면 여기에 내 유골을 담아주기 바랍니다. 우리 둘이 하나의 유골함을 사용하면 뭐 어때요? 사람이 죽어 유골은 뿌려져 흩어지면 그 뿐인데 뭐 때문에 그렇게 많은 유골함이 필요하겠어요? 같이 쓰면 여러분도 조금은 절약할 수 있으니 좋지 않겠어요?" 이리하여 관계자는 이 유골함을 새것과 다름없이 정성껏 보존하였다. 이제 덩 다제의 염원이 실현되어 평생 힘들고 소박하게 살았던 미덕이 체현되었으며 저우언라이와 함께 생사를 같이 하고자 하던 덩잉차오의 깊은 정 역시 체현되었다.

유골을 보존하지 말고 뿌려달라는 덩 다제의 유언에 따라 7월 18일 이른 아침 검은 천을 두른 영구차가 그녀의 유골을 싣고 그녀가 42년 동안 일하고 생활했던 중난하이 시화팅을 떠나 그녀가 젊은 시절 혁명에 투신하여 활동하고 전투했던 제2의 고향 톈진으로 향했다. 수십만 톈진 시민은 자발적으로 도로 양편으로 몰려 나와 그들이 충심으로 사랑하고 존경했던 위대한 혁명가를 향해 경의를 표했다.

덩 다제의 유골함을 실은 여객선 '신하이허(新海河)'가 조용히 하이허(海河)[310]를 향해 항해하여 항구로 들어섰다. 그녀는 생전에 자신에게 자녀가 없으니 죽은 뒤 장례는 생전에 속했던 당 지부가 구체적인 절차를 맡고 당 지부 서기와 그녀의 곁에서 수십 년간을 동행했던 비서 자오웨이와 경호원 가오전푸(高振普)가 자신의 뼛가루를 뿌려달라고 부탁했다. 16년 전에도 총리와 다제의 경호원이었던 가오전푸는 총리의 뼛가루 일부를 하이허에 뿌린 적이 있었다. 이제 오늘 그는 다시 같은 유골함을 받쳐 들고 똑같은 곳에서 다제의 염원을 완성하게 되었다. 자오웨이와 가오전푸의 가슴에는 이루 말로 표현할 수 없는 비통함이 스며들었다. 그들은 다제의 뼛가루를 조용히, 조용히 하이허에 뿌렸다. 천천히 하이허에 뿌려진 뼛가루는 꽃잎과 나란히 친구가 되어 하이허의 파도를 따

---

310 역주: 중국 화북지방에서 보하이(渤海)로 유입되는 여러 하천의 총칭.

라 망망대해로 흘러갔다.

우리들이 경애하는 덩 다제는 저 세상으로 떠나버렸다. 중공중앙, 전국인민대표대회상임위원회, 국무원, 전국정치협상회의가 부고에서 언급한 바대로 그녀의 일생은 찬란한 전투의 생애였다. 중국혁명의 매 순간마다 그녀는 항상 앞장서서 투쟁하였고 중국인민의 혁명과 사회주의 건설 사업을 위해 탁월한 공헌을 하였다. 70여 년의 긴 혁명 생애 가운데 덩 다제는 공산주의에 대한 굳건한 신념을 지녔고 당과 인민 그리고 프롤레타리아혁명과 사회주의 건설 사업에 무한히 충성하였다. 그녀는 대국을 두루 살펴 만전을 기했고 원칙을 견지했으며 당의 기율을 모범적으로 준수하였다. 그녀는 겸허하고 신중하며 친밀하게 대중과 연대하였고 당과 인민의 이익을 위해 사심 없이 그녀의 일생을 바쳤다. 그녀는 어렵고 힘든 삶으로 일관했으며 소박했고 사욕을 버려 오로지 공익을 위해서만 힘을 썼고 인민의 공복으로서의 자세를 단 한 번도 잃지 않았었다. 그녀는 중국 내외에서 숭고한 명망을 얻었고 전당과 전국 각 민족 인민으로부터 존경과 사랑을 받는 노 프롤레타리아혁명가이자 공인된 '다제'였다.

마오쩌둥이 일찍이 말한 바처럼 한 개인이 좋은 일을 조금 하는 것은 결코 어려운 일이 아니나, 평생 인민을 위해 좋은 일을 하고 평생 그들을 위해 봉사하는 것이 어려운 일이다. 덩 다제는 이렇게 평생 인민을 위해 봉사한 프롤레타리아혁명가이며 위대한 여성이었다. 이와 같이 걸출한 인물은 중화민족을 짊어지고 나간 중추이며 중국여성의 영광이며 자랑이다.

92세의 저명한 노작가 빙신이 쓴 「덩잉차오 다제를 깊이 애도하며」라는 다음의 글은 전국민의 마음을 적절하게 표현해 주고 있다. "덩 다제, 당신은 갔습니다. 그러나 하늘나라에서 16년 동안 당신 곁을 떠났던 저우 총리가 두 팔을 벌리고 당신을 환영할 것입니다. 이승에서는 나이도 다르고 피부색도 다르지만 수많은 사람들이 당신을 모범으로 삼아 배우고 걸음 걸음마다 착실히 당신의 뒤를 따라 달려가려고 노력하게 될 것입니다."

경애하는 덩 다제가 우리를 떠났지만 그녀는 영원히 중국 국민의 마음속에 살아 있을 것이다. 그녀가 남긴 고귀한 정신적 자산은 억만 중국 국민이 그녀와 수많은 혁명열사가 선혈과 생명을 바쳐 개척한 길을 따라 용감하게 전진하도록 북돋워 줄 것이다. 중국 고유의 특색으로 더욱 번성하게 될 사회주의 중국은 덩 다제가 생전에 기대했던 바와 같이 동방에서 우뚝 설 것이며 나아가 세계 속에서 우뚝 서게 될 것이다.

저자 후기

1987년 여름, 중공중앙문헌연구실과 전국여성연합회 당조(黨組)는 '경애하는 덩 다제'의 전기 작성을 위해 인민일보사로 필자를 차출하였다. 이것은 매우 영광스럽고도 어려운 임무였다. 필자는 긴장되고 황공스러운 마음으로 이 중대한 임무를 받아들였다.

8월 17일 오후, 필자는 뤄츙(羅瓊) 동지, 둥벤(董邊) 동지 그리고 진뤼잉(金瑞英) 동지, 왕셴전(王賢珍) 동지와 함께 중난하이(中南海) 시화팅(西花廳)을 방문하여 덩 다제를 만났다.

남색 무명천으로 만든 낡은 제복을 입고 있던 그녀는 친절하게 우리를 불러 앉히고는 시화팅 정원에서 막 딴 신선한 수밀도(水蜜桃)를 대접했다. 그녀가 사람을 대하는 방식은 항상 이렇듯 세심하면서도 정이 넘쳤다.

당시 덩 다제는 이미 83세의 고령이었지만 여전히 사고의 영민함을 잃지 않았다. 그녀는 원래 전기를 쓰는 데 동의하지 않았지만 이제 당

조직이 결정했기 때문에 따를 수밖에 없다고 조용히 말했다

뤄충은 한 중앙서기처 회의에서 당시 총서기를 맡고 있던 후야오방(胡耀邦)이 서둘러 노 프롤레타리아혁명가들의 전기를 집필하여 인민에 대한 혁명전통 교육의 소중한 교재로 삼아야 한다고 지적했음을 필자에게 알려주었다. 이미 죽은 혁명가뿐만 아니라 생존해 있는 노 혁명가들의 전기도 기록해야 한다면서, 그는 특히 덩 다제를 언급하였다. 일관되게 겸허함을 유지해왔고 또 조직을 중시해왔던 덩 다제는 이러한 조직의 의견에 따랐던 것이다.

그러나 덩 다제는 전기 작성에 대해서 다음과 같은 엄격한 요구 조건을 제시하였다. "사실 관계는 정확해야 하고, 변증법적 유물론과 역사유물론의 관점에 따라 전적으로 사실적으로 기술해야 합니다. 당시의 시대 환경과 혁명발전 상황을 서술하여 개인과 역사를 관련시켜야 합니다. 서술함에 있어 감동이 있고 표현이 유려하며 체제와 사상성을 내포해야 하며 또한 읽기 편하면서도 대담하게 새로운 풍격을 창출해야 합니다. 초고 완성 후 관계자들의 의견을 적극 수용하여 여러 번 수정을 해야 하는데 4번, 5번 다시 고쳐 쓸 준비를 해야 합니다."

필자는 진지하게 덩 다제와의 대화를 기억에 담아 두면서 마음속으로 매우 긴장하였고 혹 그녀의 요구를 다 받아들이지 못할까 걱정하였다.

덩 다제는 자신에 대한 말을 많이 하는 것을 달가워하지 않았다. 자신에 대해 스스로 말하는 것은 주관에 빠지기 쉬우니 이미 구축된 객관적인 사실과 역사 자료를 필자가 힘껏 수집하여 명확하지 않은 부분만 자신에게 질문해 달라고 부탁하였다. 먼저 초고를 쓰고 나면 자신이 사실적으로 확인할 수 있을 것이고, 또 관련 동지들에게 판단을 도와달라고 요청할 수 있을 것이라 하였다.

덩 다제의 의견을 존중하여 필자는 1987년 8월에서 1988년 말까지 1년 반 동안 그녀가 활동했던 주요 지방, 즉 톈진(天津), 광저우(廣州), 메이(梅) 현(縣), 차오안(潮安), 산터우(汕頭), 선전(深圳), 주하이(珠海), 중산(中山),

샤먼(廈門), 장팅(長汀), 뤼진(瑞金), 난징(南京), 상하이(上海), 시안(西安), 옌안(延安), 충칭(重慶), 청두(成都), 이창(宜昌), 우한(武漢), 스쟈좡(石家莊), 핑산(平山), 푸핑(阜平), 한단(邯鄲), 우안(武安), 타이안(泰安), 취푸(曲阜), 다롄(大連) 등지를 돌아다니며 인터뷰를 하고, 현지 여성연합, 정치협상회의 및 당사자료 담당 분야의 큰 협조를 받아 각지의 당사, 여성운동사 및 그녀가 젊은 시절 혁명에 참가한 이후 각 시기의 많은 활동 자료를 수집하였다. 베이징에서는 중앙문헌연구실, 중앙당사자료수집위원회, 전국여성연합회, 전국정치협상회의, 전국인민대표대회 상임위원회, 대외우호협회, 외교부당안실(檔案室), 타이완동포친목회 등의 조직을 중점적으로 방문하여 많은 진귀한 자료를 얻었다. 또한 방송영화제작소에서 8개국 순방 다큐멘터리를 포함한 덩 다졔의 기록영화를 보았다. 베이징과 기타 지역에서 필자는 덩 다졔의 옛 친구, 학생, 각 혁명시기의 전우, 친척, 비서 및 경호원, 그녀와 교류했던 대표적 각계 인사 등 총 600여 명의 동지들을 만났다. 그들은 그녀와 관련된 소중한 다량의 1차 자료를 정성을 다해 아낌없이 제공해 주었다.

리치(李琦), 뤄츙, 둥볜 그리고 덩 다졔의 비서 자오웨이(趙煒) 등 동지들은 필자의 탐방기사 작성을 전심전력으로 도와주었다. 자오웨이 동지는 덩 다졔와 관련된 자료와 대화 녹음 및 1950년대에서 1980년대에 걸친 그녀의 활동일지를 제공해 주었다. 전국여성연합회당안실은 대규모의 자료를 제공하였다. 뤄츙 동지는 필자에게 여성운동 방면에 관한 많은 서적을 빌려주었다. 필자는 또한 『인민일보』 자료실에서 많은 자료를 수집하였다.

대량의 수집 자료와 그 수많은 자료를 검토한 기초 위에 1989년 필자는 원고 작성에 들어가 1990년 초고를 완성하였고 1991년 재고를 완성하였다. 인민출판사는 의견 수집을 위한 임시 책자를 만들어 덩 다졔와 중앙문헌연구실, 중앙당사연구실, 전국여성연합회, 전국정치협상회의, 외교부 등 조직의 책임자와 일부 고참 동지에게 보내 의견을 수렴했다.

수십 명의 고참 동지들은 원고를 진지하게 검토하고 소중한 의견을 많이 제시하였다. 특히 뤄충, 동볜, 리핑, 자오웨이 등 동지들은 내용에서 글자에 이르기까지 장, 절별로 자세하고 중요한 교정을 많이 해 주었다.

동지들의 소중한 의견을 받아들여 필자는 1992년 3고를 완성하였다. 전국여성연합회는 심사본을 만들어 중앙문헌연구실로부터 심사를 받았고 이로써 원고가 최종적으로 마무리되었다.

이상에서 언급한 것처럼 이 책은 많은 동지들의 심혈과 시간이 모여 이루어진 열매이며 필자는 단지 집필의 미력만 보탰을 뿐이다.

중앙의 관련 분야의 친절한 배려와 관련 지방당위원회, 당사사무실, 정치협상회의, 여성연합회의 협조, 그리고 많은 동지들의 도움과 지지에 힘입어 덩 다제 평전은 마침내 수많은 독자들 앞에 그 모습을 드러내게 되었다.

본서의 출판에 즈음하여 필자는 본서 작성에 부단한 관심과 협조를 아끼지 않은 리치, 뤄충, 동볜, 자오웨이 동지에게 충심으로 감사를 드린다. 중앙문헌연구실, 중앙과 지방당사자료수집위원회, 전국여성연합회와 관련 성·시여성연합회, 전국정치협상회의와 관련 성·시정치협상회의 동지들, 그리고 열정적으로 취재에 협조한 600여 명의 동지들에게도 심심한 감사의 뜻을 표한다. 책의 전부 혹은 일부 장절을 진지하게 검토하고 소중한 의견을 제시해 준 후성(胡繩), 리치, 진충지(金沖及), 리핑, 팡밍(方銘), 저우샤오정(周紹錚), 페이젠장(裴建章), 궈젠(郭建), 궈리원(郭力文), 양윈위(楊蘊玉), 천순야오(陳舜瑤), 후나이츄(胡耐秋), 쉬커리(徐克立), 류몐즈(柳勉之), 장잉(張穎), 장위안(張元) 등 동지에게 깊은 감사의 뜻을 표한다. 또한 전국여성연합회의 왕셴전(王賢珍) 동지의 후의에도 감사를 표한다. 그녀들은 인내심을 갖고 산적한 기술적 문제를 해결하는 데에 세심하게 도움을 주었다. 그리고 처음부터 끝까지 지지와 도움을 준 인민출판사 편집부에게도 감사드린다.

필자는 수많은 동지들의 열정적인 도움과 전적인 협조가 없었다면 이

책이 완성되어 출판되기 힘들었을 것이라는 사실을 분명히 알고 있다. 동지들은 이 책의 원고 작성과 출판을 돕기 위해 매우 많은 시간과 정력을 아낌없이 보냈다. 이것은 모두 덩 다제에 대한 깊고 돈독한 감정과 한결같이 공통된 희망을 지니고 있기 때문이다. 그것은 덩 다제의 위대한 일생이 우리의 후대를 밝게 비춰 그들이 덩 다제와 많은 노 프롤레타리아혁명가가 개척한 길을 따라 용감하게 전진해나갈 수 있도록 도울 수 있기를 바라는 마음이었다.

덩 다제는 평생 사람들과 널리 교제했고 친구들은 중국 내외에 가득했다. 중국 내에 덩 다제와 교류했던 동지와 친구들은 수천 명에 이르러 마땅히 방문해야 할 동지도 매우 많았지만 주·객관적인 사정으로 방문하지 못한 인사가 적지 않아 겨우 600여 명만을 만났을 뿐이었다. 그들이 제공한 덩 다제 관련 자료 또한 책의 내용과 관련하여 완전하다고 할 수 없는데 이 점에 대해 진정으로 사과하는 바이다.

비록 수많은 동지들이 원고 교정에 도움을 주었지만 필자의 능력에 한계가 있어 본서 가운데 여전히 미흡한 부분이 많을 것이다. 심지어 잘못된 부분도 있어 덩 다제의 위대한 혁명 일대기를 전면적이고 생동감 있으며 정확하게 서술하지 못해 그녀와 많은 동지들의 기대에 부응하지 못할 수도 있다. 수많은 독자들의 고귀한 질정이 있어 이후 보다 더 좋은 수정이 이루어질 수 있기를 간절히 기대한다.

본서에서 인용한 자료의 출처는 모두 주를 통해 설명하였다.

가장 안타깝고 고통스러운 일은 '경애하는 덩 다제'가 1992년 7월 11일 본서의 출판을 보지 못한 채 세상을 떠났다는 사실이다. 필자는 그녀가 평생 욕심이 없어 명리를 쫓지 않았기 때문에 전기의 출판 여부에 대해 크게 개의치 않았을 것이라고 생각한다. 하지만 그녀를 열렬하게 사랑하는 많은 동지들은 그녀가 원고를 직접 심사하고 본서를 볼 수 있기를 간절하게 희망하였다. 수정을 포함한 원고 작성 시간이 너무 미뤄져 다제 생전에 이 전기를 그녀에게 봉헌할 수 없게 되었다는 사실 때문에 필자는 스스로 통렬히 책망할 따름이다.

덩 다제는 세상을 떠났다. 옛 사람이 이르기를 "죽은 자는 죽어 이미 어쩔 수 없으나, 산자는 어떻게 견딜 수 있을까?["死者已矣, 生者何堪?"]라고 하였다. 필자는 평생 투쟁정신을 계속 유지했던 덩 다제가 이 옛 성어에 대해 통찰력 있는 견해를 지니고 있다고 생각한다. 그녀에 따르면 죽은 자는 "죽어 이미 어쩔 수 없다[已矣]" 그러나 산 자는 "어떻게든 견디어 내야 한다[何堪]." 죽은 자의 유지를 계승하고 죽은 자의 사업을 계승하도록 노력해야 했다. 덩 다제는 저우 총리가 죽은 뒤 바로 그렇게 하였다. 이제 덩 다제는 세상을 떠났다. 우리는 그녀의 유지를 계승하여 중국 고유의 특색을 살린 사회주의사업을 훌륭하게 건설하고 중국을 더욱 번영, 발전시키며 세계의 많은 민족 사이에 보란 듯이 우뚝 서며 인류 전체에 대해 더욱 큰 공헌을 할 수 있도록 노력해야 한다. 덩 다제가 남긴 거대한 정신적 자산은 당 전체와 전국의 각 민족인민이 결연하게 중국 고유의 사회주의국가를 건설하고 그녀가 평생 추구했던 웅장하고 아름다운 공산주의라는 큰 목표를 향해 계속 달려 나가도록 격려하고 있다.

1992년 9월 1일 베이징에서

진펑(金鳳)

역자 후기

    본서는 쟝칭(江淸), 왕광메이(王光美)와 함께 중국공산당의 대표적 여걸로 꼽히는 덩잉차오(鄧穎超)의 일대기를 다룬 전기물이다. 덩잉차오가 생존했던 1904년부터 1992년은 중국현대사의 격동의 시기였다. 신해혁명(辛亥革命), 오사운동(五四運動), 제1차 국공합작(國共合作)과 국민혁명(國民革命), 제2차 국공합작과 항일전쟁, 국공내전, 대약진운동(大躍進運動)과 문화대혁명 그리고 개혁·개방 등이 숨 가쁘게 이어졌다. 이 격동의 와중에서 덩잉차오는 항상 정치·사회변혁의 중심에 위치하였다. 오사운동의 참가, 각오사(覺悟社) 활동, 공산당 가입, 저우언라이(周恩來)와의 결혼, 국민혁명에의 참가, 국민당중앙위원후보선출, 쟝시(江西)소비에트에서의 활동, 長征 참가, 전국전시고아구제회(全國戰時孤兒救濟會) 활동, 국민참정회(國民參政會) 대표 선출, 전국인민대표대회 상임위원, 전국부녀연합회 부주석, 공산당 중앙위원, 정치협상회의 주석 선출 등은 그녀의 정치적 위상과 함께 그녀가 평생토록 매진했던 혁명의 역정을 여실히 드러내 주고 있다. 그녀는 여성혁명가로서 사회혁명 속에서 여성해방을 일관되게 추구한 인물이었다. 구체제의 모순 속에서 지속된 여성의 문제를 양성 대립의 관점이 아니라 전면적 혁명을 통한 근본적 해방의 과정에서 해결될 것이라 확신하며 평생 혁명에 헌신하였던 것이다.

본서는 이러한 덩잉차오의 일생을 출생부터 죽음에 이르기까지를 추적하고 있다. 그런데 본서는 일반적 전기와는 구별되는 몇 가지의 특징과 강점을 지니고 있다. 먼저, 책은 저자인『인민일보(人民日報)』기자 진펑(金鳳)의 개인적 저작물로 출판되었지만 본서의 기획과 출판과정에 있어 중국공산당은 처음부터 적극적으로 개입되어 있었다. 노 혁명가의 전기를 통한 인민의 혁명전통 교육을 강조하는 당 중앙의 기획과 주도가 있었기에 전국 공공 기관의 전폭적인 협력과 관련 당사자의 생생한 증언을 바탕으로 본서는 충실하게 완성될 수 있었다. 그러나 본서가 노 혁명가를 찬양하기 위한 정책적 산물을 뛰어 넘는 성과를 내어 단순한 전기가 아닌 평전으로 평가받을 수 있는 것은 충실한 1차 사료에 바탕을 둔 필자의 객관적 기술 덕분이었다. 이는 저자 후기에서도 보이듯 덩잉차오 자신의 희망이기도 했다. 특히 그녀가 후반부 생애를 1949년 중화인민공화국 건립 이후 당과 정부의 핵심에서 활동했다는 사실과 이 시기 공산당사에 대한 국내 학계의 일천한 연구 상황을 고려한다면 본서의 내용은 단순한 개인 전기를 넘어 중요한 연구 자료로서도 기능할 수 있을 것이다.

한편, 덩잉차오의 혁명 활동은 주로 통일전선의 확립에 집중되었지만 그밖에 그녀는 여성해방운동 분야에 큰 관심을 기울였다. 본서 역시 단순한 저우언라이의 부인 덩잉차오가 아니라 여성혁명가로서 성장하고 여성정치가로서 활약하는 그녀의 정치·사상적 역정에 많은 지면을 할애하고 있다. 구체적으로 남아선호 사상의 문제, 전족(纏足)의 문제, 여성의 법률적 지위 문제, 경제적 독립문제, 직업평등의 문제, 여성교육의 개혁문제, 혼인자유·자유연애의 문제, 여성의 정치적 참여의 문제 등 전통중국에서 신중국에 이르는 다양한 여성문제에 대한 덩잉차오의 고민과 그 해결의 노력 등을 상세히 기술하고 있다. 이 때문에 본서는 단순한 전기가 아니라 한편의 근현대 중국여성해방운동사라고도 할 수 있다.

본서의 또 다른 특징은 문장의 평이함과 유려함 그리고 생생한 표현력에 있다. 본래 출간 목적이 대중에게 혁명전통을 교육시키기 위함이었기 때문에, 본서에는 구어체를 포함한 생동감 있는 표현이 다수 등장하고 있다. 따라서 일반 독자들은 정통 여성혁명가 살아온 삶의 궤적을 통해 중국의 혁명전통을 흥미롭게 이해할 수 있을 것이다.

본서는 대중 교양서로 기획된 것이기에 내용 번역 자체에 있어서는 큰 어려움은 많지 않았다. 하지만 원문 1천 쪽에 달하는 방대한 양 때문에 번역은 상당한 인내와 끈기가 필요했다. 아마도 2009년부터 1년 동안 이루어진 중국에서의 해외연구년이 없었다면 제대로 번역을 마무리 짓지 못했을 것이다. 겨울엔 무지 춥고 여름엔 엄청 더웠던 랴오닝(遼寧) 대학 어느 빈 강의실에서 궁상맞게 앉아 한 쪽 한 쪽 번역했던 그때가 지금 돌이켜 생각해보면 너무도 한적하고 평안했던 때였던 것 같다. 그 땐 연구실도 그리고 조용히 책을 볼 만한 작은 공간도 없어 이리 저리 쫓겨다니며 이상한 아저씨 취급받았고 그것이 못내 섭섭하기도 했는데 지나고 나니 그것도 소중한 추억이 된 모양이다.

책이 출간될 때까지 많은 도움을 받았다. 먼저 한국연구재단의 지원에 마땅히 감사드려야 할 것 같다. 단순한 연구서가 아닌 대중교양서가 되어야 한다고 하면서 번역투의 문장을 보다 매끄럽게 다듬는 데에 신경을 많이 써준 영남대 국문과의 노상래 교수에게도 감사드린다. 그리고 랴오닝 대학 철학과 대학원생 쉬보(徐博), 영남대 외국어교류원의 김홍화(金紅花) 선생, 그리고 이름 모를 랴오닝 대학 학생들에게 감사드린다. 이들 모두는 역자의 귀찮은 질문에 흥미를 갖고 성실하게 답변을 해 주었다. 마지막으로 본서의 번역이 집중적으로 이루어진 중국 선양(瀋陽)에서의 어려웠던 생활을 잘 참고 알차게 보내 준 아내 김경숙과 아들 재우, 재완에게 고맙다는 말을 전하고 싶다.

2011년을 보내며 경산 연구실에서